二見文庫

その心にふれたくて

アナ・キャンベル／森嶋マリ＝訳

Captive of Sin
by
Anna Campbell

愛する母、ダグマーへ。

謝辞

謝辞を記《しる》すのは、わたしにとっていつでも楽しみです。一冊の本を物する際に手を貸してくださったすべての方々に、この場を借りて感謝できるのですから。

　いつものように、ニューヨークのエイヴォンブックスのみなさまには、心から感謝しています。とりわけ、すばらしい編集者メイ・チェン、優秀な美術部の方々、そして、パム・スペングラー＝ジャフィーと彼女率いる有能なマーケティング・チームにお礼を申しあげます。また、エイヴォン・オーストラリアのすばらしい人々――リンダ・ファネル、ショナ・マーティン、キャッシー・マーズデン、クリスティン・ファーマー、ジョーダン・ウィーヴァーにはたいへんお世話になりました。

　有能なエージェント、ナンシー・ヨストには何を置いてもお礼を言わなければなりません。ナンシー、あなたと仕事ができて、わたしはほんとうに幸せ者よ！

　この本の執筆にあたっては、厄介な調べものをしなければなりませんでした。チャンネル諸島ジャージー島のジャージー協会ロード・クタンシュ図書館のブレンダ・ロスにはとくにお世話になりました。調査が行き詰まるたびに、わたしをすばやく救ってくれたのですから。

有能な批評家、アニー・ウエストには毎回感謝せずにはいられません。同様に、執筆に苦しむわたしに手を差しのべてくれたシャロン・アーチャー、クリスティン・ウェルズには心からの謝意を表します。

ロマンス・バンディッツ、ロマンス・ライターズ・オブ・オーストラリア、ロマンス・ライターズ・オブ・アメリカの友人すべてにお礼を申しあげます。あなたたちは無限の着想の源です。ミシェル・ボンフィリオ、キム・カスティリョ、マリア・ロッケン、マリサ・オニール、つねに支えてくれてありがとう。

最後に、わたしの作品を楽しんでくださるすべての読者に心から感謝します！　わたしの書いた物語が、みなさんの心に触れたと知ったときの感動は、ことばでは言い表わせません。

その心にふれたくて

登　場　人　物　紹　介

カリス・ウェストン（サラ・ワトソン）	伯爵令嬢
ギデオン・トレヴィシック	ペンリンの領主
ヒューバート・ファレル	カリスの継兄。バーケット侯爵
フェリクス・ファレル	カリスの継兄。ヒューバートの弟
アーカーシャ	ギデオンのインド人の友人
タリヴァー	ギデオンの従者
エライアス・ポレット	召使
ドーカス	メイド。ポレットの孫
ジョン・ホランド	治安判事
バーカー・トレヴィシック	ギデオンの父
ハロルド（ハリー）	ギデオンの兄
ブラック・ジャック・トレヴィシック	ギデオンの先祖

1

一八二一年二月初旬、ウィンチェスター

「これはいったい……どういうことなんだ？」

痛みに遠のく意識の向こうで、男性の低い声が響いた。カリスは丸めた体をかすかに動かした。一瞬、わけがわからず、戸惑った。なぜ、わたしはホルコム邸の温かいベッドのなかではなく、悪臭を放つ麦藁《むぎわら》にまみれて震えているの……？

焼けるような痛みが全身を貫いて、うめきそうになった。どうしようもなく愚かな自分に、悪態をつきそうになった。

どれほど危機に瀕《ひん》しているかを忘れて、眠ってしまうなんて！

けれど、大きな宿屋の裏手の馬小屋にたどり着いたときには、目も開けていられないほど疲れ果てていたのだ。安全な場所にはまだほど遠いというのに、もう一歩も歩けなかった。

そして、いまも安全とはほど遠い。

男性が手にしたランプの明かりが、霞《かす》む目に刺さった。それでも、馬小屋の戸口をふさぐ

長身の人影だけは、かろうじて見えた。息も止まるほど驚いて、あわてて体を起こすと、ざらつく板壁にぴたりと身を寄せた。耳のなかで脈の音が大きく響いている。

怪我《けが》をした左腕を動かしたとたんに、激痛が走ってうめきそうになった。それでも、必死にこらえて、胸のところで震える手を交差させ、破れて開いたドレスのまえを押さえた。怯《おび》えを敏感に察知した栗毛《くりげ》の馬――馬小屋が窮屈に見えるほど大きな馬――が不安げに足踏みした。

男性が手にしたランプを掲げて、カリスのいるほうを照らした。馬小屋の片隅でカリスはさらに身を縮めた。男性を包んでいる黄色い光の輪の向こうでは、濃さを増した恐ろしげな影が、急傾斜の屋根にまで伸びていた。

「大丈夫だ、怖がらなくていい」見知らぬ男性が、何かを断《た》ち切るかのように黒い手袋をはめた手をさっと動かした。「きみに手出しをするつもりはないよ」

耳に心地いいバリトンの声には、ほんものの思いやりが表われていた。男性には近づいてくる気配もなかった。それでも、カリスの激しい恐怖心は消えなかった。残酷な経験からすでに学んでいたのだ。男というものは嘘《うそ》をつくと。たとえ、その人がビロードのように滑らかで洗練された声の持ち主であっても。

締めつけられるような胸の痛みで、男性に見つかってからずっと息を詰めていたことに気づいた。空気を吸って、からっぽの肺を満たす。厩肥《きゅうひ》と麦藁と自分の体から立ちのぼる恐怖のにおいがした。

顔を上げて、まっすぐに男性を見た。とたんに、はっとしてまた息が詰まった。

なんて美しいの……。

美しい――男性を見て、そんなことばが頭に浮かんだのははじめてだ。それでも、いま、動揺する心に浮かんできたのはそのことばだけだった。

けれど、一点の曇りもない完璧《かんぺき》な美は、かえって警戒心をあおるばかりだった。馬小屋の戸口に立っている男性は、カリスが生きるために捨てざるをえない高貴な世界の住人そのものだった。

怯えながらも、カリスは男性のすべやかな額や頬、顎、鼻筋の通った高い鼻から目を離せなかった。二月だというのに、肌がほどよく日に焼けている。

感動的なほど印象深い顔立ちと、異国的な黒く豊かな髪があいまって、まるでおとぎ話から抜けでてきた王子のよう。

といっても、カリスはもうおとぎ話など信じていなかった。

狭《せま》い馬小屋をすばやく見まわしたが、唯一の出口が男性にふさがれているのがわかっただけだった。またもや、カリスは自分の愚かさを呪《のろ》った。怪我をしていないほうの手で、床を探《さぐ》る。石でも錆《さ》びた釘《くぎ》でも、なんでもいいから武器になりそうなものがほしかった。けれど、震える手に触れるのは、チクチクする藁ばかりだった。

男性がランプを床に置くのを、まばたきもせずに見つめた。男性のゆったりした動きは、あくまでも優雅で、心配はいらないと語りかけているかのようだった。とはいえ、いまや両手が自由に使えるようになった以上、その気になれば、女を捕まえるのなど朝飯前のはずだ。カリスは緊張しながら、もし男性がそのつもりなら、引っ掻《か》いて、殴ってでもここから逃げだそうと心に決めた。

ぴりぴりした沈黙が続いた。聞こえるのは、自分の荒い息遣いだけ。絶え間なく吹きつける風の音さえ、もう聞こえなかった。大きな馬がまた足踏みしたかと思うと、不安げにいないて、通路側に向けた頭を振って、鼻先に結ばれた縄をほどこうとした。

こんなに狭い場所で、気の立った大きな馬が脚を蹴《け》りあげたり、跳びはねたりしたらどうなるの？　大きく鋭い蹄《ひづめ》に蹴られたら、ひとたまりもない。新たな恐怖を感じて、からっぽの胃が石を呑《の》みこんだようにずしりと重くなった。ときが過ぎるごとに、とんでもない場所に隠れてしまったと後悔するばかりだった。

なぜ、わたしは走りつづけなかったの？　たとえ、疲れ果てて、怪我をしていたとしても。生垣《いけがき》に身を隠したほうが、ここよりははるかにましなはずだった。

男性のブーツを履いた足もとで黒い大きな外套《がいとう》の裾《すそ》が翻《ひるがえ》り、男性が馬小屋にはいってきた。カリスはまた身をすくめて、つかみかかられてもすぐに振りはらえるように身構えた。氷のように冷たい肌が、新たに噴きでた冷や汗でさらにひんやりする。自分よりはるかに体が大きい男性は、力も強いはずだった。

けれど、男性は馬が暴れないように、端綱《はづな》をつかんだだけだった。主人に抵抗するのは許さないとばかりにしっかりと。「落ち着くんだ、カーン」去勢馬の鼻面を撫《な》でながら、声をかけた。魅惑的な歌声かと思うほど穏やかな声だった。長身の体には、手を伸ばせば触れられそうなほどの自信があふれていた。「不安がることは何もないんだよ」

威厳と思いやりが交錯するその口調を耳にして、カリスは安堵《あんど》してもいいはずだった。それなのに、背筋が固く凍りついたような感覚を抱いた。世界は自分のものだと信じている男性のことなら、いやというほど知っている。そういう男性が、思いどおりにことが運ばないと、どんなことをするかもよくわかっていた。カリスは男性に気づかれないように、さらに必死になって武器になりそうなものはないかと手探りした。

カーン——騙《だま》されやすい愚かな馬——は、主人の確信に満ちたことばになだめられて、おとなしくなった。名を知っているのだから、男性がその馬の持ち主なのはまちがいなかった。どう見ても厩番《うまやばん》ではない。言動は明らかに貴族然として、上等な服をまとっているのだから。

武器になるようなものはなかった。

こうなったら、走って逃げるしかない。疲れてこわばった脚で走りつづけられるのを祈るしかなかった。男性に気づかれないように、そっと立ちあがる。それだけで全身に激痛が走った。体のあちこちが痛んで、怪我をした腕に火がついたかのようだ。口から漏れそうになる涙声を、歯を食いしばって呑みこんだ。

「逃げなくてもいい」男性がおとなしくなった馬から目を離さずに言った。

「いいえ、逃げなくてはならないわ」口をついて出たことばに、カリスははっとした。男性に話しかけてはならないと、心のなかで誓っていたのだ。顔が腫《は》れているせいで、自分の声とは思えないほど声がかすれているとはいえ、それでも、上流階級特有の口調を、誰もが怪《け》訝《げん》に思うはずだった。一度聞いたら記憶に残り、人の注意を引きつけるにちがいない。

その結果、格好の標的になってしまう。

カリスはよろよろと立ちあがった。立てば、多少でも無防備ではなくなる気がした。けれど、足もとがふらついて、壁にぶつかって、悲鳴をあげそうになった。目がくらむほどの痛みをこらえて、怪我をしている腕を胸のまえでそっと抱えた。

よろけたカリスにカーンが怯えて、わきによけようと足踏みしながら鼻を鳴らした。父が馬に詳しかったことから、カリスにもその馬がかなりの血統だとすぐにわかった。同様に、馬の頭を撫でている男性もかなりの血筋のはず。

「怯えているんだろう」カリスはてっきり男性がカーンに声をかけているものと思った。男性の視線は相変わらず馬に注がれていた。「助けが必要なんだろう」

警察に差しだして、わたしを助けたつもりになるのでしょう、そんな苦々しい思いが頭に浮かんできた。「あなたには関係のないことよ。あなたは見ず知らずの他人ですもの」

「そのとおりだ。とはいえ、ぼくの馬がいる馬小屋をきみが選んだからには、きみはぼくを選んだことになる」

「この馬小屋にはいったのは、ただの偶然よ」

ついに、男性がまっすぐ見つめてきた。彫刻のように滑らかな頬から視線を上に移すと、男性の目が信じられないほど暗く輝いていた。でも、それはきっとランプの明かりのいたずら……ええ、そうに決まっている。「人生は偶然の連続だ」

何もかも見透かされそうな漆黒の目に見つめられて、体が震えた。いまこのときこそが、深い意味を持つ運命の瞬間――そんなわけはないと知りながらも、そう感じずにいられなかった。生まれてはじめての不可思議な感覚を頭から追いはらいながら、顔をまっすぐに上げた。おかしな妄想を抱いている場合ではなかった。それでなくても、山ほどの問題を抱えているのだから。

「そこをどいてくださるかしら、閣下。わたしはもう行きます」

「ご婦人がひとりで出歩くのは危険だ」男性は動こうとしなかった。穏やかな口調は変わらなくとも、そこには固い意志が感じられた。

そのことばを裏づけるように、中庭をはさんだ酒場で、酔っ払った男たちの騒ぐ声がした。これほど冷えこんだ夜であれば、酒場は客でごったがえしているはずだ。とはいえ、カリスにとって凍える寒さは降って湧《わ》いた小さな幸運でもあった。寒さのせいで、厩番が暖を求めて持ち場を離れたのだから。そうでなければ、こんなところに隠れていられるわけがなかった。分別のある人なら誰だって、こんな夜は屋内で過ごすはずなのに、なぜ、この男性は暗く寒い馬小屋にわざわざやってきたの？

「あなたに心配していただく筋合いはないわ」いったいどうしたら、ここから逃げられるの？　またもや、どれほど辛《つら》くても逃げつづけなかったことがどうしようもなく悔やまれた。

「ぼくを信じて、事情を話してみては？」男性のやさしい口調には説得力があった。馬をなだめようとしたときの口調にそっくりだ。そして、馬と同じように、カリスも甘美なバリトンに魅了されて、危険を冒してしまいそうだった。「きみはずいぶん困っているようだ。心配はいらない、ぼくは……」

男性がふいに口をつぐんで、長い通路とそのさきの宿屋の入口のほうへ首を傾《かし》げた。すると、カリスの耳にも近づいてくる足音が聞こえた。男性は信じられないほど耳がよかった。風が吹きすさんで、屋根が軋《きし》んでいても、人の足音をなんなく聞きわけられるらしい。

「何かまずいことでもありましたか、だんなさん？」数ヤードほど離れたところから、野太い男の声がした。厩番にちがいない——それはカリスにもわかった。

だんなさん？　ということは、やはり男性は高貴な身分らしい。男性がランプを動かして、周囲の影がさらに濃さを増すと、カリスは涙声をこらえながら、暗がりに隠れようと身を縮めた。藁がこすれただけなのに、その音が銃声のように途方もなく大きく感じられた。

「馬のようすを見にきただけだ」男性が何気ない足取りで、やってきた厩番のほうへ向かい、カリスの視界から消えた。

「手伝いましょうか？」厩番が近づいてくるにつれて、その声がはっきりしてきた。

カリスは息を詰めて、暗がりに隠れようと必死に身を縮めた。怪我をした腕は少し動かしただけでも激しく痛むけれど、気にしてはいられなかった。

「いや、大丈夫だ」

かつては優雅なドレスだったのに、いまは破れて汚れたスカートを、汗ばんだ手で握りしめ、見つかりませんようにと心のなかで祈った。心臓が肋骨《ろっこつ》を叩《たた》くほど大きく脈打っている。厩番が男性のことばを無視して、見にくるのではないかと生きた心地もしなかった。

「人も動物も凍えちまいそうな夜ですからね、ええ、ほんとうに」

「こんな寒い夜は外をうろつくもんじゃない」威厳に満ちた男性の口調は、あくまでもゆったりと落ち着いていた。「暖炉のまえに座って、一杯やるといい。わたしのおごりだ」

カリスはじわじわと体をずらして、カーンのうしろに隠れた。そうしながらも、大きな雄馬の恐ろしいうしろ肢《あし》からはけっして目を離さなかった。

「こりゃまたご親切にありがとうございます。ならば、おことばに甘えて」厩番が驚きながらも感謝して言った。「ほんとうに御用はありませんか?」

「ああ、大丈夫だ」威厳に満ちた声が早く行けとせきたてていた。何枚のコインが手渡されたのかはカリスにはわからなかったが、厩番は素直にしたがった。

「では、おやすみなさい、だんなさん」

厩番がもどかしいほどのったりと去っていった。永遠とも思えるほどのときが過ぎてようやく、〝だんなさん〟と呼ばれた男性が馬小屋の入口にふたたび現われた。男性の掲げたランプの光が、馬小屋の奥の壁に張りついて震えているカリスの姿を照らしだした。

「厩番は行ったよ」

「よかった」カリスはほっとため息をついて、それまで詰めていた息を吐いた。まるで一時間も息を詰めていた気分だった。なぜ、男性がかくまってくれたのかはわからない。いずれにしても、肝心なのはそうしてくれたことだった。

男性が端整な顔をしかめて、見つめてきた。「きみはここにいるわけにはいかない。酒場は客でごったがえしている。いままで見つからずにいただけでも奇跡だ。とにかく、見えるところに出てきてくれ」

「でも……」カリスはなんと言えばいいのかわからなかった。力ずくで引きずりだされるとは思わなかったけれど、それでも壁にぴたりと身を寄せた。それだけで、全身に新たな痛みが走った。

手荒な真似《まね》をする気はないというように、男性が一歩あとずさった。そのときはじめて、逃げだせるかもしれないと希望が湧いてきた。

けれど、ためらった。

下唇を嚙《か》んだ。とたんに、ひび割れた唇が痛んで、嚙んだことを後悔した。男性の言うとおりだった。誰にも見つからずに、宿屋の中庭を通れるはずがない。宿屋は目と鼻のさきで、あっというまに誰かに気づかれるに決まっている。

その思いを読みとったのか、男性の目から警戒心が消えていった。「ぼくはギデオンだ」カリスは足を引きずりながらカーンのわきを通って通路に出ながらも、男性――ギデオン――が不審な動きを見せたらすぐさま逃げようと自分に言い聞かせた。けれど、ギデオンはゆったりとその場に立っているだけで、充分な距離を置いていた。カリスは痣《あざ》のあるわき腹をかばいながら、ぎこちなく息を吸った。いまのところギデオンが手を出してくる気配はなく、安堵感が徐々に大きくなっていった。

「怪我をしているね」ギデオンの口調は穏やかだったが、カリスの頭からつま先まですばやく視線を走らせたその目に、怒りの黒い炎がきらめいた。

カリスは自分がどれほどみすぼらしく、ふしだらに見えるかよくわかっていた。こみあげてきた屈辱に首まで熱くなって、すばやく右手を上げると破れたドレスのまえを押さえた。継兄のヒューバートに乱暴に倒されたときに、ドレスが破れたのだ。裂けた襟ぐりから、シュミーズのレースの縁取りが見えていた。

千匹のハチに刺されたように顔が真っ赤になった。身にまとっている青いドレスは破れて、泥だらけで、凍《こご》える夜にはあまりにも不釣り合いだ。ふんわりした袖《そで》に隠れた腕は、引っ掻き傷と痣だらけ。暴力をふるわれて、死にものぐるいで夜の野や森を逃げてきたせいだった。髪は鳥の巣のようにくしゃくしゃ。ホルコム邸を囲む生垣を抜けたときに、髪をまとめていたピンはあらかた抜け落ちてしまった。

何か尋ねられるまえに、さもなければ、それより悪いことに、怒りの奥に影のようにひそむ同情心を示されるまえに、カリスはあらかじめ用意しておいた作り話を口にした。「ポーツマスの叔母に会いにいくところだったんです。でも、途中で……追い剝《は》ぎにあって」しまった、動揺して口ごもるなんて。嘘は得意ではなかった。こんなことでは信じてもらえるはずがない。これで一巻の終わりだ。

不安でたまらず息を詰めたまま、目のまえの男性から、嘘つきの家出娘と烙印《らくいん》を押されるのを待った。けれど、ギデオンは黒く大きな外套をさっと脱いで、歩みよってきた。

何をされるのかと、おぼつかない脚であわててあとずさると、太い柱に背中がぶつかった。怪我をした腕がずきりと痛んで、悲鳴をあげそうになったが、どうにかこらえた。ぶつかった反動で一歩まえに出ると、次の瞬間には、震える肩がふわりと外套に包まれた。

「着ているといい」ギデオンはすぐにまた距離を置いた。

恐怖心が徐々に引いていき、カリスは外套の重みを感じながら背筋を伸ばした。温かな外套のおかげで、わずかながら人心地がついた。体を包む外套は、裾が地面に触れるほど大きくて、ひんやりした外の空気と、持ち主のものとおぼしき清潔な香りが漂い、それに麝香《じゃこう》に似た心地いいにおいが混ざっていた。

ギデオンは分別のある紳士らしく、むやみに近寄ってはこなかった。それでも、カリスは堂々とした長身の男性にどぎまぎせずにいられなかった。白いシャツに黒い上着姿になると、細いけれど筋肉質な体がいやでも目についた。茶色のズボンは長く力強い脚をぴたりと包んでいる。磨きあげられたブーツから純白のクラバットにいたるまで、シンプルでありながら、最高のものだけで身を固めているのがわかった。

「あ……ありがとう」歯が鳴るほど震えながらもどうにか言った。

こみあげてくる涙をまばたきして押しもどすと、温かい羊毛の外套を身を守る盾のようにぎゅっと握った。馬鹿《ばか》げているとわかっていても、ギデオンにやさしくされて、いまにも崩れてしまいそうな自制心がいよいよ危うくなっていた。

「名前は？」

外套を貸してくれたのだから、少しは信頼しているふりをするのが礼儀というものだろう。

「サラ・ワトソン」おずおずと答えた。それはバースに住む大叔母の気むずかしい友人の名だった。その名を持つ淑女に倣《なら》って、膝を曲げてやや大げさにお辞儀した。

けれど、またもやギデオンに不可思議な仕草で機先を制された。ギデオンの黒く真剣な眼差《まなざ》しは揺らがなかった。「ならば、ウィンチェスターにいる友人だか親戚《しんせき》だかのところまで送っていこう、ミス・ワトソン。この馬小屋は安全とは言えないからね」

どうしよう、安全なところなどあるはずがない。継兄に捕まったらどうなることか……。そう思うと、渦巻く恐怖で胃がぎゅっと縮まった。

「それが……同じイングランドとはいえ、このあたりのことはまるで知らないんです。カーライルから来たので」それが、スコットランドとの境近くで思いつくかぎりもっとも遠い町だ。いまにも力が抜けそうな脚に力をこめて、嘘ではないとばかりにギデオンをまっすぐ見た。

表情に変化はなかったものの、それでもたったいま耳にした話がほんとうかどうかギデオンが考えているのは明らかだった。「そんなに遠くから淑女がひとりで旅するわけがない。せめてメイドのひとりぐらいは連れてきたんだろう？」

カリスはずるずると嘘の深みにはまっていくのを感じた。でも、ほかにどうすればいいの？　素性を明かしたら、法を遵守する紳士はすぐさまわたしを当局に引き渡すはず。けれど、うまくまわらない舌が勝手に答えていた。「ロンドンで馬車を替えているあいだに、メイドに逃げられてしまったんです」

「それはまた災難つづきだな、ミス・ワトソン」

いまのは皮肉なの？　とはいえ、ギデオンの表情は相変わらず真剣だった。カリスはギデオンのことばを素直に受け止めることにした。「ほんとうにひどい一日でした」少なくとも、それは事実だった。「とにかく、なんとかして叔母の家に行きます」

「ポーツマスはまだ遠いよ」

言われてみれば、そのとおりだった。これまで歩いたのはほんの数マイル。このさきに待ちうける長い苦難が思いやられた。何しろ、馬車に乗るだけのお金もないのだ。いいえ、たとえお金を持っていたとしても、人に見られて、顔を憶《おぼ》えられるような危険は冒せない。そう思うとあらためて、克服できそうにない苦難に愕然《がくぜん》とした。と同時に、ホルコム邸に連れもどされたらどんなことになるか思いだした。「どうにかします」

「どうやって？」ギデオンがいままでになく鋭い口調で言った。「歩いていったら死んでしまうぞ」

絶望感に胃が縮むのを感じながらも、自信もないまま、即座に答えた。「でも、そうしなければならないんです」

ギデオンが口もとを引き結んだ。カリスの返事は、それを口にした本人同様、ギデオンにも頼りなく聞こえたようだった。「ぼくが送っていこう」

まるでギデオンが手を伸ばしてきたかのように、カリスはびくりとしてあとずさった。ギデオンの申し出は好都合すぎて、にわかには信じられなかった。ポーツマスまで送ってくれるとは、天の恵みとしか言いようがなかった。継兄ふたりはもうあとを追ってきているはず。見ず知らずのこの男性が馬車に乗せてくれるなら、考えていた以上に早くポーツマスまで行ける。それればかりか、継兄たちはひとりで旅する若い女を捜し歩くに決まっていた。

「いえ、そこまでご迷惑をおかけするわけにはいきません」きっぱり言いたかったけれど、怪我をしているせいで不明瞭《ふめいりよう》にしか話せなかった。

「いや、そもそも南に向かうところでね」ギデオンの顔が真剣になった。「道中でごろつきに出くわすと知りながら、ひとりで旅する淑女を放《ほう》っておくのは騎士道精神に反する」

体は傷つき、心は恐怖で蝕《むしば》まれていながらも、カリスは苦笑いするしかなかった。怪我をしていないほうの手で、拒絶の仕草をしてみせた。「最良のときでも、騎士道精神ほど信頼できないものはないでしょうね」

「紳士として約束する、きみの貞操が危機にさらされることはない、ミス・ワトソン」ギデオンはにこりともせずに言った。

このところ嘘ばかり聞かされていたカリスは、男性の言うことなど信じられるはずがないと思っていた。けれど、どういうわけか、ギデオンのことばだけは信じられた。

強姦《ごうかん》するつもりなら、とっくにそうしているはず……。あらゆる感覚が、信じても大丈夫と囁《ささや》いていた。ギデオンはおとぎ話に出てくる白馬に乗った騎士だと。

名誉を重んじる誠実な人だと。

それとも、美しい外見に、わたしは目がくらんでいるの？　心細くて、疲れ果てているのはたしかだった。絶え間ない痛みに頭がぼうっとして、命の危険を感じてびくびくしていた。沈黙が張りつめた静寂に変わった。もしギデオンが強引に主張していたら、カリスはひとりで行くと言い張っただろう。けれど、ギデオンは何も言わず、カリスが決断するのを待っていた。完璧な仕立ての上着に包まれたたくましい肩のこわばりだけが、実は平然としているわけではないのを明かしていた。

ついにカリスはため息をついた。それは無言の承諾だった。血も凍るほど恐ろしかったけれど、それ以上に逃げなければという思いのほうが強かった。悪魔に身をゆだねることになるのかもしれない――そんなことを考えながら、小さくうなずいた。「ありがとうございます。では、おことばに甘えさせていただきます」

「まずはきみを医者に診せなくては」

ほんの束《つか》の間、恐怖は遠い太鼓の音のように薄れていた。溺《おぼ》れる者が救命船を目にしたかのように、逃げられるという希望をつかみかけていた。けれど、たったいま耳にしたことばで、安心するのはまだ早いと思い知った。

誰よりも賢く、誰よりも幸運でなければ、安心できる場所にはたどり着けないのだ。

ウィンチェスターの医者なら誰でも、わたしが何者なのかひと目で気づくに決まっている。

カリスは痛めた腕をかばいながら、首を大きく振って断わった。「その必要はありません。見た目ほどひどい怪我ではないから」

てっきり反論されると思ったけれど、そんなことはなかった。「なるほど。ならば、医者に診せるのはやめておこう」

気持ちを表に出さないようにしたものの、あまりにもほっとして全身の力が抜けた。どうやらこの紳士はこの国でいちばんのお人好《ひとよ》しらしい。これまでのところ、すべてを鵜呑《うの》みにして、微塵《みじん》も疑わずにいるようだった。

それでいて、愚かには見えなかった。すべてを見通すような黒い瞳には、あふれんばかりの知性が漂っているのだから。

きっと純粋な人なのだろう。ならば、なおさら行動をともにするべきだ。ポーツマスに着いたら、なんなく逃げられるにちがいない。

それからどうすればいいのかは見当もつかなかった。お金もなければ、知人もいない。少なくとも、罪に問われるのを覚悟でかくまってくれるような知人は。もっとも近しい親戚である大叔母は、すでに継兄たちに脅されて、わたしを継兄たちに引きわたさざるをえなかったのだから。いま、身につけているものといえば、金のロケットペンダントと母の形見の真珠の指輪だけ。どちらもたいした価値はなかった。それでも、なんとかして三週間、身を隠していなければならない。これからのことを考えると、全身に震えが走った。

できることからひとつずつやっていくしかない……。萎《な》えそうになる気持ちを必死に奮いたたせた。誰にも見つからずにウィンチェスターを出ることが、第一の目標だった。

「ギデオン」

馬小屋の戸口の向こうで、別の男性の声がした。カリスはぎくりとした。傷ついた体が痛み、顔の傷からまだ血が出ているのが感じられた。ギデオンが手を差しだしてきたけれど、体に触れることはなかった。「心配はいらない。友人だ」

思わずあとずさりそうになっていたカリスは、確信に満ちたギデオンのことばを聞いて、足を止めた。といっても、胸の鼓動は鍛冶屋《かじや》の槌《つち》のように鳴りひびき、肌に噴きでる冷たい汗は止まらなかった。

「ここにいる」ギデオンがカリスに目を据えたまま、友人に応じた。

ギデオンと同じぐらい長身の男性が馬小屋にはいってきた。ロンドンならではの上等な仕立ての服に身を包んでいたが、痩《や》せていて、肌が浅黒く、ひと目で外国人だとわかった。

「ほかに誰かいるのか?」

「ミス・ワトソン、アーカーシャだ。アーカーシャ、こちらはミス・サラ・ワトソン。ならず者に襲われて、助けを必要としている」

カリスは新たにやってきた男性の澄んだ茶色の目に見つめられた。男性は陳腐な作り話を訝《いぶか》って、何か言ってくるにちがいない。けれど、一瞬の間のあとで、ギデオンに向かって、上品な黒い眉の片方を上げただけだった。

「今夜、この町には泊まらない、そういうことだな?」外見はアラビアの夢物語から抜けでてきたようなのに、ことばに訛《なま》りは微塵もなかった。

「できるだけ早くペンリンに行きたいんだ」

「それはそうだろう」アーカーシャはさらりと言った。

「ああ、ポーツマス経由で」

「ポーツマスには以前から行ってみたいと思っていたよ」見ず知らずの他人に手を貸して危険な橋を渡ろうとしているのに、アーカーシャの口調はあくまで平然としていた。あまりに平然としすぎていた。

カリスはふいに不安になった。知りもしない男性ふたりに身をまかせるなんて、愚かとしか言いようがない。そのふたりが見え透いた作り話をそっくりそのまま受けいれているのも、考えてみれば、安心できるどころか、かえって怪しかった。

震える脚でカーンのほうへとあとずさると、耳もとで馬が小さくいなないた。「やはり、ご厚意に甘えるわけにはいかないわ。叔母のところへはひとりで行きます」

「男の面目にかけて、そんな旅を見過ごすわけにはいかないよ、ミス・ワトソン」ギデオンがきっぱりと言った。

カリスもきっぱりと応じた。「それでもやはり、そうさせてもらいます」

ギデオンは友人に向かってちらりと笑みを見せた。目もくらむほどの笑みだった。ギデオンの顔はいかにも愉快そうに輝いている。黒い目が光って、頬と目もとにしわが寄り、美しい白い歯がまぶしかった。

カリスの心臓が一瞬止まったかと思うと、すぐさま激しく不規則な鼓動を刻みはじめた。胸のなかは恐怖と苦痛と不信感でいっぱいなのに、信じられないことに、ギデオンの微笑《ほほえ》みをもう一度見たくてたまらなかった。

今度はわたしに微笑んで……。

「アーカーシャ、どうやら、このお嬢さんはおまえを怖がっているらしい」

カリスはアーカーシャの穏やかな笑い声を無視して、ギデオンに向かって顔をしかめた。

「お嬢さんなんて呼ばれるのは心外です」

「これを渡せば、気が楽になるかな?」

視線を下に向けると、ギデオンが小さな決闘用の拳銃《けんじゅう》を差しだしていた。ギデオンが上着のポケットに手を入れたことにも気づかなかったとは。疲れ果てて、注意力が鈍っているらしい。疲労と激しい暴力のせいで。

それに、認めたくはないけれど、ギデオンの無防備な微笑みのせいで。

目にしているものが理解できないでいるかのように、拳銃を見つめるしかなかった。ふいに、その場が黒い波に呑みこまれて、大きな耳鳴りが周囲の音を打ち消していった。

「アーカーシャ!」

遠くのほうでギデオンの叫ぶ声がして、世界がぐるりとまわった。次に気づいたときには、力強い腕に抱きかかえられていた。

けれど、それは抱いてほしいと願った腕ではなかった。意識が遠のきながらも、カリスはまぎれもないその事実に落胆せずにいられなかった。

ギデオンはアーカーシャの腕のなかで意識が朦朧《もうろう》としている若い女性を見つめた。ぐったりした細い腕と脚、薄手の青色のスカートとペチコートがやけに目についた。明るい褐色の髪が、まるで旗のようにアーカーシャの黒い袖に広がっている。スカートの裾は破れて、濡《ぬ》れて、薄青色の短いブーツには泥がこびりついていた。

体のわきに下ろした両手を握りしめた。全身に湧きあがる怒りを止められなかった。いったい誰に、これほどひどい暴行を受けたんだ？　昔から暴力は大嫌いだった。どこかの乱暴者が、若い女性を死の一歩手前まで痛めつけたとは……。

暴力がどんなものかはいやというほど知っていた。ミス・ワトソンがどれほどひどい怪我を負っているかもよくわかっていた。ほんとうなら医者に診せるべきだということも。

だが、ミス・ワトソンは心底怯えている。真の恐怖を感じたとき人がどんな顔をするのか、それもギデオンはよく知っていた。ハシバミ色の大きな目に真の恐怖が浮かんでいるのは見逃しようがなかった。痣だらけの顔の、愛らしいその目に。だから、無理強《じ》いできなかったのだ。そんなことをしたら、この若い女性は逃げだして、さらにどんな危険な目にあうかわかったものではなかった。

いったい、何があったんだ？　ミス・ワトソンの話がお粗末な嘘だということはすぐにわかった。賭《か》けてもいい、追い剝ぎに襲われたわけではない。それでも、何者かに暴力をふるわれたのは事実だった。

これまでに幾度も抱いてきた怒りと無力感が、苦味となって口のなかに広がった。吐き気をもよおす血なまぐさい味だった。一歩うしろに下がると、鼻から大きく息を吸って、気を鎮《しず》めようとした。冷静になるんだ。さもなければ、ミス・ワトソンをますます怯えさせてしまう。

アーカーシャの腕のなかでミス・ワトソンが身じろぎして、青白い手で男物の外套を握りしめた。細い指にはまった指輪——上等ではあるけれど古びた真珠の指輪——に目が吸いよせられた。破れたドレスの胸もとから覗《のぞ》く小さな金のロケットペンダントにも、すでに気づいていた。この若い女性が何者であるにせよ、いまは貧窮しているにせよ、裕福な家の出であることは易々《やすやす》と推測できた。

苦しげなかすれ声でミス・ワトソンが言った。「お願い……下ろして。ひとりで歩けます。ほんとうに」

とたんに怒りが薄れて、代わりに同情心に胸を衝《つ》かれた。怒りではこの女性を救えない。ミス・ワトソンはか細く無力で、感動的なほど勇敢だった。それに、あまりにも若かった。全身痣だらけで、正確な年齢はわからなかったが、どう見ても二十歳そこそこだった。

ミス・ワトソンの勇気にくわえて、プライドも心に突き刺さった。そうだ、その気持ちならよくわかる。いま、ミス・ワトソンに残されているのはプライドだけなのだ。

いや、プライドと彼女の身の安全を見届けようとしているふたりの他人だけ。本人がそのふたりの男を信じているにせよ、いないにせよ。

うら若き乙女を運任せにして、見捨てられるはずがなかった。勝てる見こみもないのに、頑強な敵に立ち向かうのがどんなものかは、誰よりもこの自分が知っているのだから。

「だんな、馬がどうかしましたか？」

ギデオンは苛立《いらだ》ちながら、戸口にさっと目をやった。アーカーシャが自分のようすを見にきたのはまちがいなかったが、それを問い詰めたところで、素直に認めるはずがなかった。さらに、いま、タリヴァーまでやってきて、白髪交じりでだみ声の子守女のように、主人のようすを窺《うかが》っていた。

押しよせる波のように、自由への切望が全身を満たした。一挙一動を監視されることなく、束の間でもいいから穏やかなときを過ごしたい――そんなのは手の届かない夢だとこれまではあきらめていたけれど。一刻も早く、顔に爽《さわ》やかな風を感じたかった。心ゆくまで乗馬を楽しみたかった。何よりも、広々とした田舎で過ごしたかった。

まわりにひとっこひとりいない、人里離れた場所に行きたかった。

「サー・ギデオン？」

光り輝く夢が消えていった。気遣ってくれる友人を責めるなどとんでもない。ふたりともすばらしい友だった。あれほど長いあいだひとりきりで過ごしたというのに、それでも、まだふたりがこれほど自分に尽くしてくれるとは――それを思うといまでも感慨がこみあげてくる。

自分など尊敬に値しない男であることは、ふたりとも百も承知のはずなのに。

「タリヴァー、今夜は泊まらないぞ」ギデオンは筋骨たくましい元兵士に言った。インドから戻る船上で何くれとなく世話してくれたタリヴァーは、帰国後に従者になったのだった。

「馬車と食料を用意してくれ。それに、御者もだ」

「御者はいりませんよ、だんな。馬車の扱いならお手のもんです」

そうだった、タリヴァーはたいていのものを扱える。痛みと恥辱のせいで常軌を逸《いっ》した男の扱いから、公爵夫人の慰めかたまで、すべて心得ていた。タリヴァーの辞職によって、東インド会社は貴重な宝をひとつ失ったというわけだ。

タリヴァーが無表情のまま、アーカーシャの腕のなかの若い女にちらりと目をやった。けれど、何も尋ねなかった。タリヴァーが何かを尋ねることはなかった。それでいて、なぜか、いつでもすべて心得ている。タリヴァーはお辞儀をして、馬小屋をあとにした。

「お願いです」震える声がした。

アーカーシャが無言で手を離すと、ミス・ワトソンは立ちあがったが、とたんによろけた。ギデオンは手を伸ばしかけて、はっとして、その手を引っこめた。ミス・ワトソンが顔をまっすぐに上げて、睨《にら》んできた。まるで社交界にデビューした舞踏会で、無礼なことを言われたかのように。

またもや、その若い女性のプライドが、心の奥深くの何かに触れた。雪解けと同時に芽吹く若木のような、純粋で瑞々《みずみず》しい何かに。あれだけのことを経験したのに、いまでも心に純粋な感情が残っていたとは思ってもいなかった。

「ご迷惑をおかけしました」相変わらずこちらを見つめたまま、ミス・ワトソンがアーカーシャから離れた。片腕をかばう姿が痛々しかった。「あなたのご親切には心から感謝しています。でも、これ以上ご迷惑をおかけするわけにはいきません」

歳《とし》に似合わず、八十を過ぎた公爵夫人のような口調だった。忌々《いまいま》しいほど丁寧な口調。笑っている場合ではなかったが、思わず口もとがぴくりと引きつった。

当然、ミス・ワトソンはそれを見逃さなかった。「わたしのことを笑っているのね」

ギデオンは否定しなかった。その代わりに、やや冷ややかな口調で言った。「ミス・ワトソン、きみにはぼくたちの助けが必要だ。といっても、きみを縛りあげて馬車に押しこんで、無理やり連れていくわけにはいかないが」

それは嘘だった。それぐらいはわけもない。それしか方法がないとなれば、そうするつもりだった。

「そんなことをされたら、わたしは叫ぶわ」その口調は喧嘩腰《けんかごし》だった。といっても、男物の外套の重みで肩はがっくりと落ちていた。失望と恐怖も重くのしかかっているのだろう。

これほど向こう見ずな宿無し娘を、なぜなんとしても助ける気でいるんだ？　目のまえに立っている若い女は、痛みと恐怖と疲労で震えている。青白い顔を縁取る濃い褐色の髪ももつれていた。ドレスは破れ、汚れている。生来の美貌《びぼう》は無数の痣の下にすっかり隠れていた。

こみあげてきた意地の悪い笑いを呑みこんだ。

たとえ目のまえにいるのが絶世の美女だとしても、自分に何ができるというのか……。

ふと浮かんだ苦々しい思いを胸の奥に押しこめて、ミス・ワトソンをまっすぐ見た。「いまは二月だ。凍えるほど寒い。そんな格好でひとり旅などできるはずがない」

タリヴァーが戸口に現われた。「だんな、馬車の用意ができました。宿の主人があわてて厩番を探しにいきました」

ミス・ワトソンの目に恐怖が浮かぶのを、ギデオンは見て取った。人に姿を見られたくないらしい。その理由を聞きださなければ。「ミス・ワトソン、馬小屋の奥に戻っているといい。カーンはおとなしいよ」

「馬など怖くありません」ミス・ワトソンがぴしゃりと言って、細い体に外套を巻きつけると、暗がりへ身を隠した。


ウィンチェスター一の宿屋の下男は、客の旅立ちの支度など慣れたものだった。箱型の小型馬車ぐらいなら、あっというまに用意できた。

ギデオンは馬小屋に戻った。ミス・ワトソンがカーンの背後でうずくまっていた。狭く暗い場所への拒否反応を、ギデオンはどうにか顔に出さないようにした。それでも、ごつごつした木製の仕切りに置いた手——手袋をはめた手——の震えは止まらなかった。

ありがたいことに、闇《やみ》が手の震えを隠してくれた。なんの変哲もない夜の闇にヤナギのように震えている男など、若い女にしてみれば頼りないことこの上ないはずだ。

をしてくださるの？」


「準備ができた」

ミス・ワトソンが背筋を伸ばして、外套をマントのように体に巻きつけた。怪我をした腕は袖に通せなかったらしい。顔を上げたミス・ワトソンの目が光った。「なぜ、こんなことをしてくださるの？」

ギデオンは迷子になったお嬢さまに手を貸すことなど日常茶飯事だと言いたげに肩をすくめてみせた。「きみには助けが必要だから」

「あなたがこうむる迷惑を考えれば、それだけの理由でここまでしてくださるとは思えないわ」

「天国に行けるように点数を稼いでいるんだよ」内心とは裏腹に軽く返すと、手にしたものを差しだした。「きみが気に入るんじゃないかと思ってね」

ミス・ワトソンはすぐには受けとらなかった。「何かしら？」

「ショールだ。夜は冷える」それに、馬車に乗る際に、人目を引く印象的な髪を隠すものが必要なはずだ。けれど、それを言ってしまったら、彼女の話をこれっぽっちも信じていないのがばれてしまう。

「どこで手に入れたの？」訝しげな口調だった。

ギデオンはにやりとしたくなるのをこらえた。これほど慎重で、用心深いとは。とはいえ、その気になれば、彼女を気絶させることぐらいわけはない。そうしようかとも思ったが、すぐにそんな考えを頭から追いはらった。ミス・ワトソンはもう充分すぎるほど暴力をふるわれているのだから。

「タリヴァーが宿の女から買ったんだよ」

上等な厚手のショール――一瞬、インドで見た明るく艶《あで》やかな織物の数々が目に浮かんで、切なくなった。差しだした茶色のショールを鼻にあてて、すばやくにおいを確かめた。「犬みたいなにおいがするが、温かいのはまちがいない」

驚いたことに、ミス・ワトソンが小さな声で笑った。「馬小屋で眠ったんですもの、犬のにおいぐらい気にしないわ」

まさに不屈の女だ。ギデオンは勇気のある者を尊敬していた。ミス・ワトソンが勇敢なのはまちがいなく、それは本人のためにもなるはずだ。くたびれ果てて錆びついて、長いこと忘れていた何かが心のなかで揺らいだ。不本意な感情を胸の奥に押しこめて、もう一度ショールを差しだした。「さあ」

「ありがとう」

予想どおり、ミス・ワトソンはショールで頭と肩をおおった。男物の大きな外套に身を包んで、髪を隠すと、目を引くものはほぼなくなった。それでも、右腕をかばっているのはいやでもわかった。もしかして、骨が折れているのか？　またもや、医者に連れていきたくなった。

「万が一に備えて、これも持っていてくれ」拳銃を渡して、ミス・ワトソンが外套の大きなポケットにそれを滑りこませるのを見つめた。「使いかたは知っているね？」

返事を聞くまでもなかった。銃を握る手つきからして、扱いに慣れているのは一目瞭然だった。

「ええ、父が射撃の名手で、撃ちかたを教えてくれたので」

ギデオンはミス・ワトソンをかばいながら庭を横切ると、馬車へ向かった。アーカーシャは早くも、そわそわした葦毛《あしげ》の馬にまたがっていた。

ギデオンはミス・ワトソンのために馬車の扉を開けながら、友人と目を合わせた。アーカーシャが今夜の出来事と、新たな旅の道連れをどう考えているのかはわからなかった。だが、どういう事情かあらかた見当をつけているはずだった。アーカーシャが何も言わないからといって、それは言うべきことがないという意味ではないのだ。

ミス・ワトソンは男性が手を貸して馬車に乗せてくれるものと思いこんでいるようで、その場に立ったままでいた。無意識のうちにそうしているのだろうが、それもまた上流階級に育った証拠だった。しばらくして、手を貸してもらえないと気づくと、ひとりで馬車に乗りこんだ。

タリヴァーが自分の頑丈な馬とカーンを引いてきて、馬車のうしろにつないだ。ギデオンは最後に吹きさらしの庭を一瞥《いちべつ》した。人が見ている気配はなかった。

これほど凍える夜であれば、暖かな部屋からわざわざ外に出てくる者などいるはずがない。召使がひとり、ふたりと庭を通ったが、自分のやるべきことで頭がいっぱいのようだった。それでも、昔からの癖は簡単には抜けず、ギデオンは細部にまでしっかり目を配った。

タリヴァーが傍《かたわ》らにやってきた。「準備はいいですか、だんな?」

「ああ」最後にもう一度だけ周囲に目を走らせた。いままさに宿を出ようとしている一団を興味深げに見ている者はいなかった。「ああ、出発だ」

「承知しました」

タリヴァーが御者台に着いて、ギデオンは馬車に乗りこんだ。馬車のなかでは、謎《なぞ》めいたミス・ワトソンが待っていた。辛辣《しんらつ》な物言いとは裏腹に、怯えた目をしたミス・ワトソンが。ちぐはぐな身なりで緊張して革張りの座席に座っている若い女性を見つめていると、ふいに久しく感じたことのなかった思いがよみがえってきた。うんざりするほどの自己嫌悪とはちがう感情が胸に湧いてきて、すぐそばにいる若い女性に好奇心をかきたてられた。気遣って、守ってやりたくなった。

まさか、ミス・ワトソンが奇跡を起こしたのか……? にわかには信じられなかった。長いこと殺伐とした人生を送ってきたせいなのか、ふいに胸に芽生えた感情を何かにたとえるならば、永遠の冬が終わって、春の雪解けを迎えた気分だった。

衝動的なこの行動が、ほかにもどんな驚きをもたらすのだろう――そんなことを考えながら、ギデオンはミス・ワトソンの向かいに腰を下ろすと、目を閉じて、眠ったふりをした。鞭《むち》をふるう音が響いて、タリヴァーが馬に声をかける。馬車がゆっくり動きだした。旅の一行は揺られながら宿の庭を出て、凍える冬の夜にまぎれていった。

2

カリスはおぞましい夢から抜けだせなかった。ヒューバートの拳《こぶし》が体に叩きこまれて、それをフェリクスがほくそ笑みながら見ている場面が延々とくり返された。ねじれた腕をぐいと引っぱられて、最後に頭を思い切り殴られると、世界がぐるりとまわって気を失った。

痛む目を開けて、ランプが灯《とも》る狭い馬車のなかにいると気づいたときにも、自分が発した悲鳴がまだこだましている気がした。けれど、実際に聞こえたのは、馬車の軋む音と、風の唸《うな》りだけだった。向かいには、ギデオンが手足を投げだして座っていた。どうやら眠っているらしい。

静かな、けれど深い安堵感が胸を満たした。ぎこちなく息を吸うと、痣だらけのわき腹がずきりと痛んだ。何はともかく、いまはフェリクスとヒューバートの暴力から逃れられたのだ。

体が震えて、いまにも涙がこぼれそうで、体を縮めて座席の隅に身を寄せた。まるで殴られるのを恐れているかのように。馬車が揺れるたびに、顎がずきずきした。怪我をしてこわばった腕が痛んだ。口から漏れそうになるうめき声を嚙み殺して、やわらかな胸に腕を引きよせた。

そうやってずいぶん長いあいだ、めまいがするほどの痛みに堪えていた。するとようやく、頭がはっきりして、荒かった息遣いも少しおさまった。怪我をしていないほうの腕で、外套を毛布代わりに体に巻きつけてから、旅の友に目をやった。ほどよく力が抜けたしなやかな細身の体を目にしたとたんに、愚かにも胸がどきどきしはじめた。

信じられないことに、それは恐怖のせいではなかった。

馬車に乗ったが最後、質問攻めにあうと思っていた。けれど、ギデオンは座席にゆったり腰かけると、両腕を背もたれの上に置き、ブーツを履いた足を隅のほうへ伸ばして、目を閉じた。見たところ、それからぴくりとも動いていないようだった。

男性のそんな姿を見ているのは、淫《みだ》らで親密なことに思えた。けれど、眠っていても、ギデオンの表情は油断なく、胸の内をひとつも明かしていなかった。黒い髪がひと房、眉にかかっている。無防備な姿のはずなのに、なぜかそうは見えなかった。

ギリシア彫刻を思わせる顔に視線を這《は》わせると、ギデオンの歳が自分とたいして変わらないのかもしれないと気づいてはっとした。威厳漂う雰囲気から、三十代だろうと思っていたけれど、こんなふうに目を閉じている顔は、二十五を過ぎているようには見えなかった。好奇心を剝《む》きだしにして見つめているなんてはしたない。自分の膝に目を落とした。外套の合わせ目が緩んでいた。

「ポーツマスはもうすぐかしら？」かすれた声で尋ねながら、顔を上げた。

ギデオンが目を開けて、値踏みするように見つめてきた。「いや、まだウィンチェスターからさほど離れていない」

馬車が大きく揺れながら停《と》まった。カリスは手を伸ばして、ブラインドをほんの少しわきに寄せた。そこは広い野原の真ん中だった。車輪にあたるのが道から草地に変わったせいで、悪夢から目覚めたのかもしれない。

野原はだだっ広いだけで何もなかった。遠くに目をやっても明かりひとつ見えない。そこが人里離れた荒野であってもおかしくなかった。

ウィンチェスターではこの程度の危険を冒すのもやむをえないと思ったが、いまや危険がはるかに大きな脅威に変わっていた。ひとりきりで、抵抗するすべもなく、見ず知らずの三人の男性に囲まれて、人里離れた場所にいるなんて。うなじの毛が逆立って、不安でたまらず、息が詰まった。

なんて馬鹿なことをしてしまったの……。どうしてわたしはこんなに愚かなの？　手探りで扉の留め金を探した。外は漆黒の闇に包まれているのだから、きっと逃げられる。

「何をしているんだい？」そう尋ねるギデオンの口調は、いかにも暢気《のんき》だった。

ギデオンというのはほんとうの名前なの？

「外に出るの」カリスは弱々しく言った。

てっきり手をつかまれると思った。けれど、ギデオンは擦《す》りきれた革の座席の上で背筋を伸ばしただけだった。カリスは歯を食いしばって、震えながら息を吸って、必死に留め金を探した。

「約束する、乱暴はしない」ギデオンが静かに言った。

「男の人の約束がどれほどのものかはよくわかっています」

あった、留め金だ！

扉が大きく開いて、カリスはつんのめりながら馬車を降りた。けれど、実際には、誘拐犯の仲間の胸に飛びこんだだけだった。厚手の外套越しに腕をしっかりつかまれて、かすれた悲鳴をあげた。痛みと恐怖の叫びだった。

「放して！」腕をつかむ手を振りはらおうともがいた。激しく動くと痣だらけの体が痛んだけれど、それでももがきつづけた。

「失礼、ミス・ワトソン」

意外にも、アーカーシャがゆっくりと足を地面に下ろしてくれたかと思うと、あとずさった。背後で馬車が軋む音がして、ギデオンが暗い野原に降りたった。となりに立つギデオンはすらりと背が高く、洗練されて、訝しげな表情を浮かべたその顔は明るい月光に照らされていた。

タリヴァーがランプを手に近づいてきた。「いったいなんの騒ぎです？」

隔離施設から逃亡を企てた患者を見るような目つきで、タリヴァーが睨んできた。パニックが失望の潮となって引いていき、あとに残ったのは、失態を演じた屈辱だけだった。

「邪《よこしま》な男たちにこんなところへ連れてこられたと、ミス・ワトソンは感じているらしい」

ギデオンの皮肉な物言いと、タリヴァーの苛立たしげな視線から、カリスは自分がとんでもない誤解をしたことにはっきり気づいた。頭に血がのぼるほどの動揺がおさまると、その反動で足もとがふらついた。体の震えが止まらず、厚い外套のまえをぎゅっとかきよせた。と同時に、救いの手を差しのべてくれた男性が、シャツの上に上着しか着ていないことにやっと気づいた。

「あなたが凍えてしまうわ」カリスは怪我をしていないほうの手で、外套を脱ごうとした。

「大丈夫だ」ギデオンがきっぱり言いながら、カリスを制したが、体に触れることはなかった。そうして、さらにきっぱりとつけくわえた。「ぼくは寒くない」

「ミス・ワトソン、あなたの怪我の具合を確かめるために馬車を停めたんです」アーカーシャが言った。

カリスの目は自然にギデオンに吸いよせられた。「医学の心得があるの?」

ギデオンが首を横に振ると、艶《つや》やかな髪が馬車のランプの明かりを受けて金色に光った。

「アーカーシャとタリヴァーがそろえば、並みの医者には負けない。それに応急処置の道具もある。包帯、軟膏《なんこう》、痛みを抑えるアヘンチンキ」

「薬は呑まないわ」カリスはふらつく脚であとずさって、馬車にぶつかった。

暴力以上に恐ろしかったのは、アヘンチンキで気を失わせて、デサイ卿《きょう》に凌辱《りょうじょく》させると、フェリクスに脅されたことだった。それでついにホルコム邸から逃げだそうと心が決まったのだ。ふたりの継兄に殴られるようになったときにも、逃げようと考えはした。けれど、そのときは、ホルコム邸での危うい生活にしがみついていたほうがいいと思い直したのだった。そんな生活を強いられるのも、あと数週間のことなのだからと。まもなく自由になれると信じていたからこそ、継兄にどんな仕打ちをされても堪えられた。家を出て放浪などしたら、赤の他人の情けにすがるしかなくなる。力もなく、金もなく、助けてくれる知り合いもひとりもいないのだから。

けれど、継兄が考えるのもおぞましい脅しを口にするようになると、危険な放浪生活のほうがまだしもましに思えるようになった。

ふたりの継兄——ファレル兄弟——のことは、いくら憎んでも憎み足りなかった。ふたりとも残虐ではあるけれど、ある意味で対照的でもあった。ヒューバートは力で相手をねじ伏せる暴力的な獣。いっぽうで、フェリクスは執念深く、ずる賢い。ヒューバートにはさんざん殴られたけれど、ほんとうに恐ろしいのはフェリクスのほうだった。

そしていま、カリスは頑としてアヘンチンキを拒んだ。アーカーシャが異国の雰囲気が漂う仕草で肩をすくめた。「ならばせめて、どの程度の怪我なのか診せてもらいましょう。それぐらいならかまいませんね？」

「慎重に頼むぞ。ミス・ワトソンは腕を怪我しているのだから」ギデオンが心配そうに言った。

「わたしにまかせれば心配ないのはわかっているでしょう」

渋々とカリスは歩みでた。アーカーシャが気遣いながら外套を肩からはずして、馬車のなかに置いた。

カリスは三人の男性のまえで、ぼろぼろのドレス姿で立っていた。夜気は氷のように冷たかった。肌を刺す風はまもなく雪を連れてくるのだろう。怪我をしていないほうの手も震えていたけれど、ドレスのまえをしっかり押さえて、なけなしのプライドを誇示しようとまっすぐ顔を上げた。そうすれば、慎みのある淑女に見えるはず。そう、かろうじて。とはいえ、傷だらけで、泥にまみれた姿が、どれほど哀れかはわかっていた。月明かりと馬車のランプにくわえて、タリヴァーが持ってきたランプに照らされて、痣もかすり傷も屈辱的なほどはっきり見えるはずだった。

「座るといい、ミス・ワトソン」ギデオンが馬車の後部から折りたたみ椅子を取りだして、すぐうしろに広げてくれた。犬のにおいが染みついたショールも持ってきてくれた。

カリスは感謝しながら腰を下ろした。実のところ、膝に力がはいらず、いつ倒れてもおかしくなかったのだ。肩にショールをかけてから、アーカーシャのほうにおずおずと腕を伸ばした。アーカーシャが真剣な面持ちで、手を取って、手首をそっと動かした。アーカーシャはほんものの医者にも負けないほど器用に怪我の具合を診た。それでも、カリスは痛みに顔をしかめずにいられなかった。

「ひねっただけだ。骨は折れていない」アーカーシャが冷静に言った。

安堵感が全身にこみあげた。たとえ無傷であっても、これからの三週間は厳しいものになる。腕が折れていたら、それこそたいへんだ。気を失った時点で、ヒューバートの暴力がやんだのがせめてもの救いだった。

アーカーシャが両手、両腕、首を順々に診ていった。最後に、顔にそっと指を這わせた。その触れかたは冷静沈着な医者そのもので、カリスは緊張感がほぐれて、周囲のようすに気を配れるようになった。タリヴァーは馬の世話をしていた。ギデオンは馬車のうしろにくくりつけた革の鞄《かばん》をはずしていた。無言のまま、鞄をアーカーシャの傍らに置くと、その場を離れて、火を熾《おこ》しにかかった。

凍える寒さと痛みを忘れようと、カリスは日常的な作業をこなすギデオンの手を見つめた。手袋に包まれたその手は、優美で器用だった。火がはぜる音がして、炎がギデオンの端整な顔を金色に染めると、思わず息を呑んだ。ギデオンのすべらかな頬と鋭角的な顎のラインが輝いていた。

なんて美しいの……。その思いがハープの音色のように、静かに全身を満たした。ギデオンを見ているとなんとなくそわそわした。胃のあたりに感じる不可思議な重みをまぎらわそうと、体を動かした。

「失礼、ミス・ワトソン」アーカーシャが肩にあてていた手を離した。

カリスは首を振った。「いいえ、大丈夫です」

どこを見ていたのかをアーカーシャに気づかれて、頬がかっと熱くなった。不安定な椅子の上で背筋を伸ばして、不規則な胸の鼓動をどうにか鎮めようとした。

アーカーシャの顔を見ると、その目に哀れみが浮かんでいるのがわかって、身をすくめた。

アーカーシャの顔立ちも端整で、その顔を見ていると、優美な肖像画を心静かに鑑賞している気分になった。ギデオンを見たときのように心がざわめくことはなかった。

ギデオンが闇のなかにいったん姿を消して、まもなく錫《すず》のやかんを手に戻ってくると、それを火にかけた。ギデオンに見とれていたせいで、そのときまで遠くの小川のせせらぎに気づかずにいた。うしろのほうでは、タリヴァーが穏やかな声で馬を落ち着かせていた。

湯が沸くと、アーカーシャが布を湿らせて、腫れた顔から血と泥を拭《ぬぐ》ってくれた。軽く触れられただけでも、顔の痣がずきんと痛んで、じっとしているには体に力をこめなければならなかった。ギデオンのほうを見てしまわないように、ショールを体に巻きつけた。

けれど、そんなことをしてもどうにもならなかった。無言でアーカーシャの処置を受けながら、いつのまにか目は焚《た》き火の光の輪の向こうに立っているギデオンに吸いよせられていた。

ギデオンが黒い目でこちらを見つめていた。その眼差しには理解できない何かが、強いて言うなら、静かで、なおかつ熱い思いがこもっていた。ギデオンの手袋をはめた手は、体のわきで握りしめられ、顔に浮かぶ表情には怒りが表われていた。それは、痣だらけのカリスの顔をはじめて見たときに、その顔に浮かんだ怒りと同じだった。カリスは思わず身震いした。怒りの矛先が自分ではなく、自分に暴力をふるった男たちに向けられているのはわかっていたけれど。

見つめられているのに気づいたギデオンが、身を固くした。そうして、くるりと横を向いて、折りたたみ椅子を取ってくると、火のまわりに並べはじめた。カリスはうつむいた。不躾《ぶしつけ》に人を見るのは、淑女にあるまじき行為だった。

アーカーシャが鞄を開いて、陶器の小瓶を取りだした。小瓶の蓋《ふた》を開けると、つんとする薬草のにおいが漂った。カリスはびくんと身を引いたものの、すぐにしっかり座り直して、頬に軟膏を塗ってもらった。イラクサで叩かれたような痛みが頬に走って、思わず悲鳴をあげた。

「何をやってるんだ、痛がっているじゃないか」ギデオンが語気を荒らげて言うと、すぐさま歩みよってきた。「気をつけてくれ」

アーカーシャは過保護な友人を無視して、カリスに話しかけた。「ほかに痛むところは？」

わき腹にも痛みがあり、暗闇で転んだときに膝も擦りむいていた。とはいえ、それより腕と顔のほうがはるかに痛かった。「いいえ、ほかにはどこも」

アーカーシャが軟膏の蓋を閉めながら、探るように見つめてきた。「ほんとうに？」

「ええ、ほんとうに」傷の手当てはこれで終わりにしたかった。もう堪えられそうにない。体力が尽きかけて、視界が霞んでいた。

「腫れないように、腕に包帯を巻いておこう」アーカーシャがさきほどとはちがう小瓶を開けて、中身を怪我をした腕に塗りつけた。さきほどの軟膏と同じぐらいつんとするにおいで、塗ったとたんに肌が焼けるように熱くなった。

でも、その痛みがすぐにおさまるのはわかっていた。痛みよりも辛かったのは、ショールと薄っぺらなドレスだけでは、吹きすさぶ寒風から身を守れないことだ。腕に包帯を巻かれるころには、カリスは疲れ果てていた。

ギデオンがしゃがみこんで、応急処置の道具がはいった鞄から布を取りだした。「腕を吊《つ》ったほうがいいだろう」

「そうだな」アーカーシャが布をカリスの首にかけた。すると、魔法のように腕の痛みが和らいだ。「いくらか楽になったかな?」

「ええ、ありがとう」カリスは顔を上げて、弱々しい笑みを浮かべた。「ほんとうにご親切にありがとう」

アーカーシャが肩をすくめると、また異国の雰囲気が漂った。「どういたしまして。痛むだろうが、さほどひどい怪我ではなさそうだ。昼間、明るいときにきちんと診なければ断言できないが、傷は浅そうだ。すぐによくなるだろう」

カリスは疲れ果てて、小さな声で礼を言うのが精いっぱいだった。ギデオンが馬車から外套を取ってきて、肩にかけてくれた。厚手の布地に包まれると、すでに嗅《か》ぎなれたものになったギデオンの香りに鼻をくすぐられた。体がすぐに温まって、ずいぶん楽になった。「こっちに来て、火のそばに座るといい」

ギデオンはすでに手の届かないところへ離れていた。呆然《ぼうぜん》として、一瞬、カリスは遠ざかるギデオンを見つめた。次の瞬間には、疲労感が大きな波となって押しよせて、とぼとぼと火のそばへ行くと、椅子にへたりこんだ。火のぬくもりが全身にゆっくり染みわたって、凍えた手足がちりちりした。

ギデオンが馬車の後部から、食べ物の詰まった重い籠《かご》を下ろした。ばつの悪いことに、カリスのおなかが大きな音をたてた。腹がすけば抵抗心も失《う》せると考えた継兄たちからは、最小限の食事しか与えられていなかったのだ。

食事のあいだ、誰もが押し黙っていた。明るく燃える小さな焚き火を四人で囲みながら、カリスは質問されるのを覚悟していた。根掘り葉掘り訊《き》かれるのを。けれど、旅の道連れとなった男たちは、意外にも、見え透いた嘘をそっくり受けいれるつもりでいるようだった。ようやく満たされた胃が罪悪感でずしりと重くなり、ほとんど口をつけていないミートパイをそっと押しやった。

「気分は?」がっくりと肩を落としたことに気づいたのか、ギデオンが尋ねてきた。ギデオンが気づいたのも不思議はなかった。食事のあいだ、焚き火越しにずっとこっちを見ていたのだから。ギデオンはタリヴァーとアーカーシャにはさまれて、カリスの真正面に座っていた。

「大丈夫。気遣ってくれてありがとう」

そう言ったとたんに、カリスはそのことばどおりだと気づいて驚いた。顔の痛みはずいぶん和らぎ、さきほどまでずきずきしていた腕はかすかな鈍痛がするだけだった。

ギデオンから手渡された旅用のカップに注《つ》がれた上等な赤ワインに口をつけた。ギデオンとふたりの仲間はボトルから直《じか》にワインを飲んでいた。かつてギデオンの唇が触れたはずのカップに口をつけるのは、あまりにも親密な行為に思えた。キスする気分だった。とたんに頬がかっと熱くなって、ほんとうにキスしたように唇が疼《うず》いた。

食事が済むと、タリヴァーはまた馬の世話をして、アーカーシャとギデオンは食事のあとかたづけをした。カリスは怪訝に思った。ギデオンは高貴な家の出のはずなのに、雑用をするの？　それに、こんなに何もない野原の真ん中でも、不思議なほど居心地よさそうにしているなんて……。ふたりの継兄ならば、皿洗いや火熾しをしようなどとは夢にも思わないはずだった。そのために召使がいるのだから。貴族は召使にかしずかれて当然なのだから。

ギデオンとふたりの従者の関係も不思議だった。タリヴァーの主人に対する口調はずいぶんなれなれしい。アーカーシャも召使のはずなのに、ギデオンは対等であるかのように接していた。

ギデオンが馬車の扉を開けてくれた。けれど、やはり手を貸してはくれなかった。紳士なら自然に手を貸すはずなのに、なぜかそうしてくれないのだ。代わりに、アーカーシャが歩みでて、馬車に乗せてくれた。ぶかぶかの外套をはおり、怪我した腕を吊っていては、手伝ってもらわなければ馬車に乗れなかった。

「ミス・ワトソン」

「ありがとう、アーカーシャ」カリスは小さな声で礼を言いながらも、アーカーシャがうしろに下がったことに気づきもしなかった。

扉のわきに立っているギデオンに目が吸いよせられていた。雲が月を隠して、端整な顔の陰影が際立っている。美しいことに変わりなかったが、なんとなく不穏な印象だった。

カリスは身震いした。「あなたはいったい何者なの？」つぶやきながら、座席に腰を下ろした。

「きみこそ何者なんだい？」こちらをまっすぐ見つめたまま、ギデオンが紳士ならみなそうするように、馬を背にした向かいの座席に腰を下ろした。

夜明けまえはとりわけ寒く、カリスは外套を体にしっかり巻きつけて、怪我をした腕が痛まないように位置を調節した。「わたしがさきに尋ねたのよ」

子どもじみた反論だった。引き結んだ口もとがぴくりと動いたところを見ると、ギデオンもそう思っているはずだった。あらゆる顔の造作同様、その唇も非の打ちどころがなかった。くっきりした上唇に品のよさと高潔さが表われている。ふっくらとした下唇には……。

空気まで震えるような沈黙のなかで、ギデオンを見つめていると、下腹がぞわぞわして、何かがくすぶっているような気がした。親戚でもない男性とふたりきりになるなんて、これがはじめて……。呆《あき》れたことに、いまごろそれに気づいた。フェリクスとヒューバートから逃れられるかどうかとはまったくちがう意味で、いまこの瞬間がどうしようもなく危険に思えた。

「ぼくはギデオン・トレヴィシックだ」返事を待つように、ギデオンがいったん間を置いた。けれど、カリスはその名を聞いても、何も思いあたらなかった。「コーンウォールのペンリンの出だ」

「高名な家柄なのね？」そうであれば、ギデオンの訝るような態度も説明がついた。ギデオンの顔にまた苦々しい笑みが浮かんだ。「だめだよ、それはふたつ目の質問だ。今度はぼくが尋ねる番だ」

カリスは身を固くした。とはいえ、そう言われると思っていた。ずっとまえから覚悟していた。

「疲れているの」たっぷりの食事と、アーカーシャの適切な処置のおかげで、少し体力が回復したとはいえ、疲れているのは事実だった。

「ポーツマスはまだ遠い。もう少しだけ目を覚ましていて、旅の相棒を楽しませてくれてもいいだろう」

カリスはため息をついた。嘘をつくのがいやでたまらなかった。でも、それ以外にどうすればいいの？　ほんとうのことを話したら、すぐさま通報されるに決まっている。

「わたしはもう名乗ったし、どこに住んでいるかも教えたわ。今日、この身に降りかかった災難についても、ポーツマスの叔母に会いにいくことも」いつのまにか怪我をしていないほうの手で吊り包帯をいじっていた。動揺の表われだ。ぎこちなく息を吸って、手のひらを膝に押しつけた。「あなたとわたしは偶然出会っただけよ。これ以上、わたしについてあなたが知らなければならないことがあるかしら？」意固地な物言いなのはわかっていたけれど、嘘を重ねるのはいやだった。

薄暗い明かりの下では、ギデオンの顔は美しい仮面のようだった。いまのことばを信じてもらえたのかどうか、それはわからない。ギデオンは無言で考えているようだったが、すぐに低い声で言った。「きみがなぜそんなに怯えているのか、知っておきたい」

「追い剝ぎが……」

ギデオンが何かを切るように手袋をはめた手を動かすと、カリスは口をつぐむしかなかった。「ほんとうに追い剝ぎに襲われたなら、馬小屋に隠れているはずがない。ぼくを信じられないのか、サラ?」静かな、けれど決然としたことばに、カリスは体の芯《しん》まで揺さぶられた。一瞬、ほんとうのことを話してしまいたくなった。けれど、自分がどれほどの危機に瀕しているのか思いだした。

「あなたのことは……信じているわ」かすれた声で答えて、ぎこちなく息を吸った。たとえ偽名でも名前を呼ばれたせいで、さらにギデオンとの絆《きずな》が深まった気がした。そのせいで、嘘をついているのがますます辛くなった。

ギデオンが擦りきれた革の背もたれにぐったりと身をあずけて、顔を曇らせた。「何から逃げているのかわからなければ、助けようがない」

「もう充分に助けてくれているわ」こみあげてきた涙をまばたきして押しもどす。これほどのやさしさに嘘で応じるのは辛かった。

それでも、必死に自分に言い聞かせた。ギデオンは男性だ。男性である以上、信じてはならないと。けれど、どれほどそう自分に言い聞かせても、そんなことばはうつろに響くだけだった。父はすばらしい人だった。これまでの出来事のすべてが、サー・ギデオン・トレヴイシックもすばらしい人であるのを証明していた。

カリスは精いっぱい力強い口調で言った。「次はわたしが尋ねる番よ」

ギデオンがたくましい胸のまえで腕を組んで、黒い眉をひそめて見つめてきた。「なんでも訊いてくれ」

ギデオンのことが知りたくてたまらない——そんなふうに思っている自分に驚いた。好奇心で体が熱くなっていた。それなのにどういうわけか、最初に口をついて出た質問は、あまりにも滑稽《こっけい》だった。「ご結婚は?」

ギデオンがいかにも苦々しげに笑った。「何を尋ねるかと思ったら……いや、とんでもない」

きっぱり否定されたことに驚いて、一瞬、恥ずかしさも忘れて言っていた。「結婚などしているはずがないと言いたげな口調だわ」

「ああ、そのとおりだ」ギデオンの視線が窓の外の暗闇に向けられた。

気持ちを抑える間もなく、カリスの目はその横顔に吸いよせられた。カメオや硬貨に刻まれるような完璧な横顔に。くっきりした額からうしろに撫でつけられた黒く豊かな髪。高くまっすぐな鼻。鋭角的で品のある顎のライン。目もくらむほどの端整な顔立ちに、殴られたようなショックを受けた。

ギデオンがこちらを向くと、ふたりの視線がぶつかった。カリスは顔が真っ赤になった。ありがたいことに、薄暗い明かりと痣が赤みを隠してくれた。

陰のある黒い瞳から目が離せなかった。ギデオンは心が揺れているの？　けれど、カリスはそれが自分のせいだと思うほどうぬぼれてはいなかった。そうよ、この身に降りかかったささやかな事件のせいで、ギデオンとわたしの人生は交差したけれど、すぐに別々の道を進みだすのだから。無分別な落胆を感じて胸が痛んだが、苦痛を顔に出さないようにした。

ギデオンの瞳を隠す黒く濃い睫《まつげ》だけが、その面立ちのなかでただひとつ繊細なイメージとは無縁だった。強い男性であることにまちがいなかった。

「今度はぼくの番だ。ご両親は美しい。けれど、いまどこに？」

「亡くなりました」嘘をつかなければと考えるよりさきに、ことばが口をついて出た。

「お気の毒に」

カリスは視線を落として、膝の上で握りしめている手を見つめた。「父はわたしが十六のときに、母は三年まえに」

「きみはいくつなんだ？」話題が変わって、カリスはほっとした。これほど長い月日を経ても、両親の話をするのは辛かった。

「二十歳。まもなく二十一です」そう言いながら、三月一日に成人するのをあらためて思いだした。そのときには、この危機から脱することができる。あと三週間逃げおおせれば、継兄はわたしに指一本触れられなくなるのだ。わたしの財産にも。「あなたはふたつ質問したわ」

ぎこちなく不思議な会話。まるで危険なゲームのようだった。「きみもふたつ尋ねるといい」

「タリヴァーはあなたをサー・ギデオンと呼んでいるわ。あなたはナイトの称号を与えられたの？」

「ああ」

カリスはギデオンがさらに何か言うのを待った。その地位を授けられることになった手柄やら何やらを得意げに話すのを。けれど、ギデオンは沈黙を守っていた。

「ということは、そう呼ばれているのは家柄のせいではないのね？」

「いや、それもある。なんの因果か、ぼくは准男爵だ。といっても、その地位が自分にまわってくるとは思ってもいなかったが」

「ペンリンが領地なの？」

「そうだ」

「しばらく領地を離れていたの？」

「ロンドンに滞在していた」ギデオンはそれだけ言うと、いったん口をつぐんだ。「次はぼくの番だ。カーライルからポーツマスへは長旅だ。淑女がひとりで旅するような距離ではない。なぜ、そんな長旅を？」

「ちょっと事情があって」少なくとも、それは事実だった。

「それで、叔母上がきみを待っていると？」

「叔母……メアリー叔母は話し相手をほしがっているの。叔母は……裕福だけど、独身なので」バースにいる大叔母の境遇をほぼそのまま話していた。といっても、大叔母の名はメアリーではなくジョージアナだった。あのやさしい大叔母に助けてもらえたらどれほどいいだろう……。けれど、いくら大叔母が裕福でも、法とファレル兄弟の暴力には抗《あらが》えなかった。

「ポーツマスのミス・メアリー・ワトソン」ギデオンが言った。年代物のワインのように深みのある声に疑念が漂っていた。

「ええ」

「ならば、きみを叔母上の家まで送りとどけよう」

そんな……どうしよう……。そう言われるのを、最初から予想しておくべきだった。ポーツマスに行こうと決めたのは、旅人が大勢いるからだ。その町には風に巻きあげられる砂粒ほどの旅人がいて、そこにまぎれこめば、誰にも気づかれないと思ったのだった。けれど、実際に行くのははじめてで、ポーツマスの町のどこに何があるのかまったくわからなかった。

「ありがとうございます」カリスは架空の叔母についてこれ以上訊かれないように、あわてて答えた。「なぜロンドンにいらしたの？」

いまのは目の錯覚？　ギデオンの目が曇ったような気がしたけれど……。「コーンウォールはわびしい場所だからね。とりわけ冬は」

けれど、ギデオンは日に焼けていた。カリスは戸惑った。ギデオンも嘘をついているとは思えない。それでも、何か隠しているような気がしてならなかった。「アーカーシャは従者なのでしょう？」

　ギデオンがふいに笑いだした。ギデオンのこれほどおかしそうな笑い声を聞いたのははじめてで、真の笑顔を見たとたんに、胸のなかで心臓が止まりそうなほどどきりとした。息もできなくなるほどすてきな男性を見たのは、生まれてはじめてだった。

「とんでもない。アーカーシャは友人だ」

「でも……」ギデオンの気分を害してしまいそうで、口ごもった。

「見た目だけで判断してはいけないよ、ミス・ワトソン」ギデオンは上着のポケットに手を入れると、平たい銀製の携帯用酒瓶を取りだした。てっきり酒を飲むのだろうと思ったが、ギデオンは酒瓶を差しだした。「ブランデーだ」

「強いお酒は飲まないの」

「飲めばよく眠れるし、痛みも和らぐ」

「アーカーシャの手当てで痛みは和らいだわ」

「あれから長いこと馬車に揺られている。アーカーシャの魔法の効き目も、まもなく薄れてしまうだろう」ギデオンの穏やかな声がビロードのようにするりと心にはいってきた。「飲むんだ、サラ。そのほうがいい」

　カリスは気づくと手を伸ばして、酒瓶を受けとり、中身を口にふくんでいた。すべては鋭い光を放つ深遠な黒い目のせいだった。強い酒が喉に染みて、咳《せ》きこんだ。そのせいで痣だらけのわき腹が痛んだけれど、心地いいぬくもりが全身に広がっていった。

　酒瓶を返した。わずかに残っていた気力はあっというまに消えて、疲れて痛む腕や脚がずしりと重くなる。あくびを嚙み殺そうとすると、腫れた顎が痛んだ。

眠ってはならないのはわかっていた。ギデオンとその仲間を信用して、眠りこんでしまうなんてとんでもない。それでなくても、逃げだす機会をつねに窺っていなければならないのだから。

眠ってはならない。眠っては……。


翌朝、馬車はポーツマスの町に着いた。ギデオンは途切れ途切れにうとうとしただけだった。とはいえ、それはいつものことだった。猛スピードで走る馬車に揺られていようと、上等な羽毛のベッドの上だろうと、それは変わらなかった。ひと晩ぐっすり眠れるなら、心を売りとばしてもかまわない——ときにそんな気分になることもあった。けれど、翌朝には、売ろうにも、この自分には心などないと気づくのだった。

インドを離れたときほどには狭い場所に閉じこめられることに恐怖を感じなくなっていた。小さな馬車に乗っているのが不快なのは変わりなかったが、それでもどうにか堪えられた。

向かいの座席に座るアーカーシャが、無言でこちらを見ていた。夜明けまえに雪になり、アーカーシャも馬車に乗ったのだ。タリヴァーには馬車を停めて、路傍の宿で休もうと声をかけたが、イギリスの寒さなどものともしないのをタリヴァーは証明してみせた。インドからイギリスに向かう船上での、焼けつく暑さにも堪えぬいたように。

ギデオンはアーカーシャの傍らで丸くなって眠っている人影に視線を移した。サラは座席の隅で体を丸めていた。座席にぴたりと身を寄せて、眠りながらも警戒しているようだった。とたんに、サラを痛めつけた無法者に、胃がぎゅっと縮まって熱くなるほどの怒りを感じた。卑劣な男は地獄に落ちるがいい。

ブラインドを開けて、朝日を浴びるミス・サラ・ワトソンをはじめて見た。アーカーシャの適切な処置にもかかわらず、一夜が明けて、顔の痣が濃くなっていた。髪はネズミの巣のようだ。擦り傷だらけの手で、身にまとった男物の分厚い外套をしっかり押さえて、優美な曲線を描く細い体を隠していた。ふと、ゆうべ、不本意ながらその曲線をはっきり目にしたことを思いだした。反対の手はアーカーシャが手早く作った吊り包帯に支えられて、胸のまえにぶらさがっていた。

「起こすか？」アーカーシャが小声で言った。

ギデオンはうなずいた。黒い厚手の羊毛の外套を握っている手に、アーカーシャがそっと触れた。あっさりとその手に触れる友人に嫉妬《しっと》したのは、これがはじめてではなかった。

その場でじっと座ったまま、目覚めるサラを見つめた。薄茶色の目が開くと、大地に積もった雪に反射する朝日を受けて、その瞳が輝いた。焦点がゆっくりと自分の顔に合ったかと思うと、その目に非難が浮かんだ。

「薬を呑ませたのね」もったりした口調だった。まだはっきり目覚めていないのか、あるいは、口が腫れているせいなのか。さもなければアヘンチンキのせいなのか。

「きみはぐっすり眠って体を休めなければならなかった。大丈夫だよ、アヘンチンキをほんつかなかったのだ。

の一滴混ぜただけだ」ほんとうは一滴ではなかったが、そうする以外に休ませる方法を思いつかなかったのだ。

「そんなことは二度としないで」鋭い口調だった。ますます警戒させてしまったらしい。とはいえ、その目は息を呑むほど澄んでいて、深い緑色の瞳にはのぼったばかりの太陽にも似た金色の斑点《はんてん》がちりばめられていた。顔は相変わらず痣だらけだが、目を見れば、実はその顔がどれほど美しいかがわかった。

ギデオンは素直にうなずいた。「ああ、一度きりにしておくよ」いったんことばを切って、尋ねた。「気分は？」

サラが切れた唇を気にしながらも、口もとにちらりと笑みを浮かべたが、すぐに顔をしかめた。それでも、口調にはユーモアの片鱗《へんりん》が感じられた。「ラバに蹴られたようだわ。腹を立てた大きなラバに」

サラは運命に真正面から立ち向かっていた。泣き言も漏らさなければ、恐怖に立ちすくむこともない。その精神力には驚かされるばかりだった。根掘り葉掘り尋ねる資格など自分にはないとわかっていても、サラのことをもっと知りたくてたまらなかった。

だが、サラが言うとおり、ふたりは偶然出会った赤の他人。変えようのない運命に苛立ったところで、どうにもならない。サラは自分のものではない。自分のものになるはずがない。自分のものになる女などこの世にひとりもいないのだから。

厭《いと》わしいその事実とは、もう何カ月もまえに折りあいをつけていた。

そんな不愉快な思いを気取られないように、わざとさらりと答えた。「ならば、気分はずいぶんよくなったというわけだ？」

冗談めかしたことばに、サラは小さく笑って、すぐに痣だらけの頬を手で押さえた。「笑うと痛むわ」

「そうだろうね」よほど性根《しょうね》が据わっていなければ、こんな状況で笑えるはずがなかった。

「叔母上の家はどのあたりかな、ミス・ワトソン？」アーカーシャが尋ねた。

それまで探るようにこちらを見ていたアーカーシャが、今度はサラを見つめた。サラに見とれていたのに気づかれたはずだ。そう思うと、首のうしろがじわりと熱くなった。それに、アーカーシャには哀れまれてもいるはずだ。そう思うと、プライドが傷ついた。

サラの声が沈んで、口調が固くなった。それは嘘をつくときの合図でもあった。「もうすぐです。町の真ん中で降ろしてください、ひとりで行けますから。これ以上、ご迷惑をおかけするわけにはいかないわ」

サラが目を合わせようとしないのに気づいて、ギデオンはにやりとした。「まさか、淑女を町中に置き去りになどできるはずがない」

サラが膝の上で握りしめている手を見つめながら困っていた。「でも……叔母は生涯独身で、ひっそり暮らしているんです。わたしが見知らぬ男の人を三人も連れていったら、それこそ驚いてしまうわ」

「破れたドレスをまとって、傷だらけのきみがひとりきりで訪ねていっても、叔母上は平然としているのかな？」

朝日を浴びて金色に輝く濃い睫越しに、サラが腹立たしげな視線を送ってきた。「きちんと説明すれば、叔母もわかってくれるわ」

前夜のうちに決めておいたとおり、馬車はポーツマス一の宿屋にはいった。サラの手は関節が白くなるほど握りしめられていた。「ここはどこなの？」

「この宿屋で馬を替えて、食事をする。それから、アーカーシャとぼくがきみを叔母上の家へ送っていく」

「だめよ」

「朝食はいらないという意味かな、それとも送っていく必要はないとでも？」

分別のある淑女らしく、サラの表情には不躾な返事を恥じる気持ちが浮かんでいた。「いえ、朝食はいただくわ」

なるほど、逃げだすまえに腹ごしらえをしておこうというわけだ。金もなく、身も危険にさらされているとしたら、自分だってそうしているだろうとギデオンは思った。「では、食事にしよう」さらりと言った。

馬車が停まった。アーカーシャがサラに言った。「わたしが抱いていこう」

サラと目が合った。どういうわけか、サラはアーカーシャではなく、ぼくに抱いていってほしいと望んでいるらしい。だが、そんな簡単なことさえできない哀れな男——それがいまの自分だった。拳を握りしめて、惨めな事実とはとっくに折りあいをつけたはずだと胸のなかでつぶやいた。それでも、若く美しいこの女性を人の手にゆだねるしかないと思うと、そんなことばは空虚な嘘でしかなかった。

「ありがとう。でも、自分の脚で歩けるわ」

「それだけの怪我をしていては人目を引いてしまう。わたしが抱いていったほうが、余計な視線にさらされずに済む」アーカーシャが言った。ギデオンは思った――自分とサラの心の葛藤《かっとう》をアーカーシャはひしひしと感じているにちがいない。

「そのほうがいい、ミス・ワトソン」ギデオンは言った。

その瞬間、落胆にサラの顔が翳《かげ》った。痣だらけなのに、これほど表情が豊かだとは信じられなかった。挑戦を受けてたつかのように、サラがまっすぐ顔を上げた。

「そうおっしゃるなら」静かな口調だった。


アーカーシャに抱かれて、カリスは階段を上がった。アーカーシャのあくまでも冷静な態度のおかげで、抱かれていても気まずさはなかった。もしギデオンに抱かれていたら、これほど平静ではいられなかったはず。ギデオンのたくましい胸に体を添わせるのを想像しただけで、頰が熱くなる。真っ赤な顔が恥ずかしくて、うつむいた。

ギデオンにこれほど惹《ひ》かれているなんて、どういうことなの？　ギデオンがそばにいると、それだけしか考えられなくなる。こんなことははじめてだった。

まさか、これほどギデオンのことが気になってしかたがないなんて。ほんとうなら、逃げることと、これからの三週間を無事に過ごすことだけに気持ちを集中しなければならないのに。ひと目見た瞬間から、頭も心もギデオンのことでいっぱいになった。おまけに、ときを経るごとに、ますます惹かれている。窮地から救いだして、かくまってくれたから、そんな気持ちになっているだけなの？　それとも、この激しい感情はそれとはまったくちがう何かなの？

それでも、広々とした客室——到着に合わせてギデオンが予約しておいた部屋——に下ろされるころには、激しい胸の鼓動もおさまっていた。けれど、馬鹿げた空想のもととなっているギデオンが、続いて部屋にはいってくると、またもや脈が淫らなジグを踊りだした。抑えようのない体の反応をどうにか表に出さないようにしたけれど、ギデオンが部屋を横切って暖炉に向かうと、その存在を意識せずにいられなかった。

タリヴァーが豪華な朝食を注文しようと部屋を出ていった。アーカーシャが例の独特の真剣な表情で見つめてきた。「傷を診せてもらえるかな、ミス・ワトソン？　暗がりでは、たいした手当てはできなかった」

「ほんとうに親切なのね。ありがとう」口のなかにアヘンチンキの苦味が残っていたけれど、それを除けば、傷はずいぶん回復しているようだった。暖かい部屋にはいったおかげで、体のこわばりもだいぶ和らいでいた。

ギデオンは火が燃える暖炉の傍らで、優美な長椅子にゆったり腰かけていた。黒い目で見つめられているのを感じながら、カリスは椅子から立ちあがると、震える脚でアーカーシャが待っている部屋の中央へ向かった。

厚手のショールを頭からはずし、外套も脱いで、両方とも床に落とした。くだらないと思いながらも、ギデオンのために服を脱いでいるかのような錯覚を抱いた。いつのまにか淫らな妄想をしていた。まさか自分がそんなことを考えるとは思いもしなかったけれど、止めようがなかった。

ギデオンのまっすぐな視線に欲望を感じた。けれど、そんなのは錯覚に決まっている。考えていることが常軌《じょうき》を逸しているのはよくわかっていた。それでも、肌がほてって、乾いた唇を舐《な》めた。

それを見て、ギデオンの目に動揺が浮かんだ。

とたんに、心臓が胸を破りそうなほど激しく打った。ギデオンのまっすぐな視線の何かに、体の芯まで射抜かれる。すべて見透かされているようだった。

アーカーシャに触れられて、身じろぎした。

「痛かったかな？」アーカーシャが顔をしかめて尋ねた。

「いいえ」弱々しく答えた。

アーカーシャは医学の心得があるようで、怪我の手当てをすべてまかされているのも充分にうなずけた。ゆうべの処置は適切で効果的だった。痛みはまだ残っているものの、昨日に比べればはるかに楽だった。

これほどハンサムで思慮深い紳士に触れられても、何も感じないのはなぜ？　それでいて、部屋の隅にいるギデオンに、息遣いまで支配されているなんて。

なぜこんなことが起きるの？　生まれてはじめての感覚がどんな意味を持つのか、必死に考えた。これまでにも舞踏室や大広間で、多くの紳士に出会った。魅力的な人や洗練された人、やさしい人に。けれど、こんなふうに体が反応したことはなかった。この部屋の片隅にいる寡黙で謎めいた人――瞳を輝かせた黒髪の美男子――をまえにしたときのように、体が反応したことなど。全身を駆けめぐる煽情的《せんじようてき》な感覚に、息まで止まりそうになったことなど一度もなかった。

怪我の具合を尋ねるアーカーシャに応じながら、ギデオンの手袋をはめた手――エールが注がれた銀のジョッキを握っている手――に目が吸いよせられた。その手が自分の体に触れるのを思い描いて、全身が小さく震えるほど淫らな興奮を覚えた。実際にはまだ手も握っていないのに。

食いいるようにギデオンの顔を見つめた。その顔は聖戦に赴《おもむ》く騎士の彫像と見まがうばかりに、真摯《しんし》で高潔だった。くっきりした輪郭。口もとは美しく引きしまり、強い意志を感じさせる。それでいて、下唇のふわりとした曲線にやさしさが漂っている。石に刻まれた聖人のよう。けれど、燃える目だけはちがっていた。

目には聖なるものは感じられなかった。

闇のように暗く、鋭く、強い光を湛《たた》えているのだから。封じた情熱と苦悩に満ちていた。

そして、怒りに。

それは、わたしを傷つけた者に怒りを感じているから……。

長いあいだ冷えきっていた心にぬくもりが広がっていった。それでも、ともに旅した三人の男性に運命をあずけるわけにはいかなかった。何があっても素性を明かしてはならない。やはり、逃げなければならないのだ。

けれど、サー・ギデオン・トレヴィシックというすばらしい男性がすぐそばにいてくれると、勇気が湧いてくるのも事実だった。情けないことに、そうでなければ、いつ勇気が萎えてもおかしくなかった。

ふたりの視線がぶつかると、危険を察知したようにギデオンの目が光った。ギデオンがすばやく立ちあがり、窓に歩みよって外を見つめた。

上等な黒い上着に包まれたすらりとした背中を、カリスは見つめるしかなかった。ギデオンは何も言わなかったけれど、強い光を放つ黒い目が〝近づくな〟と叫んでいた。

アーカーシャが腕の怪我を手当てしていた。ゆうべの痛みが嘘のように和らいでいる。ゆうべはわき腹も、ゾウに踏まれたように痛んでいたのに。暗い馬小屋でギデオンに見つかったときのことが思いだされた。ギデオンに助けられて、あの町から抜けだして、アーカーシャに怪我の手当てをしてもらった。そうでなければ、いまごろどうなっていたことか……。

そう、わたしにとってギデオンは白馬に乗った勇敢な騎士。そう思うと、何もかも打ち明けて、すべてをゆだねたくなった。

だめよ、見ず知らずの他人であることに変わりはないのだから。簡単に人を信じるのは危険すぎる。もしギデオンが法を尊重して、わたしを警察に差しだせば、ふたりの継兄が即座にポーツマスに乗りこんでくる。そして、わたしは保護者である継兄に引き渡されるのだ。

いいえ、それよりもっと悲惨なことが起きるかもしれない。これまで列をなしてやってきた求婚者と同じように、ギデオンとアーカーシャもわたしの財産に目がくらむかもしれない。でも、あのふたりは誠実よ――心がそう叫んでいた。同時に、これまでの経験が警告を発していた。どれほど誠実な人でも、わたしが相続する莫大《ばくだい》な財産を知ったとたんに、人が変わってしまう。

やはり、自力でなんとかしなければ。力などほとんどないのはわかっているけれど。決意を固めながらも、救いの手を差しのべてくれるギデオンとその友人を騙して利用していることに良心が痛んだ。いいえ、ふたりの継兄にされた仕打ちを思えば、男性に頼るわけにはいかない。それでも、ギデオンの助けを拒むのは大きなまちがいだと心が叫んでいた。

「あなたにもサー・ギデオンにもお世話になってしまったわ。ほんとうにありがとう」やさしい口調で言ったけれど、嘘をついていながら、そんなことを言うのがどれほどばちあたりかはわかっていた。

「どういたしまして」アーカーシャが包帯を巻いて、腕を吊り包帯に通してくれた。

カリスはしゃがんでショールを拾うと、ゆっくり椅子へ向かった。長いこと立っていたせいで、体力はもう限界だった。ギデオンは部屋の奥で、無言のまま、窓の外を漂う雪を見つめていた。ギデオンに無視されていると感じるなんてまちがっている。カリスは自分にそう言い聞かせた。

朝食が運ばれてくると、陰鬱《いんうつ》な思いが断ち切られた。カリスはうつむいて、ショールで頭を隠した。ちぐはぐな装いなのはわかっていたけれど、宿の給仕に髪や痣だらけの顔を見られたくなかった。そんな外見はまちがいなく記憶に残るはずで、継兄が捜しにきたら、給仕は即座にぴんとくるはずだった。

ギデオンがすぐそばにいることを強く意識しながらも、必死に逃走計画を練った。雪は救世主でもあり疫病神でもあった。雪が降っていれば、姿をくらますのが容易になる。いっぽうで、いま着ているドレスではすぐに凍えてしまうはずだった。やはりあの外套を盗むしかない。いいえ、盗むのではなくて、借りるだけ。そう考えて、大声で異を唱える良心を説き伏せた。数週間後には外套を返して、感謝のしるしとしてお礼もしよう。

コーンウォールのペンリンのサー・ギデオン・トレヴィシックを捜すのは、そうむずかしいことではないはず。そう、数週間後に連絡を取ったら……。

頭に浮かんできた愚かな夢を、無理やり打ち消した。

まずはこれからの三週間を、継兄に捕まらずに過ごさなければならない。住む場所と食べ物を確保して、どうにか生きていかなければならない。しかも、素性を隠して、すべてをこなすのだ。権力を持つふたりの男に追われているのを人に知られたら、たいへんなことになる。何しろ、ヒューバートはバーケットの領主で、フェリクスは新進気鋭の国会議員なのだ。

ギデオンとアーカーシャとともにとる今夜の食事もまた、沈黙に包まれていた。タリヴァーは酒場にでも行ったようだった。会話がないのはありがたかった。もう嘘はつきたくなかった。それに、ギデオンと別れなければならないと思うと、子どものように泣きたくなった。ほんのわずかなあいだいっしょに過ごしただけなのに、なぜ、ギデオンに対してこれほど強い感情を抱いているのだろう……。まるで自分の心にひそんでいるとは知りもしなかった狂気が、ふいに顔を出したかのようだった。

給仕が皿を片づけると、カリスはしおらしい淑女の口調でためらいがちに尋ねた。「しばらくひとりにしていただけるかしら？」

ギデオンとアーカーシャはちらりと目配せしたものの、素直に立ちあがった。「手伝いの者をよこそう」ギデオンが言った。

「いいえ、その必要はないわ」カリスは即座に断わった。逃げるチャンスが目のまえで消えていくようだった。

「いいや、そうさせてもらう」忌々しいことにギデオンは部屋に留《とど》まって、アーカーシャがメイドを呼びにいった。

湯やタオル、こまごました身支度道具を手に、メイドがずらずらと部屋にはいってきた。最後に質素な茶色の綿の部屋着が目のまえに置かれると、カリスは安堵の息をついた。破れて汚れたドレスを着替えたくてたまらなかったのだ。

ギデオンがこれほど短時間で、どうやって部屋着を用意させたのか、見当もつかなかった。ギデオンの思慮深さがここでもまた垣間《かいま》見えた。何もかも打ち明けて、助けてもらいたい

——そんな強い衝動を必死に振りはらった。男というものは、ポケットを金貨でいっぱいにできると知ったとたんに、一変してしまうのだから。

ギデオンが扉の傍らに立って、メイドたちが立ち去るのを確認していた。「必要なものがあれば、扉の外にいるタリヴァーに言ってくれ」

「ありがとう」言いたいことはそれだけではなかった。別れの挨拶《あいさつ》をして、感謝の気持ちをことばにして、あなたのことがもっと知りたかったと言いたかった。

でも、そんなことが言えるわけがない。

ギデオンを見つめて、たくましい体を、息を呑むほど端整な顔に表われた強さと知性を記憶に刻みつけた。ギデオンのことは一生忘れられないはずだった。背を向けて、トレイに並ぶ身支度道具に気を取られているふりをする。これ以上ギデオンを見ていたら、泣いてしまうのはわかっていた。

扉が静かに閉じる音がした。やっとひとりきりになった。止めていた息を吐く。すぐに逃げだすわけにはいかなかった。部屋の隅の大きな姿見にゆっくり歩みよった。

山ほどの問題を抱えているときに、馬鹿げているとは思ったが、鏡に映る姿を見るのに、勇気をひとつ残らずかき集めなければならなかった。

身を固くして、鏡に映る自分と向きあった。とたんに、声をあげて笑わずにいられなかった。

ギデオンの瞳に欲望が浮かんでいた、ですって？　まさか、自分がそこまでうぬぼれ屋だったとは。こんな姿を見て男性が感じるのは、せいぜい同情がいいところ。さもなければ、嫌悪感に決まっている。

鏡を見たら、さぞがっかりするだろうと思っていた。けれど、いま目にしている姿は、想像も及ばないほど悲惨だった。顔は紫と黄色の斑模様《まだら》。口もとから顎にかけては、気味が悪いほどゆがんでいる。痣だらけの顔のなかで、見慣れたハシバミ色の目がうつろに見返していた。

震える唇を噛んでも、痛みは涙を止めてくれなかった。これではまるで怪物だ。お化け。誰もが目をそむけるほど醜い顔。いまさら取り繕《つくろ》ったところでどうにもならないと知りながらも、怪我をしていないほうの手で、とめどなくあふれる涙をいそいで拭った。アーカーシャによれば、怪我はたいしたことはないらしい。けれど、鏡に映る姿を見ていると、そんなことばはただの慰《なぐさ》めとしか思えなかった。

優雅だった青いドレスは泥にまみれて、繕いようもないほど破れている。震える手で、肩にかかるぼさぼさの髪に触れた。

しゃくりあげるように息を吸って、鏡のなかの濡れた瞳を見つめた。こんなことではいけない。背筋をぴんと伸ばした。わたしはレディ・カリス・ウェストン、脈々と続く闘士の家系の最後の末裔《まつえい》なのよ。ヒュー・ダヴェンポート・ウェストンの娘が、ヒューバートとフェリクスのような姑息《こそく》な兄弟に負けてたまるものですか。

鏡に映る姿にぞっとしている場合ではなかった。いまは、逃げることだけに気持ちを傾けなければ。

大いそぎで体を洗って、ぼろぼろのドレスから新しい服に着替えた。質素な服は繊細な肌をちくちく刺して、サイズも大きすぎた。それでも清潔で、染みもなければ破れてもいない。ボタンを留めるのにてこずって、着替えを終えるころには体が痛み、息が上がっていた。

貴重な数分を費やして、もつれた髪と格闘し、どうにか顔にかからないように結いあげた。鏡に目をやると、とりあえず見苦しくない程度の若い女が映っていた。とはいえ、それも顔の痣を除けばの話だ。

震える手で外套を着た。怪我した腕を袖に通そうとすると激痛が走ったものの、アーカーシャのおかげでどうにか堪えられる痛みだった。小さな体を包む大きな外套は、どう考えても不格好だ。けれど、外套なしでこの寒さを乗りきれるはずがなかった。

ポケットを軽く叩いて、拳銃がはいっているのを確かめる。安全に過ごせる場所を見つけたら、質に入れるつもりだった。それでも、泥棒とはちがうと胸のなかでつぶやいた。しばらくしたら、買い戻して、持ち主に返すのだから。母の形見の指輪とロケットも質に入れると決めていた。それを思うと、切なくてたまらなかったけれど。

部屋にひとりになってから、どれぐらいの時間が経《た》ったのだろう。それはわからなかった。ギデオンやアーカーシャがようすを見にきたらどうするの？　ぐずぐずしてはいられなかった。服を着るのにずいぶん手間取ってしまったのだから。

緊張して口のなかが乾くのを感じながら、窓へ走った。窓のすぐ下では、屋根が裏庭に向かって伸びていた。腕を怪我していながら、雪が積もった屋根の上を歩くのがどれほど危険かはわかっていた。それでも、継兄に見つかるのをじっと待っているよりはましだった。あるいは、助けてくれた男性に素性を知られて、町の行政官に引き渡されるよりは。

注意しながら窓枠にのぼると、屋根に向かって脚を伸ばした。痣だらけのわき腹が痛んでも、歯を食いしばって堪えた。継兄に捕まることに比べれば、痛みなどなんでもなかった。

三週間、逃げてみせる。カリスは心に固く誓った。

胸が苦しくなるほど魅惑的な黒い目が忘れられなかったけれど、その記憶を頭から振りはらって、滑る屋根に踏みだした。

3

「だんな、厄介なことになりました」

ギデオンは残り少ないエールから顔を上げた。そこにはタリヴァーの不安そうな顔があった。何があっても動じない男がそんな顔をしているとは意外だった。

「どうした、タリヴァー？」銀のジョッキをテーブルに置いた。座っているのは、酒場の隅のいちばん暗い場所だった。おまけに、いちばん寒い場所でもある。近くのテーブルに客はひとりもいなかった。これほど凍える日には、広い酒場の客たちは、そことは遠く離れた暖炉のまわりに集まっていた。それでも、大勢の人と同じ部屋のなかで、同じ空気を吸っているだけで、ギデオンは些細《ささい》なことでも飛びあがらんばかりに神経質になっていた。

もちろん、タリヴァーが話しはじめるまえから、何を聞かされるのかは見当がついていた。

「若い女——ミス・ワトソンがいなくなりました」

部屋の扉はタリヴァーが見張っていたはずだ。となれば、サラがどうやって部屋を抜けだしたのかは、尋ねるまでもなかった。「いったいどうやって屋根の上を進んだんだ？　腕を怪我しているのに」

「ああ、ほんとうに。でも、その程度の怪我であきらめる気にはならなかったんでしょう」

タリヴァーの口調には、不本意ながら称賛の気持ちが表われていた。

「なんてことだ」ギデオンはすっくと立ちあがると、酒場の裏口へ向かった。

なんて愚かなお嬢さまだ。どれほど危険かわからないのか？　とはいえ、誰よりも責められなければならないのは、この自分だ。うかつだった。なぜ、逃がしてしまったんだ？　これではまるで、彼女の計画に気づいていなかったかのようじゃないか。といっても、まさかあんな怪我をしながら、二階の窓から外に出て、雪の積もった屋根を歩くとは思いもしなかった。

「いつごろだ？」歯ぎしりしながら尋ねた。

どれほど早足で歩いても、タリヴァーはきちんとついてきた。「ついさっきでしょう。部屋はさほど冷えてなかったから、長いこと窓が開けっ放しだったとは思えません」

「どこへ向かったか見当もつかない」ギデオンは頭を下げて低い戸口をくぐると、石敷きの長い廊下に足を踏みいれた。「なんてことだ」さきほどより語気を荒らげた。

「どうかしたのか？」アーカーシャがべつの廊下から現われた。

「ミス・ワトソンが消えた」ギデオンは吐き捨てるように言った。

アーカーシャに腕をつかまれた。とたんに体が凍りついて、アーカーシャが申し訳なさそうに手を離した。けれど、その目は暗がりのなかでも鋭かった。冷ややかで、すべてを見通す、哀れみ深い目だった。

「おまえが失ったものを、あの女が取りもどしてくれるわけがない。誰にもそんなことはできない」

ギデオンは殴られたように身をすくめた。いまのことばを口にしたのがアーカーシャでなければ、そいつはいまごろ折れた顎の手当てをしているはずだった。

「わざわざ言ってくれなくても、それぐらいわかっている」絞りだすように言った。

「ならば、あの女のことは運命にまかせるんだ」

アーカーシャには返しきれないほどの恩義があった。こうして健康でいられるのも、正気でいられるのも、いや、生きていられることさえ、アーカーシャのおかげなのだ。それでもいまは、自分でも理解できずにいる気持ちを説明している暇などなかった。「彼女を救えば、汚れた魂がいくらかきれいになるかもしれない」

「あの女は見ず知らずの他人だ」

「だが、窮地に陥っている。すぐにでも見つけなければ」

一刻の猶予もなかった。アーカーシャが見つめてきた。そうして、あきらめたのか、唐突にうなずいた。「この町に叔母がいると言っていたな?」

「あれは嘘だ。ミス・ワトソンは誰かから、何かから逃げている。おそらく、人混《ひとご》みにまぎれるつもりなんだろう」

「あのお嬢さまには無理だ。こんな町で生きていけるはずがない」

「ああ、ぼくたちが捜しださなければそうなるだろう」サラのプライドと勇気が仇《あだ》になったと思うと、ギデオンは胃がぎゅっと締めつけられた。無言で廊下を歩いて、宿の裏門に向かった。

厨房《ちゅうぼう》の裏にある、雪の積もった寂しい庭に出た。凍える風が石炭の燃えるにおいと、海の潮の香りを運んでくる。上に目をやると、サラが逃げた部屋があった。空は曇り、あたりは薄暗かったが、それでも、裏門へと小さな足跡が続いているのが見えた。

幸いにも雪はやんでいたが、凍えるほど寒かった。サラに外套を着ていくだけの分別があることを祈った。手袋をはめた手をポケットに突っこんで、足跡をたどっていく。アーカーシャとタリヴァーがすぐうしろをついてくるのが心強かった。

高い木戸を抜けて、両側の煉瓦《れんが》の壁が風雪を遮っている煤《すす》けた路地に出た。そこには足跡が残るほどの雪は積もっていなかった。けれど、それは問題なかった。路地のいっぽうは、無骨な壁で行き止まりになっている。つまり、そちらではないほうへ向かうしかないというわけだ。宿のまえを通るにぎやかな通りのほうへ。

悪態をついて、ギデオンは駆けだすと、混みあった大通りに飛びだした。天気が悪いのに、ポーツマスの町には人があふれていた。さまざまな国の船乗り。中産階級の人々。鮮やかな緋色《ひいろ》の軍服を着た民兵。田舎からやってきた貧しい身なりの農民。

けれど、人が行き交うにぎやかな通りをかきわけて進む、明るい髪の若い女の姿はどこにもなかった。ギデオンは通りの隅々にまで視線を走らせながら、不安で心臓の鼓動がどんどん大きくなるのを感じていた。サラは小柄だから、いとも簡単に人混みにまぎれてしまう。

そして、いとも簡単に傷つけられてしまう。

「いたか？」横に立ったアーカーシャが尋ねてきた。

「いや。だが、そう遠くへは行っていないはずだ。いなくなってからまだまもないと、タリヴァーが言っていたからな。あの足跡もついたばかりだった。それに、彼女はこの町をまったく知らない。分かれて捜すことにしよう。三十分後にここで落ちあおう」返事を待たずに、ギデオンは通りを歩きだした。

その通りが波止場に通じていると気づいたとたんに、胃がずしりと重くなった。サラをなんとしても見つけたかったが、いっぽうで、サラがこの道を進んだのではないことを祈った。ポーツマスは海軍の町で、強制徴募された水兵、つまりは犯罪者と大差ない荒くれ者がうじゃうじゃいる。波止場に近づけば近づくほど危険だった。

たくさんの人と体が触れあうほどすぐそばですれちがったが、混雑したロンドンで過ごした数週間を思えば堪えられた。意識して深く、ゆっくり息をした。息を吸っては吐く、それだけに気持ちを集中した。人に囲まれる不快さをどうにか制した。いっぽうで、サラのことを思ってこみあげてくる恐怖は抑えきれず、肩に力がはいるのを止められなかった。大丈夫、拳銃を持たせたのだから。といっても、それを使う勇気がサラにあるだろうか……。

サラの無鉄砲ともいえる勇気を思いだした。まちがいない、使えるはずだ。とはいえ、そんな状況にサラが追いこまれるまえに、なんとしても見つけたかった。

くそっ、なぜぼくを信じてくれなかったんだ？

サラの身にどんなことが起きているのか、強いて考えないようにした。サラはもう充分すぎるほどひどい目にあった。自分はサラを助けると心に決めたのに、ふがいないことにしくじった。

これまでもしくじってばかりだった。だが、今度だけはちがう。なんといっても、サラの命がかかっているのだから。

すばやく、けれど決然とした足取りで進みながら、ギデオンはすべての家の戸口と路地に目をやった。通りに並ぶ店にサラがはいったとは思えなかった。悪天候を逃れようとする人でどの店もごった返しているのだから。顔の痣と手首の包帯が人目を引くのは、サラもよくわかっているはずだ。

頼む、ぼくが行くまで、なんとか無事でいてくれ。

心臓がひとつ打つごとに、無言の祈りをくり返した。やがてそのことばは意味を失って、サラを見つけなければならないという強い思いだけで、頭のなかがいっぱいになった。そうして、ひたすら捜した。どの建物の窪《くぼ》みも、隅も、角も見逃さなかった。絶対にサラを逃すわけにはいかなかった。

それでも、もう少しで見逃すところだった。

狭い路地に荒くれ男たちが群れていた。汚れた木綿の上っ張りからして、ひと目で船乗りだとわかった。酔っ払って、騒ぎを起こしたくてうずうずしている男どもだ。

男たちから立ちのぼる殺気のようなものが、インドの町のうらぶれた無数の路地で研ぎ澄まされた警戒心をかきたてた。同時に、薄汚れた身なりの男が動いて、見慣れた黒い外套がちらりと目にはいった。

サラだ。

サラが男に囲まれている。とたんに、腹の底から渦巻く怒りが湧きあがった。男どもを殺してやる。激しい思いが、腹のなかでコブラのようにとぐろを巻いた。思わず低く長く唸りながら、ポケットのなかの拳銃に手を伸ばした。サラに渡したのとそっくり同じ拳銃に。銃把《じゅうは》を握りしめて、荒くれた男たちの背後に歩みよる。足音を忍ばせたわけでもないのに、近づいても男たちは気づきもしなかった。どいつもこいつも怯える獲物に夢中だった。

震えながらも、落ち着かなければと心のなかで何度もくり返しながら、カリスは石造りの路地をあとずさった。怪我をしていないほうの手で、拳銃を求めて、外套のいくつもあるポケットを探った。四人の大男は、酒と腐った魚と饐《す》えた汗のにおいを撒《ま》き散らしていた。震えながらどうにか息を吸う。とたんに、強烈なにおいに喉が詰まった。

なぜ、頭のなかで何度も響いていた声——ギデオンを信じろという声——に耳を傾けなかったの？　でも、いまさら後悔しても遅すぎる。ひとり歩きをしている女は、この町では格好の標的だった。

いちばん大きな男に頭からショールを剝ぎとられた。ショールはぬかるむ地面に落とされた。何を言っても無駄だとことばをごくりと呑みこんだ拍子に、ぞんざいに結った髪がほどけて顔のまわりに広がった。

「おい、見ろよ、ジャック！　こりゃまた貴婦人みてえな髪だぞ」男のひとりがさも愉快そうに大声で言った。

「こりゃ抱きがいがあるってもんだ、なあ、みんな」大男が大きな手をカリスのもつれた髪に絡ませて、反対の手で目の粗いズボンのまえを開いた。冷えた空気に興奮した男のにおいが混じり、カリスはあまりに不快で身をすくめた。

もがいて逃れようとすると、髪が引っぱられて激痛が走った。髪をつかんでいる男の落ちくぼんで血走った目を見ると、男がこれから何をするつもりなのかいやでもわかって、吐き気がこみあげた。

「この女、ずいぶん殴られたみてえだな」べつの水夫が怪訝そうに言った。

「痣だらけの顔なんてどうでもいい」大男が唸るように言った。「女なら誰でもかまわねえよ」下卑た笑い声が響いた。大男は目のまえにいて、たじろがずにいられないほど酒臭かった。

「放して」哀れな声しか出なかった。

「つれないこと言うなよ、ねえちゃん」小声でいやらしく囁かれると、怒鳴られるよりぞっとした。吐き気がするほどぞっとした。

「さっさとやっちまえよ、ジャック」べつの男がしわがれ声でせかす。

カリスは小さな拳銃を求めて、深いポケットを必死に探ったが、どうしても手が届かなかった。さらにポケットの奥に手を伸ばす。けれど、その動きだけでも、男につかまれた髪が引っぱられた。

「指一本でも触れたら、悲鳴をあげるわ」かすれた声で言った。

男が得意げににやりと笑った。容赦なく髪をつかむ男の手に力がこもって、それでなくても痛む目に熱い涙がこみあげた。「もう叫んだじゃねえか。叫べばどうにかなったか?」

大通りで大声で助けを求めるまえに、一瞬ためらったのが運の尽きだった。その一瞬で、取り囲まれて、小便と生ゴミのにおいが立ちこめる路地に連れこまれたのだった。

カリスは叫ぼうと口を開けた。同時に、大男に髪をぐいと引っぱられ、口から出てきたのは囁くようなか細い声だけだった。「黙ってろ、このあばずれが」

「放して」苦しげに言いながらも、片方の手で拳銃を探るのはやめなかった。けれど、汗で湿って震える手では、螺鈿《らでん》細工の銃把をうまくつかめなかった。あばら骨を叩くほど胸の鼓動が大きくなって、いまにも破裂しそうだ。

「ああ、あとで放してやるよ」大男が目のまえに豪勢なごちそうが並んでいるかのように、分厚い唇を合わせていやらしい音をたてた。「たっぷり楽しませてもらったらな。それに、忌々しい口答えはやめるんだな。さもなけりゃ、ひねり殺してやる」

絶望して、血が凍りついた。手を伸ばせば触れられそうなほど、残酷な死が迫っていた。もう何もできない。これほどあがいて、苦しんで、抵抗したのに、その結果がこんなことになるなんて。レディ・カリス・ウェストンが港町の路地で凌辱されて、殺されるなんて……。

「彼女を放せ」

研ぎ澄まされた剣のように鋭く威厳に満ちた声が、カリスのめまいがするほどの恐怖を切り裂いた。ギデオンが来てくれた。もう大丈夫。助かった。

激しく打つ脈が速度を落として、感謝と賛美の響きに変わった。宿を逃げだしてからはじめて、胸いっぱいに息を吸いこむ。とたんに、痣だらけのわき腹に痛みが走って、息が詰まった。いまのいままで忘れていた、昨日の暴力の痛みがよみがえる。怪我をした腕がずきずき痛みだした。

大男が髪から手を離した。焼けるような頭の痛みが薄れて、カリスは壁にぐったりともたれた。そうしながらも、目もくらむほどの安堵感に全身が満たされた。

その男は一歩わきに動いて、路地の入口に立つギデオンと対峙《たいじ》した。カリスにもようやくギデオンの姿が見えた。端整な顔に激しい怒りを読みとると、体が震えた。ギデオンの目は憤怒でぎらついていた。その姿は非情で、力強く、勇敢だった。死の香りが漂っていた。

「にいちゃん、とっとと消えな」大男が分厚い胸のまえで腕を組んだ。男はギデオンよりははるかに大柄で、筋骨隆々だ。ごろつきの一団が鉄の壁となってギデオンのまえに立ちふさがった。

「そのお嬢さんを放すんだ」ギデオンが前進しながら言った。居並ぶ大男たちにひるむようすなど微塵もなく、その声は路地を吹きぬける寒風より冷ややかだった。

大男が嘲《あざけ》るように下卑た笑い声をあげた。「誰がおれに歯向かうってか、坊や？　おまえか？」

　ギデオンは片手を上げた。しっかりしたその手に握られた拳銃の磨きあげられた銃口が、冬の澄んだ陽光にきらりと光った。

「おっと、やるじゃないか」大男が小馬鹿にするように拳銃を見たが、ほかの男たちは銃口を避けてじわりとわきにずれた。「こっちは四人いるのを忘れるな」

「おまえを殺せば、雑魚《ざこ》どもは血を見たいとも思わなくなるだろうよ」ギデオンが恐れなど微塵もないそっけない口調で言った。ギデオンの無謀な勇気に、カリスの心臓が跳びはねた。

「はったりじゃないぞ、そのお嬢さんを解放しなければ、おまえを撃つ」

　カリスは胸いっぱいに空気を吸いこんだ。麻痺《まひ》したような感覚が消えていった。ついに、ポケットのなかの拳銃に手が届いて、握りしめた。

「わたしがさきに撃たないかぎりは」かすれた声で言うと、拳銃を構えた。拳銃のバランスは完璧で、まるで体の一部であるかのように手になじんでいた。「どきなさい」

「ちくしょう、そんなもんを持ってやがったのか」水夫のひとりが低い声で言って、大きくあとずさった。

「命を引き換えにしても、手出しするつもりか？」ギデオンが銃を構えたまま、さらりと言う。

　その場の空気が張りつめた。カリスは大男とギデオンを交互に見た。大男の顔には迷いがありありと浮かんでいた。虚勢を張るべきか、命を惜しむべきか迷っているのだ。太い首で喉仏が大きく上下している。いっぽうで、ギデオンのいからせた肩と、引きしめた口もとには固い決意が表われていた。その意思は微塵も揺らがなかった。いざとなれば迷わず引鉄《ひきがね》を引くはずだった。

大男も同じことを考えたらしい。ブタに似た目が宙をさまよったかと思うと、大きな体から力が抜けた。「ふん、くだらねえ。女を連れてって、よろしくやりゃあいい。そんな女のために弾を喰《く》らうなんてごめんだね」

「サラ、こっちへ」カリスは低い耳鳴りがしていたが、ギデオンの声が氷のように冷ややかなことだけはわかった。「もう、大丈夫だ」

ふいに、拳銃が岩のように重く感じられて、ぎこちなく拳銃を下ろした。ゼリーみたいに頼りない脚で、路地を歩いてギデオンの傍らに立った。手を伸ばしてその体に触れたかったけれど、ギデオンの全身から発せられる強烈な非情さに気圧《けお》されて、手を体のわきに下ろすしかなかった。

「これからこのお嬢さんといっしょにこの路地を出て、誰にも煩《わずら》わされずに通りを歩く」ギデオンはカリスをちらりとも見なかった。銃口は相変わらず大男の胸にまっすぐ向けられていた。

いかにも自然な威厳のある口調が功を奏した。ギデオンとカリスがあとずさりながら大通りに向かっても、止めようとするごろつきはいなかった。それでも、カリスは思った——安全な場所までのほんの数ヤードが、数マイルのよう。息が詰まるほど脈が速まって、一歩あとずさるたびにあまりの緊張に肌まで引きつった。ほんとうに無傷でこの路地を出られるの？

あと数歩で大通りに出られるというところで、ついに路地に背を向けた。と同時に、背後で怒声が響いた。「おい、冗談じゃねえ！　こっちは四人で、あっちはたったひとりだ。やっちまえ！」

地鳴りにも似た靴音が迫ってきた。

「走って逃げろ！」ギデオンが叫んだ。「ぼくには銃がある。心配するな！」

カリスは厚い外套をぐいと引きあげて、全速力で駆けだした。唐突な動きに体が悲鳴をあげても気にしなかった。

けれど、一瞬遅かった。路地の入口で、ギデオンといっしょに荒くれた男たちに囲まれた。

カリスはぴたりと足を止めた。早鐘を打つ心臓が、喉までせりあがってきたかのようだった。

「ぼくのうしろにいるんだ」ギデオンが鋭く言って、じわじわと間を詰めてくる屈強な男たちとのあいだに割ってはいった。男たちの興奮して赤らんだ顔を見れば、報復と暴力と苦悩が目のまえに迫っているのがわかった。

震えながら、カリスは壁にぴたりと身を寄せた。自分の脈の音が耳のなかでこだまして、ほんの数歩先の大通りの喧騒をかき消していた。

「いよいよまずいことをしてくれたな」そう言うギデオンの口調は、こんな男たちなど恐れるに足りないとでも言いたげだった。ギデオンは相変わらず銃を構えていた。とはいえ、大通りを行き交う人に流れ弾があたっても不思議はないこの状況では、引鉄を引くのをためらうはずだった。

「いいや、まずいことなどこれっぽっちもない、そうだろ、おまえら」大男が自信たっぷりに言いかえした。「まずはおまえでたっぷり楽しんで、次に女で楽しむんだからな」

「そうはいかない」カリスにはギデオンの顔が見えなかった。それでも、その顔には笑みが浮かんでいるはずだった。

カリスは口を大きく開けて、声のかぎりに叫んだ。両側を壁にはさまれた狭い路地に悲鳴がこだまする。

「ギデオン」

つま先立って大通りのほうを見た。路地の入口にアーカーシャが現われた。となりにはタリヴァーがいる。助かった。ふたりは路地の近くにいて、叫び声が届いたのだ。

そのふたりに水夫が飛びかかった。次の瞬間にはもう乱闘がはじまっていた。聞こえるのは、拳やブーツが肉を叩く音と苦痛にうめく声だけだった。

目のまえで繰りひろげられる暴力に、カリスはヒューバートに殴られたあの午後に戻ったような錯覚を抱いた。首をすくめて、湿っぽい煉瓦の壁に体を押しつける。みるみる激しさを増す乱闘を見ていると、視界が隅のほうから黒く狭くなっていった。震えながら、怪我した腕を胸に抱えて、この悪夢が早く終わることを祈るしかなかった。目をぎゅっと閉じて、こみあげてくる強烈な吐き気をこらえた。

すぐそばで男たちの体がぶつかりあっては、ぐらりとよろめくのを感じた。まるで、殴りあいという名の荒っぽいダンスを踊っているかのようだ。そのとき、ギデオンの体がすぐそばをかすめた。ギデオンの香りに気づいて、カリスはぱっと目を開けた。ふたたび乱闘にくわわるギデオンの姿が見えた。

騒ぎはどんどん大きくなって、何がなんだかわからなくなった。乱闘は大通りにまではみだしていた。遠くのほうで、町の警防団を呼ぶ声がした。

「ミス・ワトソン、ここから逃げるぞ」地獄絵図のような騒動のなかで冷静な声がした。

カリスは声のしたほうを向いて、うつろな目でアーカーシャの顔を見つめた。アーカーシャの身なりはずいぶん乱れていたけれど、怪我はなさそうだった。

声の主がギデオンでないことにがっかりした。そんな馬鹿げた落胆を頭から振りはらって、小さくうなずいた。アーカーシャに怪我をしていないほうの手を取られた。長身の体にかばわれて、大通りへと逃れた。

大通りでも乱闘が繰りひろげられていた。喧嘩をはじめたのが誰なのかわからないほど、たくさんの人が集まっている。

「サー・ギデオンは?」アーカーシャの袖を引っぱって、喘《あえ》ぎながら尋ねた。

アーカーシャがちらりと振りかえって、信じられないことに満面の笑みを浮かべた。「ギデオンのことなら心配ない。ずいぶん調子がよさそうだ」

カリスは入り乱れる男たちに目をやった。ギデオンはすぐに見つかった。あれだけの長身であれば、見逃すはずがなかった。ギデオンは意のままに拳を繰りだして、荒くれ男をふらふらにしていた。ギデオンの顔は輝いて、見たことがないほど生き生きしていた。

呆気《あっけ》に取られて、カリスはふらつく足を止めた。

ギデオンのことは穏やかな紳士だとばかり思っていた。それがいまは、嬉々《きき》として人を殴っている。ギデオンなんて大嫌い——無理やりそう思いこもうとした。暴力を憎んできたのだから。そうよ、ヒューバートに殴られるまえからずっと。けれど、ギデオンを見ていると、男性の真の力を目の当たりにしている気分になった。美しく滑らかな動きは、機械的でさえあった。その目的のためだけに完璧に設計された機械のようだった。

生き生きとしたギデオンを見ていると、息が詰まった。口のなかがからからに乾いて、全身の血が沸きたった。

これまで知らずにいたギデオンの新たな一面に驚かされた。それでいて、そんなギデオンを見て興奮しているのを否定できなかった。

けれど、そんなことを考えていられたのも束の間だった。アーカーシャがすばやくまえに踏みだして、襲いかかってきた男とのあいだに割ってはいった。アーカーシャがいなければ、男につかまれていたところだった。血も凍るようなその一瞬、カリスは水夫の血走った目を見つめた。けれど次の瞬間には、水夫はアーカーシャに殴られて、ばたりと倒れた。

「ミス・ワトソン、ここに突っ立っているわけにはいかない」アーカーシャが鋭く言ったかと思うと、数を増す野次馬のなかから連れだされた。

カリスはよろめいた。繰りだされた拳が頭のすぐわきをかすめていく。殴りあう男のなかに、タリヴァーの姿は見えなかった。ああ、神さま、タリヴァーが無事でありますように。左に目をやると、ギデオンが近づいてくる男を片っ端から易々と片づけていた。

男に怪我をした腕をつかまれて、悲鳴が喉もとまでせりあがってきた。灼熱《しゃくねつ》の突風のような激痛が腕に走った。襲ってきた男をアーカーシャが一瞬の躊躇《ちゅうちょ》もなく打ちすえると、カリスはまた悲鳴をあげた。アーカーシャのワシのような顔は冷ややかで、どんな感情も浮かんでいなかった。

アーカーシャが振りむいて、いつになく荒々しい口調で言った。「大丈夫か？」

「ええ」そう答えはしたけれど、腕は火がついたように痛んでいた。その腕を胸に押しあて、反対の手をアーカーシャに引かれて、人垣から離れた。連れていかれたのは奥まった戸口で、そこならば殴りあう音や怒声からも多少は逃れられた。

「ほんとうに怪我はないんだね？」アーカーシャが深く息をしながら見つめてきた。

「ええ」カリスはすっかり気落ちして通りを見つめた。「こんなことになったのは、わたしのせいだわ」

アーカーシャの沈黙は同意を意味していた。奥まったその戸口は広く、体が触れあうことなくふたりで身をひそめていられた。アーカーシャがつかんでいた手を離して、石の戸枠に寄りかかると、深遠な茶色の目で見つめてきた。

カリスは困惑して顔をしかめた。「助けにいかないの？」

アーカーシャは黒い髪を揺らして首を振った。「ギデオンの望みは、わたしがきみから目を離さないことだ」

痣だらけのわき腹が痛むのもかまわずに、カリスは通りのほうに身を乗りだした。「このままではサー・ギデオンは死んでしまうかもしれないわ」

アーカーシャの口もとにかすかな笑みが浮かんだ。「この世にギデオン・トレヴィシックを殺せる者はいない。心配はいらないよ、ミス・ワトソン。ギデオンは死なない。あとさきかまわずに逃げだしたきみを折檻《せっかん》しなければならないからな」

アーカーシャのくつろいでいながら自信たっぷりのことばに、なぜか不安が鎮まった。

「どうしても逃げなければならなかったから」不満げに言いながらも、罪悪感で胃がねじれそうだった。

「馬鹿なことを」アーカーシャは責めるふうでもなくそう言うと、すばやく通りに目をやった。「ようやく警防団の登場だ。ポーツマスの通りもまもなく平和になるだろう」

意外にも、乱闘騒ぎはあっけなく終わった。喧嘩にくわわった男の大半が、苦もなく路地に溶けこんだ。カリスの胸の鼓動も徐々におさまって、大きな安堵感が押しよせた。

とはいえそれも、ギデオンが町の権力者とおぼしき立派な身なりの紳士と話しているのを見るまでだった。

カリスは身を縮めて、アーカーシャのうしろに隠れた。新たな恐怖がこみあげてきた。いやよ、せっかくここまで来たのに捕まるなんて。警察に保護されたら、すぐさま継兄のもとへ送りかえされてしまう。

アーカーシャがちらりと振りかえって見つめてきた。ギデオンはこちらを見ようともしなかった。ギデオンは出会ったときと同じ、礼儀正しく落ち着いた紳士に戻っていた。嬉々として男を殴りつける荒くれた戦士などそもそも存在しないかのようだ。不安げに見つめているると、ギデオンが立派な身なりの紳士の手に札束を押しつけて、立ち去った。

あたりには好奇心の強い野次馬が何人か残っているだけで、大半の人はすでにいなくなっていた。タリヴァーの姿もなかった。凌辱されかけて、殺されそうになったのに、通りに残る血と泥を除けば、おぞましい出来事を物語るものは何もなかった。

「もう少しここにいたほうがいい」戸口の窪みから出ようとすると、アーカーシャに止められた。

三人の身なりのいい紳士がギデオンのほうへ向かっていた。ひとりが立ち止まって、ギデオンに気づき、驚いた顔をしたかと思うと、うれしそうに大きな声で言った。「これはこれは！　ランギーなんとやらの英雄じゃありませんか」

大きな声で呼びとめられて、ギデオンの足がぴたりと止まった。ギデオンの端整な顔が、カリスにもはっきり見えた。あまりにも整いすぎた顔立ちのせいで、いつもは表情から気持ちを読みとるのがむずかしかった。けれど、いまは頬から血の気が失せて、眉をひそめているのがわかった。緊張して、苛立っているようだ。

それに、動揺している。

「まずいな」傍らのアーカーシャが緊迫した口調でつぶやいた。

ギデオンに声をかけた男性が、明らかに興奮した口ぶりでふたりの連れに言った。「このお方を知っているだろう。ついさきごろ、国王陛下からナイトの称号を授けられたお方だ。インドのおぞましい洞穴か何かで、一年間生きながらえたこのお方のことを、ウェリントン公は大英帝国一の勇者とお褒めになった」

不快そうに口もとを引きしめて、ギデオンはカリスとアーカーシャのいるほうへ歩きだした。さほど遠くないところにいるカリスにも、ギデオンがよそよそしい口調で言うのが聞こえた。「いや、人ちがいだ」

男性が手を差しだしながら、ギデオンに歩みよった。「何をおっしゃる、人ちがいのわけがない。ここポーツマスから最果ての地ジョン・オ・グローツまで、どの新聞にもあなたさまの肖像が載っているんですよ。それに、わたしはロンドンはペルメル街での凱旋《がいせん》パレードで、騎兵隊とともに行進するあなたに声援を送ったんですから」

「それは……」

「握手してください……えっと、その……なんの英雄だったかな？　あの異教の地で閉じこめられていた場所はなんと言うんでしたっけ？　キリスト教徒には舌がもつれて言えないような、とんでもない名前でしたね」

「ランガピンディー」男の連れが意気込んで言った。「すばらしい、こんなところでお会いできるとは光栄です。いや、まったくもって！」

男たちの大きな声に通行人が気づいて、あっというまに人だかりができた。とはいえ、今回は誰もが称賛のことばを口にしていた。

　歓声をあげる人々に囲まれて、ギデオンはあくまでも無表情のまま、身じろぎもせずに立っていた。褒め称《たた》えられるのが不快でたまらない、そんなようすだった。口もとを引きしめて、歯を食いしばり、目は氷のように冷たかった。端整な顔であることに変わりはないけれど、冷ややかな表情とぎこちない態度には、人間的な温かみがまるで感じられなかった。

「いったい、タリヴァーはどこにいる？」カリスのすぐそばで、アーカーシャがつぶやいた。

「ずいぶんまえから姿が見えないわ」カリスはギデオンを見ようと首を伸ばした。好奇心と困惑が胸のなかでせめぎあっていた。さきほどまでは、ウィンチェスターで救いの手を差しのべてくれた男性のことを、理解しはじめているような気がしていた。けれどいまは、グリーンランドの見知らぬ荒野のように、何ひとつわかっていないのだと痛感した。

　称賛する人々は、ギデオンが喜んでいないのを気にもしていなかった。勝手にギデオンと握手をして、肩を叩いた。まるでたったいまオリュンポスの山から降りたった男を見るように、誰もが熱い視線を送っている。

　砂利の通りを車輪が転がる音がした。一台の馬車がやってくると、野次馬は道をあけるしかなかった。

　見覚えのある馬車に、見覚えのある御者が乗っていた。

「やっと来た」アーカーシャが吐き捨てるように言うと、片方の腕をカリスの体にまわした。

「行くぞ。走るんだ。顔を伏せているんだぞ」

言われるまでもなかった。カリスは誰にも顔を見られたくなかった。アーカーシャといっしょに走りだす。傍らにいる女が自分ほど脚が長くないことも、怪我をしていることも無視して走るアーカーシャについていくのはたいへんだった。全速力で走ると、忘れかけていた痛みがぶり返して堪えられないほど辛かった。馬車にたどり着くころには激しい頭痛がしていた。

アーカーシャがすばやく扉を開けて、カリスは放り投げられるように馬車に乗せられた。座席に尻餅《しりもち》をつき、全身に激痛が走る。悲鳴を呑みこみ、拳を握りしめて、目もくらむ痛みをこらえた。歯を食いしばって、ひとつ息を吸う。さらにもうひと息。

激しいめまいが少しおさまった。体が痛むのもかまわずに、座席の上で尻を滑らせて、窓に顔を押しあてた。

長身のふたりを見つけるのは造作もなかった。アーカーシャは口々に称賛する人々をかきわけて、友人のもとへ向かっていた。ギデオンは相変わらず身を固くして、無表情のまま、友好的な人々に囲まれて立ち尽くしている。

アーカーシャがギデオンに何か言ったのはわかったけれど、称賛の声にかき消されてなんと言ったのかまでは、カリスにはわからなかった。ギデオンがアーカーシャのほうを向いて、機械のようなぎこちない足取りで馬車のほうへと歩きだした。集まった人たちが見るからにがっかりして、道をあける。それでも、厚かましい手が何本も伸びて、ギデオンの服を引っぱった。ギデオンの注意を引いて、その場に留めようとしているのだ。それでも、ギデオンは機械的な歩みを止めなかった。

ギデオンが馬車に乗りこんで、向かいに座った。無言だった。こちらを見ようともしなかった。わたしがいることにさえ気づいていないらしい……。

アーカーシャが馬車の扉を閉めた。

「あなたは乗らないの？」カリスはあわててアーカーシャに尋ねた。ギデオンがふいに見知らぬ人になってしまったかのようで怖かった。

アーカーシャは首を振った。「ここに残って、馬を少し休ませてから追っていく」

通りで国家の英雄を称える歓声があがった。誰かが国歌を歌いだす。わが町の真ん中に英雄が現われたとなれば、そう簡単には人々の興奮は冷めなかった。

その英雄が背筋をぴんと伸ばして、腹立たしげにアーカーシャを睨んだ。「勘弁してくれ、さっさと馬車を出してくれ」

「では、友人、気をつけて。すぐにまた会おう」アーカーシャは馬車から一歩離れると、カリスに向かって品よくお辞儀した。「ミス・ワトソン、失礼します」

アーカーシャのことばにカリスが応じるまもなく、タリヴァーが馬に鞭を入れて、町中の通りでは危険すぎるほど勢いよく馬車が動きだした。馬車が大きく揺れて、カリスは座席から落ちそうになった。必死に吊革《つりかわ》をつかむと、どうすればいいのかわからないまま、向かいに座るギデオンを見つめた。

ギデオンは具合が悪そうだった。堪えがたい痛みを抱えているかのようだ。カリスははっとした。ギデオンの硬い表情は、人を見下していたせいではなく、何かに堪えていたせいなのだ。

思わず手を伸ばして、ギデオンの手袋をはめた手を握った。「大丈夫……」

「さわるな！」

手を振りはらわれた。けれど、そのまえにカリスは気づいていた。ギデオンの体は抑えようもないほど激しく震えていた。

4

息が詰まるほど気まずい沈黙のあとで、ギデオンはサラを驚かせてしまったことに気づいた。けれど、目のまえの現実は、頭のなかで響く悪魔の叫びに霞んでいた。悪魔を黙らせようと、震える手で頭を抱えたが、そんなことをしてもどうにもならなかった。

何をしたところで、どうしようもない。

目も霞んで、向かいに座る若い女の顔が青白くぼやけていた。喉が詰まり、満足に息も吸えなかった。それでも無理やり息を吸って、からっぽの肺に空気を送りこんだ。

サラが何か言った。聞きとれたのは最後のことばだけだった。「……タリヴァーを」

こわばった唇からどうにかことばを絞りだそうと、必死に意識を集中した。タリヴァーは呼ぶな。呼べば薬を呑まされて、頭のなかの怪物はそのままそこに居座ることになる。

「だめだ」

視界が真っ暗な闇に包まれていくのを感じながら、歯を食いしばってもう一度息を吸った。

「タリヴァーを呼ぶな」それから、心からの願いが口をついて出た。「すぐによくなるから」

これまでに幾度となく口にしたそのことばは、もはや意味を持たなくなっていた。

いつの日か、悪夢に永遠に閉じこめられてしまうのかもしれない。そんな不安がつねにつきまとい、恐怖が腹のなかで粘つく塊《かたまり》になっていた。

頭がおかしいわけではない。そうだ、断じてそんなことはない。

意識をはっきりさせようと、手袋をはめた手で、擦りきれた革の座席に爪を立てた。自制するんだ。落ち着くんだ。

心に巣くう悪魔はあまりにも強烈だった。おぞましい悲鳴をあげる亡霊が、頭のなかを飛びかっていた。

ここは祖国だ。

危険はない。

自由になったんだ。

何度自分にそう言い聞かせても無駄だった。身の毛もよだつ亡霊にとり憑《つ》かれているのに、自由になったと思えるはずがなかった。

「やはりタリヴァーを呼びましょう」濁った水のなかを、若い女がこちらに向かって泳いでくる――そんな光景が見えた。はっと気づいたときには、サラが馬車を停めるために、天井を叩こうとしていた。

「やめろ！」かすれた声を絞りだした。

ことばを発するのも苦痛だった。ひとりになりたかった。だが、どうにもならないことには堪えるしかない――世話をしてくれた看護婦が口癖のように言っていた古い格言だが、いまの心情を手短に説明するにはうってつけだった。それでも、ひとことことばを発するたびに、割れたガラスが喉に突き刺さるようだった。

「タリヴァーに……アヘンチンキをもらいましょう」

そんな薬を使ったら、一瞬にして意識を失ってしまう。そうして悪夢を見て、今度こそ真の狂気にとり憑かれ、二度と戻ってこられなくなる。

サラが眉根を寄せた。「薬で少しでも楽になるなら……」

「だめだ！」気づくと叫んでいた。

サラが身を縮めた。いけない、わずかでも自制心を取りもどさなければ。もう一度息を吸って、激しい動悸《どうき》を鎮めようとした。

怯えたサラが目を見開いて見つめてきた。自分が……自分ではなくなって、迷惑をかけてしまうのが何よりも忌まわしかった。

ぼうっとする頭で必死に考えて、怯える必要はないとサラに伝えようと決めた。人に危害をくわえることはないと。ただし、体に触れられないかぎりは。幸いにも、サラは一度慰めようと手に触れてきただけで、それからは手を引っこめていた。

待てよ、これからなんと言うつもりだったんだ？　思考はとらえどころがなく、一瞬で消えてしまう霧のようだった。

ああ、そうだ。タリヴァーの話をしていたんだ。口もとを引きしめて心を決めると、低くかすれた声で話しはじめた。即座に話をしなければ、気力が萎えてしまうはずだった。

「これは誰にも何もできないんだ。いちばんいいのは……」いったん口をつぐんで、騒ぎたてる悪魔を頭から追いはらった。「どうか放っておいてくれ」

「そんなことができるわけがないわ」これほど頭が混乱していても、サラのことばに強い意志を感じた。

体の節々が痺《しび》れて、動かなかった。胃のなかが嵐《あらし》の海のように渦巻いて、熱と冷気が交互に全身に押しよせてくる。思わず両腕で胸を抱えたが、こわばる体の痛みは和らがなかった。今回の発作はとくにひどかった。

発作がおさまるまで、ひとりで堪えるしかない。いっぽうで、いま胃のなかのものをすべて吐きだして、サラに不快な思いをさせるわけにもいかなかった。

やはり、悪夢を見るのを覚悟でアヘンチンキに頼るしかないのか……。

「馬車を停めてくれ」歯が鳴るほど震えながらも、どうにか言った。

ありがたいことに、なぜ気が変わったのかとは訊かれなかった。サラが天井を強く叩いた。馬車ががくんと揺れて停まった。大きく揺れたせいで、頭のなかでシンバルが鳴り響き、目のまえが真っ暗になった。

馬車の扉が勢いよく開かれた。耳にはいってくる声はくぐもっていた。タリヴァーが錫の洗面器を差しだした。

「だんな、今回はかなり重症のようだ」タリヴァーの淡々としたことばを聞きながら、ギデオンは震える手で洗面器を受けとった。

胃がねじれてしまったかのようだった。これ以上、吐き気をこらえられそうにない。それでもことばを絞りだした。「ミス・ワトソンを馬車から降ろしてくれ」

胃のなかのものが一気にこみあげて、何も見えなくなった。荒れくるう海に呑みこまれた気分だ。漆黒の闇のなかで鋭い痛みを感じるたびに、目のまえで真っ赤な火花が飛び散った。どれぐらいそうしていたのかはわからない。やがて意識が戻ってきた。目のまえが霞んでいたが、誰かの手が洗面器に添えられて、しっかり支えてくれているのがわかった。口のなかに不快な味が広がり、百個の槌《つち》で頭を叩かれているようだ。息を吸うだけで、胸がふたつにちぎれそうだった。

汚物のはいった洗面器が、それを支えてくれていた手によってどけられた。やわらかくやさしいその手が、今度は燃える額に濡らした布をそっと押しつける。ギデオンは目を閉じて、安堵の息を漏らした。熱を持った肌が冷えていくのは気持ちよかった。

胃のむかつきはおさまらず、呼吸することだけに意識を集中した。吸って、吐いて、吸って、吐く。

「アーカーシャ?」ひりひりする喉からかすれた声を出した。けれど、やさしい手がその友人のものでないのはわかっていた。

「アーカーシャはまだポーツマスよ」

若い女。ミス・ワトソン。サラ。

無理やり目を開けた。めまいがするほどの頭痛はますます激しくなっている。まもなく座っていることさえできなくなるはずだった。

着ている服は汗でぐっしょり濡れて、ひどいにおいを放っていた。獣のように不潔なのが恥ずかしくてたまらなかった。「きみを馬車から降ろすように、タリヴァーに命じたはずだ」

サラがインドのラージャスターンの砂漠にも負けないほど乾いた笑みを浮かべた。そうして、傍らの座席に膝をついた。驚くほど器用な手に頭を支えられる。激しい吐き気に襲われて、体も弱っているせいなのか、触れられても、いつもの不快感がこみあげてくることもなければ、鳥肌が立つこともなかった。腕を怪我していながら人に手を貸すのが楽であるはずがない——そんなことをぼんやりと思ったものの、その思いも鬼火のようにゆらりと揺れてすぐに消えていった。

「タリヴァーはそこまで手がまわらなかったの」サラの声はやさしく、慈悲深かった。「具合はいくらかよくなった？」

「次は頭が割れるほど痛くなる。発作のあとはそうなると決まっている」タリヴァーが淡々と言った。

それまでギデオンはサラのことしか見えていなかった。いまようやく、サラのうしろに目をやると、そこには洗面器を抱えたタリヴァーが立っていた。

「こういうことはよくあるの？」タリヴァーに尋ねながら、サラが澄んだ目で気遣うように見つめてきた。

こんな状況でも、同情されるのはプライドが許さなかった。「ミス・ワトソン、ぼくは病気の子犬じゃない。自分のことは自分で説明できる」

子どもじみた反論に、サラの口角が下がった。ギデオンもそんなことばを口にしたとたんに後悔した。吐いている男に手を貸すのが愉快なことであるはずがなかった。サラは責められるどころか、感謝されて当然だ。

頭が割れるように痛んでいては、理性的に考えられるはずがなかった。ギデオンは目を閉じて、新たにこみあげてきた吐き気をこらえた。

「アヘンチンキを取ってこよう」タリヴァーの声がはるか遠くに聞こえた。頭痛と同じリズムを刻む脈の音のせいで、くぐもっていた。

「吐き気はおさまった」どうにか言った。

「アヘンチンキを飲めばよく眠れるわ。眠れば元気になる。馬車を停めて、宿を取りましょう。揺れる馬車のなかより、ベッドで眠ったほうがいいわ」

ベッド。ひんやりしたシーツ。静寂。揺れない場所。楽園が手招きしているかのようだった。

ギデオンは迷った。ペンリンへ行かなければならない。できるだけ早く。

目を開けた。馬車のなかは薄暗かったが、不安げにこちらを見ているサラの顔が見えた。そうだ、馬車を停めて宿にはいったら、サラはまた逃げようとするかもしれない。

進みつづけなければ。やはり不快なアヘンチンキに頼るしかない。おぞましい悪夢には堪えてみせる。

「宿には……行かない」ギデオンは首を振った。少し頭を動かしただけで吐き気がこみあげてきた。「タリヴァー、アヘンチンキを持ってきてくれ」

「はい、だんな」

陽《ひ》が暮れて夜になっても馬車は走りつづけ、そのあいだ、ギデオンは死んだように眠っていた。

最初のうちは、カリスはぴくりとも動かずに眠っているギデオンのことが心配でたまらなかった。あまりにも具合が悪そうで、このまま死んでしまうのではないかと不安だった。長身の体には狭すぎる座席の上で、ギデオンは窮屈そうに横たわっていた。カリスは端整ではあるけれど、青白くやつれた顔を見つめた。目は落ちくぼみ、過労のせいで唇は真っ白だった。石像のように身じろぎもせずに横たわってはいても、無数の悪夢を見ているにちがいない——それはカリスにもはっきりわかった。

ギデオンから目を離して、窓の外に広がる漆黒の闇を見つめた。わたしが運命をあずけたこの人たちは何者なの？　どんな問題に直面しても、あくまでも冷静なタリヴァー。賢くて、異国の神のように謎めいたアーカーシャ。

そして、ギデオン……。

窮地を救ってくれたその人のことを考えただけで胸が高鳴る。どうにかして鼓動を鎮めなければ。とはいえ、ギデオンとともに過ごせば過ごすほど、その魅力に絡めとられていくばかりだった。

ギデオンが誰もが知る英雄なのはまちがいなかった。ポーツマスでは興奮した群衆に取り囲まれたのだから。そして、ランガピンディーだかなんだかの英雄だと褒め称えられた。ギデオンは異国に渡り、祖国のために勇敢な行いをして、戻ってきたの？

カリスはふたりの継兄によって、何カ月ものあいだ世間とのかかわりを断たれていた。新聞も読めず、一通の手紙も受けとれなかった。最近の外国での出来事など知るよしもなかった。

ギデオンがインドから戻ってきたばかりだとしたら、不可思議な事柄のいくつかに説明がつく。日焼けした肌。アーカーシャ。もしかしたら発作も熱帯の病なのかもしれない。

ギデオンの苦しむ姿にはショックを受けた。ギデオン・トレヴィシック――わたしを継兄から守ってくれる唯一の砦《とりで》――が病に侵されているのはまちがいなかった。けれど、どんな病なのかは見当もつかない。いったいどんな病が、復讐《ふくしゅう》の無敵の天使を、一瞬にして、がたがたと震える哀れな病人に変えてしまうの……？

明け方に、死んだように眠っていたギデオンが目を覚まそうとしていた。体がわずかに動いただけだったけれど、それでも不安なままうつらうつらしていたカリスはすぐに目を覚ました。霞む目を開けながら、全身の痛みと疲労をはっきり感じた。ひっきりなしの馬車の揺れのせいで、ひと晩じゅう、突飛な夢を見ては目を覚ますということをくり返したのだ。そのたびにギデオンのようすを確かめたが、病がぶり返している気配はなかった。

いま、ギデオンはこちらを見ようともせず、苦しげな声を漏らしてから、床に足を下ろして体を起こした。疲れ果てたように、両手で顔をこすった。しばらくそっとしておいたほうがいい。カリスはそう考えると、ブラインドを開けて、窓の外に広がるがらんとした荒野に目をやった。あれほど苦しむギデオンを目の当たりにしたあとで、馬車という狭い場所でふたりきりで過ごすのは、あまりにも親密すぎる気がした。落ち着かず、照れくさくて、どうすればいいのかわからなかった。

景色を眺めても、勇気は湧いてこなかった。ここは町とは遠く離れた未開の地。荒涼とした吹きさらしの原野は陰鬱で、見知らぬ人に頼るしかない孤独な女の不安をいっそうかきたてる場所だった。それでも――とカリスは自分に言い聞かせた。こんな人里離れた場所までは継兄も追ってはこないはず。

ギデオンはどこまで行くつもりなの？　ポーツマスを離れてから、延々と続くこの旅が束の間途切れたのは、馬を替えるときだけだった。そのときでさえあわただしく、すべてはすばやく行われた。揺れる松明《たいまつ》の明かりの下で、腕の包帯が緩んでいれば、タリヴァーが巻き直し、温かい飲み物がぐいと差しだされた。そして、また馬車が走りだす。最後の停車地では、荒野の真ん中にぽつんと立つみすぼらしい宿屋で薄いビーフスープが出されたが、その味がいまでも舌に残って不快だった。丈夫な胃に生まれたことに感謝しなければ……。

旅の友に目を戻したとたんに、はっとして息を呑んだ。「ひどい顔だわ」

ギデオンが驚きながらも苦々しく笑って、形のいい顎に伸びはじめたひげを手でこすった。

「ずいぶんはっきり言ってくれて、感謝するよ」

　カリスは顔がほてった。「ごめんなさい。そんなつもりでは……」

「いいんだよ。無礼な物言いだとしても、きみの観察力が鋭いのはまちがいない」ギデオンの口調は、馬小屋で出会ったときの調子に戻っていた。皮肉めいて、よそよそしく、それでいて、自制が効いていた。

　といっても、いまは、その冷静さはうわべだけのもの。すべてを冷静に判断している口ぶりだとしても、ゆうべ、この腕のなかで震えていたときから黒いくまのできたうつろな目は落ちくぼんでいる。窓から射《さ》しこむ青白い陽光を受けて、日に焼けた肌がくすんで見えた。ひげも伸びて、髪もくしゃくしゃだ。

　こちらを見つめるギデオンの目が鋭くなった。さらに警戒しているようだ。「腕の具合は、ミス・ワトソン？」

　カリスは一瞬、偽名を使っているのを忘れていた。どうしよう、戸惑ったのを気づかれたかもしれない。素性を知られたらどれほどまずいことになるか、あらためて肝に銘じなければならなかった。けれど、昨日、あれほど強い好感をギデオンに抱きながら、そうするのはむずかしかった。

　カリスは慎重に指を曲げてみた。さほど痛くなかった。「ずいぶんよくなったわ」擦りきれた革の座席にぐったりと座っているギデオンを見つめた。長い脚は向かいの座席にはみだしていた。粗末な馬車は長身の男性にふさわしい乗り物ではなかった。「あなたこそ具合はいかが？」

ギデオンが伸びをして、顔をしかめると、頭を背もたれにもたせかけた。「発作はもうおさまった。たいしたことじゃない」

ギデオンが体を少し動かすだけでも苦痛なのは、表情から読みとれた。長いこと身じろぎもせずに眠っていたのだから、板のように体が硬くなっているにちがいない。つねに揺れる馬車のなかにいるだけでも、苦痛なはずだ。ギデオンの見え透いた嘘を無視して、カリスは馬車の床に膝をついてしゃがんだ。

「ブーツを脱いだほうがいいわ。脚をさすりましょう。父が病に臥《ふ》したときに、看病したことがあるの。夜に具合が悪くなったときに、脚をさすると父はずいぶん楽になったみたいだったわ」

肉親以外の男性に触れるのが、淑女にあるまじき行為なのをすっかり忘れていた。ギデオンの体がこわばり、黒い目に嫌悪感が浮かぶのを見て、ようやくそのことを思いだした。

「ミス・ワトソン、どうか座席に座ってくれ。たしかにぼくは少し具合が悪いが、心配するほどのことではない」

カリスは恥ずかしくて頰を真っ赤に染め、おずおずと席に戻った。「いつもなら……こんなにさしでがましいことはしないのよ」

昨日のギデオンは触れても抵抗しなかった。この手に頭をあずけて、じっとして額を拭われていた。といっても、あのときは不可解な発作に襲われていたけれど。

「ずいぶん親切なんだな」ギデオンの口調はやさしかった。

カリスはそのやさしさが憎かった。なぜなら、それは敬意や尊敬と同等で、男女のあいだの感情とは無縁のものだから。その冷淡なやさしさのおかげで、自分が安全でいられるとは皮肉なものだった。

少し動いただけで怪我をした腕が痛んだけれど、顔をしかめたくなるのをこらえて、水のはいった小瓶の蓋を開けようとした。それはゆうべ、タリヴァーから渡されたものだった。

「喉が渇いたでしょう?」

「砂漠のようにからからだ」ギデオンはふたりの手が触れあわないようにして、小瓶を受けとった。

そんなことにいちいち気づくなんてどうかしている――とカリスは思った。そんなことをいちいち気にしているなんて。わたしは女たらしが大嫌いだったはず、そうでしょう? ならば、ギデオンのことを立派な紳士だと褒めるべきなのに。

けれど、淑女ぶっている自分が苦々しかった。

ギデオンが上を向いて水を飲んだ。大きく上下する喉仏に目を奪われた。ギデオンが小瓶を返して、座席にぐったりもたれる。目もとに漂う緊張感を、カリスは見逃さなかった。

「頭が痛むのね?」そう尋ねてから、ギデオンにとってそれは余計な気遣いでしかないと気づいた。

ギデオンの口もとにうっすらと笑みが浮かんだ。「頭のなかに悪魔がいるみたいだよ」そう言って、深いため息をついた。「こんなことになって、さぞかしきみを怯えさせてしまっただろう。悪かった」

「わたしはそう簡単に怯えたりしないわ」カリスはきっぱりと言った。

ギデオンは否定しなかった。けれど、ウィンチェスターの馬小屋では、心底怯えている姿を見られてしまったのだ。やはり、ギデオンは憎らしいほどやさしい。そのやさしさを、ギデオンがわたしの詮索《せんさく》から身を守る楯《たて》にしていなければ、これほど恨めしいとは思わないはずなのに。

「きみの顔は今朝はずいぶんよくなったよ」ギデオンが言った。

「それは……」自分がどれほどひどい顔をしているか、カリスはいまのいままで忘れていた。痛む顎にそっと触れてみる。腫れは引いていた。話をするのも昨日よりだいぶ楽だ。アーカーシャがどんな薬を塗ったにせよ、その効果は抜群だった。「そのようね」

ギデオンが揺るぎない眼差しで見つめてきた。揺るぎなく、容赦ない眼差しで。「そろそろぼくを信じて、ほんとうのことを話してくれるかな？　きみはポーツマスに叔母などいない。きみは誰かから逃げているんだ。命を脅かそうとしている誰かから。きみを見つけたときのようすが、何かを物語っているとすればそういうことになる」

すべてを見透かす視線にさらされて、カリスは身を固くした。一瞬、嘘でとおそうと思った。けれど、ギデオンの顔を見ると、そんなことをしても無駄だとわかった。安堵と不安が胸のなかで渦巻くのを感じながら、ひとつ息を吸った。「いつから気づいていたの?」

「最初から」

ギデオンがゆっくり背筋を伸ばして、また見つめてきた。ギデオンの顔に怒りや非難がかすかにでも感じられたら、カリスは貝のように口をつぐむはずだった。けれど、ギデオンの顔に浮かんでいるのは、すべてを知って理解したいと願う真摯な気持ちだけだった。その顔を見ていると、この人を信じて命をあずけてもかまわない、そんなふうに思えた。

カリスは不安げに体を動かした。これまでについた嘘を思うと、身が縮んだ。「あなたはなぜわたしを助けてくれるの? わたしにかかわっても、面倒に巻きこまれるだけよ。わたしが地獄に落ちようが、放っておけばいいのに」

ギデオンの唇にまたかすかな笑みがよぎった。「たしかに」

「ならば、なぜ?」

ギデオンは肩をすくめた。「ぼくは長いことひとりきりで過ごしたことがある。守ってくれる者もいないきみが、不幸な目にあうとわかっていながら、見捨てることなどできないんだよ」

カリスの頭にまたもや中世の騎士が浮かんだ。勝算のない闘いに挑む、勇敢で孤独な男の姿が。「あなたはどんな経験をしたの?」

ギデオンが小さく笑った。「やめてくれ、お嬢さん。いまはきみのことを尋ねているんだから。誰がきみにそんな怪我をさせたんだ？」

どんどん薄れていく警戒心が、わが身に降りかかった災難を何もかも打ち明けてはならないと叫んでいた。どんな紳士でも欲に目がくらんで変わってしまうのは、いやというほど知っていた。一か八《ばち》か素性を明かし、ギデオンもそうなるのか確かめるわけにはいかない。けれど、これまでの恩義を思えば、お粗末な作り話をいままたくり返すわけにもいかなかった。

「ふたりの兄に暴力をふるわれたの。実は、兄たちにろくでもない相手と無理やり結婚させられそうになったの。わたしは……そんな結婚など絶対にいやだった」カリスは思わずスカートを握りしめた。これほどひどい目にあわされたのに、こうして少しでも男の人を信じているのが不可解で、落ち着かなかった。「わたしが結婚をいやがっているのが、若い娘によくある気まぐれではないと気づくと、兄たちはそれまで以上に強引な手段に出たわ」それはかぎりなく真実に近かった。良心の呵責《かしやく》を感じなくて済むぐらい真実に近づいていた。

話を聞くギデオンの顔には、相変わらずどんな感情も表われていなかった。怪奇小説まがいの話を聞かされて、どう思っているの？　信じてくれたの？　少なくとも、ギデオンの顔には懐疑心は浮かんでいなかった。

「きみの兄上はどうしてそこまでして、その男ときみを結婚させたがったんだ？」

ギデオンの真剣な口調を耳にして、カリスはほっとした。握りしめていた手から力が抜けて、膝の上で両手を広げた。ほぼ普段どおりの声が出るようになった。「ふたりの兄はその人に借金をしているの。わたしにはこれから相続する財産があって、わたしが結婚すればそれは夫のものになるわ。結婚せずに二十一歳の誕生日を迎えれば、わたしのものになる」

「いつ二十一歳になるんだい？」

「三月一日」

「あと三週間か」

「ええ、だから兄たちはあせっているの」カリスは冷ややかに言った。

「なんて自分勝手で卑劣な兄弟だ」それまでの口調とは一変して、ギデオンが憎々しげに吐き捨てた。

いまのいままで、カリスはギデオンの冷静さを見誤っていた。あらためてギデオンを見つめると、怒りに燃えているのがわかった。口調は穏やかで、態度も紳士的かもしれないが、ふいにカリスの脳裏に、ポーツマスで屈強な男たちを次々に殴りたおした男の姿が鮮明によみがえった。かすかな満足感に彩られた予感が全身を駆けぬけた。自分がフェリクスやヒューバートでなくてよかったと思った。あのふたりがギデオンに捕まったら、それこそ地獄を見るはずだった。

「嘘をついて、ほんとうにごめんなさい」弱々しい声で言った。胃がぎゅっとねじれるほどの罪の意識を感じながら、両手を握りあわせて、うつむいた。何もかも見透かすようなギデオンの目を見られなかった。まだすべてを正直に話していないのを、易々と見抜いてしまう智者《ちしゃ》の目を。

「きみは危ない目にあった。簡単にはぼくを信じられなかったのも無理はない」

「でも、あなたは命の恩人だわ」カリスは囁くように言った。

それに、とカリスは思った。やさしくて、ハンサムで、勇敢。具合が悪くて意識が朦朧としたあなたを、わたしはこの腕に抱いた。そして、暗く長い夜のあいだ、眠るあなたを見つめていた。あなたのせいで胸の鼓動は太鼓の音のように高鳴って、あなたの目を見ると、わたしは息もできなくなる……。

顔を上げると、ギデオンの顔に不快感がよぎるのが見えた。「そんなことはたいしたことじゃない」

「いいえ、わたしにとっては大切なことよ」カリスは顔をまっすぐ上げて、ひるむことなくギデオンを見た。

「ミス・ワトソン、感謝などしてほしくない」ギデオンがきっぱり言った。

そのことばに胸がずきんと痛んだが、それを顔に出さないようにした。一生感謝しつづけると言いたかったけれど、それもこらえた。

気まずい沈黙ができた。

やがてギデオンが暗い表情のままふたたび質問を口にした。「きみが未成年のうちは、そのふたりの兄ではなく誰かべつの人がきみの財産を管理しているんだろう？　なぜ、きみはその人に助けを求めないんだ？」

「何人か管財人がいるけれど、みんな、兄と妹の問題に介入する資格はないと言っているわ」ギデオンに感謝の気持ちを拒まれたのが悲しくて、声がかすれていた。「兄たちは管財人にこんなことを言ったの。妹は向こう見ずで軽率だから、結婚させて夫に庇護《ひご》してもらわなければならないと」

幾夜、腑抜《ふぬ》けの事務弁護士を恨んで過ごしたことか……。スペンサーとクロスヒルを。年老いたミスター・クロスヒルは父の友人だったけれど、四年まえにこの世を去った。跡を継いだろくでなしの甥《おい》は、淑女たるものおとなしく継兄のことばにしたがうべきだと言ったのだ。

「かくまってくれる親戚は？」

「兄たちに抗えるような親戚はひとりもいないわ」辛さをこらえて抑揚のない口調で答えた。「ほんとうなの。どうすればいいのか何度も考えたわ。でも、わたしにできることはひとつしかないとわかった。次の町に着いたら、わたしは馬車を降りるわ」

「それで、どうするんだ？」

貧しさにも継兄にも屈せずに、三週間を生き延びるのだ。

「三月一日まで兄たちに捕まらないようにする、それだけよ」頬がかっと熱くなった。これからギデオンに頼みごとをするつもりだったけれど、プライドがそれを邪魔した。それでも、生きていくにはプライドを捨てるしかなかった。「お願い、何シリングか貸してください。財産を相続したらかならず返します。お金は持ってこられなかったから。お金も持たずに逃げだすなんて、鶏並みの頭だと言われてもしかたないけれど……」

「ミス・ワトソン」

「いまはお金はないけれど、でも……」

「ミス・ワトソン」ギデオンが強い口調で言った。

カリスは口をつぐんだ。全身がちりちりと痛むほど、戸惑っていた。あまりにも恥ずかしくて、目に涙がこみあげてきた。できることなら、ひとりぼっちになどなりたくなかった。それ以上に、ギデオンのそばを離れたくなかった。けれど、そんなことを口にするのは惨めすぎる。なぜ、これほどわずかなあいだに、ギデオンが誰よりも大切な人になったの？　そんなのはどう考えても馬鹿げている。そんなことが起きるとは信じられなかった。そして、危険でもあった。

ギデオンが苛立たしげな顔をした。さきほどと同じ顔だった。「何を馬鹿なことを。きみには身を守るすべもない。それなのに、金だけ渡して、右も左もわからない町にひとりきりで置き去りにする？　そんなことができるわけがない。たとえ、いまいる場所とペンリンのあいだにきみが身を隠せそうな大きな町があったとしても、そんなことはできない。きみだって窓の外を見ただろう？　いま、ぼくたちはコーンウォールの何もない原野にいるんだ」

カリスは喉に詰まる大きな塊をごくりと呑みこんだ。そうしながらも、胸のなかでかすかな希望が芽生えるのを止められなかった。「それは……」

ゆうべ、あれほど具合が悪かったと思えないほど、ギデオンは元気になっていた。その姿は知的で鉄の意志を持つ、無敵の紳士そのものだった。ギデオンなら一生守ってくれるはずだった。

ギデオンが低い声で決然と言った。「屋敷はさほど遠くない。きみをわが家にかくまわせてもらう」

5

拒まれるに決まっている――ギデオンはそう思っていた。なんといっても、ほんの一日まえには、命を賭《と》してまで逃げだしたのだから。けれど、サラはハシバミ色の目でまっすぐ見つめてきただけだった。そうして、うなずいた。

美しい瞳に目を奪われた。顔は痣だらけでも、瞳はあまりにも印象的だった。緑に金を混ぜたような美しい瞳は、遠い昔に見たペンリンのはずれの森に横たわる小さな湖のように、微妙な色あいが魅惑的に変化した。

「ありがとう。そうさせていただくわ」濃い睫を伏せると、翳った瞳は孔雀石《くじゃくいし》の色を帯びた。「こんなに親切にしてくださって、そのせいであなたが厄介な立場にならないといいけれど」

また感謝のことばを聞かされるとは、忌々しかった。不満げな声を漏らして、サラのことばを無視して言った。「ぼくがほんとうに親切かどうかは、屋敷を見てから考えたほうがいい。屋敷には十六のときから帰っていない。当時でさえ、立派な屋敷とはとうてい言えなかった。いまはどうなっているか、見当もつかないよ」

亡き父の事務弁護士によれば、四百年のあいだコーンウォールの厳しい自然に堪えた田舎の邸宅は、いまもまだ同じ場所に立っているとのことだった。だからといって、住むに堪えうる状態だとはかぎらない。きっと、いまにも崩れ落ちそうになっているのだろう。無意味な法律用語を駆使した文章の行間から、ギデオンはそう判断していた。

父も兄も領地を管理する能力に欠けていた。サー・バーカー・トレヴィシックが忌み嫌っていた末息子がアジアで行方をくらましたからといって、その能力が改善されたとは思えない。サー・バーカーは酒に酔って出かけた狩りで事故にあい、首の骨を折ってこの世を去ったが、そのはるかまえから、次男が生きているのか死んでいるのかさえ知らなかった。そればかりか、そのことを気にもしていなかった。それを思うと、ギデオンの口に苦味が広がった。とはいえ父は、家督は長男であるハリーの手にゆだねるのだからと安心していたはずだ。

ギデオンは祖国に帰還したときに葛藤を抱えたように、父と兄の死に対しても相反する感情を抱くことになった。父も兄も次男に愛情など微塵も示さず、ギデオンのほうもそんなふたりがこの世を去ったからと、嘆いて見せるほど偽善的ではなかった。それでいて、ふたりの人生が自分の人生と大差なく、道楽と酒にまみれた無為なものだったと思うと悲しかった。

サラが興味を覚えた顔をして、馬車の揺れに負けないように注意しながら、身を乗りだした。「あなたが屋敷を離れてから、そこには誰も住まなかったの？」

「いや、昨冬まで兄が暮らしていた。高熱で亡くなるまでは」

ギデオンは努めて感情をこめずに言った。それでも、サラは同情の気持ちを顔に浮かべて、小さな声で言った。「お気の毒に」

何かにつけて同情されるのはご免だった。「いや、とくに仲がよかったわけではないから」それはかなり控え目な表現だった。トレヴィシック家の兄弟より、獣のほうがはるかに兄弟愛を育《はぐく》んでいるはずだ。

「ならば、それもお気の毒だわ。家族は大切なものなのに」

「ぼくの場合はそうとは言えない」ギデオンはそっけなく言った。「それに、きみが家族にされたことを聞かされてはなおさら、考えをあらためようとは思わない」

サラが口もとを引きしめた。「兄にひどいことをされても、わたしは家族の絆を信じているわ。それが信じられなくなったら、それこそ兄たちの思う壺《つぼ》ですもの」

ギデオンはまたもや、サラの不屈の精神に感嘆せずにいられなかった。「勇敢なうら若き乙女だな」それに、身に降りかかる災難を切り抜けるには、サラは勇気のすべてを使わなければならないのだ。ギデオンはいったん口をつぐむと、意を決して、差し迫った問題をサラに突きつけた。「ミス・ワトソン、いま向かっている屋敷には独身男しかいない。ぼくとタリヴァー。数少ない召使。それに、数日後にはアーカーシャが到着する」

サラが怪我をしていないほうの手を上げて、痣だらけの頬にあてた。その仕草があまりにも頼りなくて、ギデオンの視線は意に反してサラの顔に吸いよせられた。今朝は、痣も腫れもずいぶん目立たなくなっていた。暗がりで鏡を覗くように、サラのもともとの顔立ちがなんとなく見て取れた。腹にずしりと重い落胆を感じながら、ギデオンは気づいた。痣の下には、さぞかし美しい顔が隠れているにちがいない。

サラを助けたときは、肉体的な魅力に思いを馳《は》せる余裕などなかった。そこに助けを必要としている者がいる、それしか頭になかった。魅力的な女とかかわりたいとはこれっぽっちも思っていなかったのだから。自分にはけっして得られないものがある。これからサラを見るたびに、それを痛感させられることになるだろう。

どうやら運命はまだぼくを苦しめたがっているらしい。

「女の人がひとりもいない？」その問いにはためらいが感じられた。無理はない。育ちのいいお嬢さまならば、独身男ばかりの屋敷に行くのを躊躇するのは当然だ。「独身をとおしたおばさまや、未亡人のいとこは？」

「残念ながら」男所帯に滞在しても評判に傷がつくことはないと言って、安心させたかった。屋敷に留まる以外に、サラを守る方法があればどれほどいいか。「大丈夫だ、その点は心配ない。ぼくは長いこと外国で暮らしていたから、屋敷に戻っても近隣の人々と親しくつきあうつもりはない。それに、屋敷は辺鄙《へんぴ》な場所にあって、村人はよそ者を信用しない」

サラが怪我をしていないほうの手で、腕に巻いた包帯をいじっていた。その指は長く白く、優美だった。馬車に揺られていても、腕が痛むそぶりはほとんど見せなかった。どうやら、アーカーシャの薬が効いたらしい。

気詰まりな沈黙のあとで、サラが口を開いた。「評判より、命のほうが大切だわ」口調から、不本意ながらそう決めたのがわかった。それでもサラは顔を上げて、無理に笑みを浮かべた。「でも、こんなに面倒な思いをしてまで助けてくださるなんて。見ず知らずの他人にこれほど親切にするなんて、ほんとうに心が広いのね」

褒めちぎられると、ギデオンは気まずくなって、もじもじと体を動かした。意に反して、ふたりのあいだに築かれていく親密さ——蜘蛛《くも》の巣のように繊細で、鉄のように強固な親密さ——をどうにかして打ち崩さなければならなかった。それなのに、サラにまっすぐに見つめられると、いつのまにか本心を口にしていた。

「ぼくは不正を憎んでいる。弱い者いじめが大嫌いだ。きみの兄は力ずくで妹に言うことを聞かせようとした。女性をそんなふうに扱う男どもは絶対に許さない」思いがこみあげてきて、声がかすれた。「ミス・ワトソン、きみの身の安全と自由を守るためなら、ぼくはなんだってする」

そう言ったとたんに、激情に駆られた大げさなことばを後悔した。

森のなかの小さな湖に射す陽光のように、サラの目が金色に輝いた。サラの唇が開いたが、ことばは出てこなかった。サラが身を乗りだした。けれど、ありがたいことに、体に触れはしなかった。それでも、触れられたように肌がちくちくした。

ああ、なんて馬鹿なことを言ってしまったんだ。そんなことばを口にしたら、厄介なことになるに決まっているのに。ふたりのあいだに築かれていく親密さを、ぶちこわすどころか、ますます強固なものにしてしまうとは。なぜ、ろくでもない口を閉じておけなかったんだ……。

そこではじめて、サラの顔に浮かぶ表情の意味をはっきり理解した。その意味はごまかしようもなく、吐き気がこみあげてきた。
こちらを見つめるサラの眼差しは、疑うことを知らない子どものようにまっすぐだった。それはまさに、おとぎ話から抜けでてきた王子さまを見つめる眼差しだった。

何をしてでもきみを守る——そんな感動的なことばを口にしておきながら、ギデオンがふいによそよそしくなったのが、カリスにも手に取るようにわかった。傷ついた心がずきんと痛んだけれど、カリスはその痛みを顔に出さないようにした。そんなことで傷つく権利などないのはわかっていた。
その後、ギデオンは眠ってばかりいた。あるいは、寝たふりをしていた。ほんとうに眠っているのかどうか、カリスにはわからなかった。わかっているのは、興味を持たれるのをギデオンがいやがっていることだけ。それでも知りたいという欲求は、腹をすかせたネズミの食欲並みだった。
ギデオンが眠っている——さもなければ、眠ったふりをしている——おかげで、カリスは何時間もギデオンを観察できた。謎めいた発作はずいぶんまえにおさまったものの、顔は青白く、やつれていた。わたしが無鉄砲な逃亡さえしなければ、ギデオンが発作を起こすこともなかった——そう思うと、罪悪感で胸がいっぱいになった。といっても、なぜ発作が起きたのかはわからない。いずれにしても、あのときのギデオンは見ていられないほど苦しそうだった。それなのに、何もできない自分がもどかしかった。

きっとギデオンはこれまでにも、ひどい発作をたびたび起こして、それに堪えてきたのだろう。いったいどこが悪いの？　父と母を看病し、荘園《しょうえん》の小作人が病気になったときにも世話をしてきたけれど、ギデオンのような症状は目にしたことがなかった。

ギデオン・トレヴィシックはどこまでも謎めいている。どこまでもわたしを惹きつけてやまない。ギデオンのような人に会ったのははじめてだ。誰かにこれほど魅了されたこともなかった。強いのに傷つきやすいのが、なおさら魅力的だった。ギデオンを見るたびに、胸の鼓動がぎくしゃくしたリズムを刻む。息もできないほどそわそわするなんてこれまでになかったことで、どうすればいいのかわからなかった。何人もの人に求婚されたけれど、そばにいるだけでこれほど渇望をかきたてられたりはしなかった。

そんなふうに思うのは、命の恩人だからかもしれない。最初はウィンチェスターで、二度目は卑劣な荒くれ者が立ちはだかる路地で命を救われた。あのとき、ギデオンが守護天使よろしく現われなかったら、どうなっていたことか……。そう思うと体が震えた。凌辱と死が眼前に迫っていたのだから。

けれど、ギデオンの浅黒い顔を目でたどっていると、恩人だから興味を抱いているわけではないと気づいた。心から感謝しているのはまちがいないけれど。ギデオンは美しく、勇敢で繊細で、目を見張るほど賢い。それに、その姿がちらりと見えただけで、わたしは息もできなくなる。

なんてことだろう、知りあってまだほんの一日だというのに、めまいがするほど恋しくてたまらないなんて。これから三週間いっしょに過ごしたら、わたしはどうなってしまうの？

それでも、ギデオンと話をしないでいるのには、ひとつだけいいことがあった。さらにあれこれ訊かれずに済むことだ。訊かれなければ、良心の呵責を覚えながら、嘘の上塗りをしなくて済む。人を安易に信用せずに、慎重に行動する——それはいまや第二の本能となっており、本名を明かしてはならないという声がつねに頭のなかで響いていた。といっても、誰かに真実を打ち明けなければならないとしたら、その相手はギデオン以外に考えられなかった。

いま、わたしはギデオンの屋敷に向かっている。そう思っただけで、邪な興奮が全身を駆けぬけた。不安がないまぜになった興奮が。付き添いの婦人もいないのにギデオンと同じ屋根の下で暮らすなんて、そんなことが世間に知れたら、わたしの評判は地に落ちる。それを考えると、やはり本名を明かすわけにはいかなかった。

眠っている命の恩人にちらりと目をやると、評判などどうでもよくなってくる。

だめよ、カリス。なんてふしだらなことを考えているの。そんなことでは天使に見放されてしまうわ。

頭のなかでぐるぐると追いかけっこを続ける無数の思いが、やがて馬車の揺れと同調して、カリスは半分眠っているような、半分目覚めているような状態に陥った。馬車が大きく揺れるたびに、怪我が痛む。ヒューバートのせいで傷ついた体はまだ癒《い》えていないと痛感させられた。

朝から馬車はひたすら荒野を走りつづけていた。夕刻が近づくころ、カリスははっきり目を覚まして、ツタが絡まる古ぼけた門柱のあいだを馬車が駆けぬけたのに気づいた。楯を構えてうしろ肢で立つ獅子《しし》の石像が見えたけれど、古びた楯には苔《こけ》がびっしりこびりついて、そこに刻まれていたはずの紋様はとうの昔に消えかかっていた。門柱にぶらさがっている錆びて螺子《ねじ》のはずれた門は、夏の終わりに枯れて、そのままになっている雑草に半ば隠れている。まもなく馬車は深い森にはいった。

景色の変化に少しわくわくしたけれど、これほど疲れていては、その変化が何を意味するのかまでは考えられなかった。こわばった体を伸ばしてみる。とたんに、怪我が痛んで、うめきそうになった。我慢できずにため息をつきながら、背もたれに頭をもたせかけた。心のなかで、もうひと晩、旅が続いたりしませんようにと祈った。がたごとと馬車に揺られるのはもうたくさんだった。

馬車はさらに半時間ほど走りつづけた。轍《わだち》のできた小道の上では、木の枝が折り重なるように交差して、馬車のなかを謎めいた影の世界に変えた。向かいで沈黙を守っているギデオン――座席に長い脚を渡して、たくましい胸のまえで腕を組んでいるギデオン――の存在感は圧倒的だった。ほんとうに眠っているのか、寝たふりをしているのかはわからなかったけれど。

悔しいことに、自分が藪《やぶ》のなかを引きずられたようなありさまなのはよくわかっていた。昨日は怯えていて、今日は一日じゅう旅をして、さらに見るに堪えない姿になっているにちがいない。かたや、ギデオンは服を着替えて、忌々しいほどの優雅さを取りもどしていた。顎にうっすらと生えたひげのせいで、彫刻と見まがうばかりの顔に野性的な雰囲気が漂い、ますます男らしさが際立っている。このままではいけないと、カリスは目を閉じて、ギデオンのことではなく、ほかのことを考えようとした。といっても、そんなことができるはずがなかった。

不安と疲れでぼんやりしていると、タリヴァーが叫ぶ声がして、馬車が揺れながら停まった。カリスは霞む目を開けた。馬車はすでに森を抜けて、窓から夕刻の光が射しこんでいた。

窓から顔を出して、御者台の灰色の人影を見あげた。「タリヴァー、なぜ停まったの?」

「ほら、お嬢さん」タリヴァーは鞭で前方を指した。「あれがペンリンだ」

身じろぎひとつしないギデオンをちらりと見てから、カリスは疲れた体でどうにか立ちあがった。よろよろと馬車を降りて、タリヴァーが示すほうを見た。

ひと目で恋に落ちた。

いまいるのは低い丘の上だった。うしろには抜けてきたばかりの広い森。前方にはなだらかな斜面が続き、そのさきは大地をすとんと切りとったような崖《がけ》になっていて、その向こうに美しい海が広がっている。海が薄れゆく光のなかで藍色《あいいろ》に輝いていた。

空と海と大地からなる自然の一部であるように、崖の縁に西向きの屋敷が立っていた。その場所に何百年もまえからある屋敷。古びているけれど、遠くから屋敷が手招きしているかのようだった。西日を浴びて、石造りの壁がやわらかな金色の光を放っている。海からの潮風に揺れる色褪《いろあ》せた冬の草原の向こうで、ペンリンがカリスを呼んでいた。

「息を呑むほど美しい、そうだろう？」

カリスは屋敷から未練がましく目を離して、ギデオンを見た。いつのまに馬車を降りたのか、うしろにギデオンが立っていた。こんなにすばらしい場所でギデオンは育ったのだ。ならば、これほどすばらしい紳士になるのも不思議はない。美しすぎる屋敷に感動して、喉が詰まりそうだった。「ほんとうにすてきだわ」

ギデオンが近づいてきて、となりに立った。長身の体を意識せずにいられないほど、ふたりの距離は近かった。カリスはとくに小柄なほうではないのに、ギデオンのそばにいると自分が小さくて、か細く思えた。ギデオンがすぐそばにいると、やはり胸が高鳴った。愚かな体の反応をどうすれば抑えられるのかわからなかった。

「そのとおりだ」ギデオンの口調は穏やかだった。でも、それはたぶんうわべだけのもの。端整な顔にはどんな感情も浮かんでいないけれど、すらりとした体に力がこもるのが、カリスにもはっきり伝わってきた。「すっかり様変わりしているだろうと思っていたが、そんなことはなかった」

カリスは眉根を寄せた。見た目は平然としているけれど、ギデオンの心のなかではどんな感情が渦巻いているの？　何年も離れていた故郷に戻ってきたら、誰だってうれしくてたまらないはずなのに、そうは見えなかった。「なぜ、長いあいだ故郷に帰らずにいたの?」

ふいに何かを思ったのか、ギデオンの顔が曇った。目が合うと、その目がぎらついていた。けれど、すべてを焼き尽くすような炎がその目に浮かんでいたのはほんの束の間で、ギデオンはまた古い屋敷に視線を戻した。「なぜ、ここに帰ってくる気になったのか?」知らず知らずのうちにつぶやいているような口調だった。

「ここを嫌っているような口ぶりだわ」カリスは驚いて言った。

ギデオンが首を振ると、黒い髪が額にかかった。「いや、好きだよ。だからこそ、すべてがこんがらかっているんだ」

さも辛そうにギデオンが本心を口にしたことに、カリスは驚いた。ギデオンはそう簡単には人を信用しないはず。そうであれば、たったいま耳にしたことばは動揺している証拠だった。

ギデオンが唐突にくるりとうしろを向いたかと思うと、すぐさま馬車に乗りこんだ。カリスはびっくりして、うしろ姿を呆然と見つめるしかなかった。ギデオンは自分が受け継いだ屋敷をこれ以上見ていられないかのようだった。けれど、一瞬、その眼差しから冷たさが消えて、切なさが覗いた。カリスは胸がぎゅっと締めつけられた。

ギデオンの思いを知りたい——全身全霊でそう願った。信用してもらいたいと、全身全霊で願った。それ以上に、ギデオンの無言の苦悩をどうにかして和らげてあげたかった。

けれど、わたしは見ず知らずの他人。ふたりの人生はほんの束の間交差しただけ。いまこのときを過ぎれば、ギデオンにとってわたしなどなんの意味もなくなる。

顔を上げて、タリヴァーを見た。タリヴァーは目のまえで起きた出来事すべてを、いつものように冷静に見守っていた。けれど、その目が光っているのは、もしかしたら共感しているせいかもしれない。それに、同情しているのもまちがいなかった。

でも、誰に同情しているの？　ギデオンに？　それとも、哀れなほどうっとりしているミス・ワトソンに？

タリヴァーが穏やかに声をかけてきた。「馬車に乗ってくれるかな、お嬢さん。あと一マイルかそこらは走らなけりゃならない」

カリスはがっくりと肩を落とすと、ギデオンが座っている馬車に乗りこんだ。タリヴァーが鞭を振るって馬を走らせ、馬車は屋敷へと向かった。ギデオンは座席の隅に腰かけて、窓の外を見つめていた。

夕日が海を朱色に染めながら、いままさに沈もうとしていた。馬車は崩れかけた石のアーチを抜けて、ペンリン邸の石敷きの前庭にはいった。近くで見ると、屋敷はずいぶん古びており、まったく手入れされていなかった。それでも、カリスの胸にすでに深く刻まれた屋敷を愛する気持ちは消えなかった。それは屋敷の主人に対して抱いている切望と溶けあって、永遠に消えないものになっていた。

「屋敷の一部は十五世紀に建てられた。といっても、大半はエリザベス一世時代のものだ」

丘の上での緊迫した一瞬に胸の内を吐露したきり黙りこんでいたギデオンが、ようやく口を開いた。

「すてきだわ」

ギデオンが皮肉っぽい表情で短く笑った。あたりはもう薄暗かったけれど、その顔に苦々しい笑みが浮かんでいるのが、カリスにもわかった。「覚悟したほうがいい、きみの興奮も一気に冷めるだろうからね。寒々とした家にはいって、湿ったシーツとありあわせの食事をまえにしたら。それも、食事が用意できればの話だ」

「そんなことは気にしないわ」ギデオンの皮肉を聞かされても、ペンリンにいる喜びは薄れなかった。古びた石壁に温かな息遣いが感じられた。かつて、この屋敷は住む人に愛されていたにちがいない。そして、これからまた愛されることになる。大昔からこの地に立つ家は、待つことを知っていた。

ホルコム邸は冷たいパラディオ様式の白亜の豪邸だった。非の打ちどころのない大邸宅で、前世紀、ファレル家が裕福で名声を誇っていた時代に、バーケット侯爵の邸宅として建てられたのだ。母が亡きバーケット侯と再婚して、カリスはその屋敷に連れていかれたが、ひと目見ただけで、その家に嫌悪感を抱いた。そう、バーケット侯にはやはり地獄がお似合いだ。

馬車が停まりかけると、疲れた馬を世話するためにふたりの男が駆けよってきた。玄関の重厚な扉に通じるすり減った階段に、四人のメイドがいそいそと並んだ。

「さあ、茶番劇のはじまりだ」ギデオンがにこりともせずに言って、すっくと立ちあがった。そして、扉をぐいと開けると、まだ完全に停まっていない馬車から飛びおりた。

ギデオンは胸いっぱいに息を吸って、自分でも理解できない怒りを抑えこんだ。幼いころを過ごした家に戻って、これほどさまざまな感情がこみあげてくるとは思ってもいなかった。けれど、古ぼけた屋敷をひと目見ただけで、すぐにでも逃げだしたくなり、それでいて、永遠にここで暮らしたいと思ったのだった。

無駄だと知りながらも、胸の鼓動を鎮めようと、もう一度深く息を吸う。ペンリンのにおいを全身で感じると、昨日のアヘンチンキの苦味がすっかり消えていった。同時に、数々の辛い思い出がよみがえった。

また深々と息を吸った。海と野生のタイムと、古い岩壁を照らす太陽と、コーンウォールの肥沃《ひよく》な大地の香りが鼻を刺激した。ほんとうに帰ってきたのだ。甘く切ない現実に胸が張り裂けそうだった。

「ギデオンさま、おかえりなさいませ！」

懐かしい声が聞こえて、心乱れる思いから現実に引きもどされた。ギデオンは背筋を伸ばして動揺を隠した。声のしたほうを見ると、ずらりと並ぶ顔のなかに、知的な青い目があった。それは見知った顔だった。背が高く、骨ばかりに瘦せた老人のうしろで、召使たちが頭を垂れ、メイドが膝を折ってお辞儀した。

驚きと、喜びにかぎりなく近い感情が胸にこみあげた。「ポレット？　エライアス・ポレットなのか？」

老人の目がうれしそうに輝いた。「そうです、坊ちゃ……ギデオンさま」

ポレットは父の厩番頭だった。ギデオンが子どものころでさえ、ずいぶん年を取っていた。ギデオンにとって家族との記憶は陰鬱なものでしかなく、それに比べれば、領民との記憶はまだましだった。大半の領民からは無視されたものだが、それさえも父から受けた扱いよりはましだった。けれど、ポレットだけは何かにつけて味方してくれた。バーカー侯が末息子には乗馬の才はないと見放したのに、内緒で馬の乗りかたを教えてくれたのもポレットだった。

「事務弁護士はどうして、この屋敷にはおまえが必要だとわかったんだ？」

「いえ、わたしはずっとこのお屋敷にお仕えしてたんですよ。ギデオンさまが外国から戻られて、ここをお治めになるまではと、数人の召使はここに残って屋敷の手入れをしてたんです」

ここを治めるだって？　冗談じゃない。このままこの地に留まるかどうかさえ決めてもいないのに。けれど、海や野草のにおいに包まれると、自分の居場所はここしかないという気がした。骨の髄《ずい》までトレヴィシック家の男であると感じずにいられなかった。すべてのトレヴィシック家の男同様、ペンリンで生まれ、ペンリンで死ぬ運命なのだと。切りたった断崖《だんがい》や打ちよせる波、甲高く鳴きながら飛びかうカモメと同じように、自分もまたこの土地の一部なのだと痛感した。

「それに、ハロルドさまのもとでは、管理人として働いてました」ポレットのゆったり大きくうねるコーンウォール訛りは、心地いい音楽のようだった。「そのことを、どなたかからお聞きにならなかったんですか?」

聞かされたかもしれない、とギデオンは思った。事務弁護士からの手紙の肝心な部分はきちんと憶えていたが、それ以外のことにはほとんど注意を払わなかったのだ。ギデオンはどうにか笑みを浮かべた。「ポレット、この屋敷の管理をするのにおまえほどうってつけの者はいないよ」

それはほんとうだった。意外にも、兄も同じことを考えたというわけだ。あのハリーに人を見る目があったとは……。

ポレットが悲しげに眉間《みけん》にしわを寄せた。「いいえ、実は、屋敷の手入れは行き届いてません。できるだけのことはしたんですが、それでも……」

ギデオンは気にするなというように肩をすくめた。「そんなことはかまわない」屋敷はいまも立っている、あとは修理すれば済むことだ。もし、この自分がその気になれたなら。

「何しろ手が足りなくて。それに、ハロルドさまは……」

ギデオンはポレットの目を見た。それだけで、もう何も言わなくても、ポレットの言いたいことは伝わってきた。ギデオンが屋敷を出たとき、すでにハリーは酒に溺れていた。十九という若さで。

父は自分の意見をけっして変えない頑《かたく》なな男だった。飲酒を乗馬やとっかえひっかえの女遊びと同じように、男の甲斐性《かいしょう》と見なしていた。父の数ある道楽を、ギデオンはあからさまに嫌ったが、それは父と息子の反目の原因のひとつに過ぎなかった。

酒をまえにしたハリーの姿を思いだすと、胸がずきりと痛んで、真の悲しみに心が疼いた。ハリーは背が高く、スカンディナビアの神話に登場してもおかしくないほど端整な顔立ちだった。強くて、やさしかった。ウシのように愚鈍ではあったけれど、邪ではなかった。家族のなかで邪だったのは父だけだ。

ハリーの亡霊が浮かびあがり、ふっと消えたかのように、ポレットが息を呑んだ。「でも、これからはトレヴィシック家の真の跡取りが指揮してくださるんですから、何もかもうまくいきますよ」

やめてくれ、そんな大きな責任をこの自分が負わなければならないのか？　ポレットの明るい顔に希望と喜びを読みとって、ギデオンは顔をしかめた。もろ手を上げて迎えいれられる資格など、自分にはないはずなのに。

年老いた召使から目をそらして、ギデオンは馬車を見た。サラが身を縮めて座っている暗い馬車のなかを覗きこむ。「出ておいで、ミス・ワトソン」

サラがそのことばに渋々したがうと、ギデオンは一歩下がった。サラが馬車から降りたち、ポレットの顔がぱっと華やいだ。頭のなかで、あれこれ推測しているはずだった。「お祝いの準備をしましょう、ギデオンさま」

男と女がふたりきりで旅をするとしたら、その男にとってその女が何者なのかはほぼ決まっている。親戚。とはいえ、ポレットはトレヴィシック家に親戚がほとんどいないのを知っていた。となれば、妻。さもなければ、情婦ということになる。

ギデオンは苦笑いをこらえた。できるものなら、情婦が持てるぐらいのいっぱしの男になってみたいものだ。もし情婦を持てたなら、その女はミス・サラ・ワトソンよりはるかに見栄えのする身なりをしているはずだった。いくら落ちぶれたトレヴィシック家でも、その家の男たちはいつだって、愛人にはそれなりの身なりをさせてきたのだから。

すぐとなりで、サラがいかにも不安そうに立っていた。背中を丸めて、大きな外套の襟を立てて顔を隠していた。

屈辱ならいやというほど経験していた。ゆえに、誰かがその思いを抱いているときには、ひと目でわかった。気高いサラが屈辱を感じているのを見るのは辛かった。顔の痣を、おぞましい伝染病の症状であるかのように隠しているとは。いや、それ以上に、自身の貞節を疑われるのを気にしているにちがいない。

無言で地面を見つめているサラは哀れだった。傷ついて、孤独で、あまりに無力だった。兄たちの暴力によって、サラは過酷な世界に放りこまれた。見ず知らずの他人に頼るのは、さぞかし辛いだろう。おまけに、人里離れたこの地では、逃げ場もなければ、隠れる場所もなかった。

ギデオンは目のまえに並ぶわずかな召使をちらりと見た。何世代にもわたって屋敷に仕えてきた者ばかりで、全員がトレヴィシック家との深い絆を感じているはずだった。ギデオンは背筋をぴんと伸ばして、堂々とした威厳のある口調で言った。「ミス・ワトソンはわたしの知人で、しばらくここに滞在する」名前を言われて驚いたのか、サラが小さな声をあげたが、ギデオンはそれを無視した。「ミス・ワトソンがここにいることは口外しないように。この淑女の身の安全は、おまえたちが賢明にも口を閉じていられるかどうかにかかっている」

サラは気づいていないかもしれないが、たったいま口にしたことばは、彼女がこの小さな王国の住人だと宣言したも同然だった。ペンリンは昔から独立したひとつの国のようなものだった。そこに住む者は互いに信頼しているが、どこかからふらりとやってきたよそ者には疑念を抱く。ギデオンが無言でその場に立っていると、ひとりのメイドが膝を折ってお辞儀した。もうひとりもそれに倣った。男たちは頭を下げた。

ギデオンはサラに階段を上がって、洞穴のような玄関広間にはいるように身ぶりで示した。ところが、サラに続いて家にはいろうとしたとたん、ふいに気が進まなくなって足が重くなった。

縦仕切りのある背の高い窓から射しこむ夕暮れの光が、埃《ほこり》っぽい家のなかを照らしていた。外見も古ぼけていたが、家のなかはそれ以上だった。広い場所に家具がまばらに置かれている。あわてて掃除をしたらしいが、凝った彫刻がほどこされた柱や手すりはくすんで、カーテンは埃にまみれ、暖炉の火は消えていた。召使がぞろぞろと家にはいってきて、黒い板張りの壁のまえに並んだ。

「ギデオンさまがお帰りになると聞いて、召使を増やしました。でも、それ以外は、ご指示を仰いでからにしようと思いまして。この一年、屋敷にはわたしと女房しかいなかったんです」ふいにポレットの丁寧な物言いが途切れた。「すいません、坊ちゃん。ろくなお出迎えもできないで」

ギデオンは掃除の行き届いていない薄汚れた部屋を見まわした。幼いころの記憶は冬の空気より冷え冷えしていた。ここで、何度も父に折檻されたものだ。たいていは召使の目のまえで。幼いギデオンは鞭打たれても泣かなかったのだから、乱暴者の父からむしろ褒められてもいいはずだった。要するに、バーカー候はねちねちと子どもをいじめて、二番目の息子を意気地のない臆病者《おくびょうもの》にしたかっただけなのだ。ギデオンの無言の頑なな抵抗は、父の暴力を助長しただけだった。

「サー・ギデオン？」

サラの穏やかな声が、ギデオンの頭から不快な思い出を消し去った。ギデオンは振りかえってサラを見た。立てられていた外套の襟はもとに戻されて、顔が見えていた。偶然にも陽のあたる場所に立ったその姿は、宗教画に描《えが》かれた聖人のように神々しかった。

顔の造作のひとつひとつまではっきり見えた。尖《とが》った顎、ふっくらした唇、コーンウォールの天気のようにめまぐるしく変化する大きな目。両手は黒い外套の襞《ひだ》に隠れていた。そうやって震えを隠しているのだ。

「疲れただろう」さらにじっくり見ると、目の下にくまができていた。痣だらけの顔でもそれははっきりとわかった。「辛い長旅だったからな」

目が合うと、サラが顔をまっすぐ上げて、無理に弱々しい笑みを浮かべた。ひとりぼっちで、怯えて、身を守るすべもないのに、過酷な運命に正面から立ちむかっているとは。心のどこか奥のほうで何かが動いた。家のなかの物音がひそかな囁き声ほどに小さくなる。サラ・ワトソンに惹かれていた。これまで、どんな女に対しても、そんな気持ちを抱いたことはなかった。これほど複雑で悲劇的な状況でなければ、意を決して手を差しだし、サラの手を握っているところだった。

いや、サラは何千マイルも離れたところへ逃げていったほうがいい。自分の面倒さえろくに見られない男にそんなことをされるよりは。生きていてもなんの役にも立たない男。妻をめとったところで、妻に何もしてやれない男なのだから。

そんなことを考えても、ごく普通の男が得ているごく普通の幸福を切望する気持ちは止まらなかった。

何カ月も喪に服して、インドでの辛く長い年月を弔った。自分のしたことの代償は支払ったと思っていた。けれど、いま、砂漠の蜃気楼《しんきろう》のように魅惑的な人生を歩めるかもしれないと期待したとたんに、失われてしまったものの大きさを真に理解した。

変えようのない事実を思えば、答えはおのずと出てきた。サラはけっして手の届かない存在だ。

ギデオンは身を切られるほどの切望と落胆と悲しみを胸の奥に押しこめた。三週間後にはサラはいなくなる。ああ、その事実にも堪えられるはずだ。ランガピンディーでの言語に絶するおぞましい一年に堪えて、生き延びたのだから。

「大丈夫よ」サラが少しためらって、唇を嚙んだ。「でも、できれば、お風呂にはいりたいわ」

「ああ、お安い御用だ」ギデオンは傍らに控えているポレットを見た。「寝室の用意はできてるか？」

「はい、ギデオンさま」ギデオンのことをかしこまって呼ぶたびに、ポレットの口調はぎこちなくなった。「主寝室を用意しておきました」

「その部屋はミス・ワトソンにふさわしくない」ギデオンはきっぱり言った。ポレットに向けた鋭い視線が、ミス・ワトソンは情婦ではない、そうなることはけっしてないと断言していた。「メイドに中国の間の用意をさせてくれ。それに、従者のタリヴァーの部屋も必要だ。数日後にはもうひとり、インドの友人が来る。彼にはツタの間を使わせよう」

ポレットはお辞儀して、いかにも召使らしい口調で応じた。「かしこまりました」

陰鬱な亡霊であふれるこの場所から一刻も早く逃げださなければ――ギデオンはそんなことを思いながら、サラに向かって、玄関広間から出る廊下を指さした。「ミス・ワトソンと図書室でお茶を飲んで待つことにしよう。図書室が片づいているなら」

まえを通りすぎようとすると、ポレットがお辞儀をした。頭を上げたポレットが嘘偽りのない気持ちをつぶやくのが聞こえて、ギデオンはぎくりとした。「坊ちゃんがお戻りになって、ここでお暮らしになるなんてうれしくてたまりません」

「ありがとう」ギデオンはくぐもった声で応じた。地獄のようなひとときをどうにかやり過ごしたのだから、それだけでもありがたいと思わなければならなかった。

ギデオンと並んで、カリスは暗い廊下を歩き、さらに暗い部屋にはいった。屋敷に着いてからはじめて、ゆったりと息が吸えるようになった。召使たちの視線から逃れられてほっとした。召使たちからは無節操な女だと思われているはずで、それがいやでたまらなかった。ギデオンは情婦ではないときっぱり言ってくれたけれど……。それでも、これほど痣だらけの顔では、召使があれこれ邪推するのも無理はなかった。

身の置き場もなくその場に立っていると、ギデオンが青いビロードの厚いカーテンを開けた。とたんに、埃がぱっと舞いあがった。ふいに射しこんだ陽光に目がくらんで、瞼を閉じる。ゆっくり目を開けると、大きな窓の外に雑草の生えたテラスと、その向こうに広がる海が見えた。

ギデオンは壮大な景色をしばらく見つめていた。その姿には故郷に戻ってきた男の悲哀と、なぜか深い孤独感も漂っていた。

亡くなったお父さまとお兄さまのことを思っているの？　それとも、何かほかにも悲しい思い出があるの？

その姿があまりにも寂しそうで、カリスはギデオンに触れたくなった。慰めて、ひとりぼっちではないと言いたかった。けれど、外套を握りしめて、そんな衝動を抑えた。ギデオンが慰めのことばを嫌っているのはよくわかっていた。

　ギデオンに拒まれるのは辛かったけれど、悲しみに沈む姿を見ているほうがもっと辛かった。それもまた、見ず知らずの他人であるはずのギデオンに、危険なほど惹かれている証拠だった。いいえ、わたしはもう危険な崖から落ちたも同然。いまさら助かる見こみはない。

　ギデオンが手の埃を払いながら振りかえった。その顔は無表情で、ついさっきちらりと見せた無防備なようすはすっかり消えていた。

「とんだあばら家に連れてきてしまったな、すまない」ギデオンが歩みよってきて、外套を脱ぐのを手伝ってくれた。そうして、外套をマホガニーの書架用の梯子《はしご》にかけた。この部屋にあるすべてのもの同様、梯子にも埃が積もっていた。けれど、どれほど埃まみれでも、壁一面の書架にずらりと並ぶ革装丁の本や、凝った彫刻がほどこされた家具や漆喰《しっくい》仕上げの壁は際立っていた。美しい部屋だった。何年も手入れされていないのはまちがいないけれど。

「あばら家だなんてとんでもない」座面に詰め物がされた椅子にためらいがちに腰を下ろした。椅子から埃がぱっと舞いあがってくしゃみが出る。もう動けないほど疲れていた。継兄に殴られて、おまけに、何時間も馬車に揺られていたせいで、体のあちこちが痛んだ。温かい風呂とベッドがあって、ひと月眠って過ごせるなら、魂を売ってもかまわない。ギデオンの暗い顔を喜びで輝かせられるなら、魂をふたつ売ってもかまわなかった。

「気分は？」感情を交えない気遣いのことばをかけられて、カリスは部屋の隅で身を縮めたくなった。

「しばらく休みたいわ。あなたは？　気分はいかが？」

苦しい発作を思いだしたのか、ギデオンの眉間にしわが寄った。「ありがとう、もうすっかりよくなった」これ以上体調を気遣われたくないのだろう、ギデオンが背を向けた。「きみは休んで、体力を回復させたほうがいい。食事のあとで、ポレットの女房を部屋にやろう。アーカーシャにはかなわないが、それでもこのあたりに生える薬草のことならよく知っているよ」

「ありがとう」ギデオンはわたしの世話をほかの人にまかせたがっている――カリスはそんなふうに思えてならなかった。それで傷ついている自分がどれほど身勝手かもわかっていた。ギデオンにちらりと見られただけで、ひとこと何か言われただけで、信じられないほどさまざまな感情がこみあげてきた。心に防壁を築こうとしたけれど、ギデオンを見ただけで、防壁は脆《もろ》くも崩れ落ちてしまう。

またくしゃみが出た。ギデオンが差しだしたハンカチを受けとりながら、不明瞭にお礼を言った。涙ぐんだ目で、部屋のなかを歩きまわるギデオンを見つめる。ギデオンはとくに興味もなさそうに、あれこれとものを手に取っては眺めていた。

自分の家にいるのに、ギデオンはなぜこんなにそわそわしているの？　故郷に戻ってきたのに、なぜこれほど緊張しているの？　たしか、家族とはうまくいっていなかったようなことを言っていた。昔の記憶に苛《さいな》まれているの？　たぶん、そうなのだろう。ギデオンの背中がこわばって、深いしわが刻まれた口もとに感情が表われていた。

扉が開いて、メイドがお茶を運んできた。ティーカップはふぞろいだった。ひとつはマイセンで、もうひとつはセーヴル。けれど、両方とも上等で美しいことに変わりはない。その昔、ペンリン邸には趣味のいい陶器を選ぶ者がいて、それを買うだけの余裕があったというわけだ。

皿の上には大ぶりのチーズサンドイッチが並んでいた。ばつが悪いことに、おなかが大きく鳴って、顔が真っ赤になった。ジョージアナ大叔母がここにいたら、下品で恥ずかしいと小言を言われるところだった。

ギデオンが窓辺に置かれていた大理石製の小ぶりのプラトンの半身像をもとに戻して、メイドのほうを向いた。「名前は?」

耳に心地いいバリトンがいつもの魔力を発揮した。その魔力にはもう慣れっこになっているカリスでさえ、楽器のように深みのある声音にうっとりした。若いメイドは細い肩から力を抜いて、埃の積もった紫檀《したん》のサイドテーブルにトレイを静かに置きながら、主人にはにかんだ笑みを向けた。

「ドーカスといいます」メイドは膝を折ってお辞儀をした。「ポレットの孫です。ギデオンさまは憶えてらっしゃんないでしょうけど、あたしはギデオンさまを憶えてます。ギデオンさまがここを出られたとき、あたしはまだ五つだったけど」

「おまえはよく、母親を手伝って、バターを掻きまわしていたね」

「ええ、そうです」若いメイドは思いがけないことを言われて恥ずかしそうに頬を染めた。

「憶えててくださったなんて、うれしいです」

ギデオンがカリスのほうに頭を傾げた。「ミス・ワトソンにはメイドが必要だ。おまえがその役を務めてくれるかな、ドーカス？」

メイドはカリスに向かって深々とお辞儀した。「もちろんです、お嬢さま。でも、ご婦人のお世話をするのははじめてです」

「大丈夫よ、ドーカス、あなたならできるわ」カリスは言った。ギデオンの思いやりに感謝する理由がまたひとつ増えた。身勝手だとわかっていても、ギデオンからは思いやり以上のものを示してほしかった。

若いメイドが隙間《すきま》のあいた歯を見せて、にっこり笑った。「ありがとうございます、お嬢さま。ほんとにありがとうございます」

ドーカスが部屋を出ていくと、ギデオンが見つめてきた。「最初は頼りないかもしれないが、あの娘は小さなころから賢かった。すぐにいろいろなことを覚えるだろう」

「心配はいらないわ。これほど気遣ってくださるなんて、あなたはほんとうにやさしいのね。わたしの継兄……いえ、わたしのふたりの兄……」しまった。埃まみれだけれど美しいこの部屋にギデオンとふたりきりでいるせいで、ずいぶん親しくなったように錯覚してしまった。嘘をついていたのをうっかり忘れていた。ことばに気をつけなければ。さもないと、素性が知れてしまう。「何週間も、兄たちからメイドを取りあげられていたから」

フェリクスとヒューバートのくだらない虐待を思いだすと、腹が立った。世話をするメイドがいなくなれば、妹も卑劣なデサイ卿と結婚する気になるだろうと考えるなんて。

ギデオンが長い脚でテーブルへ向かうと、サンドイッチの皿を取りあげて差しだした。

「長旅で腹がすいただろう」

カリスは酷使した体が悲鳴をあげるのを無視して立ちあがった。少なくともいまだけは、何をすべきなのかわかった。未知のことだらけのこの状況で、ひとつだけいつもどおりにふるまえることがあった。「お茶を淹《い》れるわ」

「ありがとう」ギデオンが皿を置くと同時に、ポレットが部屋にはいってきた。カリスはお茶を注ぐことだけに気持ちを集中させた。そうしながらも、屋敷に着いたときに、ギデオンの情婦だとポレットに勘ちがいされたことを思いだして、頬が赤くなった。

「ほかに入り用なものはありますか？」

「暖炉に火を熾してくれ」ギデオンは応じながら、テーブルの傍らの椅子に腰を下ろした。ポレットが部屋を出ていくと、カリスはギデオンにティーカップとふた切れのサンドイッチを取りわけた皿を渡した。そんな簡単なことも左手では手間取ったけれど、どうにかこなした。些細なことができただけで、勇気が湧いてきた。

ギデオンの顔にさりげない笑みが浮かんだ。「なるほど、淑女のいる暮らしとはこういうものか」

カリスは戸惑って眉根を寄せた。「これまでだって、女性とお茶ぐらいは召しあがったでしょう」

「いや、女性とふたりきりというのはなかったな。ましてや、自宅では一度もない」ギデオンはお茶をひと口飲むと、厚切りのサンドイッチにかぶりついた。昨日はずいぶん苦しんだにしても、いまはすっかり元気になっていた。

「でも、お母さまとは？」カリスは向かいの椅子に腰かけた。お茶を飲むと、ほっとしてため息が出そうになった。些細な贅沢《ぜいたく》だけれど、これまでは許されなかった贅沢だった。

ギデオンの顔から表情が消えた。「母はぼくを産んで亡くなった。父は再婚しなかった。すでに息子がふたりいたから、結婚という鎖に縛られる必要はないと考えたんだろう」

「お母さまはお気の毒に」上等なこの陶器も、いまは色褪せているけれど上品な椅子の張り地も、ギデオンのお母さまが選んだの？ ギデオンの人生はあまりにも多くの死で彩られている。そのせいで、心の闇が晴れずにいるの？ そう思うと悲しくて、喉が詰まった。お茶の風味も失せてしまった。「お母さまがお亡くなりになってから、ここで女の人が暮らすことはなかったの？」

ギデオンの唇がゆがんだ。「ああ、ひとりも」

「まあ」

思わず頬が赤くなった。ギデオンが自宅でいっしょに過ごすはじめての女性が自分だと思うと、胸がどきどきした。もしギデオンが向かいに座ってお茶を飲んでいるのではなく、いきなり抱きしめてきて、キスをして、そして……。淫らな妄想を頭から追いはらった。さもなければ、これまで以上に馬鹿な真似をしてしまいそうだ。火がついたように顔がほてっていた。

ギデオンの顔に浮かぶ笑みが、苦々しいものに変わった。「ああ、そうなんだよ」

頭に次々と浮かんでくる淫らな妄想に夢中になりそうになるのをこらえて、意識を無理やり現実に戻すと、部屋を見まわした。すべてを見透かすようなギデオンの視線から逃れたかった。あらためて見ると、この家が女主人の不在を嘆いているのがわかった。ペンリン邸には家事を取りしきる女主人が必要だ。そうすれば、かつての栄光を取りもどすにちがいない。

もしかしたら、幼いころから女性に接する機会がなかったせいで、ギデオンはわたしへの接しかたがぎこちないのかもしれない。といっても、恥ずかしがりやだとは思えなかった。やはり、ギデオンはわたしのことが嫌いなの？　そんな思いが頭をかすめると、胃がぎゅっと縮まった。そんなことはないと思いたかった。ギデオンに認められたくてたまらなかった。

そうよ、ほんの少しだとしても、わたしはギデオンに好かれているはず。こんなふうに、ときおりギデオンはうちとけたようすを見せるのだから。いままでに出会ったどんな紳士より、明らかに親しげなようすを。ギデオンの温かい眼差しを感じるたびに、太陽に向かって花開くヒマワリを見たような気分になる。そんな気持ちになるのは品がなく、愚かで、危険だとわかっていても止められなかった。

張りつめた沈黙を破ったのはギデオンだった。もともとひんやりしていた空気が凍りつきそうなほどよそよそしい口調で、ギデオンが言った。「ミス・ワトソン、ここを自分の家だと思って過ごしてほしい。どの部屋も自由にはいってかまわない。この部屋にある本はどれでも好きなように読んでくれ。居間にはピアノフォルテもある。いや、少なくとも以前はあった。人に姿を見られるのはまずいから、屋敷を遠く離れて散歩するのはやめておいたほうがいい。といっても、怪我の具合からして、いまのところは、ぼくの手の届かないところまで行ける体力があるとは思えないが」

「ええ、おっしゃるとおりにします。ありがとう」カリスはぼんやりと言った。愚かにも、ギデオンの腕に抱かれたくてたまらなかった。いいえ、ギデオンは偶然出会った赤の他人なのよ――あわてて自分に言い聞かせた。浅はかで淫らな思いは、一方通行に決まっている。

暴行を受けて、長旅をした上に、思いが千々《ちぢ》に乱れているせいで、体力は限界に近づいていた。ぐったりして、ティーカップをソーサーの上に戻す。全身の痛みが増していた。疲れ果て、頭もぼうっとした。

ギデオンが椅子から立ちあがって、サイドボードに向かうと、グラスにブランデーを注いだ。「これからの数日間、ぼくはこの家と領地にかかりきりになるだろう。ペンリンは長いこと主人が不在だったからね」その口調から、ギデオンがわざと距離を置こうとしているのがわかった。

「わたしのことは気にしないで。わたしのせいで、すべきことをあとまわしになどしないでね」落胆しながら、カリスは抑揚のない口調で応じた。いったい、わたしは何を期待していたの？　ギデオンが何くれとなく世話を焼いてくれるとでも思っていたの？　といっても、不慣れな場所なのだから、いっしょにいてくれたら心強いのは事実だった。

心のなかで声が響いた——それが本心だと無理やり思いこもうとするのはやめなさい。

カリスはできるだけ平板な口調で言った。「あなたはもう充分すぎるほどのことをしてくれたわ」

「大げさだな」ギデオンがブランデーをひと息に飲みほして、乱暴にグラスを置いた。「あたりまえのことをしただけだ」

「あなたは謙虚すぎるわ、サー・ギデオン」

「きみはぼくをかいかぶりすぎているよ、ミス・ワトソン」ギデオンが黒曜石の光を放つ目で睨みつけてきた。その場の空気が張りつめていた。いまにも切れそうなほどぴんと張った金色の細い糸が、目に見えるかのようだ。「ぼくはこの世でいちばん哀れな罪人だ。それを忘れないでくれ」

張りつめていた金色の糸がぷつりと切れた。ギデオンがくるりと踵《きびす》を返して、つかつかと部屋を出ていった。カリスはひとり残された。胸が締めつけられるほど戸惑いながら、ギデオンのうしろ姿を見つめるしかなかった。太陽が隠れてしまった。何もかもが凍りつきそうな寒さに襲われて、カリスは震えているしかなかった。

6

それからの数日、ギデオンはサラの姿をほとんど目にしなかった。客が部屋にこもって体力を回復させているかぎり、顔を合わさずにいるのは思っていたより簡単だった。

召使たちの好奇の視線を感じながらも、食事はふたりでともにした。ときに廊下ですれちがえば、体の調子を尋ねた。あくまでも礼儀に則《のっと》って、他人同士として朝晩の挨拶をした。ありがたいことに、ペンリンへの旅の道中に立ちこめていた危険な親密感が、さらに濃密になる気配はなかった。

サラと顔を合わせるたびに、醜い痣が薄れていくのがわかった。代わりに、徐々に明らかになっていく息を呑むほどの美しい顔立ちに目を留めずにいられなかった。なんという運命の皮肉だろう。怪我をして命がけで逃げていた若い女が、華やかで魅惑的な淑女に変化し、そのせいでこの体を流れる緩慢な血が騒ぐとは。

サラのふたりの兄がここまで追ってくるとは思えなかったが、それでもギデオンは慎重を期した。サラの居場所はつねに誰かに把握させ、さらに、筋骨たくましい村の男たちを雇って、屋敷に通じるすべての道を交代で見張らせた。

たとえメイドよろしくサラのそばに付き添っていたかったとしても、ギデオンにはそんな暇はなかった。何しろ、寝る間もないほど忙しいのだ。次から次へと湧いてくる要望や質問を処理して、領地のあらゆることに決断を下さなければならず、家をあけることも多かった。長いこと領主が不在だった土地には、大小さまざまな問題が山積みだった。

ギデオンはいやいやながら領主となって領地で一日過ごしただけで、このペンリンが自分の一部であることを、自分が暮らすべき故郷であることを思い知らされた。

もはやこの地を見捨てて、異国に逃げられるはずがなかった。古びた屋敷を目にしたときに、不本意で陰鬱な愛情が全身にこみあげてきたのだから。自分はペンリンを受け継ぐ運命だったのだ――そう感じて、体の芯が揺さぶられた。不合理で不穏で不可避の感覚だった。大英帝国の片隅の風が吹きすさぶこの大地を、召使にまかせて立ち去ることなどできるはずがない。といっても、誰のためにここを守ろうとしているのかはわからなかった。何しろ、トレヴィシック家の末裔はこの世に自分ひとりきりなのだから。この地を受け継がせる息子はいないのだ。

そんな悲しい事実が頭の片隅を離れず、何をしていても哀歌が響いていた。それにくわえて、ひとりの優美な女性の記憶も頭から離れなかった。とはいえ、それについてはくよくよ悩んでいる暇はなかった。少なくとも昼間は。夜になれば、話はまたべつだ。疲れた体をベッドに横たえても目は冴《さ》えて、波の砕ける音を延々と聞きながら、サラのことを考えた。いや、それより悪いのは、うとうととして、サラの体に思うぞんぶん触れている気の休まらない夢を見ることだった。過酷な現実の世界では実現するはずのない夢を。サラに触れたいという思いはつのるばかりだった。だが、そんな日はけっしてやってこない。そんな辛い現実に胸の痛みは増すばかりだった。

ペンリンでの三日目の朝、ギデオンは書斎にこもった。何世代にもわたってほったらかされて、手のつけようがなかった事柄をきちんと処理するつもりだった。

仕事をはじめて一時間が過ぎたころ、背の高い窓にふと目をやると、雑草の茂る庭を歩いているサラの姿が見えた。そもそも見るのもいやだった目のまえの埃っぽい台帳への興味が一気に失せた。ドーカス、あるいは、屈強な男がつねにサラに付き添うように命じてあったけれど、陽光を受けて朝露が輝く庭に、サラはひとりきりでいた。

誰に知られることもなく、ギデオンはしばしサラを見つめて、その美しさに胸を打たれた。痣はほぼ薄れて、腫れも引き、顔の形ももとどおりになっていた。腕に巻いた包帯も昨日はずれて、歩きかたにももう痛々しさはない。ギデオンは安堵のため息をついた。見た目ほどひどい怪我ではないというアーカーシャのことばは、やはり正しかったのだ。

陽だまりでサラが足を止めて、二月の真冬の太陽を見あげた。唇に笑みが浮かぶと、爽やかな色香が漂った。

心臓があばら骨を叩くほど大きな鼓動を刻む。喉で息が詰まった。これほど美しいとは……。インドの王侯貴族の伝説的な情婦も、サラの唯一無二の美しさには遠く及ばなかった。浅はかにも、顔が美しいというだけで、サラを求めているのか？

それだけであればどれほどいいか……。美人だから惹かれているというだけなら、そんな誘惑にはいくらでも抵抗できる。けれど、ウィンチェスターで助けた浮浪者は、無数の魅力を持つ女になった。強く、勇敢で、やさしく、魅惑的な女に。

そうだ、あまりに魅惑的すぎる。

一本に編んだ長い髪が、しなやかな背中に垂れていた。机の上に何気なく置いていた手が、艶やかな褐色の髪をもてあそぶように動いた。ギデオンは歯を食いしばって、愚かなことをしている自分を叱《しか》った。そんな妄想を抱いてもどうにもならないのだから。

苦しむだけだとわかっていても、ふたたび歩きだしたサラのかすかに揺れる尻を見つめずにいられなかった。ぶかぶかの木綿のドレスが、しなやかなウエストをかすめるさまを。サラはなぜいまだに、ポーツマスで用意した安物のドレスを着ているんだ？　ポレットの女房に新しい服を見繕うように言っておいたのに。

その件はあとで処理しよう。現実になりえない幻想をこれ以上ふくらませてはならないと気持ちを引きしめて、もう一度仕事に取りかかった。それなのに、目を上げて窓の外を見るしかなかった。二月ではなく四月の朝を散歩しているかのようなサラが、やがて、伸び放題のツバキの垣根の向こうに消えていった。

台帳にずらりと並ぶ数字を見ても、何ひとつ頭にはいってこなかった。どのページを繰っても同じだった。

庭の向こうはなだらかに傾斜して、そのさきには断崖がある。屋敷のいたるところが朽ちているのを思えば、断崖のあたりの小道も不安定でいつ崩れてもおかしくないはずだ。ペンリンを知らない者にとっては危険きわまりない。いったいサラを見張っている者はどこにいるんだ？

「くそっ」ギデオンは小声で悪態をつくと、分厚い台帳をわきに押しやった。机の上に置いてある手袋をつかんで、全速力で駆けだした。

カリスはすり減った石のベンチに座っていた。すると、ギデオンの足音がはっきり聞こえた。ギデオンが疾風のごとく走っているのがわかった。なぜ走っているのかはわからなかったけれど。何しろ、屋敷に着いて以来、ギデオンは仕事に忙殺されて、ほとんど顔も合わせていないのだから。ギデオンは忙しいのだ——そう思って、何度も自分を納得させようとした。無視されている気分になるなんて傲慢《ごうまん》だと。それでも、会えないのは偶然ではないような気がしてならなかった。

ギデオンが開けた場所に駆けこんできたかと思うと、立ち止まった。息が上がっていた。何かを探しているようだ。

ギデオンのまえでは、思慮深くふるまうと心に決めていた。家のなかでたまたま顔を合わせたときにも、礼儀正しく接していた。けれど、ほんとうは心臓が早鐘を打って、挨拶のことばも喉につっかえそうになっていた。今朝は会うはずがないと思いこんでいたのに、ふいにギデオンが現われて、どうすればいいのかわからないほど動揺した。

ギデオンが断崖のほうに目をやってから開けた場所を確かめて、最後にこちらを向いた。顔には見まちがいようのない安堵が浮かんでいる。「ここにいたのか」

カリスはギデオンに会うたびに、はじめて出会ったような錯覚に陥った。男性的な美しさにはっとして、足もとの地面が崩れて、宙に浮いているような気分。それはめまいがするほど不安で、すべてを凌駕《りょうが》する感覚だった。

いま、ギデオンの漆黒の目は澄み、動作は長い腕や脚を強調するかのようにゆったりしていた。このところ戸外で長い時間を過ごして、充分に体を動かしているせいなのだろう。

カリスは喉に詰まる塊を呑みこんだ。それでも、出てきた声はかすれていた。「どうなさったの？」

「こっちのほうへ向かうきみの姿が見えたから」ギデオンがぞんざいに髪をかきあげて揺すった。乱れた髪もまた魅力的だった。「崖のあたりがどんな状態かまだ確かめていなかった」

微笑むのはもう苦痛ではなかった。わずかに痛む程度だった。散歩に出るまえに寝室の鏡をちらりと見ると、そこに映るのが自分の顔だとわかった。「ということは、またわたしを助けにきてくださったのね」ギデオンが捜しにきてくれた——そう思うと、不謹慎だとわかっていても、胸が高鳴るほどうれしかった。

ギデオンが返事ともつかない小さな声を漏らした。「怪我はずいぶんよくなったようだな」

「ええ、だいぶ」母の形見の真珠の指輪をそわそわと指でいじって、何か気の利いたことを言おうと必死に考えた。何も思いつかなかった。バースの社交界の花と呼ばれていたのが嘘のようだ。ギデオンがそばにいると、不器用な少女に戻ってしまう。

「よかった」ギデオンの顔にいつものかすかな笑みが浮かんだ。カリスは思った——その笑みが見慣れた愛《いと》おしいものに思えるなんて、どうかしている。それに、落ち着かない。

空気がぴりぴり震えるほどの沈黙ができた。カリスはいつのまにかギデオンのことを穴があくほど見つめていた。どういうわけか、ギデオンからも穴があくほど見つめられているような気がした。けれど、次の瞬間には、ギデオンは距離を置くと決めたのを思いだしたようだった。

「きみの邪魔をしてしまったらしい、申し訳ない」堅苦しくて、ぎこちない物言いだった。

「とくに危険はなさそうだ……」

「ええ、わたしも気をつけるわ」

カリスはギデオンにこのままいっしょにいてほしいと思った。ただの他人同士だとわかっていても、この数日はギデオンに会いたくてたまらなかったのだ。愚かな願いを口にしたわけでもないのに、勝手に頬が真っ赤になった。

落胆しながらも、ギデオンが立ち去って、またひとり残されるのを覚悟した。けれど、意外にもギデオンは一歩近づいてくると、壮観な眺めを指さした。海は真っ青で穏やかだった。ふたりの会話の向こうで、波がやさしい調べを奏でている。「穏やかに見えるが、実は危険なんだよ」

「どうしてもこのあたりを歩いてみたいの。そのぐらいはかまわないでしょう？　ペンリンはおとぎ話に出てくるようなすてきな場所ですもの」ペンリンをひと目見て抱いた好感は増すばかりだった。ここに来てからというもの、毎晩、窓のある角部屋の寝室で、波の音を子守歌に眠りに落ちていた。「『眠れる森の美女』の舞台のようだわ」

ギデオンの顔にまたうっすらと笑みが浮かんだ。その笑みを見るたびに、愚かにも胸が高鳴った。「誓って言うが、ここには眠れるお姫さまはいないよ、ミス・ワトソン」

「でも、王子さまはいるかもしれないわ」なんの気なしに言ってから、口を閉じておけなかったのを後悔した。

ギデオンの顔から笑みが消えた。「いや、それもいない」

ギデオンはやはり立ち去ってしまうにちがいない、とカリスは思った。図書室でわたしがあたり障りのない会話から一歩踏みこんだことを言ったときのように。けれど、ギデオンは眉間にしわを寄せてうつむいたまま、その場に立っていた。

カリスは意を決して気まずい沈黙を破った。「領地をどんなふうに管理していくの？」

ギデオンが訝るように見つめてきた。けれど、意外なことに、あっさりと返事が返ってきた。「うまくやれば利益が生まれる。かつてはそうだったんだ。森には材木にするのに適した木が豊富にある。このあたりの土地では穀物は育たないが、牧羊はできる。腕のいい漁師はいなくなってしまったが、何艘《なんそう》かの漁船を用意して、漁師を育てればいい。でも、まずは錫の鉱山を再開するつもりだ」

「錫？」カリスは両手をうしろについた。手首がときどき痛んで、腕はまだいつもどおりには使えなかったが、それでも、ほぼ正常に動かせるところまで回復していた。

「そうだ」ギデオンがさらに近づいてきたかと思うと、ベンチの端にブーツを履いた足をかけ、片腕を腿について、こちらへ身を乗りだした。ギデオンのことを意識せずにいられず、ふいに肌がちくちくして、呼吸も浅く、不規則になる。そんな体の反応をギデオンに気づかれていませんようにと祈った。「領地には掘り尽くした採掘場が散らばっているが、いまでも鉱石が出ている場所もある。昔は海と錫がトレヴィシック家を潤していたんだ」

不思議なことに、ギデオンの口調に充足感はなかった。ギデオンはこの土地を嫌っているふりをしているけれど、故郷に思い入れがないはずがない。帰郷してはじめて領地を見たときのギデオンの顔なら、いまも脳裏に焼きついていた。「家も修理するのでしょう？」

驚いたことに、ギデオンの黒い目がきらりと光った。「あの家は取り壊して、最新の邸宅を建てる」

カリスはびっくりして立ちあがった。「許されない破壊行為だわ」

ギデオンが静かに笑った。「からかっただけだよ、ミス・ワトソン」ギデオンが背筋を伸ばして、手の届かないところに移動すると、カリスはがっかりした。「きみがペンリンを偏愛しているのは知ってるよ」

頬が熱くなって、カリスは体のわきに下ろした手を握りしめた。「あなたがあの家に興味がないなんて信じられないわ。あの家は誰からも愛されて当然なのに」

ペンリン邸の主人を見れば見るほど、家だけでなく、その人にも同じことが言えると痛感せずにいられなかった。そして、どうにかしてギデオンに明るさを取りもどさせたいと心から願った。けれど、この数日ではっきり思い知ったことがひとつある。ギデオンにとって自分は〝果たさなければならない義務〟。それ以外の何ものでもないのだ。

「家なんて煉瓦とモルタルの塊、それだけさ」ギデオンが穏やかに言った。

「でも、子どもがいれば、そんなふうには思わないわ」カリスは力をこめて言ったものの、ギデオンが誰かと結婚すると思っただけで気分が悪くなった。

束の間の気の置けない雰囲気が一瞬にして消え去った。「結婚する気などない」ギデオンがそっけなく言った。

「いいえ、いずれは結婚するわ。あなたは若くて、ハンサムで、それに……」

ギデオンが片手で空を切るような仕草をして、カリスを黙らせた。「おだてても無駄だよ、ミス・ワトソン」

皮肉なことばが胸に突き刺さった。といっても、さしでがましいことを言ったと怒鳴られてもしかたがないのは自分でもよくわかっていた。恥ずかしくて、頬が焼けるほど熱くなった。なぜ、わたしは軽率なことばを胸に閉じこめておけないの？　けれど、ギデオンの何かが、最悪のタイミングで無分別なことを口にするように仕向けるのだ。どれほど冷静を装うつもりでいても、ギデオンの姿がちらりと見えただけで、一瞬にして舞いあがってしまう。

「ごめんなさい」低い声で謝った。「余計なことを言ってしまったわ。マナーをわきまえない生意気な娘だと思ったでしょうね」

「いや」

〝いや〟——それだけ？　それはどういう意味なの？　わたしはギデオンにどう思われているの？　その答えがどうしても知りたくて舌のさきまで出かかった質問を、ぐっと呑みこんだ。すでにギデオンにとっても、自分にとっても、ばつの悪いことばかりしてしまったのだから。話を差し障りのない話題に戻そうと、周囲にすばやく目をやった。「さっきここまで歩いてきて、海岸へ下りる道を探してみたの」

賛成しかねると言いたげに、ギデオンが口を引き結んだ。「急すぎて、ご婦人がひとりで歩けるような道ではない。九年まえでさえそうだった。いまでは、整備しなくてはとても歩けたものではないはずだ。崖には近づかないほうがいい」

レディ・カリス・ウェストンであればそのことばにおとなしくしたがって、ギデオンが仕事に戻れるようにするはずだった。ギデオンはそうしたいと願っているはずなのだから。けれど、サラ・ワトソンはそれよりも厚かましくて、ギデオンといましばらくいっしょにいたくてたまらなかった。「でも、あなたといっしょなら行けるかもしれない？」

それまで顔をしかめていたギデオンが、驚いたことに、にやりとした。そんな表情を浮かべたギデオンはいつもより若く見えた。「強情なお嬢ちゃんだな」

さらに驚いたことに、ギデオンの黒い目が体に向けられた。男としての興味を剝きだしにして、上から下までじっくり眺められる。とたんに、ふたりのあいだに息苦しいほどの緊張が走った。肌が炎に触れたように熱を帯び、胸の鼓動が荒馬のように跳ねかえった。痛みが走るほど乳首が固くなり、みぞおちのあたりで何か温かいものが溶けていく。

生まれてはじめての圧倒的な感覚にカリスは呆然とした。二十年間この体で生きてきたのに、ふいに自分の体ではなくなってしまったかのようだ。息を吸うのもままならず、つんと尖った硬い乳首がシュミーズにこすれた。その刺激は痛烈で、止めようもなかった。

痛みを和らげようと、震える手を胸に持っていく。それから、自分がしていることに気づいて、顔が燃えそうなほど熱くなった。胸がひりひりしているのを、ギデオンに見抜かれてしまったにちがいない。ああ、足もとで大地がぱっくり割れて、呑みこまれてしまいたい。そう、大魚に呑みこまれた預言者ヨナのように。

カリスはうつむいた。屈辱的な体の反応を隠して、ギデオンのすべてを焦がすような眼差しを避けようとした。「〝お嬢ちゃん〟なんて呼びかたは、わたしにはもう似合わないわ」小さな声で言うと、顔をそむけて、ツバキの葉を摘んだ。

「そうかもしれないな」ギデオンが低い声で笑った。おもしろがっているというより、苦笑いに近かった。といっても、カリスにはその表情を確かめる勇気はなかった。「では、美しい海岸を見せてあげよう」

カリスはぎこちなく息を吸った。胸のなかでは、うれしさと恥ずかしさがせめぎあっていた。ギデオンを見ないようにしていると、わずかながら冷静さが戻ってきた。

「ええ、ぜひ見せて」蚊の鳴くような声で応じた。

世界一の愚か者になった気分で、細かくちぎったツバキの葉を地面に散らすと、勇気を出して、上目遣いにちらりとギデオンを見た。ギデオンの顔には怒りや軽蔑《けいべつ》、さもなければ、嫌悪感が浮かんでいると思っていた。けれど、いつものように、その顔からは何も読みとれなかった。わたしがどれほど取り乱したか、ギデオンは気づかなかったの？

いずれにしても、しばらくはふたりでいられる。おまけに、ギデオンはわたしを海岸へ連れていこうとしている。わくわくしながら、カリスはギデオンが手を取ってくれるのを待った。けれど、ギデオンは雑草に埋もれた小道を指さして、さきに行くようにうながすと、うしろからついてきた。

伸び放題のシャクナゲをかきわけて進まなければならなくなると、ギデオンがまえを歩きだした。ペンリン邸のあらゆるもの同様、庭も手つかずのまま放置されていた。カリスは家の悲鳴が聞こえるような気がした。〝ここを家庭と呼べる温かみのある場所にして〟――そんなふうに家が叫んでいた。

馬鹿げてるわ。わたしはこの美しい場所にごく短期間滞在するだけのお客さま。すぐにここを離れて、わたしがペンリンにいたことなど誰の記憶にも残らない。その屋敷の主《あるじ》の記憶にさえも。

そう思うと、あまりにもわびしくて、胃がずしりと重くなった。

わたしをここに連れてきた人は、この田舎の屋敷と同じくらい、自身の手入れも怠っている……。カリスは自分のために草や木をかきわけて進んでいる長身の男性を見つめた。シャツにズボンというういでたちで、履いているブーツは古く、すり減っていた。それでも、神々しいほどだった。やっと静まった脈が、またもや激しいギャロップを刻みはじめた。船のへさきに立つギデオンの姿が頭に浮かんだ。片方の耳たぶにつけた金のリングが輝き、腰に短剣を携えて、口にはナイフをくわえている姿が。

　ギデオンが立ち止まって、ちょうど顔の高さに突きでている棘《とげ》だらけのイバラを持ちあげて、カリスを通そうとした。「何をにやにやしているんだい？」

　そう言われてはじめて、カリスは自分が笑っていることに気づいた。「もしかしたら、あなたには海賊の先祖がいるのかしら？」

「ブラック・ジャック・トレヴィシックは、エリザベス一世の命でスペイン海軍と戦ったシー・ホークス号に乗っていたよ」傍らを通ろうとするカリスに、ギデオンがにやりと笑ってみせた。その笑みはいたずら好きな少年そのもので、カリスの胸の鼓動は強く高鳴った。ああ、もう、どうすればいいの……。「長い廊下に肖像画がかかっている。いや、昔はかかっていた。ブラック・ジャック・トレヴィシックとぼくはそっくりだから、父が肖像画をはずしてしまったかもしれないな。父と兄は祖母の家系セント・レジャー家譲りだった。ぼくだけがブラック・トレヴィシックに似たんだよ」

「だから、あなたの髪は黒いの？」

「髪だけじゃない。陰気《ブラック》な性格で、ひねくれて《ブラック》いて、はみ出し者《ブラック・シープ》。腹のなかも真っ黒というわけだ」

　低木をかきわけてギデオンのまえを進みながら、カリスは驚いて笑うしかなかった。「たいへんだわ、そんなあなたといっしょにいるんだもの、わたしは怖がらなくちゃ」

もちろん、本気で言ったわけではなかった。ギデオンといっしょにいると、シャンパンを飲んだようにうっとりする。これほど誰かに心を揺さぶられたことはなかった。ギデオンはわたしを当惑させて、悩ませる。それでいて、いずれこの屋敷を出て、二度とギデオンの声が聞けなくなるとは考えたくもなかった。

といっても、心が沸きたって頭がくらくらするのは、ギデオンとの会話のせいだけではなかった。端整な顔立ちのせいでもあった。いいえ、端整なんてことばでは言い尽くせない。ギデオンは、どんよりした大地を照らすために天が授けた賜物《たまもの》のように美しかった。そればかりか、たくましく、力強く、男らしい。この世に生きる女なら、その魅力にうっとりしないわけがなかった。

ギデオンはわたしの素性を知ったら、結婚を申しこんでくるはず。見るかぎり、ペンリンが豊かだとは思えなかった。イングランド一の女相続人と結婚できると知ったら、ギデオンはわたしにはなんの魅力も感じないことに目をつむるの？　マーリー伯爵の称号は男子だけが受け継ぐという制限があり、父の死によって途絶えている。そして、ウェストン家の莫大な財産は、お金も地所もすべて、故伯爵の直系の子孫であるひとり娘が相続する……。

信じられない、プライドはどこに行ってしまったの？　莫大な富を餌《えさ》にして、求めてやまない男性を手に入れるというの？　わたしのことなどなんとも思っていない人を。自分があまりにも情けなくて、胃がぎゅっと縮まった。とんでもないことをしでかすまえに、愚かな妄想を頭から消し去らなければならなかった。

　茂る藪を抜けて、断崖の縁に立った。眼下には、艶やかな青い絹にも似た海が広がっている。背後でギデオンが立ち止まり、カリスはその存在をひしひしと感じた。息遣いのひとつひとつまではっきりと。不本意な予感に肌が泡立って、体が小さく震えだす。その不可思議な感覚のほうが、体の反応よりずっと意味があるように思えた。

「ほんとうにきれいだわ」

　ギデオンが近づいてくると、意識していなくても、すぐさまその気配に気づいた。穏やかな風が豊かな髪を揺らしている。好きなだけギデオンに触れられる風は、なんて幸せなんだろう。わたしにはそんなことはできないのに。ギデオンの乱れた髪を撫でつけたい――体のわきに下ろした手を握りしめて、その衝動をどうにかこらえた。何かにつけてギデオンに触れたくてたまらなくなることに、戸惑い、驚いていた。そのせいで、びくびくして、態度がぎこちなくなった。

　見つめていると、ギデオンが澄み渡った空気を深々と吸いこんだ。目のまえに広がる景色に魂が満たされたように、たくましいその肩から力が抜けていった。

「この地にどれほど帰りたかったか、いまようやく気づいたよ。海、風、そういったものにどれほど……心が洗われるかを」ギデオンの視線は水平線に据えられていたけれど、カリスは不可思議な感覚を抱いた。ギデオンはそこにない何かを見つめているようだった。永遠に心から離れない何かを。「ランガピンディーにいたとき、この景色を思いだしたものだった。

そうすると、生きる気力が湧いてきた」

カリスは知らず知らずのうちに不満げな、さもなければ、驚いたような声を漏らしていた。ギデオンがぎくりとして、こちらを向くと、輝く目で見つめてきた。

「それまでは生きる気力がなかったの？」あまりに驚いて、思わず尋ねていた。

ギデオンが顔をしかめた。「ほんとうに何も知らないのか？　どの新聞もぼくのことを書きたてたのに。社交界もその話題で持ちきりだった」どういうわけか、ギデオンのことばには痛烈な皮肉がこもっていた。

「兄たちに閉じこめられていたから。あなたに助けられるまで、あなたの名前さえ聞いたことがなかったわ」カリスは両腕で胸を抱えた。けれど、寒いわけではなく、冷え冷えしているのは心だった。「ポーツマスの人たちは、あなたをランガピンディーの英雄と呼んでいたわ。あなたは軍人だったの？」

「そうじゃない」ギデオンのそのことばは銃から放たれる弾のように鋭かった。ことばでは言い表わせない身がよじれるほどの苦悩が、手を伸ばせば触れられそうなほどはっきり感じられた。

カリスは思わず手を伸ばしそうになった。けれど、腕に力をこめてその衝動をこらえた。同情と熱い思いが入り混じり、喉が詰まった。それでも、詰まった喉から質問を絞りだした。どういうことなのか尋ねても無視されるのはわかっていたけれど。「それほどインドが嫌いだったの？」

ギデオンが射るように見つめてくると、深い感情をこめた口調で応じた。「いや、好きだよ」

それは、ペンリンが嫌いなのかと尋ねたときに聞かされた返事と同じだった。ギデオン・トレヴィシックの愛は複雑らしい。カリスはいままた、ギデオンに影のようにつきまとう絶望に思いを馳せた。今日は、その絶望がこれまでになく表に表われていた。

ギデオンがため息をついて、肩を落とした。「きみが思っているような男であれば、どれほどいいか」その口調はあまりにも悲しげで、カリスは泣きたくなった。「だが、真のぼくは、きみに尊敬されるような男ではないんだ」

そのことばの裏には痛烈な屈辱感があった。ギデオンはどこまでも複雑で、誰よりもわたしを惹きつけてやまない……。長い沈黙のあとで、カリスは心を決めて言った。「その理由を聞かせて」

「だめだ。悪夢をきみと分かちあうつもりはない」ギデオンの笑みに苦悩がにじみでていた。ギデオンが手袋をはめた手を上げた。息詰まるその一瞬、カリスはその手で頬に触れられるのだろうと思った。ギデオンの手の感触を心待ちにして、目を閉じた。

何も起こらなかった。ゆっくり目を開けると、ギデオンの悲しみに沈む顔が見えた。手は体のわきに下ろされている。「ぼくは英雄ではない。それだけは確かだ」

カリスは息を呑んだ。話をすると、声が震えていた。「わたしにとってあなたは英雄よ」

ギデオンの顔から悲しみが消えて、思いやりと哀れみだけが残ると、カリスは胸をナイフで突かれた気がした。「ミス・ワトソン……」

ギデオンにそれ以上言わせないように、カリスは拒む仕草をした。ありふれた慰めなどいらなかった。ギデオンの目に哀れみが浮かんでいるのを見れば、不適切な切望を見抜かれているのがわかった。見抜かれていないはずがない。ギデオンを求める思いは隠しようがないほど激しく、ギデオンの洞察力は並みはずれているのだから。

カリスは恥ずかしくて顔が真っ赤になるのを感じながら、ギデオンが何か言うまえにあわてて言った。「海岸……海岸へ下りてみましょう」

ギデオンが背をぴんと伸ばして、口もとを引きしめた。けれど、ふいに話題を変えたことについては何も言わなかった。カリスはほっとした。「海岸へ下る道はそこにある」

ギデオンがわきをすり抜けてさきを進んだ。カリスはそのさきの小道が急な下り坂になっているのに気づいた。ギデオンの数歩あとを進むと、細い踏み分け道が曲がりくねりながら崖の下へと続いているのが見えた。

崖を覗きこんだとたんに、胃がぎゅっと縮まった。はるか下に、ごつごつした岩がいくつも並んでいる。ごくりと唾《つば》を呑みこんで、顔を上げると、ゆったりした白いシャツに包まれたギデオンのまっすぐな背中を見つめた。ギデオンが坂道を下りはじめた。いつ崩れても不思議はない危険な道なのに、その足取りは驚くほど軽快だ。そのようすから、黒い瞳の痩せた少年が不穏な家を逃れて、この崖のどこかに身を隠す姿が容易に想像できた。

カリスはギデオンのうしろで慎重に歩を進めていった。ギデオンがひとことも口をきかないことには驚かなかった。何しろ、うしろを歩く女がどれほどのぼせあがっているかは、ギデオンももう気づいているのだから。どんなふうに声をかければいいのかわからずにいるにちがいない。惨めさと切望で悶々《もんもん》としている胸に、痛切な屈辱感がくわわった。

最初は下るのもさほどむずかしくなかった。傾斜は思ったほどきつくなく、意外にも道は整備されていた。けれど、それも束の間で、道はどんどん細く、急傾斜になった。あまりにも急峻《きゅうしゅん》で、最後には岩につかまって下りるしかなかった。

ついうっかりして、まえを進む長身の男性に目を奪われた。これまでにかき集めたギデオンに関する切れ切れの情報は、もっと知りたいという気持ちをかきたてるだけだった。

ふいに傾斜がきつくなって、砂利を踏んだ足が滑った。岩壁にしがみつこうとしたけれど、冷たく滑りやすい岩をつかめるわけがなかった。

「ギデオン！」

いやよ、死ぬなんて。生きて、ギデオンに愛されるようになりたいのに。

その思いが白く光る稲妻のように心を焦がすのを感じながら、カリスはなすすべもなくずるずると滑っていった。

7

「サラ！」ギデオンは振りかえって手を伸ばした。いままさに奈落《ならく》の底へと落ちようとしているサラをつかまえなければならなかった。

両手で細い手首をつかんだ。手錠のようにしっかりと。考える間もなければ、感じる間もなかった。人の体に触れる恐怖に身をすくめる暇もなかった。すかさず引きあげて、体を反転させ、サラの背中を岩壁にぴたりと押しつけた。

サラがまた叫んだ。今度は痛みのせいだった。岩壁に頭をぶつけたのだ。サラが目を閉じた。体はぐったりして、震えている。押さえつけられているせいで、息をするのも苦しそうだった。

ギデオンはサラにおおいかぶさっていた。無言のまま身をていして、サラが落ちてしまわないよう守っていた。腹のなかで何かが渦巻き、口のなかに恐怖の苦味が広がっていく。胸がふくらむほど、必死に息を吸った。サラを押さえつけているせいで肩が痛んだ。細い手首を握る手を緩めることなく、サラの手を体の両わきの岩壁にぴたりと押しつけた。

危うくサラを死なせるところだった。

サラの頭の上の岩壁に額をつけて、激しく揺れる世界がゆっくりになって、やがて止まるのを待った。めまいがするほどの安堵感が全身を満たしていく。冷たい汗が噴きでて寒気がした。頭のなかでは、サラがなすすべもなく崖から落ちそうになった瞬間が何度もくり返されていた。

身じろぎもせずじっとして、サラの手をつかんでいた。ふたりの体はほんの数インチしか離れていなかった。

激しい恐怖が徐々におさまっていく。気持ちがいくらか落ち着いて、頭が正常に機能しはじめた。崖の下では、岩に打ちよせる波の音が響いている。風が吹いて、汗ばんだ肌がひやりとした。ブーツの底にごつごつした地面を感じた。

サラが奇妙なほどぎこちなく顔を上げて、まばたきもせずに見つめてきた。まるで、進むべき道を示す羅針盤の針を見つめるように。その目は大きく見開かれ、顔は驚きと痛みでやつれていた。唇を開いて、苦しそうに息をしている。

怪我をした腕を握られて痛がっているのだ——それに気づいたとたんに、悪いことをしたと後悔した。考えてみれば、サラの身にもう危険はない。そうとはわかっていても、不安でたまらなかった。それでもどうにか手を離した。

サラがすすり泣きそうになるのをこらえて、唇を噛んだ。自由になった腕を怖々と曲げて、胸にあてる。サラの反対の手に自分の手がぎこちなく包まれるのを感じた。

「危なかった……」囁くように言うと、サラの頭のてっぺんのやわらかな髪が揺れた。「怪我はないね？」

サラが不安げにうなずいた。「ええ」

心臓はまだ早鐘を打ち、体は嵐のなかの犬のように震えていた。「腕は？」

「ぶつかったときは痛かったけれど、怪我はしていないと思うわ」サラが顔をしかめながら腕を伸ばして、手首をゆっくりと動かした。ふたりの兄に殴られてできた痣は薄れて黄色くなっていたが、その代わりに、白い肌にたったいまついた指の跡が赤くくっきりと浮きあがっていた。

手荒なことをしてしまったと気づいた。けれど、やさしく気遣っている暇などなかったのだ。サラを助けるだけで精いっぱいだったのだから。そう思いながら、どうにか息を吸いこんだ。

とたんに、ふたりの体がどれほど接近しているかを意識した。ほんの少し動いただけで、触れあうはずだった。

何をやっているんだ、サラにおおいかぶさるように立っているなんて。これがどれほどまずい状況かはわかっているはずだ。離れなければ。いますぐに。

いつものように、激しい吐き気に襲われた。目のまえが真っ暗になる。手袋をはめた手をサラの手から無理やり引き離す。どうすることもできず、体を反転させて、サラと並んで岩壁に背を押しつけた。手を広げてぴたりと岩にあて、発作の症状を表に出さないようにした。サラとの距離はあまりに近かった。それでも、いまは手の届かないところまで離れる気にはなれなかった。

緊迫した時間が流れた。聞こえるのは、カモメの悲しげな鳴き声と、打ちよせる波音と、自分のかすれた息遣いだけだ。

ついに、サラがこちらを見た。サラのほうを見なくても、見つめられているのがわかった。サラは驚いて、戸惑っているにちがいない——そう思うと胸が痛んだ。説明や謝罪のことばが喉もとまでこみあげてきたが、それを必死に押しもどした。こんな屈辱的な状態をことばにするのはプライドが許さなかった。

サラは何も言わなかった。ギデオンは横を向いて、サラの蒼白《そうはく》な顔を見た。腕を抱えて胸にあてているその姿と、ウィンチェスターで行くあてもなく途方に暮れていた姿が重なった。

サラが普段とほとんど変わらない口調で言った。「あなたはまたわたしの命を救ってくれたわ。その恩にわたしはどうやって報いればいいの？」

やめてくれ。そんなことはこれっぽっちも望んでいなかった。サラの眼差しは、竜を退治して王女を救った伝説の聖人を見つめているかのようだった。ハシバミ色の目に浮かぶ心からの称賛と感謝の念が、良心に突き刺さる。サラに興味を持たれないようにする——そのための努力が、たったいま起きた出来事で水の泡だった。

「これからはもう少し慎重に行動してくれれば、充分に報いたことになる」そっけなく言った。サラの目から光が消えるのを見て、自分に嫌気が差した。実のところ、サラに対して怒りを感じているのではなく、悲惨な状況すべてに腹が立っていた。美女に称賛されて喜ぶ権利など自分にはないのだ。たとえ、その美女の命を救ったばかりだとしても。

紙のように真っ白だったサラの頬が赤く染まった。「ごめんなさい。不注意だったわ。今度もまた、わたしが愚かだったせいで、あなたを危険な目にあわせてしまうなんて」弱々しい声だった。

ギデオンも口調を和らげた。「でも、何事もなくてよかった」

とはいえ、残念ながらそれは真実ではなかった。ふたりで過ごせばそれだけ、ふたりのあいだの危険な絆が強まっていく。まるで絹の紐《ひも》が固く結ばれるように。この数日はできるかぎりサラを避けてきたのに、そんなことをしてもなんの意味もなかった。サラとの絆は断ち切りようもないほど強まっていた。

サラが背筋を伸ばして、その動きに顔をしかめた。朝にきちんと編んだ髪がほつれて、明るい髪が顔をふんわりと縁取っていた。乱れた艶やかな髪を撫でたくなったが、その衝動をどうにかこらえた。

張りつめたその一瞬、サラと目が合った。けれど、すぐにサラの濃い睫が伏せられた。白い歯がふっくらした下唇を噛み、サラが息を呑んだ。

とたんに、激しい欲望が息を吹きかえした。股間《こかん》にあるものが硬くなって、胸の鼓動が乱暴なリズムを刻みはじめる。口のなかはからからだった。

サラの体に触れたせいでこみあげてきた吐き気は、束の間のまばゆい光のなかに消え去った。その代わりに、さらに厄介な問題を抱えることになった。なぜなら、欲望を鎮める唯一の行為はけっして実行できないのだから。

思いもよらない欲望の渦に呑みこまれて、目がまわり、頭がくらくらした。ランガピンディーでの一件以来、女に興味を持てなくなったのは、天の恵みと感じていた。たったひとつの恵みだと。そして、その状態は一生続くと思っていた。思いを遂げられるはずがないのに、欲望を抱いてなんになる？　ならば、欲望などないほうがいい。

頼む、サラ、下を見ないでくれ。興奮していることに気づかないでくれ。ギデオンはじりじりとふたりの距離を広げようとした。けれど、狭い小道でそんなことができるはずもなかった。

こんな調子で、あと三週間どうやって過ごせばいいんだ？

サラに触れるわけにはいかない。倫理感、道徳感、騎士道精神――そのすべてがサラに触れてはならないと命じていた。

道義心だけでためらっているならどれほどいいか……。

自分はサラに触れることはできないのだ。それこそが忌まわしい悲劇だった。

サラが何か言っていた。頭のなかでこだまする叫びを黙らせて、サラのことばに気持ちを集中しようとした。

「……痣がいくつか」

だめだ、心も体もしっかり自制しなければ。相変わらず耳鳴りがしていたが、必死に気持ちを集中させた。サラが怪我をしていないほうの手で、質素なドレスの袖を悲しげに引っぱっていた。「……繕わないと」

サラの唇からどうにか目を離した。やわらかく、しっとりした魅惑的な唇から。そうして、ドレスを見た。崖から落ちかけたサラを乱暴に引きあげたときに、袖を破いてしまったらしい。茶色の布地の縫い目がほつれて、大きな穴があいていた。

だが、それは簡単に解決できる問題だった。ギデオンはぎこちなく息を吸ってから、口ごもりながら言った。「家に戻ろう。きみが着られそうな服をメイドが持っているだろう」

サラが怪訝な顔で見つめてきた。ドレスのことを話していたんじゃなかったのか？　頼む、そうであってくれ。「そうね」

今度は、ギデオンが眉間にしわを寄せた。サラの口調には落胆が表われていた。「ほんとうに怪我はしていないんだね？」

サラがそわそわとスカートをつかんで、顔をそむけた。「ぶつけたところに違和感はあるけれど、でも、ものすごく痛むわけではないわ。気遣ってくれてありがとう」

「ミス・ワトソン、何度も言ってくれなくていい。感謝のことばなど必要ない」ギデオンは語気を強めた。

新兵を怒鳴る不機嫌な軍曹にも負けないほど、ぶっきらぼうな口調だ。そう思うと、顔がほてった。恨めしそうなサラに睨まれると、頭からつま先まで火がついたように熱くなった。なんとかしてこの場から逃げなければ。いますぐに。それなのに、足は地面にぴたりと張りついたままだった。

「必要ないなんて、そんなことはないわ」穏やかなのに、決然とした口調だった。

「サラ……」そう言ったとたんに、名前で呼んだのはまちがいだったと気づいた。親密感を弱めなければならないのだ。ますます強めるのではなく。

「いいわ、もう二度と言わない」サラの口調はやはり決然としていた。

「行こう」ギデオンはサラにさきに行くようにうながした。けれど、サラはためらった。

「サラ？」まずい、また名前で呼んでしまった。ふたりでいればいるほど、苦悩はつのるばかりだった。いますぐに離れなければ、抱きよせてしまいそうだ。その結果、がたがたと体が震え、吐き気をもよおして、屈辱にまみれるのはわかっていた。

「でも、海岸には行ってみたい。ほんの数分でいいから」そのことばには心からの願いがこもっていた。好きなものを取りあげられた子どものような口調だった。「ずいぶん長いあいだ、狭い場所に閉じこめられていたんですもの、どうしても海が見てみたい。これほど海の近くに来たのははじめてなの」

ハシバミ色の目に浮かぶ切望を、ギデオンは必死に無視しようとした。拳を固めて、きっぱりと言った。「きみは体を休めなければならない」

濡れた赤い唇――堕天使のような罪深い唇――が、不満げに引き結ばれた。「今度は気をつけて坂を下るわ。それに、あなたが思っているほどわたしはやわじゃない。驚きはしたけれど、体はぴんぴんしているわ。あなたはいったい、どんなお嬢さまと話をしているつもりなの？」

「そもそも、お嬢さまと話したことはほとんどないんでね」そう言ってしまってから、目下の悩みの種の魅惑的な美女に打ち明け話をしても、苦境から逃れられはしないと気づいた。サラはますます普段の自分を取りもどしつつあった。「あなたは意外なことだらけだわ」

まいった、なぜ説明せずにいられないんだ？　「話したとおり、ペンリン邸は男所帯だったからね」

とはいえ、父の肉づきのいい情婦はときどき屋敷にやってきた。父の好みは、丸々と肥えて、見るからに情婦といった風情の女だった。そういう女はひとりとして、本にかじりついている少年に興味を示さず、それにはギデオンもほっと胸を撫でおろしたものだった。

「でも、この家を出てからは……」

「ぼくは十六歳でケンブリッジに入学して、勉強ばかりしていた」

眉をひそめて何かを考えながら、サラが腹のまえで手を組みあわせた。それを見て、ギデオンはほっとした。どうやら、腕の怪我は悪化しなかったらしい。「その学校を卒業した人を何人か知っているけれど、誰もが学生のころから飲んで騒いでいたわ」

ギデオンはにやりとした。「どうやらきみに言い寄った男どもは、将来どんなおこぼれももらえない次男ではなかったらしい。大半の同級生とちがって、ぼくは歳も若かったし、もちろん、金もなかった」

もし自分がいまとはちがう男で、いまとはちがう人生を歩んでいれば、まちがいなく、サラに言い寄っていたはずだった。そんな無意味な空想を頭から振りはらおうと、ギデオンは背筋をぴんと伸ばした。サラのほつれた髪が風に吹かれて、束の間、ぽってりした唇にまつわりついた。とたんに、新たな欲望の稲妻に打たれた。目を閉じて、どんなことがあってもサラにキスをしてはならないと胸に誓った。

深く息を吸って、どうにか平静を保った。頭がはっきりすると、サラのわきをすり抜け、滑りやすい場所があるかもしれないと、さきに立って崖を下りていった。どう考えても引きかえすのが賢明だが、どうしてもサラを海岸に連れていきたかった。自分がサラにいつ屈したのかはわかっていた。「足もとに気をつけて。ここはかなり急だ。それに、きみはすでに、九つある命のうちの少なくとも三つは使い果たしているんだからね」

「ご忠告ありがとう」背後でサラの穏やかな声が響いた。「自分が厄介者だってことはわかっているわ」

とはいえ、サラはどんな意味で自分が厄介なのかわかっていなかった。頼む、一生わからないままでいてくれ。サラを抱きたくてたまらず、肌まで引きつっていた。サラが崖から落ちそうになったときのように、心臓が早鐘を打っている。といってもいまは、恐怖のせいではなく、欲望のせいだった。

サラが落ちそうになったことを思いだして、ギデオンは歩を緩めた。できることなら、サラがつまずいたときに備えて、手をつないでいたかった。そんなごく自然な行為も、自分にできることの限界をはるかに超えていた。発作を起こすような危険は冒せない。自分自身と病気を呪わずにいられなかった。

崖を下りながら、ちらちらと振りかえっては、サラを見た。もう少しで崖から落ちそうになったせいで、サラはそれまで以上に足もとに気を配ることにしたようで、見るからに気持ちを集中させて坂を下っていた。よかった。これならしばらくは質問する余裕もないだろう。崖の下に着くと、ギデオンは岩から浜に飛びおりた。固い砂の上に着地して、振りかえる。サラは岩から岩へと慎重に下りていた。

サラを乱暴に岩壁に押しつけたことを思いだして、良心が痛んだ。サラは口では大きなことを言っているけれど、やはり不安なのだろう、動きがぎこちなかった。やはり家に戻ろう、そう言いたくなるのをこらえた。ランガピンディーでの経験から、サラの自由を求める気持ちは痛いほどわかった。

サラが歩みでて、となりに立った。ちょうど満潮の跡を過ぎたあたりに。顔の痣はかなり薄らいでいた。明るい日差しの下で、美しさが際立っている。そんなサラといっしょにいると、生きているのを実感できた。二度とそんなふうに感じることはないと思っていたのに。

気まぐれな風にもてあそばれるサラの髪が、顔のまわりで揺れている。サラがこちらを向いた。「ということは、あなたは一攫千金《いっかく》を夢見てインドへ渡ったの?」

また質問か……。できることなら、きみには関係のないことだと言いたかった。けれど、サラの輝く目には純粋に答えを求める気持ちが浮かんでいて、それに抗えるはずがなかった。

返事はぎこちなくなった。そもそも自分のことを話すのは不得意で、おまけに、サラに尋ねられて自分のことを話せば話すほど、ふたりは偶然出会った見ず知らずの他人同士ではないような気がしてくるのだ。「たまたまインドに渡る機会があっただけさ」

ギデオンは黄色の粗い砂の上を歩きだした。となりでサラも歩を進めた。風に吹かれてめくれそうになるスカートをサラは両手で押さえていたが、それでも、細い足首と形のいいふくらはぎがちらりと見えて、ギデオンはどぎまぎせずにいられなかった。束の間、目を閉じて、しっかりしろと自分に言い聞かせる。

こんなことでは、サラが何かするまでもなく、骨抜きにされてしまう。

「東インド会社で？」

どうにか会話だけに気持ちを集中させて、サラの美しさを忘れようとした。やけに白くまぶしいストッキングに気を取られないためにも、強いて話を続けた。

「語学が堪能《たんのう》だったのが、有力な人々の目に留まってね」自慢するでもなく淡々と言った。実際、自分でも不思議なほど、いくつもの外国語をあっさり習得したのだ。頭の回路が普通の人とはいくぶんちがっているのかもしれない。「そういう人たちがぼくには利用価値があると考えたわけだ」

「商人として？」サラがホタテの貝殻を拾おうとして身を屈《かが》めると、スカートのうしろが持ちあがった。ギデオンは足を止めて、サラを見た。とたんに後悔した。もっと放縦な目的のために、そのスカートをめくりあげたい――体のわきに下ろした手を握りしめて、こみあげてくる切望と闘った。

なぜなら、不幸にも、そんな放縦な悦《よろこ》びは自分とは無縁のものだから。

「いや、どちらかと言えば、現地の人との連絡係のようなものだ」答えを濁した。真実は口にしたくなかった。スパイだったということは。もちろん、サラが調べる気になれば、すぐにわかることだった。自分の半生を、国じゅうの新聞が派手に書きたてたのだから。いや、この国どころか、自分が知るあらゆる国の新聞が。

新聞記事の大筋はほぼ事実だが、詳しいことは脚色されていた。それに、新しい記事が出るたびに、どんどん尾ひれがついていった。そうして、ギデオン・トレヴィシックは大衆から、ロビン・フッドと色男のカサノヴァと聖杯を見つけた円卓の騎士を足して三で割ったような、世にも稀《まれ》な男と見なされるようになった。

そんな哀れな道化師じみた名声にはぞっとするだけだった。

サラが体を起こして、考える顔つきで白く硬い貝殻に指を滑らせた。また質問されるのは、ギデオンにもわかっていた。「インドの女の人はきれいなんでしょうね？」

「まあね」

サラが顔を上げてちらりと見つめてきたが、すぐにその視線はそれた。頬が薄紅色に染まっていた。「その国で、あなたは誰かを愛したの？」

信じられない、女というものはこれほど愛に執着するのか？　この二十五年間の人生で、今日ほどその話題を耳にした日はなかった。それなのに、気づいたときには答えていた。

「いや」

七年まえにカルカッタで船を降りた若者は、それまで恋人などいなかった。大学の埃っぽい図書館でインドのことばや芸術に夢中になったその若者は、憧れの国に渡ると、息遣いさえ聞こえそうな熱く脈打つ独特の雰囲気に魅了され、まもなく、その雰囲気を体現した熱く脈打つ生身の女にも魅了されたのだった。

最初の半年で、東インド会社の事務所や宿舎を転々としながら、快楽に溺れる人生を知った。女たちは美しく、寛大で、快楽というものを知り尽くしていた。ギデオンはまさかこんな世界があるとは夢にも思っていなかった。セックスは麻薬だった。

けれど、そんな生活も任務に就くと同時に唐突に終わりを告げた。その世界では、裏切りはいたるところにひそんでいた。

これ以上尋ねられないように、ギデオンは大股で浜を歩きだした。長い脚で広い砂浜を進んでいく。頭上でカモメが鳴いていた。それはこの世でいちばん孤独な音として耳に響いた。けれど、そんなことでサラから逃れられるわけがなかった。走ってくる足音が背後に迫ってきたかと思うと、腕をそっとつかまれた。

シャツの袖越しでも、触れられた肌は火がついたように熱くなった。鳥肌が立って、激しい欲望が全身を駆けぬける。思わずサラの手を振りはらった。「さわるな!」

サラが身を縮めた。悲しげに曇る目を見て、胸がずきんと痛んだ。「ごめんなさい」サラの声はかすれていた。

ギデオンは普段どおりに話そうとしたものの、冷ややかで単調な口調になった。「いや、気にしなくていい。さわられるのが苦手でね」

サラの唇が悲しげに引き結ばれた。「わたしにさわられるのがという意味ね」

くそっ、どう説明すればいいんだ？　潮の香りがまつわりつく空気を胸いっぱいに吸いこんで、冷静になろうとした。「きみだからというわけじゃない」

サラが首を振って、片手を上げると、風に吹かれて目にかかる髪を押さえた。その顔を見れば、サラが怒っているのは一目瞭然だった。「気遣ってくれなくていいのよ。あなたがわたしといっしょに過ごすのをいやがっているのは、わかっているわ」

ギデオンはあきらめたように、大きく息を吐いた。「そんなことはない」

サラの細い喉が動いて、反論のことばを呑みこんだのがわかった。なんてことだ、サラを傷つけたくないのに……。自分のためだけでなく、サラのためを思ってこれまで行動してきたにもかかわらず、この世で最低の男になった気分だった。

馬鹿なことは考えるな、トレヴィシック。サラは真実の愛に苦しんでいるわけじゃない。おとぎ話の王子さまに恋して、幻想を抱いているだけだ。サラは心に深い傷など負わずに生きていける。

「ミス・ワトソン……サラ……」口ごもった。心まで震えるようなサラの悲しみをまえにして、それ以上ことばが出なかった。

「わたしのことを愚かだと思っているのでしょう」弱々しいことばは風にかき消されそうだった。そのことばは、身を寄せなければ聞きとれないほどだった。潮の香りにサラの魅惑的な香りが混ざって、男なら誰でもその香りを胸いっぱいに吸わずにはいられなかった。

口からとめどなくことばがあふれそうになった。サラの美しさを、勇気を、あらゆる美徳を本人に伝えることばが。けれど、すべてを無理やり呑みこんだ。うら若い無垢《むく》な乙女を褒めたたえる資格など、自分にないのだから。

「わたしには大叔母がいるの。でも、こんなわたしを見たら、大叔母はさぞかしぞっとするでしょうね。どこに出しても恥ずかしくない淑女にしようと、大叔母はわたしを一生懸命躾《しつ》けようとしたのだから」口ごもると、ひとつ息を吸ってから、サラはわざとらしいほど明るい口調で話を続けた。刺々《とげとげ》しい緊張感を和らげたい——サラのそんな必死の思いが伝わってきた。「大叔母にあずけられたとき、わたしは手のつけられないおてんば娘だったの。父はわたしのことを息子のように育てたから。いずれ、領地を受け継ぐ者として」

頭のなかで嵐が吹き荒れていても、それは妙だと思った。ギデオンは怪訝な顔で尋ねた。

「跡を継ぐのは、きみの兄だろう?」

サラの美しい顔に罪悪感があふれた。「直系の男子だけに相続させるという決まりはもうないわ。父は……」

サラが肩をがっくり落として、見るからに不安げにまた黙りこんだ。サラがいかに嘘が下手かは、ギデオンはとっくに気づいていた。それに引きかえ、ギデオンは嘘が得意だった。暴力的な父から身を守るために、嘘を身につけた。その後、自分が何者か知られたら死が待っている世界で、嘘に磨きをかけたのだった。

「兄といっても、血のつながりはないわ」消えいりそうな声でサラが言った。「父はわたしが十六のときに亡くなって……」陽光がサラの顔に浮かぶ剥きだしの悲しみを容赦なく照らしていた。「わたしの母は再婚したの。再婚相手には成人したふたりの息子がいて、そのふたりははじめて会ったときからわたしのことを嫌っていたわ」

そこは人気のない砂浜だったが、ギデオンはサラに近づいた。まるで、強欲な家族から守るかのように。サラを苦しめるやつは殺してやる――胸のなかで激しい感情が火を噴いていた。怒りが抑えきれず、声まで荒々しくなった。ついに、サラの秘密を知った。ついに敵の姿がはっきりした。「その卑劣なふたりの兄に殴られたんだね？」

「ええ」サラがいったん口をつぐんだ。それから、傍目《はため》にもわかるほど渋々と話を続けた。「再婚してまもなく、母は亡くなったわ。再婚は母にとって幸せなものではなかった。新しい夫は大酒飲みで、賭け事に目がなくて、金遣いも荒かった。結婚した当時から、人目もはばからず女遊びをしていたわ」

サラが必死に隠そうとしている苦悩を感じとって、ギデオンの胃がぎゅっと縮まった。もしこの自分が真の男ならば、サラを胸に抱いて、慰めてやれるのに……。けれど、いまの自分はもはや男とも言えなかった。「きみは十六のときからずっと、そんな獣どもと暮らすしかなかった、そうなんだね？」

サラは首を振って、ホタテの貝殻を砂に落とした。悲しげな仕草だった。「兄たちにしてみれば、わたしは役立たずの穀潰《ごくつぶ》しでしかなかった。だから、母が亡くなると、バースの大叔母にあずけられたわ。淑女としてわたしを躾けようとしたのはその大叔母よ」サラの顔から悲しみが薄れて、真の愛情が漂う笑みが浮かんだ。「ジョージアナ大叔母は、わたしに最高のお相手を見つけると息巻いていたわ。社交の季節のバースはほんとうに華やかなの」「求愛者にはこと欠かなかっただろうね」馬鹿げているのはわかっていたが、サラに言い寄って、ダンスを踊ったどこの馬の骨ともわからない男たちに嫉妬していた。

サラが肩をすくめて、打ちよせる波を見つめた。頬が薄紅色に染まっている。その横顔をギデオンは見つめた。サラに言いよった男たちも、いまギデオンが目にしているものを見たはずだった。純粋で寛容な美を。瑞々しく芳《かぐわ》しい色香。スイカズラにハチが引きよせられるように、ギデオンもまたその色香に引きよせられた。

ギデオンはこれまで、女の魅力に屈することはないと思っていた。人に触れただけで、風に吹かれる木の葉のようにがたがた震えてしまうのだから。けれど、サラは欲望をかきたてた。それには、何をしたところで抗えなかった。

サラが浜を歩きだした。ギデオンは無言のまま、いっしょに歩を進めた。平らな砂浜に下りて、サラが苦もなく歩いていることにほっとした。

「継父は酒に酔って階段から落ちて、首の骨を折って亡くなったわ」サラが不快そうに低い声で言うと、スカートを握りしめた。「そんな継父がふたりの息子に残したのは莫大な借金だけだった。それでも、どんな手を使ったのかは知らないけれど、継兄はわたしの後見人になる権利を手に入れた」

なるほど、それがもっとも厄介な部分だったのだ。ふたりの継兄が正式な後見人であるかぎり、サラを自分たちの保護のもとに置く権利がある。サラが自分の抱えている問題を見ず知らずの他人に詳しく話したがらなかったのも無理はなかった。サラをかくまえば法を犯すことになるのだから。それだけで、誰もがサラを当局に引き渡すだろう。たとえ、サラにどんな事情があろうと。

ギデオンは努めて冷静な口調を保った。内心では、サラを傷つけた獣が許せず、呪い殺してやりたかった。「ということは、法的にはきみはふたりの兄のいうなりになるしかないというわけだ」

「ええ、悔しいことに。兄はわたしを大叔母のところから連れもどすと、結婚させようとしたの」つむじ曲がりの強い風のせいで長い髪が顔にかかると、サラは何気なく髪をうしろに払った。そうして、語気を荒らげて言った。「わたしが簡単には屈しないとわかると、言うことを聞かせようとして、ずいぶん強引なことをしたわ。手紙は受けとることも出すことも許さず、新聞も取りあげた。村を訪ねることさえ禁じたわ。最初は何かと理由をつけて、そのあとは脅して」

哀れな話だ。腕力だけがものをいう家のなかで、固い意志と機知だけで生き延びたとは。

「召使を抱きこんで、誰かに連絡しようとしたことは？」

サラは首を振った。「召使はみんな、労賃がもらえるかどうかが、わたしの結婚にかかっているのを知っていたの」

ふたりの継兄を完膚《かんぷ》なきまでに叩き潰してやる――そんな思いが胸を焦がした。同じように、サラを抱きしめて、サラがすべてを忘れてしまうほどのキスをしたい――そんな衝動に胸がさらに熱くなった。そんなことをしたら、どれほど悲惨なことになるか――そう思うとまた胸が焼けつきそうだった。「きみの誕生日が近づいているからには、連中はそれこそ躍起になっているんだろう」

サラが立ち止まり、真剣な顔で見つめてきた。そうしながら、片手で顔にかかる髪を払った。ひんやりした風に編んだ髪がすっかりほどけていた。薄いドレスでは寒いだろうに、そんなようすは微塵も感じさせなかった。

「愚かにもわたしは、あんな兄だって曲がりなりにも紳士なのだから、そんなにひどいことはしないだろうと高をくくっていたの」サラの口調は不可思議なほど平板だった。まるで自分ではなく人の話をしているようだ。「でも、兄はわたしの食事を減らしたわ。そして、部屋に閉じこめた。最初のうちはさほどひどい暴力はふるわなかった。痣にならないように気をつけていたのね。なぜ気をつけていたのかは見当もつかないけれど。痣ができなくても、召使は暴力に気づくはずだし、それ以外にわたしは誰にも会わせてもらえなかったのに」

サラが口をつぐんで、返事を待った。けれど、ギデオンは怒りのあまり、口などきけそうになかった。

「でも、暴力はまだましだった」サラの声が屈辱にかすれて、手が体のわきで握りしめられた。「それより悪かったのは、結婚したほうがわたしのためになるとしつこく責められたこと。あれは吐き気がするほどいやだった」サラがまた打ちよせる波を見つめたが、そのまえに、その目に怒りの炎が浮かんだのをギデオンは見逃さなかった。

「くたばってしまえ。下劣なやつらめ」ギデオンはひそめた声で吐き捨てた。淑女のまえでそんなことばを使うのは道理にはずれていた。けれど、それを言うなら、サラの身に降りかかったことすべてが不条理だった。

「わたしが逃げだしたあの日、兄たちは暴力でわたしを服従させようとしたの。ヒューバートに殴られるまえに、フェリクスに言われたわ。最後の手段を取るしかなくなるまえに、おとなしく言うことを聞いて、手間をかけさせるなと」

それに対してサラがどう応《こた》えたのか、ギデオンは容易に想像がついた。「もちろん、きみは言うことなど聞かなかった」

「ええ。でも……」サラが口ごもって、足もとの砂を見つめた。「フェリクスは言ったわ……」

腹のなかで吐き気がとぐろを巻いた。次にサラが何を言うか見当がついた。ウィンチェスターであれほどサラが怯えていたのも無理はない。「辛ければ、無理して話す必要はない」

心からの信頼が表われた目でサラに見つめられて、ギデオンはひるんだ。その眼差しは、目のまえにいる男が山をも動かせると信じているかのようだった。痛恨の念が全身に満ちるのを感じながら、サラが思っているとおりの男でありたかったと思った。

こみあげてくる屈辱に、サラの顔が赤くなった。「フェリクスは言ったわ、薬を呑ませて気を失っているあいだに、求愛者に凌辱させると。わたしは、そんなことができるものならしてみなさいと反発した。どんなことをされたって、結婚などしないと」

卑劣な継兄を殺してやる――そんな残虐な思いが喉までせりあがってきて、息が詰まった。

「無鉄砲なことを」

サラが唾をごくりと呑みこんで、冷ややかな口調で話を続けた。「殺されないのはわかっていたから。もしわたしが死んだら、財産はわたしのまたいとこのものになる。生まれてからずっとイタリアで暮らして、独身を貫いている才女のものに。わたしはその人と会ったこともないけれど」

サラの口調にはどんな感情もこもっていなかった。サラの身に降りかかったことを考えると、あまりのおぞましさに胃がぎゅっと縮まった。理にかなった質問も思いつかないほどだった。「それで、連中はそのとおりにしたのかい？」

「いいえ」頰の真ん中が赤く染まったが、それを除けばサラの顔は蒼白だった。「でも、フェリクスは三人で順番に凌辱すると言ったわ。ヒューバートはそんなことはしたくなさそうだったけど、何かを決めるのはいつでもフェリクスだから」サラが震えながら息を吸って、すぐにまた話しだした。そうしなければ、ことばがつかえて出てこなくなってしまうのだろう。「三人に凌辱されるなんて、そんなこと……」

「堪えられるはずがない」サラが逃げなかったらどうなっていたことか。そう考えると、口のなかに苦味が広がった。サラは地獄を見た。それがどんなものか、ギデオンは誰よりも知っていた。

サラの手がさらに強くスカートを握りしめた。「ヒューバートに何度も殴られて、わたしは気を失ってしまったの。でも、それはほんの数秒のこと。すぐに意識を取りもどすと、また暴行がはじまったわ。それでもわたしが言うことを聞かないと、フェリクスは痺れを切らして、ヒューバートを連れて部屋を出ていった。そのときよ、はじめて扉に鍵《かぎ》をかけ忘れたのは。それまでわたしは逃げようとしなかったから、これからも逃げないだろう、逃げられるわけがないと、フェリクスは高をくくっていたんだわ。階下《した》でふたりが言い争っているあいだに、わたしはこっそりほかの部屋に移って、窓の外のブナの木を伝って家を出たの。幸いにも、そのあたりのことはよく知っていたから、ウィンチェスターに向かう道に出られたわ」

「あの馬小屋でぼくたちがきみを見つけてよかった」サラが三人の男に強姦されるおぞましい場面が、ギデオンの頭のなかに広がった。継兄が脅しを実行に移すのは時間の問題だった。けれど、サラはいまここにいる、誰にも二度とサラを傷つけさせない。全身に力をこめて、サラを守るとあらためて決意した。

サラが不安げに言った。「あのときわたしは、あなたたちといっしょにポーツマスまで行って、そこで姿をくらますつもりだった。わたしを助けたら、あなたの身にまで危険が及んでしまうから」

「ふたりの兄はぼくがなんとかする」人間の屑《くず》を地獄に送れると思うと、身震いするほど血が沸きたった。

自信に満ちたことばを耳にして、サラの顔からわずかに緊張感が抜けていった。「ポーツマスでの乱闘では、あなたの強さに感動したわ」

ギデオンは頰がかっと熱くなった。血が飛び散る場面でだけ一人前の男になれるのが、いやでたまらなかった。つねに頭のなかに立ちこめる靄《もや》が、暴力によって晴れ、明確な意思を持って、ためらわずに行動できるとは。「ぼくは悪党なんだよ」

「あなたは英雄よ」きっぱりとした口調だった。ギデオンは顔をしかめた。くそっ、サラの誤った認識をどう正せばいいんだ？　いますぐにそうではないとわからせなければ。けれど、何を言ったところで無駄なのはわかっていた。サラは聞く耳を持たないだろう。自分など尊敬に値しないと言いたくなるのを、ギデオンはぐっとこらえた。

サラが思いにふけるように頭を傾げて、砂浜をまた歩きだした。ギデオンはあとを追わなかった。強い風に打たれながら、小さくなるサラのうしろ姿を見つめていた。

そろそろ家に戻ったほうがよさそうだ。サラは凍えているにちがいない。それでも、呼びもどさなかった。まだしばらくひとりでいて、サラの継兄への燃える怒りを鎮めなければならなかった。

サラは高貴な家の出にちがいない。それにはずいぶんまえに気づいていた。それに、サラが相続する財産はよほど莫大なのだろう。手段を選ばないほど継兄を強欲にさせるのだから。ワトソンという名の富豪は聞いたことがなかった。といっても、これまで上流階級の人々とは無縁だった。トレヴィシック家は上流社会の底辺に位置している。社交界に顔を出したのは、つい先日、わずかなあいだロンドンに滞在したときだけだった。その数週間のことは、記憶のなかで何が何やらわからないほどぼやけている。称賛を浴びせかける人々に、具合が悪いのを気づかれやしないかと気が気でなく、一刻も早くその場から逃げだしたいと、それしか頭になかったのだ。

それに、考えてみれば、サラの継兄の性はワトソンではないはずだ。とはいえ、それはどうでもいいことだった。公爵の令嬢であろうと、商人の娘であろうと、自分はサラにはけっして手が届かないのだから。自分のような男が妻をめとろうなどと考えるなんて、おこがましいにもほどがある。

ギデオンの眼差しは、サラに釘づけだった。立ち止まって、小石を拾いあげ、それを海に投げるサラに。サラの継兄は自分たちの庇護下にある妹には有力な友人などいないと思いこんでいる。もしかしたら今度ばかりは、ランガピンディーの英雄と呼ばれていることが、何かの役に立つかもしれない。自分が病に屈するまえに、ふたりの卑劣漢に極悪非道な行為のつけを払わせてやる。

そして、それがサラへの別れの贈り物になる。

サラが危険にさらされることなく幸福に暮らすのを、この目で見届ける。それから、最高の思いやりを示す。そう、サラのまえから永遠に消えるのだ。頭のなかで物悲しい鐘の音が響くのを感じながら、ギデオンは重い足取りで砂浜を歩いて、静かに波を見つめているサラのもとへ向かった。

8

あれだけ長いことサラとふたりで過ごしたからには、もちろん夢にもサラが出てきた。哀れな幻想は、ギデオンにとって苦悩でしかなかった。何しろ、現実の世界では手さえつなげないのだから。夜明けに目を覚ますと、汗びっしょりで、心が泡立ち、痛いほど興奮していた。家から逃げだしたくてたまらなかった。純粋なサラと目を合わせることなどとうていできそうにない。それに、目が合えば、自分がいかに好色かを痛感させられるに決まっている。

少なくとも、いくつもの夢のなかでは好色だった……。

早朝に朝食を済ませると、はじめての馬に乗って崖沿いを遠乗りした。カーンやほかの馬を連れてくるアーカーシャは、まだ到着していなかった。そしていま、ギデオンは長い廊下を歩いて、自室に向かっていた。手早く身支度を整えてから、領地に関する書類仕事に取りかかるつもりだった。そして、願わくば、ハシバミ色の目をした美しい天使への思いに煩わされずにいたかった。

両側から先祖たちに見つめられていた。称賛の眼差しが向けられているとは思えなかった。称賛されるはずがない、そうだろう？　代々続いてきた先祖の努力、野望、希望のすべてが、いまここにいる末裔のせいでついえてしまうとなれば、さぞかし憤っているにちがいない。

最後の末裔がこの世を去ったら、領地がどうなるかは誰にもわからなかった。けれど、いましばらくは、この地の復興に身を捧《ささ》げるつもりだった。しかめ面でこちらを見ている先祖のためではなく、この地に暮らす人々のために。愛想がなく、排他的で、寡黙な人々。そして、たとえ命を投げだしてでも、トレヴィシック家に忠誠を尽くす人々のために。

まさか、生きて故郷をふたたび目にする日が来るとは思ってもいなかった。だが、ハリーが死んだと知らされては、戻ってこないわけにはいかなかった。平和で安全なこの国で、父も兄も若くして非業の死を遂げるとは、なんという皮肉だろう。この自分は言語に絶する危険をかいくぐって生きながらえたのに。

そんなことを鬱々と考えながら、角を曲がったとたんに、サラとぶつかりそうになった。

「サー・ギデオン！」

よろけるサラに思わず手を伸ばした。けれど、はっとして、手袋をつけた手を引っこめた。血が全身を激しく駆けめぐり、男としての欲望をかきたてた。一瞬にして、抑えようもなく股間のものが硬くなる。夢に出てきた奔放な場面が、次々に頭に浮かんできた。サラとひとつになってリズムを刻む体。ふたりのまわりで波打つサラの艶やかな褐色の髪。官能的なかすれた喘ぎ声。

身を焦がすようなその瞬間、サラとの距離はあまりに近く、その香りが鼻をくすぐった。カーネーションの石鹸《せっけん》のかすかな香りと、サラの体そのものが発する香り。けれど、サラがすぐにバランスを取りもどして、ふたりの体が離れた。助かった。

深く息を吸って、ギデオンは一歩あとずさった。けれど、わずかな距離をあけたところで、体のなかで荒れくるう嵐はおさまらなかった。「サラ……」

一歩離れたせいなのか、サラの目が落胆に翳った。きみのせいではないんだ——そう言いたかったが、その気持ちを抑えた。おぞましい秘密を打ち明けるべきではない。そこまでの重荷を、サラに背負わせるわけにはいかなかった。

サラが唇を噛んで、それまで眺めていた肖像画を見あげた。「あなたと双子みたいにそっくりだわ」

「えっ……？」ギデオンはサラのことばに気持ちを集中しようとした。

「この肖像画の人よ」

まばたきして視界をはっきりさせると、サラがブラック・ジャック・トレヴィシックの肖像画を見つめているのがわかった。ギデオンも絵のなかの自分にそっくりな目を見つめた。ブラック・ジャックは笑ってはいなかった。けれど、大きく肉感的な唇の端が上がっていて、いまにも笑いだしそうだ。

「ブラック・ジャック。どこを取っても、ぼくよりはるかに颯爽《さっそう》としているよ」

「どう見ても、女たらしの目をしているわ」

「いや、目だけじゃない。数々の逸話が真実だとしたらね」

「女の人にまつわる逸話がたくさんあるの？　見た目から判断するに、たぶん逸話は真実じゃないかしら」サラがまっすぐに見つめてきた。「どんな逸話か、いつか聞かせてね」

ギデオンはそわそわと体を動かした。無数の女を誘惑した悪名高い好色家の先祖の話をするだって？　荒れくるう欲望を抑えようと必死なのに、そんな話ができるわけがなかった。

「淑女の耳には不似合いな話ばかりだよ」

サラが小さな声で笑うと、微笑を向けてきた。ふっくらした唇が魅惑的な弧を描いて、真っ白な小さな歯がこぼれる。とたんに、欲望の稲妻にまたもや体を貫かれた。サラのぬくもりが手招きしているかのようだ。そのぬくもりは冬の夜の暖炉より魅惑的だった。

ギデオンはブラック・ジャックのほうに顎を上げた。「実のところ、きみのお気に召しそうな話がひとつある」

「ひとつだけ？」

「まあ、ぼくが話せるのはひとつだけだ」

「つまらない人ね」サラが唇をぴくりと動かすと、背筋に戦慄《せんりつ》が走った。

いまにも体が燃えあがって灰になりそうなのを必死に隠して言った。「ブラック・ジャックはこのあたりでは有名な放縦な若者だった。浮かぶものならなんでも船にして、走る馬ならどんな馬でも乗りこなし、うら若き乙女を片っ端からたぶらかした。わが家に伝わる言い伝えでは、エリザベス女王まで誘惑して、その操を捧げさせたとされている」

サラの唇には相変わらず魅惑的な笑みが漂っていた。「なんて人なの」

「そのとおり」ギデオンはサラの魅力ではなく、自分が話していることに気持ちを向けようとした。といっても、サラの魅力にこれほど心をかき乱されていては、そんなことができるはずがなかった。「カリブ海で海賊として名を馳せたブラック・ジャックは、スペインの大帆船を襲ったこともある」

　興味を引かれたのか、サラの顔が輝いた。「船いっぱいの宝物を手に入れたんでしょうね。それで、トレヴィシック家は永遠の富を得た？」

「この話をしているのは誰かな？」

「あなたよ。お願い、もっと聞かせて」

「船いっぱいの宝物とともに、ブラック・ジャックはコーンウォールに戻り、新たな家を建てた。その家がいまもここに立っている」

「この家を建てたなら、ブラック・ジャックはさぞかし美意識が高かったんだわ。スペインの大帆船からはほかに何を奪ったの？」

　ギデオンは馴染み深い伝説の世界に浸っていた。幼いころに子守をしてくれたポレットの姉妹のひとりから聞かされた話を、そっくりそのまま話していた。「スペイン大公の娘、アナ嬢。フェリペ王朝で最高の美女だ」

「アナ嬢はひと目でブラック・ジャックに恋したのね？」

「いや、アナはブラック・ジャック相手に果敢に戦った。だが、ブラック・ジャックはアナ嬢を自分のものにしたくて、ペンリンに連れかえり、花嫁にしたんだ」

「まさか、アナ嬢はスペインが恋しくて泣き暮らし、愛するものと遠く離れたこの地でひとり寂しく死んでいった、なんてことはないわよね？」

「考えてみれば、それもまたロマンティックな伝説だな、そう思わないか？」

「そんな伝説は聞きたくないわ」

ギデオンはおかしくて、つい声を漏らした。サラといっしょにいて気を緩めるのは危険だとわかっていても、インドのバザールで売られていたどれほどおいしい菓子より、甘く魅惑的なひとときだった。「熾烈《しれつ》な戦いの末に、アナ嬢はコーンウォールの海賊を愛するようになり、彼のために十人の元気な赤ん坊を産んだんだ。ブラック・ジャックのほうも、誠実な善《よ》き夫として天寿をまっとうした」

サラの顔に無防備なほど幸せそうな笑みが浮かんだ。二月の寒い日だというのに、ギデオンは夏の日射しのなかに立っている気分だった。「すてきだわ」

そのことばは意外でもなんでもなかった。サラがロマンティストなのはわかっていた。何しろ、ギデオン・トレヴィシックという男を英雄だと思いこんで、うっとりしているのだから。

「といっても、実際にはそのふたりの結婚もごくありふれた結婚と変わりなかったんじゃないかな」蛮行をふるった先祖に対して無垢な少年のように憧《あこが》れたくなる気持ちを、無理やり押しこめた。生きるに値する人生のすべてを失ったのは、そんな見当ちがいのロマン主義のせいでもあったのだから。

サラの顔から笑みが消えた。「そんなことはないわ。ふたりは情熱的だったんですもの、ともに歩んだ人生だってわくわくするようなことばかりだったはずよ」さらにおもしろみのないことを言われてはたまらないと思ったのか、サラはあわてて言った。「アナ嬢の肖像画は？」

ギデオンは背後の壁を指さした。板張りの壁にかかった肖像画には、ジェームズ一世時代の地味な黒いドレスに身を包んだぽっちゃりした女性が描かれていた。「これだよ」

サラはしばらくのあいだ、その女性のしわの目立つ真ん丸い顔を見つめた。ギデオンはサラのすぐうしろに立った。といっても、体が触れるほど近くはなかったけれど。「がっかりしただろう？」

がっかりするのも無理はなかった。スペインの帝政時代一の美女と謳《うた》われた若き乙女が、野暮ったいおばさんになってしまったのだから。とはいえ、そもそも若き日のアナ嬢が美しかったというのも眉唾ものだ。わが家に伝わる神話が部分的に脚色されていても不思議はなかった。もしかしたらジャックはスペインの金銀財宝がほしくて、小太りのお嬢さまと結婚したのかもしれない。それでも、ジャックがスペインの大帆船から宝を奪ったという話には信憑性《しんぴょうせい》があった。ペンリンの栄光はいまやすっかり影をひそめてしまったとはいえ、遠い日の面影はいまでもあちこちに漂っていた。

「がっかりなんてしていないわ」サラが穏やかに言いながら、振りかえって見つめてきた。「故郷や親きょうだいと遠く離れても、幸せな人生を歩んだのが顔に表われているもの。アナ嬢は荒くれた夫と次々に生まれる子どもたちを愛していたんだわ」

埃っぽいこの場所――美しい寄せ木張りの床と深い色合いの板壁、凝った彫り物がされた漆喰の天井に囲まれた場所で、真に生きているのはサラだけだった。サラは炎のように燃えていた。ギデオンは熱っぽくサラを見つめずにいられなかった。頭のうしろでひとつに編まれた艶やかな髪。輝く美しい瞳。質素なドレスを着ていても、その下に麗しい体が隠れているのがはっきりと見て取れた。

破れて泥のついた安っぽいドレスを着ていても……。

ギデオンは顔をしかめた。「きみはなぜそんなドレスを着ているんだ？」

サラが頰を真っ赤にして、色褪せたスカートを不安げに握った。「これしかないから」

「きみが着られるものを見繕うように、メイドに言っておいたのに」

サラが眉根を寄せた。「ポレットの女房はわたしより三倍も大きいわ。何枚かドレスを貸してくれたけれど、どれも着られなかった。ネグリジェもぶかぶかで、頭からかぶってもするりと足もとまで落ちてしまうのよ」

ギデオンはぎくりとした。頭からつま先まで力が入った。視界が端のほうからどんどん黒くなって、胸に火がついたように熱くなり、淫らな場面が頭に浮かんだ。サラのネグリジェが男を惑わすかすかな音をたてながら、床にするりと落ちる場面が。そして、その場に立っているのは、いままさに自分を迎えいれようとする、一糸まとわぬ美しいサラ……。

咳払いして、拳を固め、どうにか頭を冷やした。

サラが顔をますます赤くして、両手で頰を押さえた。「わたしったら、なんてことを言っているの」

ギデオンはごくりと唾を呑みこんで、刺激とはほど遠いことばを思いつくかぎり頭に並べていった。ハツカダイコン。カブ。キャベツ。ニンジン。

いや、ニンジンはだめだ。

「そう……」また咳払いした。「たしかに淑女が口にすべきことではなかったな」

「信じられないかもしれないけれど、わたしはろくな躾もされずに、茂みのなかにもぐりこんで遊んでばかりいたわけではないのよ」サラが弱々しく言った。

サラといっしょに茂みにもぐりこんだら何をしたいか、それだけははっきりしていた。もし自分が一人前の男で、願望を行動に移せるなら、どんなことをしたいかは。

サラの裸身が頭から離れず、欲望で胸がはちきれそうになりながらも、どうにか平静な口調を保った。「屋根裏部屋に母の服がある。着られるものがあるかどうか、見てみるかい？これから三週間、ずっとそんなぼろを着ているわけにはいかないからね」

サラがブラック・ジャックの肖像画がかかっている壁のさきのほうにある金色の額を指さした。「あの方があなたのお母さま？」

「そうだ」

あんのじょう、サラがゆっくり歩いて、麗しいローレンスの肖像画のまえに立った。そこに描かれている女性は、前世紀末に流行《はや》った繊細なドレスを着ていた。ゆるやかな巻き毛の金髪が、上品な顔立ちを引きたてている。

「なんてきれいなの」

「社交界にデビューしたとき、母は社交界の至宝と謳われたんだ。そして、わずか十八歳で父と結婚した」

「となりの肖像画の、血色のいい紳士がお父さま?」

「ああ。父と並んでいるのが兄のハリー。若かりしころの父といった感じだろう?」

肖像画のなかの父と兄を見つめていると、胃が縮まって、いつものように矛盾したいくつもの感情が湧いてきた。そこにはもちろん、悲しみがあった。それに恨みと怒りが混ざりあう。家族としてほんのわずかでも温かい交流があったなら――そんなむなしい願いも湧いてきた。

「あなたはご両親のどちらにも似ていないのね」

「父はできることなら、ぼくのことを種ちがいだと言いたかったんじゃないかな。でも、この廊下にあるものが、母の貞節を証明している」

堅苦しい表情を浮かべたいくつもの肖像のなかに、ときおりいかにも海賊らしいブラック・ジャックに似た顔があった。何人かの娘と多くの息子がその特徴を受け継いでいた。とはいえ、男性のほうが圧倒的に多い。騎士のような巻き毛の紳士にも、十八世紀に流行った袋かつらをつけた紳士の顔にも、その特徴が見て取れた。すべてを見通す知的な黒い目。自信満々の笑み。

サラが頭を傾げて、母の肖像画を見つめた。「なんだか悲しそう」

ギデオンは驚いた。その絵に漂う物悲しさをサラが感じとるとは思ってもいなかった。そして、気づいたときには、これまで誰にも話さずにいたことを話していた。「父はむずかしい人でね。両親がどんな夫婦だったのか、ぼくにはほとんどわからないけれど、それでも、不幸な結婚だったことは察しがつく。母が兄を産んだとき、それは難産で、その後、医者は両親に寝室をべつにするように勧めたんだ。でも、父は夫としての権利を行使して、母は三年間で四度も流産をくり返した。そしてようやく、ぼくを産んだんだ」

「そして、亡くなった」サラが母の肖像画に目を戻した。「お気の毒に」

「たしかに」

母が生きていたら、子どものころの生活はまるでちがっていたのだろうか、とギデオンは思った。母は穏やかで、知的だったらしい。勉強好きは母に似たのだろう——ギデオンは昔からそう思っていた。

「お母さまの服をわたしが着てもかまわない?」

ギデオンは肩をすくめた。「母は慈愛に満ちていた。誰に訊いてもそう言うよ。母のやさしさを、父は弱さの表われと見なしていた。でも、村人は母を愛して、いまだに母を褒めている。そんな母なら、困っている淑女に自分のドレスを喜んで差しだすはずだ」

「あなたのお母さまがいまも生きていらっしゃったら、わたしも大好きになったはずだわ」

サラの笑みには憐憫《れんびん》の情が漂っていた。

ギデオンは思わず肩に力がはいった。サラに同情されるとプライドが傷ついた。

「屋根裏部屋に行こう」そっけなく言った。悲しげに翳ったサラの目は見ないようにした。

くるりと踵を返すと、肖像画が飾られた廊下を歩いて、家の裏側の薄暗い廊下にはいった。大股で歩きつづけると、サラがあわててついてきた。ふたりとも無言のまま、煤《すす》けた縦仕切りの窓から射しこむ光だけを頼りに、徐々に狭くなる階段を上がっていった。

屋根裏部屋へ通じる階段の手前で、ギデオンは壁龕《へきがん》から二本の蠟燭《ろうそく》を取りあげた。蠟燭に火をつけて、となりにいるサラに一本差しだす。サラの息が少し上がっているのに気づいて、良心の呵責を覚えたが、平静を装った。サラがひどい暴力をふるわれたのはついこのあいだのことで、おまけに、昨日は危うく崖から落ちるところだったのだ。それを考えれば、もっと思いやるべきで、家のなかを大いそぎで歩かせたのはまちがいだった。

それなのに、ぶっきらぼうな口調になった。「さあ、蠟燭を。ここからさきは真っ暗だ」

「ありがとう」

急な階段をのぼった、サラが無言であとからついてくる。ギデオンは屋根裏部屋にはいると、ふいに足を止めた。無数の思い出が一気に押しよせてきた。

そこには昔と変わらぬにおいが立ちこめていた。埃、乾燥した古い木、淀《よど》んだ空気。惨めな少年時代が痛切によみがえった。

「村がひとつできそうなほど広いわ」サラがすぐうしろにやってきたが、ありがたいことに体に触れはしなかった。それでも、空気まで震わせるようなサラの圧倒的な存在感に、全身の血が沸きたった。

意に反して、サラに目が吸いよせられた。揺れる蠟燭の火が、サラを暗く謎めいた女に変えていた。ハシバミ色の大きな目は底なしの淵《ふち》のようだ。サラが闇に包まれた広い屋根裏部屋をものめずらしそうに見まわしながら、首を傾げると、頰のあたりが金色に輝いた。

「子どものころ、ここがぼくの勉強部屋だった」そう言うと、ギデオンは蠟燭を上げて、部屋の片隅の天井が傾斜しているあたりを照らした。「ぼくが最後にこの部屋を使ってから、誰もここには来なかったのかもしれない。ほら」

サラが雑然と積まれた本のほうへ向かった。その傍らには、冬に使っていた擦りきれた毛布が落ちている。真冬ともなれば、屋根裏部屋は極寒の地にも負けないほど寒かったのだ。

「子どものころあなたがここにいたのは、お父さまから逃れるためだったのね」

ギデオンはサラに鋭い視線を向けた。「父は本ばかり読んでいる息子を毛嫌いしていた。それなのに、ぼくはいくら鞭打たれても、父にしたがわなかった。頑固な子どもだったんだ」

「強い子だったのね。いまもあなたは強いわ」

その気になれば反論もできたが、やめておいた。「幸運にも、一年の大半は家を離れて寄宿学校で暮らしていたよ」

「お母さまの服はどこにしまってあるの？」

ギデオンは壁際に並ぶ大きな衣装箱を指さした。「それも昔のままだ。父や兄のものはすべて階下にある。この家は大きすぎるからね、すべてをわざわざ屋根裏部屋にしまう必要はないらしい」

「ここは子どものいる家族が暮らすための家なのよ」サラが静かな口調で言った。「子沢山の家族の」

　ギデオンは身構えた。もしかして、また結婚の話題を持ちだすつもりなのか？　けれど、サラにそれ以上その話を続けるつもりがないとわかると、ほっとして肩の力を抜いた。

「何もかもネズミが引いていったなんてことがないのを祈ろう」つかつかと衣装箱に歩みよって、掛け金をはずした。サラとのあいだに張りめぐらされていく親密感という網をなんとかして断ち切りたかった。

「ネズミのにおいはしないわ。この家のネコはさぞかし有能な狩人なのね」

「父も兄も家のことには無頓着《むとんじやく》だったから、ネコは自力で腹を満たさなければならなかった、そういうことだ」衣装箱の蓋を勢いよく持ちあげると、蓋が向こう側に倒れて大きな音がした。とたんに、薄れかけたいくつもの香りに包まれた。虫除《むしよ》けのラベンダー。母が使っていたはずの薔薇《ばら》の香水のかすかな残り香。

　サラが静かに傍らにやってきた。「まるで、お母さまがここにいるようだわ」

「ああ」感情を抑えて冷静に応じると、となりの衣装箱の上に蠟燭を置いた。手が震えているのをサラに見られたにちがいない。風のない部屋のなかでも蠟燭の火が小刻みに揺れているのを、サラが見逃すはずがないのだから。

不安を抱きながらも、衣装箱の中身を見ていった。ボンネット。つばの広い帽子。スカーフ。ハンカチ。ストッキング。靴。やわらかな子ヤギ革の手袋は、母の手の形を保っていた。一度も触れたことのない母の手の形を。

底のほうに、きちんとたたまれたドレスがはいっていた。手に触れた厚手の絹の布をゆっくり持ちあげてみる。それは夜の外出用の外套だった。艶やかな青い外套が広がると、静寂に包まれたその場所に薔薇の香水の香りが漂った。

母のものに触れたのははじめてだった。子どものころは、母の持ち物をあさるのは、なぜか罪深いことのような気がしたのだ。といっても、どの衣装箱に母のものがはいっているのかは、当時でもわかっていたけれど。

外套を静かにわきに置いた。背後で、屋根裏部屋のなかを歩くサラの足音がしているのはなんとなく気づいていた。と、ふいに明るい光に照らされた。

「このほうがいいでしょう？」傍らにランプが置かれた。

「本を読むときに使っていたランプだ」

「ええ、本のそばで見つけたのよ」サラがしゃがみこんだ。肩がいまにも触れそうなほど近かった。

離れてくれ――ギデオンはそう言いたかった。ふたりの距離はあまりに近く、香りが小さな渦を巻いて鼻をくすぐった。サラの体が放つぴりっとしたカーネーションの石鹸の香りと、華やかな薔薇の香りが混ざりあう。不規則な息遣いが聞こえるほど、サラがすぐそばにいた。

これほど近くにいるからには、サラだって落ち着かない気分になっているのか？　だめだ、もう一秒たりとも堪えられない。束の間、目を閉じて、しっかりしろと自分に言い聞かせた。目を開けると、さきほど衣装箱から出して床の上に置いたものに、サラがじっくりと目を通していた。

「繊細なものばかり」サラがつぶやいた。「まるで天使の衣装だわ。見て」そう言うと、蜘蛛の巣のように細い糸で編まれた薄いレースのショールを持ちあげた。

ギデオンはショールに触れようと手を伸ばしたが、はっとして手を引っこめた。幼いころから、やさしい母の幻影が頭から消えることはなかった。母が身につけたものに触れてしまったら、母の悲劇がさらに現実味を帯びて胸に突き刺さるに決まっている。

どうにかして、さも興味がなさそうな口ぶりで言った。「真冬には使いものにならないな」すべきことをさっさと済ませなければ。さもないと、とんでもない失態を演じるはめになる。衣装箱からサテンの夜会服を取りだした。深みのある桃色の布が蠟燭の光に輝いた。

「それもだめね」サラの声がいつもよりかすれていた。まるでたったいまベッドから出てきたかのように……。ギデオンは思わず滑らかなサテンを握りしめた。

「この手のドレスはきっと、社交の季節にロンドンで着たんだろう」関心がなさそうな何気ない口調を保とうとした。サラと同様、自分もまたサラに興味津々なことは、何があっても気づかれてはならなかった。「父は社交的ではなかった。少なくとも、妻に紹介できるような人とのつきあいはなかった。ペンリンで母がこういうドレスを着る機会はなかったはずだ」

手のこんだドレスは、この屋敷でサラが着るには適さなかった。ギデオンはドレスを衣装箱に戻しはじめたが、上質な布からなかなか手を離せなかった。つまらない幻想だとわかっていても、ほがらかな美しい乙女――ロンドン一の美女――のぬくもりがいまでもかすかに残っているような気がした。それでもどうにか衣装箱の蓋を閉めて、次の衣装箱に目を向けた。

さきほどのものと同じく、いちばん上に小物が載っていた。それをすばやくわきによけて、しっかりしたハーフブーツをサラに手渡した。「履けるかな?」

最初に手に取ったドレスは、モスリンの小枝模様の昼用のドレスだった。ギデオンは立ちあがって、振りかえった。とたんに、振りかえらなければよかったと後悔した。

中身を見終えた衣装箱にサラが腰かけて、ブーツを履こうとしていた。スカートの裾が持ちあがり、細い足首が見えている。男を惑わす白い泡のようなペチコートが、すらりとしたふくらはぎを包んでいた。太い三つ編みの髪が片方の肩から胸の谷間へと伸びている。サラが前屈みになると、ドレスのまえが開いて、胸の谷間の真っ白な肌が覗いた。

ギデオンは口のなかがからからになった。砂漠の砂にも負けず乾いている。胸の激しい鼓動が骨にまで響いていた。埃だらけの床にサラを押したおしたい――その思いに頭がくらくらした。ここから逃げだしたくて、息が詰まった。

口から苦しげな声が漏れたらしい。サラが驚いて見つめてきた。「ギデオン?」

サラが口にしたのは名前だけだった。訝るような低い声だ。サラを名前で呼ぶようになると、いつのまにかサラからも名前で呼ばれていた。ギデオンはサラに背を向けると、開いた衣装箱のまえにしゃがみこんだ。自分の荒い息遣いを聞きながら、胸のなかの激しい葛藤を必死に鎮めようとした。

サラに触れるわけにはいかない。どれほど触れたくても……。触れたが最後、どんなことになるかはよくわかっていた。サラを怯えさせて、嫌われるのは目に見えていた。

衣装箱に手を突っこんで、さきほど手に取ったドレスを邪険にわきに押しやった。そうして、よく見もせずに、手に触れたものをつかんで、サラのほうに差しだした。

「これは？」やはりサラのことを見もせずに、そのひとことを絞りだした。

「これは……」サラが口ごもりながら、差しだされたものを受けとった。「召使を驚かせないようにするには、もう少ししっかりしたもののほうがいいんじゃないかしら」

ギデオンは深く息を吸うと、まばたきして霞む目をはっきりさせてから、ゆっくり振りかえった。サラがその場に立ち尽くして、何かを問うように不安げな顔でこちらを見ていた。衣装箱のわきにブーツが転がっている。サラが抱えているのは、向こうが透けて見えるほど薄っぺらなシュミーズだった。

気をたしかに持たなければ！　半透明の淡いクリーム色の絹をまとったサラのしなやかな体が目に浮かびそうになるのを必死に拒んだ。断固として拒否した。

顎が痛くなるほど歯を食いしばって、頭のなかにあふれる淫らな妄想を追いはらう。痒《かゆ》くなるほど顔が真っ赤になった。救いようのないろくでなしになった気分だった。

サラの口調は快活で明るかった。目のまえにいる男がどうしようもなく動揺していることに気づいているようすはなかった。サラの目を見た。ハシバミ色の瞳を覗きこむと、サラが何かに感づいているのがわかった。男が女に反応するように、自分がサラに反応していることを感じとっているのだ。同時に、その視線には怯えも漂っていた。とはいえ、サラが怯えているとしても、階下に逃げだすほどのものではなかった。

「すまない」声がしゃがれていた。「これを渡すつもりだったんだ」

おずおずとモスリンのドレスを差しだした。サラが近づいてきて、シュミーズを衣装箱に戻すと、差しだされたドレスを見つめた。

「どうかしら？」一体にあてて、意見を求めてきた。

まさかわざと動揺させるつもりではないだろうな……？　サラはいかにも無邪気で、とくに邪な考えがあるようには見えなかった。ようやく頭が働くようになって、そんな邪推がいかにくだらないかに気づいた。

「ぼくがどう思うかなどどうでもいい」そっけなく応じた。「着られそうか？」

「ええ、たぶん。でも、ブーツは履けそうにないわ。あなたのお母さまはわたしよりずっと小さな足をしていたのね」そう言うと、サラはスカートの裾を少しだけ持ちあげて、何も履いていない足をくるりとまわしてみせた。

やはりサラは妖婦《ようふ》だ！　男を惑わせて、おもしろがっているとは。そんな妖婦など絞め殺してやる。ああ、もし体に触れることができるなら……。

いや、もし触れることができるなら、絞め殺したりはない。死ぬほどうっとりさせてやる。

そう思ったとたんに気づいた。ほんとうなら、とっくのとうに気づいていなければならなかった。サラとふたりきりで屋根裏部屋に来るというのは、とんでもないまちがいだった。サラが着られそうなものを何着か見つけたら、さっさと屋根裏部屋を出る、それだけのことだと考えていたが、いまやそれがいかに甘い考えだったか気づかされた。

ここから出なければ。いますぐに。

屋根裏部屋にはいったときには、だだっ広い場所に思えた。それがいまは狭くて、息苦しい場所に変わっていた。すべてが四方から迫ってくるかのようだ。

いや、抑えようのない欲望が迫ってきているのは、とうに気づいていた。

見た目にもはっきりわかるほど無様な動きで、どうにか立ちあがった。緊張しすぎて、痛みが走るほど肩がこわばっていた。「必要なものはすべてこの衣装箱のなかにある。召使にこれをきみの部屋に運ばせよう」

ぶっきらぼうな口調に、サラが眉根を寄せたが、取りだしたものを鞄に戻そうと、すぐとなりで身を屈めた。スカートが魅惑的な音をたてながらギデオンの脚をかすめ、サラのぬくもりに満ちた女らしい香りが、一瞬、母の薔薇の香水の香りをおおい隠した。

欲望を押しこめようとしているにもかかわらず、ギデオンは目を閉じて、深々と香りを吸わずにいられなかった。楽園の香りとはこのことだ。とはいえ、自分のような哀れな罪人は楽園から締めだされて、その門の外で永遠に悶《もだ》え苦しむと決まっていた。

ためらっている場合ではなかった。頭がはっきりしているうちに、さっさとここから逃げださなければ。サラといっしょに屋根裏部屋に来たのが、そもそものまちがいだったのだ。

衣装箱の中身をサラに見せるようにと、ポレットの女房に頼めば済む話だったのに。

目を開けると、すぐまえにサラが立っていた。サラは顔をまっすぐ上げて、唇を開き、両手を広げてこちらに差しだしていた。その顔には欲望と不安がはっきり表われていた。さらには、必死にかき集めた捨て鉢の決意も。

サラが何を望んでいるかは、見まちがいようもなかった。

それがわかっても、体は動かなかった。手も脚も鉛になってしまったかのようだ。拒絶のことばが喉につかえて、苦しげにうなるしかなかった。ぎこちなくあとずさったが、それよりさきに、サラが近づいてきた。

無様に身をよじって逃れようとしたが、両腕をつかまれた。サラの手がタカの鉤爪《かぎつめ》のように腕をつかんで放さない。目もくらむ恐怖に体が麻痺した。

「ギデオン、お願い」サラの弱々しい声を耳にして、罪悪感と罪深い欲望に胃がぎゅっと縮まった。

サラの華奢《きやしや》な、それでいてやわらかな体が胸に飛びこんできた。細い腕が驚くほど力強くうなじにまわされる。サラの濃密な香りに包まれると、何も考えられなくなって、理性が煙のように消えていった。

震えながら、サラの腰に手をあてた。押しもどして、離れなければならないのはわかっていた。それでも、最後の瞬間に気持ちがくじけた。

サラが身を固くしながら、つま先立った。ギデオンはしっとりした熱い唇が自分の唇に押しつけられるのを感じた。

サラにぎこちなく、けれど、情熱的に攻められては、その場に立ち尽くすしかなかった。燃えさかる歓喜が夏の稲妻となって全身を駆けぬける。腰にあてた手に力がこもったかと思うと、無意識のうちにサラを抱きよせていた。

目のまえで火花が炸裂《さくれつ》して、情熱的な口づけにわれを忘れた。もう何も見えず、感じられるのは幸福と甘美と身を焦がす熱だけだった。

全身が激しく脈打って、肌が焼けそうだ。サラの未熟で、それでいて燃えさかる情熱に応じるように、口を動かした。サラがこういうことに不慣れなのも、どれほど情熱的かということも、手に取るようにわかった。この胸に飛びこみながらも、サラはこれからどんなことが起きるのかわかっていないのだろう。

もしこの自分が普通の男だったならば……。

けれど、いまこのときだけは、自分が普通の男に思えた。欲望のままに行動する男に。命と引き換えにしてでも手に入れたい女に口づけているひとりの男に。

頭のなかで、いくつもの疑問が渦巻いていた。奇跡が起きたのか？　火がつきそうな欲望が、ランガピンディーの亡霊をついに追いはらったのか？

飢えた五感がサラで満たされた。うなじを押さえるサラの手の感触。胸に押しつけられるやわらかな乳房。カーネーションの香り。唇の味。それは、爽やかな潮風のようでもあり、熱く燃える炎のようでもあった。

サラのぬくもりは甘美で、この世の何にも変えられなかった。

ギデオンは唇を動かして、さらにはっきりと口づけに応じた。官能にサラが身を震わせて、また体を押しつけてくる。圧倒的な歓喜に体が包まれて……。

そこではっとした。

容赦ない残忍な亡霊が表に這いだしてきた。手のひらに触れる張りのある若々しい肌が、冷たくぬめるものに変わった。唇に押しつけられた瑞々しい唇がゆがんで、いやらしい笑みが浮かぶ。花と海の芳しい香りが、鼻をつく腐臭にかき消された。

漆黒の地獄に呑みこまれまいと、必死に抗った。いま、そんなことになってたまるかと。頼む、いまだけはやめてくれ。ついにサラをこの胸に抱いたのに。

痛みが走るほど体がこわばっていた。サラへの欲望は、悪夢としか言いようがない幻影に埋もれて、消えていった。重ねた唇を引きはがす。狂犬のように体が大きく震えていた。

「離れてくれ」どうにか声を絞りだした。

その声が聞こえなかったのか、あろうことか、サラがますます身を寄せてきた。

もう堪えられない。いますぐに終わりにしなければ。

「やめてくれ。離れてくれと言っているんだ」低い声で鋭く言うと、震える手でうなじからサラの腕を引きはがした。

サラは抵抗した。傷ついているはずだった。「いやよ。お願い、ギデオン、そんなことしないで」

必死の思いに声がかすれた。「頼む、サラ、ぼくをひとりにしてくれ！」

頭のなかで悪魔の金切り声が響いていたが、それでも、ふいにサラが抵抗をやめたのがわかった。サラが身を引くと、その目に苦悶がありありと浮かんでいるのが見えた。その目を見れば、いまのことばが本心から出たものだということに、サラがようやく気づいたのもわかった。

それでもまだ、サラは体を離そうとしなかった。

サラを乱暴に押しやって、ギデオンは階段へ向かった。息も詰まりそうなこの場所から出なければならなかった。ひとりにならなければならなかった。胃のなかで吐き気が渦巻いている。手が止めようもなく震えていては、蠟燭など持てるはずがなかった。

「待って」

サラのかすれ声の訴えを無視しようとした。全身全霊がここから逃げろと叫んでいる。

「そんなふうに行ってしまわないで」大きな耳鳴りがしていても、サラが追ってくるのがわかった。意に反して足が止まった。ギデオンはサラを拒むように肩に力をこめた。

「こんなことは二度としないでくれ」ざらつく声を絞りだした。体のわきに下ろした手を握っては開く。それをひたすらくり返した。

「どういうことなのか、わからないわ」

そのことばにこもる戸惑いと落胆が胸に突き刺さる。サラを傷つけてしまったのは、悲しみ以外の何ものでもなかった。

ああ、サラ、きみはなんて向こう見ずなことをしたんだ……。

「わかるはずがない」そう言いながらも、やはりサラを見られなかった。サラと同じ空気を吸っているのも堪えられそうになかった。「ぼくだってそうだ。自分でもまったくわからない」

高熱を出したように体じゅうが痛んでいた。トレヴィシック家の末裔として、なけなしの誇りをかき集めて、どうにか立っていた。少なくとも、いまは体に触れられていない。おかげで、吐き気もこらえられた。サラの目のまえで今朝食べたものをすべて床にぶちまけるようなことになったら、それこそ取り返しがつかない。

「わたしのせいなの？」サラの声が苦しげに震えていた。「あなたはそうじゃないと、何度も言っているけれど」

サラが普通のお嬢さまであればどれほどいいか、心からそう願った。恥辱に頬を染めて、逃げだすようなお嬢さまであればと。だが、そんなお嬢さまであれば、そもそも自分の思いのままに行動するはずがなかった。

あとさき考えずに行動するはずがなかった。

「ちがう、きみだからじゃない」ギデオンは必死にことばを絞りだした。全身の血が嵐の海のように荒れくるっていては、何も考えられるわけがなかった。

サラ以外のことは何も。

背後に立っているサラを、胸が苦しくなるほど意識せずにいられなかった。サラの途切れ途切れの息遣いを。いまにも泣きそうになっていることを。

「あなたは嘘をついているんだわ。あなたなんて大嫌い」

「ちがう!」サラのほうを向くのは、満ちる潮を押しもどすよりむずかしかった。

だが、ギデオンはやっとのことでサラを見つめた。サラの顔には苦悩がありありと浮かんでいた。白い頬を涙が静かに伝って、頼りない金色の光に涙の跡が輝いていた。

言いたいことは無数にあった。胸の内をすべてさらけだしたかった。説明して、謝って、慰めて、安心させたかった。

だが、そんなことをしてもどうにもならない。そんなことをしたところで、サラにふさわしい男にはなれないのだから。

ならば、たったひとつだけ口にできることばを、もう一度言うしかない。「ちがう」

「だったら、なぜ……」サラがわけがわからないと言いたげに片手を上げた。

「サラ……」

耳鳴りが雷鳴のようにどんどん大きくなっていく。ギデオンは目を閉じて、適切なことばが浮かんでくるのを願った。けれど、そんなことばなどそもそも存在しないのはわかっていた。

そのときはじめて気づいた。耳に響く雷鳴がただの幻聴ではないことに。誰かが屋根裏へと階段を駆けあがっていた。ブーツを履いた大柄の男が。

「サー・ギデオン！」

「タリヴァーか？」それはまさに、別世界から現われた救いの神だった。

つねに冷静なタリヴァーが階段をのぼりつめると、息を荒らげたまま立ち止まった。「よそ者が乗った馬車がすでに門を通って、家へ近づいている。馬車にはこの地の治安判事も乗っている」

9

「くそっ、道を見張っていた男たちは何をしていた？」ギデオンがぴしゃりと言った。

カリスはギデオンの悪態に顔をしかめたものの、次の瞬間には、タリヴァーが口にしたことの意味に気づいた。とたんに恐怖で体がこわばった。継兄たちに見つかったのだ。そうでなければ、誰かが治安判事を連れてペンリンにやってくるはずがなかった。すぐにでも走って逃げなければ。でも、どこへ逃げればいいの？

なんてことだろう、これほど悲惨な日が、さらに悲惨になるなんて。胃のなかで恐怖と恥辱と、自分でも認めたくない満たされない思いが、不快なにおいを撒き散らしながらふつふつと煮えたぎっていた。タールのように黒く重苦しい絶望が胸のなかに広がっていく。

「見張りの男たちはすぐさま連絡をよこした」頰に残る涙の跡をタリヴァーに気づかれたのはまちがいなかった。けれど、思慮深いタリヴァーはちらりと一瞥してきただけで、あとはギデオンを見据えていた。「すぐに、だんなとミス・ワトソンを捜したが、見つけられなかった。召使総出であらゆる場所を捜したが」

「しくじった」ギデオンが息を吸った。「すまない、タリヴァー。誰かに居場所を伝えておくべきだった。すべてはぼくの責任だ」

「で、どうします？」タリヴァーの口調はいつもの冷静沈着さを取りもどしていた。

ギデオンが背筋を伸ばして、腹心の部下を見ながら、にやりとした。カリスの頭にあのブラック・ジャックの顔が浮かんだ。私掠船《しりゃくせん》に乗った命知らずの男も、いまのギデオンと同じ表情を浮かべて、運命の人を乗せたスペインの大帆船を見つめたのだろう。ついさっきまで、震えながら戸惑っていた男性など、そもそもこの世に存在しないかのようだった。

ブラック・ジャックは勝利した。ならば、ギデオンだって。

勇気が湧いて、背筋が自然に伸びた。ギデオンに拒まれても、信頼は揺らがなかった。わたしにとってギデオンは聖杯を探す円卓の騎士パーシヴァル、聖杯を見つけた円卓の騎士サー・ガラハッド、円卓の騎士のなかでもっともすぐれた騎士ラーンスロットなのだから。はじめて会ったそのときから、ギデオンはわたしの砦だった。これまでに起きたことすべてを考えれば、ギデオンがわたしを継兄に差しだすはずがなかった。

「もちろん、ぼくが紳士として出迎える」

ギデオンが見つめてきた。見つめながら、何かを推し量っているのはまちがいなかった。この女にはこの場を乗りきるだけの意志があるだろうか——そう考えている目つきだった。

カリスは顎をぐいと上げて、まっすぐ見つめかえした。怖くてたまらなかったけれど、恐怖に屈するつもりはなかった。「ということは、これからやってくる人をひとり残らず、肥溜《こえだ》めに投げこむのね」

ギデオンが意外なほど明るい声で笑った。光る黒い目に浮かんでいるのは、見まちがいようのない称賛だ。「それでこそ、ぼくが助けた令嬢だ」

カリスは靴を履いた。それを待って、ギデオンは蠟燭を吹き消すと、階段を下りるように身ぶりで示した。やはり手も取ってくれないのだ……。そう思うと落胆が胸を貫いた。今日は常軌を逸したことをしてしまった。あんなことがあったからには、もう二度とギデオンは体に触れようとしないだろう。

だめよ、何を考えているの！　たしかにどうしようもなく愚かなことをしてしまったけれど、いまはそれよりもっと心配しなければならないことがある。

うしろから、ランプを持ったギデオンが、肖像画の並ぶ広い廊下に現われた。そうして、暖炉の傍らの漆喰に彫られた目立たない模様を押した。

「嘘でしょう？」秘密の掛け金がカチャリとはずれる音がして、カリスは息を吞んだ。なんの変哲もない板壁が実は隠し扉になっていた。「カトリックが禁じられていた時代に作られた司祭の隠れ部屋ね」

「いや、むしろ海賊の隠れ家と言うべきだろうな。このなかでじっとしてれば、誰にも見つからない」ギデオンが声をひそめた。「約束する、ぼくはきみを守る。信じてくれ」

カリスはギデオンの目を見つめた。屋根裏部屋でギデオンをとらえていた苦悩や困惑や怒りは跡形もなく消えて、いま目のまえにいるのは冷静かつ決然とした、自信満々の紳士だった。

「ええ、信じるわ」心の底からこみあげてきた思いをことばにした。おかしなことに、父が亡くなって以来信頼したどの人よりも、ギデオンのことが信じられた。口づけにあんなふうにひるんだとしても。

「よかった」ランプを渡された。ギデオンの視線を感じながら、隠し部屋に足を踏みいれる。実際にはいってみると、そこは部屋ではなく広めの踊り場で、階段が下へと通じていた。

背後で扉が閉まった。一瞬、不合理な、けれど、まぎれもない恐怖に襲われた。万が一、ギデオンとタリヴァーの身に何かが起きて、わたしがここに隠れていることを誰も知らなかったらどうなるの？　もし、この壁のなかに永遠に閉じこめられてしまったら……。

板壁を叩く小さなノックの音に、パニックを起こしそうな恐怖が断ち切られた。「大丈夫だね？」

ギデオンの深みのある声を耳にしただけで、早鐘を打つ心臓が鎮まった。わたしはどうしようもないほど恋している、カリスはそれを痛感した。しかも、相手はわたしに触れられることさえ堪えられないのだ。この気持ちが意志の力で思いどおりになればどれほどいいか。けれど、ウィンチェスターでギデオンに助けられたそのときから、気持ちの抑えが利かなくなっていた。

「ええ」

「階段を一階分下りれば、壁越しに客間の話が聞こえる。さらにずっと下れば、浜の洞穴に出られる」

「ありがとう」礼を言ったのは、そう教えられて安堵したせいだけではなかった。

「どうってことはないさ」ギデオンはいつものように感謝のことばを拒んだ。

寄せ木張りの床を歩くギデオンのブーツの音が遠ざかっていった。その直後、それよりはるかに不穏な音がした。大きな真鍮《しんちゅう》のノッカーが玄関のオークの扉に、一度、二度と打ちつけられた。


「連中を追いはらいましょうか？」タリヴァーが指をぽきぽき鳴らした。

ギデオンは穏やかに笑った。「いや、ハイエナどもを上品にもてなすとしよう。少なくとも最初は。連中を客間に案内して、まもなく主人が来ると言ってくれ」

「で、どうするんですか？　隠し部屋にいるミス・ワトソンは安全ですよ」

「そろそろランガピンディーのえせ英雄という地位をほんの少し利用したところで、ばちはあたらないだろう」

主人のめったに聞けない冗談を耳にして、タリヴァーの目がきらりと光った。「ええ、それはもう、だんな。そろそろかまわないと思いますよ」

階下でポレットの女房が玄関の扉を開けた。ギデオンはポレットの女房が客を出迎えるのを確かめることもなく、階段を一段抜かしで駆けのぼり寝室へ向かった。胸のなかでは、野蛮な期待感に鼓動が太鼓の音のように響いていた。

ついに、敵が姿を現わした。サラのふたりの継兄は良心の呵責を感じることなく戦って、思うぞんぶん打ちのめせる敵だ。屋根裏部屋での屈辱に満ちた大失態の直後に、明白な目標ができたのはうれしかった。あの口づけで自分とサラの関係はがらりと変わったが、現実は何ひとつ変わっていない。その事実を痛感していながら、それでもまだ、体には余韻がまつわりついて、まるで拷問を受けているかのようだった。唇がひりひりして、肌がむず痒く、胃は縮まったままだ。いつまでも消えない欲望が全身を駆けめぐっていた。

歓迎されない客どもをたっぷり待たせて、苛立たせてやる。客が愚かにも自分でサラを捜す気になったとしても、それは心配なかった。タリヴァーが廊下で客間の扉を見張っていた。ゆえに、二十分後に悠々と客間に足を踏みいれながら平然としていられたのは、見せかけだけではなかった。治安判事のサー・ジョン・ホランドからは、見るからにほっとした顔で出迎えられた。

「サー・ジョン、お会いできて光栄です」ギデオンは歩を進めて、手を差しだしている中年の紳士と短い握手をした。手が触れたとたんにぞっとしたが、どうにかそれを顔に出さないようにした。

治安判事は苛立っているようだったが、とくに不安げなようすはない。どうやらこの訪問は襲撃というより、偵察のようだった。「サー・ギデオン。以前お会いしたときには、あなたはまだ年若い青年だった。その青年がいまや、世間をあっと言わせているんですからね、いやはや。ぜひとも、わが家に食事にいらしてください。異国での冒険の一部始終を、わたしと妻のスーザンに話して聞かせてください」そう言ってから、ふいに真顔になった。「いや、もちろん、お父上とサー・ハロルドはお気の毒でした。あなたをわたしたちのもとに呼び戻した、ご家族の不幸は深く心に刻まれております」

「サー・ジョン、今日は挨拶にいらしたのですか？」いよいよゲームのはじまりだ。ギデオンは不必要に手の内を明かす気などなかった。

治安判事が背筋をぴんと伸ばして、不愉快そうにふたりの連れに目をやった。「いや、そういうことでもないのですが、あなたにはきちんとご挨拶をせねばと思ってましたので」

あたりにぎこちない沈黙が漂った。いかにも上流社会の放蕩者《ほうとうもの》といった雰囲気をかもしだしながら、ギデオンは眉を上げると、治安判事の背後で殺気に満ちた沈黙を守っているふたりの男に視線を移した。

当然のことながら、ギデオンは客間に足を踏みいれた瞬間から、そのふたりを観察していた。同じように、ふたりからも観察されていた。

颯爽としたいでたちに、ふたりが驚いているのは明らかだった。それは、ランガピンディーから戻って滞在していたロンドンで、ひいきにしていた仕立屋のおかげだった。ふたりの卑劣漢には、自分たちがそれなりの地位にある男を相手にしているのをわからせなければならなかった。

治安判事が気まずそうに咳払いした。「サー・ギデオン・トレヴィシック、ご紹介します、こちらはバーケット侯爵ヒューバート・ファレル卿、そして、弟君のフェリクス・ファレル卿です」

バーケット侯爵だって？　嘘だろう？　長兄がろくでもない侯爵だとは。サラはそのことも隠していたのだ。

もちろん、この件に大金が絡んでいるのはわかっていた。ゆえに、サラが上流階級の出なのも予想がついていた。けれど、いままで、地位の高い貴族を相手にすることになるとは思ってもいなかった。

「お会いできて光栄です」ギデオンはいかにも興味がなさそうに言いながら、ファレル兄弟の冷ややかなお辞儀にそっけなく頭を下げて応じた。

バーケット侯爵であるヒューバートは二十代後半で、腕っ節だけが頼りの大柄な乱暴者といった風情だった。けれど、かつては盛りあがっていたはずの筋肉が、早くも脂肪に変わりつつあった。サラのやわらかな肌に固い拳が叩きこまれる場面が頭に浮かんで、ギデオンは吐き気がするほどの怒りを必死にこらえた。兄より一、二歳年下とおぼしきフェリクスは、色白で端整な顔のやさ男だった。ヒューバートからはどことなく戸惑いが感じられたが、フェリクスのほうは訝っているようだ。顔を合わせたばかりでも、ギデオンにはフェリクスのほうが危険だとわかった。

「ホランド、早く用件を済ませよう」ヒューバートが苛立たしげに言った。

「さきほども申しあげたとおり、サー・ギデオンは何もご存じないはずで……」

ヒューバートが睨みつけてきたかと思うと、治安判事のことばを遮って言った。「妹のレディ・カリス・ウェストンを捜している」

ギデオンは無関心を装って椅子に腰を下ろすと、客にも座るように身ぶりで示した。内心では、サラにしたことの当然の報いとして、ろくでなしの貴族の兄弟をたっぷり痛めつけてから、放りだしてやりたかった。屋根裏部屋でサラを相手にあんな失態を演じてしまったからには、その苛立ちを暴力で晴らしたくてうずうずする。痛めつける相手として、ふたりのろくでなしほど格好の相手はいなかった。

治安判事が暖炉の傍らの長椅子に座り、フェリクスはそのとなりの椅子を選んだ。ヒューバートは部屋の真ん中で立ったまま、いつ殴りかかってきてもおかしくないほど威圧的な態度を剝きだしにしていた。ギデオンは思った——こんな悪党の後見人に乱暴されて、サラはよく生き延びたものだ。

そのときはじめて、ヒューバートが言ったことにはっとした。どうやら、サラというのもほんとうの名ではなかったらしい。

ほんとうの名はカリス・ウェストン。

フェリクスの視線が自分の顔に注がれていた。罪悪感や恐れが表われていないかと探っているのだ。いくらでも見るがいい、悪魔の落とし子が。胸のなかでそうつぶやいた。ランガピンディーの太守《たいしゅ》に比べれば、フェリクスなど子どものおもちゃも同然だった。

こともなげに、ギデオンは関心がなさそうにゆったりと言った。「それはお気の毒に。とはいえ、そのこととわたしになんの関係があるのかさっぱりわからない」

「ウィンチェスターとポーツマスであなたと妹がいっしょにいるのを見た者がいる」フェリ

クスが鋭い口調で言った。どれほど隠そうとしても、妹を見つけなければという必死の思いが、力のこもった体から染みだしていた。「妹は助けてもらいたくて、嘘八百を並べたてたはずだ。軽率な若い娘だ。腹立ちまぎれに家を飛びだすような愚か者と言ってもいい。妹思いの兄として、その身に何か起きるまえに見つけださなければならない。妹はここにいるんだろう？」

くそっ、あれほど注意していたのに、ウィンチェスターを出るときに人に見られたとは。それでも、ギデオンは平然と言った。「なるほど、あの哀れな宿無し女のことか。叔母がいると言うから、ポーツマスまで馬車に乗せてやった」

「ポーツマスに叔母などいない」ヒューバートが唸るように言って、一歩足を踏みだした。巨体で人を威嚇するのが常套《じょうとう》手段らしい。

ギデオンは肩をすくめた。「ウィンチェスターで会った若い女からはそう聞かされた。追い剝ぎにあったとも言っていた。ずいぶんひどい怪我をしていたよ。かなり殴られたんだろう」

ヒューバートがそわそわと体を動かしたが、フェリクスの目は冷ややかで揺るがなかった。ギデオンは無表情のまま、ふたりを地獄に送りこんでやると胸に誓った。

「まさかそんなことになっていたとは。女がひとりで出歩いたら、どれほどの危険が待っていることか。だからこそ、妹を愛する家族として、なんとしても連れもどさなければ」フェリクスが見るからに心配そうに言った。

証拠だ。

「立派な心がけだ」ギデオンはつぶやきながら、心のなかで悪態をついた。口達者なペテン師が。サラ——いや、カリスの顔の痣は、その愛する家族とやらが妹にした仕打ちの動かぬ証拠だ。

「ペンリンへの道中で妹は見つからなかった。となると、あなたといっしょにここにいるとしか考えようがない。さあ、妹を連れてきてもらおう。嘆かわしいこの出来事を終わらせて、あなたにご迷惑がかからないようにしなければならないのでね、サー・ギデオン」フェリクスは立ちあがりながら、おもねるように言った。ギデオンは寒気が走るほどうんざりしたが、それはおくびにも出さなかった。「あなたは騎士道精神にあふれる紳士だから、あなたといっしょなら淑女の身に危険が及ぶことはないのだろう。だが、世間はそんなふうには見てくれないかもしれない。となれば、妹の評判は地に落ちてしまう。というわけで、この不幸な一件についてはくれぐれも他言なさらないように」

できることなら、フェリクスの澄ました顔に拳を叩きこんでやりたかった。その衝動を抑えるには、自制心を総動員しなければならなかった。とはいえ、自制心ならこの世で最高の修羅場で身につけた。フェリクスに応じることばには、二匹の獣への憎悪は微塵も表われていなかった。「そういうことなら、協力を惜しみません。あの若い女性がほんとうにあなたがたの妹であるならば」それから、無念そうに声を落として言った。「だが、ポーツマスで喧嘩騒ぎがあって、その直後にその女性は姿をくらましてしまったんです。従僕といっしょに行方を捜しましたが、見つかりませんでした。たぶん、まだポーツマスにいるんでしょう」

「あなたが無力な若い女を放っておいた？　そんなことを誰が信じるものか」フェリクスが唸るように言って、体のわきで拳を握りしめた。

ギデオンはまた肩をすくめた。とはいえ、いくら知らぬふりをしても、ファレル兄弟を納得させられないのはわかっていた。「きっと、叔母上のところへ行ったんでしょう」

「ポーツマスには叔母などいない」ヒューバートがもう一度言った。まるでその事実によってすべてが変わるかのように。

「だが、わたしはそう聞かされたんです。最初からポーツマスに行くつもりだったと明言していましたからね」

「なるほど、その町で姿をくらますつもりでいたんだ」フェリクスが食いしばった歯から絞りだすように言った。「あそこは港町だ。妹がひとりで歩いていたところで、誰も気にも留めない」

ギデオンはまた眉を上げた。「なるほど愚か者と呼ばれているにしては、賢いことを考えたものだ。ああ、まったくだ」

「そんなことはどうでもいい」フェリクスが鋭く言った。「重要なのは、妹の正式な後見人はわたしたち兄弟であるということだ。もしあなたが妹をかくまっているなら、サー・ギデオン、それは法を破ったことになり、刑罰の対象になる」

「口がすぎますぞ、フェリクス卿！」治安判事がそう言って、立ちあがった。

ギデオンはフェリクスの侮辱のことばを受け流して、穏やかに言った。「なるほど、恐れ多くもあなたがただけでなく、治安判事までいっしょにいらした理由がよくわかりました。意外ですよ、玄関広間にはいりきれないほどの民兵を、あなたが連れてこなかったとは」

「必要とあらば武力行使も辞さない、ああ、そうするつもりだ」フェリクスがきっぱり言って、もの言いたげに治安判事を見た。話が不穏な方向へ進んで、治安判事はいよいよ当惑していた。「法の執行者として、あなたはわれわれの味方ですね、サー・ジョン」

治安判事が咳払いして、不安げな視線を送ってきた。ギデオンは治安判事の胸の内を推し量った。生まれてこのかた、この地で生きてきた治安判事はトレヴィシック家とは知り合いで、その家がこのあたりでどれほど影響力があるかよくわかっている。いっぽう、ファレル家の兄弟は有力な貴族とはいえ、このあたりで暮らしているわけではなかった。

「みなさん、争うことはありません」治安判事が懇願するように見つめてきた。「ヒューバート卿、フェリクス卿、あなたがたがレディ・カリスにちがいないと考えている若い女性に関して、サー・ギデオンはポーツマスで行方をくらましたとおっしゃっている。ならば、それを信じるまでです」

「冗談じゃない」ヒューバートが荒々しく言って、殴りかかりそうな勢いで一歩足を踏みだした。体のわきに下ろした手を握ったり開いたりしているのは、つかみかかって、殴って真実を吐かせたくてたまらないのをこらえているせいにちがいない。こんな乱暴者の言いなりになるしかないとは、カリスがあまりにも哀れだった。そんなのは想像するのも堪えられないことだった。「妹はこの国で誰よりも莫大な財産を相続するんだ。金に目がくらんで、妹をかくまってるに決まってる」

この国で誰よりも莫大な財産を相続する？　信じられない。いったい自分はどんなことに首を突っこんでしまったんだ？

まったく、あのお嬢さまは肝心なことを山ほど隠していたとは。とはいえ、どんな事実が明らかになっても、カリスを助けるという決意は揺らがなかった。たとえ、迷いネコでもファレル兄弟に引き渡す気などさらさらなかった。尊敬に値する女性、好ましい淑女ならなおさらだ。

「わたしが嘘をついているとでも？」ギデオンは立ちあがると、背筋をぴんと伸ばした。ヒューバートは屈強な大男だが、ギデオンのほうが数インチ背が高かった。さらには、長年の危険ととなりあわせの人生で培った不屈の精神も持ちあわせていた。ヒューバートのことなど恐れるに足りない。うぬぼれた乱暴者など、何も考えずとも叩きのめせる。

思ったとおり、ヒューバートがあとずさった。「ならば、嘘などついていないと誓ってもらおう」不満げな口調だった。

ギデオンはきっぱりと言った。「誓って言うが、サラ・ワトソンと名乗った若い女はポーツマスで姿をくらました。わたしが偶然出会ったその若い女が、あなたがたの妹かどうかは定かではない」

「どんな外見をしていたか教えてもらおう」フェリクスが言った。

「小柄で痩せこけていた。痣だらけで、髪は明るい茶色。ことば遣いは粗野だった」カリスをじっくり見ればそう言えないこともなかった。事実とかけ離れたことを言えば、ますます怪しまれるだけだ。「莫大な財産を相続する淑女にはとうてい見えなかった。服も粗末で、マナーもなっていなかった」

「妹は芝居をしていたらしい」フェリクスの口調は自信満々だった。

「そこまではわからない。言えるのは、若い女は喧嘩騒ぎのあとで行方をくらまして、それ以降見かけていないということだけだ。もし、その若い女が妹だと思うなら……といっても、わたしにはそうは思えないが、いずれにしても、ポーツマスをくまなく捜したほうがいい」

「家のなかをあらためさせてもらおう」ヒューバートがきっぱりと言った。

「断わる」ギデオンはぴしゃりと言った。「粗忽者《そこつもの》のお嬢さまを捜しているなどと雲をつかむような話を聞かされて、見ず知らずの他人に堂々と家捜しさせるほど、わたしはお人好しじゃない」

ヒューバートが分厚い胸を突きだした。「よくも妹を侮辱してくれたな」

「いや、そんなことはしていない。とんでもない、何しろわたしはきみたちの妹など知りもしないのだから。哀れなメイドか何かを助けたばかりに、わが家でいやがらせを受けるとは世も末だ」

「サー・ギデオンははっきり誓われた」治安判事がなだめる口調で言った。「もちろん、この件はこれで終わりだ」

フェリクスが悪意はなかったと言いたげに両手を広げて見せた。「サー・ジョン、妹が心配で夜も眠れない兄としては、こうするよりほかなかった。妹がこの家にいないことがはっきりしたら、サー・ギデオンに礼を言って、謝って、静かに引きあげますよ」

なるほど、やはり弟のフェリクスのほうが狡猾《こうかつ》だ。いかにも道理をわきまえたようなことを言っている。カリスの顔の痣をこの目で見ていなければ、イタチ野郎のことばを鵜呑みにするところだった。

「サー・ギデオン、そういうことですので、ここはひとつ……」治安判事が期待をこめて見つめてきた。

いまこそ英雄という切り札を使うときだった。ギデオンは背筋を伸ばして、苛立たしげに言った。「命を賭して祖国のために働こうと異国に渡った当時、この国の男にとって家は城だった。あなたが強引に法を楯にするつもりでないかぎり、サー・ジョン、わたしは自身の主義を貫いて、個人の権利を不当に侵そうとするこの蛮行を、なんとしても拒否する。わたしはどんな悪夢よりも悲惨な、危険と奪取の年月を生き延びて帰国した。祖国に戻ってきたのは、故郷でこれほどの暴挙に立ちむかうためだったのか？　いや、そんな馬鹿な。もしそんなことが現実になったら、かならずや国王陛下の耳にはいるだろう。祖国のために働いてナイトの称号を授けられた際に、国王陛下はわたしに真のねぎらいのことばをかけて、これからも何かと力になると約束してくださった」

「ということは、家のなかは見せないんだな？」フェリクスの声には一触即発の響きがあった。その目はまっすぐギデオンを見据えている。

「そういうことですよ、フェリクス卿」治安判事が言った。「サー・ギデオンは母国の英雄ですぞ。そんなお方の家に断わりもなく押しいって、隅から隅までひっくり返すなど言語道断。それより何より、サー・ギデオンがウィンチェスターで馬車に乗せた若い女が、レディ・カリスかどうかも怪しいものだ。サー・ギデオンのお話を聞くかぎり、貴族の令嬢とも思えない。サー・ギデオンは人一倍洞察力のあるお方だ。そんなお方が若い娘は召使のようだったとおっしゃるなら、ああ、そうに決まっている」

「その話がほんとうかどうか確かめたいだけだ」ヒューバートがむっつりと言った。

「紳士のことばに二言はない」ギデオンは扉のほうへ体を向けた。「失礼、これ以上時間を無駄にするわけにはいかないので」

「話は最後まで聞くものだよ、サー・ギデオン」フェリクスが子どもを諭すような口調で言った。

フェリクスを完膚なきまでに殴りつけてやりたい。その衝動は口に苦味が広がるほど強かった。それでも、どうにか威厳のある口調を保って、両手は体のわきに下ろしておいた。

「ポーツマスに戻ることをお勧めする。その町でもっと確実な手がかりを手に入れたほうがいい、侯爵。わざわざ遠くまでお越しいただいたが、とんだ無駄骨だったというわけだ」

「ごもっとも」治安判事がせわしなく手を擦りあわせながら、歩みよってきた。この訪問を早く切りあげたくてたまらないのだろう。「そうですとも、レディ・カリスはポーツマスにいらっしゃるに決まっています。さもなければ、もう無事に家に戻っておられるか。いまごろは、ご家族と離れて暮らすのは楽ではないと気づいていらっしゃることでしょう」

フェリクスがわざとゆっくりと革の手袋をはめた。それが脅しを意味しているのは明白だった。フェリクスの口調もわざとらしかった。「ならば、ポーツマスに戻って、手がかりを探すとしよう。だが、その手がかりにしたがって、またここに来ることになったら、そのときは、サー・ギデオン、今度こそあなたの名声が地に落ちることになる。では、ごきげんよう」横柄にお辞儀をすると、フェリクスは堂々と部屋を出ていった。兄がどたどたとそのあとを追う。

残された治安判事がもごもごと言った。「サー・ギデオン、さぞ不愉快な思いをされたことでしょう。まったくもって無礼な兄弟だ。あのふたりが跳ねかえりの妹をさっさと捜しだして、二度とあなたやわたしを煩わせないことを祈るばかりです。ファレル家はろくでもない家系ですよ。父親は大酒呑みの博打《ばくち》打ちで、ふたりの息子に遺《のこ》したのは莫大な借金と、未成年のレディ・カリスの後見権だけでした。マーリー伯爵家の財産を相続する妹君の。哀れな令嬢がなんとか無事でいてくれるのを祈るばかりです」

「ずいぶん事情通だな、サー・ジョン」

「先代のバーケット卿は悪評が絶えませんでしたからね。息子はそろいもそろって父親にそっくりです。実のところ、あなたを煩わせるつもりはなかったんですよ。ただ、あのふたりには、まあ、権利があったもので。何はともかく、妹君の正式な後見人ですから。フェリクス卿が言っていたように、妹君をかくまった者は法を破ったことになります」治安判事はことばを切って、顔をしかめた。「承知していますとも、あなたのような立派な紳士がこんなことにかかわるはずがない。そうですとも、帰国されてまだひと月だというのに。荷解きも済んでいないとなれば、家出した女相続人などとかかわっている暇などあるはずがない。あの横柄な若造にもそう言ったんです。でも、田舎の治安判事の言うことなど聞く耳を持ちませんでした」そう言うと、忌々しそうに帽子をかぶって、暖炉のそばに置いたステッキを手に取った。「落ち着かれたら、ぜひともわが家に食事にいらしてください」

「喜んで」ギデオンは応じると、治安判事に扉を身ぶりで示した。

玄関広間のすぐ外に無表情なタリヴァーが立って、ファレル兄弟を見張っていた。兄弟は見るからに憮然としている。ギデオンは思った――あのふたりは、家の主人が治安判事と話しているあいだに、少しでも家のなかを調べるつもりでいたのだろう。

「では、よい一日を、サー・ギデオン。お邪魔いたしました」治安判事がふたりの連れに外に出るようにせかした。ギデオンもあとに続いて外に出て、階段の上に立ってファレル兄弟が屋敷から出ていくのを確かめた。厩番にこっそり跡をつけさせて、ふたりが戻ってこないのを確認させるのも忘れなかった。あの兄弟から信用されていないように、ギデオンもあのふたりをこれっぽっちも信用していなかった。

「彼女を隠れ場所から出してやってくれ」ふたりきりになると、タリヴァーに命じた。

「すぐにお会いになりますか、だんな？」

「いや、あとにする。夕食のまえに図書室で話をしようと伝えてくれ。それから、屋根裏部屋にある母の衣装箱を彼女の部屋に運んで、いま彼女が着ているぼろを燃やしてしまうようにメイドに言ってくれ」

「鼻につく下衆やろうどもについてはなんと言っておきましょう?」

ギデオンは私道を見おろした。そこにはもう、フェリクスやヒューバート、不本意ながら同行してきた治安判事の姿はなかった。一瞬の間のあとで、揺るぎなく自信に満ちた口調でタリヴァーに応じた。「神に誓ってきみの身を守る、と伝えてくれ。心配はいらないと」

ふいに全身に力がみなぎった。ギデオンは中庭に通じる階段を駆けおりた。左に折れて、石のアーチを抜け、風が吹きすさぶ断崖へ向かった。

10

胃が引っくりかえりそうなほど緊張しながら、カリスは図書室へ向かった。この午後、壁越しに耳を澄まして、フェリクスとヒューバートを拒絶するギデオンのことばを耳にした。そして、ギデオンの機知と勇気を無言で称賛した。でも、これからギデオンはどんな気持ちでわたしと会うの？　この国一の女相続人だということを知られてしまったからには、わたしはギデオンの目に強欲さを見ることになるの？　これまでも多くの男性の目にそれを見てきたように。

それとも、さらに悲惨なことに、ギデオンの顔に嫌悪感が浮かぶの？　その胸に飛びこんだときのように。

吐き気を覚えるほどの屈辱に足が止まった。閉じた扉のまえで身を震わせる。屋根裏部屋での燃えるようなあの一瞬、深い絆をギデオンも感じていると思った。けれど、すぐにそれは勘ちがいだったと気づいて、以来ずっと後悔していた。

勇気を出すのよ、カリス。

肩に力をこめて、湿った手をスカートで拭うと、ぼんやりした明かりが灯る図書室に静かに足を踏みいれた。

カリスがやってきたことに、ギデオンはすぐには気づかなかった。暖炉の傍らに立って、険しい表情で炎を見つめている。カリスは暗い戸口から、炎に照らされたギデオンの鋭角的な顔の輪郭を見つめた。力がみなぎるすらりとした体を。いでたちはいつもよりフォーマルだった。深い青色の上質な上着に、キツネ色のズボン。その姿は、ペンリンにやってきてカリスが知るようになった勇敢で野性的な海賊ではなく、出会ったときの品のある紳士そのものだった。

ほんの束の間、唇を重ねたときの燃えさかる切望がよみがえって、それだけで頭のなかがいっぱいになった。けれど、次の瞬間には、まるで死の流行り病にかかっているかのように避けられたのを思いだした。

恥ずかしくて喉が詰まった。あんなふうにギデオンの胸に飛びこむなんて。ギデオンがすぐそばにいて、その腕に抱かれたくてたまらなくなったのだ。そして、見当ちがいのあの一瞬、自分が求めてやまないように、ギデオンにも求められていると感じた。

わたしはなんて哀れで愚かなの。

ギデオンがゆっくり顔を上げた。考えごとを邪魔されたくないと思っているかのように。それだけでなく、強引に迫った女とは顔を合わせるのも不快にちがいない。

怒り、あるいは、侮蔑のことばを浴びせられるのを覚悟した。けれど、こちらを見る真剣な黒い目には、非難は微塵も浮かんでいなかった。それに、欲望も。

「こんばんは、レディ・カリス」ギデオンの声が静かに響いた。

カリスは心臓が止まりそうなほどはっとした。ギデオンにほんとうの名を呼ばれたのは、はじめてだった。自分にしっかり言い含めていたのに、ビロードのように滑らかで深みのある声でほんとうの名を呼ばれると、うれしくて体がわななないた。

「こんばんは」力がはいらない脚で、じりじりと進んだ。ギデオンといっしょにいたい、そんな胸が痛くなるほどの切望と、この場から逃げだしたい、そんな臆病な願望で心がちぎれそうだった。

シャンデリアが投げる円い光のなかに足を踏みいれると、ギデオンの目が見開かれた。ようやく、自分の姿がギデオンにもはっきり見えたのだ。ここへ来るのは死刑執行人のまえに引きだされる気分だった。ゆえに、せめて誇り高くいようと、いちばんいいドレスを身につけた。正確に言えば、ギデオンの母のいちばんいいドレスを。胸の下に幅広の青い絹のリボンがついた純白のドレスだ。ドーカスの手を借りて、髪をゆったりと結いあげて、巻き毛が幾束か肩にこぼれ落ちていた。

ギデオンの黒い目に炎が浮かび、それに応じるようにカリスの胸のなかに火がついた。ふたりのあいだにいつもの緊張感が漂った。勘ちがいしてはならないと、必死に自分に言い聞かせた緊張感が。

ギデオンが目を奪われているように見つめてくるのはなぜ？　わたしがそばにいることさえ堪えられないくせに。それはあまりにも残酷だった。

ギデオンが目のまえにいるせいで抑えようもなく湧きあがってくる危険な欲望に屈してはならない。カリスは背筋をぴんと伸ばして、謝罪のしるしに両手を広げた。「ごめんなさい。素性を隠していて。わたしが女相続人だと知ったとたんに、男の人は手のひらを返したように欲張りになってしまうから」そう言いながらも、ギデオンだけはそうならないと確信していた。

「気にすることはない」ギデオンの手袋をはめた手が、彫刻がほどこされた大理石の炉棚に置かれた。その目に浮かんでいたまぎらわしい欲望の炎は消えて、顔にはそっけないほど冷静な表情が浮かんでいる。「とはいえ、正直なところ、敵が侯爵とその弟だったのには少々驚いたけれど。もしそうと知っていたら、作戦をいくらか変えていたかもしれない」

「何度もほんとうのことを言おうと思ったの」罪の意識が苦味となって口のなかに広がった。いま思えば、子どもじみた危険な嘘だった。それでも、ギデオンにはわかってほしかった。

「わたしの素性を知ったら、あなたがどんなふうに反応するか、それだけを恐れていたわけではないの。わたしはサラ・ワトソンでいたかった。サラはレディ・カリス・ウェストンにはない自由を謳歌《おうか》していたから」

「ああ、自由に憧れるのはよくわかるよ」ギデオンが思いにふけるようにうつむいた。それから、顔を上げると、まっすぐ見つめてきた。「誓うよ、ぼくはレディ・カリスの自由のために精いっぱいのことをする。そして、数週間後には、レディ・カリスは心から望んでいる自由を謳歌する」

なんという皮肉だろう、とカリスは思った。わたしの心からの望みはギデオンとともにここで暮らすこと。けれど、二十一の誕生日を迎えたら、ギデオンにはわたしをペンリンに住まわせておく理由などなくなる。それはいやというほどわかっているのに、ギデオンとの別れを思っただけで、胸が張り裂けそうになった。

「ただし、そのまえに兄たちがわたしを捕まえなければ」恐怖に喉が詰まって、声がかすれた。ふわりとしたスカートのまえで震える手を組みあわせる。「あなたが兄を追いはらうのを聞いていたわ。でも……」

「あのふたりは戻ってくる。今度はあらゆる法的手段を講じて。それは覚悟している」

「赤の他人のわたしに親切にしたせいで、あなたはとんでもない厄介ごとを背負いこむはめになるわ」蠟燭の明かりに吸いよせられる蛾《が》のように、カリスはギデオンに歩みよった。といっても、近づきすぎることはなかった。距離を保たなければならないのはすでに学んでいた。「わたしをかくまったせいで、あなたは投獄されるかもしれない」

「治安判事の話を聞いていなかったのかな？　ぼくは国家の英雄だ」その口調には痛烈な皮肉がこもり、ギデオンの顔に浮かぶ表情は冷淡だった。「そんな男が監獄にぶちこまれるだろうか？　国民から耳を聾《ろう》するほど激しい抗議の声があがるに決まっている」

「それでも、こんな危険なことにあなたを巻きこんだのはまちがいだったわ」

ギデオンが形のいい黒い眉をひそめて、決然と見つめてきた。「カリス、ぼくは弱い者いじめが許せない。きみの兄は報いを受けて当然だ」

カリスは体のわきで手を握りしめた。「あなたに危害が及ぶなんて堪えられない」きっぱりと言った。「わたしのせいであなたの身に災難が降りかかったら、わたしは一生自分が許せなくなるわ」

ギデオンが悲しげに顔をゆがめて、一歩近づいてきた。「ぼくのために苦しまなくていいんだよ。ぼくにはそんな価値はないんだから」

「いいえ、あるわ」いつでも自分を否定するギデオンに腹が立った。同時に、胸が痛くなるほど切なかった。ギデオンは誰よりも勇敢で強く、気高い。それなのに、本人だけが自身の真の姿にまるで気づいていないのだ。

抑えようもなくことばが喉にこみあげてきた。これまでにも何度も口にしそうになったことばが。ことばに気をつけなければと思う間もなく、熱い奔流となって口から飛びだした。「あなたほどすばらしい人に会ったのははじめてよ。あなたは偉大だわ。あなたのような人はふたりといない。ひと目でわたしが恋に落ちたのは、あなただって気づいているはず。それ以来、日ごとにますます愛するようになっていることにも」

衝動的な告白のせいで、その場の空気まで燃え尽きてしまったかのようだった。心臓があばら骨を叩いて破裂してしまいそう。ショックで恥ずかしくてたまらず、頬が焼けるほど熱かった。ちょっとでも動いたら体がばらばらになりそうで、身じろぎもせずに立ち尽くしているしかなかった。

信じられない、わたしは何を言ったの？　何をしたの？

今日の午後の出来事から何も学ばなかったの？　どうしようもなく無様なことをするなんて。いますぐに床に呑みこまれて消えてしまいたかった。たったいま口にしたことばをお金を払って取り消せるなら、全財産を差しだしてもかまわない。けれど、もう取りかえしがつかない。いまさら否定してもどうにもならなかった。たとえ、巧みな嘘をつけたとしても。

わたしはギデオンを愛している。これからも愛しつづける。けれど、ギデオンからは愛されていない。わたしの体に触れることさえ堪えられないのだから。それでも、ことばにしてしまったまぎれもない真実は変わらなかった。

ギデオンがあとずさって、見つめてきた。その視線が意味するのは嫌悪でしかなかった。

「なんてことを」ギデオンがつぶやいた。

闇のなかにいるかのように、ギデオンがふらふらと革張りの肘掛け椅子に向かったかと思うと、くずおれるように座って、両手で頭を抱えた。

カリスは息さえできなくなった。衝動的な発言を理解してもらえるかもしれないと一縷《いちる》の望みを抱いていたのだ。さなければ、哀れまれることになると覚悟していた。けれど、まさかギデオンに絶望をもたらすとは想像すらしていなかった。

「くそっ、だめだ、絶対に」ギデオンの静かな絶望が胸の奥にまで伝わってきた。心臓を鷲《わし》づかみにされて、握りつぶされた気分だった。

どうすればいいのかわからずに、動くこともできなかった。息をしなければ——そう自分に言い聞かせなければ、呼吸もできなかった。自責の念、不安、罪悪感。いくつもの感情が何匹もの凶暴なヘビのように絡みあっていた。

自分にはそんな価値はないと言ったときのギデオンがあれほど打ちひしがれて、苦しげでなかったなら、向こう見ずなことばを口にしたりはしなかったかもしれない。けれど、この世に友人などひとりもいないかのような悲しげな姿を目の当たりにして、死んでしまいたくなるほど辛くなったのだ。「あんなことを言ってはいけなかったわ」悲痛な口調になった。

ギデオンの肩に力がこもった。ギデオンが顔を上げて、うつろな目で見つめてきた。「素直さはきみの美徳だよ」

泣いてしまわないように、カリスは口を固く結んだ。どれほど辛くても、いま、涙はなんの役にも立たないのだから。「それは……愛の告白に対する返事とも取れるわ」感情を抑えて言った。

ギデオンの頰がぴくりと引きつった。「きみが望んでいるものをぼくは与えられない。すまない」

喉に大きな岩が詰まっているかのようだった。声を出すのさえ苦痛だった。「謝られてもどうにもならないわ」

ギデオンの目に同情が満ちていった。そのときはじめて、ギデオンに同情されたくないと思っていることに気づいた。そんな目で見られたくなかった。そんなふうに見られると、陽のあたる場所を避けて、真っ暗な部屋の隅で一生体を丸めていたくなった。

「これから話すことを、きみが聞きたがらないのも、信じたがらないのもわかっている。少なくともいまは、そういう気持ちだろう」やさしい口調に、カリスは身を縮めた。事態は予想以上に悪い方向へ向かっていた。これからギデオンが何を言うつもりなのかは聞くまでもなかった。

「カリス……」ギデオンがいったん口をつぐんで、目を閉じた。ことばを必死に探しているのだろう。「きみに言われたことに、ぼくは感動して、喜んでいる。どんな男だってそう感じるに決まっている。きみはすばらしい人だ。きみは……」

カリスは胸が締めつけられた。思いやりから、ギデオンが嘘をついているのはわかっていた。嘘のひとつひとつに心を少しずつ削《そ》がれていくかのようで、一歩あとずさると、話を遮ろうと両手を上げた。ああ、どうして、わたしは自制もできず、愚かなことを口走ってしまったの？「お願い、もう何も言わないで」

ギデオンが歯を食いしばって、身を乗りだした。黒い目には苦痛の炎が浮かび、口調は切羽詰まっていた。「いや、言わなくてはならないんだ。ぼくはきみを傷つけたくない。だが、きみがいま胸に抱いている感情は束の間のものだ。きみはぼくのことを知りもしない。ぼくを愛するはずがない。ああ、真に愛するはずはないんだ。悲惨な状況で知りあったせいで、きみはぼくに真の姿とはかけ離れた印象を抱いた。知りあって以来、息をつく間もないほどさまざまなことが起きた。いずれ普段どおりの日常が戻れば、きみはきっと……」

「きっと、なんなの？　あなたを忘れる？」むなしい夢を抱いた自分に腹が立って、ことばに詰まった。

「いや」ギデオンがぎこちなく息を吸いながら、いつものそっけない仕草をした。「きみはきちんとものごとが見えるようになる。いまのきみはぼくのことを英雄だと思いこんでいる。だが、そうではないんだよ」

「あなたは英雄よ」膝が震えていまにもくずおれそうになりながらも、勇気を振りしぼってギデオンに歩みよった。反論されるのをギデオンが嫌っているのはわかっていた。それでも、この目に映るギデオンの姿が真の姿だと、本人にわからせたかった。「あなたはかの有名なランガピンディーの英雄よ。わたしの継兄でさえ、そのことを知っていたわ」

椅子に座ったまま、ギデオンが殴られたように身を縮めた。「ランガピンディーでのことは、実は英雄的な行為とはほど遠いんだよ、サラ」いったん口をつぐんだ。「いや、カリス。すまない。ぼくにとってきみはずっとサラだった」

カリスはぐっと唾を呑みこんで、こみあげてくる無益な涙を押しもどした。子どもじみた幻想を抱いているわけではないのを、どれほど説明したところで無駄なのはわかっていた。それでも、かすれた声で言わずにいられなかった。「わたしのことをなんと呼んでもかまわないわ。でも、わたしの真の気持ちだけは疑わないで。それを疑われるなんて、あまりにも残酷で不条理だわ」

ギデオンが立ちあがった。頬が相変わらずぴくぴくと引きつっていた。「それより残酷で不条理なのは、見かけ倒しのまがいものの男に、きみが身を焦がすほど惹かれることだ」

「あなたは見かけ倒しのまがいものの男なんかじゃないわ」低く震える声で言った。「それに、わたしはあなたを愛しているの」

ギデオンが手袋をはめた手で椅子の背を握りしめた。黒い瞳が深い悲しみに曇っていた。

「二度とそんなことは言わないでくれ、カリス。それがお互いのためなんだ」

「そんなことをしても真実は変わらないわ」ちりちりする目をさっと拭って、涙を消し去った。泣き崩れるわけにはいかなかった。それでなくても、子どもじみて衝動的だと思われているのだから。感情を抑えられなくなったら、ギデオンのその思いが確信に変わってしまう。愛の告白をしたのに、信じてもらえなかった。何を言っても、ギデオンの心は変えられないの？

「どれほど辛いかはよくわかる」哀れみに満ちた口調を耳にして、死んでしまいたくなるほど苦しくなった。「でも、いずれきみは気づく……」

カリスはギデオンを射るように睨みつけた。いまこの瞬間、愛しているのと同じぐらい、ギデオンのことが憎かった。「やめて！」

ギデオンが背筋をぴんと伸ばして、椅子の背を握る手に力をこめた。心を閉ざそうとしているのだ。炎で宙に字を書いたかのように、ギデオンの思いがはっきり読みとれた。「ああ、そうしよう」

部屋は不穏な沈黙に包まれた。ギデオンが椅子の背から手を離して、数歩歩いて机へ向かった。机の上のプラトンの胸像を手に取って、眺めるふりをした。カリスはもうギデオンを見ていられなかった。視線をそらして書架に目をやる。けれど、目は涙に霞んで、革の背表紙に箔押《はくお》しされた題名を読むこともできなかった。涙がこぼれるまえに、震える手で目を拭った。

堪えがたい緊迫感だった。「階上《うえ》へ行きます。今夜は……食事はいりません」

ギデオンの口からため息が漏れた。そのため息は、カリスが体の芯に感じている重みに負けないほどずしりと響いた。「きみはいま、ぼくなど悪魔に食われてしまえと願っているんだろう。それでも、きみが部屋にこもってしまうまえに、どうしても話しておきたいことがある」

カリスはギデオンに視線を向けなかった。すぐにでもここから逃げださなければ、泣き叫んで、これまで以上に愚かなことをしてしまいそうだった。「話はいまでなくてもいいでしょう？」

「だめだ」

いつになくきっぱりした否定のことばに、驚いてギデオンのほうを見た。ギデオンが机に寄りかかって、両手で机の角を握りしめている。体は緊張のあまりこわばり、顔は真剣そのものだ。とたんに、不吉な予感が警鐘となって頭のなかで鳴り響き、戸惑いや失望はその向こうにかすれていった。

「どんな話なの？」いくらか冷静さを取りもどせた気がして、ギデオンの深遠な黒い目を見た。傷心と恥辱が波のようにまた押しよせた。

「座ってくれ」

ギデオンはさきほどまで座っていた椅子を指さした。カリスは無言でしたがった。椅子にかすかに残るギデオンのぬくもりを必死に無視した。

「きみの継兄がどんな輩《やから》かはひと目でわかった」ギデオンが重々しい口調で言った。「上等な服を着たブタどもだ」

カリスはこの午後のギデオンの賢明な言動に、どれほど感動したか伝えたくてたまらなかった。けれど、褒めたところで、ギデオンが喜ぶはずがない。そこで、顎をぐいと上げて、冷ややかに言った。「そんな相手なら、あなたは簡単に打ち負かせるわ」

「そのとおり」ギデオンはいったんことばを切った。「だが、そのやりかたは、いままで思い描いていたものより荒っぽくなるだろう」

カリスは身を乗りだして、椅子の肘掛けを握りしめた。「まさか殺すつもりなの？」

空気が張りつめるほど緊迫しているのに、意外にも、ギデオンが小さく笑った。「なんとも、血の気の多いお嬢さまだな。いや、殺しはしない。少なくとも、それしか手立てがなくなるまでは。この件に片がつくと同時に、死刑執行人に縄をかけられて、首を吊られるなんてご免だよ」

カリスは胸の奥からこみあげてきた思いを口にした。「この件に片がつくの？」

「片はつく」ギデオンが口をつぐんで、意図の読めない視線を送ってきた。「同時に、つかないとも言える」

カリスは眉根を寄せた。何を言わんとしているのか見当もつかない。ギデオンの表情からも何も読みとれなかった。「なぞなぞみたいなことを言わないで」

ギデオンの全身にふいに力がみなぎったかと思うと、じっとしてはいられないと言わんばかりに机から離れ、長い脚で窓辺へ向かった。窓の外には夜の闇が広がって、打ちよせる波音が延々と響いている。ふたりとも口には出さなかったけれど、カリスの愛の告白はいまも消えずに残って、ふたりのあいだに漂う空気まで重々しいものに変えていた。これからもそれが続くのだろう。そう思うと、カリスは衝動的な行ないがまたもや悔やまれた。

張りつめた沈黙のなかで、ギデオンが振りむいた。顔には恐ろしいほど厳粛な表情が浮かんでいた。「きみの身を守る方法はひとつしかない」

カリスは椅子に座ったまま背筋を伸ばした。悪魔よけのお守りか何かのように、片手で母の形見のロケットを握りしめた。「わたしをもっと遠くへ連れていくの？」

「連中はこの国のはずれの荒野まで追ってきた。となれば、どこへ逃げようと、見つかってしまうだろう。もちろん、きみがどうしてもぼくといっしょに逃げたいと望むなら、そうできないこともない。だが、国じゅうの治安判事に追われるのを覚悟で、そんな賭けに出るのは気が進まない」ギデオンがまっすぐに見つめてきた。すると、決然としたその態度の奥にさきほどの狼狽《ろうばい》がかすかに残っているのが、カリスにも見て取れた。

「それに、どこに行っても、あなたは注目を集めるわ」声がかすれていたが、ギデオンを動揺させまいと、努めて淡々と言った。

「世間に顔が売れているのは、とんでもなく厄介だ」

「世間に顔を知られているからこそ、今日、この家のなかを調べられずに済んだのよ」

「たしかに」

「逃げてもつかまってしまうなら、どうすればいいの？　いいえ、わたしがひとりで逃げればいいんだわ」口ごもってから、どうにかことばを絞りだした。懇願はしたくなかった。それ以上に、ギデオンと離れることなど考えたくもなかった。「お金さえあれば、どこかで部屋を借りられる。もしかしたら、ロンドンに。ほんの数週間のことですもの」

　ギデオンが顔を曇らせて、即座に否定のことばを返してきた。「ぼくが生きているかぎりそんなことはさせない」

　喉につかえる恐怖をぐっと呑みこんだ。これほど悲惨な状況なのに、ギデオンのことばを聞くと、安堵と感謝の気持ちが全身にこみあげてくる。「でも、ほかに手立てがないわ。海賊の秘密の地下通路に身をひそめているぐらいしか」

「いや、ほかにもひとつだけ方法がある」ずいぶん淡々とした口調だった。ギデオンはわざとそんな口調で話しているのだろう。それでも、顔に感じるギデオンの視線はまっすぐで、揺るぎなかった。「ぼくたちが結婚すればいい」

　その瞬間、光が燦々《さんさん》と降りそそいだような錯覚を抱いた。すべてが幸福感に満たされた。

　結婚……。

　立ちあがって、ギデオンのほうにぎこちなく歩きだす。「ギデオン……」声をかけながらも、胸のなかでは喜びが弾《はじ》けていた。

けれど、ギデオンの顔に苦悩を見て、足が止まった。愛の告白をしたときの、苦しげなようすが脳裏をよぎる。怖々とひとつ息を吸ってから、ギデオンをしっかり見た。

　希望という名のきらめく宮殿が砂のように崩れていく。カリスはギデオンのほうに差しだした手を体のわきに下ろして、握りしめた。

「どういうことなの？」固い口調で尋ねた。

　ギデオンが窓辺を離れて、暖炉のほうへ戻ってきた。すぐそばで立ち止まったけれど、手を伸ばしても届かない距離を保っていた。ギデオンがそうするのはわかっていた。

「それがもっとも単純な解決策なんだよ、カリス」意外なことに、ほんとうの名前がギデオンの口からすらりと出てくるようになっていた。ギデオンがわかるだろうと言いたげに、手袋をはめた手を広げる。「結婚すれば、ぼくは夫として法的な権利を得られる」

　ギデオンの妻になるなんて、実現するはずのない夢のまた夢だと思っていた。それが、こうしてプロポーズされると、逃げだしたくてたまらなくなった。胸が張り裂けんばかりに泣きたかった。なぜなら、ギデオンはわたしを救うためだけに結婚すると言っているから。わたしを人生の伴侶《はんりょ》にするつもりも、ベッドをともにするつもりも、自分の未来の子どもたちの母にするつもりもさらさらないのだ。

「あなたは絶対に結婚しないと言ったわ。家族は持たないと」まるで唇が木でできているかのようだった。「気が変わったの？」

「いや」ギデオンは整列する兵士のように身を固くしていた。口調も冷ややかだった。「名目上だけの結婚だ」

カリスは首を振った。「そんなこと、わたしは望んでいないわ」ギデオンの目にまたもや哀れみが浮かぶのに気づいて、顔をしかめた。

「きみのためにぼくができるのはそこまでだ。そうして、継兄を追いはらったら、きみは好きなように生きればいい」

「わたしは一生あなたといっしょに生きたいの」

これではまるで駄々をこねる子どものよう。父親から目のなかに入れても痛くないほどかわいがられて、甘やかされた貴族のお嬢さまのようだった。身勝手なことを言っている自分が恥ずかしくてたまらない。わたしのためにギデオンはここまでの協力を申しでてくれている。それに対して、不平を並べられる身分ではなかった。

たとえ、ギデオンの申し出に応じて、不幸な人生を歩むことになるとしても。

ギデオンはもう一度ため息をつくと、落胆したように手で髪をかきあげた。「とはいえ、いずれにしてもこの手段は悲運を招くんだろう。できることなら、きみを傷つけたくないのに」

カリスは暖炉の火をぼんやり見つめた。ギデオンとともに歩む幸福な人生——そんな幻想が燃え尽きて灰と化していく。たしかに、結婚すればギデオンとともに過ごすことになる。といっても、他人同士としてよそよそしく暮らすだけ。ふたりを結びつけているのは義務で、愛ではないのだから。そんなのはいや、と天に向かって叫びたかった。

愛を打ち明けて、ギデオンが愕然としたのも無理はない——いまごろやっとそれがわかった。ギデオンに恋焦がれている女と結婚したら、ギデオンは永遠の苦悩を背負いこむことになるのだから。

カリスはどうにかことばを絞りだした。「ほかに方法はないのね」

「もちろん、ふたりで逃げることはできる」

「でも、それより、あなたの妻になったほうが安全だわ」

「これはきみの一生にかかわる話だ」

「それに、あなたの一生にもかかわるわ」それまでギデオンは人生に希望などないかのような口調で話していた。それを思うと、カリスは剃刀《かみそり》で体を切り裂かれた気分になった。「これほど大きな犠牲をあなたに強いるわけにはいかないわ。犠牲にするものがあまりにも大きすぎる」

ギデオンの真っ青な顔がこわばっていた。その顔はまるで死刑宣告を待っているかのようだ。「カリス、ぼくには犠牲にするものなどないんだ。ぼくの人生はもう終わっている。ぼくには生きている意味などない。だから頼む、きみを助けさせてくれ」

自己憐憫を微塵も感じさせないその口調に、カリスは息もできないほど驚いた。なぜ、そんなことを言うの？　やはり、わたしはギデオンのことを何もわかっていないのだ。

人生に対する冷淡な見方に異を唱えたかったけれど、それよりさきに、ギデオンがまた話しだした。口調がふいに冷たく事務的なものに変わった。たったいま口にした陰鬱な意見で、秘めていたことの多くを明かしてしまったと後悔しているのかもしれない。

「領地の男の船でぼくたちはジャージー島へ渡る。きみの継兄が誰かに港を見張らせているかもしれないから、定期船に乗るわけにはいかない。ジャージー島に着いたら、ぼくたちはすぐさま結婚する。できれば、着いたその日に。いっぽうで、ペンリンの村人ふたりがぼくたちのふりをして、スコットランドへ向かう。この作戦をきみが承知したら、そのふたりはすぐさま速い馬車で旅立つことになる」

「わたしたちは駆け落ちして、グレトナグリーンに向かったと、フェリクスとヒューバートに思いこませるのね」カリスはぼんやりと言った。ギデオンはこの計画には誰も異を唱えないと確信しているらしい。もちろん同意するしかなかった。ほかに方法はないのだから。

カリスは背筋を伸ばした。ギデオンはわたしのためにこれほどのことをするつもりでいる。ならば、すべてが順調に進むように協力しなければ。

「グレトナグリーンへの駆け落ちは、いかにもありそうなことだ。この計画が成功すればとりあえず安心できる」ギデオンが口をつぐんで、反応を窺ってきた。「きみが二十一になるまで、ぼくたちはジャージー島で過ごす。その後どうするかはきみしだいだ。といっても、世間の目を考えて、少なくとも一年はぼくと同じ屋根の下で暮らしたほうがいいだろう」

「あなたがそう言うなら」ギデオンの寛大な行為に腹を立てる権利などなかった。ほんとうなら、膝をついて感謝しなければならないところだ。

気のない返事に、ギデオンが眉根を寄せた。「財産を狙《ねら》われているんじゃないかと心配なのか?」

いまのいままで、お金のことなど頭になかった。どうしてだろう? これまでは、どの求婚者との関係もお金のことが絡んできたのに。「いいえ」

「結婚すれば、きみの財産は夫であるぼくのものになる。だが、誓うよ、ぼくはその財産に手をつける気はまったくない。結婚後に法的な書類を作成するつもりだ。きみの継兄がよからぬことを企《たくら》むかもしれないから、少し時間を置いて……そう、三カ月後ぐらいに、財産をきみに戻すという書類を作る」

「どれだけのお金を手放すことになるのか、知らないのに?」

「そんなことはどうでもいい」

根拠はないけれど、ギデオンのそのことばは信じられた。またもや、ギデオンのすばらしさを痛感した。自分がどれほど高徳なことをしているか、なぜギデオンは気づかないの?

「きみが望むなら、結婚するまえに財産について法に則って約束を交わすこともできる。だが、できるだけ早くきみはぼくの妻になったほうが安全だ」

ギデオンの妻になる。それは何よりも望んでいたことだった。けれど、こんな状況で妻になるのを望んでいたわけではない。絶対に。

「わたしはあなたを信じるわ」カリスは冷ややかに言った。

ギデオンが探るような目で見つめてきたけれど、まもなく部屋を歩いて、格間《ごうま》で飾られた食器台へ向かうと、デカンター入りの赤ワインをふたつのグラスに注いだ。ペンリンの屋敷の家具の大半と同じように、その食器台も古めかしくて美しかった。十七世紀に流行った意匠で、酒と女に目がないサテュロスや少女の姿をしたニンフなどの精霊が、ところせましと彫刻されていた。

数日もすれば、わたしはこの家の女主人になる。家のなかにあるすべてのものの主となる。なんとも不思議な気分だった。ペンリンのことはひと目で大好きになった。それなのに、いまこのときばかりは、すべてが海に呑みこまれてしまってもかまわない、そんな気分だった。

「きみにとってどれほど辛いかはよくわかる」ギデオンが重厚なクリスタルのグラスを差しだした。そうしながらも、指が触れあわないようにしていた。カリスは傷口をぎゅっと押されたように、そのことに気づかずにいられなかった。「少しでもきみの気が楽になるように努力するよ」

ならば、わたしを愛して……。心のなかでつぶやいた。指の関節が白くなるほどグラスを握りしめて、何も言わずにギデオンを見つめる。そうして、こわばる唇からことばを絞りだした。「あなたにはなんの責任もないわ。すべては強欲なふたりの継兄のせいよ」

ギデオンは赤ワインに少し口をつけただけで、グラスを食器台の上に戻した。好みに合わなかったのだろう。とはいえ、ギデオンの好みに合わないのが何かは、よくわかっていた。好きでもない女に縛りつけられること。しかも、ギデオンのことが好きでたまらない女に。

ギデオンが見つめてきた。その目は黒い石のようだった。「結婚後にどうするかは、きみの自由だ。きみが愛人をつくって、子どもを産めば、どの子もぼくの子どもとして認知する。

きみが幸せになるようにあらゆることをするよ」

できることなら、この部屋から逃げだして、四方から迫ってくる運命を寄せつけまいと身を縮めていたかった。それでも、無理やり気力を奮いたたせた。「あなたにはわたしの真の夫として暮らしてほしいとわたしが望んだら？」

ギデオンの顔は真剣で、相変わらずどんな感情も表われていなかった。「どれほど努力しても、それだけはできない」

口のなかに苦味が広がった。いまこの瞬間、心がちぎれたのがわかった。こんな気持ちのまま、これからどうやって生きていけばいいの……？「あなたは？愛人をつくるの？」

「いや。ぼくは妻に忠誠を誓う」そのことばに漂う皮肉に、カリスは戸惑った。「夫の女遊びが噂《うわさ》になりやしないかと心配する必要はない」

カリスは勇気を奮いおこそうと、ワインを飲んだ。見せかけの勇気なのはわかっていたけれど。こんな不毛な契約ではなく、愛と希望に満ちた未来がどうしてもほしかった。

「それなのに、あなたは不貞な妻を持った夫を演じるつもりでいるのね」さらりと言うつもりだったのに、どうしても鋭い口調になった。「寛大にもほどがあるわ」

緊張感にギデオンの顔がこわばった。これはギデオンにとっても容易なことではないはずだ。わたしのためだけにギデオンはこれほどのことをしようと言ってくれている。そのことを、あらためて胸に刻みつけた。

「カリス、快活で生き生きしたきみのことだ、愛のない一生を送るなんてできるはずがない。

法的には結婚したとしても、きみには金と自由がある。社交界の淑女たちはさぞかしきみを羨《うらや》むことだろう」

苦悩が全身を貫いて、カリスは唇をぎゅっと結んだ。「そんなわけないわ。わたしは女として、この世でいちばん惨めなのよ。わたしといっしょにいることにも堪えられない人を愛してしまったのだから」

ギデオンが顔をしかめた。怒りではなく悲しみのせいだということは、カリスにもなんとなくわかった。「ぼくはきみを心から尊敬している。状況がちがえば、ぼくは……」ギデオンが口をつぐんで、ぎこちなく息を吸いながら背筋を伸ばした。

「あなたはわたしを心から尊敬していながら、わたしに欺瞞《ぎまん》と不義に満ちた人生を歩ませるのね」

非難する権利などないのはわかっていた。罪悪感に胃がよじれた。謝罪のことばが頭に浮かんだけれど、どうしてもそれを口にできなかった。ギデオンにくるりと背を向けて、暖炉のわきに立つ。けれど、炎のぬくもりも固く凍りついた心を溶かしてはくれなかった。

「そんなことはとうていできないというなら、あきらめよう」ギデオンがきっぱりと言った。カリスは思った——どこまでも思いやってくれるのではなく、怒りを爆発させてくれたほうが、どれほどいいか。わたしにはギデオンの妻になる資格などないのだから。ギデオンのこれほど英雄的な行為には、ふさわしくない人間なのだから。

振りかえって、ギデオンと向かいあった。「ほかに方法があるの?」

「ふたりで逃げることもできる。身を隠すことも。継兄に見つからないように、悪魔にだって祈ればいい」ギデオンがワイングラスを持ちあげて、それを見つめた。まるでそのなかにこの世のあらゆる疑問の答えが隠されているかのように。「さもなければ、ここに留まって、ぼくはきみといっさいかかわっていないと頑として言いつづけるか。あのふたりには、海賊の秘密の地下通路はけっして見つけられないのだから」

「でも、万が一、わたしが見つかったら、あなたは裁かれるのよ」

ギデオンがちらりと視線を送ってきた。その顔には固い意志が表われていた。「ぼくとしてはいま口にしたような方法は気が進まない。だが、決めるのはきみだ」

カリスはワイングラスを握る手に力をこめた。崖から落ちかけたときに、ギデオンの手を握りしめたように。あのときギデオンは助けてくれた。いまも、助けてくれるはずだった。

でも、その代償は？

「無情な策略のためだけに、あなたと結婚するなんて、わたしはこのさきどうやって生きていけばいいの？」辛くて、尋ねずにいられなかった。

きみの感じている愛はほんものではない――そんな超然とした反論が返ってくるはずだった。けれど、ギデオンは信じられないほどのやさしさを蓄えた笑みを浮かべて言った。「きみほど勇敢な人に会ったのははじめてだよ。それだけの気骨があれば、ファレル兄弟みたいなろくでなしに負けるわけがない」ギデオンの顔から笑みが消えた。「カリス、でも、もうひとつ問題がある」

カリスは口を引き結んで顔をしかめると、椅子にぐったり腰かけた。「これ以上考えさせないで。話は明日にしましょう」

「明日に延ばしたところで厄介な話であることに変わりはない。ああ、まちがいなく」

「ずいぶん深刻な話みたいね」

カリスはギデオンが不安げな顔をしているのに気づいた。愛人をつくってもいいと言ったときには、ギデオンはそんな顔をしていなかった。ギデオンを愛していると打ち明けたときにも。そう、あのときは激しく動揺した顔をしていた。まるで、胸に抱いていた希望がすべて消えてしまったかのように。

「床入りを済ませなくても婚姻が無効だということにはならないが、きみの継兄はあらゆる理由で、ぼくたちの結婚に異議を申したてるだろう。きみは未成年で、保護者である連中の意に反することをしているのだから」

「でも、たとえジャージー島であっても、結婚すれば法的に夫婦と認められるわ」

「そのとおり。だが、連中はぼくたちの結婚が策略であるとか、どちらかが一方的に強要したものであるとか、詐欺であるとか、さまざまなことを言いたてるだろう。証拠を捏造《ねつぞう》したっておかしくない。ぼくたちは夫婦としての体裁を保っておいたほうが安全だ」

カリスははっとした。「何日かはいっしょに過ごさなければならないのね？」

「それに、少なくともひと晩はいっしょに……」

一瞬、どういうことなのかわからなかった。そのことばは、ギデオンがこれまで口にしたあらゆることと矛盾していた。

口がきけるようになるまでに少し間があいたけれど、つっかえながらもどうにか言った。

「あなたはわたしとベッドをともにするのね」

「そうだ、きみの夫として」ギデオンがそれだけ言って、口をつぐんだ。小刻みに引きつっている頰が、必死に平静を保とうとしているのを物語っていた。「カリス、今度ペンリンに戻ってくるときは、きみはもう無垢な乙女ではない」

11

カリスは流線形の小さな船のへさきに立っていた。滑らかに進む船はまもなくジャージー島のセント・ヘリアの港にはいろうとしていた。土手に立つ城を通り越して、青波を切って港へ向かっていた。

普段なら、島に渡ることにわくわくしているはずだった。

普段なら、ですって？　継兄に大叔母のところから無理やり連れもどされてからというもの、普段どおりの生活が送れたことなどあったの？　おまけに、この数日は異常な状況にさらに異常な出来事が重なって、頭が破裂しそうだった。

昨日は愛する人からの結婚の申し込みを受諾した。わたしのことなど愛してもいない人からの、夫以外の男性のベッドに横たわってもかまわない、そんな自由を妻に与えるつもりでいる人からのプロポーズを。ただし、一度、妻の体をわがものにしてからならばという条件つきで。

たった一度……。

それは今夜。

いまにも吐き気がこみあげてきそうで、震える手で胃を押さえた。吐き気は船に酔ったせいではなく、不安でたまらないからだ。

ドーカスから借りたのは質素なドレスと、温かいけれど飾り気のない羊毛の赤い外套だった。変装してグレトナグリーンへ向かった村娘は、ギデオンの母の華やかなエメラルド色のビロードのケープに身を包んでいた。その娘と、外套をしっかり着こんで、帽子を目深にかぶった長身の男は、前夜、ずいぶんにぎやかに旅立った。

昨日の夕食の席は緊迫して、静まりかえっていた。食事が済むと、闇にまぎれてペンリンから出るまでの数時間を眠って過ごすようにと、ギデオンが階上の寝室まで送ってくれたけれど、カリスは眠れなかった。いくら考えても、まもなくはじまるわびしい結婚生活を受けいれられなかった。

心からの願いがかなえられ、同時に、希望が打ちくだかれた。すべては運命の大鉈《おおなた》がひと振りされただけで。

真夜中まえに、ギデオンに連れられて秘密の通路から浜へ出た。そして、ギデオンの漕《こ》ぐ小舟で白波の立つ浅瀬を渡り、タリヴァーと村人のウィリアムが待つ船に乗り換えて、ジャージー島へ向かったのだ。

その後はあまりにも順調すぎて恐ろしいほどだった。すべては計画通りで、結婚が遅れそうな気配はまるでなかった。この旅が永遠に終わらなければいいのに……。臆病だとはわかっていても、心の片隅でそう願わずにいられなかった。

しっかり編んだ髪が、強い風に吹かれて緩み、頬にかかった。髪を手で払って、ちらりとギデオンを見る。ギデオンは海賊さながらに舵《かじ》を取っていた。ブラック・ジャックと見まちがうばかりに。風になぶられた髪が激しく波打っていた。視線を水平線に据えて、白いシャツが海風にうねっている。これほどくつろいで、幸せそうなギデオンを見たのははじめてだった。

ギデオンのとなりにタリヴァーが立って、ウィリアムは屋根のない船尾に座っていた。結婚式が済んだら、そのふたりがペンリンまでこの船で帰ることになっていた。

船上のギデオンが、見るからにゆったりしているのは意外だった。といっても、考えてみれば驚くことではないのだろう。ギデオンは海のそばで育ち、その体にはブラック・ジャック・トレヴィシックと同じ血が流れているのだから。

そうよ、ギデオンにできないことなどある？

ひとつだけ。妻とともに生きることはできない……。

恨めしい思いで頭のなかがいっぱいになると、近づく港に視線を戻した。土砂降りの雨でも降っていれば、いまの気分にぴったりだった。けれど、空は青く、陽光を受けた波が輝くダンスを踊っていた。正午は過ぎたけれど、陽はまだ高い。初夜までは、時間はまだたっぷりあった。

さあ、これから一生、わたしは自分に課せられた役をこなすのよ。

お願い、きちんとこなせますように。

カリスはぼんやりしたまま、ギデオンと並んで立っていた。丸々とした頬の牧師が結婚を司《つかさど》ることばを単調に並べていた。

深い青色の上着に身を包んだギデオンは、気品にあふれていた。少女が夢見る王子さまそのものだ。すらりと背が高くて、ハンサム。年若い花嫁を心から気遣っているのは誰の目にも明らかだった。それに引きかえ、となりにいるのは、ドーカスの粗末な桃色のドレスを着て、そろいのリボンがついた麦藁帽子をかぶった花嫁。カリスは貧しいメイドになった気分だった。これほど不釣り合いなふたりが結婚しようしているとは、誰もが首を傾げても不思議はなかった。

カリスは手袋をはめた手でふぞろいのブーケを握っていた。ホテルの部屋に牧師がやってくる直前に、意外にも、タリヴァーからブーケを手渡されたのだ。

思ってもいなかった親切心に触れて、船を降りて以来、痺れて無感覚になっていた頭の靄がほんの少しだけ晴れた。それまでは、何も考えず、言われたとおりに行動して、口もほとんどきかずにいたのだ。ギデオンが宿を見つけて、結婚式の手配をしているあいだもそうだった。結婚式ですって？　これほど悲しくて哀れな儀式に、そんなめでたいことばを使っていいものかどうか、それさえわからなかった。

強いて何も考えないように、何も感じないようにした。もし何かを考えて、感じてしまったら、感情がこみあげて泣き崩れてしまうから。そんな恥ずかしい真似をするわけにはいかなかった。それより何より、自身の願いに完全に反しているのに、妻をめとろうとしているギデオンに恥をかかせるわけにはいかなかった。

「指輪を」

ギデオンは指輪を持ってきているの？　いま、この場で行なわれているのは、永遠の愛の証《あかし》である指輪を嘲笑《あざわら》う行為だった。

「カリス？」ギデオンがうながすように言った。

カリスはブーケ――本土ではあと数週間は咲かない甘いフリージアのブーケ――から目を上げた。ギデオンの手が伸びてくると、無意識のうちにブーケを右手に持ちかえて、左手を差しだした。

「手袋を……」ギデオンが言った。

誰かにブーケを持っていてもらおうとまわりを見たけれど、ウィリアムもタリヴァーも気づいてくれなかった。ギデオンが唇を引き結び、母の形見の白いレースの手袋をすばやくはずしてくれた。そうすることにも堪えられないかのようにすばやかった。

花嫁の指に金の指輪をぞんざいに押しこみながらも、ギデオンの手は震えていた。

終わった。わたしは結婚した。

気むずかしくて、神々しくて、謎めいて、目を見張るほどすばらしい男性と永遠に結ばれたのだ。

その人に愛されていたなら、今日という日は人生最良の日になったはず。愛されていたなら、結婚式の立会人が知らない人ばかりだろうと、身につけているのが乳搾り女が着る服だろうと、そんなことは気にならないはずだった。

けれど、ギデオンはわたしを愛していない。

その事実が大きな岩のように心にずしりとのしかかった。

「花嫁にキスを、サー・ギデオン」親愛の情がこもった牧師のことばが、神経を逆撫でした。いまこのときの何もかもが神経に障った。胸に抱いているかなうことのない願いも。とりわけ、その願いが。「実にお美しい花嫁だ。おふたりを心から祝福します。元気な赤ん坊がたくさん授かりますように、レディ・トレヴィシック」

牧師に無礼なことばを投げつけてしまわないように、カリスは歯を食いしばった。牧師の祝辞を聞いていると叫びたくなった。たとえこれから、元気な赤ちゃんをたくさん授かったとしても、そのなかにギデオンの子どもはいない。その子どもたちのひとりひとりが、たったいま口にした結婚の誓いを破った証拠なのだ。

余計なことを言わないようにと、ギデオンは牧師をたしなめるにちがいない。けれど、予想に反して、夫となったギデオンに腕を取られ、そっぽを向く暇さえなかった。「花嫁にキスできるとは、喜んで」

たとえ抗いたくても、驚きのあまり体が震えて動かなかった。昨日のギデオンの姿が脳裏をよぎって、苦しくなった。いままた昨日のようなことになったら、喉までこみあげている悲鳴を抑えきれるはずがない。

不安で、恐ろしくて、それでいて切望も感じながら、視線を上げてギデオンの目を見た。黒い目がガラス玉のようだった。腕に触れる手がこわばっている。誰よりもうぬぼれた女でも、ギデオンがキスをしたがっていないのは一目瞭然だった。

そこで思いだした。数少ない立会人のまえで、愛しあっている夫婦を装わなければならないことを。ヒューバートとフェリクスがこの結婚にどんな異議を申したてるかわからないのだから。さらに、ギデオンがこんなことをしているのは、誰でもないわたしのためなのだから、癇癪《かんしゃく》を起こすわけにはいかなかった。

どうにか気持ちを入れかえて、顔に笑みを貼《は》りつけた。その笑みは大きく口を開けた骸骨《がいこつ》にそっくりなはずなのに、牧師はいかにも満足げで、不自然な笑みを訝るそぶりもなかった。

「愛する夫とキスできるなんて、光栄です」このときばかりは嘘をつく必要はなかった。

ギデオンが称賛の念で目を輝やかせたかと思うと、身を屈めた。唇が重なる。驚いて、カリスはブーケを落とした。感動の波に洗われた。キスはたった一度しかしたことがないのに、なぜかどうしようもなく懐かしくなった。

ギデオンの爽やかな香り。レモンの石鹸。その香りの向こうに漂う、ギデオンの肌の瑞々しくぴりっとした香り。ギデオンは風呂にはいって、着替えていた。それでも、海のにおいがほのかに残っていた。つい忘れそうになるけれど、ギデオンはずいぶん背が高くて、痩せている。そして、かまどのように熱い。となりに立っていると、燃えさかる暖炉のそばに立っているかのようだった。そう、寒さに凍えているときに。

ギデオンの唇がさらに少しだけ押しつけられるのがわかった。考えるまもなく、カリスは唇を開いて、ギデオンの息で肺を満たした。

果てしなく親密な行為だった。いままで生きてきて、誰かとこれほど親密な瞬間を分かちあったことはなかった。

目を閉じる。ギデオンの唇の刺激的なぬくもりが、全身に染みわたっていく。体の下へ下へと伝わって、下腹にまで広がった。思わずため息をついて、身をあずけようと両腕を広げた。

はっとして目を開けると、霞む視界のなかに、ギデオンがあとずさるのが見えた。その顔からは血の気が引いていた。それでもギデオンはどうにか平静を保って、牧師と短い握手を交わした。カリスは自分がものほしそうに腕を差しだしたままでいるのに気づいた。顔がかっと熱くなる。手が震えているのに気づかれないように、あわてて腕を引っこめた。

ギデオンは愛しあっていると思わせるためだけにキスをしたのだ。それなのに、わたしはマーリー邸の壁に絡みつくツタのように、ギデオンにしがみつこうとした。感情をもっと抑えなければ。けっして手にはいらないものをいつまでもほしがっていては、ギデオンにますます嫌われてしまう。

「なんと美しいご夫婦でしょう」牧師がそう言っていた。「国家の英雄である勇敢な紳士の結婚の儀を司れるとは、わたしは果報者です」

当然のことながら、ギデオンは結婚を司る牧師に本名を明かさなければならなかった。いっぽう、ホテルにチェックインする際には、ジョン・ホロウェー夫妻という偽名を使った。

ギデオンの表情は変わらなかったけれど、しつこく称賛されて苛立っているのはまちがいなかった。「ブリッグス牧師、これから二週間、ぼくのことは誰にも口外しないでください。そのために、二十ギニーお渡ししたのをお忘れなく。ぼくと妻は誰にも干渉されず、静かに過ごしたいのでね」

「わかっていますとも。ご安心ください。あなたさまの婚礼の地にわたしの島が選ばれたのは、身に余る光栄です。ランガピンディーの英雄が島にいらっしゃった。それこそ末代までの語り草。孫に自慢できます」

「孫に自慢するのも二週間が過ぎてからですよ」ギデオンの口調は決然としていた。なんとなく威圧的で、有頂天になっている牧師もそれには気づいたようだった。

「紳士として、それに、聖職者の服に身を包んだ男として、約束は守ります、サー・ギデオン。今日ここで行なわれたことは、あなたさまがジャージー島を離れるまで、誰の口にものぼりません」

「それはよかった」

ギデオンが花嫁のほうを向いて、腕を組もうと片腕を差しだした。それもまた、普通の結婚だと立会人を欺くための演技だった。カリスはためらいがちに上質な羊毛の上着の袖に手を載せた。極上の布越しに、ギデオンの秘めた力が伝わってきた。上着をぎゅっと握りしめたくなるのをどうにかこらえる。信じられないことに、ギデオンが発作を起こして以来、この十分間がいちばんふたりの体が触れあっていた。

「いろいろと世話をかけてしまった」牧師をねぎらうギデオンは、堂々として冷静だった。手が触れあっただけで、ぎくりとして身を縮めていた男とはまるで別人だ。

牧師が祈祷書《きとうしょ》を閉じた。「花嫁とごいっしょに牧師館にいらして、わたしども夫婦とマデイラワインをいかがですか?」

ギデオンの表情がさらによそよそしくなった。「親切なお誘いだが、残念ながらそうもしていられない。ほかにサインが必要な書類は?」

牧師が首を振った。その顔には滑稽なほどありありと落胆が表われていた。「いいえ。おふたりはまちがいなく夫婦の契《ちぎ》りを交わされました」

「よかった。では、ごきげんよう」カリスが手を置いた腕は緊張で岩のように硬くなっていた。それでも傍目には、ギデオンは自分のことも周囲の人々のことも完璧に手中におさめているように見えた。「他言無用をお忘れなく」

牧師が立ち去ると、タリヴァーとウィリアムが歩みよってきた。

「これからの人生が幸福でありますように、レディ・カリス」タリヴァーが静かに言った。

「ああ、そのとおりですとも、奥さま」ウィリアムが背後から声をかけた。

単純で素朴な願い。けれど、かなわない願い。カリスはまばたきをくり返して、涙を押しもどした。泣くわけにはいかない。これから待ちかまえる困難に立ちむかうには、気丈でいなければならなかった。

「ありがとう」声を詰まらせながら応じた。

「大丈夫かい？」暖炉の傍らに並んで立ちながら、ギデオンが身を寄せて小声で尋ねた。妻を気遣う新郎らしいことばと口調に、カリスは顔をしかめた。

「ええ」弱々しく応じて、悲しい表情を見られまいとうつむいた。帽子が顔を隠してくれた。それでも、いまの気持ちをギデオンに気取られているはずだった。

思わずギデオンの袖をぎゅっと握りしめる。けれど、すぐに自分のしていることに気づいて、あわてて手を離すと、喘ぎながら言った。「ごめんなさい」

ギデオンは触れられるのが大嫌いなのだ。そのことにはもう疑念の余地はなかった。

ギデオンに乱暴に手をつかまれて、袖の上に戻された。「ぼくたちはどこからどう見ても幸せな新婚夫婦でなければならない」ひそめた声で言ったが、不快感からギデオンの体が震えていた。

「ならば微笑んで」カリスも声をひそめて言った。

ギデオンの唇の端が上がったけれど、目に温かみはなかった。心と体を切り離そうとしているのか、ぎこちなくてよそよそしかった。

ギデオンがタリヴァーとウィリアムに目を向けた。「ペンリンへ戻ってくれ。もし厄介なことになりそうな気配を感じたら、この島のポート・ホテルに滞在しているジョン・ホロウェーとその妻メアリー宛《あ》てに連絡をくれ。ぼくたちは来月戻る」

タリヴァーが了解した合図に頭を下げた。「わかりました、だんな。それから、おめでとうございます。すばらしい淑女を捕まえたもんです、ああ、まちがいない」

はじめて、ギデオンの顔に自然な笑みが浮かんだ。「たしかに。口説き落とすのに苦労したよ」

嘘がカリスの胸に突き刺さった。辛辣なことばで言いかえしたくなるのを必死にこらえた。

タリヴァーとウィリアムが出ていくと、ギデオンとふたりきりになった。ふいに、豪華な居間ががらんとした洞穴に思えた。豪華な寝室に通じる扉が、地獄の門のようにやけに大きく見える。ギデオンといっしょにいて、これほど落ち着かないのははじめてだった。ペンリンでの無謀なキスのあとでさえ、これほど不安にはならなかったのに。

「食事を用意させた」夫となったギデオンは炉棚に片肘をついていた。人がいなくなったとたんに、妻と距離を置いていた。手袋をはめた手で炉棚の角を握っている姿は、これからその身を襲う災難に身構えているかのようだ。

「おなかはすいていないわ」カリスは抑揚のない声で言った。

「それでも、体面は……」

「保たなければならない。わかっているわ」

自分がどれほど身勝手か、それもわかっていた。けれど、そうせずにいられなかった。心からの感謝の念と満たされない切望で胸が張り裂けそうだった。それに、胸に刺さる罪悪感で。ほんとうなら感謝の気持ちだけを抱いていなければならないのだから。

緊張のあまりギデオンの口もとにしわが寄り、不安のあまり目が光っていた。それを見て、カリスはもう一度自分に言い聞かせた——ギデオンが苦しい思いをしているのは、すべてわたしのため……。口に苦味が広がるほど、身勝手な自分が恥ずかしくなった。

慎みというものがひとかけらでもあるなら、ギデオンにこれ以上何かを望むはずがない。それなのに、切望する心の甲高い悲鳴を押しこめられなかった。息を吸うよりも、ギデオンから愛されたかった。もしギデオンがわたしを愛するようになれば、ギデオンの心も癒《いや》される——骨まで震えるほど、そう思えてならなかった。

それは自分の願いを正当化する身勝手な思いこみなの？　それとも、真実なの？　どちらなのかわからなかった。それでも、ふたりで決めたどこまでも不毛な取り決めを守って生きるなんて、ギデオンにふさわしくなかった。そう、わたしにだってそんな人生はふさわしくない。

夜の帳《とばり》が下りると、カリスは部屋のなかを歩いて、次々に蠟燭に火を灯していった。日常的な作業をこなしていると、いくらか気持ちが落ち着いた。部屋がほのかな明かりに照らされると、ギデオンの浅い息遣いがやけに気になった。

「具合が悪いの？」わざと何気ない口調で尋ねながら、食器台の上のシャンデリアにも、ひとつひとつに丁寧に火をつけていく。

「いや」ギデオンの声はかすれ、顔は紙のように蒼白だった。我慢の限界に近づいているのだろう。

その目になぜ苦悩が浮かんでいるのかは、カリスにもわかっていた。これから新妻とベッドをともにするからだ。それを思うと苦しくて、喉が詰まりそうだった。

良心の呵責と同情心から、ギデオンに声をかけずにいられなかった。「ギデオン、ベッドをともにしなくてもいいのよ。わたしたちはまちがいなく夫婦の契りを交わしたと牧師さまも言っていた。わたしの身を守るために、あなたはもう充分すぎるほどのことをしてくれたわ」重荷を下ろしてと心のなかで叫びながら、片手を差しのべた。せめてひと晩だけでも。「ことばにできないほど感謝しているわ。わたしを守るためにあなたがしてくれたことには、何をしたところで報えない。これ以上、自分を犠牲にしないで」

ギデオンが深く息を吸ったかと思うと、驚いたことに、笑いだした。自嘲《じちょう》するように黒い瞳が光る。ギデオンが炉棚から離れて、背筋をぴんと伸ばした。

「血気盛んな若造だったころのぼくを知っている者なら、いまのきみのことばを聞いて、死ぬほど笑いころげるだろう。きみはぼくのことを震える処女か何かだと勘ちがいしているようだ」皮肉めいた表情を顔に浮かべたギデオンは、二十五という年齢よりはるかに老練に見えた。「この手のことははじめてではないんだよ、もちろん」

それはわかっていた。その道に熟達したきらびやかなインドの若い女たちを相手に……。けれど、そう言われても安心などできなかった。嫉妬とさらなる不安がこみあげてきただけだ。「言われなくてもわかっているわ」そっけなく応じた。

インドのきらびやかな女たちの魅惑的な技が、ひとつでもいいからわたしにもあればいいのに……。夫を官能の世界の虜《とりこ》にして、妻を愛さずにいられないようにしたかった。

ギデオンの顔がまた曇った。「きみが痛い思いをしないように、できるだけ努力するよ」

「わかっているわ」ギデオンのことは命をあずけてもかまわないほど信じていた。いいえ、命ならもうあずけていた。それに、心も捧げてもかまわないほど信じている。それをギデオンが望んでいないにしても。

「はじめてのときは痛みを伴うものだ」

ギデオンはそういう話をするのは気が進まないようだった。さもなければ、相手が煩わしい花嫁だから、話をしたくないのか……。インドのエキゾティックな美女とならば、そんな話をしても気まずくはないのだろう。

カリス、ひがむのはやめなさい！

「どんなことが起きるかはわかっているわ」顔が熱くなった。こんなことを気楽に話せるはずがないのは、ギデオンと同じだった。顔をまっすぐ上げたものの、細い蠟燭を持つ手の震えは隠せなかった。「わたしは田舎育ちだもの。それに、母からも教わったわ」

ギデオンの眉が上がって、口もとにまたしても皮肉めいた笑みが浮かんだ。「ならば、玄人はだしなんだな」

胸の鼓動が速くなり、胃がぎゅっと縮むのを感じながら首を振るしかなかった。「いいえ、キスをしたのも……昨日がはじめてよ」

ギデオンの表情が険しくなった。「きみはこの世でいちばんのうすのろと結婚したと思っているんだろう」

カリスは弱々しい声しか出せなかった。「そんなふうに思っていないのは、あなただって知っているはずよ。わたしはこれから起きることへの、心の準備をしているの」

「なるほど、そう言われたら、男ならみな安心するだろうな」ギデオンは片手で髪をぞんざいにかきあげた。

「ほかにどう言えばいいのかわからないわ」カリスはそう言うしかなかった。乱れた黒い髪を撫でつけたい——そんな衝動をこらえるのに必死だった。ギデオンに触れたくてたまらない。その思いが全身をものすごい勢いで駆けめぐっている。それを我慢するだけで、疲れて、苛立って、落ち着かなかった。「これは普通の結婚ではないわ、そうでしょう?」

「ああ、普通の結婚とはまるでちがう」ギデオンの低い声は悲しみに満ちていた。「きみはすでに多くのものを失ってしまった。でも、それを埋めあわせるために、ぼくにできることは何もない」

わたしといっしょにいて。わたしを愛して。

つい口に出そうになるそのことばを呑みこんだ。それでなくても厄介な状況なのに、与えられるはずがないものをせがんで、ギデオンを困らせるわけにはいかない。細い蠟燭を吹き消して、もとの場所に戻した。

「何ひとつとしてあなたのせいではないわ」カリスは力なく言って、ギデオンに背を向けると、椅子にぐったりと腰かけた。もうくたくただった。肉体的にではなく、精神的に疲れ果てていた。

やはり弱々しい声でさらに言った。「それに、わたしのせいでもないわ。ヒューバートとフェリクスは強欲で堕落している。デサイ卿は自分勝手な欺瞞者よ。でも、すべては、父がわたしに遺《のこ》した莫大な財産のせい。それが男の人を獣に変えてしまうの」そこでいったん口をつぐんだ。「あなた以外の、あらゆる男の人を」

ギデオンが顔をしかめた。「ぼくだってある意味で獣だ」反論するまもなく、さらに言った。「ということは、デサイ卿もきみにぞっこんなんだな」

カリスは身震いした。「あの人は自分の財産はもとより、最初の妻の財産まで賭けごとにすべて注ぎこんだのよ。妻の死だって黒い霧に包まれている。妻が亡くなった馬車の事故を目撃したのは、あの人だけですもの」

「デサイ卿ときみの継兄は、どうして知りあったんだい？」まもなく迎える初夜のことから話題が変わって、ギデオンはほっとしているようだった。

「もちろん、お金絡みよ」感情をこめずに言った。落ち着かなくて、結婚指輪をいじらずにいられなかった。古く重いその指輪は緩かった。もしかしてその緩さは、ギデオンとの絆を象徴しているの？「博打仲間だったの。継兄と妹の結婚を教会が禁じていなければ、ヒューバートやフェリクスはわたしと結婚しようとしたでしょうね」

「あのふたりはそんなことまで言っていたのか？」

「あの最後の日に。といっても、そう思っているんじゃないかと、以前から感じていたけれど」カリスは指輪から手を離して、膝の上に載せると、拳をつくった。「貧乏に生まれればよかったと思うこともあるわ。わたしの場合、財産は災いばかりを招くから」

「これからきみは妻でいることにも慣れるよ。少なくともぼくの妻でいれば、財産目当ての男どもに苦しめられることはない」

カリスは訝るようにギデオンを見た。「あなたはわたしの財産に興味がないの？　わたしがどれだけの財産を相続するのか、尋ねもしないなんて」

「いや、きみの価値ならもう知っているよ」ギデオンがきっぱり言いながら、歩みよってきた。「それは、きみが何ペンス、いや、何シリング、いや、何ポンド持っていようと関係ない」

ギデオンのことばを聞いて、心がじわりと温かくなった。けれど、そんなことに感動している場合ではなかった。「あなたの意見に同意する人はまずいないでしょうね」

「ということは、世の男どもの頭に詰まっている脳みそは、神がノミに与えたものより少ないらしい」

ギデオンの黒く輝く目を見ると、もう目をそらせなかった。息が喉で詰まる。熱い思いがこみあげて、胃のなかで溶岩のように渦巻いた。全身を満たす強い感情はあまりにも激しく、抑えが利かず、恐ろしいほどだ。ギデオンの持つ力は圧倒的で、抗いようがなかった。

ギデオンの揺るぎない視線は、まるで王女を見ているかのようだった。けれど、それは残酷な視線。ギデオンはわたしを欲していないのだから。何か言おうと口を開けたけれど、何を言えばいいのかわからなかった。

扉を静かに叩く音がして、張りつめた沈黙が破られた。

カリスは息を吸って、からっぽの肺を満たした。ギデオンがホテルの給仕に部屋にはいる許可を与えた。給仕たちがテーブルに食事を並べはじめると、あらゆるものがふいに動きだしたかに思えた。

食事の支度を終えた給仕たちに、ギデオンが気前よくチップを渡していた。花嫁とふたりきりで過ごせるようにしてほしいと言っているのも聞こえた。自分と妻がジャージー島を離れるまで、誰にも邪魔されなければ、ホテルの者に相応の褒美を出すと。

大げさな身ぶりで、給仕のひとりがシャンパンのボトルを取りだした。「当ホテルからのお祝いです、ミスター・ホロウェー。おふたりが末永く幸福な人生を歩まれますように」

そのときはじめて、カリスは英雄として行く先々で称賛を浴びるギデオンの気持ちが、少しわかった気がした。それは、ふたつのとなりあった現実、けれど、けっして交わることのないふたつの現実のなかで生きているようなものだった。傍から見るかぎり、今日という日はわたしにとって人生最良の日なのだ。それを、いまのいままで忘れていた。

矛盾したふたつの世界を受けいれなければならない——そんな重圧に、混乱して、吐き気を覚え、そもそも現実など存在しないかのような感覚を抱いた。

給仕が栓を開けて、シャンパンをふたつの重厚なクリスタルのグラスに注いだ。セント・ヘリア一のホテルにふさわしいグラスだ。部屋のなかでまた給仕がせわしなく動きはじめた。椅子が引かれ、ナプキンが広げられて、一品目の料理であるガーリックとハーブが利いた魚のスープが供された。

まもなく、ギデオンとふたりきりになった。とたんに、鉄網のようにずしりと重い緊張感が部屋に立ちこめた。

「おいしそうね」スプーンを手にしたものの、すぐにテーブルに戻した。スープは手つかずのままだった。

「そうだね」

ふたりで料理を見つめた。部屋のなかがしんと静まりかえる。

ギデオンが顔を上げた。「次の料理は何か見てみよう」

「ええ、お願い」カリスは小さな声で応じたけれど、どんな料理も喉を通らないのはわかっていた。喉に大きな石が詰まっているかのようだった。

ギデオンが銀の丸い蓋を開けると、食欲をそそる芳醇《ほうじゅん》な香りが漂った。「若鶏《わかどり》のパリ風。牛肉の赤ワイン煮込み。ロブスター。ごちそうだ」

「あなたが注文したの？」

「お勧めの料理を用意するように頼んだ。さあ、何が食べたい？」

「どれでも」

二枚の皿に料理を取りわけるギデオンを見つめた。

「インドにいたときは、こんな食事を夢見たものだよ」目のまえに皿が置かれた。ギデオンが向かいの席に座って、ナプキンを広げる。上品な仕草に息を呑まずにいられなかった。何気ない仕草を目にしただけでも、くるおしいほどの欲望がこみあげてきた。

これから毎日ギデオンをこれほど切望しながら生きていくなんて、そんな人生にわたしは堪えられるの……？

「インドではどんなものを食べていたの？」当たり障りのない話題だった。夫となった人と、このさき何十年もこんな意味のない会話を続けるの？　目のまえに、荒涼とした不幸な未来が、終わりのない平原のように広がっていた。

ギデオンが肩をすくめて、グラスの脚を手でもてあそんだ。その手はやはり手袋に包まれていた。「カレー。インドの王さまが食べるごちそう。コクゾウムシ入りの冷えた飯」

痛ましい出来事を思いだしたのか、ギデオンの表情が曇った。それはカリスが経験したいとも思わない出来事のはずだった。何か尋ねられるまえに、ギデオンがグラスを掲げた。

「夫としての義務を忘れていたよ。愛すべき花嫁に乾杯」

もう堪えられなかった。カリスは皿を押しやると、くずおれそうな脚で立ちあがった。

「お願い、やめて」

ギデオンがグラスを下ろした。料理ばかりか、シャンパンも手つかずのままだった。「ぼくも食欲が湧かない」そう言って、ギデオンが立ちあがった。「外を散歩してくる。風呂の用意をさせるよ。のんびりするといい。ぼくは数時間は戻ってこないから」

このさきに待ちうける厄介な一夜に向けて、覚悟を決めるために、ギデオンはしばらくひとりになりたいのだ……。そう思うと、また胸がずきんと痛んだ。「お散歩を楽しんできて」

沈んだ声でそう言うのが精いっぱいだった。

ギデオンが頭をかすかに下げて、優雅に応じた。「そうさせてもらうよ」

ギデオンが部屋を出ていってはじめて、カリスは気づいた。ギデオンと出会ってから、見張りもなくひとりきりになったのは、これがはじめてだった。

12

どうにか平静を保てたのは、扉を閉めて、人気のない廊下に出るまでだった。とたんに、ギデオンは壁にぐったりもたれて、苦しげに息をした。ペンリンの浜を洗う荒波のように震えが全身に押しよせた。

こんなことには堪えられない。

いや、堪えなければならない。

目を閉じて、木の壁に頭を何度も打ちつけた。けれど、そんなことをしても目に浮かぶ鮮明な像は消えなかった。

テーブル越しに見つめるカリス。美しいハシバミ色の目が怒りと切望に輝いていた。同じだけの切望をギデオンも抱いていたが、それはかなわぬ願いでしかなかった。

となりに立って、妻になると誓うカリス。

愛していると言うカリス。

あれは、なんと甘く呪われたひとときだったことか。

そして、惨めなひとときでもあった。

それでも、カリスはひるまなかった。ふさわしい男と結婚したら、カリスは最高の妻になるにちがいない。

ちくしょう、自分は一生かかってもそういう男にはなれない。

カリスはいま、拒絶されて傷ついているのだろう。けれど、いずれ熱は冷める。そして、さらに強く、賢く、星のごとく輝く女性になる。カリスの真の悲劇は、ここにいる落ちぶれた男にこのさき一生縛りつけられることだ。

歯を食いしばっても、うめきが口から漏れるのを止められなかった。インドでは言語に絶する苦しみを味わった。それでも、妻がほかの男を愛するのを指をくわえて見ているしかないのは、太守が考えたどれほど極悪非道な拷問より悲惨な地獄であることはまちがいなかった。

だが、それに堪えなければならない。

カリスのために。

ギデオンという男に課した苦役を、神々は大笑いしているにちがいない。生涯をともにしたいと思える女を、神は与えてくれた。それでいて、ふたりで喜びを分かちあうことを不可能にした。

全身全霊でカリスを求めていた。その体に触れたくて、肌がひりひりする。一夜だけでもカリスを胸に抱けるなら、このさきの人生すべてを引きかえにしてもかまわない。無様な真似をして、カリスを傷つけずに済むのなら……。

ああ、そんなことにならずに済むなら。

ある決意を胸に壁から離れると、背筋を伸ばした。襟を立て、帽子を引きさげて、顔を隠した。

いまの自分にできることをしなければ。それによって、どれほどの代償を払うことになろうとも。これからしようとしていることは、あまりにも愚かしく、危険かもしれないが、唯一の解決策だ。カリスを苦しめずに済むなら、どんな苦悩にも堪えるつもりだった。

これからすることに、計り知れない苦痛が伴うのは覚悟の上だった。

とぼとぼと階段を下りて、通りに出た。心がずっしりと重かった。海沿いの通りは寒く、風は凍えるほど冷たかった。いや、凍えそうなのは、悲しみに沈む心のせいなのか……。

どこへ行けばいいのかはわかっていた。どんな町にも美しい建物やにぎやかな繁華街の裏に、影の部分がひそんでいる。これからしようとしていることに嫌悪感を覚えながらも、ほかに選ぶべき道はなく、ギデオンはきらびやかな通りに背を向けて、古い町の路地の迷路に足を踏みいれた。

女はカリスより若かった。十七か十八か。とはいえ、この手の稼業に身をやつした女の年を、正確に言いあてられる者などいるはずがない。

通りの角に立つその若い女には、田舎から出てきたばかりのような初々しさがかすかに残っていた。一見したところ、清潔で、身なりにはその稼業への反発心がいくらかでも表われていた。

とはいえ、ギデオンがその若い女を選んだ第一の理由は、ホテルに残してきた妻にまるで似ていないからだった。

「部屋はあるのか？」

こちらを見るなり、若い女の顔がぱっと明るくなった。薄暗い通りでは、女の澄んだ目が青色なのか灰色なのかはっきりしなかったけれど、客の上等な服に気づいて、目を輝かせたのはまちがいなかった。若い女が乱れた金色の巻き髪を撫でつけた。男を誘惑する仕草だ。

「あるわ。でも、部屋代として十シリングもらうわよ、粋なお兄さん」

その女にとって十シリングは大金なのだろう。だから、部屋代と称して十シリングを巻きあげようという魂胆だが、ギデオンは値切る気などさらさらなかった。それに、いよいよというときに起きそうなことを考えれば、若い女は仕事を終えるまえに報酬を得る可能性も充分にあった。

「ああ、かまわない」

若い女が怪訝そうに眉根を寄せた。「先払いなのよ」

ギデオンはポケットを探って、一ポンド金貨を取りだした。ぼんやりした明かりのなかで、金貨が不吉な光を放った。女の差しだした手のひらの上に、ギデオンは金貨を落とした。

これから女にもっと近づくことになると思っただけで鳥肌が立った。ほんとうにできるのか？　まだ触れてもいないのに、早くも抑えようもないほど体が震えていた。失態を演じることになる——そんな予感が黒い瘴気《しょうき》となって胸のなかでくすぶっていた。

「行こう」ぶっきらぼうに言った。

若い女は手のひらの上の金貨を見つめていたが、すぐに顔を上げてにやりとした。そのせいで、さきほどよりだいぶ年がいっているように見えた。「ずいぶんせっかちだこと」

女が返事を待っていたが、ギデオンは吐き気をこらえるのに精いっぱいでそれどころではなかった。しっかりしろ！　絶対できる。やってみせる。ランガピンディーの一件以来、女の体に触れたことはなかった。だが、ゆきずりの相手ならどうにかなるはずだ。たとえ、とんでもない失態を演じても、気にすることはないのだから。これぐらいのことなら、自分にもできるはずだった。

若い女が肩をすくめた。「あたしの名前を知りたくないの？」

苦しくて目をつぶった。カリスが待っていると思えばこそ、明るく温かいホテルに逃げ帰りたくなる気持ちを抑えられた。

「いや」ことばを絞りだした、目を開けて、みすぼらしい現実に目を向ける。「知りたくない」

若い女は不思議そうな顔で見つめてくると、背後の薄汚れた階段を指さした。「あれを上がったとこよ」声がくぐもっていた。いや、そんなふうに聞こえたのは、耳のなかで血がごうごうと騒いでいるからかもしれない。

何も考えられないまま、ギデオンは金髪のふっくらした若い女に続いて、階段を上がっていった。

なぜ目覚めたのか、カリスはわからなかった。眠りに落ちたことも憶えていなかった。遅くまで、ひとりきりでいたのは確かだったけれど。いまも寝室にひとりきりなのはすぐにわかった。

腫れた瞼をどうにか開いた。部屋は真っ暗だった。手つかずの食事と冷えた風呂を片づけにきた給仕が、カーテンを閉めていったのだ。けれど、闇に目が慣れると、重厚な家具が見て取れた。フランス革命以前からそこに置かれているような古いフランス製のオーク材の家具が。

ためしに寝返りを打つと、うめきたくなった。鉄鋲《てつびょう》つきの半長靴を履いた悪魔が、頭のなかを駆けずりまわっていた。乾いた唇を舐めた。口のなかは酸っぱく饐《す》えた味がした。もう一度寝返りを打つと、ようやく、自分がベッドの上に不自然な姿勢で横たわり、ドレスが体にまつわりついているのがわかった。

低いうめき声を漏らしながら、体を起こした。震える手で、汗と涙でべとつく顔に触れた。やっと思いだした。疲れ果てて眠ってしまうまでの、惨めな出来事を。

ギデオンが散歩から戻ってくるのを、全身が汗ばむほどじりじりしながら待っていたのだ。不安が胸に渦巻いていた。ギデオンがさまざまな手段を講じたのだから、フェリクスとヒューバートがジャージー島でのはじめての夜に、部屋に押しいってくるはずがなかった。それでも、円卓の騎士に見捨てられて、身を守るすべもなく、ひとりぽつんと取り残された気分だった。

そんなふうにして、一時間が過ぎたのだ。さらに、一時間が。やがて、不安が激しい苛立ちに変わっていった。ギデオンに避けられているのはわかっていた。何しろ、ギデオンは妻に触れることさえ堪えられないのだから。

ギデオンなど悪魔にとり憑かれてしまえばいいのに。わたしがギデオンを愛しているように、ギデオンもわたしを愛してくれればいいのに。

腹立ちまぎれに、シャンパンを飲んだ。それがギデオンへの仕返しのような気がしていた。気分が悪くなっても飲みつづけた。とうとう瓶が空になって、部屋がゆらゆらとワルツを踊りだした。

当然、最後にはからっぽの胃が反旗を翻し、激しい吐き気に襲われた。時刻はとうに真夜中を過ぎていたが、夫になったばかりの男性が帰ってくる気配はなかった。

辛い一日のあいだ、こらえていた涙があふれだした。苦痛と恥辱で、涙が次々にこぼれ落ちる。手の平に爪が食いこむほど拳を固めて、どうにか感情を抑えようとした。けれど、どうにもならなかった。息が詰まるほど泣きじゃくりながら、ベッドの上で丸くなり、いつのまにか眠ってしまったのだった。

そしていま目が覚めると、頭痛がして、吐き気がして、穴があったらはいりたいほど恥ずかしかった。

ぼんやりと何時なのだろうと思った。手足がやけに重いのを考えれば、疲れが取れるほど長いあいだ眠ったわけではなさそうだ。それとも、こんなにだるいのはシャンパンのせい？いままでは、せいぜい飲んでも一、二杯だった。舌に残る饐えた味が不快で、これからは一杯だけでやめておくと誓った。

ホテルのなかは物音ひとつせず、外の通りも静まりかえっていた。真っ黒な繭に閉じこめられたかのようだ。ひとりぼっちで、永遠に。

「やめなさい」そうつぶやいた。なぜ声をひそめているのかはわからなかった。ここには誰もいないのに。

けれど、何かが気になった。

息を詰めて、耳を澄ました。

何も聞こえない。

ギデオンはまだ戻っていないのだ。

ギデオンなんて大嫌い。

もう一度ベッドに横たわったほうがいいのはわかっていた。ずきずきする頭を休めたほうがいいのは。それでも、やはり何かが気になって、ベッドの上に座ったままでいた。漆黒の闇の向こうに何かの気配を感じて、その正体を突き止めようと意識を集中した。

音をたてないように、そっとベッドから下りる。

となりの部屋は不穏なほど静かだった。

背筋がひやりと冷たくなった。わたしをホルコム邸に連れもどそうと、フェリクスとヒューバートが息をひそめているの?

棚の上の陶器の大きな壺を震える手で持った。青白く光る壺は闇のなかでも目についた。壺ではたいした武器にはならないけれど、それでも反撃に使えそうなものを手にしているだけで心強かった。

冷えたつま先に力をこめて、裸足《はだし》で静かに部屋を横切ると、戸口まで行った。その向こうの居間は物音ひとつせず、人の姿もなかった。暖炉の火は燃え尽きていたけれど、かすかな熾火《おきび》のせいで誰もいないのがわかった。

でも……。

「そこにいるのはわかっているわ」ほっとしながらも、行動力をかきたてる苛立ちが背筋を伝っていくのを感じた。自分の声がやけにがさついた耳慣れないものに思える。しゃべると、ますます頭痛がひどくなった。

返事はなかった。

居間にはいった。足の裏に触れる床がひやりとする。もう一歩踏みだすと、足の裏に絨《じゅう》毯《たん》が触れて、力をこめたつま先が羊毛に食いこんだ。

やはり物音ひとつしない。

じれったくて、口を引き結んだ。「隠れていても無駄よ」

静寂がさらに深みを増した。

膝を折って、重い壺を床に下ろした。とりあえず、壺は必要なさそうだった。激昂《げきこう》して、ギデオンの石頭に壺を叩きつけることにでもならないかぎりは。

ギデオンはこんな馬鹿げたゲームを続けるつもりなの？

とりわけ闇の濃い部屋の隅のほうで、不安げなため息が響いた。「どうしてわかったんだ？」

「あなたが近くにいると、いつでもわかるのよ」カリスはうんざりしたように言うと、手探りで食器台のほうへ向かった。

「すまない、起こしてしまって」

「いいのよ、そんなこと」夜明けまえに物寂しくなるのは誰にでもあることだけれど、いまはそんな気分になっている場合ではなかった。

ギデオンの抑えた息遣いが聞こえるほど、部屋がしんと静まった。ギデオンが動いたのだろう、椅子の軋む音がした。背後で熾火がはぜる。その場を満たす親密感は濃厚で、肌がちりちりするほどだった。それでいて、ギデオンは千マイルもの氷の海の向こうにいるかのようだった。

全身に鳥肌が立っていた。寝室を出るときに、毛布で体を包むべきだったのだ。蠟燭を手に取って、熾火で火をつけようとした。

ギデオンのほうがはるかに闇に目が慣れていたのか、ギデオンの声がした。「明かりはつけないでくれ」

カリスは立ち止まって、ギデオンを見た。食器台に寄りかかりながら、寒さに身震いする。

「どうして?」

ギデオンは答えなかった。少なくとも、ことばでは答えようとしなかった。「ベッドに戻るんだ、カリス」

「ひとりで?」

「そうだ。頼むから」声がひび割れていた。「朝になったら、話をしよう」

「どういうことなの?」カリスは深く息を吸った。酒臭かった。とはいえ、それは自分の息でも、シャンパンの空き瓶のにおいでもなかった。「飲んでいるのね」

責めるつもりはないのに、そんな口調になった。ギデオンが背筋を伸ばすと、また椅子が軋んだ。「ああ。それに、喧嘩もした」口調がいつもとちがっていた。これまで聞いたことがないほど平板で一本調子だった。

心を決めて、カリスは暖炉に歩みよると、蠟燭に火をつけた。ほのかな明かりがあたりをぼんやり照らしだす。振りかえって、震える手で持っている蠟燭をギデオンのほうに掲げた。ふくらはぎにあたる熾火のぬくもりが心地よかった。

ギデオンは顔をそむけるはず。そう思ったのに、蠟燭の明かりが濃い闇を追いはらっても、ギデオンは身じろぎもせずに椅子に座っていた。その姿を見たとたんに、カリスははっと息を吞んだ。

「わかってる。凛《りん》とした姿とは言えない、そうだろ?」

カリスはあまりにも手が激しく震えて、炉棚の上に蠟燭を置いた。それでも、ほのかな明かりが照らしだした光景に、またもや吐き気がこみあげてきた。

ギデオンの口もとがゆがんだ。笑みを浮かべようとしているのだ。ギデオンが自分のことばに、自分で答えた。「ああ、もちろんそうだ」

「具合が悪いのね」悲しげに言いながら、少しでも体を温めようと、自分で自分の体を抱いた。

「いや、酔って、悲嘆に暮れているだけだ」ギデオンは手袋をはめた手を投げやりに動かした。「なあ、頼むよ、カリス、ベッドに戻ってくれ」

「いやよ」きっぱり言って、震えを隠そうと腕に力をこめた。

「ぼくにしたがうと誓ってから、まだ半日も経ってないぞ」

「そうね、あなたがわたしを愛すると誓ってからも」ぴしゃりと言ってしまってから後悔した。

ギデオンの顔が苦しげにゆがむのを見て、カリスは顔をしかめた。ギデオンはひどいありさまだった。服は破れて、泥だらけだ。頬は擦りむけて、シャツの開いた襟に血がついていた。

昼間結婚した上品な紳士とは別人だった。クラバットはなく、手袋は薄汚れて、顎はうっすらと生えてきたひげで黒ずんでいる。少し近づいただけで、酒のにおいが鼻をついた。

それ以上に胸が痛いのは、こちらを見るギデオンの目に浮かぶ表情だった。憔悴《しょうすい》して、具合が悪そうで、いっそ死んでしまいたいと願っているかのようだ。

それでも、ギデオンの深みのある声には思いやりがこもっていた。「ベッドに戻るんだ、カリス。朝には何もかもよくなるさ」

それは子どもにするような、気休めでしかない無意味な約束だった。ベッドの下にお化けはいない。もう心配ない、おやすみのキスをしよう。何もかもうまくいくから。

不安で体が激しく震えていたけれど、それでも、きっぱりと言った。「だめよ、朝が来るだけで、何もかも解決するはずがない。ほんとうのことを話して、ギデオン。わたしはあなたの妻よ。何があったのか知らなければならないわ」いったん口をつぐんでから、さらに意を決して話を続けた。空想の恐怖と闘うのはもうたくさんだった。頭を離れない幻想より、現実のほうがましだ。「あなたの病気は……インドの女の人たちを相手にしたことが原因なの？」

ギデオンの体がびくんと震えた。カリスはぞっとした。もしかしたら、予感があたっていたの？

「つまり、性的な病気かと？」ギデオンは首を振った。「ちがう。そういう病気にかかったことは一度もない。ああ、体にはなんの問題もない。そうだ、体は、どこも悪くない」

その点をやけに強調するのが、かえって気になった。「ということは……？」言いかけて、ギデオンが言わんとしていることに気づいた。「……そういうことなのね」

「嘘をついてもしかたがない、だろう？　狭い部屋でふたりきりで過ごせば、ぼくがどんな状態かはっきりわかってしまうんだから」酒を呑んで、気持ちが緩み、ことばがやや不明瞭だった。けれど、ギデオンが酔っていなければ、これほど簡単に話を聞きだせるはずがなかった。感情が抑えきれずに、ギデオンの声は震えていた。「ぼくは身悶えするほど、きみがほしいんだ」

蠟燭の火は揺れることもなく、あたりを照らしていた。部屋が静まりかえる。長い沈黙が続いた。

不安をかきたてるほど静かな部屋のなかに、暖炉の熾火がはぜる音が響いて、カリスのぼんやりした頭がまた働きだした。同時に、悲惨な現実がギデオンの嘘を鮮明に浮きあがらせた。ギデオンがやさしいなどと、どうしてわたしは思ったの？　ふたりの継兄より、ギデオンのほうがはるかに残酷だ。継兄は何をしようと、わたしの心までは壊せない。けれど、ギデオンにはそれができるのだから。

「からかわないで」カリスはぴしゃりと言いながら、自分の腕をさすった。

「冗談だったらどれほどいいか」ひとことひとことに絶望がにじみでていた。こちらを見つめるギデオンの目が鋭くなる。ギデオンがふいに立ちあがって、外套を乱暴に脱いだ。「寒いだろう。これを着るといい」

「ありがとう」カリスはかじかんだ手で受けとった。外套をまとうと、ギデオンのぬくもりとかすかなレモンの香りに包まれた。まるで、ギデオンに触れられたかのようだった。「あなたはわたしを欲してなどいないわ。わたしがそばに行っただけで、十フィートも飛びのくのだから」

ギデオンが苦々しげに短く笑って、椅子にぐったりと腰かけると、頭をうしろにのけぞらせて、暗い天井を見つめた。「それこそがぼくに課せられた苦しみの、もっとも残酷な部分だよ、愛しのカリス。いっそのこと完全に狂気に絡めとられてしまいたいが、それもかなわない。ギリシア神話まがいのろくでもない懲罰さ」

カリスは頭痛が激しくなるのもかまわずに首を振った。シャンパンのせいで、いつもよりはるかに大胆になっていた。「病気ではないとあなたは言ったわ」

「体はいたって正常だと言ったんだよ。問題は、愛するカリス、頭のほうだ。ぼくの人生にきみを縛りつけるまえに、きちんと話しておくべきだった。きみの夫は悪魔にとり憑かれているんだよ」

愛するカリスですって？　その瞬間、ときが止まったかに思えた。いまのことばは幻聴なの？　そうに決まっている。ギデオンに愛されてなどいないのだから。ふたりで同じ部屋にいることさえ、ギデオンは堪えられないのだから。

なけなしの集中力をかき集めて、目下の話題に応じた。「あなたの頭はおかしくなんてないわ」ぐったりした口調だったけれど、それだけはまちがいないと断言できた。

ギデオンが腰かけている椅子の木製の肘掛けを握った。まるで、それだけが自分と現実をつなぐ唯一の絆であるかのように。「まだかろうじて正常だとしても、結婚したことですべてが終わる」

ギデオンは何を言っているの？　頭のなかにはまだ靄がかかっていたけれど、現実に目を向けようとした。ギデオンが何に苦しんでいるのか、ギデオンをどうしたら助けられるのかわからなかった。それでも、これまで固く信じてきたことが、実はまちがっていたのはわかった。

「あなたはわたしを求めているの？」どんどん大きくなる疑問を口にした。

ギデオンが唇をゆがめて、またいつもの苦笑いを浮かべながら見つめてきた。「疑問の余地もないほど」

カリスは両腕を体のわきに力なく下ろして、ギデオンに歩みよった。「それは、つまり……」

ギデオンがすばやく立ちあがり、背後の壁へとあとずさった。「やめてくれ、カリス、さわるんじゃない」

ギデオンが壁にぴたりと身を寄せていた。荒い息遣いが、カリスの耳にも届いた。カリスは足を止めて、眉根を寄せた。「わたしはあなたに触れてはならない。それなのに、あなたはわたしを……求めていると言うの？」

「さっきから言っているように、精神に異常をきたしているせいなんだよ」

これまでのさまざまな出来事がふいに頭に浮かんできて、そこにこれまで思いも及ばなかった意味が隠されていたのに気づいた。奇妙な出来事に何か意味があるとしたら……。カリスはことばをひとつひとつ確かめながら言った。「あなたは人の体にさわれない。だから、ポーツマスでの一件のあとで具合が悪くなったのね。あそこで大勢の人に囲まれたせいで」

ことばではなく剣を突きつけられたかのように、ギデオンが身を固くした。きっと、これからギデオンは嘘をつくか、答えを拒むのだろう。けれど、予想に反して、すばやくうなずいた。「そのとおりだ」

カリスは野生の動物を落ち着かせるように、ゆっくりあとずさると、震える手をうしろにまわして、椅子の背を握った。「大丈夫、近づかないから」

「ありがとう」ギデオンの静かなそのことばには、果てしない安堵がこもっていた。

捕らえられた動物に話しかけるように、カリスは穏やかな口調を保った。「座りましょう」

ギデオンは少しためらってから、ぎこちない足取りで椅子に戻った。ほのかな明かりに照らされたその顔には疲れが表われていたけれど、取り乱してはいなかった。カリスはゆっくり椅子に腰を下ろして、冷えたつま先を少しでも温めようと横座りになった。

「子どものころからなの？」ちょっと考えて、その質問に自分で答えた。「ちがうわね。インドでは愛人がいたのだから」

「カリス……」

膝の上で両手を組みあわせて、顔をまっすぐ上げた。勇気が萎えていくのを感じて、しっかりしなくてはと自分を奮いたたせた。悲嘆に暮れて、酒に酔い、弱みを見せているギデオンに対して、自分のほうがはるかに優位なのだから。そのことに良心が痛んだけれど、それでも、この機会を逃すわけにはいかなかった。

これまで怖くて尋ねられなかった疑問を、勇気を出して口にした。「教えてちょうだい、ランガピンディーで何があったのか」

13

部屋のなかは薄暗かったけれど、カリスにもギデオンの顔から血の気が引くのが見えた。ギデオンの目はうつろで、まるで自分にしか見えないおぞましい幽霊を見つめているかのようだ。溺れて流木にしがみつく水夫にも負けない力で、椅子の肘掛けを握りしめていた。

わずかでも心に哀れみを持つ者ならば、そんな姿を不憫に思うはずだった。どうぞ秘密を打ち明けて、心の重荷を降ろしてと励ますにちがいない。

けれど、カリスは無言のまま待った。

返事はもらえないのだろうとあきらめかけたころ、ギデオンが苦しげに息を吸って、見つめてきた。「ケンブリッジでの指導教官に東インド会社にくわわるように勧められたんだ」

「語学の才能を認められたのね」カリスは努めて穏やかな口調を保った。

「そうだ。それに、乗馬もクリケットも射撃もフェンシングも得意だった。東インド会社はそういうことに長けた者を求めていた」

それはまるで、その会社がそういう才能を持つ若者を山ほど雇いいれたかのような言いかただった。けれど、ギデオンが自分の能力を自慢げに話すことはない――カリスはそれをあらためて思いだした。ギデオンが勉学でも運動でもはるかに抜きんでていたとしても、驚くことではなかった。ギデオンがどれほど人並みはずれているかは、最初からわかっていたのだから。人並みはずれたその男性が、人の手に触れるというごく単純で日常的なことができないとは、悲劇以外の何ものでもなかった。同情よりももっと深い感情がこみあげてきて、カリスの胃がぎゅっと縮まった。

「ぼくは胸躍る冒険を望んでいた。一生の仕事がほしかった。ありあまるエネルギーの捌《は》け口を求めてうずうずしていたんだ」ギデオンの声はかすれていたけれど、しっかりしていた。こわばった蒼白の顔だけが、この話をするのがいかに苦痛かを物語っていた。「ヨーロッパの輝かしい文明を広めようと意気込んでいた」

「でも、現実はそうはいかなかった？」尋ねるまでもなかった。ギデオンの口調には、幻想が無残に砕かれた辛さがこもっていた。

「いや、ぼくを待っていたのは、想像の翼をどんなに広げても思いつかないほど洗練された異国の世界だった」

ギデオンからはすでに、現地の人との連絡係のようなことをしていたと聞かされていたけれど、それがどんな仕事なのかカリスはわからなかった。「ということは、あなたは行政官だったの？」

ギデオンの表情がさらに翳った。「そんなに立派なものではないよ、カリス。ぼくはスパイだったんだ」

カリスは椅子のなかで凍りついた。ギデオンの謎めいた言動のすべてが、ついにひとつに結びついた。ヒューバートとフェリクスをまえにしたときの、賢明で自信に満ちた態度。路上での喧嘩で見せた腕っ節。秘密主義。羞恥心《しゅうちしん》。

カリスは何も言わなかった。ギデオンがさらに話を続けた。「生まれつき色黒で、日に焼けると黒くなる性質でね。ぼくはイスラムの筆記者になった。筆記者は王国の秘密を知る立場にあって、その行動についてとやかく言われることはまずないんだ」

カリスは組みあわせた手を痛むほど握りしめた。うわべだけでも平静を保つのがどんどんむずかしくなっていた。「嘘をついて生きるのは苦しかったでしょう」

「卑屈で、孤独で、苛酷な人生だ」ギデオンはさきほどからずっと、はるかかなたの光景を見つめていた。カリスには見えない光景を。「それでも、野蛮な勢力に対抗するために、すぐれた働きをしていると自負していた。少なくとも、はじめのうちは。でも、最後には、ぼくの雇い主こそが強欲で、はるかに野蛮だと思うようになった。インドで目にしたどんな人や出来事より、はるかに卑劣だと」ギデオンはいったん口をつぐんだ。椅子の肘掛けを握る手が小刻みに震えている。「そんなとき、ふたりの仲間とともにスパイであることがばれた」

ついに、ギデオンの超人的な自制心が崩れ落ちた。声がかすれ、話がいよいよ核心に迫っているのが、カリスにもわかった。胃のなかで緊張と恐怖が冷たい塊となる。ギデオンがこれから話そうとしていることを聞かずに済むなら、どれほどいいだろう……。

「ぼくにとってあれは最後の任務だった」ことばを発するたびに、口調が厳しくなっていた。「ランガピンディーの太守が、英国に友好的なとなりの王国を侵略しようと企んでいた。ぼくの上司はランガピンディーでどんなことが起きているのか、どうしても知りたかった。だが、太守は狡猾で、用心深く、さらに悪いことに、東インド会社にスパイを何人か送りこんでいた」

「わたしには想像もつかない世界だわ」カリスはなるべく感情をこめずに静かに言った。

「ぼくはずっとそんな世界で生きていた。鏡に映った自分の顔と同じぐらい見慣れた世界だよ」

「それでも、危険であることに変わりはないわ」

「それを忘れたら、死んだも同然だ」ふいに落ち着かなくなったのか、ギデオンは立ちあがり、暖炉に歩みよると、張りつめた気持ちを鎮めるように火をかきたてた。緊張感を物語る口もとのしわを、炎が容赦なく照らしだす。

「そもそもランガピンディーに行く予定ではなかった」ギデオンはわざとらしいほど慎重に火かき棒を置いた。その口調は自制の利いた淡々としたものに戻っていた。「すでに辞表を出して、帰国の船を予約してあったんだ。だが、上司はその一件に有能な人員をあてたくて、ぼくは説得されてしまった。ぼくたち三人――チャールズ・パーソンズとロバート・ジェラード、そして、ぼくはランガピンディーに乗りこんだ」今度の沈黙は長く、深い悲しみと怒りに満ちていた。「結局、生きて戻ってこられたのはぼくだけだった」

「どんなことがあったの？」ギデオンの顔を見れば、ことばにできないほど悲惨なことがあったのがわかった。

「ジェラードがミスを犯した。あいつは十年も現場で活動していた。あまりにも長すぎたんだ。度胸のある有能な男だったが、どれほど有能でも、長いこと重圧にさらされていればミスを犯す」

ギデオンは仲間の失敗をすでに許していた。それでいて自分の失敗を許せずにいる――カリスはそう思ったが、口にはしなかった。ギデオンが震える手で髪をかきあげて、打ちひしがれたようにぐったりした。疲れ果てて傷ついているギデオンに、根掘り葉掘り尋ねるのがいかに残酷かはカリスにもわかっていた。けれど、無防備なこのときにしっかり捕まえておかなければ、けっして打ち破れない防壁の奥に隠れてしまうにちがいない。

ギデオンが深いため息をついた。「なんてことだ、呑みすぎた」

カリスは恐怖と愛しさにめまいを覚えながらも、震える脚で立ちあがった。「ギデオン、お願い、話して」

ほの暗い部屋の真ん中に立つカリスは、大聖堂の天使像にも負けないほど美しく、神々しかった。

揺るぎない眼差しは果てしない信頼と果てしない愛を湛えている。その両方がギデオンの胸に突き刺さった。その愛に応《こた》えられず、信用される価値などない男の心に。

ギデオンは目を閉じて、心を決めると、カリスを拒もうとした。ランガピンディーでの真実を知られたら、ふたりのあいだの何もかもが変わってしまう。自身のおぞましい過去という重荷を、カリスに背負わせるわけにはいかなかった。混沌《こんとん》とした人生に、カリスを巻きこむわけにはいかなかった。

それなのに、沸きたつ罪悪感と、呑みすぎた酒のせいで、道義心はすっかり消えていた。渋々と目を開けて、カリスに一歩近づいた。「太守の命令でぼくたちは鎖につながれて、謁見の間に引きだされた。それまでぼくは、太守のことを遠くからしか見たことがなかった。太守は家来たちから〝ラージャスターンのゾウ〟と呼ばれていた。でっぷりと太ったその体は、しわだらけの怪物のようだった。ハトの卵ほどもある大きな真珠を数珠つなぎにした飾りをつけていた。一トンもあろうかという飾りを」

「あなたはインド人になりきっていたのに、太守に英国人だと見破られたの？」

そのときの記憶がありありとよみがえると、うなじの毛が逆立って、体のわきに下ろした手を思わず握りしめていた。「その場にいた廷臣たちの目のまえで、ぼくたちは丸裸にされたんだ」

カリスの顔にはわけがわからないと言いたげな表情が浮かんでいた。英国人はインドという国をほとんど知らない――ときに忘れそうになるその事実を、ギデオンはいまあらためて思いだした。「ぼくたちはイスラム教徒を装っていた。でも、三人とも割礼はしていなかった」

蠟燭の弱々しい明かりのなかでも、カリスの頰が薄紅色に染まるのが見えた。「ああ、そういうことだったのね」

「驚いたな、それだけでわかるとは」

「父の図書室に自由に出入りするのを許されていたから。父は一風変わった書物を持っていたの」カリスはいったんことばを切った。「それに、その手の話は聖書にも出てくるわ」

ギデオンはあらためて思った。カリスはインドで出会ったどんな女よりも、はるかに謎めいている。

「ぼくたちは宮殿の夜の余興に使われた」少しでも話すのが楽になればと、早口で言った。けれど、そんなことをしても無駄だった。「ぼくたちは鞭打たれた」

歯を食いしばって、頭に浮かんでくるその場面を追いはらった。肌に食いこむ鞭の痛み。ジェラードとパーソンズの押し殺したうめきや悲鳴。

「あなたたちを辱《はずかし》めようとしたのね」カリスは驚くべき自制心を保っていた。それでも、椅子の背を握る手は震えていた。

「ぼくたちと、傲慢な英国を辱めようとしたんだ。それに、太守は情報もほしがった。だが、それに関しては、その道に熟練した者にまかせた。そこからが、太守のほんとうのお楽しみだったというわけだ」

「あなたは慈悲を請わなかったのね」そのことばは確信に満ちていた。椅子の背を握るカリスのほっそりした手の関節が真っ白になっている。

「愚かなほどプライドが高かったから、ふたりの仲間よりずいぶん長いこと拷問を受けるはめになったよ」気絶して、冷たい大理石の床に倒れるまで。そのときには、屈辱というものをひとつ残らず味わったと思っていた。あのときの自分は、何もわかっていない若造だったというわけだ。「ぼくたちは謁見の間から連れだされて、拷問を受けた」

頼む、太守の地下牢《ちかろう》での拷問がどんなものだったかは訊かないでくれ。その記憶はあまりにも生々しく、いままた、悪臭を放つじめじめした壁に鎖でつながれている気分になった。何があろうと、あの悲惨な地獄での出来事をカリスに話せるはずがなかった。昼も夜もない真っ暗な地下牢。明かりと呼べるのは松明の炎だけ。血と汚物にまみれたおぞましい洞穴だった。

無数にある残酷な拷問道具。無限にくり返される責め苦。救いは来ないという避けがたい現実。

あるのは痛みだけ。それに、死。逃げだすことなど、とうていできなかった。

「ギデオン……」カリスがうつむいて、苦しげに息を吸った。けれど、そのまえに、その目に涙があふれているのをギデオンは見逃さなかった。

カリスが震えながら悲しみに堪えているのを見て、ギデオンは悪夢から現実に引きもどされた。「やめよう。きみを動揺させてしまった」

カリスが顔を上げた。その目が光っていた。カリスがショックを受けながらも、怒りを抱いていることに、ギデオンは驚いた。「そうよ、動揺しているわ。あなたの口から、計算され尽くした屈辱と拷問を受けたことを聞かされているんですもの」カリスがごくりと唾を呑みこむと、ほっそりした喉が動いた。「どのぐらいのあいだ監禁されていたの?」

「一年。その一年の大半を、墓穴ほどの大きさの真っ暗な穴のなかで過ごした」どうにか淡々と言ったけれど、おぞましいランガピンディーに戻ったような気がして、打ち鳴らされる太鼓のように心臓の鼓動が大きくなった。いままでだって、悲惨なあの一年が頭のなかから消えることはなかった。けれど、あのときのことをことばにすると、忌まわしい出来事のすべてがまざまざとよみがえった。

だが、こうして、当時の記憶を押しとどめていた水門を開いてしまった以上、もう止められなかった。「最初の一週間でパーソンズが死んだ。ジェラードは、哀れにもひと月のあいだ吊るされたまま持ちこたえた。ぼくがなぜ死ななかったのか、それはわからない。いつ死んでもおかしくなかったのに。与えられたのは、人がかろうじて生きていける食べ物だけだった。なぜ死なないのか自分でもわからなかった。それに、三人のなかで、なぜ自分が生き残ったのかも」

カリスは椅子から手を離すと、自分の体を抱くように胸のまえで腕を交差した。安っぽい借りもののドレスと、大きすぎる男物の外套を身にまとってその場に立ち尽くしているのだから、滑稽に見えてもいいはずだった。けれど、その美しさは人を導く光のように輝いて、ギデオンは息を呑まずにいられなかった。

「あなたは死にたかったのね」カリスの悲しげな声が響いた。

ギデオンは口もとを引きしめた。「たしかに、死ねたらどれほど幸せだったか。でも、ぼくは人一倍強情だから、自殺もできなかった。それに、ぼくが屈すれば卑劣な男どもが大喜びすると思うと、悔しくてたまらなかった。何よりも、連中はぼくをとことん痛めつけておきながら、とどめを刺そうとはけっしてしなかった」

カリスが顔をまっすぐ上げて、挑むように見つめてきた。ことばを発すると、その声は思いがけず冷静だった。「だから、あなたは英雄なのよ」

ぎくりとして、あとずさった。英雄であるはずがなかった。英雄は自分を痛めつける相手に、やめてくれと涙ながらに訴えたりしない。英雄は明日の苦痛から逃れるために、死を心から願ったりしない。英雄は心に巣くう悪魔に屈したりしない。

「ちがう、ぼくが英雄であるはずがない」

カリスが皮肉をこめて冷ややかに言った。「太守に情報を話してしまったから？」

「いや、意識があるかぎり、ぼくは口を閉ざしていた。だが、東インド会社の仲間がついに救出にやってきて、洞穴から引っぱりだされたときには、わけのわからないことをぶつぶつとつぶやいている狂人に成り果てていた」

カリスがそれはちがうと言いたげに不満げな声を出したが、ほっとしたことに、反論のことばを投げつけてはこなかった。カリスの美しい顔がこわばっていた。「拷問のせいで、あなたは……人に触れることができなくなったのね？」

カリスのすべてを見透かすような目を見ると、いまさら嘘で取り繕ったところでどうにもならないと心を決めた。体の震えを隠せるはずもなかったけれど、それでも胸のまえで腕を組んだ。「ぼくたち三人は洞穴のなかで鎖につながれて、放置されていたんだ」

そのことばが意味することを、カリスが理解できずにいるのには、ほっとした。けれど、次の瞬間には、カリスの顔にかすかに残っていた赤みがすっかり抜けていった。

「いま、三人と言ったわね？」

ギデオンは身を固くした。くそっ、そもそもこんな話をするべきではなかった。もう少しゆるやかな監禁と待ちに待った救出劇、そんな話をでっちあげればよかったのだ。けれど、カリスの目を見て嘘をつけるはずがなかった。

「そうだ」ことばが喉に詰まった。どれほど打ち消そうとしても、腐敗していくふたつの死体と鎖につながれて過ごした月日が、頭のなかによみがえるのを止められなかった。インドのそよとも風の吹かない夏のまつわりつく暑さ。過酷な冬の寒さ。かつては生き生きと動いていた体が、腐敗して放つ堪えがたい悪臭。

カリスがぞっとした顔をした。その顔に浮かぶ哀れみに、ギデオンのプライドが疼いた。自分が経験したことの百分の一でさえカリスが思い描くのに堪えられず、ギデオンはすぐさま言った。「太守に見せ物にされたときには、ほっとしたほどだった。太守は捕らえた白人を汚物にまみれさせて、丸裸にしておくのが趣味だった。だから、ぼくは太守の娯楽室での最高の見せ物だったというわけだ。といっても、それも堪えがたいほどの悪臭を放つまでのことだった。太守もついにはにおいに音を上げたから」

「どうやって、洞穴から逃れられたの？」カリスがかすれた声で尋ねた。

「英国軍が太守を打ち破った。英国軍とともにアーカーシャもランガピンディーにやってきた。そして、ぼくが生きているとしたら、宮殿にいるにちがいないと考えたんだ。その結果、太守の地下牢のいちばん深い場所でぼくを見つけた」

「アーカーシャに感謝しなくては」カリスがつぶやくと、祈るように、束の間、目を閉じる。

「ぼくは火を噴きそうなほどの高熱を出して、歩くこともできず、頭も半分おかしくなっていた」いや、半分どころじゃない。その後しばらくは、救出されたことも、熱に浮かされて見た幻想だと思いこんでいたのだから。

何かを考えているのか、カリスが眉根を寄せた。ことばを発すると、声はさきほどよりしっかりしていた。それでも、無数の思いにまだかすれていた。「でも、あなたはもうすっかり元気になったわ」

「歩けるようにもなったし、臆せず人と話せるようにもなった。まあ、たいていの場合は。めざましい回復ぶりだ」皮肉めいた口調になるのをどうにかこらえた。自分がこれほど情けない男になったのは、カリスのせいではないのだから。

暖炉まで歩いて、火をもう一度かきたてた。燃えあがった炎が、悲しげで悩ましげなカリスの顔を照らす。まばたきひとつしない目には、いままでそこになかった影が射していた。美しい目が翳ったのは、おぞましい話を聞かせたからだった。ギデオンは自分を呪った。なんて身勝手で卑劣なことをしてしまったのかと。べつの部屋を取って、酔いが醒《さ》めるまで眠ればよかったのだ。カリスには邪気のない夢を見させておいて。

けれど、カリスと離れていることに堪えられそうになかった。

「カリス、数カ月かかって、ぼくはようやくここまで回復した」カリスには過酷な現実を知らせたほうがいい。いつか夫が身も心もすべてゆだねてくるなどと、淡い期待を抱かせてはならない。「体は完全に回復した。だが、心に巣くう悪魔は何をしても追いはらえない。これからも永遠に」

カリスがまた唾を呑みこんだ。反論されるものと思ったが、カリスはどこまでも落ち着いた声で言っただけだった。「これからも一生、誰にもさわれないと思っているの?」

「苦痛を感じずに、触れることはできない」

カリスの表情は硬かった。「ならば、どうして床入りができると思ったの?」

ギデオンはぎくりとした。そこを突かれるとは思っていなかった。頭の隅からどうにか答えをほじくりだす。「そうしなければならない。そうするつもりだ。ああ、そうしてみせる」

何かが顔に出てしまったらしい。カリスがそれに気づかないはずがなかった。とたんに、腹のなかで羞恥心がうねった。「ギデオン、何かあるのね?」

顔をそむけた。といっても、カリスは近づいてこなかった。何をしている! なぜ、堂々としていられない? これではまるで、悪いことをしたみたいじゃないか。「何もない」

カリスの口調が鋭くなった。「今夜、どこへ行っていたの?」

カリスはなぜ忌々しいほど鋭いんだ? 「言っただろう。酒を呑んで、ごろつきと喧嘩しただけだ。安心してくれ、叩きのめしてやったから」

スカートがこすれる小さな音がして、カリスが近づいてきた。やめてくれ、さわらないでくれ。とりわけ、いまは。ランガピンディーのことを話して、皮を何枚も剝がれた気分なのだから。

カリスが苛立たしげに長く息を吐いた。「いいえ、何かあるわ」

ああ、くそっ、そのとおりだ。

罪の意識が全身にこみあげた。すべてを話して、許しを請いたい——そんな愚かな衝動と闘った。真の許しなど一生かかっても得られないのはわかっていた。今夜の愚かな過ちであれ、さらに悲惨な大罪であれ。

カリスが返事を待っていた。信じられなかった。ランガピンディーでの激しい拷問でも口を割らなかったのに、妻の怒りに満ちた沈黙をまえにして、洗いざらい何もかも話してしまいたくなるとは。

勘弁してくれ。今夜何をしていたか、なぜカリスに教えなくてはならない？　いや、もしかしたらこれは、どれほど卑屈な男と結婚したか、カリスにわからせる絶好の機会かもしれない。これまでにも何度もそう言ったのに、カリスは信じようとしなかった。呆れるほど頑固なカリスなど、どうなっても知るものか。

背筋をぴんと伸ばして、振りむくと、カリスを見おろした。「町の女を買った」冷ややかに言った。

カリスが傷ついて、悲しげな顔をしたとたん、心ならずも良心が痛んで、胃がぎゅっとよじれた。数フィート離れたところで、カリスが震えながら足を止めた。「何を……その女の人と何をしたの？」その声は震えていた。

ふいに、うしろめたさも、挑発的な気分も消え去った。胸がむかむかした。自分自身が、世の中が、この世のすべてが不快でたまらなかった。

ただし、妻となったカリスだけはべつだ。

カリスの目に非難は浮かんでいなかった。真実を知りたくてたまらない、そんな思いがありありと浮かんでいる目を、もう見られなかった。自分を恥じるあまり、吐き気がこみあげてくる。羞恥心を抱くと、ときには死んでしまいそうなほど息苦しくなった。

冷ややかな声で、ギデオンは屈辱にまみれた事実を打ち明けた。「何もしていない」見るまでもなく、カリスの体から力が抜けていくのがわかった。質問が次々と飛んでくるのを覚悟した。けれど、カリスは何も言わなかった。するとかえって、説明せずにいられなかった。

「何もできなかった。ぼくは……」勘弁してくれ、あまりに屈辱的だ。体のわきで拳を固める。暗い部屋のなかは空気まで薄まってしまったようで、必死に息を吸わなければならなかった。「ぼくは……考えたんだ……きみとベッドをともにしたら……きみに苦しい思いをさせてしまうかもしれないと。ぼくが冷静になれれば、きっときみも楽になるんじゃないかと。きみを苦しめるぐらいなら……死んだほうがましだ」

なんてことだ、内気な少年のようにつっかえつっかえ話しているなんて。喉が焼けるほど熱くなった。

勇気を出して、カリスを見た。驚いたことに、その口もとにうっすらと笑みが浮かんでいた。といっても、目は相変わらず悲しげだった。「あなたをほかの女の人のところへ行かせるぐらいなら、あなたに苦しめられたほうがましだわ」

てっきりカリスは怒って、泣き叫ぶと思っていた。あまりにも意外で、ギデオンは考える間もなく口走っていた。「娼婦《しょうふ》が相手なら、なんとかなるかもしれないと思った。ランガピンディー以来、自分からすすんで人に触れたことは一度もない。人に触れるとぼくがどんなふうになるかは、きみももう知っているだろう。いまのぼくは経験のない女性とベッドをともにできるような状態じゃない。それでも、もしかしたらと希望も抱いた。見ず知らずの女に触れられたら、きみにも触れられるかもしれない。さほど乱暴でもなく、無作法なこともせずに、ベッドをともにできるかもしれないと」ついに苦みを伴う本心が口をついて出た。「でも、たとえ娼婦が相手でも、きみに対する大きな裏切りに思えてならなかった」

夫が卑劣で浅ましいことではなく、何よりもすばらしいことをしたかのように、カリスが満面の笑みを浮かべた。嘘だろう？　カリスはどうかしているのか？　これほど卑劣なことをして、それを打ち明けたのだから、軽蔑されて当然なのに、そんな気配は微塵もなかった。

これ以上カリスの顔を見ていられなかった。その美しさが、誠実さが、そして何よりも愛が、魂を鞭打った。ギデオンは鉛より重い脚で歩いて、窓辺に行くと、外を見つめた。

空が白みはじめ、初夜の終わりを告げていた。それでもまだ、妻は処女のままだった。

カリスがやってきて、となりに立った。「新しい一日のはじまりね」

「ぼくらのまえに広がっているのは闇だけだ」ギデオンは苦しげに言って、カリスを見た。

「わたしはそんなふうには思わない」弱々しい声で言いながらも、こちらを見るカリスの眼差しは力強かった。誠実なその眼差しは、どんなときでも胸に突き刺さった。

「ああ、きみの未来はちがうんだろう」窓辺の椅子にぐったり腰かけた。心がからっぽで、打ちひしがれていた。カリスとふたりここからどこへ向かえばいいのかわからなかった。結婚して果たしてよかったのだろうか？　そう思うのはこれがはじめてではなかった。自分はあの卑劣な継兄よりも、カリスの人生に災いを招いてしまったのではないかと思うのは。

カリスはすぐそばに立っていたが、体は触れていなかった。「ベッドで眠りたいでしょう？」ためらいがちに訊いてきた。

「いや」外が白みはじめて、カリスの顔がはっきり見えるようになっていた。疲れ果てて、困惑しているようだ。「でも、きみはベッドに戻ったほうがいい」

カリスが首を振って、さきほど貸した外套のまえをさらにしっかりとかきあわせながら、足もとの赤と青の厚い絨毯の上に座った。「わたしよりあなたのほうが眠っていないわ」

「眠れないのは慣れっこだ」

カリスが両膝を胸に引きよせて、両腕で抱えた。髪を下ろしたその姿は、驚くほど幼く見えた。けれど、その目に浮かぶ表情だけが、辛い経験を表わしていた。夫となった男の心の闇を分かちあったせいで、この一時間でカリスはそれまでとはちがう女になっていた。

何よりも恐れていたことが現実になった。ランガピンディーの毒がカリスのはつらつとした魂を侵してしまったのだ。その毒に解毒薬はないのに。

カリスが悲しげな目で暖炉のなかの燃えさしを見つめていた。ギデオンは思わず片手を上げて、カリスの肩から背中へと広がるやわらかな髪を撫でようとした。少しでも慰めたかった。

けれどすぐに、そんな自然な仕草も、自分には一生縁がないのだと気づいた。絶望に胸を突かれて、カリスのほうへ伸ばした手を力なく下ろした。

14

カリスは大きなベッドの上でひとり待っていた。身につけているのはシュミーズだけ。時刻はもう真夜中を過ぎていた。日中に天気が変わって、ふいに冷えこんだことから、暖炉で火が燃えていた。

閉じた扉の向こうの居間は物音ひとつしなかった。そこにはギデオンがいて、これからすべきことに対して心の準備をしているはずだった。カリスも今日という一日を丸々費やして、心の準備をした。胃のなかで恐怖という名の二匹の大きなヒキガエルが宙返りをくり返しているかのようだ。いつのまにか、震える手で刺繍《ししゅう》がほどこされた上等な上掛けの縁を握りしめていた。

床入りによって、ギデオンをさらなる闇に閉じこめることになるの？

闇が危険なほど近づいていた。昨夜、ギデオンからランガピンディーのことを聞かされたときに、そう感じた。ギデオンの果てしない苦悩は想像を絶している。

そんなギデオンの心をわたしは癒せるの？　癒せる人などこの世にいるの？

それでも、ふたりで今夜を乗りきらなければならなかった。わたしにはそれができると、ギデオンのまえで断言したものの、ひとりで待っている時間が長くなればなるほど、自信が失せていく。いますぐにギデオンが来なければ、すっかり怖気《おじけ》づいてしまうにちがいなかった。

唇を噛んで、目を閉じて、くじけませんようにと小さな声で祈る。けれど、そんなことをしてもどうにもならなかった。

目を開けると、戸口にギデオンが立っていた。当然のことながら、セント・ヘリア一のホテルの扉はどれも、しっかり油が差してあった。

「こんばんは」ぼんやりと挨拶した。といっても、ほんの半時間まえに、ブランデーをたしなむギデオンを居間に残してきたばかりだった。さらに言えば、今日は丸一日いっしょに過ごしたのだ。今夜起きることについては、口にしないように気を遣いながら。

ギデオンの美しい口がゆがんで、弱々しい笑みが浮かんだ。それは、カリスの切望する哀れな心に永遠に刻みつけられる笑みだった。「ああ、こんばんは」

ギデオンはシャツにズボンという姿だった。シャツの襟もとがV字に大きく開いて、たくましい胸とそこをうっすらおおう黒い胸毛が覗いている。それを見て、カリスははっとした。いまのいままで胸毛などないギデオンの姿を、マーリー邸の広間にある大理石の像のような姿を勝手に想像していたのだ。ほっそりした足は素足だった。それでいて、手には上質な子ヤギ革の手袋をはめていた。

そういったことすべてをひと目で見て取りながらも、ギデオンの視線をひしひしと感じていた。でも、その目は何を見ているの？　カリスは彫刻がほどこされたオークのヘッドボードに寄りかかって、上掛けを肩までしっかり引きあげていた。いつものように髪はきちんと編んである。編まずに下ろしておくのは、ふさわしくない気がしたのだ。そんなふうにするのは、いかにも初夜に備える花嫁の姿そのものだったから。いまの自分が花嫁だとはまるで思えずにいた。

恥ずかしくてたまらなかったけれど、勇気を出してもう一度ギデオンの顔をちらりと見る。束の間の笑みは跡形もなく消えていた。ギデオンの顔からはすっかり血の気が引いて、こけた頬が小刻みに引きつり、いまの心境を表わしていた。

「わたしは……どうしたらいいの？」消えいりそうな声で尋ねた。

ああ、もう、どうしてこんなにどぎまぎしているの？　人は結婚すれば、いいえ、たとえ正式な夫婦でなくたって、こういうことをしているわ。それなのに、緊張しすぎて、気分まで悪くなっているなんて。

ギデオンが部屋にはいって、扉を閉めた。「ベッドに横たわって、目を閉じていればいい」陰鬱な口調だった。「できるだけ早く済ませるから」

カリスは胸が潰れそうなほど惨めになった。普通なら、こういうときにはもっとちがうことを言うに決まっている。とはいえ、普通なら、互いに望んで初夜を迎えるのだ。ギデオンのあまりにもそっけないことばに、文句を言いたくなるのをこらえた。

ギデオンは近づいてこなかった。「蠟燭は消したほうがいいかな？」

カリスは首を横に振りかけたものの、考え直して、うなずいた。「ええ、お願い」暗いほうがいいのはわかっていた。

ギデオンがいつもどおりのネコを思わせるしなやかさで部屋のなかを歩くのを、カリスは見つめた。まもなく、明かりは暖炉の黄金の炎だけになった。

ギデオンがベッドのわきで立ち止まった。暖炉を背にしているせいで、その顔に浮かぶ表情は見えなかった。ギデオンが自分の髪に手を差しいれて、わざとくしゃくしゃにした。膝立ちになって、その髪をきれいに撫でつけたい――カリスはそんな衝動に駆られた。けれど、もちろん、ギデオンに触れはしなかった。

触れてはならないと思うと、苦しくて、胸に深い溝が穿《うが》たれたかのようだった。この島へ向かうときに渡った海にも負けないほど大きく深い溝が。

「あなたは……服を脱ぐの？」不安でたまらず、尋ねた。

「いいや」

カリスはまた唇を噛んだ。指が痛むほど上掛けを握りしめる。ギデオンの不規則な息遣いが聞こえるほど、ふたりの距離は近かった。自分の夫となった華麗な紳士を見あげながら、ここではないどこかに行ってしまいたいと全身全霊で願った。

「カリス、上掛けを取らなければならない」ギデオンが静かな、けれど決然とした口調で言った。

カリスは上掛けを楯か何かのように握りしめているのに気づいた。馬鹿みたい。これからするとに、わたしは同意したのだ。ギデオンがここにいるのはわたしのため。そして、わたしのために大きな犠牲を払おうとしている。いまさら、同意の上で結んだ契約を反故《ほご》にするわけにはいかなかった。

「ええ、そうね」上掛けをぎっちりつかんでいる手をどうにか緩めた。

上掛けが下へ下へとまくられて、最後には何も履いていないつま先まで剝きだしになった。カリスは目を閉じた。ギデオンの顔を見る勇気がなかった。頰が焼けそうなほど熱くなる。シュミーズの下に何も着けていないのは、ギデオンもわかっているはずだ。気分が悪くなるほど緊張して戸惑っていた。体がこわばって、動くこともできなかった。

ベッドの傍らに立つギデオンはあまりにも静かで、息遣いももう聞こえなかった。

きっと無作法なことをしてしまう——ギデオンからはまえもってそう言われていた。そのとおりのことが起きるのだろう。手荒なことをされるのを覚悟した。けれど、何も起こらなかった。

ギデオンはなぜ何もしないの？　わたしを見て、決意が揺らいだの？　最後の最後になって、こんなことはできないといいだすの？

「信じられない。なんてすばらしいんだ」ギデオンがかすれた声でつぶやいた。

驚いて、カリスはぱっと目を開けた。「いま、なんて……？」

ギデオンの表情は相変わらず苦しげだったけれど、妻の体をたどる目は貪欲《どんよく》だった。「カリス、どんな男の身勝手な夢よりも、きみは美しい」

なぜそんなことを言うの？　あまりにも悲しすぎる。わたしがほんの一瞬触れただけで、全身が震えるほどの嫌悪感を抱くくせに、そんなふうに褒められても素直に喜べるはずがなかった。

「お願い……」喉に詰まる切なさの塊を無理やり呑みこんだ。「お願い、終わらせてしまって」

ギデオンの顔が悲しげにこわばった。「すまない、カリス」

「何も言わないで」愚かな涙を流したりしないようにカリスは目を閉じると、体をずらしてベッドに静かに横たわった。「しなければならないことだけを……しましょう」

「きみの望むとおりに」やけによそよそしい口調だった。まるで心を閉ざしてしまったかのようだった。

ギデオンの重みにマットレスがたわんだかと思うと、ギデオンが脚にまたがった。体のぬくもりが伝わってくる。力を抜いていたほうが痛みが少ないと知りながらも、恐怖と期待感に全身が張りつめた。

一瞬の間ののちに、シュミーズの裾が持ちあげられた。太腿、そして、腰があらわになる。冷たい空気が肌に触れて、カリスは身震いした。

震える手で大切な場所を隠した。そんなことをしてもどうにもならないのはわかっている。床入りを終えるまでには、見られるどころか、それ以上のことをされるのだから。

恐る恐る目を開けると、ギデオンの視線が……その部分に注がれていた。その顔は苦悩と切望にこわばっている。そんなギデオンを見ていられなかった。

やわらかく平らなおなかに、手袋をつけた手がためらいがちに置かれるのを感じた。乳房がぎゅっと硬くなって、不安なほど脚のつけ根が熱くなる。気持ちとは裏腹に、体が即座に激しく反応してしまうのが恥ずかしかった。

火傷《やけど》でもしたかのように、ギデオンが手を引っこめた。ギデオンは震えていた。それも無理はなかった。ほんの束の間でも妻の体に触れるには、意志の力をすべてかき集めなければならないのだから。

カリスは唇をぎゅっと嚙みしめた。舌に血の味が広がる。詰まった喉にこみあげてくる〝やめましょう〟ということばを、必死に押しもどした。ギデオンのこわばった蒼白の顔を見れば、その苦悩が痛いほど伝わってきた。

それでも、じっとしていた。

そして、脚のつけ根から静かに手を離した。


ギデオンは呆然とカリスを見つめるしかなかった。その間も、胃のなかが水車の輪のごとくぐるぐるとまわっていた。これほど美しい人を見るのははじめてだ。欲望はいまや、荒れくるう嵐と化していた。

めくりあげたシュミーズが乳房の下で丸まっていたが、それでも澄んだ桜色の乳首がはっきりと見て取れた。カリスに触れると同時に、乳首は食べごろのラズベリーのように硬くなった。

そんなすばやい反応もまた、運命のいたずらでしかなかった。カリスの体は官能のために形づくられているのに、夫となった男といっしょにいても官能など微塵も得られないのだから。そうとはわかっていても、女神にも似たその体を愛《め》でずにいられなかった。艶《なまめ》かしくくびれたウエスト。ふっくらと広がる腰。カモシカのような長い脚。

股間にあるものが硬く、大きくなって、ズボンのまえを押しあげた。即座にカリスを奪ったら、その体を引き裂いてしまうにちがいない。カリスに触れて心は悲鳴をあげるとしても、股間で疼くものはそんなことにはおかまいなしだった。

カリスがぼうっと顔を見つめてきた。その顔は新雪のように真っ白だった。夫の体に目をやる勇気はないらしい。けれど、もし目を下に向ければ、夫がどれほど興奮しているかひと目でわかるはずだった。

歯を食いしばって、カリスの滑らかな太腿を撫でた。刺激的なその一瞬、手袋をつけていても、魅惑的なぬくもりが伝わってきた。

それなのに、いつものように心に闇が広がった。耳のなかで悲鳴がこだまする。カリスの体がみるみる腐敗して、鼻をくすぐるカーネーションの香りが、忌まわしい死臭へと変わっていく……。

ギデオンは金切り声をあげる悪魔と闘った。必死に抗って、悪魔を倒して黙らせる。そのせいで全身がわなないていた。腐臭がまつわりつく空気を大きく吸いこむ。重い体で険しいジグザグの山道をゆっくり登っていくかのように、カリスの腰へじわじわと手を滑らせた。自分が小柄ではないのはわかっていた。カリスにしっかり準備させなければならないのもわかっている。けれど、最大の敵は時間だった。長引けば長引くほど、いつ悪魔に支配されるかわからない。

カリスの体は恐怖にこわばっていた。不安げな美しい目が心に突き刺さる。カリスの息遣いは不規則な喘ぎに変わっていた。それが欲望のせいではないのは、いやというほどわかっている。空気まで張りつめてぴりぴりしていた。

ギデオンは両手をカリスの太腿に置いて、そっと開かせた。明かりは暖炉の炎だけで、秘所は暗く謎めいていた。開いた脚のあいだに膝をつくと、立ちのぼるカリスの香りが鼻をくすぐった。

思いどおりに動かない手で、ズボンのまえを開く。いきり立つものが待ちかねていたように飛びだした。それを見たカリスがくぐもった声を漏らして、シーツをぎゅっと握りしめた。ベッドから飛びおりて逃げだしたいのをこらえているのだろう。

カリスの腰の下に手を差しいれて、持ちあげると、ゆっくり腰を突きだした。

いままさに夫に体を奪われようとしていたが、カリスは鼻にかかった声を漏らしただけで、抗おうとはしなかった。ギデオンはさらに腰を突きだすと、薄い膜が裂けるのを感じた。

驚いたことに、そしてうれしいことに、カリスは濡れていた。挿入がさほど苦しいものにならないぐらいには。

それでも、そこはあまりにも狭かった。

動きを止めて、カリスの芳醇な香りを胸いっぱいに吸いこむ。

カリスは生きている。生きているんだ！　心のなかで歓喜の叫びをくり返しながら、ギデオンはゆっくりとなかにはいっていった。カリスは生きている――頭に巣くう亡霊にそのことばを投げつけて、耳のなかでこだまするおぞましい悲鳴を封じこめた。

カリスが鼻にかかった声を漏らして、腰を浮かせると、さらに深く夫を招きいれた。

歓喜の声が一段と大きくなる。もう自制できなかった。全身に冷たい汗が噴きでて、カリスの腰をつかむ手に力がはいった。目のまえが真っ白になる。大きく息を吸った。あっというまに世界が縮んで、ひとつの輝く点に変わった。

いま、やらなければ、二度とできない……。

「カリス、許してくれ」苦しげに言うと、身を固くして、一気に腰を突きだした。


闇に走る鮮やかな稲妻に貫かれた――それがカリスの感じた痛みだった。喉もとまで悲鳴がこみあげてきた。けれど、カリスはそれをどうにか呑みこんだ。

それでも、くぐもった喘ぎが口から漏れるのを止められなかった。鈍《なまく》らな斧《おの》で体をまっぷたつに切り裂かれたかのようだった。堪えがたい痛みに目がくらんだ。

瞼をぎゅっと閉じて、早く終わることだけを祈った。

息を吸わなくては。苦しくてたまらなかった。

空気を求めて喘いだ。けれど、マットレスに背中が食いこむほどギデオンにのしかかられていてはどうにもならなかった。思っていた以上に、ギデオンは大きくて、重かった。長身と優美ないでたちばかりに目を奪われて、これほど立派な体軀《たいく》をしているとはいままで気づかなかった。

わけもわからずシーツを握りしめた。ギデオンはもうすべきことをした。それなのになぜ、体を離して、わたしを自由にしてくれないの？

息を吸って、カリス。息を吸うのよ。

勢《いきお》いよく押しいってきた硬いものがこすれて、敏感な部分がひりひりした。それはまるで花崗岩《かこうがん》のように硬かった。けれど、花崗岩とちがって、どんなかまどよりも熱かった。ギデオンは冷ややかだ、それどころか、氷のように冷たいにちがいない——愚かにもそんなふうに思っていたのだ。ギデオンはわたしに触れたくもないのだからと。

嗅ぎなれたギデオンの香りと、はじめての香りに包まれていた。ギデオンの石鹼の爽やかなにおいと、肌が発する香りならもちろん知っている。けれど、それとはちがうぴりっとしたにおいを感じた。きっとそれは興奮した男性のにおい……。

ギデオンが苦しげに息をして、震えていた。カリスは思わず両手を上げて、ギデオンの背中を抱こうとした。けれど、次の瞬間には、ギデオンが触れられるのをどれほどいやがっているか思いだした。ギデオンは抱かれたくないはず。たとえ、わたしのなかに深く身を埋《うず》めていても。これがわたしにとってはじめての経験であっても。

もう一度息を吸った。呼吸が少しだけ楽になった。ふたりがひとつになっている部分はまだ痛んだけれど、焼けるような激痛は早くも薄れはじめていた。

小さな声を漏らしてギデオンが体を動かした。圧迫感が緩んで、また少し痛みが和らいだ。カリスはギデオンが体を離すのを待った。けれど、ギデオンは体に力をこめて、もう一度突いてきた。うめきそうになるのをこらえて、シーツをつかむ。そうしなければ、ベッドの上で体がずりあがってしまいそうだった。

こういうことは、すばやく、そう、ほんの数秒で終わるものだと思っていた。けれど、予想に反して、ギデオンはまだなかにいた。そうして、低い唸り声をあげながら、もう一度突いてきた。

さらにもう一度。ギデオンの腰が何度も激しく突きだされて、体の深いところで熱い液体がほとばしった。ギデオンがまた唸って、ぐったりとのしかかってくる。わずかでも思いやりを示そうと、頭を肩にもたせかけた。とたんに、艶やかな黒い髪が首に触れてちくちくした。

あれほど容赦ないことをしておきながら、いまさらやさしく気遣われても、矛盾しているとしか思えなかった。

永遠とも思えるときが過ぎたころ、ようやくギデオンは体を離すと、太腿が隠れるまで、慎重にシュミーズを下ろした。それから、ごろりと仰向《あおむ》けになって天井を見つめた。よれたシャツの裾が、開いたズボンからすっかり抜けていた。

ちらりとギデオンを見やってから、カリスも天井に目を向けて、黒い梁《はり》を見つめた。さきほど体のなかに押しいってきたギデオンの体の一部を見たくなかった。

何か言わなければと思いながらも、声を出す自信がなかった。喉が締めつけられたように痛んでいる。寒かったけれど、上掛けに手を伸ばす力さえなかった。

こうしてふたり並んで横たわったまま、どれぐらいのときが過ぎたの？　そう長くはないはずだ。けれど、一秒がまるで一時間のようだった。

ギデオンに押しいられた場所が痛んだ。といっても、それは全身を貫く痛みではなく、鈍い疼きだった。何もなく果てしない場所にぽつんと取り残された気分だ。想像を絶する大洪水か何かで、跡形もなくなってしまった世界にいるようだった。この世でいちばん親密な行為のあとで、この世にたったひとりで残されたように感じているなんて、不思議でたまらなかった。

ギデオンがこわばった体をゆっくり起こした。カリスは一瞬、ギデオンに見つめられている気がした。それでも、頑なに天井に視線を据えたままでいた。

夏の日の遠い雷鳴のように、いつのまにか落胆が意識のなかに忍びこんできた。けれどいまは、それより疲労感のほうが大きかった。

ぎゅっと目を閉じて、泣くまいとした。泣くよりは、無感覚の世界でさまよっていたほうがましだ。ぐったりと、このままずっと横たわっていたかった。

部屋のなかを歩くギデオンの足音が聞こえた。洗面器に水を溜める音も。体を洗うつもりなのだろう。身震いするほどぞっとする妻の痕跡《こんせき》を、跡形もなく洗い流してしまいたいのだ。

カリスは自己憐憫に浸っていることに気づいて、それ以上自分を哀れむまえに、その思いに蓋をした。その代わりに、心のどこかにあるはずの、がらんどうの冷え冷えした場所――どんなことをされても傷つかない部分――を探しもとめた。

絨毯を踏むくぐもった足音がして、ギデオンが近づいてくるのがわかった。カリスは緊張せずにいられなかった。ベッドの傍らで足音が止まると、思わず身を縮めていた。

けれど、ギデオンが体に触れてこないのはわかっていた。触れられることは二度とない。わたしは法的にも実質的にもギデオンの妻なのに……。

ギデオンは何も言わなかった。ナイトテーブルの上で、何かがぶつかる小さな音がして、ギデオンがベッドから離れていった。足音はほとんど聞こえなかったけれど、カリスはなぜかギデオンが打ちひしがれてとぼとぼと歩いているような気がした。

掛け金がはずれる音がして、扉が開き、また音がして扉が閉まると、ギデオンが部屋を出ていったのがわかった。

カリスは目を開けた。暖炉で燃える火が相変わらず部屋のなかを照らしていた。たぶん、すべては半時間ほどの出来事だったのだろう。

その半時間でわたしの世界は変わった。

横を向くと、ナイトテーブルの上に青と白の縞模様《しまもよう》の陶器の洗面器と、数枚のタオルが置かれていた。わたしに必要なものを用意してから、そっとひとりにしておいてくれるなんて……。

ギデオンがベッドにやってきてから、ずっとこらえていた涙があふれだした。

しばらくしてようやく、カリスにも夫を捜しにいくだけの気力が湧いてきた。

そもそも、困難な問題から目をそらしていられる性質《たち》ではなかった。寝乱れたベッド——男女の交わりの不慣れなにおいがたちこめるベッドに横たわっているあいだに、勇気をたっぷりとかき集めたのだ。

それに、今度はわたしがギデオンを気遣う番だ。

驚きと苦痛が薄れていくにつれて、わびしいセックスの代償としてギデオンが何を失ったのか心配になった。ギデオンに会って、大丈夫かどうか確かめなければならない。ギデオンなど地獄に落ちてしまえばいいと願ったのはほんの一瞬で、いまは会いたくてたまらなかった。ギデオンがそばにいなければ、胸が張り裂けるほどの寂しさは何をしても消えなかった。

寝返りを打ってベッドを下りた。いきなり動いたせいで、これまでに感じたことのない激しい痛みが走った。今夜の出来事ですべてが変わってしまった、それを思いださせる痛みだった。

凍える肩に毛布をかけて、痛みをこらえて歩いた。扉を開いて、寝室を出る。居間はしんと静まりかえり、薄暗かった。明かりは暖炉で燃える小さな火だけだ。

ギデオンは出かけたの？　さきほどの出来事のあとで、眠れるわけがない。昨夜ギデオンが座っていたとりわけ暗い一角にそろそろと向かった。すると、暖炉のまえの重厚な肘掛け椅子に、ギデオンがぐったりと座っていた。

「ギデオン?」肩からずり落ちそうになる毛布を引きあげて、やけに大きく思える肘掛け椅子をまわり、ギデオンのまえに立った。

ギデオンはこちらを見ようとしなかった。その目は暖炉の火に据えられている。カリスはなぜか、ギデオンがそんなふうにずいぶん長いこと火を見つめていたのだと思った。手袋をはめた手に握られたグラスがゆらゆら揺れて、半分ほどはいったブランデーらしき液体がこぼれそうになっている。

「ベッドに戻るんだ、カリス」

長身の細身の体はすっかり力が抜けて、絶望感は口調にも、その姿にも表われていた。両脚を暖炉に向けて伸ばして、寝室にいたときと変わりなくシャツの裾はズボンから出たまま。揺れる炎に照らされて金色に輝く裸の胸を見たとたん、カリスの体を戦慄が走った。信じられないことに、体が震えたのは嫌悪感のせいではなかった。

ギデオンのことばにしたがって、さっさとこの場から逃げだしたい——カリスはそんな臆病な思いを頭から追いはらうと、まっすぐギデオンを見つめた。「わたしたちは話をしなければならないわ」

ギデオンが顔をしかめた。グラスを持ちあげたかと思うと、暖炉に思い切り投げつけた。カリスは身を縮めた。ガラスが割れる甲高い音が響いて、ブランデーをかぶった炎がぱっと大きくなる。

「勘弁してくれ」

怒りと嫌悪でぎらつく目に睨まれて、カリスはたじろいだ。

「わたしを憎んでいるのね?」自分の声とは思えないほど、声が震えていた。ギデオンにとってこの一夜が少しでも楽なものになるように、必死に努力したつもりだった。それでも、情けないことに苦痛を隠しきれなかった。

ギデオンの顔がゆがんだ。そこに浮かぶ剝きだしの苦悩を目の当たりにすると、カリスは不安でたまらなくなった。でも、それもほんの一瞬のことで、まるで鎧戸《よろいど》をぱたんと閉じるように、ギデオンは荒れくるう胸の内を隠した。

「何を馬鹿なことを、きみを憎むはずがない」苛立たしげな口調だ。

「でも……」

「ベッドへ戻ってくれ、カリス、さあ」声がひび割れていた。

ギデオンがほんとうにひとりきりになりたがっているのはまちがいなかった。それでも、わがままだとわかっていても、どうしてもそばにいたかった。となりの部屋の寝乱れたひとりきりのベッドへ向かうのは、絞首台へ続く門をくぐるようなものだった。

「おやすみなさい」肩を落として、つぶやいた。

ギデオンは答えなかった。石のように重い脚で、カリスは開けっ放しの扉へと歩きだした。

一歩。二歩。

ギデオンと離れたくなかった。かたときも離れたくない。

扉のすぐそばまで歩くと、背後でくぐもった音がした。聞き慣れない音なのに、それがなんなのかは即座にわかった。

口から漏れそうになる悲鳴を呑みこんで、振りかえった。ギデオンが手袋をはめた手を目にあて、広い肩を上下させて苦しそうに息を吸っていた。

ギデオンの背中をさすりたくてたまらなかったけれど、手を体のわきに下ろして握りしめた。自分の体が発するぬくもりで、愛する人を慰めたかった。けれど、そんなことはけっしてできない。妻の体に触れたせいで、ギデオンはいま、これほど苦しんでいるのだから。

駆けよって、ゆうべと同じように、傍らの床に膝をついた。しゃがみこむと、これまでに感じたことのない痛みが走った。

胸が潰れそうなほどの不安を抱えながら、追いはらわれるのを覚悟した。ギデオンは誇り高い紳士。いまの姿を人に見られたくないはずだ。

けれど、ギデオンは何も言わなかった。

カリスは思った――わたしがそばにいることにも気づいていないのかもしれない。必死で涙をこらえているギデオンの苦しげな息遣いを、すぐそばで聞いているのは拷問に等しかった。ギデオンは声らしい声さえ発していなかった。激しい苦悩を明かしているのは、不規則なかすれた喘ぎだけだ。

ランガピンディー以降、ギデオンを支えていた鉄の意志が崩れ落ちようとしていた。カリスは自分を責めた。これまでギデオンが堪え忍んできた無数の苦痛に気づかずにいたなんて。気づいて当然だったのに。わたしは夢うつつでいるわけではない。ギデオンへの愛は真実だ。ギデオンはインドの話をしてくれた。インドでの悲惨な経験が、ギデオンの勇敢な魂にどれほどの傷を残したかはわかっていた。

けれど、いまようやく、ギデオンが胸に抱えていた傷がどれほど大きく深いかを真に理解した。ギデオンは超人的な精神力で、いまこの瞬間まで、苦痛に呑みこまれまいと堪えていたのだ。そうして、ついに堪えられなくなった。その姿はまるで、大きな山が崩れていくかのようだった。

出会ったその日から、ギデオンに対して少女趣味の無邪気なイメージを勝手につくりあげてきた。けれど、この薄暗い部屋のなかで、そんなイメージはあっけなく崩れて塵《ちり》と化した。ギデオン・トレヴィシックは聖杯を探す円卓の騎士パーシヴァルでも、聖杯を見つけた円卓の騎士サー・ガラハッドでも、円卓の騎士のなかでもっともすぐれた騎士ラーンスロットでもなかった。どこからともなく現われて、哀れな乙女に救いの手を差しのべる無敵の守護天使でもない。負け知らずの不死身で無敵の超人ではなかった。

何もできず、痛む胸に良心の呵責を秘めたまま、カリスはギデオンの心が張り裂けるのを感じているしかなかった。泣き崩れまいと必死にこらえているギデオンは、生身の人間そのものだった。人であれば、心が乱れ、崩れ落ち、倒れることもある。切れば肌が傷ついて、血が流れる。そんな生身の男であるギデオンは、誰よりも大きな苦悩を抱えていた。

立てた膝を抱えて、暖炉の火を、暗い部屋の唯一の明かりをぼんやり見つめた。こうして眠らずに無言でギデオンの傍らにいるのが、いまの自分にできる精いっぱいのことだった。寝室での交わりあいのせいで、ギデオンはこれほど苦しむことになったのだ。泣き叫ぶのは恥だと感じているかのように、さもなければ、泣き叫ぶ権利など自分にはないと思っているかのように、悲しみを押し殺そうとするギデオンの苦闘に耳を傾けていることだけが、せめてもの罪滅ぼしだった。抗わないで、と言いたかった。すべてを受けいれて、インドで経験した恐怖に泣き叫んでほしかった。

あまりにも長いあいだ、あまりにも激しい闘いを強いられてきたのに、ギデオンはいままた闘っている。その雄々しい心は何にも屈しないのだろう。

ゆっくりと、最悪の苦悩のときが過ぎようとしていた。少なくとも、見た目はそんなふうに思えた。荒い息遣いが徐々におさまっていく。ギデオンはもう苦しげに喘いではいなかった。

それからずいぶん長い時間が経って、やがて、ギデオンが押し殺した声で言った。「きみには辛い思いをさせてしまった」

カリスはギデオンを見なかった。立てた膝に頬をつけたままでいた。激しい疲労感と悲しみが肩にずしりとのしかかっている。「これくらい堪えられるわ」

それだけで、もうどちらも話さず、ときだけが流れていった。ギデオンは疲れ果てて眠ってしまったのかもしれない。けれど、カリスは眠れなかった。乾いた目で消えそうな炎を見つめているだけだった。

わたしはひと目でギデオン・トレヴィシックに心を奪われた。強さ、道義心、知性、美しさに心惹かれた。そして、いまも心から愛している。

けれど、ギデオンはそれは愛ではないと言う。若い女がのぼせて何も見えなくなっているだけだと。そんな愛は温室育ちの華やかな花と同じで、外の寒風に吹かれればあっというまに枯れてしまうと。

けれど、この一時間ですべてが永遠に変わった。この一時間でわたしも永遠に変わった。

ギデオンに対するわたしの愛は、どんな岩よりも長くこの世に残るのだから。

15

その午後は凍《い》てつく海風が吹きつけて、身を切るような寒さだった。この時期にしては異例なことだと教えてくれたのはホテルのポーターで、ギデオンがカリスといっしょに散歩に出ようとすると、風邪をひかないようにと声をかけてきた。

外に出るのが果たして賢いことなのか、それについてはギデオンも自信がなかった。誰かに気づかれるかもしれないのだから。この数日の出来事を思えば、ポーツマスのときのようにまた大勢の人に囲まれれば、どんなことになるかわからなかった。いや、それ以上に、外に出るのは大きな危険を伴った。まずありえないこととはいえ、自分とカリスがジャージー島にいるという噂が立って、それがフェリクスとヒューバートの耳にはいらないともかぎらないのだから。

それでも、ギデオンはふたりで部屋に閉じこもっているのに堪えられなかった。昨夜の苦痛と落胆が、苦い記憶となって部屋にたちこめて、空気まで重苦しいものに変えていた。さらにまずいのは、ぎこちない交わりあいが、望みもしない欲望を目覚めさせたことだ。カリスには触れられない、二度と触れられないと知りながら、狭い部屋でふたりきりで過ごしていると、じわじわと頭がおかしくなっていくような気がした。

ときが経つにつれ、自分が感じている緊張がカリスにも移って、その青白い顔に色濃く表われていくのがわかった。ふたりのあいだの緊迫感がますます高まって、ついには堪えられなくなった。そうして、散歩に行こうと誘うと、カリスは安堵のため息を漏らしたのだった。

幸いにも、この寒さに、多くの人は家のなかで過ごすことにしたらしい。寒さをものともせずに遊歩道に出てきたわずかな人々は、海沿いの道を散歩しているギデオンとカリスを気に留めるそぶりもなかった。

これまでのところ、ほとんど無言で散歩していた。それを言うなら、その日は朝からほとんど無言で過ごしていたけれど。

当然だ。昨夜、あんなふうに感情を抑えきれずに醜態をさらしたのだから、いまさら話などできるはずがない。わびしい床入りのあいだの、あるいは、そのあとの恥辱を思うと胃がよじれそうになる。黒い海に呑まれたような苦悶について、もう一度考える気になどなれるはずがない。それ以上に、無様すぎる交わりについて話などできるはずがなかった。

故意に語られずにいる無数の事柄で、沈黙は鉛のように重かった。

カリスが風上を向いて立ち止まると、灰色のうねる波を見つめた。強い海風にボンネットが飛ばされそうになって、手袋をはめた手であわててボンネットを押さえた。

少なくともカリスは相応の身なりをしていた。その朝、ギデオンは仕立屋を呼んで、妻のためのドレス一式を注文したのだ。いま、カリスが着ている愛らしい黄色のアンサンブルは、体に合うように大いそぎで手直しさせたものだった。それ以外のドレスも来週には届くはずだ。

ドレスのデザイン画を見て、カリスはようやく微笑んだ。笑みを浮かべたのは、あとにもさきにもそのとき一度きりだった。

石造りの堤防から身を乗りだしているカリスの傍らに立った。ボンネットに半ば隠れた顔に浮かぶ表情は憂いを帯びていた。ふっくらした桜色の唇は悲しげだった。

そう、やわらかなその唇は……。

欲望は途切れることなく低い唸りを上げ、ギデオンは頭がくらくらした。とたんに、自己嫌悪に陥った。

やめてくれ、これではまるでこの世で最高に堕落した好色男ではないか。ゆうべあんなことがあったのに、カリスにまたさわれるとでも思っているのか？

カリスがこちらを向いて、目が合った。とたんに、カリスの青白い頬に赤みが差した。どうやら、淫らなことを考えているのを見透かされてしまったらしい。

ならば、軽蔑されてもしかたがない。いや、軽蔑されるべきなのだ。ゆうべ、カリスにあんなことをしておきながら、感情を抑えきれなくなって、太守の牢獄から助けだされて以来、はじめて泣き崩れてしまったのだから。

カリスの目が深みを増して、濃い緑色になった。それが感情を表わしているはずなのに、どんな感情なのかはわからなかった。とはいえ、ゆうべあんな醜態をさらしていなければ、その目に浮かんでいるのは好奇心だと思っただろう。無音のため息をつくように、カリスの唇がかすかに開いた。

カリスの手が差しだされたような錯覚を抱いて、ぎくりとしてあとずさった。実際には、黄色い手袋に包まれた手は、堤防にしっかり置かれたままだった。

心臓が早鐘を打っていた。ギデオンは片手で首のうしろをさすった。驚いたことに、カリスが小さな声をあげて笑った。驚いたことに、そして、悔しいことに。

耳に心地いい静かな笑い声が、蜂蜜《はちみつ》にも負けないほどとろりと全身を満たした。得られるはずのないものが、ほしくてたまらなくなった。満たされない欲求にはそろそろ慣れてもいいはずなのに、なぜかいつまでたっても忌まわしい苦痛を感じずにいられなかった。

「あなたはずいぶん恥ずかしがりやなのね」カリスのかすれた声には、あふれるほどの温かみがこもっていた。

「やめてくれ、カリス……」驚いた口調で言った。「こんなに苦しい状況を冗談にするなんて」

カリスの口もとに憂いが漂った。「泣くより笑っていたいわ」カリスは顔をそむけると、不規則にうねる波を見つめた。「わたしたちを見た人が何を考えているか、あなたも気づいているでしょう。今朝のあの給仕だって、もの言いたげに横目で見たもの」

「ぼくたちは新婚の夫婦だからね」ギデオンは暗い口調で言った。「きみの継兄があれこれ嗅ぎまわるかもしれないんだ。そのときには、ぼくたちはごく普通の夫婦に見えたとみんなに証言してもらわなければならない」

「それなら、あなたはわたしに触れなければならないわ」カリスが静かに、けれどきっぱりと言った。その視線は鉄灰色の海に向けられたままだった。

沈黙ができた。海がうねり、カモメが鳴いて、背後の通りを馬車がにぎやかに通りすぎていく。

「カリス……」

カリスが見つめてきた。その顔にはもうユーモアのかけらもなかった。「ゆうべ、あなたはわたしに触れたわ」

ギデオンは体のわきに下ろした手を握りしめた。どうやら愛らしい新妻は、夫をいじめたいらしい。「ゆうべのことなど話したくない、ときみは思っているはずだ」固い口調で言った。ああ、ぼくは話したくもない。

「なぜそんなふうに思うの？」

なぜなら、きみに乱暴なことをしてしまったから。何よりもすばらしいはずの出来事を、ぼくが悲惨な出来事に変えてしまったから。なぜなら、きみのなかにいたときの感覚を思いださずにいられないから……。

「なぜなら、もう終わったことだからだ」

意味のない卑怯《ひきょう》な答えであることは、自分でもよくわかっていた。忌々しいことに、カリスもわかっているはずだった。

「あなたは……真の夫婦になるための一線を越えたわ。それなのに、もう二度とそちら側には踏みださないの？」カリスの高い頬は相変わらず赤く染まっていた。口にしていることばとは裏腹に、この話題はカリスにとってもやはり気まずいものなのだろう。

「それがいちばんいい、きみだってそう思うだろう」

カリスが美しい薄茶の眉を上げた。その眉は、飛ばされそうになっているボンネットに隠れた艶やかな髪より、わずかに濃い色をしていた。「話し合いの余地はないの？」

ギデオンは重いため息をついた。「ゆうべのようなことをもう一度するのは、ぼくだけでなく、きみにとっても辛いはずだ」

カリスが堤防から体を起こして、まっすぐ見つめてきた。「あなたは……義務を果たしたのね」

「そこに悦びはなかった」誰でもいいからここに来てほしかった。そうすればカリスはこんな話をやめるに決まっている。けれど、遊歩道はがらんとして人気《ひとけ》がなかった。

「練習すればうまくいくわ」カリスが自信満々に言った。

どれほど励まされても、ギデオンは傷つくだけだった。「この件ではそうはならない」

過酷な現実を変えるなどという途方もない願いは、とうの昔にあきらめたと言いたかった。きみは夜明けの光よりも美しい。死ぬほどきみがほしいと言いたくてたまらなかった。

そんなことを言ってもいいことはひとつもなかった。触れてもカリスを傷つけるだけだとわかっているのだから。

カリスは決然と口もとを引きしめた。「そんなことないわ」

「いや、そうなんだよ」どんな見こみもないと、なぜカリスはわからないんだ？　ゆうべ、あんな無様なことをしたのだから、ぼくのことを疫病神だと避けてもいいはずなのに。

「ウェストン家は戦士の血筋なのよ、ギデオン」カリスがきっぱりと言った。そう言いながらもごくりと唾を呑みこんだ。それもまた、決然とした態度の下に不安が隠れている証拠だった。「わたしは夫とベッドをともにしたい。そのためにはどんなことでもするわ。そうよ、どんなことだって。あなたがわたしを求めているのはわかっているわ。わたしはそれを武器にするつもり、ええ、それができるなら」

嘘だろう？　勘弁してくれ。ほんとうなら、敵のまえで戦術を堂々と語るカリスの勇気を称賛するところだが、このさきふたりを待ちうける惨劇にしか目を向けられなかった。「ぼくたちは約束した……」

カリスが首を振った。「いいえ、あなたは究極の選択をわたしに突きつけたのよ」

「だが、きみは同意した」苛立ちを隠せなかった。何しろ、カリスと口論していなくても、心を平静に保つのはむずかしいのだから。

「そうね、あのときは」カリスがうつむくと、光を帯びた長い睫が紅潮した頬に触れた。

抑えの利かない欲望が苦しくてたまらなかった。カリスがこれほど美しくなければ、これほど厄介なことにはならないはずなのに。

いや、ほんとうにそうなのか？

たしかに、最初からカリスのことが好きだった。外見が美しいのはまちがいないが、それだから好意を抱いたわけではない。これほど強く惹かれるのは、純粋で何にも屈しない魂の持ち主だからだ。

切羽詰まったように声がかすれた。カリスの勇気は称賛するが、それでも、手にはいるはずのないものを求めていることに変わりはなかった。

「カリス、頼む、もうやめてくれ。無慈悲な頼みだってことはよくわかっている。でも、かなうはずのない願いをきみに抱かせておくほうが、はるかに無慈悲だ。きみが考えているとおりのことをしたら、ぼくたちはふたりとも破滅してしまう」

紅潮したときと同じように、一瞬にしてカリスの頬から血の気が引いた。カリスが見つめてくる。その目は悲しみに曇っていた。「でも、ふたりとも救われるかもしれないわ」

悔しいけれど、ギデオンは首を振るしかなかった。「これはおとぎ話じゃないんだよ」

カリスが苛立たしげに唇を引き結んだ。「ええ、これはあなたがわたしをほかの男性のベッドにゆだねるという話ですものね。それがあなたの望みなのよね？」

昨夜の親密な行為をカリスが愛人とくり返すと考えただけでも、全身がかっと熱くなった。燃えさかる炎を肌に押しつけられたかのようだ。自分以外の男がカリスに触れて、ため息を聞いて、あろうことか、官能的な秘所に押しいると思うと、その男を殺してやりたくなった。

「そうだ」

「嘘つき」

カリスは軽蔑しきった視線を投げてきた。そうして、さっと横を向くと、ホテルのほうへ歩きだした。砂利を踏みしめるカリスのブーツの音だけが響いた。ギデオンは途方に暮れて、うしろ姿を見つめるしかなかった。何かを聞きまちがえたのでないかぎり、たったいまカリスから宣戦布告をされたも同然だった。

ランガピンディーよりずいぶんまえ、若かりしころには、結婚を夢想したこともあった。空想のなかの結婚はわかりやすく、ごく自然で、複雑な問題などひとつもなかった。

愚かなほど純真だったというわけだ。

悪態をつきたくなるのをこらえた。カリスを助けるためにこの計画を思いついたときに、それが果てしない苦悩になることはわかっていた。固い意志と犠牲的精神が不可欠だということも。

けれど、妻はこれから夫を誘惑すると脅している。そんな地獄が待ちかまえているとは、いまのいままで想像すらしていなかった。

カリスはすでに数ヤードさきを歩いていた。自然で、それでいて自信がみなぎるその姿を、寒さをものともせずに外に出てきた数少ない男たちが惚《ほ》れ惚《ぼ》れと見つめていた。

厚かましい男どもめ。

カリスへの、自分自身への、ろくでもないこの世への怒りを呑みくだして、妻のあとを追って歩きだした。目は挑発的に揺れるカリスの腰に釘づけになっていた。

追いついても、カリスはこちらを見ようともしなかった。体面を保とうと、カリスの腕に手をかけた。手袋と上等な羊毛の袖越しに、刺激的なぬくもりを感じる。それこそが、昨夜、男の欲望に火をつけた圧倒的な生命力だった。

その刺激的なぬくもりと生命力をギデオンは求めていた。

あろうことか、カリスがほしくてたまらなくなった。

灼熱の電光と化した新たな欲望に体を貫かれているのに、人と離れたいといういつもの衝動が湧きあがってきた。

カリスがちらりと視線を送ってきた。「大丈夫？」

「ああ」絞りだすように言って、体の震えを抑えようとする。ひとつ息を吸って、苦痛が全身に広がるのを感じながら言った。「きみはこういうことを望んでいるんだろう？　きみはどうしようもない変わり者だ」

カリスはまっすぐまえを見ていた。「わたしが求めているのはあなたよ」

揺るぎない決意を感じさせる口調なのに、それでいてどこか悲しげだった。ギデオンはあらためて自分に言い聞かせた――カリスは自分のほんとうの気持ちさえわからない夢見るお嬢さまなのだ。けれど、ゆうべの出来事を考えれば、そんなのは嘘っぱちの言い訳でしかなかった。

「なるほど、せいぜいがんばるんだな」苦々しげに言って、不本意ながらカリスの細い腕に触れている手に力をこめた。

カリスはベッドに座っていた。そこは、昨夜、ギデオンの妻となった場所だった。雨が窓に打ちつけて、風がガラスを揺らしていた。けれど、どれほどの雨も風も、心のなかで吹き荒れる感情の嵐とは比べものにならなかった。

昨夜、ベッドの上でギデオンにされたことは不快だった。けれど、それ以上に、ギデオンがそれを不快に思っていることがいやでたまらない。無謀な願いだとわかっていても、妻とベッドをともにしてギデオンに幸せを感じてほしかった。

ゆうべは幸福感など微塵もなかった……。

いいえ、それは事実とは言えない。ギデオンに触れられて、わたしは幸せだったのだから。ギデオンの手は忌々しい手袋に包まれていたけれど。その手で肌を撫でられて、下腹が淫らな熱を帯びた。ギデオンに触れられた乳房が痛いほど張って、脈が抑えようもなく速くなった。

求めてやまなかった体がすぐ近くに、手を伸ばせば触れられるところにあった。

そう、触れるのをギデオンが許してくれたならば。

ギデオンの爽やかな香りで胸のなかが満たせるほど、その肌が発するぬくもりが伝わってくるほど、ふたりの距離は近かった。たくましい胸を目の当たりにして、ギデオンの髪が首に触れるのを感じた。

そのすべてに、いつかふたりで至福のときを分かちあえるという希望の光がちらついていた。ただし、ギデオンをランガピンディーの呪縛《じゅばく》から解き放てるならば。

ギデオンが体のなかにはいってきたときの、何よりも親密な一瞬を思いだして、下腹にぎゅっと力がはいった。あの痛みはめまいがするほどだったけれど、ふたりは深く結びついた。何をしても、あれほど深くは結びつけないほどに。

ふたりはひとつになった。

そのことばの真の意味を、カリスはようやく理解した。もしかしたら、床入りが苦悩に満ちていたからこそ、けっして断ち切れない絆ができたのかもしれない。ギデオンとの結婚が最初から明るい希望に満ちていたら、鬱々と悩むほど夫を強く求めることもなかったのかもしれない。

ギデオンも絆を感じたのはまちがいなかった。それでいて、ふたりのあいだに距離を置こうと躍起になっていた。

カリスはいま、その絆のために、大きな危険を冒すつもりでいた。それは自分や、自分の傷ついて切望する心にとって危険なだけではなかった。意志の力でどうにか保たれているギデオンの正気や、さらには健全な肉体まで危険にさらすことになる。やはり、わたしはまちがっているの……？　結末は悲劇的なものになるかもしれないのだから。

眠れずに過ごした闇のなかで、カリスは人生の岐路に立たされているのを感じた。ひとつは、ギデオンが思い描いている、冷たく、夫婦別々の孤独な人生。ギデオンの決定におとなしくしたがって、夢も愛もあきらめた人生。

でも、もうひとつの人生もある。ふたりで力を合わせて、困難を克服し、家族を育んで温かな家庭を築く人生。

わたしにはその人生を切り開く力があるの？

その人生を手に入れるまでに、どれほどの困難を乗りこえなければならないか、それを見誤るほど愚かではなかった。それでも、ゆうべ、ギデオンの苦悩を目の当たりにして、心のなかの何かが、ギデオンを苦しみに埋もれさせてはならないと叫び声をあげた。ギデオンを慈しみたかった。ギデオンに自信を取りもどさせて、人生は生きるに値すると感じてほしかった。それ以上に、自分自身を信じられるようになってほしい。幸せになっていいのだと思ってほしかった。

どれもこれも、大それた望み。

けっしてかなわない夢？

いいえ、そんなことはない。あきらめるつもりはなかった。たとえ、どれほどの犠牲を払っても。

三十分ほどまえに、カリスはギデオンを残して居間を離れた。そのとき、ギデオンはブランデーを飲んでいた。あまりにも悲しげなギデオンの目を見ると、カリスは泣きたくなった。以前からその目には絶望が浮かんでいた。けれど、ギデオンの過去を知ったいま、悲しげな目を見ていると切なくて胸が張り裂けそうだった。

ギデオンは自分の人生はもう終わっていると思いこんでいる。

でも、ギデオンが妻にした女は、夫のそんな思いこみを粉々に打ち砕くつもりでいた。心から愛している夫を失うわけにはいかないのだから。

思いだけは勇ましかった。そんな勇ましさのせめて半分だけでも、確たる自信が持てればいいのに……。

心乱れる思いを頭から振りはらって、顔を上げた。戸口にギデオンが立っていた。足音は聞こえなかった。ギデオンがネコのように歩くのを思えば、驚きはしなかったけれど。ギデオンの髪は乱れ、手袋をはめた手がグラスをぞんざいに握っていた。クラバットはなく、シャツの胸もとが大きく開いて、たくましい胸が覗いていた。

その男性的な美しさはいつ見ても刺激的だった。ときには、心臓が止まりそうになるほどだ。いまもそうだった。

シャツとズボンしか身につけていないギデオンを見ると、いやでもゆうべのことが思いだされて、胃がぎゅっと縮んだ。あのときの行為へのギデオンの自責の念を思うと、刃が突き刺さったように胸が痛む。あの行為のあとの悲嘆に暮れたギデオンの姿が頭に浮かぶと、死んでしまいたくなった。

ギデオンは戸口に立ったまま、寝室にはいってこようとしなかった。「おやすみを言おうと思ってね」

「ベッドで眠らないの？」カリスは思わず尋ねていた。夫を誘っているように声がかすれている。

ふいに落ち着かなくなって、乾いた唇を舐めた。舌の動きを、ギデオンの目が熱っぽく追ったかと思うと、ブランデー・グラスを持った手袋をはめた手に力がこもるのが見て取れた。暖かな部屋のなかで、艶かしい空気が渦を巻いた。

ギデオンが咳払いをして、視線を唇から頭の上のほうに移した。「居間で寝る。そのほうが……いいだろう」

カリスはぎこちなくショールをつかむと、ベッドから出た。やめてくれと言いたげな顔のギデオンを無視して、黒い目に浮かぶ苦悩と失望が読みとれるぐらいまで近づいた。「馬鹿なことを言わないで。居間は寒いわ、ゆったり眠れるわけがない」

ギデオンが見つめてきた。「ランガピンディーに比べれば天国だ」

「やめて、ここはランガピンディーではないわ」低い声で言った。尋ねられてもいないのに、ギデオンがインドでの監禁のことを口にしたのは、ある意味で進歩なのかもしれない。そんなことを思って、片手を差しだしたけれど、すぐに体のわきに手を下ろした。「あなたは自由なのよ」

ギデオンの顔に苦々しげな笑みが浮かんだ。「ぼくは一生自由にはなれない」

何もせずに運命を受けいれているギデオンに腹が立った。「闘わなければ、自由にはなれないわ」

ギデオンはすらりとした長身の体を怒りに震わせながら、つかつかと暖炉へ向かった。グラスの中身を炉床《ろしょう》にあけて、暖炉の上に空のグラスを乱暴に置く。そうして、振りむくと、睨みつけてきた。「わかりもしないのに、偉そうなことを言わないでくれ」

カリスは萎えそうになる勇気を奮いたたせた。ひとつ目の障害で、おずおずと引きさがるわけにはいかなかった。求めているものを手に入れるまでには、さらなる難関がいくつも待ちうけているのだから。幸せになるには……ギデオンを過去から解き放つには。

ふいに、ゆうべのことを思いだした。妻の体を見て、ギデオンの顔に見まちがいようのない欲望が浮かんだときのことを。それを武器にして闘う勇気がわたしにはあるの？

美しいショールをわざとゆっくりと肩からはずした。新しい絹のネグリジェは、艶かしすぎはしなかったけれど、マダム・クレアが蜜月を意識してデザインしたのはまちがいなかった。

滑りおちるショールを見つめているギデオンの頰に赤みが差した。大きく開いた胸もとにギデオンの視線を感じた。熱を帯びた視線に、カリスは身震いした。おなかと腰をおおって、脚にまつわりつく薄い絹の布がふいに気になった。ゆうべと同じように、下腹のあたりが奇妙なほど熱く重苦しくなる。興奮して、胸の鼓動が骨にまで響くほど大きくなっていた。

「いいえ、わかっているわ、あなたは昔を思いだしては、自己憐憫の海でのたうちまわるつもりなのよ」ひどいことを言っているのはわかっていた。けれど、いまはそんなことを気にしている場合ではなかった。これからギデオンの自制心を打ち破って、ギデオンにとり憑いているおぞましい記憶を消し去らなければならないのだから。

「きみにそこまで言われる筋合いはない」ギデオンの頰がぴくぴくと引きつっていた。我慢が限界に達しているようだ。

「わたしはあなたの妻だもの、なんでも言いたいことを言うわ」わざとふてぶてしく言いはなって、背筋をぴんと伸ばした。乳房がぐいとまえに突きでて、細かい刺繍がほどこされたネグリジェを押しあげる。ひんやりした絹の布地が乳首にこすれると、脚のつけ根が熱く湿り、張った乳房がギデオンの手を求めていた。

「これは便宜的な結婚だ」ギデオンが苦しそうに言った。引いた弓のように張りつめている。体のわきに下ろした手袋をはめた手が、握っては開くという動きをくり返していた。

「それより、不都合な結婚と言ったほうがぴったりだわ」カリスは言いかえしながら、一歩近づいて、編んだ髪を肩のうしろに払った。

ギデオンのまつわりつくような熱っぽい視線を感じた。「ぼくたちは協定を結んだ」

「そうね、身の安全の代わりに、一生分の不幸を背負いこむという条件で」どうにか落ち着いた口調を保った。自分の言動に対してギデオンが示すあらゆる反応のせいで、体の芯がどんどん熱くなっているときに、冷ややかに話すのはむずかしかったけれど。「許可してもらいたいわ、条件の見直しを」

ギデオンが顔をそむけると、これ以上妻を見ていられないとばかりに目を閉じた。震える手は、暖炉の角を握っていた。

「それでなくても悲惨な状況なのに、これ以上悲惨にすることなど、ぼくは許さない」ギデオンが顔をぐいと上げて、さも憎々しげに睨みつけてきた。怒りに燃える黒い目は、妻がその場で焼かれるのを望んでいるかのようだった。「いったいきみはなんだって、ゆうべの惨劇をくり返したがるんだ？　やめてくれ、カリス、そんなことをしたらきみを傷つけてしまう」

「そうはならないかもしれないわ」必死に普段どおりの口調を保った。

「そうなるに決まっているんだよ」ギデオンのそのことばは悲痛なほど確信に満ちていた。

ふいに不安になって決意が揺らいだ。やはりわたしはまちがっているの？　ギデオンを救うつもりでしていることが、さらに傷つけることになるの？　迷いながらも、カリスは顎をぐいと上げて、勇気を奮いたたせた。「わたしはあきらめないわ」

ギデオンが怒りに口もとをきっと結ぶ。その口から出てきた声は冷淡だった。「ああ、そうなんだろう。だが、これはきみにとって勝ち目のない闘いだ」

手のほどこしようがないと言いたげに、カリスは両手を広げて見せた。ギデオンがこれほど頑固だったなんて……。それなのに、その意志の強さを自分のために発揮しないなんて。

「ほんものの人生がほしくないの？」

ギデオンの短く冷ややかな笑い声は、飛び散るガラスの破片にも負けず鋭かった。「もちろん、ほしいさ」

カリスは引き下がりたくなるのを必死にこらえた。こうしようと決めたときから、最大の敵はギデオン自身だとわかっていたのだから。「あなたはいつでも過去の出来事に縛られているわけではないわ」かすれた声で言った。「ポーツマスでのあなたはちがった。あのときは、手の届くところにいる人を片っ端から倒していた。人に触れるのを恐れていなかった」

「ああ、暴力に安らぎを感じるんだ」ギデオンがざらついた声で皮肉を言った。「つまり、ぼくはきみを殴ればいいと、そう言いたいのか？」

カリスはまばたきして熱《たやす》い涙を押しもどした。ベッドにひとりでいるときには、楽観的な誓いを立てるのはなんと容易《たやす》かったことか。けれど、一歩も引かない頑固なギデオンをまえにしていると、楽観的になどとうていなれなかった。

ギデオンは腹を立て、自制心を失って、自分ができる唯一の方法で身を守ろうとしていた。妻への思いやりからそうしていることは、カリスにもわかっていた。自分には誰かに愛されるほどの価値はないと、ギデオンは頑なに信じている。そんな男とともに暮らしたら、妻を破滅させてしまうと信じている。ランガピンディーの悪夢はまだ続いているのだ。

わたしはギデオンの心を変えられるの？　その心に触れられるだけの力がわたしにあるの？「ギデオン……」かすれた声で反論しようとした。

ギデオンが身を固くして、睨みつけてきた。「馬鹿な真似をするんじゃない。ぼくは二度ときみを傷つけない」

カリスは力なく頭を下げた。「いま、あなたはわたしを傷つけているわ」

顔を上げると、自責の念に満ちたギデオンの暗い顔が見えた。はじめって会ったころからよく目にしていた、何かを切り捨てるような仕草をしながら、ギデオンが言った。「カリス、やめてくれ……」

カリスは首を振って、両腕で体を抱えた。体が寒いのではなく、心が凍えそうだった。ギデオンが抱いて、温めてくれたらどれほどいいか……。「でも、傷つくのよ」つぶやいた。

ギデオンが歩みよってきた。ぬくもりが伝わってくるほど、ふたりの距離は近かった。ギデオンはなぜ、孤独という名の冷たい墓場に自分を押しこめていられるの？

「ぼくはきみに対してけっして許されないことをしてしまった」その口調にこもる後悔の念に、カリスは泣きたくなった。

「そんなことないわ」

「いや、そうなんだよ。何ひとつ求めない男といっしょになれば、きみは自由に生きられる、ぼくはそう思ったんだ。でも、ちがった。きみのことをかえって苦しめてしまった」

「わたしはあなたの妻になりたいの」カリスは頑なに言った。

「きみはぼくの妻だ」

「いいえ、こんなの妻とは言えないわ」

ギデオンが重いため息をついて、髪をかきあげた。「カリス、きみは多くを求めすぎだ」

「何も求めないよりずっとましだわ」カリスはぴしゃりと言いかえした。

黒い目が光ったかと思うと、ギデオンが背を向けた。本人にはどうにもならないことを非難するのがいかに不条理かは、カリスにもわかっていた。

満たされない結婚をした女がいかにも言いそうなことだった。

ギデオンは見るからに疲れ果て、落胆していた。妻の要求は易々とかなえられるものではないのだ。それにそもそも、見ず知らずの他人を助けて、自分の人生を賭すほどの責任を負っているのだから。

けれど、ギデオンがほんとうにそんなふうに感じているとは、カリスは思えなかった。ギデオンに愛されるはずだと、胸の奥では信じていた。ときに、どきりとするほど熱い欲望に満ちた視線を送ってくるのだから。

「ぼくに約束できるのは、ぼくたちの結婚が世間にもきちんと認められたら、きみはどこで暮らしてもかまわないということだ」ギデオンが冷ややかに言った。ふたりの距離を遠ざけるためにわざとそんな口調で話しているのは、カリスにもわかっていた。「二度とぼくに会わなくてもかまわない。この島での幕間《まくあい》のひとこまは、苦い思い出のひとつになるだけだ」

「それをわたしも望んでいると思っているの？」苦しげに尋ねるしかなかった。

「きみもそれを望まなければならない」手袋をはめた手で皮肉めいた仕草をしながら、ギデオンが一歩離れた。「さあ、ベッドに戻るんだ」

ギデオンの自己犠牲に満ちた宣言を聞いていると、怒りがじわじわとこみあげてきた。そして、いま、その怒りに火がついた。カリスは口もとを引きしめた。「あなたはわたしのとなりで眠るのね？」問い詰める口調だった。

ギデオンが驚いた顔をした。カリスは思った――たったひとこと命じただけで、即座にしたがう従順な犬とわたしはちがう。それをギデオンにわからせなければ。ひとりでひっそりと地獄へ行かせてくれ――ギデオンはいま、そう言っているも同然だった。けれど、カリスはそんなことをさせる気など毛頭なかった。さきほど固めた決意が、いままた揺るぎないものとして全身にみなぎってくる。ギデオンが示した半ば息絶えているような不毛な人生に、夫を追いやるつもりなどなかった。

「いや、もちろんそんなことはしない」ギデオンが顔をしかめた。「いままでの話をひとつも聞いていなかったのか？」

「全部聞いたわ。でも、何ひとつ応じられない」

「明日の朝、話そう」

カリスは唇をぎゅっと結んだ。「ええ、もちろんよ」

「ならば、おやすみ」ギデオンは扉のほうを向いたものの、頑として動かずにいる妻に気づくと、苛立たしげに顔をしかめて、見つめてきた。「ぼくが居間に行くまえに、何かしてほしいことがあるのか？」

「ベッドにはいってほしいわ」

ギデオンの唇がゆがんで、苦々しい笑みが浮かんだ。「ゆうべ、ベッドであんなことがあったんだ、普通の女なら悲鳴をあげて逃げだすよ」

〝普通の女〟ということばにカリスは顔をしかめた。それでも、一歩も譲る気はなかった。

「あなたに……ああいうことをもう一度してと頼んでいるわけではないわ」頬が焼けるほど熱かった。

「ということは、何もせずに添い寝してくれる男がほしいというわけか？」嘲るような口調だった。

カリスは大きく息を吐いた。「わたしはあなたにいっしょにいてほしいの」

「だめだ」

「いいわ。ならば、わたしが居間で寝る」カリスは腕組みをして、冷ややかにギデオンを見据えた。

「馬鹿なことを言うんじゃない」ギデオンの口調には、いよいよ真の怒りが表われていた。カリスは思った——どうやら、いままでギデオンはわたしの言うことを真剣に受けとめていなかったらしい。

それはそうだろう。何しろギデオンはわたしのことを、守ってやらなければならない傷つきやすい少女か何かのように見なしていたのだから。すべてに決着がつくころには、ギデオンは自分の妻が、少なくとも夫と同じくらい固い意志の持ち主だと知ることになる。それに、勇者の心も持っていると。カリスはこの結婚とあくまで闘うつもりだった。ギデオンの未来と闘う覚悟はできていた。

「さあ、ベッドにはいるんだ」ギデオンが唸るように言った。

寒くもないのに、カリスは身震いした。「力ずくでそうしてみたら?」

ギデオンが背筋をぴんと伸ばした。その顔を見れば、怒りが落胆とせめぎあっているのがわかった。「子どもじみたことを」

カリスは肩をすくめて、足もとのショールを拾いあげた。「今夜はその椅子を使わせてもらうわ」心とは裏腹にさらりと言った。

ギデオンの顎が動いて、歯を食いしばっているのがわかった。カリスはまた身震いした。ギデオンをいじめると邪な興奮を覚えた。

「やってられるか」ギデオンが絞りだすように言って、一歩近づいてきた。

カリスは肩にショールをかけて祈った。お願い、ギデオン、わたしの言うことを素直に聞いたりしないで。わたしをひと晩まんじりともせずに過ごさせたりしないで。寝室に比べて、居間は寒かった。居間にいたら一時間もしないうちに凍えてしまう。それに、二晩も眠れない夜を過ごしたあとでは、ゆったり体を横たえられるやわらかなベッドはあまりにも魅惑的だった。

カリスは顔を上げて首を傾げると、無数のしつこい求婚者にして見せたように、傲慢な視線を送った。「ギデオン、あなたはわたしをベッドに引きずりこむつもりなの？」

「きみってやつは……」

カリスは眉を上げて見せた。「そうなんでしょう？」

「きみってやつは、とんでもない妖婦だ」ギデオンの目が怒りでぎらついていた。

ふいに不安になって、胃がよじれた。けれど、それ以上に強い感情が残っていた。「失礼ね」

「忌々しい！」

ギデオンが近づいてきたかと思うと、腰に腕がまわされた。次の瞬間には、荒々しく抱きあげられて、たくましい胸に包まれていた。

このときをどれほど待っていたことか。こうなってほしいと心から祈っていた。それでも、ギデオンに抱きあげられて、その腕のなかにいるのは衝撃的だった。薄いシャツ越しに伝わってくる肌の熱と、体が打ち震えるほどの激しい怒りに、息を呑まずにいられなかった。

ギデオンが手に力をこめて、視線をまっすぐまえに据えた。「これを望んだのはきみだからな」苦しげに言いながら、ベッドへ向かった。

そうよ、望んでいたわ。うれしいことに望みがかなった。ためらいがちに片方の手をギデオンのうなじへと滑らせて、滑らかな髪に指を絡める。ギデオンはそれにも気づいていないようだった。

「信じられないわ、どうしたらこんな乱暴な真似ができるの?」怒っているように聞こえるのを願った。とはいえ、せいぜいがむっつりすねている程度の口調だった。ほんとうは、踊りだしたいほど胸が高鳴っているのだから。

「こうなると覚悟しておくべきだったな」ギデオンが苦々しげに言った。

外の世界にいるときの、ギデオンのよそよそしいほど礼儀正しい態度はすっかり消えていた。いまは、どこまでもたくましく、怒りに燃え、堂々として、息を呑むほど雄々しかった。身を焦がすほど熱い戦慄が、冷えたつま先にまで駆けぬけた。

ベッドまで歩くと、ギデオンが言った。「おやすみ、カリス」

だしぬけに乱れたベッドの上に落とされた。思わずばたつかせた腕や脚に、絹の白いネグリジェがまつわりつく。

一瞬、息もできないままベッドに仰向けになって、ギデオンを見あげた。ギデオンはわたしを易々とここまで運んできた。これほど痩せているのに、こんなに力があるなんて。またぞくっとして、新たな戦慄が全身に走った。

「どうやって……」口ごもって、ひとつ息を吸いこんだ。「どうやってわたしをベッドに留めておくつもり？」

「縛りつけることもできる」相変わらず苛立たしげな口調だ。

「そんなことはしないくせに」

「それに、猿轡《さるぐつわ》をかませてもいい。ああ、それがよさそうだ」

カリスはベッドに背中を押しつけた。そうしながらも、夫に縛られるのを想像しただけで、なぜか、胃が縮むほど興奮した。「そんなことをしたら嚙みつくわ」喘ぎながら言いかえす。

ギデオンが目を閉じた。勇気がほしいと祈っているのかもしれない。「勘弁してくれ……」

ギデオンが顔をそむけた。カリスはがっかりしながら、ギデオンが扉へと向かうのを待った。これだけのことをしてもうまくいかないなんて……。全身が痛むほど疲れ果てていた。ギデオンにとってもわたしにとっても、長く苦しい一日だった。でも、今夜あきらめてしまったら、明日また闘う気力を奮いおこせるの？

カリスは必死にことばを探した。居間という孤独な砦にギデオンを引きこもらせないために、口論のきっかけになるようなことばを。けれど、ことばはもう尽きていた。ギデオンに触れられて、何も考えられなくなっていた。もう一度さわってもらえるなら、どんなことでもする――そんな思いで頭がいっぱいだった。

寝室を出ようとしていたギデオンが、ふいに左のほうを向いたかと思うと、扉のそばに置かれたスツールにどさりと腰かけて、ぞんざいにブーツを脱ぎはじめた。

それを見て、胸に安堵がこみあげた。それに、歓喜も。信じられない、ギデオンが寝室に留まろうとしているなんて。

感情の高まりがギデオンを苦悩から解き放つ――その推測はあたっていたのだ。ギデオンはわたしに触れた。わたしを抱いてここまで運んできた。それなのに、震えてもいなければ、身を縮めてもいない。あまりにも腹が立って、ランガピンディーのことを思いだす余裕もなかったのだ。

もしかして、熱い欲望も同じような結果をもたらすの？

ギデオンがまだ怒っているのがわかるぐらいには、部屋は明るかった。乱暴な動作と、引き結ばれた口もとにまぎれもない怒りが表われていた。

「手伝いましょうか？」震える声で尋ねた。

「余計なお世話だ」ギデオンが苦々しげに言うと、裸足になって立ちあがり、ゆっくりベッドに向かってきた。長身の体のいたるところに刺々しい苛立ちが表われていた。

カリスは体をずらして、場所をあけてから、毛布にもぐりこんだ。昨夜の不本意な交わりより、いまギデオンがここにいることのほうが、はるかに親密な行為に思えた。

ギデオンがベッドにはいって、仰向けに横たわった。ふたりの体はどこも触れていなかった。

「服を脱がないの？」くだらない質問だと思いながらも、カリスは尋ねた。現に、ギデオンは服を着たまま、となりに横たわっているのだから、そのまま眠るに決まっている。

「脱がない」

手袋もはずさないなんて……。そこではっとした。手袋をはずしたギデオンの手を見たことがないのにはじめて気づいた。

それにはきっと何か深い意味があるにちがいない——そう思うと、心が震えた。紳士が手袋をはめるのは当然のことで、しかも季節は冬なのだから驚くことではなかった。けれど、いま、この部屋は寒くはない。それに、これまでギデオンはクラバットをはずしていたこともあれば、上着を脱いでシャツ姿になったこともある。どちらも手袋をつけずにいるより、はるかに非礼だ。手袋に関してだけ、頑なにマナーを守っているのはあまりにも妙だった。おかしい。謎めいている。大きな理由があるにちがいない。

ギデオンはさきほどよりずいぶんくつろいでいるようだった。いっぽうで、カリスはギデオンの存在を意識せずにいられなかった。ギデオンの体の重みで沈むマットレス。嗅ぎなれたものになった香り。規則的に上下するたくましい胸。

「ギデオン……」

頭を枕《まくら》に載せたまま、ギデオンがこちらを向いた。その目は光っていた。「おやすみ、カリス」

苛立っている口調だった。巧みに操られて、そばにいるはめになったのだ。怒っているのも無理はなかった。

それでも、ギデオンはここにいる。それだけで満足だった。

まずは、一勝。次はギデオンの欲望にどうやって火をつけるか考えなければならない。そうして、今度ベッドをともにするときには、夫として体に触れてもらうのだ。

男というものをもっとよく知っていればよかったのに……。作戦を練る上でヒントになるものといえば、直感と昨夜の痛々しくばつの悪い交わりしかなかった。ほんとうなら、ギデオンによってかきたてられた甘い感覚が、最後には深い落胆で終わるはずがなかった。ああいった行為で人は幸せな気分になれるはず。そうでなければ、多くの人が愛欲にのめりこむわけがない。

近いうちに、きっとそれを実感してみせる。

「おやすみなさい、ギデオン」カリスはそっと言うと、ギデオンに触れないように、おなかの上で両手を組みあわせた。

16

ランガピンディー以来、ギデオンの夢は恐怖と苦悩に支配されていた。けれど、その夜の夢はいつもとはまるでちがう、華やかな世界が舞台だった。細い腕に抱かれ、頬にやわらかな乳房が触れていた。自分の息遣いと女の息遣いが混じりあっていた。

目が覚めているあいだじゅう魂に突き刺さる痛烈な孤独感は、そこにはなかった。魅惑的な夢のなかで、ギデオンは一人前の男に戻っていた。

頼む、目覚めないでくれ。

いまはまだ。

女の腰にまわした腕に力をこめて、豊かな乳房に顔を埋める。刺激的な花の香りが五感を満たした。

これまでに何度も嗅いだことがある香りが……。

誰の夢を見ているのかわかった。最初からわかっていた。

「カリス……」絹の薄布に包まれた乳房につぶやいた。

夢のなかの妻が、額にかかった髪をうしろに撫でつけてくれた。やさしい仕草が胸に染みた。その手が頬をかすめると、息が止まりそうになった。

夢なのに妙に感覚がはっきりしていた。信じられないほど鮮明だ。

鮮明すぎる……。

そう気づいたときには手遅れだった。夢のなかの出来事ではなかった。束の間のぬくもりは残酷ないたずらだった。考えるまもなく、身を縮めてカリスから離れていた。カリスの香りが、腐乱した体のやけに甘ったるいにおいに変わる。カリスの手の感触が、死者の指のそれになった。

吐き気がこみあげて、ギデオンは体ごと横を向いた。カリスに背を向けたまま起きあがる。隠しようもなく顔に表われている嫌悪感を見られたくなかった。

「ちくしょう」苦しげに悪態をついて、震える手で頭を抱える。息を止めて、こみあげてくる吐き気を押しもどした。

「ギデオン?」カリスの声が苦しげに震えていた。

ああ、カリスは苦しんでいるに決まっている。精神に異常をきたした男と結婚してしまったのだから。

これほど苦しいのに、これまでになく興奮していることに気づいた。股間にあるものがオーク材のように硬く、地獄の炎のように熱くなっている。これこそ性質《たち》の悪い冗談だ。体だけは二十五歳の若者らしく反応するとは。

「ギデオン、具合が悪いのね」

「いや」嘘をついた。

閉じたカーテンの向こうでは、陽光が燦々と降りそそいでいた。カリスが起きあがったのか、寝具が擦《こす》れる音がした。その音さえ忌々しいほど官能的だった。欲望にたぎる血が、全身を駆けめぐっている。拍動する脈の音が、頭のなかで響く悲鳴をかき消そうとしていた。欲望と頭に巣くう悪魔のどちらが過酷な苦悩をもたらすのかわからなかった。

「やっぱり、具合が悪いのね」ベッドがたわんで、カリスが身を寄せてきた。そうして……やめてくれ……こわばった背中にカリスの手の魅惑的なぬくもりを感じた。

全身に力をこめて、手を振りはらいたくなるのをこらえた。同時に、すぐにでも振りかえって、カリスをベッドに押し倒し、自分のものにしたいという衝動と闘った。

「触れてはならないのを知っているはずだ」歯を食いしばって、絞りだすようにことばを発する。肺が縮こまってしまったようで、息をするのも苦しかった。いつ破裂しても不思議はないほど、心臓が激しく脈打っていた。

「あなたはひと晩じゅうわたしの腕のなかで眠っていたのよ」カリスが静かに言った。困惑しながらも、背中に置いた手はそのままだった。

はっきり目覚めたときに、冷たい汗が全身に噴きでていた。そしていま、カリスに触れられているところだけが熱く、血が沸きたっていた。

「眠っていたんだ」やっとの思いで、ギデオンは言った。カリスに触れられているのがうれしく、同時に何よりも不快だった。

「そうね」カリスが思いやりをこめてそう言うと、くるおしいほどためらいがちに背中を円を描いてさすりはじめた。シャツを着ているのに、その手の感触はあまりに鮮烈で、まるで素肌に触れられているかのようだった。

震える体から湯気が上がらないのが不思議なほどだった。股間で硬くなっているものが脈打って、カリスのなかにはいりたいと叫んでいる。ゆうべのその瞬間は記憶にはっきりと刻まれていて、そのときの感覚がありありとよみがえった。

「すべては気持ちの問題なのよ。体はどこも悪くない」カリスがゆっくりと言った。頭の悪い子どもに数学の問題を説明しているかのようだった。こっちはいまにも爆発しそうなのに、カリスはなぜこんなに冷静なんだ？

もう堪えられなかった。取り返しのつかないことを、許されないことをしてしまうまえに、ここから離れなければならない。ギデオンはよろめきながら立ちあがると、勢いよく振りかえってカリスに向きなおった。

「そんなことはわかっている。だからといって、治るわけではない。そうなんだよ、カリス、もし治るのなら……」

口をつぐんで、途切れ途切れに息を吸った。運命に腹を立ててもしかたがない、そうだろう？　何をしたところで、殺伐とした未来は変えられないのだから。

怒りが自分に向けられたものではないのをカリスも知っているはずだった。それでも、鋭いことばを投げつけられて、その顔から血の気が引いていた。罪作りな純白のネグリジェに身を包んだカリスが、乱れたシーツに膝をついた。半透明の絹の布地を官能的な乳首が押しあげている。ギデオンは必死になってそれに気づかないふりをした。どれほど必死になっても無駄だった。甘美な曲線に目が吸い寄せられて、口のなかがからからになる。体のわきに下ろした手を広げて閉じて、カリスにつかみかかりたくなるのをどうにかこらえた。

「それが何を意味するか、わからないの？」カリスが真剣に尋ねてきた。目のまえに立っている男の、全身の血が沸きたつほどの欲望には、まるで気づいていないらしい。

いまにも心が張り裂けそうで、カリスの声さえもうはっきりとは聞こえなかった。欲情した学生のように、カリスをいやらしい目で見つめているあいだに、いくつかことばを聞きのがしたのか？

「ギデオン？」

カリスが筋の通った会話をしたがっているのはまちがいなかった。夫がいまどんな状況か気づいていないのか？　カリスが穏やかに、けれど、何かを決意したような目で見つめてくる。その視線にますます欲望がかきたてられた。

ギデオンはカリスに背を向けて、衣装簞笥《だんす》を勢いよく開いた。かすかな花の香りに鼻をくすぐられると、ぎゅっと瞼を閉じて、くるおしいほどの欲望を抑えた。

カリスの手から逃れても、欲望が全身を満たすのを止められなかった。カリスに触れたら、それこそ女々しくがたがたと震えることになる——その屈辱的な事実のおかげで、かろうじてカリスに飛びつかずにいた。

暗い衣装箪笥のなかを闇雲に探ると、ようやく求めていたものが手に触れた。ギデオンは振りかえって、黄色いマントを差しだした。「寒いだろう」

こっちは体に火がつきそうだ。

カリスはマントを受けとりはしたものの、訝しげに見つめてきた。腹立たしいことに、体をマントで隠そうともしなかった。

何をしている？　いまは二月だぞ。感覚ってものがないのか？　大きな耳鳴りがしていたが、カリスの言っていることにどうにか気持ちを集中させた。

「……そうすれば、あなたは解放されるの」

霞む目をはっきりさせようと、頭を振った。「解放？」

カリスの薄紅色のやわらかな唇がゆるやかな弧を描いた。「話を聞いているの？」

熱を持ったうなじがちくちくした。カリスの背後の壁にかかるおもしろみのない風景画に目を据える。それでも、寝乱れた姿でベッドの上に座るカリスの姿が、頭から離れなかった。

「もちろんだ」

カリスが不審そうな低い声を漏らすと、そちらを見ずにいられなかった。とたんに、誘惑に屈するのではなかったと後悔した。目のまえでひざまずいているカリスは、すぐにでも夫の求めに応じそうだ。

「大切な話よ」

「なんだって？」

かすかな笑みが消えて、カリスが低い声で真剣に言った。「われを忘れるほど何かに夢中になったときに、あなたは解放されるのよ」

ギデオンは眉根を寄せた。「ぼくはわれを忘れたりしない」

「いいえ、そういうときもあるわ。たとえば、暴力をふるっているとき。さもなければ、眠っているとき。だから、心から望めば、あなたはわれを忘れて……」

「すばらしいセックスができる？」皮肉めかした口調で、ギデオンは話を締めくくった。ふいに怒りがこみあげてきた。「ロンドンじゅうの医者が寄ってたかってぼくを診察した。だが、セックス療法を勧めた医者はいなかった。ああ、医者はそれも試してみるべきだったんだろう。たとえ、その治療法に効果がなくても、たいていの患者は文句をつけないだろうからね」切迫して、声がざらついていた。「頼むから、そのマントをはおってくれ」

カリスはマントを持ちあげると、それを見つめた。その顔に浮かぶ表情が何を意味しているのか、ギデオンにはわからなかった。それから、カリスはゆっくりとマントを床に落とした。

「いやよ」経験豊かな女が男を誘惑するときの物憂さを漂わせながら、カリスが横座りになった。

見るな、とギデオンは自分に言い聞かせた。絶対に見るな。

だが、見てしまった。

ネグリジェの裾がまくれて、華奢な足首と優美な弧を描くふくらはぎが覗いている。おとといの夜には、その細い脚のあいだに割りこんで、そして……。

よみがえる記憶を無理やり断ち切った。あのときはカリスを傷つけて、自分自身も辱めた。二度とあんなことはできない。たとえギニアに眠る金をすべて差しだされても。

カリスがベッドから下りて、床に立った。またもや、男を刺激するゆっくりした動作だ。いけないと思いながらも、ネグリジェの裾が滑らかな脚を滑るようすに目が釘づけになる。勘弁してくれ、形のいい薄紅色のつま先を見ただけで、ベッドのなかでの交わりを想像せずにいられないなんて。

インドに渡ったばかりの血気盛んな若造だったころでさえ、これほど欲情したことはなかった。ギデオンは喉に詰まる塊を呑みこんで、言わなければならないことに気持ちを集中した。

「ぼくたちはすべきことをもう済ませた。二度もする必要はない」

思いやりに満ちた、分別のある落ち着いた口調で話そうとした。けれど、そう簡単にはいかなかった。何しろ、心臓がいつもの三倍の速さで脈打って、ほんの数フィートさきに立っている若い女から目が離せずにいるのだから。一歩足を踏みだしただけで、その女に手が届くのだから。

そんなことをしたら、それこそ破滅する。

「そうなの？」カリスが低くやわらかな声で言った。

カリスの声はいつもこんなに低かったのか？　いや、耳がおかしくなってしまったのか？

ギデオンは手袋をはめた手を体のわきで握りしめ、気をたしかに持っていられるように祈った。

「ある出来事が……ぼくを変えた。ぼくは一人前の男ではなくなったんだ」

罪作りなほど濃い睫がカリスの瞳を隠した。記憶にあるかぎり、誰かをこれほど細かく観察したことはなかった。まるで、この世の光のすべてが、カリスだけを照らしているかのようだ。

「おとといの夜は一人前の男だったわ」口調は淡々としていたけれど、カリスの頰は赤かった。

だめだ、勘弁してくれ。なぜ、あのときのことを思いださせるんだ？　あれは一度きりのはずだった。一度きりでなければならないんだ。

その思いを否定するかのごとく、痛むほどいきり立っているものがぴくりと引きつった。

「ぼくが言わんとしていることはわかっているはずだ」ギデオンはほとんど怒鳴っていた。抑えようのない熱が全身を焦がして、もう限界だった。その熱は捌け口を見つけられずにいるのだから。「きみだってわかっているはず……おい、何をしている？」

「髪をほどいているのよ」カリスが平然と言った。片方の肩にかかって波打っていた長い三つ編みが、器用にほどかれていく。

「やめるんだ」しわがれた声で命じた。

「髪を梳《と》かして、結わなければならないわ」

「嘘をつけ、そのためにほどいているわけじゃないだろう」

そう言いながらも、ギデオンは器用に動くふたつの手を見つめずにいられなかった。ほどかれた銅色の豊かな髪が指で梳《す》かれて、輝くカーテンのように広がっていく。全身で欲望が渦を巻いた。

美しい髪に触れたくて、思わず両手を上げる。けれど、そこでためらった。この世でいちばんの愚か者になった気分だった。

「それなら、なぜわたしがこんなことをしていると思うの？」カリスが頭を振ると、銅色の輝く髪が顔から肩へ、そしてそのさきへと広がった。

「きみがそんなことをしているのは……誘惑するためだ」

上品ぶった令嬢でもないくせに、最後のことばがつっかえた。カリスのなかに自分自身を思い切り押しこめながら、艶やかなその髪に肌をくすぐられる場面が思い浮かんで、頭が燃えあがりそうだった。

「誘惑されても何も感じない、あなたはそう言ったわ」

「そんなことは言っていない」

「ならば、何があなたを押しとどめているの？」カリスが片手を上げて、広く開いた胸もとで結ばれたリボンを引っぱった。

「やめろ」いますぐにこの部屋を出なければ。

「どうして？」

すぐには答えが思いつかなかった。このままカリスの望む結末を迎えたら、忌々しいほど無様な自分がどれほどカリスを傷つけてしまうか、それだけしか考えられなかった。

あれほど荒っぽい一夜を経験しながら、なんだってカリスは夫を避けないんだ？　理性を失ってしまったのか？

ネグリジェのまえが開いて、胸の谷間があらわになった。ギデオンは唸りながらぽかんと口を開けるしかなかった。胸の谷間ではなく、カリスの顔だけを見るように努力する。いまにも破裂しそうなほど心臓が激しい鼓動を刻んでいた。カリスの目に浮かぶ静かな決意に気づくと、体が震えた。

なけなしの名誉を守るつもりなら、この部屋から出ていかなければならない。いますぐに。カリスは自分がどんな悲劇を招くことになるのかわかっていないのだ。ああ、わかるはずがない。

「きみの身支度が整うまで、外で待っている」

「弱虫」カリスが静かに、けれど、きっぱりと言った。

「そうするのがいちばんいいんだよ」カリスに飛びかかって求めるものを手に入れずにいる理由を、何度も頭のなかでくり返した。けれど、頭のなかは、はいったが最後出てこられない暗い密林と化していた。

「ランガピンディーの英雄が逃げだして、隠れるの？」

「ぼくは英雄じゃない」ギデオンは苛立って、唸るように言った。新聞記者に授けられたその尊称が憎かった。ここから逃げだそうと、くるりとうしろを向いた。この世で何よりもほしくてたまらないものを、それ以上見つめているのに堪えられなかった。晩餐会《ばんさんかい》で食べてはならないご馳走《ちそう》を見せつけられているのと同じだ。星と同じぐらい手の届かないものを見せつけられていた。「朝食を用意させよう」

てっきり反論されると思った。さもなければ、涙に訴えてくるか。けれど、カリスは黙っていた。でくのぼうの夫を誘惑しようとしても無駄だと気づいたらしい。

いま感じているのは安堵感だ——体が何かに蝕まれるような感覚を抱きながらも、ギデオンは無理やりそう思いこもうとした。夫は役立たずだと、カリスもやっと気づいたのだ。悲しいことではあるけれど、否定しがたい事実だった。

扉の把手《とって》に手を伸ばす。目が霞んでいても、手が震えているのは見えた。

そのとき、背後で駆けてくる足音が響いた。目もくらむほど美しいその瞬間、カリスが背中に飛びついてきた。その体が背中にぴたりと張りついた。

驚きのあまり息が詰まった。肋骨を叩くほど、心臓が激しく脈打っている。カリスの発する熱にめまいがした。やわらかい乳房と腹が背中にぴたりと押しあてられて、華奢な腕が腰に巻きついていた。

「行かないで」ひび割れた声でカリスが言った。

背中にやわらかな頬を感じた。カーネーションと温かな女の肌の香りが、煙のように五感を満たす。ギデオンは目を閉じた。唇から苦しげな声が漏れた。胸のなかで悪態をついて、頭を扉に打ちつける。鋭い痛みも、頭のなかの靄を晴らしてはくれなかった。

体に触れられて鳥肌が立っていたが、悪魔の叫びは欲望にかき消されていた。大丈夫だ、いまならカリスに触れられる。けれど、この状況では、どんな女が相手であっても危険だ。最上の若い女となればなおさらだった。

ギデオンはどうにか息を吸った。カリスの存在をひしひしと感じていては、話をするのもままならなかった。「離れてくれ」

腰にまわされている腕に力がこもる。しっかり組みあわされたカリスの両手に必死の思いが表われていた。カリスは背中にしがみついていて、その息遣いまではっきり伝わってきた。体の震えまで。「出ていってしまうのね」

「そうするしかないんだ」ひび割れた声で言って、把手を握りしめる。手が小刻みに震えていた。「頼む、ぼくの言うとおりにしてくれ」

それでもまだしばらくは、カリスはしがみついたままでいた。やがて、いかにも渋々と、腰にまわした腕を離して、体を起こした。

とたんに、欲望が獣と化して、カリスをつかんで押し倒せとわめきだした。それでも、歯を食いしばって、わめく獣を胸の奥底に押しこめた。

把手から手を離した。こわばった手が痛んでいた。意思とは裏腹に体が勝手に動いて、ゆっくりカリスのほうを向いた。

ほんの数フィートのところにカリスが立っていた。胸が上下するほど、苦しげに息をしていた。泣かせてしまったのかと一瞬不安になる。けれど、いまにも崩れてしまいそうなほど悲しげなのに、カリスの目は乾いていた。まるで死そのものを目の当たりにしながら、まっすぐ顔を上げているような、いかにも挑戦的な姿だった。

止めるまもなく、カリスがネグリジェをたくし上げて、頭から脱ぐと、部屋の隅に放った。

「なんてことを!」ギデオンは息を呑んだ。触れてはならないのを思いだすよりさきに、カリスに歩みよっていた。「やめるんだ」

一糸まとわぬ姿はまさに……女神だった。細い首、まっすぐな肩、長く美しい腕、豊かな乳房とふっくらした桃色の頂。平らなおなかについた臍《へそ》の窪みまで魅惑的だった。抗いようもなく、脚のつけ根の三角の茂みに目が吸いよせられた。とたんに、欲望が火を噴いて燃えあがった。ごくりと唾を呑みこんで、息をすることに気持ちを集中させた。砂漠を越えた旅人がオアシスの泉に魅せられるように、カリスの姿に魅せられていた。

それでも、砂漠はまだ延々と続いていた。

乾ききって、一滴の水もなく、不毛な死の広がりが。

カリスの視線が下がって、ズボンで止まった。それでも、カリスはひるむことなく目を上げた。「あなたはわたしを求めている。それぐらいわたしにもわかるわ」声が震えていた。

ギデオンは自分の欲望を否定しようとした。けれど、喉が詰まって、反論などこれっぽっちもできなかった。

心臓が無情なリズムを刻んでいた。同じことばを何度も何度も奏でている。カリスを奪え、カリスを奪えと。

「わたしはあなたを……悦ばせているの？」

ギデオンは嘘をつこうとした。きみのことなどなんとも思っていないと言って、カリスを解放してやりたかった。

カリスが緊張に身を震わせながら目のまえに立っていた。こちらを見つめるハシバミ色、いや、緑がかった茶色の目は揺るぎなかった。けれど、やわらかな唇は無防備で、ギデオンは腹がねじれるほど切なくなった。

答えようと、口を開いた。

カリスはたじろがなかった。眼差しも揺るがない。

これから何を言われるか、わかっているのだろう。

カリスの口もとが小さく震えていた。これほど近くで見ていなければ、緊張感にその唇がかすかに引きつっているのを見逃していたはずだ。それは致命的な殴打を覚悟していることを、我慢の限界を超えた痛みを受けいれようとしていることを物語っていた。

そういう気持ちならギデオンにもよくわかった。ランガピンディーの牢番を、いまのカリスと同じ目で睨みつけたものだ。

けれど、カリスの姿に漂う無防備さには勝てなかった。

三歩でカリスのとなりに立つと、さっと抱えあげた。耳のなかで血が唸っていた。さらに二歩でベッドまで行くと、今度は乱暴に放ったりせずに、乱れたシーツの上にカリスを仰向けにそっと横たえた。

いまの自分が本能を剝きだしにした獣なのはわかっていた。残酷な飢えた獣には、理性など微塵もなかった。

カリスの開いた脚のあいだに膝をつくと、股間で硬くなっているものがますますいきり立った。豊かな乳房にかかる暗いブロンドの髪をぞんざいに払いのける。心に巣くう悪魔がやめろと叫んでいたが、咆哮《ほうこう》をあげる欲望が悪魔どもをガラスの檻《おり》に閉じこめた。

手袋をはめた手でカリスの腰をつかむ。口を大きく開けて、白く平らな腹に思い切り口づける。その肌は熱く滑らかな蜜の味だった。

乳首を吸い、舌を絡ませて、芳醇な味で口のなかを満たす。カリスが叫んで、体をびくんと震わせた。

同じ場所にいつまでも留まってはいなかった。いまこのときは、刃の上を歩いているようなものなのだから。反対の乳首を唇で包んで、カリスが身悶えするほど歯を立てる。カリスの手が肩に置かれるのを感じた。

もしここで押しかえされたら、どうする?

けれど、カリスの手が湿ったシャツに食いこんだかと思うと、乳房の上で唇が刻むリズムに合わせて、手が握られ、そして、開かれた。

乱暴にズボンのまえを開いた。頭のなかで轟《とどろ》く脈の音は圧倒的で、ズボンが破れる音をかき消した。

荒々しくカリスの腰を持ちあげて、一気に押しいる。

熱。

そして、圧迫感。

栄光のその一瞬こそが、幸福そのもののはずだった。

些細なとりとめのない事柄が、渇望する気持ちを凌駕した。カリスの香り。艶かしい息遣い。体の震え。

ギデオンは上体を起こして、カリスの顔を見た。その目は閉じられ、顔が張りつめてこわばっていた。だめだ、やはりカリスに苦痛を強いてしまったのだ。理性がやめろと叫んでいた。即座に体を離して、カリスにはもう近寄るなと。

引き抜こうとした。稚拙なこの戯事《ざれごと》を終わらせるつもりだった。けれど、カリスのしっとりと濡れた内側に、はちきれそうなほど大きく硬くなったものがこすれると、あまりの快感に頭まで吹き飛びそうになった。痛みにも似たその快感の威力はすさまじく、体が白煙を上げて破裂して、燃えあがってしまったかのようだった。

撤退の決意も一瞬にして灰と化した。鼓動が自暴自棄な太鼓の音となった。カリスのなかにもう一度自分を押しこめる。激しく、深く、容赦なく。

カリスがそれを歓迎するようにぴたりと包みこんだ。今度ばかりはギデオンも動きを止めて、心地いい圧迫感を楽しんだ。それから、さらに奥へと突き進んだ。

カリスが小さく悶えた。かすれた声が、ギデオンの腹のなかまで響きわたる。肩をつかんでいたカリスの手が下に滑って、張りつめた背中に爪が食いこんだ。そうして、カリスが腰をさらに持ちあげた。

カリスが目を開けると、瞳孔《どうこう》が開いて、虹彩《こうさい》が金色に輝いていた。顔の肌がぴんと張っている。カリスは頭をうしろにのけぞらせ、濃い睫をはためかせて、長く低い艶かしい声を漏らしながら背を弓なりにそらした。

張りつめた細い糸と化していたギデオンの自制心が、ぷつんと切れた。そこにはもう、男を締めつけるカリスの熱い体と、荒れくるうギデオンの欲望しかなかった。

ギデオンは差しいれる角度を変えた。それに応じてカリスの体も動いた。引き抜いて、また差しいれる。息を吸うことよりも、体が刻むリズムに夢中になった。

もっと速く。

もっと激しく。

幾度となく腰がぶつかりあう。カリスの細い体にいきり立つものを滑りこませた。ベッドが軋み、シーツがこすれる。カリスが息を呑んだ。

張りつめた体でさらに激しいリズムを刻む。

絶頂が目のまえに迫っていた。背中がこわばって、腹に力がはいって、いきり立つものがはちきれんばかりに大きくなる。

頭を上げて、かすれた叫びをあげる。苦悶、屈辱、憑依《ひょうい》……。

そして、解放の叫びを。

最後にひとつ大きく突くと、世界がぱっと燃えあがった。苦悩と喪失と怒りをカリスのなかに注ぎこむ。腰がびくりと引きつるのを感じながら、ギデオンは何もない永遠の世界に放りこまれた。

しばらくのあいだ、解放感だけを感じていた。

カリスの上にぐったりくずおれて、空気を求めて喘ぐしかなかった。そこにはもう、震える自分の体と、全速力で走ったあとの心臓の鼓動と、温かく包みこむ闇しかなかった。

疲れ果てていた。くたくたでもう何も感じなかった。

遠くのほうで、カリスの苦しげな声が聞こえたような気がした。

その声を頭から締めだそうとした。この闇のなかが自分の居場所なのだ。どうしてもここにいたかった。

獣まがいのことをしてしまった。

そんな不快な思いが、全身をおおう静けさに少しずつ染みこんできた。

しまった、なんてことをしたんだ！

打ちひしがれたうめきをあげて、カリスから離れると、ギデオンは体を転がしてベッドに仰向けになった。歩く力があるなら、すぐさま部屋から出ていくところだった。

天井を見つめて、荒い息遣いがおさまるのを、鼓動がいつもどおりになるのを待った。世界が音をたてて崩れおちてくるのを待った。

良心が激しく異議を唱えているにもかかわらず、体はいまの出来事の余韻を楽しんでいた。

陽光のまえでは蠟燭の火が見えなくなるように、この出来事の圧倒的な威力が、これまでの性的な経験のすべてを呑みこんでいた。

カリスを見ようと、横を向く。それだけで、なけなしの体力のすべてを使い果たした。すべてをカリスに吸いとられていた。

「大丈夫かい？」しわがれた声で尋ねた。

カリスの横顔が見えた。カリスが唇を舐める。何気ない仕草のはずなのに、それを見ただけで、股間に熱い稲妻が走った。ふいにさほど疲れていないことに気づいた。

カリスは裸身を隠そうともしなかった。となりで裸で横たわっていれば、夫の欲望に火がつくのを知っているのだ。いっぽうで、哀れな夫には戦法と呼べるほどのものはなく、できたのはズボンのまえを破って、妻をわがものにすることだけだった。

「大丈夫よ。気遣ってくれてありがとう」

ギデオンは顔をしかめた。丁寧すぎる物言いが気になった。

もしかしたら、カリスを苦しめてしまったのかもしれない……。不安に駆られて、肘をついて上体を起こすと、顔を覗きこんだ。「骨に食らいつく飢えた犬みたいに、襲いかかってしまった」

カリスは天井を見つめたままだった。完全に無表情な顔の奥にどんな感情が隠れているのだろう？　落胆？　怒り？　痛み？　まさか、カリスの体を傷つけてはいないだろうな？

さっきは、欲望を満たすことだけで頭がいっぱいで、前後の見境もつかなくなっていた。二晩まえまでカリスはまだ処女だったというのに。

カリスが横目でちらりとこちらを見た。「あなたは震えていないわ。気分も悪くなっていない。冷や汗もかいていない」

ギデオンは眉根を寄せた。「ぼくはきみのことを心配しているんだ。ぼくのことなど忘れていい」

「あなたこそ、われを忘れていたわ」

カリスが体を起こして座ると、立てた膝を胸に引きよせた。少女のような愛らしい仕草に、目が吸いよせられて、好奇心を刺激される。それからようやく、カリスが言わんとしていることに気づいた。

「いまのは実験だったのか？」カリスへの思いやりの奥で、怒りが頭をもたげようとしていた。「生意気なことをしてくれたな」

カリスがうつむくと、豊かな髪が垂れて、その表情を隠した。「自分が口にしたことがほんとうかどうか確かめるには、それしか方法がなかったの」

ギデオンは鋭い口調で言いかえした。「そのおかげでとびきりのセックスができた」

カリスがぱっと顔を上げて、見つめてきた。ギデオンはぎこちなく息を吸って、カリスの顔に浮かぶ驚きを無視すると、噛みつくように言った。「きみを満足させられたならいいんだがな、マダム」

とたんに、またもや欲望の稲妻に体を貫かれた。カリスがのけぞらせた頭を振って、乱れた髪が大きく揺れたせいだ。薄紅色のふっくらした唇に笑みが浮かんだ。悔しいことに、今夜、その唇に口づけていなかった。カリスのなかに自身を激しく埋めたのに。

「ええ、もちろん満足したわ。夫の欲望を激しくかきたてたんですもの」

ギデオンはがくんと膝をついた。両手をつねに引っこめておくのが習慣になっていなければ、歯が鳴るほどカリスを大きく揺すっているところだ。「なんてことを……」

カリスの顔から笑みが消えた。「ギデオン、あなたはわたしにさわったわ」

「ああ、さわる以上のことをした。そうするだけの価値がきみにはあるから」

カリスに腕をつかまれた。「わたしにどんな価値があるかなんてどうでもいい。わたしはあなたがほしいの。あなたを自分のものにできるなら、どんな手だって使うわ」カリスの顔にまた笑みが浮かんだ。「それに、今夜使った手は刺激的だった」

「刺激的？」ことばがうまく出てこなかった。まるで、これまで信じてきたことが何ひとつ意味を持たない新たな世界に迷いこんでしまった気分だった。

「そうよ、刺激的だったわ」逸《はや》る気持ちを抑えながらカリスが言った。「だって、あなたはわたしに触れなければ死んでしまいそうだったもの。この次はきっと、もっとすばらしくなるわ」

「この次があると本気で思っているのか？」

「あなたの弱点がわかったわ」満足そうな生き生きとした声だった。「わたしの裸のまえでは、あなたは無力になるのよ」

問題は、目のまえの小悪魔の言うとおりだということだ。早くも、股間にあるものが興味を示して疼きだしているのだから。

カリスの顔には相変わらず謎めいた微笑が浮かんでいた。「嘘みたい。いままで、あなたに求められているのかどうか不安でたまらなかったなんて」

カリスはやはり世間知らずのお嬢さまだったというわけか。ギデオンは苦々しげに笑った。

「ぼくはずっときみがほしかった。そのとおりだよ、カリス、きみを愛しているんだ」

17

ギデオンは全身が凍るほど驚いた。馬鹿な……ああ、なんて馬鹿なことを。いったいぜんたい、自分は何を言っているんだ？　腕をさっと伸ばして、たったいま口にしたことばをつかんで、なかったことにできるなら、左腕を売りとばしてもかまわなかった。けれど、いまさらどうにもならなかった。

カリスを振りはらって、立ちあがった。そのまま大股で歩いて、床からネグリジェを拾いあげると、腹立ちまぎれにベッドの端に投げつけた。

口を閉じておくべきだった。けれど、自制のたががはずれるほどの激しいセックスが、心の防壁を崩してしまったらしい。長いこと胸の奥に押しこめていたことばが、高潮のように止めようもなく口からあふれたのだ。

カリスは夢うつつの状態から叩き起こされたような顔で、こっちを見ながらつぶやいた。

「わたしを愛している……」

カリスの目は見開かれて、輝いていた。口も開いている。天にも昇るほど幸福そうな顔を、ギデオンは見ていられなかった。取りかえしがつかないのはわかっていた。いまさら、嘘をついてもどうにもならない。といっても、いまのことばが嘘だったとカリスに思わせることができれば、そのほうがいいのはまちがいなかった。

カリスとともに歩む人生は、手が届かない場所に置いておくべきだ——そんな非情な現実に変わりはなかった。たとえ、体の細胞ひとつひとつが、カリスへの愛に悶えていたとしても。一度だけ情熱的に愛を交わしたといっても、自分が哀れな男であることに変わりはない。そう、自分は普通の男ではないのだ。これからも、普通の男にはけっしてなれない。たとえいま、カリスが夫への忠誠を誓ったとしても、いずれは、そんな重荷を自分に課したことを後悔するのは目に見えていた。

精神を病んだ骸《むくろ》のような夫に縛られて、人生を棒に振ったと気づいたら、愛が憎悪と嫌悪感に変わる。それを考えるだけで、ギデオンは堪えられなかった。カリスの幸福は、こんな男とも、その男の心に巣くう悪魔とも、遠く離れて生きることだ。けれど、愛していると言ってしまった以上、べつべつに生きるしかないのを、いますぐにカリスにわからせることなどできるはずがなかった。

あらためて、衝動的な愛の告白を呪った。あんなことを口走ったせいで、美しくも心得ちがいの妻との関係が、取りかえしがつかないほど変わってしまったのだから。

「だからといって何も変わらない」そっけなく言ったが、その口調はいかにも嘘っぽかった。

不満げに、カリスが眉間にしわを寄せた。「何を言っているの、ギデオン」あまりにも切なそうに名前を呼ばれたせいで、憤怒が蒸気のようにこみあげてきて、ギデオンは身を固くした。同情されるのは我慢ならなかった。

ならば、情熱的であまりに魅惑的なカリスを見るな――そう自分に言い聞かせて、ズボンのまえを留めることだけに気持ちを集中した。手袋をはめた手がぶるぶると震えていては、それさえままならなかった。まるで発作を起こしたかのようだ。といっても、その震えはカリスに触れたせいではなく、触れたくてたまらないからだった。

カリスの腕に包まれた目もくらむひととき、世界はあるべき場所にぴたりとおさまった。カリスだけが幸福につながる希望なのに、自分がカリスに与えられるのは惨めな一生だけ。それこそが永遠の苦悩だった。その苦悩をカリスと分かちあうわけにはいかなかった。

「風呂の用意をさせよう」わざとらしいほど感情がこもらない口調で言った。そんな口調で話すのは思ったよりはるかに辛かった。それでもどうにか、ズボンのまえを留めた。「体を洗いたいだろう」

「それだけ？」ギデオンは相変わらずカリスを見ないようにしていたが、カリスが苛立っているのは、口調からはっきり読みとれた。「あなたはわたしをベッドに連れていった。わたしを愛していると言ったわ。それなのに、何事もなかったように朝食を食べるの？」

ギデオンはカリスをちらりと見た。カリスがまだ……一糸まとわぬ姿でいるのをなんとも思っていないふりをしようとした。「ネグリジェを着てくれ」

カリスがじれて、口を引き結んだ。「あなたはわたしの質問に答えていないわ」

ギデオンはため息をついて、手袋をはめた手で髪をかきあげた。「何かが起きてはいけなかったんだよ」

「どうして?」

「なあ、その忌々しいネグリジェを着てくれないか?」今度は必死の思いで命じた。

カリスが細い腕を伸ばして、絹の布地を手に取ると、頭からするりとかぶった。髪は乱れたままだった。「これでいい?」

「いいや、まだだめだ」ギデオンは大きく息を吸うと、体のわきに下ろした手を握りしめた。カリスをもう一度自分のものにしたくてじりじりしていた。カリスの反抗的な態度は、それでなくても鎮まらない欲望をますますかきたてるだけだった。これではまるで、飽くことを知らない好色男だ。まっとうな若い女なら、地の果てまで逃げだしているにちがいない。

「問題なんてひとつもないわ」カリスが頑として言った。「あなたはわたしを愛していて、わたしはあなたを愛しているのだもの」

「きみはぼくを愛していない」苦々しい口調になった。

カリスがぐるりと目をまわした。十代のふくれっ面の少女に戻ったようなその仕草はなんとも愛らしく、心の皮を引ん剝かれている気分でなければ、にやりと笑っていたはずだ。

「そうね、きっとそうなんでしょう」カリスが皮肉たっぷりに言った。「わたしは、自分の餌もろくに探せないスズメほどの脳みそもない馬鹿な女ですもの。そして、あなたは生きる価値さえない男。あなたに強いられたほんの些細な試練ぐらい、普通の男なら誰もが苦もなく乗りこえられるのに、あなたはおいおい泣きながらインドの穴倉から引っぱりだされたのよね」

「カリス……」恐ろしいほど低い声しか出なかった。カリスの嘲りが骨にまでぐさりと突き刺さった。真に気にしていることを、無情にもずばりと指摘するとは。「言いすぎだ」

「そう、いまのことばはあまりにも不条理よ」カリスが苛立ったように両手を広げると、薄っぺらな絹の下で乳房が魅惑的に揺れた。とたんに口のなかがからからになって、手のひらが自然に丸くなる。張りのあるふたつのふくらみを包みこむように。

「わたしたちは愛しあっているのよ」カリスの頬が紅色に染まっていた。「それなのに、なぜあなたはそんなに離れて立っているの？」

長い睫越しに見つめられて、血が沸きたった。嘘だろう？　カリスは妖婦の手本にだってなれそうだ。ギデオンは肩をいからせた。そうでもしなければ、カリスに飛びついてしまいそうだった。

「なぜなら、きみに触れたら、気が変になってしまうからだ」ことばを絞りだすように言った。体のなかでは欲望が唸りをあげていた。

カリスがベッドからするりと脚を下ろして、目のまえに立った。「わたしはあなたに触れたわ。でも、あなたは気づきもしなかった」

「それは……」

実際に触れられているかのように、ギデオンはカリスを見つめかえした。腕を取られたときのことは、なんとなく憶えていた。最後に誰かに触れられて、ほとんど気に留めずにいられたのはいつのことだっただろう？

カリスの言うとおり、性的に興奮すれば、そのときだけは心が解放されるのか？　どの医者もそんなことは言わなかった。ランガピンディーから救出されて以来、このさき永遠に女とは無縁の暮らしを送ることになると覚悟していた。それはまちがいだったのか？

欲望のせいで靄がかかった頭で、どうにか事実を検証した。たったいま、妻とかぎりなく親密な行為をした。自制心をすっかり失って、のぼせあがり、興奮して、激しく欲情した。だが、気分が悪いのは、つねに感じている良心の呵責のせいであって、ランガピンディーの記憶のせいではなかった。

妻の推論をようやく夫が真剣に考えはじめたことに気づいたのか、カリスが歩みよってきた。そうして、片手を夫の胸にあてた。カリスの頰は明るく輝いていた。「ギデオン、さっきの出来事は何よりもすばらしいわ。喧嘩なんかして、それを台無しにしないで」

すでに慣れっこになっている発作に備えて、ギデオンは身を固くした。けれど、感じるのはカリスの手のぬくもりと、股間にあるものの硬さだけだった。体のその部分だけは、普通の結婚というカリスの描く未来を称賛していた。

「すばらしい？」呆然とつぶやいた。

いや、すばらしくて、興奮する出来事だ。カリスの言ったことばにこめられた意味を理解しようと、ギデオンは必死に考えた。世界がばらばらになるような交わりあいを、ことばで表現できるわけがなかった。とはいえ、この自分もやはり人間だったらしい。自制心を失うほどの男の欲望を、カリスが不快に感じていなかったとわかって、うれしかった。

カリスがうなずいて、にっこり微笑みかけてきた。とたんに、下腹に力がはいる。ついさきほどと同じように、厄介な欲望を感じたせいだ。「そう、すばらしいのよ」

長いこと縁のなかった希望の光が、不確実な人生に少しずつ射しこんでいた。自分は変われるのか？　そんなことは考えることさえできなかった。地獄の闇に包まれた人生に、ふいに光が射して目がくらみ、頭がくらくらしていた。

カリスに触れられるはずがないと知りながらも、手袋に包まれた手を上げて、胸にあてられたカリスの手に重ねた。上質なヤギ革を通して伝わってくる肌のぬくもりが、生と幸福の遠い記憶を呼びさました。

危ういその一瞬、ハシバミ色の目の輝きに見とれた。手が震えていた。けれど、それは発作の前兆ではなく、高まる感情のせいだった。

かすれて、低く震える声でギデオンはどうにか言った。「休戦だ」


ギデオンに愛されている。

カリスは信じられない思いだった。けれど、ギデオンはいま、胸に触れる妻の手に自分の手を重ねながら、体を震わせている。それこそが、愛されている証拠だった。愛のことばを耳で聞くよりはるかに、愛を確信できた。

ギデオンの愛の告白で、わたしの世界は永遠に変わった。胸が躍っていた。生まれ変わって、強くなった気分だ。ふたりのために心から望んでいた勝利の光が、ついに垣間見えた。幸せな人生。ペンリンでの暮らし。子どもたち。充足感。心の平穏。

午後は二頭立ての馬車を借りて、ギデオンとふたり、ジャージー島の小道をのんびりまわった。外出しようと言われたときには、ホテルの部屋から逃れられるのがうれしくて、すぐさま承知した。狭い馬車のなかでは、互いを意識せずにはいられなかったけれど、それでも、馬車の揺れや爽やかな風を感じると、張りつめた空気にもどうにか堪えられた。

そう、どうにか……。

丘のてっぺんまで上がると、ギデオンがみごとな手綱さばきで馬車を停めた。眼下には草原が広がって、その向こうで海が銀色に輝いていた。やわらかな風がボンネットからこぼれた髪をもてあそぶ。曇りがちだった空がすっきりと晴れあがっていた。春がすぐそこまで来ているのを感じさせる芳しい日だった。

ギデオンに愛されている。

太陽がいつにも増して輝いていた。鳥のさえずりもいつにも増して明るい。風までが、いつもより甘く素肌をくすぐった。

「なんてすてきな場所なの」勇気を出して、手袋をはめた手でギデオンの腕をそっとつかんだ。

ギデオンが腕を引っこめないとわかると、さらに身を寄せて、わざと胸のふくらみがギデオンの腕に触れるようにした。ギデオンがはっと息を呑んだ。カリスはうれしくて、わくわくした。

ギデオンに抱かれた情熱的なひとときが、さまざまなことを教えてくれた。自分の力でギデオンの欲望をかきたてて、われを忘れさせられることを。何よりも親密な方法で、ギデオンに体を触れさせられることを。深く激しく突かれる感覚は、これまで経験した何よりも刺激的だった。

ギデオンの興奮の香りは嗅ぎなれたものになっていた。妻の体を押し開きながら、ギデオンがどんな声を漏らすのか、深々と押しいってくるものがどれほど硬く雄々しいか、それはもうよくわかっていた。といっても、もちろん、あの行為は心地いいだけではない。ギデオンの荒々しさや、男性ならではの激しい欲望にはまだ馴染めずにいた。

敵陣に襲いかかる騎馬連隊のように、ギデオンは押しいってきた。そんなことをされたら、誰だって怯えるに決まっている。

それなのに、わたしは汗にまみれたあの熱いひとときがたまらなく好きだなんて……。

ふたりの体がつながるのが、なすすべもなく欲望の虜になったギデオンを見ているのが好きだった。

ギデオンにもう一度同じことをしてほしかった。すぐにでも。

触れているギデオンの腕に力がはいった。それでも、ギデオンは腕を引っこめなかった。

「町を抜けだしてよかった」その声はなんとなくかすれていた。

「人がたくさんいると落ち着かないのね？」ギデオンを見つめた。一見して心ここにあらずといった感じだけれど、体調は悪そうではなく、ひとまずほっとした。それでも、今朝の出来事のせいで、ギデオンが落ち着かない気分になっているのはまちがいない。肉体的には満たされたとしても、心はそう簡単にはいかないのだろう。

ギデオンの腕をそっと握って、腕の感触を確かめた。感動するほど力強くてたくましかった。ギデオンが押しいってきたときの熱い記憶が全身によみがえる。思わず顔が真っ赤になった。

ギデオンが窺うようにちらりと視線を送ってきた。「少し」

それが質問に対する返事だと気づくのに、一瞬の間があいた。ギデオンの頭のなかを欲望で埋めつくすという作戦につきまとう問題は、カリス自身もギデオンに触れられるとどぎまぎせずにいられないことだった。そのせいで、目標だけに気持ちを集中できずにいた。何しろ、ギデオンがそばにいるだけで、欲望が湧きたつ泉になってしまうのだから。

根気強くならなくては。自分にそう言い聞かせた。これは長く厄介な攻囲戦かもしれないけれど、その結果、手にする勝利にはすばらしい価値がある。ギデオンのためにも、わたしのためにも。

「ということは、あなたにとってロンドンは悪夢の町なのね」

ギデオンが馬のたてがみの向こうを見つめ、手綱を握る手袋をはめた手に力をこめた。

「そのとおりだ」

「どうやって堪えていたの?」

ギデオンが肩をすくめた。「堪えるよりほかになかった。国王の命令となれば、ロンドンに行くしかなかったからね。酒を飲んで気持ちをまぎらせたよ。酒では役に立たないときには、アヘンもやった。会合への招待は可能なかぎり断わるようにして、つねにタリヴァーとアーカーシャが助けてくれた」

「そして、いまはセント・ヘリアにいる」

ギデオンが笑みを浮かべた。「ああ。でも、ロンドンよりセント・ヘリアのほうがはるかに楽だ」

「心配はいらないわ。わたしたちはまもなくペンリンに戻るんですもの」

ギデオンが笑みを浮かべて、ちらりと視線を送ってきた。その黒い瞳は夜空に浮かぶ星にも負けないほど輝いていた。「驚いたな、まるで妻みたいな口ぶりだ」

カリスは輝く瞳を見つめた。流行の帽子の庇《ひさし》で陰になっていても、その目は輝いていた。目のまえにいるギデオンは上流階級のしゃれ男そのもの。そんな優雅な紳士と、ほんの数時間まえの打ちひしがれてあきらめきった男が、同じ人だとは思えなかった。

「そうよ、あなたの妻ですもの」カリスは静かに応じた。いまようやく、ギデオンの妻だと実感していた。ギデオンの目に浮かぶ表情が変化して、見つめられると、心臓が跳ねたのかと思うほどどきりとした。「キスして」そう囁いてから、はっとした。考えていることをそのまま口に出す癖が、厄介事のもとになるのはもう証明済みだった。

張りつめた沈黙ができた。ギデオンはきっと、いつものように自分の殻にこもってしまうのだろう。

ギデオンの顔から笑みが消えて、代わりに、強い欲望が浮かんだ。唇に視線を感じて、カリスは息を吐いた。かすかに開いた唇から漏れた息は、甘いため息になった。

感覚が研ぎ澄まされていた。ふいに、周囲の物音が思いもよらないほど大きく耳に響いた。鳥の鳴き声。遠くから聞こえる海のうねり。一頭の馬が動いて揺れる馬具の音。

けれど、次の瞬間には、自分の心臓が刻む激しい鼓動に、周囲の音はかき消された。

ギデオンの顔がゆっくり近づいてきた。このままじっと待っていたら、死んでしまうのではないかと思うほど、じわじわと近づいてくる。ギデオンの温かく湿った息が唇をかすめると、あふれる切望が苦しげな喘ぎとなって唇から漏れた。

もしいまギデオンが止まったら、叫んでしまうはずだった。

ギデオンが目を閉じて、唇が触れあった。軽くかすめるように。

もどかしさに小さく唸って、自分のほうからギデオンに近づいた。体が触れあっても、ギデオンはいつものように不快そうなそぶりを見せなかった。カリスは心のなかで感謝の祈りをつぶやいた。

「わたしをからかっているのね」かすれた声で言った。

そっと触れているギデオンの唇に笑みが浮かぶのを感じた。「少しだけ。ボンネットを脱いでくれるかな？　そうすればもっときちんとキスできる」

満たされない思いにじりじりしていても、ギデオンの口調が揺るぎないのはわかった。震える手で黄色いサテンのリボンをほどいて、ボンネットをすばやく脱ぐ。仕立てたばかりの最新流行のボンネットを、ためらいもなく馬車の床に落とした。

期待せずにいられれず、熱でもあるかのようにぼんやりと、ギデオンが手綱を固定するのを見つめた。といっても、弱まっていく陽光を浴びて、馬はのんびりとくつろいでいた。ギデオンも帽子を脱ぐのが見えた。

これほど胸がどきどきしていては、ギデオンにもその音が聞こえているにちがいない。手のひらが汗ばんでいる。そわそわと手のひらをスカートで拭った。「じらさないで」震える声で言った。

ギデオンがやわらかな声で笑った。深みのある声に体の芯がぞくっとする。落ち着かなくて、カリスは座ったまま身をくねらせた。

ギデオンがゆっくりと片手を上げた。なぜ、こんなにゆっくりしているの？　わたしがこれほど待ち望んでいるのがわからないの？　頭のうしろにギデオンの手が添えられる。うなじの髪にギデオンの手袋をはめた手が差しいれられた。

「きみはずいぶん情熱的なんだな」ギデオンがつぶやいた。

「気に入らないの？」カリスはもう何を言っているのかわからなかった。わかるのは、ギデオンがこの世のほかのことなどどうでもいいかのように、体に触れていることだけだった。

「そんなことは言っていないよ」

ギデオンが反対の手を上げて、顎の下に差しいれてくると、顔を上向きにさせられた。そんなことをするまでもなかった。顔をそむけるはずがないのは、ギデオンも知っているはずなのだから。

「ギデオン……」

誘惑。抵抗。懇願。

「何も言わなくていいよ」ギデオンの口もとに穏やかな笑みが漂っていた。

ギデオンが頭を下げて、また束の間の軽いキスをした。

またしてもじらされた。ギデオンだってうずうずしているくせに……。黒い瞳の奥で欲望の炎がめらめらと燃えて、全身から熱を発しているのだから。その炎にもっと近づこうと、カリスは体をずらした。

信じられないほどそっと、唇の端にギデオンの唇が触れた。さらに鼻に。顎に。眉のあいだに。

「キスして」カリスは泣きそうだった。生身の人間には堪えられないほどじらされていた。

「もうしているよ」

じれったさに体が震えた。もっと情熱的なキスをしてほしかった。ギデオンに求められているのを実感したい。けれど、やさしいキスは砂糖よりも甘かった。魂が溶けていくかのようだ。ギデオンとは二度愛を交わした。けれど、二度ともやさしさなどなかった。

ギデオンはいま、繊細なベネチアン・グラスに触れるように、わたしに触れている。ほんの少しさわっただけで壊れてしまうかのように。

カリスは両手を上げた。片方の手をギデオンの腰にまわして、反対の手を今朝と同じようにたくましい胸にあてる。手のひらに心臓の激しい鼓動が伝わってきた。

「きちんとキスして」懇願する口調になった。「そうしてくれないと、どうにかなってしまうわ」

「もうふたりともどうにかなっているよ」ふいにきっぱりとギデオンが言った。「そうだ、もうどうにもならない」

そのことばと同時に、世界が破裂して燃えあがった。貪るように唇を奪われる。

驚いて、息が詰まった。けれど、次の瞬間には、驚きは予想もしなかった悦びに変わっていた。ギデオンは熱い欲望の塊と化していた。それでも、埋め火の燃えさしにも似た、やさしさの名残が感じられた。それは、日の出に薄れていく無数の星の光にそっくりだった。

唇を開いて、すべてをゆだねる。

ギデオンのキスはまるで、容赦のない攻撃だった。舌が唇を這ったかと思うと、口のなかにするりとはいってくる。いきなりそんなことをされて、体がこわばった。

唐突に、ギデオンが頭を上げた。

やめないで。いまやめたら、死んでしまう。

「心配はいらないよ」ギデオンが囁いて、額に、頬に、顎に唇を這わせた。片手で妻のうなじを押さえて、好きなだけ奪った。

カリスはうめいて、懇願した。「キスして、ギデオン」欲望に声が震えていた。

「忘れていたよ……」ギデオンが言いながら、あちこちにキスをした。妻の顔のすべてに自分の痕跡を残すかのように。唇以外のあらゆる場所に。唇こそがカリスが求めている場所なのに。

「……きみがどれほど……」ギデオンはさらに唇を這わせた。「……無垢かを」

カリスはギデオンの鼓動が感じられる胸から手を離して、その手をギデオンのうなじに添えた。外套の高い襟に触れる髪に指を絡ませる。

「驚いただけよ」声が震えていた。「いやだったわけではないわ」

あちこちにギデオンの唇を感じた。「なんてかわいい妻だろう」

「あなたはわたしをいじめているのよ」咎《とが》めるように言いながら、顔を動かして、唇が重なるようにした。

「きみは何日間もぼくを苦しめたんだよ。こんなふうにきみにさわれる日が来るとは夢にも思っていなかった」

「でも、そうなるのを望んでいたのでしょう?」答えはわかっていたけれど、ギデオンの口からそのことばを聞きたかった。

「きみはぼくの血をかきたてる」ギデオンが苦しげに言った。

ギデオンの両手が背中へと滑るのを感じた。気づいたときには、抱きしめられていた。ギデオンが重ねた唇を開く。さきほどより少しやさしかった。今度は、カリスも舌を差しいれられるとわかっていた。

舌がぐいとはいってきたかと思うと、出ていった。次にはいってきたときには、隅々まで探られた。

目の奥で火花が散り、愉悦の熱い波が全身を駆けめぐる。身を焦がすほどのキスをしている……。わかるのはそれだけだ。喘いで、唇をさらに開いて、激しく押しつけた。

ギデオンの両手が背骨をたどりながら背中を撫ではじめた。その手が触れたところが次々と熱く燃えあがる。炎が肌を舐めた。そうしながらも、唇は無限の邪な愉悦とともにぴたりと重なっていた。

ためらいがちに、舌でギデオンの舌にそっと触れてみる。ギデオンがうれしそうに低い声を漏らして、両手に力をこめた。

勇気づけられて、カリスは舌を動かした。とたんにキスは一方的な侵略ではなく、恍惚《こうこつ》の乱舞に変わった。

不明瞭な声をあげながら、椅子の上でぎこちなく体をずらして、さらに身を寄せる。ギデオンが重ねた唇を引きはがす。ギデオンの息があがって、目は黒檀よりも黒味を増していた。ギデオンがふいに笑いだした。次の瞬間には、カリスは膝の上に載せられていた。

「二輪馬車は愛の行為には不向きだよ」ギデオンがなんとなく不安げに言った。

カリスはまだぼうっとしていた。歓喜が心地いい調べとなって、体じゅうで共鳴している。

「そんなことはどうでもいいわ。すてきだったもの」

これではまるで、わけのわからないことを口走っている酔っ払いだ。でも、それがどうしたというの？　わたしはギデオンに酔って、わけがわからなくなっているのだから。

ギデオンに愛されている。

そっと頬を触れられて、無防備な心がまっぷたつに裂けた。ひと目見たときから、ギデオンを愛するようになった。けれど、いまのいままで、肉体的な悦びが愛をこれほど鮮やかなものに変えるとは知りもしなかった。愛に命が吹きこまれるとは。

「ホテルに戻ろう」甘い予感に、ギデオンの声はビロードのように艶やかだった。

カリスは体を丸くして、ギデオンにぴたりと寄りそうと、はじめて肩を抱かれた。その親密さをたっぷり楽しんだ。キスの名残で唇がちりちりする。なぜか、そのキスでふたりの関係が変化した。ギデオンに二度体を許したとき以上に。

心はあふれんばかりの希望で満ちていた。

ギデオンはわたしを愛している。わたしはギデオンを愛している。愛するふたりを打ち負かせるものなどあるはずがなかった。

18

ギデオンは料理が並ぶテーブル越しに妻を見つめた。部屋に用意させたその食事はずいぶん残っていた。滞在しているホテルは料理で有名だったけれど、凝った晩餐がおがくずであっても、ギデオンは気づかなかったはずだった。

頭は、いや、心も魂も、妻のことでいっぱいだった。

カリスのことだけで。

誰よりも美しいカリス。この世の喜びであり、絶望のもとでもあるカリス。

郊外からの帰り道、カリスは黙りこくっていた。晩餐のあいだもほとんど口をきかなかった。カリスも料理をもてあそんでばかりいた。そしていま、ようやく顔を上げた。ハシバミ色の目に疑念が浮かんでいた。澄んだ海に現われたサメのように。

カリスがぞんざいにフォークを置くと、ほっそりした手をテーブルにあてた。「なぜ、心変わりしたの?」

ギデオンは白を切るわけにはいかなかった。カリスは夫の態度の変化を見逃すほど愚かでもなければ、その話題を避けるほど臆病でもないのだから。

ちょっと考えてから、本心を口にした。「ぼくに心があるとは思えない」いまここで、ふたりの将来にかかわる危険なゲームをしているのはいやというほどわかっていた。同時に、カリスが手にできるせめてもの幸せは、夫と離れた生活にあるという考えに変わりはなかった。

とはいえ、麗しい妻と同じベッドに横たわり、その体に触れずにいるなど、生身の男に堪えられるはずがなかった。とりわけ、ランガピンディー以来、荒涼とした地獄で生きてきた男には。愛しあっていれば道は開けると、カリスは信じている。いっぽうギデオンは、この蜜月のせいでふたりが払う代償がさらに苦しいものになると確信していた。

そうである以上、カリスとは距離を置かなければならない。けれど、それができずにいた。これまでに犯した多くの罪のなかで、おそらくはこれがもっとも重い罪だ。

カリスは苛立たしげに唇を引き結んで、ワイングラスの脚をいじっていた。「あなたはわたしに喜んでさわれるようになった」

昼下がりの芳醇なキスを思いだすと、いつのまにか笑みが浮かんでいた。「喜んでということばでは言い表わせないぐらいだ」

そんなことばでは、カリスの気持ちをなだめられなかった。カリスの頬は薄紅色に染まったが、こちらを見つめる視線は揺らがなかった。「何が変わったの?」

ギデオンは束の間、白いダマスク織りのテーブルクロスに視線を落としたが、すぐに目を上げた。「ああ、きみに触れられるようになったのは事実だ」

カリスの頬が真っ赤になった。「ならば、あなたはわたしの夫として、人生をともに歩めるかもしれない、そうでしょう？」そんな質問をするのは気が重いとカリスが思っているのが口調に表われていた。

ギデオンはため息をつくと、カリスと同じぐらい重い気持ちで、低い真剣な口調で応じた。「カリス、何がどう変わろうと、ぼくはきみのためになるようなことはひとつもできない。もしぼくに良識がわずかにでもあるなら、きみから離れるはずだ」

たしかに獣にならずにカリスに触れられるようになった。今朝はできなかったとしても、午後の出来事が何よりの証拠だった。カリスのことは愛している。ますます愛するようになっている。カリスの願いとあれば、夜空の星だって取ってきてみせる。

それでも、この世にふたりといないすばらしい淑女の夫として、不合格の烙印を押される理由はいまでも無数にある。改善の余地のない純然たる事実として存在しているのだ。いまはカリスとの至福の人生が約束されているように思えても、この体と精神が破綻《はたん》していることに変わりはない。今日、セント・ヘリアの雑踏に足を踏みいれたとたんに、緊張して体がこわばったのだから。今朝、心のなかに芽を出した希望という名のほんの小さな苗は、大勢の人々に対していつもの激しい拒絶反応を示すと同時に、しおれてしまった。容赦なく襲いかかる過酷な現実にすっかり押しつぶされてしまった。

自分の愚かさに嫌気が差した。この数日は束の間の猶予期間のようなものなのに、病が完治したと思いこむとは。普通の人生など歩めるはずがない。人との接触を断って、孤独に生きていくのがわが身に定められた運命なのだから。カリスのようなすばらしい淑女を世間から遠く離れた場所に閉じこめて、ひとり占めして許されるわけがない。それではまるで、あふれるほどの金を抱えて放さない守銭奴だ。そんなことは許されない。考えてみれば、世捨て人との束縛された人生など、カリスだってうんざりするに決まっている。カリスの明るさが蠟燭の火のように衰えて、消えていくのを見たくなかった。

カリスは愛していると言ってくれている。カリスはたしかに情熱的で意志が固いけれど、いまはおとぎ話の王子さまに恋して何も見えなくなっているだけだ。カリスがいま口にしている愛が、それ以上のものであるはずがない。いっぽうで、この自分が愛されるに値しない男であることははっきりしている。これまでにも、無数の失敗と失望をくり返してきたのだから。カリスまで失望させてしまうのは堪えられなかった。けれど、そうなるのは目に見えている。やはり、カリスを自由にさせて、ふさわしい男を見つけさせるべきだ。

カリスがほかの男を愛すると思うと苦しくてたまらなかった。それでも、その気持ちを必死にこらえた。身勝手な欲望ではなく、カリスの未来を第一に考えなければならないのだから。

とはいえ、いまこのときも身勝手な欲望は最高潮に達して、抑えようがなかった。カリスをひとりで眠らせなければならないが、そんなことができるはずがない。どんな幸福とも一生無縁だと思っていたのに、カリスの腕のなかで至上の幸福を味わってしまった以上、自制などできなかった。

聖アウグスティヌスの説く〝利己的な祈り〟が脳裏をかすめた。どうぞ、わたしに純潔と禁欲を命じたまえ。ただし、いますぐにではなく。

カリスがワイングラスを持ちあげた。けれど、ワインには口をつけず、不安げな顔で深紅の液体を見つめた。「とんでもないまちがいだと思っているなら、なぜキスしたの？」

カリスは憎らしいほど機転が利いた。夫の主義に反する行為として、今朝の激しい交わりあいではなく、キスを指摘するとは。こうなると、否定できない事実を正直に話すしかなかった。「情けないことに、きみに抵抗できなかったからだ」

カリスがぱっと顔を上げた。ふっくらした唇に明るい笑みが浮かぶ。「ほんとうに？」

あまりにもうれしそうなその顔を見て、笑わずにいられなかった。とはいえ、ふたりで幸せになれるというカリスの考えが正しいと言わんばかりのことをしている自分は、どうしようもない悪党だ。そして、悪党でいることにいつか慣れてしまうのも、うすうす気づいていた。なぜなら、カリスをわがものにした以上、同じ部屋で過ごしながら、その体に触れずにはいられないのだから。

カリスの持つ力をひしひしと感じながらも、ギデオンはどうにか鋭い口調で言った。「ああ、忌々しいが、ほんとうだ」

「それならよかったわ」カリスはワイングラスを置いて立ちあがると、メイドを呼んだ。

ギデオンは驚いて、座ったまま身をよじってカリスを見つめた。「そうなのか？　もう訊くことはないのか？」

ど。

「いまのところは」

大きな安堵のため息が漏れた。といっても、突然カリスが従順になるはずがなかったけれ

メイドが料理を片づけて、部屋のなかを整え、暖炉に火を熾し、寝室の準備をした。その間、ギデオンは暖炉の傍らに立って、どうにか自制心を保っていた。周囲で数人のメイドがせわしなく動きまわっているだけでも、不快で全身がこわばっていた。

やはり、病は治っていなかった。治るわけがない。

非情な事実が骨にまで染みわたった。束の間、目を閉じて、カリスを、そして自分自身を拒むための勇気を奮いたたせようとした。けれど、激しい欲望のまえでは、意志の力などなんの役にも立たなかった。

今夜、妻と交わる。そう思っただけで血が沸きたった。赤ワインをちびちびと飲みながら思いにふけった。結局はベッドをともにすると知りながら、美しい女とゆうべのひとときを過ごす。そんなことはいったい何年ぶりだろうか……。

本を読むふりをして座っていたカリスが顔を上げて、謎めいた笑みを送ってきた。この一夜がどんなふうに終わるのか、カリスも知っていた。

メイドが部屋を出ていって、扉が閉まると、ギデオンは深く息を吸った。カリスとふたりきりになると、ふいに部屋の空気が鮮やかに澄みわたった。災難しかもたらさない男が、妻に触れる権利はない——そう叫ぶ良心の声は無視した。

本をわきに置くカリスに目が釘づけになった。それでもその場に留まって、高まる期待感を楽しんだ。すぐにでも抱きよせて、目もくらむキスをしたかった。麗しい深紅のドレスの下にどれほどの驚嘆が隠れているのか知りたくてうずうずした。

カリスが歩みよってきて、手からワイングラスを取りあげた。手袋をはめた手にカリスの手が触れる。昨日までなら、それだけのことでも体が震えて、汗が噴きでていただろう。けれど、いまは欲望をかきたてられた。カリスに漂うカーネーションの香りが、まもなく足を踏みいれるパラダイスを無言で約束していた。

「お願いを聞いてくれるかしら、ギデオン？」カリスが静かに訊いてきた。

そのことばには、なんとなく不穏な響きがあった。けれど、ぼんやりした頭では警戒などできるはずがなかった。「場合によっては」

カリスが炉棚の上にワイングラスを置きながら、口もとにかすかな笑みを浮かべた。「臆病なのね。ほんものの紳士なら、わたしの取るに足りない気まぐれにつきあってくれるに決まっているわ」

「そういう紳士はきっと、きみのことをよく知らないんだろう」

カリスが小さな声で笑った。かすれた笑い声に耳をくすぐられ、腹のなかで欲望が渦巻いた。ことばとは裏腹に、カリスに請われればすぐさましたがって、命だって差しだすにちがいなかった。

「ずいぶん疑《うたぐ》り深いのね」

「だからこそ、無数の危機をかいくぐって生きてこられたんだ。疑り深いのは悪いことじゃない」探るような目でカリスを見た。「きみの望みは、カリス？」

カリスがぎこちなく息を吸った。冗談めかして男を誘っているが、内心はずいぶん緊張しているらしい。頭のなかで響く警鐘がひときわ大きくなった。「わたしのしたいようにさせてほしいの」


カリスは両手をぎゅっと握りあわせたいのを我慢した。世間知らずのお嬢さまではなく、自信に満ちた大人の女を装わなければならないのだから。腹をすかせたネコに睨まれたカナリヤのようにびくびくしていては、目的を遂げられない。

ギデオンが片方の眉を上げた。「たとえば？」

唇を噛んでしまってから、何にも動じない自信満々の女を演じるつもりでいたことを思いだした。顎をぐいと上げて、用心深い黒い目をまっすぐ見つめた。「そうね……まずは、あなたの服を脱がすわ」

顔がほてった。何にも動じない自信満々の態度など取れるはずがなかった。こんな調子では、きっぱりした物言いもいつまで続けられることか……。ギデオンに見られないように、カリスは手のひらをスカートで拭った。

「ああ……なるほど」ギデオンがゆっくり応じた。

そんな返事だけで済むはずがなかった。怒り、反論、そして、断固とした拒絶が返ってくるに決まっている。けれど、ギデオンはそれ以上ことばを発しなかった。カリスはあわてて言った。「淫らな好奇心からそうするわけではないわ」

ギデオンが口もとをぴくりと引きつらせた。けれど、その目には徐々に抵抗する気持ちが浮かんでいた。「それを聞いてほっとしたよ」

「冗談で言っているのではないのよ」緊迫した低い声になった。「あなたがいつも服を着たままなのは問題だわ……ふたりでベッドで……」

「愛しあっているときに?」

「そうよ」即座に応じた。心臓が閉じこめられた鳥のように肋骨を叩いている。鳥といってもスズメではない。タカのように大きく凶暴な鳥だ。

ギデオンが炉棚に寄りかかった。すらりとした体はあくまでも優雅で、たくましかった。炉床で燃える炎が、ギデオンの顔に謎めいた揺れる影を投げかけて、束の間、その姿を邪なものに変えていた。カリスは緊張して乾いた唇を舐めた。舌の動きをギデオンが目で追う。あからさまな好奇心を目の当たりにして、この闘いで自分がまったくの無力ではないのを思いだした。とたんに、背筋がぴんと伸びた。

ギデオンが手袋をはめた手で炉棚を握りしめると、自制の利いた滑らかな口調で言った。「つまり、きみに身をまかせろと?　ぼくに選択の余地はあるのかな?」

妻に砦を攻められて、ギデオンが怒っているのはまちがいなかった。手の震えを隠そうと、カリスは手のひらをスカートに押しつけた。「拒むこともできるわ」

「そんなことをしたら、今夜、きみはぼくとベッドをともにしないんだろう」ギデオンが苦々しげに言った。

カリスは心臓が引っくりかえるほど驚いた。ギデオンは自分がいま、何を認めたか気づいているの？「言うことを聞いてもらえないなら、あなたとベッドをともにしないなんて、そんなことはないわ」もう一度唇を舐めた。「わかったでしょう、わたしもあなたには抵抗できないの」

ふいにギデオンが冷静な態度を崩して、荒々しい動作で炉棚から離れた。傍目にもはっきりわかるほど体が震えていた。カリスはぞっとした。もしかして、また発作が起きたの？ギデオンが椅子の背をつかむ。こわばった手で椅子の背を握りしめていた。「ランガピンディーでぼくは拷問を受けた」

「知っているわ」

ギデオンが唾を呑むと、喉仏が大きく動いた。「そのときの傷跡は醜すぎて、きみには見せられない」

驚いて、カリスは目をしばたたいた。そんなことを言われるとは思ってもいなかった。けれど、考えてみれば、予想がついてもいいはずだった。両手を広げて、本心を口にした。「あなたは美しいわ。少しぐらい傷跡があったって、その美が損なわれたりしない」

ギデオンがさも苦々しげに短く笑った。「きみは自分が何を言っているのかわかっていないようだな」

カリスはギデオンのすぐそばまで歩みよった。手を伸ばせば触れられるほど近かった。

「見せて」

ギデオンが椅子の背から手を離す。いやいやながらも承諾したしるしだ。

カリスは、慎重にギデオンの黒い上着の襟に触れた。羊毛の布に肌のぬくもりが感じられる。ギデオンは身をこわばらせたものの、あとずさりはしなかった。それはこのまま続けてもかまわないという、暗黙の了解だった。

ゆっくりと上着を肩から腕へと滑らせる。拷問を受けているかのように、ギデオンが歯を食いしばった。体はオークの木にも負けないほど硬くなっていた。

お願い、わたしは本能に正しく導かれていますように。ギデオンがこれほど苦しい思いをしているのに、最後に何も得られなければ、わたしは一生自分を許せなくなる。

脱がせた上着を椅子にかけながら、罪悪感と恐怖を胸のなかから追いはらった。恐れや同情よりも深いものが、頭のなかで囁いていた。ギデオンが服という鎧を脱いだ姿を妻に見せないかぎり、その心も閉ざされたままだと。

疾走したあとのように心臓が脈打つのを感じながら、カリスは意を決してギデオンと向きあった。今夜のギデオンはいつにも増してきちんとした身なりをしていた。銀糸で蔓模様《つるもよう》が織りこまれた純白のチョッキ。雪にも負けないほど真っ白なクラバット。シャツ。キツネ色のズボン。いつものように、手は手袋に包まれている。今夜は夜会用の白い手袋だった。

本心を明かすように、ギデオンがほっそりした頬をぴくりと引きつらせて、苦しげに息を吸った。炉床の火が燃える音が聞こえるほど静まりかえった部屋に、ギデオンの抑えた、けれど途切れ途切れの息遣いが響く、カリスはチョッキのボタンに触れた。たくましい胸が大きく上下していた。

ひとつ目のボタンをはずす。ふたつ目、そして三つ目。美しいチョッキのまえが開いた。華やかな銀糸のチョッキの下に手を滑りこませて、脱がせた。ふたりを隔てているのは、薄いシャツ一枚だけになった。ギデオンの体はほてって、こわばっている。破裂してしまうのではないかと不安になるほどだった。

考えるまもなく、目を下に向けていた。ズボンのまえがふくれて、欲望が抑えようもなく高まっていた。

「ぼくがどれほどきみを求めているかわかっただろう」ギデオンが淡々と言った。「きみはそれを武器にしている」

カリスは首を振りながら、チョッキを上着の上にかけた。服を一枚剝ぎとるたびに、戦場で敵の軍旗を奪ったような気分になる。

「あなたのためにそうしているのよ」そう思わなければ、いましていることを続ける勇気が出なかった。勇気をかき集めて、ズボンのふくらみに触れた。

息を吞んだ。ギデオンが喉の奥のほうから苦しげな声を漏らす。そこにさわるのははじめてだった。ズボン越しに、布を押し破らんばかりの勢いが伝わってきた。生命力、そして、活力が。いつのまにか、手のひらが硬く大きなものを包んでいた。意思を持っているかのように、それは手のひらにぴたりと張りついてきた。

ギデオンが目を閉じた。「カリス……」

カリスは唇を噛んで、手を離した。震えながらクラバットに手を伸ばす。手が思うように動かず、その長い布地をほどけるとは思えなかった。

ひとつ深く息を吸って、ギデオンの芳香で胸を満たしてから、気持ちを集中した。どうにかクラバットをほどいた。次にシャツを開く。ギデオンの首の血管が激しく脈打っていた。

ギデオンの息遣いが速くなっていた。カリスも同じだった。部屋が四方から迫ってくるようで息苦しかった。欲望が下腹にどかりと居座った。

ギデオンにはまだ性的な刺激など与えていなかった。自分自身に対しても。それでも、いましている行為——身を震わせながらじっと立っている長身のたくましい男性の服を脱がせるという行為だけで、脚のつけ根の敏感な部分が熱を帯びていた。

欲望で——男女の欲望で空気までぴりぴりしていた。ギデオンの肌に触れていなくても、炎の壁と化した男の欲望に囲まれるのを感じた。

ギデオンは目を閉じていた。自分がされていることを見ていられないのだろう。その姿には、体が震えて、よじれるほどの緊張感が感じられた。息をするたびに肺がこすれているかのようだった。

ふいに疑念が浮かび、とたんに体が麻痺して、動けなくなった。

わたしにこんなことができるの？　こんなことをしていいの？　ギデオンをさらに煉獄の

奥底に突き落とすことになったらどうするの？

それでも肩に力をこめて、ズボンからシャツを引き抜こうと手を伸ばした。骨を叩くほど心臓が大きな鼓動を刻む。手の震えが止まらなかった。

ギデオンが目を開けて、シャツの裾をつかんだ。「これだよ、ほら」苦しげに言うと、シャツをまっぷたつに引き裂いて、床に落とした。

何を言うつもりだったのかカリスは自分でもわからなかった。いずれにしても、ことばは喉につかえて出てこなかった。体のわきに下ろした両手を握りしめる。顔を上げると、ギデオンのうつろな目に見つめられていた。それから、目を下に移して、あらわになったギデオンの体の隅々にまで視線をせわしなく走らせた。

ギデオンが美しいことはわかっていた。それでも、男性的な神々しさにことばを失った。肌がぴんと張って、たくましい筋肉が浮きでている。広い胸を黒い胸毛がうっすらとおおっていた。

胸と腕に傷が刻まれていた。鞭の痕《あと》とおぼしき長い傷跡。白っぽくつるりとしているのは、火傷の痕だろう。丸い傷は弾痕かもしれない。容赦ない責め苦のまぎれもない証拠だ。

カリスは目をギデオンの顔に戻した。固く引きしめられたその口もとに、計り知れないほどの忍耐力が表われていた。

ギデオンはいやでたまらないのだ。心底いやがっているのだ。

ああ、ギデオン、ごめんなさい。許して。

カリスは腕を差しだして、たくましい腕にそっと手を置いた。ギデオンが身をすくめる。以前と同じように。不安に胸が締めつけられた。今夜のこの出来事が、ギデオンをまた孤独な悪夢に放りこんでしまうの？

いいえ、そんなはずはない。わたしはこの道を進むと決めた。結果がどうなろうと、最後まで進みつづけなければ。

何を見ても驚いてはならないと自分に言い聞かせて、ゆっくりうしろにまわった。ギデオンは身じろぎもせずじっとしている。その息遣いさえもう聞こえなかった。

背中もたくましかった。細くて筋肉質な背中は、たくましさのなかに優美さを湛えていた。そして、無数の傷で彩られていた。

これほどの拷問を受けて、生き抜いたなんて。

熱い涙が目にあふれてきた。けれど、それを必死で押しもどした。口もとまでこみあげてきた泣き声を呑みこんだ。いまこそ強くならなければ。これほどの拷問に堪えぬいたギデオンのように。

ぞっとしながらも、背中というキャンバスに描かれた模様にも似た傷跡に目が吸いよせられた。どこに目をやっても、暴力のしるしが見て取れた。ギデオンを監禁した男たちは、幾度となく鞭打ったにちがいない。刺して、火傷も負わせた。どれほど苦痛だったかを推し量ろうとしたけれど、それは想像をはるかに超えていた。

ギデオンの肋骨の上でのたうちまわるヘビのような、ぷっくりと盛りあがった傷跡に、震える手を伸ばした。ギデオンが身をすくめた。傷はとっくに癒えているはずなのに。

「もう充分だろう」ギデオンが吐き捨てるように言った。

「ああ、ギデオン、いったいどんなことをされたの？」小声で尋ねた。

「酷い傷だと言っておいたはずだ」

傷跡を指でたどっていくと、交差するもうひとつの傷跡に指が触れた。盛りあがった肌は不自然なほど滑らかだった。「それでも、あなたは美しいわ」喉を詰まらせながら言った。

ギデオンが身を固くしたかと思うと、傷跡にそっと触れている指から逃れようと、飛びのいた。

「麗しのカリス、本気で言っているのか？」ギデオンは唸るように言うと、身を翻して見つめてきた。「ならばこれは？」

ギデオンは乱暴に手袋をはずすと、床に投げ捨てた。

19

カリスは心臓が止まりそうになった。これまでギデオンが隠しつづけてきたものを、ついに目の当たりにした。実際に見ていながらも、信じられなかった。

背中の傷を見せられたのは、どれほどのことに堪えられるか試すためだったのだ。それでも、いま目にしているものは……これは……想像の域をはるかに超えていた。

目のまえに広げられた痛々しい手を、呆然と見つめるしかなかった。無残に傷ついた手を見せつけられて、ギデオンに嘲笑われている気分になった。「なんてこと……」喉にことばが詰まって、それだけつぶやくのがやっとだった。

「壮観な眺めだろう、そう思わないか？　それでも、手は動く。これほどひどい傷を負っていては、動くとは思わなかったけれど」ギデオンが辛辣な口調で言うと、右手を上げて、まえに突きだした。複雑に入り組んだ傷跡がぼやけるほど、その手はカリスのすぐ目のまえにあった。「こんな手で触れられたいか？　ほんとうに触れられたいのか？」

カリスはあとずさった。といっても、それはギデオンのあまりにも苦しげな口調のせいだった。けれど、すぐにその場にしっかり立って、無残な手をまっすぐ見つめた。わたしが身を縮めて、目をそむけるのをギデオンは望んでいるのだ。わたしがおぞましいと感じるのを。ギデオン自身が自分はおぞましい男だと信じているように。

「やめて」震えながら手を伸ばして、ギデオンの手を取ろうとした。けれど、ギデオンは身をよじって離れると、暖炉のまえに立った。

高い頬のあたりが紅潮していたけれど、ギデオンの顔はゆがんでやつれていた。怒りで唇まで白くなっている。屈辱と自己嫌悪に黒い目がぎらついていた。

「やめて、さわらないで、そう言いたいのか？」ギデオンの苦々しい笑い声に、カリスは身をすくめた。「まさか、こんなおぞましい手できみの体を汚すことになろうとは夢にも思っていなかった」

「そんな……」ギデオンに誤解されている、とカリスは思った。無理にでもそう思いこもうとした。あまりにも惨めで胃がぎゅっと縮まる。震える手を顔に持っていくと、頬が涙で濡れていた。

ギデオンは誰よりも気高い。その気高さが超人的な強さの源なのだ。けれど、気高さゆえに、自分のためにわたしが涙を流すのを嫌っている。だから、そう、わたしは泣いてはならない。

涙が止まってくれれば、どれほどいいか。

ギデオンが鋭い目で睨んできたかと思うと、次の瞬間にはつかつかと扉のほうへ向かった。その途中で上着を引っつかんだ。「もうたくさんだ。同情したければ、ほかの相手を見つけてくれ」

「ギデオン、待って」渦を巻く感情に喉が詰まりそうになりながらも、カリスは、どうにか言った。

「明日の朝会おう」ギデオンは振りかえりもしなかった。上着をつかんでいる手の、折れた関節がやけに白く光っていた。

こんなふうにギデオンを行かせるわけにはいかない。傷跡のせいでわたしに嫌われた――そんなふうに勘ちがいしたままギデオンを部屋から出ていかせるわけにはいかなかった。カリスは駆けよって、両手で腕をつかんだ。「だめよ！」

「放してくれ」ギデオンは冷ややかに言いながらも、扉に向かおうとしていた足を止めた。てっきり振りはらわれると思った。そうして、出ていくのだと。けれど、ギデオンは扉のほうを向いたまま立ち尽くして、苦しげに体を震わせていた。

「行かないで」ひび割れた声できっぱり言った。ギデオンの腕に置いた手を下に滑らせて、無残に傷ついた手をそっと握る。「行かないで、絶対に」

だめ、泣いてはいけない。カリスはぎこちなく息を吸って、冷静になろうとした。

ギデオンはいまにもぷつんと切れそうな糸のように張りつめていた。不安と怒り、そして悲嘆で。ほんの少し刺激しただけで、破裂してしまいそうだ。やりすぎてしまったかもしれない。また発作を起こしてしまうの？　カリスは、口から漏れそうになる涙声を呑みこんで、震える手で傷だらけの手をさすった。そうすれば、けっして癒えることのないものを癒せるかのように。

ギデオンの上着を握っていた手から力が抜けて、上着が床に落ちた。それはギデオンがこの場に留まる気になったことを表わしていた。ギデオンは豊かな黒い髪が揺れるほどうなだれて、額を扉につけた。

不自然にゆがんだ手が、監禁した男たちにされたことを物語っていた。複雑な網目模様にも似た傷跡。ぎざぎざの傷もあれば、長いみみず腫れのような傷もある。骨にまで達する深い傷。何度も折られた骨。無様に盛りあがった関節。変形したふぞろいな爪。

ギデオンは言語に絶するおぞましい蛮行の標的にされた。これほどの傷を負わせた男たちに向かって、叫びたくなった。飛びついて、引っかいて、闘いたかった。けれど、実際には泣くことしかできなかった。

だめよ、とめどなく流れる涙を止めなければ。

「同情などたくさんだ」ギデオンの声は低く、地中で響く咆哮のようだった。

ギデオンはわたしの気持ちを誤解している……。ギデオンの身に降りかかった惨劇に対して胸にあふれてきた思いは、同情などという生易しいものではなかった。ギデオンは想像を絶する苦難に堪えぬいたのだ。それを思うと、心臓を斧でまっぷたつに断ち切られて、何をしてももとには戻らない、そんな気持ちになった。

「同情なんてしていないわ」弱々しい声を絞りだした。

それでもギデオンは振りかえろうともしなかった。「嘘を言うな」

ぎこちない動きで、ギデオンはさきほどまで上着をつかんでいた手を上げて、重厚な黒い扉に手のひらを押しあてた。その手も無残に傷ついていた。それなのに、黒い木材に押しつけられた手を見つめていると、かつてそれがどれほど繊細で美しかったかがわかった。

「ギデオン……」止めようのない涙を呪った。「ごめんなさい」

それ以上ことばが出なかった。わたしに何が言えるの？　ギデオンの身に降りかかった以上の災難はこの世にないのだから。ゆえに、カリスは心が命ずるままに行動した。ギデオンの傷ついた手をそっと握って、口づけた。

変形した関節に唇を押しあてる。そうやって、ギデオンが堪え忍んだことすべてに敬意を表した。そうやって、心を埋め尽くす悲しみを伝えた。ギデオンが生き延びたからこそわたしは真に人を愛することを知った。その感謝の気持ちを表現した。

唇に触れる肌は温かかった。見た目はおぞましい手でも、口づけている肌はまちがいなくひとりの男性のものだった。

ギデオンは身じろぎもせずにじっとしていた。もう震えてはいなかった。息を詰めて、ことばはひとことも発しなかった。緊張して、背中がこわばっている。もし温かな手を握っていなければ、ギデオンは石になってしまったのかもしれないと不安になるところだった。

いまにも弾けそうなほど張りつめた静寂のなかで、ついにギデオンがぎこちなく息を吸うと、カリスの手に包まれた傷だらけの手を握りしめた。そうしてまた、ゆっくりと苦しげに息をした。

「連中にされたことがいとわしい」ギデオンの声はあまりにも低く、耳を澄まさなければ、カリスにも聞こえないほどだった。ギデオンは扉のほうを向いたまま話していた。「ランガピンディーに永遠に囚《とら》われて生きなければならないのがいとわしい」

ああ、ギデオン。

ギデオンの屈辱と苦悩が痛いほど伝わってきて、カリスは考えるまもなく、傷だらけの背中を抱きしめていた。涙に濡れた熱い頬をその背中に押しつける。たくましい筋肉と盛りあがった無数の傷を頬に感じた。

ギデオンの肩に力がはいった。その体はこわばって、いまや意志の力だけで立っているかのようだ。ことばにできない切なさがこみあげてきて、胸が張り裂けそうだった。不安でたまらなかったけれど、ギデオンに振りはらわれて、非難され、立ち去られるのを覚悟したけれど、ギデオンは動かなかった。

口づけている手を放さずに、反対の手を上げて、扉に押しつけられている手を握った。ギデオンは一瞬びくりとしたけれど、すぐにまた身を固くした。愛をギデオンに、その体に吹きこむつもりだった。ギデオンが一生自分には縁のないものと思いこんでいた人のぬくもりを通じて。

ギデオンの体にぴたりと身を寄せて、どのぐらいのあいだ無言で気持ちを伝えていたかはわからない。目を閉じて、闇に身をまかせていた。

しばらくして、ギデオンが動いた。カリスは目を開けて、背筋を伸ばした。

ついに、ギデオンが振りかえって、握られている片手を引っこめた。といっても、反対の手はつないだままだった。カリスは勇気を出してギデオンの顔を見た。背筋を冷たい恐怖が駆けぬけた。

ギデオンの顔にはどんな気持ちが表われているの？　怒り？　軽蔑？　冷淡？　今夜崩れたプライドと超然という名の心の要塞《ようさい》を、ギデオンはふたたび築いてしまったの？

ギデオンの顔は険しく、判読しがたい深い感情に満ちていた。黒光りするその目を、カリスは見つめた。

「カリス……」

ギデオンは魂を失ってしまったかのようだった。その目に浮かぶまぎれもない孤独が、カリスの骨の髄まで突き刺さった。

「もう心配はいらないわ」カリスはギデオンの体に腕をまわした。非情な孤独感をどうにかして癒したかった。抗うようにギデオンの体に力がはいった。カリスはさらに強く抱きしめた。「もう終わったの。終わったのよ」

ギデオンは何も感じないかのように、長いあいだ立ち尽くしていた。それから、身を固くした。それはカリスにもよくわかった。いよいよはねつけられるの？　長いこと体に触れていたのに、ギデオンが堪えていられたとは驚きだった。傷跡と苦悩を明かしてくれるなんて信じられない。ギデオンが何をしたところで、ふたりの絆はすでに断ち切りようのないものになっていた。

それでも、この三十分間にこれだけのことを分かちあっていながらギデオンに拒絶されたら、傷つかずにはいられないはずだった。

ギデオンが喉の奥のほうから苦しげな声を漏らした。ギデオンが大きく息を吸うと、カリスにもその胸がふくらむのがわかった。

「なんてことだ」ひび割れたうめき声にも似た声だった。

震えながら腕を上げたギデオンに、荒々しく抱きしめられた。ギデオンが苦しげに肩で息をして、首に顔を埋めてきた。熱い息を感じた。たくましい腕の力強さを、激しい鼓動を。

「あなたの心が安らぐなら、わたしはなんでもするわ」カリスは黒く豊かな髪に囁いた。止めようのない涙がまたあふれてくる。ギデオンを心から愛していた。たとえ、愛することが苦しみであっても。

「もう安らいでいるよ、きみのおかげで。いまだってそうだ」切羽詰まった口調だった。妻を抱きしめる腕には、安らぎではなく、必死の思いが表われていた。

これは安らぎではない、とカリスは思った。安らぎとは無縁の世界に生きてきたギデオンは、それがどんなものかわからなくなってしまったのだ。「ああ、ギデオン、そうであればどれほどいいか」切なさを口にした。

強く抱きしめられて、乳房が硬い胸に押しつけられた。カリスは浅く息をして、抱擁に身をゆだねた。ギデオンの頭の重みを肩にはっきりと感じる。ギデオンの髪が首をくすぐった。それははじめてベッドをともにしたときと同じだった。

「手を見るたびに、すべてがよみがえる」首に顔を埋めたまま、ギデオンが重くためらいがちな口調で言った。「におい。暑さ。寒さ。飢え、喉の渇き。そして、絶え間ない痛み」

ギデオンのあらゆる苦悩が伝わってきて、手が震えた。その手で、ギデオンの乱れた髪を撫でる。それはどこまでも自然な行為だった。今朝まではそんなことさえできなかったのを思うと、不思議な気がした。昨日までは、ギデオンを腕に抱いて、容赦ない孤独感を愛で満たすことなど考えられもしなかった。

ペンリンを離れてから、あらゆることが変化していた。

「あなたがどうやって堪えたのか、想像もつかないわ」カリスはそっと囁いた。

ギデオンが身をこわばらせた。背中が鋼のように固くなる。「堪えてなどいない。殺されそうになって、涙ながらに助けてくれと懇願したんだから」

ギデオンは自分に厳しすぎる、とカリスは思った。妻に示した寛大さを、自身にも分けあたえれば、心の傷も少しは癒えるにちがいない。「あなたは同士も祖国も裏切らなかったわ」

静かに、けれどきっぱりと言った。「一年ものあいだ拷問を受けて、それでも屈しなかった。あなたは誰よりも高潔だわ」

「連中に手をいたぶられたときの哀れで愚かな男の姿を見たら、そんなふうには思えなくなる」首にもたせかけた頭を、ギデオンが無意識のうちに振った。そんな自然な仕草に漂う親密さが、カリスの体のなかで渦を巻いた。ギデオンはこのまま抱きあっていてもかまわないと思うほど、わたしを信頼してくれたの？

「ああ、ギデオン」感情がこみあげてきて、声が震えた。カリスはギデオンの広い背中をさすって慰めた。傷だらけの背中は畝織りのタペストリーのようだった。いいえ、インドでの地獄の日々を示す地図のよう。傷だらけの手は見えなかった。見る必要もなかった。その手はこのさき永遠に記憶に刻まれるのだから。

「自分を許してあげて。さもなければ、どうかなってしまうわ。そうなのよ、ギデオン。あなたは全身傷だらけ。満足に眠ることもできずにいる。手の届くところに人が来ただけで、身をすくめる」説き伏せるような穏やかな口調になった。「あなたは人が払えるだけの代償をすべて払ってきたわ。いいえ、それ以上のものを。それをはるかに超えたものを。誰もがそのことを知っている。気づいていないのはあなただけよ」

カリスは首を傾げて、ギデオンの頬にそっとキスした。胸が痛くなるほどの愛情を示さずにいられなかった。ギデオンが息を呑んだ。これまでのギデオンの人生が、単純な愛情表現と無縁のものであったのは容易に想像がついた。

ギデオンの抱えている孤独が痛いほど感じられて、さらには、人と過ごすより本と過ごすほうが幸せな賢い少年の姿がありありと頭に浮かんできて、もう一度キスせずにいられなかった。今度は耳の縁にそっと口づけた。

またギデオンが息を呑んで、ゆっくり上体を起こすと、心のなかまで見通すような目で見つめてきた。わたしがギデオンの幸福だけを望んでいるのは、もちろんギデオンだってもうわかっているはず……。けれど、ギデオンの負った傷はあまりに深く、愛と名のつくものの気配を感じただけで尻込みしてしまうのだ。この数日で心の防壁を崩したといっても、自分が妻に敬愛される紳士であることをギデオンはそう簡単には受けいれないはずだ。それはよくわかっていた。

ランガピンディーで受けた傷は、易々と癒せないほど深かった。

こんなふうに抱きあっているのに、いま、ギデオンには立ち去りたいと願っている気配はまったくなかった。好機はどんなものでも利用しなければ……。カリスはつま先立って、ギデオンの頬にキスした。反対の頬にも。相変わらずギデオンの体に腕をまわしていたけれど、力は緩めていた。しがみつくような抱擁ではなかった。ギデオンが不安げに体を動かしたかと思うと、次の瞬間には、その腕が腰にまわされた。

たくましい肩に唇を這わせて、腕のつけ根で唇を止めた。

ギデオンの口から苦しげな声が漏れた。その声がいましていることを続けてもいいという意味なのか、やめてほしいという意味なのか、カリスにはわからなかった。今度は肩にキスをした。

すばやくそっとキスをくり返す。すねて泣いている幼い少年をなだめるように。

もちろん、心の奥ではギデオンが少年でないことはよくわかっていた。

ギデオンはまぎれもなく成熟した大人の男だ。ひとたびその気になれば、精力的で情熱的な狩人になるのだから。

カリスは震えるほどぞくぞくした。さらに積極的に、ギデオンの首に唇を這わせる。たくましい体にみなぎる活力が伝わってきた。

ギデオンがまた息を呑んだかと思うと、頭を動かして、鎖骨に唇を押しあててきた。赤いドレスの四角い襟もとから覗くその場所に。

カリスの胸の鼓動がスキップした。ついにギデオンもその気になったのだ。カリスは目を閉じて、息をすることに気持ちを集中した。両手が自然に下がって、ギデオンの腰で止まった。

反対の耳にキスをする。

ギデオンの温かく張りのある唇が顎に押しつけられた。

お返しに、顎に唇を這わせた。

ギデオンの歯が耳たぶをとらえて、そっと噛んだ。

刺激的な熱がつま先まで駆けぬけて、苦しげな吐息を漏らさずにいられなかった。肩に口づけようとしてうつむくギデオンの顔が、一瞬、男としての歓喜に輝いた。

ふたりはもう、難破船の生還者のように互いにしがみついてはいなかった。慰めるためだったキスが、いつのまにかキスの応酬に変わっていた。

カリスは首を傾げて、ギデオンの首のつけ根の激しく脈打っている場所に口づけた。本能のままに舌を這わせる。そこは温かく、ほんの少し塩辛かった。そして、何よりも甘美だった。

駆け引きなどすっかり忘れて、もう一度舌を這わせる。今度はゆっくりと。たっぷりと。

五感がギデオンで満たされていく。ギデオンが喉を鳴らすような低いうめきを漏らすと、その振動が唇に伝わってきた。

うっとりして、カリスは顔を上げると、ギデオンを見つめた。ギデオンの顔にうっすらと笑みが浮かぶ。笑みが消えて、真剣な表情に変わると、カリスの背筋を熱い期待感が駆けぬけた。

無邪気な遊戯は終わりを告げた。

危険の気配が立ちこめる。

危険な欲望の気配が。

時間が止まり、心臓も息も止まったかのようだった。ペンリンの岩だらけの断崖の上で宙に浮いている——そんな錯覚を抱いた。これからまっさかさまに落ちて死んでしまうの？それとも、いつものようにギデオンが受けとめてくれるの？

深い水のなかで動いているかのようにゆっくりと、ギデオンが傷だらけの手を上げた。その手に両頬が包まれたかと思うと、顔を上に向けられた。

その瞬間が計り知れない意味を持っていた。ギデオンにはじめて触れられた気分だった。傷ついた手のひらを頬に感じて、全身が悦びに打ち震えた。ギデオンが親指で顔にかかる巻き毛をうしろに撫でつけながら、まっすぐ見つめてきた。

背筋がちりちりするほど真剣な眼差しが、自分の顔の造作ひとつひとつに向けられるのがわかった。自身の欲望の源を見つめるように、その黒い目に熱い炎が浮かんでいる。カリスはついに全身全霊ではっきりと感じた。ギデオンに愛されていると。これからも愛されつづけると。ギデオンは愛したくないと願いながらも、それでも、わたしを愛している。もう二度と愛のことばを口にしないかもしれない。それでも、その顔に浮かぶ畏敬《いけい》と崇拝の念に、まつわりつく疑念は木っ端《こっぱ》微塵に砕け散った。

かすかなため息が唇から漏れた。カリスは知らず知らずのうちに唇を開いていた。ギデオンの眼差しを感じる。抑えきれない欲望に思わず身を固くした。この午後と同じキスを、ギデオンはまたしてくれるはず。してほしくてたまらなかった。ギデオンの腰にあてた手に力がはいる。ふたりの距離をさらに縮めたかった。

「きみはほんとうにきれいだ。胸が張り裂けそうなほど」ギデオンがつぶやいた。

「ギデオン……」カリスは苦しげに言った。

思いがけないことばをかけられて、応じようとしたことばがふいに断ち切られた。ギデオンが意を決したように頭を下げて、次の瞬間には、唇を奪われていた。

カリスのやわらかく湿った唇と歯は、いまや隙間なく押しつけられていた。それほど激しい口づけだった。甘くとろけるひととき、カリスがため息をついて、唇を開いて誘った。ギデオンは舌を差しいれると、カリスの硬く滑らかな歯の感触を確かめて、熱い蜜の味わいを楽しんだ。カリスの舌が探ってきた。いったん引っこんで、すぐに滑らかに動きだす。とたんに胸が高鳴って歓喜を叫んだ。

愛しの妻は覚えが早かった。今日の午後には情熱的な深いキスに驚いていたのに。昨日であれば、その体に触れることも許されず、官能的なキスをするなど思いも及ばなかった。

カリスを胸に抱くたびに、奇跡を実感した。

カリスの上顎から頰の内側へとゆっくり舌を這わせて、感触のちがいを味わう。そうして、カリスの舌がとくに敏感な部分に触れてくるのを楽しんだ。

カリスが喘ぎながら、唇をさらに押しつけて、夫を熱く潤った闇のなかに沈めていった。ギデオンはいったん頭を起こしてから、額をカリスの額にくっつけた。狭い空間の空気を奪いあいながら、ふたりで喘ぐ、それは情熱的なキスと同じぐらい親密な行為だった。まるでふたりの命がひとつになったかのようだった。

熱に浮かされながら、ギデオンはぴたりとしたドレスに包まれた乳房へと手を滑らせた。ドレスの襟もとから手を差しいれて、固くなった乳首に触れて、そっと刺激した。

「いいわ」カリスがため息混じりに言って、唇に舌を這わせてきた。

とたんに、欲望の稲妻に貫かれた。あらぶる血の音があらゆる音を消し去った。身を乗りだして、カリスの下唇に歯を立てる。カリスが官能に身を震わせて、腰を股間に押しつけてきた。

「ドレスが無事であってほしいなら、脱いだほうがいい」じりじりしながら言った。

カリスが息を切らしながらも声をあげて笑った。首のうしろをカリスの手に包まれるのを感じる。長い睫越しに、情熱的な目で見つめられた。「ならば手伝って。背中にホックが並んでいるの」

「忌々しいドレスだ」ギデオンは唸った。

激しい欲望でカリスの頰がほてっていた。荒々しいキスに唇が赤く腫れている。瞳は深みを増して、謎めいた緑の光を放っていた。その色合いは、ペンリンの森の奥の小さな湖にそっくりだった。親指でカリスの頰をたどると、滑らかな肌の熱と、べとつく涙の跡が感じられた。

傷だらけの手にカリスが頰を押しつけてきた。傷跡のせいでカリスに嫌われることはなかったと、これほど素直に信じられるのが不思議だった。傷跡を見せるぐらいなら死んだほうがましだと思っていたのに。

悲惨な現実をカリスに見せつけて、ふたりの絆を断ち切るつもりでいた。そうすれば、愚かにものぼせあがったカリスも、さすがに目が覚めるにちがいないと思ったのだ。それなのに、秘密を明かしたせいで、自分のほうがカリスの虜になってしまった。一生虜になってしまうとは……。

「あなたはわたしだけを見ていてね」カリスが言った。泣いたせいで声がかすれていた。悲しみはすべて過去のものになったと、カリスに言ってやりたかった。けれど、これほどの至福のときを過ごしていても、それは嘘だとわかっていた。

「きみだけを見ているよ」大きな塊が詰まっているような喉から、どうにか声を絞りだした。

「これからもずっと」

もう一度キスをした。すべてを奪いたいという激しい欲望はすでに薄れて、切ないほどやさしく唇を動かした。顔を上げて、カリスの瞳の奥を見つめる。光り輝く魂がはっきり見て取れた。勇気、寛大、誠実、そして、ひれ伏したくなるほどの、果てしない愛が。

カリスの体をそっとまわして、美しい深紅のドレスを少しずつ脱がせていった。はじめての女をまえにした青臭い若造と同じおぼつかない手つきで、カリスの滑らかな背中をあらわにしていく。襟もとのホックをはずすと、ドレスを開いて、背骨を唇でたどった。一瞬、カリスが息を止めたかと思うと、その息遣いがどんどん荒くなっていった。カリスがうつむいた。無言の誘いに応じて、うなじに口づける。そこにはカリスの香りが濃厚に漂っていた。カーネーション。温かな肌。女。カリスそのものの香り。

やわらかな髪に鼻を埋めて、深々と息を吸いこんだ。肺がカリスの香りで満たされた。そして、心も。

さらに下へ下へとホックをはずしていく。「しち面倒くさいドレスだ。これでは脱がすのにひと晩かかってしまう」なかなかはずれない厄介なホックに出くわすと、苛立ちまぎれに低い声で文句を言った。

「あなたはそんなにいそいでいるの?」

カリスが艶かしい声で笑った。嘘だろう? その声がたまらないなんて。「そのとおりだよ」

てこずらせてくれたホックがやっとはずれた。次のホックに取りかかる。ホックは延々と続いていた。

カリスが肩を動かした。すぐそばにある椅子に手をつかせて、うしろから奪ってしまえ――ふいにこみあげてきたそんな激しい衝動に必死に抗った。今朝は生まれてこのかた感じたことがないほどの欲望のせいで、カリスに飛びかかってしまった。けれど、カリスをすぐにでも奪いたいという、いま感じている抑えようない欲求に比べれば、今朝の欲望など気まぐれな思いつきでしかなかった。

こらえるんだ、トレヴィシック。落ち着け。カリスには早急な男女のもつれ合いなどふさわしくない。持てる力のすべてを注ぎこむ交わりこそが、ふさわしいのだから。

大きく息を吸って、いくらか落ち着いた口調で、さきほど口にした返事を取り消した。

「いや。きみがいままで得られなかったあらゆることを与えるつもりだ」

カリスがまた官能的に身を震わせた。信じられない、カリスがそうするたびに、自分は破裂しそうになるなんて。

欲望の波に呑まれながらも、ギデオンはホックに気持ちを集中した。ぼろぼろのドレスをまとって一週間を過ごしたのだから、カリスはいま身に着けているドレスを台無しにされたくないはずだ。それでも、忌々しいホックがすぐにはずれなければ、ドレスを引き裂くことになるのは目に見えていた。

「あらゆること？」

そのことばにあからさまな好奇心を読みとって、ギデオンはにやりとした。「といっても、あらゆることとなるとひと晩では足りないかもしれない」

カリスの震えるため息が、そのことばへの返事だった。

聖なるものからベールを取り去るように、ほっそりした体からドレスをするりと脱がした。

とたんに、息が止まった。

その体はまだコルセットとシュミーズとペチコートに包まれていた。けれど、薄い布地はその下の美を隠せずにいた。股間にあるものが脈打った。男ならではの貪欲な主張をどうにか無視した。

カリスのまっすぐな背中から、引きしまった尻へと視線を走らせた。白い木綿の布地をすべらかな尻が魅惑的に押しあげている。震える手で紐を解くと、ペチコートが小さな音をたてて床に落ちた。

母国の女の服を脱がせるのははじめてだった。これほど面倒な服を脱がせたことなどない。インドの女たちはその国の優雅な衣装をまとっていたのだから。ふいに、エキゾティックな絹のドレスに身を包んだカリスを見てみたくてたまらなくなった。

いつの日かきっと……。

ギデオンはカリスのまえにまわった。目のまえにいる妻は細くしなやかで、若いヤナギを髣髴《ほうふつ》とさせた。麗しい曲線を愛でてから、視線を乳房に戻す。コルセットで高く持ちあげられた乳房が、シュミーズを押しあげていた。

カリスがあまりにも自然な仕草で、艶かしく両腕を上げた。ギデオンは心臓が口から飛びだしそうになった。ほんの数回軽く引っぱっただけで、カリスの髪が輝く褐色の帳となって肩へとこぼれ落ちる。とたんに、カリスの香りが濃厚に立ちこめた。手で触れられそうなほど濃厚に。

夫の熱を帯びた視線にさらされて、カリスの頬が染まった。ふいに恥じらう無垢な乙女に変化した妻に、ギデオンは息を呑まずにいられなかった。

そう、カリスはほんとうは恥じらう無垢な乙女なのだ。

それを忘れてはならなかった。カリスが奔放な情熱でキスに応じたせいで、つい勘ちがいするところだった。ギデオンはまたうしろにまわって、コルセットの紐を引っぱった。「なんとも珍妙で忌々しい仕掛けだ」

カリスの唇からこぼれる小さな笑い声を聞きながら、ギデオンはついにこつをつかんだ。それまでぎこちなかった指先が、必要に駆られて、いまや巧みに動いている。目のまえの景観を損なっている不届きな数枚の布から解放されたカリスを見たくて、いまにも全身が火を噴きそうだった。

すばやくコルセットをはずして、椅子の背にかける。前屈みになるカリスの姿を妄想した椅子だった。全身に冷たい汗が噴きでた。冷静を保っていなければ、何枚もの服を根気強く脱がせていけるはずがなかった。「なぜ、この国の女はこんなにたくさん着こんでいるんだ?」

「きっと、この国の男を苦しめるためよ」カリスが振りむいて、見つめてきた。

「今週は服を着るのを禁じる」

カリスがかすれ声で小さく笑った。その声を聞いただけで、腹のなかで欲望がふくれあがった。「給仕が腰を抜かしてしまうわ」

「給仕など知ったことか」繊細なシュミーズをたくし上げて脱がせると、ほっとして、それをわきに放った。どこに落ちようがかまわなかった。

カリスが頬を真っ赤にして、震える手で乳房を隠した。ギデオンはうめきたくなるのをこらえながら、カリスを抱きよせると、長く深いキスをした。カリスが熱烈に応じてくる。束の間の羞恥心はすっかり消えていた。

あらためてギデオンは自分に言い聞かせた。すべてを慎重に進めるんだ。気遣って、自制するのを忘れるな。

だが、背中をさするカリスの手が欲望のダンスを踊っていては、自制などできるはずがなかった。キスをやめたら死んでしまうと言わんばかりに、カリスに口づけられていては。

両手をゆっくり滑らせて、乳房を包む。カリスの真っ白な肌は輝き、桜色の乳首は色を増して、硬くなっていた。口に含んでその甘美な味を楽しみたい――そんな衝動に逆らえなかった。カリスが叫んで、背中をそらすと、さらに身を寄せてきた。

カリスの途切れ途切れの息遣いに合わせて、舐めて、吸って、官能をかきたてた。カリスが喘いで、嵐に吹きとばされたように腕のなかで崩れ落ちると、今度は反対の乳首を口に含んだ。

厄介なドレスを脱がせただけで忍耐力は尽きていた。荒々しくズロースを剝ぎとる。ふたりを隔てるものは何もなくなった。驚いて息を呑んだカリスに、うなじの髪をぐいとつかまれた。一瞬の痛みは欲望をさらにかきたてただけだった。

乳房を味わいながら、片手をカリスの下腹の茂みへと伸ばした。一瞬の躊躇ののちに、やわらかく湿ったその場所に手を差しいれた。

つんと尖った乳首を吸いながら、脚のあいだに手を滑りこませる。カリスが喘いで、小刻みに震えた。ギデオンは背中に爪が食いこむのを感じた。脚を開かせて、やわらかな襞を探る。たっぷり時間をかけて愉悦を味わった。

カリスが腰を突きだすと、ギデオンは指を曲げてさらに探し求めながら、しっとりした襞を撫でていった。

ついに目指す場所が見つかった。

ゆっくりと慎重に触れる。のぼりつめない程度にもてあそんだ。それでも、カリスは弾けんばかりに反応して、背中をそらした。喉から漏れる小さな叫びが、どれほど頂に近づいているかを物語っていた。

ギデオンは乳房から顔を上げた。たとえ明日死んでもいいから、はじめての絶頂を迎えるカリスの顔を見ていたかった。情けないことに、前回の交わりでは、カリスを恍惚とさせられなかったのだから。

けれど、今夜、カリスはそれを体験する。何度でも。ふたりとも何も考えられなくなるまで。

カリスが頭をのけぞらせて、豊かな乳房を突きだした。そうして、目をしばたたいて、瞼を閉じた。ギデオンはさらに明確な意図を持って、秘めた場所に触れた。とたんに、カリスの唇が開いて、艶かしい喘ぎ声が漏れた。さらに手を押しつける。カリスの体が小刻みに震えると同時に、背中に爪が食いこんで、鋭い痛みが走った。

カリスが身をこわばらせて、叫んだ。頂を越えたのだ、それはギデオンにもわかった。恍惚に酔うカリスを見つめていると、官能的な悦びが全身を駆けめぐった。カリスの震える太腿が手を締めつける。高熱を出したようにその体が大きく震えていた。甘く熱い滴が手を濡らす。カリスの濃厚な香りで鼻腔《びこう》が満たされた。

カリスは最高に美しかった。この光景は命が尽きる日まで、脳裏に刻みつけられるだろう。愛と感謝の念とともに刻まれるのはまちがいなかった。

長いあいだ身を震わせていたカリスが、潤んだ目を開けて、戸惑いと驚愕の眼差しで見つめてきた。「ギデオン？」声がかすれて低かった。

渋々とギデオンは手を引っこめた。「大丈夫かい？」

「ええ……たぶん」うっとりしているというより、驚いている口調だった。「いまのはなんなの？」

ギデオンは静かに笑った。「これから経験することの前触れだよ、愛しのカリス」

カリスに尋ねる間を与えずに、ギデオンはもう一度唇を奪った。たったいま経験したことのせいで、カリスの反応は淫らで大胆だった。はじめて自分から舌を差しいれてくる。攻撃的なキスだった。カリスは夫を攻めたてた。筋肉質の胸に乳首を押しあてて、両腕を夫のうなじにまわして、腰を官能的なリズムで揺らしはじめた。

欲望が大波となって押しよせた。けれど、今朝とはちがって、そこには思いやりもこもっていた。ギデオンはこれから愉悦の世界に浸るつもりだったが、それ以上に、カリスをその世界に引きこむつもりでいた。

カリスを抱きあげて、寝室へと運んだ。カリスがおとなしく身をゆだねて、鎖骨のくぼみに頭をあずけてくる。

「さあ、これからだ」

夫としての権利を堂々と主張したが、そんな権利など自分にはないのはわかっていた。それでも、神だろうと悪魔だろうと、いまの自分を止められはしない。すでにあまりに多くのものを奪われていたが、いまこのときだけは、誰にも奪うことはできなかった。

扉を蹴って開けると、大きな音をたてて扉が壁にぶつかった。カリスの裸身と、肌をくすぐる湿った息をひしひしと感じながら、寝室にはいり、大股でベッドへ向かった。

胸に抱いたこの世でいちばん大切な妻をベッドの上にそっと下ろす。きっとカリスは乳房や三角の茂みを隠すのだろう。けれど、実際には静かに横たわって、自分を見つめる夫に裸身をさらしていた。

完璧だ。

その美をじっくり堪能した。カリスの脚はまだストッキングに包まれて、細い足首には上靴のリボンが結ばれている。

「なぜ笑っているの？」

ギデオンは言われてはじめて、自分が笑みを浮かべているのに気づいた。「英国の淑女はどれだけの鎧をまとっているんだ？　忌々しい上靴をすっかり忘れていたよ」

驚くと同時に喜ばしいことに、カリスが片脚を上げて、つま先を突きだした。腿のつけ根の魅惑的な暗所がちらりと見える。とたんに、股間にあるものがますます大きくなって、はちきれんばかりに張りつめた。歯を食いしばって、欲望の激浪を押しもどす。今夜こそ最後まできちんとやり抜くつもりだった。そのためには、なけなしの自制心を保たなければならない。

「靴を脱がせてくれるかしら？」はじめて耳にする艶かしい声でカリスが言った。

主導権を譲るつもりはなかった。カリスの魂胆などわかっているとばかりに、ギデオンはにやりと笑った。「それはあとにしよう」

両手を腰に持っていき、ズボンのまえを乱暴に開く。カリスが目を見開いて、唇を舐めた。とたんに、欲望がさらに募り、全身に汗が噴きでた。あまりにも刺激的で、心臓が激しく脈打っている。

すばやく服を脱ぎ捨てる。ランガピンディーの一件がある以前から、女のまえで全裸になったことはなかった。そんなことをしたら、困惑して恥ずかしい思いをするだけだと考えていた。

けれど、いま、こちらに向けられているカリスの美しい目は、まちがいなく、感嘆に輝いている。

ほんとうにそうなのか？　傷だらけの体と変形した手を持つ自分が、若い女が夢見るような男であるはずがない。それはわかっていたが、朝日を司る神を愛でるかのようにカリスに見つめられても、いつもの自己嫌悪に胸を焼かれはしなかった。

カリスが体をずらして、枕に寄りかかった。ふっくらした唇に満足げな、息を呑むほど美しい笑みが浮かび、澄んだ瞳が星の輝きを放っていた。

カリスが片手を差しのべた。「さあ、ギデオン、ベッドに」

20

差しのべた手をギデオンが警戒するように見つめてきた。カリスは胸が締めつけられた。

ギデオンの負った傷はあまりにも深すぎる――カリスはそれをひしひしと感じた。この期《ご》に及んでも、ギデオンは自分が愛されて、求められていることも、誰かに歓待されていることも信じられずにいるのだ。

蠟燭の明かりが無残な傷跡を穏やかなベールで包み、筋肉質な長身の体の雄々しさと優美さを際立たせていた。太守とその手下がどれほどひどい拷問をくわえても、ギデオンの本質的な美までは打ち壊せなかった。視線を落として、力強い太腿と、そのつけ根の欲望の塊を見つめる。ギデオンの男らしさをいやというほど見せつけられて、戦慄を覚えた。

「来て、ダーリン」かすれた声で誘った。

ギデオンのためらいが一瞬にして消え去り、荒々しくベッドに上がってきたかと思うと、のしかかってきた。顔を上げて、唇をギデオンの唇に押しあてる。ギデオンが苦しげにうめきながらキスを返してくる。次の瞬間にはもう主導権を握られていた。

何度目であろうと、ギデオンのキスは新鮮で、歓喜のなかに大きな驚きが隠れていた。もしかしたら、いずれはこのキスの魔法にもかからなくなる日が来るのかもしれない。千年もしたら、きっと。

貪るように口づけられて、欲望の漣《さざなみ》があっというまに広がっていく。沸きたつ血が全身を駆けめぐり、脚のつけ根に突き刺さると、ベッドの上で身をくねらさずにいられなかった。ためらいがちにギデオンの背中に両手を這わせる。いまや空気まで焦がすほど欲望が大きな炎と化していた。それでいて、これまでギデオンが幾度となくふいに自分の殻に閉じこもってしまったのを思いだして、その心にまだ強固な砦が残っているのではないかと不安になった。

「そうだ、ぼくに触れてくれ」唇を重ねたまま、ギデオンが低くつぶやくと、また激しくキスしてきた。「触れてくれ、カリス」

そのことばに表われた切望に、カリスは確信した。ついに望んでいたとおりにギデオンの体の隅々にまで触れられる。魅惑的で熱烈なキスの雨を顔にも首にも肩にも感じながら、カリスは両手に力をこめた。ギデオンの背中の筋肉の動きも、盛りあがった傷跡も、手のひらに鮮明に伝わってくる。もし何かがひとつでもちがったら、ギデオンと知りあうことも、愛することもなかったという思いが胸に深く響いた。

両手をじりじりと下へと滑らせて、引きしまった腰をたどった。ギデオンの息遣いが苦しげな喘ぎに変わって、腰がびくんと突きだされた。鋼のように硬く熱いものが下腹を突いた。

カリスは考えるまもなく、体をしならせて、ギデオンにぴたりと身を寄せた。今朝の経験から、ギデオンが欲望の塊と化したときに体に起きる変化を利用しない手はなかった。といっても、下腹に押しつけられて拍動しているいきり立つものと、ギデオンの熱を帯びた重みのせいで、つま先まで引きつるほど興奮していた。

喘いで、思わずギデオンの腰に爪を立てた。

「そうだ」ギデオンが絞りだすように言って、首に歯を立てた。

あまりの快感に全身に戦慄が走って、痛みにも似た切望に乳首がつんと立った。乳房にギデオンの唇が触れると、恍惚感に体がばらばらになりそうになる。カリスはわななきながら、もう一度そうしてほしいと願った。

願いを叫んだわけでもないのに、ひりひりする乳首がギデオンの口に吸いこまれた。ふさふさの黒い髪に両手を差しいれて、乳房の上でギデオンの頭を支える。敏感な頂を歯がかすめると、目もくらむほどの快感の虜になった。悲鳴にも似た短い声をあげて、胸を突きだし、甘く激しくいたぶられた。

今朝の情熱的な交わりあいを一生忘れられないのはわかっていた。けれど、あのときはあっというまに終わってしまった。今夜のギデオンはたっぷり時間をかけると固く決意しているようだ。カリスは甘辛い戦慄に身を震わせながら、〝あらゆることを与える〟というギデオンのことばを思いだした。

あらゆること？

ギデオンが与えてくれた世界が一変するほどの快感を思いだして、めまいがした。あのときは、すべてが恍惚の熱く輝く渦に呑みこまれた。あれほどの快感があるとは想像すらしていなかった。

ギデオンはまた同じことをしてくれるの？　期待に胸が高鳴った。もしかしたら、あれ以上のことを？

ギデオンの唇が反対の乳首に触れた。舐めて、吸って、歯を立てる。渾然《こんぜん》となった快感と痛みに、カリスは身を震わせた。このまま永遠にギデオンに愛されていたかった。ギデオンで体を満たしたかった。

「じらさないで」激しい欲望に体が燃えあがりそうだった。ギデオンにされていることがうれしくてたまらなかったけれど、くるおしいほどに体のなかにギデオンを感じたかった。触れられるたびに、とめどない渇望が渦を巻いて高まっていく。もう何もわからず、自分がからっぽになったようで、その空洞を満たしてほしかった。「お願い」

ギデオンが顔を上げて、ぎらつく黒い目で見つめてきた。まさに海賊だ。自堕落な海賊そのものだった。

「これからすることも、きみは気に入るよ」冗談めかした温かな口調に、体を流れる血がとろりと甘い蜜になる。「ああ、まちがいない」

この午後のギデオンのキスは、ふたりの愛の行為につきまとうのが闇だけではないことを匂《にお》わせていた。傷跡を見せながら激しい屈辱と苦悩と怒りをたぎらせていた男は、いまや夢の恋人へと変貌を遂げていた。情熱的で、自信に満ちて、妻を悦ばそうと気遣う男へと。

くるおしいほどの愛が心にあふれていながらも、カリスは口にしそうになる破滅的なことばを必死で呑みこんだ。いまこうしていても、ギデオンが愛のことばも、約束も、誓いも望まないのはわかっていた。

「いままでだって何もかも気に入っているわ」素直な気持ちをことばで表現しながら、ほんの束の間でもいいから、この行為がギデオンの闇を消し去ってくれるのを祈った。「でも、お願い、じらさないで」

ギデオンが小さく笑って、乳房からわき腹へとキスの雨を降らせた。「ああ、じらしたりしないよ」

カリスはもどかしげな声を漏らした。けれど、それはあっというまに喘ぎに変わっていた。やわらかな腹にギデオンがそっと歯を立てたのだ。鮮烈な快感に体が即座に反応した。痛みを和らげようと、歯を立てた場所にギデオンが口づけた。けれど、ギデオンを体のなかに感じなければ満たされないほど欲望は高まっていた。

「ギデオン！」じりじりして抗議しようとしたとたんに息が詰まった。脚をぐいと開かれて、ギデオンの唇が……秘めた場所に触れたのだ。

あまりにも驚いて、動けなかった。まさかこんなことが起きるなんて。こんなことがあってはならない……。

ギデオンの口が動きはじめると、そんな思いは一瞬にして灰と化した。湿り気、熱、吸いこまれる感覚で頭のなかがいっぱいになった。腿の内側をギデオンの髪がそっと撫でる。やわらかな肌に伸びはじめたひげがこすれた。

ギデオンの唇は熱かった。あまりに熱かった。

信じられない、いまのはギデオンの舌なの？　舌がそこに……？　だめ、身をよじって逃げて、こんなことは終わりにしなければ……。体のわきでシーツを握りしめる。貞淑な淑女なら抵抗もせずに、こんな不自然な行為にしたがっているはずがない。これはインドの色町に伝わる倒錯した行為か何かなの？

こんなことはやめてもらわなければ……。

でも、もう少し……。

思いもしなかったことをされて、体が動かず、されるがままになっているしかなかった。驚愕が早くも好奇心に取って代わり、さらには、快感とも呼べそうなものが体の奥でうねりはじめている。

だめよ！　こんな行為を楽しむわけにはいかない。どれほど淫らな妄想より、はるかに度を超しているのだから。カリスは必死に体をくねらせて、ギデオンの唇から逃れようとしたけれど、腰はギデオンの両手にがっちり押さえられていた。

「やめて」苦しげに言ったとたんに、快感の稲妻に貫かれた。

ギデオンが探りあてた快感のつぼから舌が離れると、カリスは不本意な落胆を抱いた。ギデオンが震える腿に軽く口づけた。

ようやくギデオンが言うことを聞いてくれた。でも、いま胸にあふれているのは失望なの？　そうだとしたら、わたしもギデオンと同じぐらい堕落していることになる。

「しっ、静かに」ギデオンが顔を上げずに囁いた。それでも、一心に見つめられていた……秘めた場所を。そんなことをされたら不快でたまらないはずなのに、淫らな戦慄が背筋を駆けぬけた。「ぼくに身をまかせるんだ、カリス」

ギデオンは返事を待たなかった。カリスも返事ができるとは思えなかった。ギデオンがまた頭を下げた。さきほどよりさらに明確な意図を持って、舌が動きはじめる。

快感の源を強く吸われて、思わず下腹に力がはいるほどの熱い欲望が湧きあがった。とろけるほどの快感に満たされて、恥ずかしいことに、秘めた場所がたっぷりと濡れていく。脚を閉じようとしたのに、なぜか、それまで以上に押さえこまれてしまった。

抑えの利かない体の反応に、ギデオンはまるで気づいていないかのようだった。あふれる蜜を夢中で貪っている。これほどの親密な行為がこの世にあったなんて……。ギデオンとひとつになったときよりも、不可思議な感覚だった。それなのに、身をよじって逃れる気にも、やめてと言う気にも、もうなれなかった。

秘めた場所を味わいながら、ギデオンが喉の奥のほうからうれしそうなうめきを漏らした。いままで聞いたことがないほど淫らな声だった。抵抗のことばが喉まで出かかったとたんに、体の奥深くで熱がとぐろを巻いた。

さきほどの恍惚感を経験したからには、これがどこへ向かうのかはなんとなくわかっていた。でも、口だけでギデオンはそんなことができるの？　そんな途方もないことができるはずがなかった。それでも快感の頂は確実に近づいていた。だめよ、ばらばらに砕け散ってしまうまえに、こんな淫らなことはやめにしなければ。ギデオンを押しのけようと、震える手を伸ばした。けれど、どういうわけかその手は、ギデオンの湿って乱れた髪に差しいれられただけだった。

秘めた場所を舌と唇で延々と攻められて、いよいよ愉悦の導火線に火がついた。カリスは目を閉じて、罪深いこの遊戯に堪えられることを願った。唇から途切れ途切れの喘ぎが漏れる。それが自分の声とは思えなかった。

弾けそうなほど恍惚感が高まると、舌の動きに合わせて、いつのまにか腰を揺らしていた。いやがっているふりなどもうできなかった。いま、ギデオンがやめてしまったら、満たされない欲望が燃えあがって、全身を焼き尽くしてしまうにちがいない。唇から吐息が次々に漏れて、ギデオンの頭を握りしめた。手を離したら、宙に投げだされてしまう——そんなふうに思えてならなかった。

ギデオンにめちゃくちゃにされたのか、それとも、新たな楽園に放り投げられたのか、最後の瞬間、ギデオンが秘めた場所に長く激しく口づけた。頭のなかで白い閃光《せんこう》が炸裂して、苦しげな悲鳴が唇からこぼれ出た。

すべてが快感の熱い波の向こうに消えていく。カリスはギデオンの髪を握りしめて、体を激しく震わせた。ギデオンがしたことは、呪わしく、誤った、冒瀆的な行為。それでいて、これほどの快感をカリスは感じたことがなかった。

靄がかかって小刻みに震える視界の隅で、ギデオンが動いたのがなんとなくわかった。次の瞬間には下腹に祝福のキスを受けていた。

「ギデオン……」それだけ言って、小さく咳払いした。人生が一変する経験のあとでは、満足に話もできなかった。「あなたはどこまで淫らなの……」

ギデオンが小さく笑って、体を転がすと、片肘をついて見つめてきた。「でも、そんなぼくをきみは許してくれるだろう？」

ギデオンは横たわる妻の裸体に熱い視線を這わせてから、秘所に口づけて赤く濡れた唇に、官能的な笑みを浮かべた。カリスは新たな欲望を感じて、体に力がはいるのを止められなかった。たったいま絶頂にまでのぼりつめたというのに、もっと深くギデオンとつながりたかった。

うっすらと笑みを浮かべたギデオンが、カリスの髪をひと房手に取って、もてあそんだ。身を震わせたまま、カリスはそのようすを見つめた。ギデオンの無残な手を見ていると、胸が痛くなった。これまでに堪えてきた苦悩を思えば、このさき一生幸せに暮らす権利がギデオンに与えられて当然だった。

その顔に触れようと、手を伸ばした。どれほど愛しているか、どうしても態度で示したかった。触れてもギデオンが身をすくめないことには、いまでも驚かずにいられない。カリスは頬を撫でて、伸びはじめたひげのざらつく感触を楽しんだ。

ギデオンが熱い視線を送ってきた。とたんに、下腹が欲望で疼いた。うっすらと笑みを漂わせながらも、ギデオンの顔は抑えようのない欲望に張りつめている。その視線にほんの束の間浮かんだはにかみが、ギデオンがいまでも硬く、いつでも準備ができていることを明かしていた。

「許してあげてもいいわ」かすれた声で言いながら、額にかかるギデオンの乱れた髪をうしろに撫でつけた。そう、ギデオンは人に触れられるのを永遠に拒むことになると信じていたのだ。今夜の出来事を思うと、その定めが想像を絶するほど無慈悲に感じられた。

ギデオンがまっすぐにこちらを見つめたまま、何かを思いついたように言った。「近い将来、きみにも同じことをしてもらいたいな」

「なんですって……?」あまりにも驚いて、カリスは片手を上げて起きあがった。驚きと、淫らな思いと、抑えきれない好奇心が胸に渦巻いている。

穏やかで満たされたひとときが、音をたてて崩れ落ちる。

「この次は」ギデオンに荒々しくベッドに押し倒された。

ギデオンの真剣な顔に欲望がはっきりと見て取れた。体のあちこちで火花が散って、はらはらしながら次に起きることを待った。期待に胸が高鳴った。ギデオンの体がどれほど緊迫しているかは見まちがいようがなかった。それが欲望の火に油を注いだ。

大きく力強いギデオンにのしかかられては抗いようもなかった。両膝を上げて、ギデオンの引きしまった腰をはさむ。激しくキスされると、背中をそらしてギデオンにぴたりと身を寄せた。下腹に硬いものが食いこむ。まもなく、太くたくましいそれを体のなかに感じるはずだった。

もう待ちきれない。

「肩につかまるんだ」ギデオンが低い声で言った。

カリスは無言でそのことばにしたがった。ギデオンの体に力がはいる。肩は石のように硬く、サテンのように滑らかだった。

心臓がさらに大きく脈打って、今朝、ギデオンに奪われたように、いままた奪われるのを覚悟した。ギデオンが望んでいるのは、一気にのぼりつめること、それだけなのだから。

ギデオンが腰をまえに突きだした。湿った襞に熱く滑らかなものが触れた。それに続いて、ゆっくりと魅惑的な圧迫感が……。

そうよ、これを待ち望んでいたの……。

息を呑んで、ギデオンの汗ばんだ肩をつかんだ。ギデオンの息遣いが荒くなって、額に髪がこぼれ落ちる。腕の脈が彫刻のようにくっきり浮きでていた。ギデオンが集中力をかき集めて、逸る気持ちを抑えているのはまちがいなかった。

自分のために一心に集中してくれているのだと思うと、満足感がこみあげてきた。前回愛を交わしたときには、ギデオンは欲望でわれを忘れた。それはそれで興奮したけれど、いまのこの交わりあいはより深く、より純粋で、より甘かった。

ギデオンが深々とはいってきた。それを迎えいれる敏感な場所が無理やり押し開かれて、カリスは息を呑んだ。

もちろん、ギデオンもそれに気づいて、くるおしいほどゆるやかな進入を止めた。

「痛いんだね？」しゃがれた声で訊いてきた。

カリスは頭を上げると、ギデオンに軽くキスをして、どこまでも奪われるのを待った。今朝は欲望のせいで頭がくらくらして何も考えられなかった。そして、いまはふたりの愛を大切に味わっている。

「カリス？」

「やめないで」カリスはつぶやいて、ギデオンの肩をさらに握りしめた。

ギデオンが腰をまえに押しだした。それははじめての感覚だった。落ち着かず、それでいてわくわくする。ゆっくりと奪われて、ギデオンのものになっていくのを実感した。体も、心も。

低い声が口から漏れた。目もくらむ圧迫感を和らげようと身悶えした。ギデオンが奥へとはいってくる。溺れているように空気を求めて喘いだ。手のひらに触れるギデオンの肩は汗で湿り、その顔は骨が浮きでるほどぴんと張りつめていた。

獣のような黒い目で見据えられた。その視線に恐怖を感じてもいいはずなのに、下腹を満たす欲望がずしりと重くなっただけだった。さらにギデオンがはいってきて、ふいに止まった。

わたしはいまギデオンのすべてを受けいれたの？　カリスはギデオンにしがみついた。次の瞬間には、唐突な幸福感に体のなかの何かが緩んで、開いたような感覚を抱いた。

ギデオンの背中から一瞬、力が抜けたかと思うと、すぐにまた力がはいった。そうして、低い唸り声をあげながら、すべてを押しこめてきた。

その感覚は圧倒的だった。ことばでは表現できなかった。まるでギデオンへの愛が形あるものになって、呼吸して、命を宿したかのようだ。

カリスは永遠を感じていた。それまでのふたりの愛の行為で、これほどギデオンに近づいたと感じたことはなかった。秘めた親密感がすべてを包みこんでいた。

ギデオンの息遣いが途切れ途切れになった。ふたりの視線が絡みあう。激しい欲望のせいでギデオンの目がうつろになっていた。ギデオンが滑らかな動きで腰を引いたかと思うと、また深々と突きたてた。カリスは稲光にも似た強烈な白熱で貫かれた。

ギデオンが角度を変えると、カリスはいきり立つものをさらにしっかり受けとめた。新たな快感に、体がびくんと引きつって、小刻みに震えだす。今夜はすでにもう二度も、絶頂へと誘《いざな》われていた。けれど、ギデオンがいましていることは、さらに果てしなく強力な何かの序曲だった。

また突かれると、本能がそれをつかみとろうとして、体の内側に力がはいった。引いては突かれるたびに、悦びに震えた。激しさを増す嵐の向こうで、ギデオンが腰を動かしながら片手を動かしたのが、なんとなくわかった。脚のつけ根にギデオンの手のひらが押しつけられて、指が動きだした。

世界がぱっと燃えあがり、カリスは瞼を痙攣《けいれん》させながら目を閉じた。

燃えさかる炎が全身を舐めつくす。はじめて経験する最上級の官能に、体がそりかえるほどこわばった。そこにあるのは、うねりをあげて燃えさかる炎だけだった。

いまやこの世と自分をつなぎとめているのは、たったひとつの絆だけだった。それは恍惚として身悶えするこの体に、荒々しく押しいる男。カリスはギデオンにしがみつきながら、不動の愛が全身に満ちていくのを感じた。光り輝く至福は永遠だった。それは太陽にも似て、不滅で不動で、すべてを超越していた。

そう、ギデオンはわたしの太陽。月、そして、空。ギデオンの情熱の燃えたつ炉のなかで、カリスは新たに形作られていった。

溶けた黄金となって、愛が全身に行きわたる。ふたりの絆はすべてを凌駕して、どんなことがあっても永遠に切れることはない。

ゆっくりと体の震えがおさまって、ゆっくりと現実が戻ってきた。地球というこの星に生きているのだとわかった。宇宙に迷いこんだ誰かの記憶のなかに生きているのではなく。それでも、めまいがするほどの官能はまだまつわりついて、完璧な夏の日の終わりに夕陽が地平線を輝かせるように、最後の光を放っていた。

霞む目を開けると、驚きと悦びに満ちたギデオンに見つめられていた。その唇に笑みが浮かんだ。本人が知らず知らずのうちに浮かべたその微笑は、カリスがギデオンを愛しているように、ギデオンもカリスを愛していることを無言で語っていた。

カリスはくたくただった。疲れ果てて、けだるい愉楽に身をまかせるしかなかった。体じゅうの力が抜けて、ぐったりと横たわる人形になってしまったかのようだ。ギデオンに激しく貫かれても、もうわからないかもしれない。抵抗の声も出ないはずだった。

けれど、ギデオンは相変わらず張りつめていた。まだのぼりつめていないのだと、そのときはじめて気づいた。はっとして、力を振りしぼって、たくましい胸に触れようと手を伸ばした。一瞬、触れただけで、手は体のわきに力なく落ちた。綿が詰まったぬいぐるみほどにも、力がはいらなかった。

燃えさかる炎を思いだして、体が震えた。その炎に呑まれて、至福の恍惚の世界に放りこまれたのだ。わけがわからなかった。ギデオンの腕のなかで自分が生まれ変わるとは思ってもいなかった。

ギデオンがぎこちなく息を吐いて、ゆっくり滑らかに動きだした。穏やかな動きに、カリスはうっとりした。ギデオンが頭を下げて、乳房の頂に舌を這わせる。

「もう無理よ……」消えいりそうな声で抵抗した。

「わかっているよ」ギデオンが穏やかな口調で応じながら、乳首を吸った。

物憂い快感が滴となって、ふたりの体がつながっている部分へ集まっていった。身悶えしたくなるほどゆっくりとギデオンが引き抜いて、またするりとはいってくる。小石のように硬くなった乳首を、ギデオンの歯が刺激した。

ひとつ息をついて、次にギデオンがまた動きだすと、腰を突きあげて迎えいれた。とたんに、新たな情熱を感じた。ふたりは深く、魂までつながっていた。そこには欲望と同じだけの愛があった。

またもや、ギデオンが聞きたがらない愛のことばが、喉もとまでこみあげてきた。けれど、それをあわてて呑みこんだ。そうしながらも、胸の鼓動のすべてが、ギデオンへの愛を叫んでいた。

考えるまもなく、快感を味わおうと腰に力をこめた。乳房に口づけていたギデオンが唸って、唇を離すと、今度は鎖骨に唇を這わせた。ギデオンのふさふさの髪のなかで、カリスは手を組みあわせた。とたんに、息を呑んだ。ギデオンに引きあげられて、目のまえに座らせられたのだ。深くつながったままで。

すでに見慣れたものになった熱い眼差しで、顔を見つめられた。予感に全身が震えて、体の内側にぎゅっと力がはいる。容赦なく腰を持ちあげられたかと思うと、下ろされた。ギデオンが滑らかなリズムを刻みはじめた。

ついさきほどまで深く立ちこめていたはずの、満たされた疲労感の靄が、一瞬で消し飛んだ。本能が導くままに、両脚でギデオンの腰を締めつける。倒れてしまわないように、ギデオンの腕をつかむ。下腹で欲望の大輪が花開いていった。

すぐに、カリスは自ら同じリズムを刻みはじめた。ビロードのような声をあげて、ギデオンがすべてをゆだねてくる。カリスはうしろに手をついて、体をのけぞらせ、快感の波に身をまかせた。

果てしない快感だった。

いまのいままで、ふたりのあいだで起きることの主導権を握れるとは思ってもいなかった。その威力、悦びに頭がくらくらした。背中をそらせて、体の内側で感じる圧迫感と開放感を堪能する。ギデオンのおかげで、女神になった気分だった。ギデオンのおかげで、人を愛するほんとうの女になれたのがわかった。

息遣いが途切れがちな喘ぎに変わっていった。またもや、あの比類ない頂へ近づいていた。どんどん近づいてはいるけれど、まだ達してはいない。もどかしげな声をあげて、身をよじり、求める場所に必死でたどり着こうとした。

「まだだ、ダーリン」ギデオンがのしかかってきて、ベッドに仰向けに倒された。叫んで、ギデオンの腰を脚で締めつける。それでも、突いては引くという動きをは止まらなかった。寄せては返す波のように。

ギデオンの傷ついた肌が熱を帯びて、カリスの手が滑った。ギデオンがうめいて、身を震わせる。

わたしのためにギデオンは我慢しているのだ。

その思いが砲弾のように全身を貫いた。突かれるたびに、魂をギデオンに少しずつ盗まれていく。

いいえ、最初からわたしの魂はギデオンのもの。

ギデオンの動きが速く、激しく、自制の利かないものになった。たくましい胸が上下するほど、息が上がっていた。

カリスはあらゆるものから切り離されて、ギデオンの硬い体に支配されていた。堪えられないほどの熱情が、ぎりぎりと渦を巻く。

きつく、きつく絡みついていく。

それでもまだギデオンは激しい動きをくり返していた。カリスの爪がギデオンの腕に食いこんだ。傷になるほど深々と。

濃厚な闇が下りてきた。それで終わりになるはずだった。けれど、欲望はさらに高まって、体じゅうの神経が張りつめた灼熱の銅線と化した。

カリスは空気を求めて喘いだ。肺が潰れそうだった。闇雲にギデオンに体を押しつける。苦悩の源に。解放の唯一の希望に。

この交わりあいは、これまでよりはるかに強く、深く、際立っていた。

こんなことにわたしは堪えられるの？

もはや、呼吸は苦しげな長い喘ぎとなっていた。

「おねがい、ギデオン、お願いよ……」

ギデオンは返事をしたの？　聞こえるのは、無限に続く欲望のうねりばかりだった。

体のなかではギデオンがまだ動いていた。

鼻にかかった小さな声が口から漏れると、血がにじむほど唇を噛んだ。目を閉じて、無駄だと知りながらも、熱い闇のなかに逃げ場を探した。

高まっていくものがいよいよ頂点へと達しようとしていた。体が破裂してしまいそうだ。

このままでは骨まで砕けて粉々になってしまう。世界の終焉《しゅうえん》が近づいていた。闇に包まれた無限の災禍が迫っていた。

ギデオンの絶え間ない動きがさらに荒々しくなる。身悶えするほどの苦悩から逃れようと、体を動かした。

霞む目を開けると、そのときちょうどギデオンの表情が変化した。

「いまだ」ギデオンが唸るように言った。

激しい最後のひと突きに、じりじりとした期待が頂を越えて、歓喜の火花とともに砕け散った。揺らめく光の世界に放りだされた。

全身に無数の漣が広がっていく。あまりの恍惚感に体が弾けそうで、叫ばずにいられなかった。何もかもがばらばらに砕け散っていく、そんな感覚の向こうで、ギデオンが唸りながらすべてを解き放ったのがぼんやりとわかった。

永遠とも思えるほど長いあいだ、カリスは無限の悦びに身を横たえて、宙をさまよった。夢のような恍惚感に酔って、至福の叫びをあげずにいられなかった。炎の海に浮かぶ岩にしがみつくように、爪が食いこむほどギデオンを抱きしめた。

眩惑《げんわく》して、変化して、驚嘆している頭のなかに、現実がゆっくり染みこんできた。いつのまにかギデオンにキスされていた。顔に、首に、肩に。やさしく、甘く。たったいまふたりで乗りきった荒々しい嵐のせいで、甘いキスがいつにも増して胸に響いた。

「ほんとうにきれいだよ」ギデオンが囁きながら、頬に鼻に額にキスした。それは今日の午後と同じ魅惑的なキスだった。

しばらくカリスはおとなしく横たわっていた。からっぽの肺に大きく息を吸いこむと、胸がふくらんだ。恍惚の余波に体がわななないた。

ようやく顔を上げて、キスをせがんだ。無邪気な行為が幸せだった。心にぬくもりが広がっていく。ギデオンを体のなかに感じていても、地面が崩れるような絶頂感の余韻に震えが止まらなくても。

キスを続けながら、抱かれたまま横に転がった。そうして、体のなかからギデオンが静かに出ていった。カリスはがっかりして泣きたくなるのをこらえた。本能のままに欲望を解きはなって、全身が痛んでいる。限界まで酷使した体は疲れ果てていた。

これほどの至福はなかった。

「大丈夫かい？」囁くギデオンの息を首に感じた。たくましい腕に体をゆったりと包まれて、けだるい円を描くように背中をさすられた。

はじめて知った驚異の世界をことばでどう表現すればいいの？　その歓喜はどんなことばでも伝えきれなかった。顔を起こしたギデオンにそっと口づけた。ことばでは言い表わせないことを行動で伝えようとした。

思うがままに自然にギデオンに触れられるなんて、なんて幸せなの。

ギデオンが重ねた唇を動かした。ぬくもりに満ちた心地いいキス。荒れくるう愛の行為とはまるでちがっていた。

名残惜しかったけれど、カリスはゆっくり身を引いた。「こんなこと想像もしたことがなかったわ」

もつれた髪にギデオンの指を感じた。強烈な余韻のなかのどの行為とも同じように、その触れかたもどこまでもやさしかった。

ギデオンが真剣な表情を浮かべたかと思うと、その手で両頬を包まれた。長いこと、ふたりは見つめあっていた、「いつでもこうなるわけではないんだよ」ギデオンがことばを切って、息を呑んだ。「いま、ふたりで分かちあったようなことは、ぼくだってはじめての経験だ」

カリスはこみあげてきた涙をまばたきして押しもどした。胸がいっぱいで張り裂けそうだ。

「うれしいわ」かすれた声で言った。「あなたは永遠にわたしのものでいて」

ギデオンの顔に陰が差した。とたんに、カリスの満たされた輝く心に細いひびがはいった。

「運命にはさからえない」

ギデオンが首に顔を埋めてきた。首から肩へと敏感な肌を歯で刺激されると、体がほてった。目を閉じて、身をゆだねる。欲望が湧きあがってくるのを感じながらも、たったいま耳にしたギデオンのことばが胸に刺さっていた。

21

「もう真夜中だ」ギデオンが静かに言った。その息に頭のてっぺんの髪が揺れて、カリスは目覚めた。それまでは、ぬくもりを感じながらうつらうつらしていたのだ。

そこは居間で、ふたりは燃えさかる暖炉のまえに置かれた長椅子の上にいた。カリスは体を丸くしてギデオンにぴたりと寄りそい、片腕をギデオンの腰にゆったりまわして、反対の腕をたくましい胸に載せていた。手のひらに揺るぎない心臓の鼓動を感じていたかった。そうしていると、ギデオンの命の力と直につながっているような気がした。

「ベッドに行きたいの？」かすれた声で尋ねながら、ギデオンの肩に頰をすり寄せる。これほど近くにいられるなんて、大きな奇跡が起きたとしか思えない。これが当然のことだとは、とうてい思えなかった。

ギデオンが眠たげな笑い声をあげると、低い振動が手に伝わってきた。背中にまわされたギデオンの腕に力がはいった。「ぼくはいつだってベッドに行きたいよ」

何日ものあいだ肉欲に溺れる夜を過ごしてきたのだから、いくらうら若き淑女でももう頰を染めなくなっていても不思議はなかった。それでも、カリスの頰は赤くほてってった。「あなたは強欲なのね」

「少なくとも、きみに関することではね」ギデオンが胸に置かれた妻の手を取って、指にそっとキスをした。カリスの体に抑えようのない戦慄が走った。

この数日のあいだに、カリスはギデオンの顔から緊張感が徐々に消えていくのに気づいていた。ギデオンは以前より若々しくなって、思い悩むことも少なくなった。情熱的に愛を交わしていないときには、きちんと眠れているからかもしれない。何年も得られずにいた、深く、途切れのない休息。インドの太守に監禁されるはるかまえから、危険に満ちた生活はギデオンを消耗させていたのだろう。

以前より頻繁に笑みを浮かべるようになり、意欲的になったとはいえ、それでも、ギデオンの目にまつわりつく翳《かげ》りは消えなかった。それが消えることは永遠にない——そう思うと、カリスの胸は鋭く痛んだ。

男女が分かちあえる悦びをギデオンが示してくれた夜以来、ふたりはほとんど部屋を出なかった。カリスはときに、脅しと危険に満ちた外の世界を忘れそうになった。フェリクスとヒューバートが現われることはなく、ペンリンで問題が起きたという知らせが届く気配すらなかった。メイドが部屋を整えて、食事と風呂の用意をしてくれた。注文しておいた最新のドレスも届いた。ギデオンは公証人を呼んで、継兄に対して法的な防衛手段を講じた。カリスの財産はいまや正式に夫のものだった。少なくとも、六月の末に財産が妻に返還されるまでは。

ギデオンの変化が人との気軽なつきあいにまで及ぶことを、カリスは願っていた。けれど、いまのところ、喜ばしい兆候は見られない。残念ながら、この閉ざされた王国に見ず知らずの人が足を踏みいれると決まって、ギデオンは明らかに緊張した。心の病が治るかもしれないという束の間の淡い期待は、ギデオンが顔を蒼白にして、人からあとずさるのを見るたびに少しずつ薄れていった。

ギデオンの病は治っていない。完治はしていない。妻に触れられるようになったことには、日々心から天に感謝していた。けれど、いまのところ、それ以上の回復の兆しは見られなかった。

心の病は完治しない——ギデオンが頑なにそう信じているのは、目を見ればわかった。とはいえ、カリスが絡めとられている性の悦びに割りこんでくる不安はそれだけではなかった。めくるめく愉悦を経験しながらも、カリスの新たな人生はいちばん大切な部分ががらんどうだった。何よりも幸福であるはずのひとときにも、苦悩が静かに忍びよってくる。そう、いまも。

ギデオンはきれいだと言ってくれた。どれほど妻を欲しているかということも、きちんとことばにした。ギデオンがとめどない渇望を抱いているのはまちがいない。それでも、ふたりがひとつになっているときでさえ、愛のことばがその口から出ることはなかった。わざと言わずにいるのだとわかるぐらいには、カリスはギデオンのことを知っていた。

そしてまた、ギデオンはジャージー島を離れてからの生活も、けっして口にしなかった。

まるで、いま分かちあっている数週間が、ときの流れの外に存在しているかのように。

　わたしはなんて臆病なの、その話題を避けるギデオンをそのままにしておくなんて。結婚してからというもの、疲れ果てて、ギデオンに立ちむかう勇気を奮いおこせずにいた。いま、むずかしい質問をいくつも投げかけたら、ふたりの繊細な至福のときが砕け散ってしまいそうで怖かった。もしかしたらそれは、ギデオンと離れ離れになることへの恐怖が、日を追うごとに胸に深く突き刺さるようになっているせいなのかもしれない。いままたギデオンに離れて暮らすべきだと言われたら、堪えられるはずがなかった。けれど、その問題に関する沈黙が、ギデオンがそもそもの計画を貫きとおすつもりでいる証拠だった。

　ギデオンの腰にまわした腕に力をこめて、妻と離れるというギデオンの頑なな決意に無言で異を唱えた。けれど、これからのことを教えてほしいという、ほんの短い問いかけは喉につかえて出てこなかった。

「カリス、もう真夜中だ」ギデオンがさきほどより大きな声で言って、時計をちらりと見た。

「真夜中を五分過ぎている」

　ギデオンのいつもとちがう時間へのこだわりが、カリスの悩ましい思いに割りこんできた。わけがわからず、カリスは顔を上げた。「それがそんなに重要なの？」

　ギデオンにすばやく唇を奪われた。「きみは日にちまで忘れてしまったようだね」

「ええと、今日は……」困惑し、カリスはギデオンを見つめながら目をしばたたいた。キスされて、幸福の理想郷に迷いこんでいるときに、筋の通ったことなど考えられるはずがない。

ギデオンの口もとに穏やかな笑みが浮かぶと、いつものように哀れな心臓が引っくりかえるほどどきりとした。「今日は三月一日だよ。ダーリン、誕生日おめでとう」

わたしの誕生日……。

はっとして、ギデオンから離れた。ぼうっとした頭を現実に無理やり戻して、日にちを計算しようとした。けれど、時間など存在しない楽園で過ごしているのだから、計算などできるはずがなかった。いまが昼なのか夜なのか、それさえほとんどわからない。カリスにとって、ギデオンが人生を照らす太陽だった。楽園にはそれ以外の明かりは必要ないのだから。

「遺産はきみのものだ」ギデオンの口調にどんな思いがこもっているのか、カリスにはわからなかった。とくにうれしそうな口調ではなかった。またキスされた。今度はさきほどよりもっとやさしく。「ぼくたちは勝ったんだよ、カリス」

継兄を打ち負かした。もう心配することは何もないと思うと、全身に安堵感が染みわたった。同時に、恐怖が全身に広がっていく。脅威がなくなったいま、ギデオンとの関係が根底から変わってしまうかもしれない。

勇気を出して気持ちをことばにすることにした。そのことばをギデオンが聞きたくないと思っているのはわかっていたけれど。「あなたのおかげよ」息を継いで、こみあげてくる感情に震える声でさらに言った。「何もかもあなたのおかげだわ」

「感謝などしてほしくない」ギデオンの顔が険しくなって、背筋がぴんと伸びた。妻の体にまわしていた腕を下ろした。何よりも悪いことに、その場の空気が凍りついて、ギデオンが心を閉ざしたのがはっきり伝わってきた。

「それでも、あなたは感謝されて当然なのよ。これからさきも永遠に」カリスはこのところ悲しいほど持てずにいた勇気をかき集めた。光り輝く水面の下で、渦巻いている黒い流れを無視できず、つい、険しい口調になった。「あなたに感謝しているし、あなたを愛してもいるわ。そのふたつの感情は同時に抱けるものなのよ」

ギデオンが欲望に屈して飛びついてきたあの朝以降、愛ということばは口にしていなかった。ギデオンがこの世のすべてになって、官能の頂にのぼりつめても、口にしそうになるそのことばをいつも無理やり呑みこんでいた。ギデオンの沈黙に、沈黙で応えていた。

どんな愛のことばも口にしないだけの分別があることは、すでにはっきり証明されていた。ギデオンがすっくと立ちあがって、油断のない表情で見つめてきた。それはカリスが二度と見たくないと思っていた表情だった。ぽっかりと口を開ける心の空洞のなかで、のべおくりの鐘がこだましたかのようだった。

「カリス、今夜はジャージー島での最後の夜だ」カリスが突きつけた挑戦を無視して、ギデオンは真剣に言った。けれど、警戒するその目を見れば、挑戦のことばを理解しているのがわかった。「明日、ぼくたちはペンリンに戻る」

いや、だめよ、やめて。

「わたしたちは離れ離れになるの?」ことばに失意が表われていた。

ふたりが築いた頼りない絆は、普通の生活に戻っても持ちこたえるの? ここでは、わたしはギデオンの人生の中心にいた。それが永遠に続くと思うほど、うぬぼれてはいない。それでも、もっと時間があれば、ギデオンを完全に自分のものにできるかもしれない。

ギデオンはこれからもわたしとともに生きていくの？

無情な予感に押し潰されそうだった。ジャージー島でのごく短い華やかな日々だけが、わたしに与えられた幸福のすべてなの？

ギデオンの唇がゆがんで、苦々しい笑みが浮かんだ。「いつかは行かなければならないんだ、わかっているだろう」

考えるまもなくカリスは立ちあがると、ギデオンに背を向けた。スカートに隠した震える手を握りしめる。ギデオンがたいしたことではないふりをしているのが、神経を逆撫でして、心が傷ついた。その態度はまるで、すぐに癇癪を起こす子どもを相手にしているかのようだ。

「でも、いまはまだ」

近づいてくるギデオンの足音がして、腕をそっと握られた。素肌にざらりとした傷跡を感じた。触れられると、ギデオンが強いられた悲劇が頭に浮かび、同時に、結婚してからギデオンがどれほど変わったかを痛感せずにいられなかった。

それ以上の変化は期待できないの？

ギデオンに温かい声で励まされた。「もう怯えなくていいんだよ。きみは成人したんだから。ファレル兄弟も手出しできない。ぼくたちは自由だ」

ギデオンは勘ちがいしていた。もちろん、フェリクスとヒューバートはこれまでの日々に暗い影を落としていた。けれど、いま、それより不安なのは、ギデオンとの将来を賭けた終わりない闘いだった。

「わたしたちは自由とは言えはないわ。結婚したのだから」カリスはくぐもった声で言いながら、うつむいた。

ギデオンがふいに腕を放して、あとずさった。ふたりの距離が鋭い斧のように胸に突き刺さった。「きみを救う方法がほかにあれば、結婚などという思い切った手段は取らなかった」ギデオンの口調はそっけなかった。

ほんの数分まえまでの甘いひとときが、いまや苦い思い出となっていた。ふいにギデオンの態度が変わったのがあまりにも悲しくて、脚がふらついた。隠しようのない苦悩を顔に浮かべたまま、ギデオンのほうを向いた。「あなたは知っているはずよ、これまでずっとわたしが感謝して……」

「やめてくれ！」傷ついた手が振りおろされて、緊迫した空気を切り裂いた。「感謝なんてことばをもう一度聞かされたら、どうなるか責任が持てない」

「でも、ギデオン……」

「いいかげんにしてくれ、カリス。もうやめてくれ！」ギデオンが口をつぐんだ。感情を抑えようとしているのが、その姿にはっきり表われていた。声が苦しげにかすれて、こみあげてくる感情に肩がこわばっていた。「そうなんだよ、感謝する必要なんてない。考えてみれば、結婚まですることはなかったんだ。連中はここまで追ってこなかったんだから。人生が一変してしまうほどの手段を取る必要などなかった。取りかえしがつかないことをしてしまったと後悔している」

銃声にも似た鋭い平手打ちの音が響いた。

ギデオンの頭がぐらりと揺れて、その顔に浮かんだのは怒りではなく驚きだった。頬についたカリスの手形がみるみる真っ赤になっていく。

重苦しい静寂ができた。永遠とも思えるほど長い静寂だった。

カリスは震えながら腕を下ろして、よろよろとあとずさった。自分がしたことに驚いているわけではなかった。感じているのは、目のまえが真っ暗になるほどの怒りだった。

「ひどすぎる」激しい怒りに低い声が震えていた。「あなたはわたしとベッドをともにした。わたしの奥深くにまではいってきた。魂に触れるほど。それなのに、後悔しているなんて、よくもそんなひどいことが言えるわね」

「ぼくがきみにしたことは何があっても許されない」ギデオンの声もかすれていた。驚きが薄れて、黒い目に怒りの光が宿っていた。「それに、そのとおりだ、きみを傷つけてしまったことをぼくは後悔している」

カリスの脆《もろ》い幸福感がぱちんと音をたてて弾けた。まるで心が弾けたように。こわばって思うように動かない唇で、この世で最高の恐怖をことばにした。「あなたの最初の計画どおりにことを運ぶなんて許さない。わたしたちが別々の人生を歩むなんて」

ギデオンが口もとを引きしめた。「根本的な問題は何ひとつ変わっていない。計画どおりに進めるのがいちばんだ」

非情なことばに全身を貫かれて、息が止まった。よろよろと一歩あとずさるしかなかった。裏切られて、打ちのめされて、知らない場所に迷いこんでしまったかのようだ。そんなふうに感じながらも、どうにかして話をする気力をかき集めた。「それがあなたの望みなの?」

「ぼくが何を望んでいるかなど関係ない。きみにとって最良のことをするまでだ」

カリスは体のわきに下ろした手を握りしめた。そうでもしなければ、激昂していつギデオンに殴りかかってもおかしくなかった。命も惜しくないほど、ギデオンを愛していた。それでも、いまこの瞬間だけは、もしギデオンから渡された拳銃が手の届くところにあったら、なんの迷いもなくギデオンの石頭に銃弾を撃ちこんでいるにちがいない。「ということは、この数日間の出来事にはなんの意味もなかったの? わたしにそう思わせようとしても無駄よ。ギデオン、あなたはわたしの腕のなかに幸福を見つけたわ。そんなことはないと否定したって、それが嘘であることぐらいわかる」

ギデオンの顔に緊迫した表情が浮かんだ。愛の夢をまがいものに変えてしまうことばが、ギデオンの口から飛びだすのを、カリスは覚悟した。

喉仏が大きく動くほど、ギデオンがごくりと唾を呑みこんで、視線をそらした。「きみに触れるべきじゃなかった。触れたのはまちがいだった。それが悲劇のはじまりだ。きみと距離を置けなかったのはまぎれもない事実で、ぼくはどんな弁解もできない。情けないことに、それはぼくの弱さの象徴だ。きみに一生憎まれてもしかたがない。いずれ、きみはぼくを憎むことになる。たとえ、いま、ぼくたちが分別のある道を選んで、ここで別れたとしても」

ギデオンはふたりのあいだで起きたことで自分を責めていた。それでも、ふたりの絆を否定しなかった。それを思えば、カリスは勇気が湧いてきてもいいはずだった。けれど、ギデオンがどれほど頑固かはよくわかっていた。頑固だからこそ、インドで生き延びられたのだ。なんという皮肉だろう、その頑固さゆえに、ギデオンが幸せになる機会を捨て去ろうとしているなんて。わたしが幸せになる機会も……。ギデオンは正しいことを、高潔なことをしようとしている。けれど、それによって、ふたりとも孤独な人生を歩むことになる。

これまで、愛がランガピンディーの毒を洗い流してくれるのを願っていた。けれど、その願いは聞き届けられなかった。

カリスは怒りをそのまま口にした。「あなたは救いようのない愚か者だわ」

「ふたりのうちせめてどちらかは冷静でいなければならない。愛だの恋だの、絵空事にうつつを抜かすのではなく」痛烈な皮肉がこもっていた。

ギデオンは心静かに地獄に向かわせてほしいと願っている――カリスはそう思った。けれど、そんな願いに妻がおとなしく応じると思っているなら、ギデオンは結婚する相手をまちがえたことになる。本人の意思がどうであれ、ギデオンはわたしを愛している――それだけわかっていれば、これからも闘いつづけられる。危険な闘いなのはわかっていた。ふたりとも破滅してしまうかもしれないのは。

握りしめた手のひらに爪が食いこんだ。けれど、わずかな痛みなど、ギデオンの頑なな拒絶で引き裂かれた心の痛みに比べれば、なんということもなかった。ギデオンは誰よりも賢い。それでいて、わたしのこととなると、世界一の愚か者になってしまう。「わたしたちは互いを求めているわ」

ギデオンがその話題を避けようしているのはわかっていた。何日も情熱的に愛しあったのだから、ギデオンのことならすべてわかっている。それなのになぜ、ギデオンはわたしのことがわからないの？

妻の顔に浮かぶ何かを見て、ギデオンはその話題からは逃げられないと、心を決めたようだった。そうして、苦々しげに笑みを浮かべた。「ああ、互いを求めた。世界が燃えあがるほどに。だが、欲望だけではどうにもならない」

偽りの楽園が音をたてて崩れ落ちた。カリスはギデオンに、そして、自分にも嘘をつくのをやめた。「それに、愛もある。わたしはあなたを愛していて、あなたはわたしを愛している。あなたも一度だけそれを口にしたわ」

ギデオンの微笑が消えて、代わりに、その顔に良心の呵責と悲しみのしわが刻まれた。

「こんなことを言う資格はないのはわかっているが、そのことは忘れてほしい」

こんな状況でなければ、カリスは声をあげて笑っていたはずだった。忘れるですって？たった一度耳にした愛のことばは、たとえギデオンが二度と口にしなくても、このさき一生胸に刻まれるはずなのに。「それはかなわない願いよ」

ギデオンは見るからに苦しそうで、疲れ果てて、緊張していた。この世の終わりを覚悟しているかのようだった。「きみには取りかえしがつかないほどひどいことをしてしまった。何をしても償えない」

カリスは怒りを爆発させた。「あなたはわたしにどんなひどいことをしたの？　男というものが身勝手なろくでなしばかりではないのをわたしに教えてくれた、それがひどいことなの？　それとも、強姦からわたしを救ってくれたのがひどいことだと言いたいの？　さもなければ、わたしに恍惚感を味わわせてくれたことが？」

ギデオンの顔から血の気が引くと、真っ赤な手形がひときわ目を引いた。「ぼくたちがこれからもいっしょに生きていけると、きみに勘ちがいさせたことだ。どう考えてもベッドをともにしてはならないのに、毎夜、きみのベッドにはいったこと。感謝の念できみをがんじがらめにしたこと……」呪いのことばを吐くかのようだった。「……このさきも永遠にその束縛から逃れられなくしたこと。いま心に抱いている感情が幻想だったと、いずれきみは気づくのに」

カリスは顔をしかめた。信じられなかった。まさかこの期に及んでも、おとぎ話の王子さまに憧れるようにギデオンにのぼせあがっている、そんなふうに思われているなんて。ふたりであれほどのものを分かちあったのに。ギデオンのことばは、劇薬を浴びせかけられるより、心が傷ついた。

それでも、ぎこちなく息を吸って、ギデオンに愛されていると自分に言い聞かせた。怒って、嘲笑するギデオンをまえにしていては、それを信じるのはむずかしかったけれど。それでも、いまこそ命がけで闘わなければならない。ギデオンに負かされるわけにはいかなかった。

「あなたのほうがわたしより年上で、わたしより賢いことを忘れそうだわ」皮肉を武器にできるのはギデオンだけではなかった。

ギデオンの顔が冷ややかになった。以前なら、カリスは恐ろしいほど威厳に満ちたその表情にたじろいでいたはずだった。けれど、妻を騙すための自制の仮面を求めて青息吐息になるほどギデオンを追いつめたことなら、これまでにも何度もあった。いま、ギデオンの内心が穏やかであるはずがなかった。苦悩して、怒って、絶望しているのはまちがいなかった。

「ランガピンディーのことがあって、ぼくは千年も年を取った気がしている」悲しげな口調だった。あまりにも悲しげで、カリスは胸が締めつけられた。

ギデオンがかわいそうで屈しそうになった。危うく屈するところだった。

「あなたの身に降りかかった災難がどれほど大きなものだったかはよくわかっているわ」声のかすれが少し和らいでいた。「過酷な経験が、あなたにどれほどの代償を払わせたかもよくわかっている。いまでも、あなたはその代償を払いつづけているわ。だからといって、あなたの判断がつねに正しいわけではない。いまだって、あなたはどうしようもないほどまちがっているもの」

「きみはぼくの気持ちを無理やり引きだすんだな」ギデオンの頬が小刻みに震えていた。ギデオンが横を向いたかと思うと、ゆっくり窓辺へ向かい、カーテンを握りしめた。「事実を検証してみよう。きみが非情な事実にきちんと目を向けられるなら」

「事実なら、あなたよりもよくわかっているわ」カリスは口もとを引きしめて、ことばを絞りだした。ギデオンの皮肉が胸に突き刺さっていた。「でも、あなたはきっと感動するようなことを言ってくれるのでしょうね。ちょっと期待してしまいそう」

横顔しか見えなくても、ギデオンが苛立たしげに口を結んだのがわかった。「いいだろう」苦々しげな口調だった。そのことばはダイアモンドにも負けないほど研ぎ澄まされて、鋭かった。「ペンリンに戻ったら、ぼくには過酷で暗い生活が待っている。世間と隔絶された、孤独な生活だ。いっぽう、きみはこの国一の女相続人だ。ぼくは肉体的にも精神的にも、きみにふさわしい暮らしを与えられない」

あまりにも驚いて、カリスは息が詰まった。「わたしがパーティーを渡り歩くような暮らしを求めるに決まってる？　そう思いこんであなたはわたしを拒んでいるの？」声の震えを止められなかった。「わたしのことを救いようがないほど軽薄だと思っているのね、そうなんでしょう？」

ギデオンが髪を乱暴にかきむしったかと思うと、睨みつけてきた。「いいかげんにしてくれ！」感情を抑えようと、大きく息を吸った。「ぼくは変人で、腑抜けで、狂気の世界に片脚を突っこんでいる。人がまわりにいるのも、人に触れられるのも堪えられない。ぼくが精神を病んでいるのは、きみだって知っているはずだ。たしかに、きみには果てしない欲望を感じるが、本質的にはぼくは何も変わっていない。なぜ、きみは気づかないんだ？　自分が不可能なことを望んでいるのを」

　カリスはギデオンに歩みよって、同じだけの熱をこめて言った。「なぜなら、その果てしない欲望のせいよ。なぜなら、あなたはわたしに触れられるから。なぜなら、ほかの人なんてどうでもいいから。わたしが気になるのはあなたのことだけよ」

「たしかに、いまはそう言うかもしれない。でも、二十年後は？　空想の世界にだけ存在するひとりの男のために、若さを棒に振ったと気づいたら？」

　カリスはギデオンの誠実さを疑っていなかった。本人がどれほどそれを見誤っていようと。喉の奥から苛立ちの声が漏れた。「ならば、もしわたしが妊娠していたらどうするの？」

　すでに青白かったギデオンの顔からさらに血の気が引いて、その目が燃える炭のように光った。「きみだって、ぼくの子どもなどほしくないはずだ」

「ことばでは言い尽くせないほど、それを望んでいるわ」ギデオンの閉ざされた心のなかに少しでもはいりこみたいという願いと同じぐらい、それを欲していた。信じられないことに、じっとしていられないほど強く望んでいた。震える手をおなかにあてた。もしかして、ここに新たな命がもう宿っているの？　そんなことはいまのいままで考えてもみなかった。驚きと興奮が一気に押しよせてきた。

　その手の動きを光る目でとらえて、ギデオンの顔に激しい感情がよぎった。「まさか、妊娠しているのか？」

　そうなの？　この数週間、さまざまなことがあって、日にちの感覚をすっかり失っていた。

ギデオンに夢中で、ふたりの欲望がどんな結果をもたらすかなど考えもしなかった。「まだわからない。でも、あなたの子どもを宿していたとして、それでも、あなたはわたしを放りだすの？」

自分が父親になるかもしれない、そう考えて、ギデオンはめまいを覚えているにちがいない。「それは……」

さきほどの皮肉な口調の名残をそのままにカリスは言った。「なぜ、そんなに驚いているの？　この二週間にわたしたちがしたことを思えば、赤ちゃんができても不思議はないわ。もちろん、あなただってそれぐらいのことは考えたはずでしょう」

ギデオンは力なく壁に寄りかかった。顔には打ちひしがれた表情が浮かんでいた。「ああ」一瞬ためらって、わけがわからないと言いたげに首を横に振った。「いや」

張りつめた沈黙のあとで、ギデオンが苦しげな声でさらに言った。「もちろん、自分が危険を冒しているのはわかっていた。だが、きみを欲する気持ちを抑えて、きちんと考えれば、すべての問題は解決するはずだ」

カリスは血が凍りついたような気がして、両腕で体を抱えた。束の間の希望が小石ほどの冷たい塊に縮んでいった。「危険？　問題？　あなたは子どもがほしくないの？」

ギデオンが身を固くした。「ぼくは夫にはふさわしくない。ならば、父親にだってふさわしくない。もし、ぼくたちの子どもができたら……」妻の顔に浮かぶ表情を正しく読みとって、ギデオンが口をつぐんだ。「……その子は男であれ女であれ、きみといっしょに行くべきだ」

カリスは顎をぐいと上げた。とはいえ、ギデオンとの闘いに疲れ果てていた。だめよ、わたしはギデオンに愛されているのだから——カリスはもう一度自分に言い聞かせた。けれど、そのことばを心のなかでくり返すたびに、効力はどんどん薄れていた。「なぜ、誰かがどこかへ行かなければならないの？」

「きみは何も聞いていなかったのか？」

「聞かされたのは、無意味なたわごとばかりだわ」カリスはギデオンに背を向けると、つかつかと寝室へ向かった。がっかりして、頭にきて、へとへとだった。ギデオンに道理を説くのは、山に何度も体当たりするようなものなのだ。

ほんの一瞬、ギデオンの決意が揺らいだかと思えたこともあった。子どもができたかもしれないと言ったときに、ギデオンの顔に浮かんだ思いは見まちがえようがなかった。ギデオンは自分自身に腹を立てていた。そして、わたしに対しても。

それでも、鋭い黒い目の奥にそれ以上の何かが見えた。

そう、切望が。

殺伐とした未来に埋没できる無感情な男——それが自分だと、ギデオンはわたしに思わせようとしているけれど、実はそうではない。もしわたしが妊娠していたら、ギデオンはわたしを放りだしたりしない。それだけは確信できた。

お願い、ギデオンの子どもを宿していますように。

扉まで歩くと、背後からギデオンの鬱々とした声がした。振りむいてギデオンの顔を見た。どんな攻撃にも屈しなかったとはいえ、ギデオンは疲れ果てて、哀れなほど打ちひしがれていた。「なんて無慈悲で、移り気で、強情な男だと、きみは呆れているんだろう。でも、誓って言う、ぼくは誰よりもきみのことを考えて行動しているんだ」

「お願い、せめて一度ぐらいは、誰よりも自分自身のことを考えてみて。自分が何を望んでいるのか、きちんと考えて、理解して」目を刺す涙をこらえて、カリスはギデオンをひとり残して部屋を出た。

22

ギデオンは貸し馬車を操って、ペンリンの荒地の曲がりくねる一本道にはいった。傍らでは、新しい青のマントをまとい、そろいのボンネットをかぶったカリスが、夫からできるだけ距離を置こうと身を縮めていた。

昨日、ジャージー島を離れるまえから、カリスは鬱々として黙りこんでいた。嵐の波にもまれる船上でも、ようやく今朝、ペンリンの南の港に着いても、ひとことも口をきかなかった。さらには、穴ぼこだらけの道で、錆びついたバネの古ぼけた馬車に延々と揺られているあいだも。

すでに昼下がりになろうとしていたが、それでもカリスは煉瓦と漆喰の壁がふたりを隔てているかのように、自分の世界に閉じこもっていた。ぎこちなく話しかけても、無言で寒々しい田舎の景色を一心に見つめているだけだった。

といっても、カリスはそもそもおしゃべりではない。安らぎに満ちた沈黙は、カリスの数あるすばらしい才能のひとつだった。

だが、この沈黙は安らぐどころではない。心がちりぢりに乱れて、一マイル進むごとに緊張感が高まるばかりだった。

ふたりの激しい議論は結局のところ解決を見なかった。いったい、どうしたら解決できるというのか。自分にはけっして与えられないものを、カリスは求めているのだから。カリスほど美しく生き生きとした若い女を、肉体も精神も破綻した自分のような男に縛りつけるなど、自然の摂理に反する重大な罪だ。その気持ちは最初から変わらなかった。なけなしの誇りが、そんなことを許さなかった。この魂がそんなことに堪えられるはずがない。男としての欲望が頂点に達したとしても、無情な現実は変わらないのだから。

でも、カリスがいなくて、このさきいったいどうやって生きていけるのか……。

過ぎ去った燦然たる日々の記憶は、胸いっぱいの後悔の念をかきたてるはずだった。自分の欲望のせいで、ふたりで歩む未来があるかもしれないとカリスを惑わせてしまったのだから。そして、この自分まで、未来の輝かしい楽園を垣間見た気になった。その未来にいま、嘲笑われているとしても。

けれど、身勝手だとわかっていても、ジャージー島での出来事に後悔はなかった。わびしい孤独が目のまえで手招きしているのに。

ゆうべの口論のあと、ふたりべつべつに寝た。それは一週間ぶり以上のことだった。いや、寝たといっても眠ったわけではない。居間で椅子に座ったまま、まんじりともせずに、夜が無情な朝へと変わっていくのを見つめていたのだ。あのときは、どぶに打ち捨てられて、餓死していく老犬の気分だった。そして、いまもその気分は変わらない。なんてことだろう、このさき一生こんな気持ちで過ごすのか？

頭から離れようとしないいくつもの疑問を、良心の呵責を、苦悩を追いはらった。手綱を握る手に力をこめて、もたつく小型馬をけしかけた。石ころだらけの道で、馬車が跳びはねる。それでも速度を緩めるわけにはいかなかった。空には雲が厚く垂れこめている。この荒野で雨に降られたら、ずぶ濡れになるのは目に見えていた。

カリスの手袋をはめた手が、揺れる馬車の座席の縁を握りしめた。小さな漁村ではこんな馬車しか借りられなかった。今朝、漁村の港にようやく船をつけることができたのだ。当初の計画ではペンリンの入江で船を降りるつもりだったが、海が荒れて変更せざるをえなかった。

ときを追うごとに天気が悪くなっていた。肌を刺す風が吹き荒れて、空は恐ろしいほどどす黒くなり、遠くで雷鳴が鳴り響いた。妻を安全で温かい場所に連れていかなければならない。自然の脅威にさらされることなく、夫を無視できる場所へ。

小型馬の肉づきのいい尻に手綱をぴしゃりと打ちつける。屋敷まではまだ数マイルあった。ギデオンは苛立たしげな声を漏らして、カリスを見やった。

カリスもこちらを見た。黒いくまで縁取られた目は、緑色が薄まって茶色に見えた。気高く、超然として、悲しげで……美しかった。

不穏な灰色の光のなかで、カリスが形のいい眉を上げた。尊大だが、何かを気遣っている表情だった。「ギデオン、体の調子は大丈夫なの？」

「ああ、もちろん」そっけなく答える。

カリスが苛立たしげに唇を引き結んだ。「それにしては、ずいぶんそわそわして、おかしな声で唸ってばかりいるわ」

「天気を気にしているだけだ」

カリスが開《ひら》けた台地を見渡した。はるか上空で、何羽もの鳥が迫りくる嵐から逃れようと滑翔《かっしょう》している。馬車や馬の蹄の音をかき消さんばかりに、風が吹きすさんでいた。

カリスが手を首もとへ持っていき、ネックレスに触れた。今朝、ジャージー島を発《た》つ際に、ギデオンが贈ったネックレスに。この国いちばんの女相続人ともなれば、豪華な装身具で金庫をいっぱいにできることぐらいはわかっていた。それでも、一週間ほどまえに、セント・ヘリアの宝石店のショーウィンドウで琥珀《こはく》と金の首飾りを目にしたとたん、カリスのことが頭に浮かんだのだ。黄色い宝石のふたつとない稀な色合いは、幸せそうなカリスの瞳の輝きにそっくりだった。

だが、残念ながら、今日、その輝きは見られない。

カリスは礼のことばは口にしなかったものの、ささやかな贈り物は気に入ったようだった。少なくとも、それを身につけていた。

妻といっしょにいて途方に暮れるのは、これがはじめてではなかった。結婚とはむずかしく、複雑で、かなりの努力を要するものだ。それを思えば、この結婚が短いものになるのはいいことなのだろう。あらゆることを考えれば、最良としか言いようがなかった。

ならば、もっと晴れ晴れした気分になってもいいのでは？

小型馬の耳越しに、轍《わだち》のついた道を鬱々と見つめた。周囲の荒涼とした大地と暗雲におおわれた空が、自身の未来を暗示しているかのようだった。

「もうすぐ家に帰れるのよね、そうでしょう？」カリスがこちらを見ようともせずに訊いてきた。

家に帰る……。どうやらカリスはペンリンを懐かしいわが家のように感じているらしい。たしかに、カリスはこれまで、自分が暮らす権利のある場所から追われてきた。そして、いままた、夫にペンリンから追われようとしている。カリスを自由にするのがいちばんいいのはまちがいなかったが、この瞬間だけは、それが正しいとは思えなかった。

「ああ、そう遠くない。雨に降られないように祈ってくれ」

馬車は木の生いしげる小さな谷にはいった。絡みあう枝が薄暗い午後を夜に変えた。風から逃れたとたんに、馬車の軋む音が大きく響いた。

そのとき何かが襲ってきた。

目のまえの木が大きな音をたてて倒れた。カリスはてっきり強風で木が倒れたのだと思った。

けれどすぐに、奥まった谷には風がないことに気づいた。

「まずい」前脚を上げていななく馬を御そうと、ギデオンのたくましい肩が盛りあがった。

あとほんのわずかでもずれていたら、馬は倒れた木の下敷きになっていたにちがいない。

「どーどー！　落ち着け！」

カリスは震えながら、激しく揺れる馬車にしがみついた。驚いた馬が跳びあがって暴れている。馬を落ち着かせようと、ギデオンが奮闘していた。まもなく、巧みな手綱さばきが功を奏して、馬は身を震わせながら、馬車につながれたまま頭を下げた。

ギデオンの切羽詰まった視線を感じた。「飛びおりろ、カリス。逃げるんだ！」けれど、手遅れだった。カリスは息を吸うまもなかった。下生えの灌木のなかから、薄汚れた身なりの男が現われて、馬の端綱を乱暴につかむと、怯えている馬の頭をぐいと引きあげた。

「サー・ギデオン、ここで会えるとは光栄だ」おもねるようないやらしい声が、背筋にじわりと染みわたり、カリスは馬車に座ったまま動けなくなった。それはいやというほどよく知っている声だった。

あとずさる馬越しに、フェリクスの冷たい灰色の目と目が合った。とたんに、体がこわばって、息も詰まるほどの恐怖が胃のなかで硬くとぐろを巻いた。嘘でしょう？　継兄に捕まるなんて。

フェリクスのさも満足そうな表情を見たとたんに、怒りが湧きあがり、恐怖を呑みこんだ。それとまさに同じ表情で、フェリクスはヒューバートがわたしを容赦なく殴りつけるのを眺めていたのだ。胸にあふれる憎悪の一滴までも視線にこめて、フェリクスを睨みつけた。

「フェリクス。まだ蛆虫《うじむし》のように這いまわっていたのね」

端綱を握る継兄の手に力がこもり、驚いた馬が鼻を鳴らして、頭を振っていやがった。

「黙れ、性悪女が」

「相変わらず口だけは達者なのね。感心するわ」カリスは皮肉をこめて低い声で言った。

「でも、感心しないのはその姿だわ。四旬節（復活祭までの準備期間）に体を清めもしなかったの？」

「黙ってるんだ、カリス」ギデオンがぴしゃりと言うと、力強い手で引きよせられた。ギデオンが反対の手を外套のポケットに入れた。拳銃を出すつもりらしい。「いったいなんの用だ、ファレル？」

フェリクスを見据えるギデオンの目は揺るがなかった。口調もペンリン邸で卑劣な継兄に対したときと同様、鋭く、威厳に満ちている。カリスはギデオンにぴたりと身を寄せた。これがどれほど危険な状況かに気づくと、束の間の豪胆さはあっというまに薄れていった。

「ぼくがおまえなら、激情に駆られた行動は慎むだろうよ、トレヴィシック」フェリクスが背筋を伸ばして、そっけなく肩をすくめた。「おまえは犠牲的精神の持ち主のようだから、妹を無防備なままこの世にひとり残していくのは心残りだろう」

フェリクスが馬車の背後のほうに向かってうなずくと、カリスの耳にも拳銃の撃鉄が起こされる音がはっきり聞こえた。フェリクスの視線のさきにいるのが誰なのかは、見るまでもなかった。ファレル兄弟がばらばらに行動することはまずないのだから。

脈が速くなって、手のひらが汗で湿った。それでも、頬に伝わってくるギデオンの胸の鼓動に変化はなく、規則的だった。カリスはゆったりした鼓動に勇気づけられた。ギデオンがポケットから手を出したことにも。

「レディ・カリスはいまやわたしの妻だ」ギデオンが淡々と言いながら、かならず守ると約束するようにカリスの体にまわした腕に力をこめた。でも、とカリスは思った。こんなふうに不意打ちにあって、どうやって守るというの？

「小ざかしい女だ」ヒューバートが悪態をつきながら、どたどたと歩いてきた。手に握った二挺《にちょう》の大きな馬上短銃を振りまわしていた。

ふたりの継兄の命運は、この数週間で下降の一途をたどったらしい。ふたりともひげは伸び放題で、服はしわくちゃで染みだらけ、下着までネズミ色に変色していた。そのようすから察するに、野宿を続けていたにちがいない。カリスはふいに意地悪な気持ちになって、毎晩雨が降っていればよかったのにと願った。毎晩、雪が降っていたならなおさらいいと。

「グレトナグリーンへ行ってきた。そのあばずれとおまえが結婚していないのはわかっている」フェリクスがぴしゃりと言って、ヒューバートから拳銃を一挺取りあげると、馬車に座っているカリスとギデオンに狙いをつけた。

ギデオンはひるむことなく、体をかすかに動かして、銃弾から妻を守る楯になった。馬鹿な真似はしないで――カリスは思った。けれど、ギデオンはあくまでも英雄なのだ。一日じゅうふたりで過ごしながら、むっつりとすねていた自分を思いだすと、舌に後悔の苦味が広がった。

「いや、ほんとうに結婚したんだよ、このレディと」ギデオンは最後のひとことに力をこめた。激しい恐怖が全身を駆けめぐっていたけれど、カリスはギデオンのあくまでも冷静な態度に惚れ惚れせずにいられなかった。「ジャージー島で二週間まえに。信じられなければ、セント・ヘリアのトマス・ブリッグス牧師に問いあわせてみるといい。レディ・カリスの身も財産もいまや夫のものだ」

頭の鈍いヒューバートが拳銃を下ろした。フェリクスが苛立たしげに兄をちらりと見る。

「おい、何してる?」

「こいつらは結婚した」ヒューバートがぶつぶつと言った。「もう手遅れだ」

「いいから、ふたりから目を離すな!」フェリクスがギデオンとカリスのほうにさっと顔を向けた。その目に浮かぶ残忍な光が、これから最後の賭けに出るつもりでいることを表わしていた。そして、その賭けに勝つつもりでいることを。「そう簡単にはいかないんだよ、トレヴィシック」

「そうだろうか?」ギデオンの口調は相変わらず落ち着いていた。「どれほどあくどいことをしたところで、おまえたちは財産には近づけもしない。それどころか、警察に捕まって吊るし首になるだけだ。ああ、まちがいない。おまえも乱暴者の兄も、無抵抗の夫婦に危害をくわえた犯罪人になるだけだ」

「おまえはとんでもなく勘ちがいしてるぞ」フェリクスが得意げににやりと笑うと、カリスは背筋に寒気が走った。「何しろ、こっちは誰もがこの場から無事に立ち去れるようにするつもりなんだから。そうして、ファレル兄弟はかなりの大金を手に入れて、哀れなことに、おまえの手もとにはほんのはした金しか残らない」

ギデオンの口から漏れた小さな笑い声に、カリスのうなじの毛が逆立った。その声はどこまでも力強かった。心配などひとつもしていないかのようだ。これほど深い森のなかでは助けが来る見込みもなく、おまけに、銃を向けられているというのに。「ろくでなしどもが。いままでおまえたちがカリスにした仕打ちを考えれば、一ファージングたりとも恵んでやる気にはなれないよ」

フェリクスが唇をゆがめて嘲笑った。「口だけは達者だな」そう言うと、馬車から目を離さずに、ヒューバートに向かって頭を傾げた。「カリスを捕まえろ」

ヒューバートがしたがいかけたが、ギデオンの鋭いことばに躊躇した。カリスの鼓動も一瞬止まったほどだった。「カリスに触れたら、おまえの命はない」

フェリクスの顔が険しくなった。世間では美男子と謳われているその顔が、いまや小鬼より醜かった。カリスはまた身震いしそうになった。「カリスを預からせてもらう。おまえが妹の財産すべてをぼくたちに譲るまで」

カリスは息が詰まりそうになりながらも、ギデオンの外套を握りしめた。そうすれば、引き離されないと信じているかのように。ほんとうなら、最初からこうなるのを予測しておくべきだったのだ。これまでの苦い経験から、フェリクスが人に出し抜かれるのを異常なほど嫌っているのはわかっていたのだから。妹の財産が自分の手を素通りしていくのを、フェリクスが黙って見ているはずがなかった。

「心配はいらない」ギデオンが見つめてきた。たくましい腕に肩をしっかり抱かれた。「こんなやつらにきみを渡したりしない」

「でも、闘えるの？」恐ろしくて声が震えていた。

ギデオンが悔しそうに首を振った。「連中には銃がある。万が一にも、きみが怪我をするようなことがあってはならない」そう言うと、まっすぐにフェリクスを見た。「代わりに、わたしを連れていけ」

ギデオンの淡々とした口調のせいで、一瞬、カリスは何がなんだかわからなかった。けれどすぐに、ギデオンの提案の意味を理解して、耳を疑うほど驚いた。苦しげな悲鳴が口から漏れるのを感じながら、体を起こして、呆然とギデオンを見つめた。

だめよ、ギデオン。そんなことはさせないわ。

フェリクスがくだらないと言わんばかりに鼻を鳴らした。「そんなことをしてなんになる？」

「そうすれば、カリスはおまえたちの薄汚い手の届かないところにいられる」ギデオンの口調には嘲笑がにじみでていた。

フェリクスがありったけの憎悪をこめてギデオンを睨んだ。「残念ながら、おまえの策略のせいで、こっちはおまえの署名が必要になった。カリスの署名ではなくて」

「ペンリンでわたしの仕事を手伝っている男が、財産を譲渡する方法をカリスに教える。カリスが管財人と銀行に出向いて、書類を用意する。それまで、わたしがおまえたちの人質になる」

いけない――カリスは胃がぎゅっと縮まった。思わずギデオンの外套を握りしめる。渾身の力をこめれば、引き止めておけるかのように。「だめよ、ギデオン、そんなことは絶対にだめ。あなたはまた……」

震える声での反論が途切れて、カリスは押し黙った。フェリクスとヒューバートにギデオンの弱点を教えるわけにはいかなかった。人質になるのが、ギデオンにとってどれほど危険かということを継兄が知ったら、それこそ精神が異常をきたすまでギデオンを痛めつけるにちがいない。

「だめよ」震える声でもう一度言いながら、ふたりきりになりたいと心から願った。ギデオンと出会わなければよかったと思った。そうすれば、これほど危険な目にあわせることもなかったのだから。いっそのこと、何週間もまえにデサイと結婚していればよかった。つねに恐れていたことが、ついに現実になるなんて。愛する人を破滅に追いやってしまうのが何よりも恐ろしかった。

うつろな目でギデオンを見つめた。妻が感じている恐怖をギデオンが読みとって、それを頭から追いはらったのがわかった。探るようにこちらを見ている黒い目は、自信と固い意志に満ちていた。「約束するよ、ダーリン、きみに手の届く範囲に、こいつらが近づくことはない」

それはまさに、ふたりにはともに歩む未来はないと言い張ったときの口調と同じだった。ギデオンは何をすべきかすでに決めているのだ。何を言ったところで、その決意が揺らぐことはない。

それでも、何かしなければ。ギデオンを止めなければならなかった。ギデオンはわたしのために最悪の悪夢に身を投じようとしている。わたしにはそこまでの価値などないのに。

手袋に包まれた手をギデオンに握られて、指のつけ根にそっとキスされた。こみあげてきた激しい感情が、石となって喉に詰まる。それをどうにか呑みこんでも、やはりことばは出てこなかった。熱い涙が目を刺すだけだった。

フェリクスとヒューバートが容赦しないのは明らかだった。残虐な悪人なのだから。人質を怒りの捌け口にするに決まっている。たとえギデオンが心を病んでいなかったとしても、あのふたりの人質になれば、痛みと屈辱にまみれることになる。心の病があれば、その結末がどれほど悲惨なものになるかは目に見えていた。

「だめよ……」

ギデオンがいつものように口もとを引きしめた。「心配はいらない、この野良犬どもがきみに触れることはけっしてない」

「おまえの勇気は感動ものだな」フェリクスが皮肉をこめて言いながら、明らかに脅すような態度で近づいてきた。「といっても、人質はやはり女にしたほうがよさそうだ」

「それだけは許さない」ギデオンはフェリクスを見ようともしなかった。まるでこのおぞましい一幕で優位に立っているのは自分のほうだと言わんばかりの口調だった。

フェリクスが耳障りな笑い声をあげた。「おやおや、ずいぶん勇ましいことを言ってくれるじゃないか。カリスを人質にするのを、どうやって止めるつもりだ？」

「かならず止める」

「忘れるな、こっちには銃があるんだぞ」そう言いながらも、フェリクスは立ち止まった。

ギデオンはにやりと笑って、フェリクスを見据えた。「わたしたちふたりを殺したら、おまえが財産を手に入れる見込みも消えてなくなる」

「おまえはもう死んだも同然だ」フェリクスが冷ややかに言いながら、銃を持ちあげた。

愚弄《ぐろう》されても、ギデオンに動じるようすはなかった。「正直なところ、こんなことをしてただで済むと思っているとは、おまえの気が知れない。わたしは取引が済んだら、ただちに当局に届けて、洗いざらい事実を話すつもりだ」

ギデオンはどうして自信満々でいられるの？　これからどんなことが起きるか、よくわかっているはずなのに。ギデオンの無鉄砲さに吐き気がするほど胃が痛んだ。

「こっちだって、それをおとなしく待っているほど馬鹿じゃない。取引が済んだら、即座に大陸に渡る」

「おまえはそのあばずれを手に入れて喜んでるようだな」今度はヒューバートが言った。「その女の財産をまんまと手に入れた気になっているようだが、すぐに貧乏くじを引かされたと気づくさ」

カリスには継兄の愚弄もほとんど聞こえていなかった。ギデオンに危険な道をたどらせないように、どうにか説得しなければということしか頭になかった。すでにギデオンはわたしのために大きすぎるほどの犠牲を払っている。けれど、今回の犠牲はどれほど勇敢な人にとっても限界を超えている。ランガピンディーの再来になるのはまちがいなかった。

ギデオンは継兄を見ようともせずに、妻を見つめて言った。深みのある声はどこまでも誠実だった。「わが妻はルビーよりはるかに価値がある。たとえ、妻が薄っぺらなぼろをまとって、ほかには何もないとしても、それでもわたしは誰よりも満ちたりている」

カリスは思った——事態がまずい方向に進んだ場合に備えて、ギデオンはわたしのために至上のことばを口にしたのだ。深く果てしない愛に胸がはちきれそうだった。

だめよ、何があっても、ギデオンを死なせるわけにはいかない。

「あなたのそばを離れないわ」不安げな口調になった。目のまえが真っ暗になって、おぞましい鉤爪のような恐怖に逃がれようもなくとらえられていた。「わたしのそばから離れないで」

「いや、離れなければならないんだよ」ギデオンが手を離した。その声が低くなっていた。「屋敷にアーカーシャとタリヴァーがいる。何をすべきかはあのふたりが心得ている」

「ギデオン……」カリスは名前を呼んで、必死に懇願した。こちらを見るギデオンの表情が冷ややかなものに変わった。ギデオンの意志は揺らがなかった。

ギデオンが侮蔑をこめてフェリクスを睨みつけた。「そういうことだ。わたしが人質になって、カリスはこの場から解放される、いいな？」

いけない、そんなことがあってはならない。あまりにも苦しくて、カリスはフェリクスのほうを向いた。「わたしを連れていって」声が震えているのが屈辱的だった。

「ふたりとも人質になって手厚く歓待されたがっているとはな」フェリクスが皮肉めかして大笑いした。「いいだろう、どっちが人質になるか、おまえたちで決めろ。どちらかが金を持ってこなければならないからな」

ギデオンが火花が散りそうな視線をフェリクスに向けた。その態度は、身代わりになるという妻の申し出などそもそもなかったかのようだった。「わかっているとは思うが、レディ・カリスのために馬を用意してもらう。おまえたちがその木をどかすつもりがないなら、そうしてもらう」

カリスは怯えながらも、ギデオンの冷静さにはっとした。ギデオンは震えてもいなければ、汗ばむこともなく、顔から血の気が引いてもいない。ウィンチェスターで救いの手を差しのべてくれた無敵の騎士そのものだった。

ヒューバートがブタにそっくりな目で、ギデオンとフェリクスを交互に見ながら、どちらが優位に立っているのか考えていた。「おれの老いぼれ馬に乗っていけばいい」

ギデオンがこちらを向いて、両手で頬をそっと包んできた。その触れかたに負けず、ギデオンの笑みも切なくなるほどやさしかった。カリスはギデオンの目から気持ちを読みとろうとした。心に巣くう悪魔に体を支配されたときと同じように、あきらめがその目に浮かんではいないかと。けれど、輝く深遠な黒い目が湛えていたのは、強さと平静と決意だった。そして、愛。暗い海の上で光るたったひとつの星にも似た愛だった。

「ぼくを信じるんだ、ダーリン」ギデオンの口調は穏やかだった。「ぼくを愛しているなら信じるんだ」

そのひとことで、わたしが何もできなくなるのをギデオンは知っているのだ。カリスは哀れな勇気をかき集めた。なりふりかまわず懇願したくなるのを抑えて、顔をまっすぐに上げた。

ギデオンの言うとおりにするのは、胸が潰れるほど辛かった。フェリクスとヒューバートを拒みつづけたときより、さもなければ、ポーツマスで薄汚れた水夫に囲まれたときより辛かった。それに、ふたりで歩む人生を手に入れようとギデオンと闘ったときよりも。

胃のなかで、恐怖が獰猛《どうもう》なヘビとなってとぐろを巻いた。いくらギデオンが勇敢だといっても、身の破滅を招くかもしれない試練に挑もうとするギデオンを、黙って送りだすなんて。それでも、ギデオンを失望させるわけにはいかなかった。わがままな子どものように感情を爆発させて泣き叫ぶわけにはいかない。わたしはヒュー・ダヴェンポート・ウェストンの娘なのだから。わたしはギデオン・トレヴィシックの妻なのだから。みっともない振る舞いをして、ふたりの立派な英雄を辱めるわけにはいかなかった。

「行くわ」渋々とつぶやいた。

落胆して目を閉じる。ギデオンが唇を重ねてきた。甘く、情熱的で、胸が潰れそうなほど束の間のキスだった。

　ゆっくり身を引くギデオンの目を見つめた。そこにはさきほどと変わらずに輝く星があった。それまで以上に強い光を放っていた。

「愛しているわ」もうそのことばをこらえることなどできなかった。

「愛しているよ」ギデオンの口調にはためらいもあいまいさもなかった。カリスはたったいま耳にした愛の誓いをつかみとって、胸のなかに鍵をかけてしまいこんだ。絶対に手放さないように。ふたりが愛しあっているかぎり、フェリクスとヒューバートに打ち負かされるはずがないのだから。

　その願いは胸にむなしく響いた。愛する人が監禁されて苦しめられると知りながら、その場を離れなければならないなんて……。

「おい、さっさとしろ」フェリクスがわざとうんざりした口調で言った。

　カリスは継兄の嘲りを無視して、ギデオンの手を握ったまま馬車を降りた。膝がクリームのようにぐにゃりと崩れてしまいそうだったけれど、どうにか道に降りたった。

　持てる勇気を振りしぼって、ギデオンの手を放して、肩をいからせる。背筋をぴんと伸ばして、フェリクスのほうに向き直った。冷たい雨粒が落ちてくる。嵐がすぐそこまで迫っていた。雷鳴が響いて、驚いた小型馬が跳ねていなないた。

　背後で馬車が軋む音がして、ギデオンが道に飛びおりたのがわかった。ギデオンが歩みよってきて、手袋をはめた手で腕をつかまれた。二度と放さないと言いたげにしっかりと。

「カリスは無傷でここを離れる。それが守られなければ、取り決めはなかったことになる」

フェリクスがヒューバートに合図して、ギデオンのほうへ向かわせた。「いいだろう、カリスは無傷でここを離れる。ただし、それはおまえを縛りあげてからだ」

カリスはてっきりギデオンが反論するものと思った。けれど、ギデオンは反論せずに、こう言っただけだった「外套をレディ・カリスに渡させてもらう。まもなく嵐になるだろうから」

フェリクスが小さくうなずいた。「だが、下手な小細工はするなよ。おまえを殺さずに痛めつける方法はいくらでもある」

「ああ、いまのことばを肝に銘じておこう」ギデオンがそっけなく応じた。

ギデオンがすばやく外套を脱いだ。外套が肩にかけられる。大きな外套に体がすっぽり包まれた。とたんにギデオンのぬくもりが押しよせてきた。ギデオンのにおいも。ただそれだけのことなのに、いまにも崩れそうだった決意が固まった。

ギデオンが手袋をはめた手で頬にそっと触れて、微笑んだ。「まえにもこんなことがあったね」

ギデオンに触れられている頬がちりちりした。ギデオンが口にしたことばから、ふたりで数々の危機を切り抜けてきたことが思いだされた。いま、その事実が心の慰めになってくれたなら、と願わずにいられなかった。「気をつけて、ギデオン」囁くように言いながらも、不安と愛で喉が詰まりそうだった。

ギデオンが傍らを通りすぎた。ヒューバートがギデオンの手をつかんで、背中にねじりあげる。カリスは悲鳴をあげそうになった。ギデオンは体をこわばらせたものの、抵抗はしなかった。ヒューバートに触れられて、発作を起こしかけているの？　お願い、それだけはやめて。

こんなことに、ギデオンは堪えられるの？　ふたりの継兄が何をするつもりかは、ギデオンもわかっているはず。ギデオンの揺るぎない勇気を目の当たりにして、カリスはそもそも頼りない自制心が崩れそうになった。激しい苦悶に胃がよじれる。ギデオンはわたしのために、拷問を覚悟で人質になった。これでは、わたしがこの手でギデオンをランガピンディーの洞穴にふたたび突き落としたも同然だ。

ギデオンが振りかえって、見つめてきた。妻の顔から、決意が揺らいでいるのを読みとったにちがいない。「さあ、外套をきちんと着て。きみはこれから長いこと馬を走らせなければならないんだよ」まるで妻を朝の乗馬に送りだすかのような口調だった。そうよ、わたしはなんとしてもペンリン邸まで馬を駆り、ギデオンを救わなければならない。いま、目のまえで起きていることに、泣きながら悲鳴をあげそうになっているとしても。

カリスは背筋に力をこめた。ギデオンの顔を見つめて、美しい顔の造作ひとつひとつを脳裏に刻みつけた。燃える瞳、高くてまっすぐな鼻、情熱的な口。その口は、怒りを封じこめるように引きしまっている。冷静な態度の下に、怒りの炎が隠れているのはカリスにもわかっていた。ギデオンに怒っていてほしかった。あらぶる感情が、心に巣くう悪魔を押さえこんでくれるのを祈るしかなかった。

「待っていてね、愛するギデオン」かすれた声で言った。

ギデオンが見つめてきた。「きみの無事を祈っているよ、カリス」

「行くぞ」吐き捨てるように言ったフェリクスに、腕をつかまれた。厚い羊毛の布地越しでも、フェリクスにさわられるのは不快だった。「もうすぐ地獄の門が開くぞ」

「カリスにさわるな」ギデオンが低い声で鋭く言った。

ふたりの継兄には銃があり、ギデオンは縛りあげられていた。にもかかわらず、フェリクスはあわててカリスの腕を放した。カリスは感謝の気持ちをこめてギデオンを一瞥すると、スカートの裾を少し引きあげて、フェリクスのあとについて歩きだした。

いまここで、わたしがギデオンのためにできることは何もない。神さま、お願い、ここから逃れたあかつきには、ギデオンを救出できますように。

いそいでペンリン邸へ向かわなければならないと知りながらも、倒木をよけて急峻な崖をのぼりながら、名残惜しくて、最後にもう一度ギデオンを見ずにいられなかった。卑小なヒューバートのとなりに立っているギデオンは、すらりと背が高く、気高く、何にも屈しない強さがみなぎっている。固い意志が表われた顔は、恐怖や弱点など微塵も感じさせなかった。

無事でいて、愛するギデオン。かならず助けにいくから、それまで待っていてね。

気をたしかに持たなければ。そうして、これまで何度もギデオンが救ってくれたように、今回はわたしがギデオンを救ってみせる。その思いをこめて、カリスはギデオンに熱い視線を送った。そうして、身を屈めて倒れた木の枝をくぐると、もうギデオンの姿は見えなくなった。

低木に馬が二頭つながれていたが、当然のことながら、どちらも片鞍《かたくら》ではなかった。馬にまたがって乗るのは、マーリー邸で過ごした幼いころ以来だ。スカートで鞍にまたがるのも、知らない馬に乗るのも楽ではないはずだった。ましてや、いまにも嵐が襲ってきそうなのだから。

降りはじめた雨が、豪雨に変わろうとしていた。フェリクスもずぶ濡れだった。うなじを冷たい雨水が伝って、カリスは身震いした。ボンネットはなんの役にも立たず、濡れそぼってひしゃげている。震える手でボンネットの紐を解いて、頭から剝ぎとった。

「書類が用意できたら、どうやって知らせればいいの?」冷ややかな口調で尋ねた。ギデオンが決然としていられるのだから、わたしだって……。

「伝言を送る」フェリクスが一頭の馬の手綱をつかんで、開けた場所に引っぱっていった。雨を避けられる木の下を離れるのをいやがって、ずんぐりした鹿毛《かげ》の馬は鼻を鳴らして、抗った。「さあ、乗れよ、手を貸してやろう」

「さわらないで」カリスはぴしゃりと言った。

「勝手にしろ」皮肉めかした仕草で、フェリクスが手綱を差しだした。

手綱をさっとつかみとると、カリスは怯える馬にやさしく声をかけた。馬の背によじのぼって、外套で脚を隠す。小さな谷にいても嵐が激しくなっているのがわかった。開けた荒野ではどうなることか……。そう思っただけで背筋に寒気が走った。

乗り手をいやがって跳びはねる馬を、カリスはすぐさま御した。しのつく雨を通してフェリクスを睨みつける。「夫に怪我をさせたら、わたしは地の果てまでも兄さんたちを追っていくわ。そして、命を引きかえに償ってもらう」

フェリクスが耳障りな声で笑った。「おまえは子どものころから、手のつけられないおてんばだったからな。だが、こっちは金さえ手にはいれば、おまえたちにはなんの用もない。とはいえ、賭けてもいい、トレヴィシックはマーリー伯爵のじゃじゃ馬とかかわった日を、一生呪うだろうよ」

カリスは愚弄を無視した。「わたしの言ったことを忘れないことね。兄さんたちは無防備な相手に自分の強さを誇示してみせるのが趣味のようだけど」

馬の腹を蹴って、一気にはやがけにまで速度を上げた。無理を承知で、谷を抜ける滑りやすい道を疾駆する。馬の首に顔がつきそうなほど身を伏せながらも、胸の鼓動はたったひとつの願いを刻んでいた。ギデオン、かならず待っていて。

23

荒野の風の唸りは怒れる獣の咆哮だった。鋭い刃《やいば》と化した雨は、厚い外套を薄っぺらな布地であるかのように易々と貫いた。凍える冷気が骨にまで染みた。けれど、それよりも、ギデオンに対する不安のせいで身が凍りそうだった。

ペンリン邸へ通じる細道にはいろうと、カリスはぐいと手綱を引いた。驚いた馬がいないた。

「お願い、おとなしくして、お願いだから」涙声でつぶやきながら、暴れる馬から振りおとされまいと太腿に力をこめた。踵を返していま来た道を引きかえそうとする馬を、腕に痛みが走るのもかまわずにどうにか止めようとした。

ギデオンの命はわたしにかかっている。いまは一秒たりとも無駄にはできなかった。鞍の上で身を伏せて、必死で馬を制した。

ついに、馬が水溜まりを蹴散らしながら、西に向けてぎこちないはやがけをはじめた。カリスは緊張に肩がこわばって、息が上がっていた。それでも体を屈めて頭を低くして、馬を励ました。吹きすさぶ風がことばをかき消してしまうのはわかっていたけれど。

そのあいだも、ギデオンへの無言の祈りをくり返していた。

待っていてね、ギデオン。わたしを待っていて。かならず助けにいくわ。

胸のなかでも不安という名の大嵐が吹き荒れていた。自分の身ではなく、夫の身を案じてのことだった。ギデオンの心に巣くう悪魔は目覚めていない、そうよね？　フェリクスとヒューバートはギデオンにどんなことをしているの？　ギデオンをどこに閉じこめておくつもりなの？　お願い、そこがランガピンディーの洞穴そっくりの暗く狭い場所ではありませんように。

カリスは哀れな姿で馬を駆りつづけた。降りしきる雨が、服をびしょ濡れの重い氷に変えていく。結いあげた髪が無残に崩れて額にかかり、視界を遮った。震える手で、滴の垂れる髪をすばやく目から払いのける。嵐が昼を闇に変えていた。その闇のなかで、ときおり稲光の閃光が空を引き裂いて、耳をつんざく雷鳴が轟いた。

ますます激しくなる嵐に、馬が甲高くいなないて、尻込みした。容赦なく何度も腹を蹴ると、ようやく馬はまたぎこちなく走りだした。「その調子よ！」

崩れやすい土手に差しかかったとたんに、馬がふらついて、カリスは危く落ちそうになった。落ちたら、激しい流れに呑みこまれてしまう。息も止まる恐怖の一瞬。けれど、疲れ果てた馬はぬかるんだ泥に足を取られながらも、どうにか踏みとどまった。

道がまちがっていないことを天に祈るしかなかった。道とも言えない道ではあるけれど。荒れくるう嵐のせいで、わたしはペンリン邸の門柱を見落としてしまったの？　それとも、まだ着いていないの？　さもなければ、完全に迷ってしまったの？　ギデオンは屋敷まではあと二、三マイルだと言っていた。けれど、カリスは永遠とも思えるほど長いこと馬を走らせた気分だった。

「がんばるのよ」凍えて思うように動かない手で手綱を握りしめる。

嵐はますます激しくなっていた。命を脅かすほどの強風が敵意を剝きだしにして吹きつける。勇敢でずんぐりとしたこの馬は、まだ走りつづけられるの？

「このさきには暖かな馬小屋があるわ。カラスムギもある。ふすまを湯で溶いた餌も待ってるわ。やわらかな藁の寝床も」

馬を元気づけようと、同じことばをくり返した。勇敢な馬に聞こえているかどうかなど関係なかった。馬だけでなく、自分を勇気づけるためでもあるのだから。喉が痛くなるまで、そのことばを何度もくり返した。

そうやって、希望の火を灯しつづけた。ギデオンは無事でいるという希望を。アーカーシャとタリヴァーがギデオンを救ってくれる。わたしは屋敷にたどり着ける……。でも、荒野をさまよっているうちに夜になってしまったら、どうすればいいの？

進みつづけるしかない。

それ以外にできることはないのだから。

疲れ果てて、火がついたように全身が痛んだ。腕はまるで鉄の錘《おもり》のようだ。冷えきった脚には力がはいらず、凍える突風にさらされて、目がずきずきした。ギデオンが心配でたまらず、胃のなかで不安が黒く不快な流れとなって渦巻いていた。

また馬がよろめいた。馬が体勢を立てなおすのに、さきほどより時間がかかった。最初は走るのをいやがっていた馬が、いまや勇敢な相棒になっていた。

「もうすぐよ、きっとそう。あとひとがんばりよ。さあ」声がかすれて、長いあいだこらえていた涙があふれてくる。寒さで歯の根が合わないほど震えて、声を発するのも一苦労だった。「すべてはギデオンのためなのよ。なんとしてもギデオンを救わなければならない。思いやりにあふれたギデオンを、わたしは命を差しだしてもかまわないほど愛しているのだから。それにギデオンはもう充分すぎるほど苦しんだのだから」

土砂降りの雨に打たれた馬は頭を垂れて、疲れて苦しげに息をしていた。励ましながら、カリスは足もとで水が跳ねるのもかまわずに、馬を降りた。冷水が短いブーツに染みこんでくる。痺れた脚がぐにゃりと折れた。悲鳴をあげて、尻もちをつくまいとあぶみをつかむ。少しずつ体を引きあげると、今度は腕が悲鳴をあげた。心臓が激しく打って、息遣いはかすれた喘ぎになっていた。

「ギデオン、お願い、生きていて」絶望に押しつぶされそうになって、涙声で言うと、馬の濡れた体に顔を押しつけた。

わずかなあいだ、頭を雨に打たれたまま立ち尽くした。さまざまな場面が脳裏をよぎっては消えていく。筋の通った考えは灰色の霧に包まれていた。

それでも、ひとつの思いだけは鮮明に残っていた。ギデオン。なんとしてもギデオンを救わなければならない。

まばたきをしてしっかりまえを見据えると、頭が働きだした。ギデオンはわたしを必要としている。きちんと立っていられるように、膝に力をこめた。一瞬ふらりとして、濡れて滑る革のあぶみを握りしめたものの、まもなく手を離した。強い風になぶられても揺るぎなく立っていた。

わたしにはできる。最後までやりとおせる。

けれど、馬はもう限界だ。

凍えた唇からことばを絞りだした。「もうすぐ家に着くわ。もう遠くないわ」そのことばが偽りだったら、わたしも馬も助からないかもしれない。

手探りで手綱を取って、よろよろと歩きだした。馬はおとなしくついてきた。抵抗もできないほど疲れ果て、蹴爪《けづめ》にまで達する泥水のなかをゆっくり歩きだした。

カリスはついに堪えきれなくなって、びしょ濡れの外套を道の傍に脱ぎ捨てた。濡れた外套は鉛のように重いだけで、身を守る楯にはならないのだから。けれど、そんなふうに思ったのも、強風が吹きつけるまでだった。そっと体を包みこむ薄い羊毛の青いマントは、ジャージー島では温かかったけれど、このコーンウォールの荒野で豪雨に打たれると、裸でいるも同然だった。

それでも、歩きつづけた。無数の短剣が突き刺さっているかのように脚が痛み、体が大きく震えて、こわばっていた。もはや足の感覚はなかった。

濃さを増す闇が視界を包もうとしていた。頭のなかで悪魔が囁いた。わたしはこの荒野で息絶える。そうなれば、ギデオンが危機に瀕しているのを誰も気づかない。

非情な囁きを頭から追いはらおうとした。けれど、一歩足を踏みだすたびに、悪魔の囁きは大きくなるばかりだった。

そのとき、風のうなりと手綱がぶつかる音の向こうで、太鼓を打つような鈍い音がした。その音がどんどん近づいてくる。

靄のかかる頭でなんの音なのか考えた。耳のなかで響く脈の音？　それとも、雷鳴？　もしかしたら銃声なの？　いいえ、こんな土砂降りのなかで、誰が銃を撃つというの？

疾駆する大きな黒馬が雨の帳を破って、姿を現わした。それは地獄の門から現われたかのようで、カリスは身を固くして立ち止まった。頭が鈍っていて、いまここにいるのが自分ひとりではないことがすぐには理解できなかった。黒馬の出現が、さらなる危機を意味しているのか、それとも、ようやく助けが得られたのかもわからなかった。

「レディ・カリス？」

馬上の男が手綱をぐいと引くと、カリスの目のまえで、黒馬が身を躍らせて止まった。そこではじめて、カリスはぼんやりと気づいた。地獄のような闇のなかで道の真ん中に立っているのがどれほど危険かということに。連れている馬が手綱を引っぱった。けれど、カリスの手から手綱を引き抜くほどの力はなかった。

壁のように立ちふさがる馬にまたがった男性を、カリスはぽかんと見上げた。雨は顔にも激しく打ちつけて、視界が霞んでいた。つばをごくりと呑みこむと、勇気をかき集めて挨拶しようとした。けれど、口から出てきたのは、意味のない、いまにも泣きそうな声だけだった。

「レディ・カリス？」馬上の男性がひらりと馬から降りて、歩みよってきた。「レディ・カリス、アーカーシャだ」

「アーカーシャ……」カリスは身じろぎもできずに、かすれた声で言った。

「ジャージー島からのギデオンの手紙を受けとった。遅くとも、今日の夕方には屋敷に戻ると書かれた手紙を」

「天気が……」そう言いかけてから、アーカーシャが迎えにきてくれたことにどれほど大きな意味があるかに気づいて、めまいがするほど安堵した。ふいに全身に力が湧いてくる。凍りついていた血がまた流れだして、希望と新たな決意で胸がいっぱいになった。「アーカーシャ、ギデオンを助けなければ。わたしの継兄がギデオンを連れていったの」

カリスはいま来た道を引きかえそうとした。アーカーシャなら助けてくれる。かならずギデオンを救ってくれる。もう心配することは何もない。

「待つんだ」アーカーシャに腕をつかまれた。といっても、これほど体が凍えていては、つかまれたのをかろうじて感じただけだった。「このまま行くわけにはいかない」

当惑してカリスは振りかえると、アーカーシャを見つめた。どうして？　アーカーシャはギデオンの友人で、かつてギデオンを救った。いまだって、救ってくれるに決まっている。

「わたしの言ったことが聞こえなかったの？　ギデオンがたいへんなことになっているのよ」吹きすさぶ風に負けないように、さらに力をこめて言った。「一刻の猶予もないの」

アーカーシャが顔を拭って、目から雨粒を振りはらった。土砂降りの雨に打たれながらそんなことをしてもなんにもならなかったけれど。「レディ・カリス、ペンリン邸はすぐそこだ。せめて、屋敷へ行って、乾いた服に着替えたほうがいい。それから計画を練ろう」

そんなに近くまで来ていたの？　夢のようで、にわかには信じられなかった。安堵感がなだれとなって押しよせて、膝から力が抜けそうになる。振りかえって、ずんぐりとした勇敢な馬を見た。これほど遠くまで運んでくれた馬に感謝した。とはいえ、今夜はもうその馬に乗るわけにはいかなかった。

ぎこちなくひとつ息を吸うと、闘志が全身から抜けていった。いまのわたしがギデオンのためにできることはひとつもない。ギデオンを助けるつもりなら、まずは体を温めて、食事をして、体力を回復させなければ。

それでも、ギデオンの救出が遅れると思うと、胸が潰れそうだった。力尽きて倒れこむまえに、雨をしのげる場所に逃げこまなければならないのはわかっていたけれど。

「そうね、屋敷へ連れていって」弱々しく言うと、無言で震えながらその場に立ち尽くした。アーカーシャのいくらか乾いた外套で体が包まれるのを感じながら。


心臓が喉までせりあがってきそうだった。カリスは冬枯れのシダの茂みに身をひそめて、打ち捨てられた錫鉱山の雑草の茂る入口を見つめていた。数時間まえに雨がやんで、冷たい灰色の夜明けが訪れていた。

カリスはギデオンの母の乗馬服に身を包んでいた。足もとの地面は水が溜まって、ぬかるんでいる。すぐとなりで、アーカーシャが美しい細工がほどこされた銀製の短銃二挺を手に、廃坑の入口を睨んでいた。周囲のシダの茂みのなかには、十人の屈強なペンリンの村の男たちがいた。その男たちが嵐の夜をものともせずにギデオンを捜して、居場所を突き止めたのだった。

廃坑を見つめていると、吐き気がこみあげてきた。ギデオンが地下の坑道に監禁されていると聞かされたときには、めまいがした。いまもめまいはおさまっていなかった。捜索に出た男たちがその知らせを持って、ペンリン邸に戻ってくると、カリスはもう少しで胃のなかのものをもどしそうになった。そのとき感じた恐怖が、口のなかの酸っぱい苦味とともにまだ居座っていた。

こんなところに監禁されたら、ランガピンディーの記憶がよみがえらないわけがない。ギデオンは心に巣くう亡霊に打ち負かされてしまうの？　今度こそ、亡霊に永遠に支配されてしまうかもしれない。そう思うと、恐ろしくてたまらなかった。ポーツマスでの一件のあとの、がたがたと震えながら苦しんでいたギデオンの姿が脳裏をよぎった。今回の新たな拷問がギデオンを追いつめるのはまちがいない。どれほどギデオンが強かろうと。

どうか、ギデオンが無事でありますように。

カリスは泣き叫びたくなるのをこらえた。ギデオンのために気丈でいると誓ったのだから。それでも、夫が息も詰まるほどの闇のなかで監禁されていると思うと、心配でたまらなかった。

ギデオンの体は救えても、心までは救えなかったら？　そんなことは考えたくもないのに、頭に浮かぶのは悪いことばかりだった。

勇気を出すのよ、カリス！

拳銃を握りしめた。眠れなかったせいで目がしばしばして、耳のなかで脈の音が響いている。うなじの毛が逆立った。ギデオンが近くにいるのがわかった。野生の動物が仲間に気づくように、体を流れる血がギデオンの存在を感じとっていた。

「あなたをこんな危険な場所に連れてきたのをギデオンに知られたら、わたしの腸《はらわた》は抜かれて、靴下留めにされてしまう」アーカーシャがカリスにだけ聞こえる小さな声で言った。

「あなたはわたしを連れてくるしかなかったのよ」

いまいる場所からわたしを遠ざけておくには、屋根裏に閉じこめて鍵をかけるぐらいしか、アーカーシャには手がなかったはずだ――カリスは思った。そうなっていたとしても、命がけで屋根裏を抜けだしたにちがいない。アーカーシャには安全な屋敷に残っているように説得されたが、何を言われても、わたしは頑として聞きいれなかったのだ。万が一、ギデオンが心に巣くう悪魔に支配されていたら、すぐさま悪魔を追いはらわなければならないのだから。

「それでも、ギデオンは納得しないだろう」アーカーシャが暗い声で言った。

納得などしなくてもいい、ギデオンが生きてさえいてくれたら……。妙なことに、昨夜、継兄たちの奇襲攻撃の一部始終を話して聞かせても、アーカーシャにはさほど心配するそぶりはなかった。ギデオンにとって監禁が何を意味するのか、誰よりもアーカーシャが知っているはずなのに。

廃坑の入口の上に張りだした岩棚にタリヴァーが姿を現わしたかと思うと、手を振って、すぐにまた身を隠した。それはあらかじめ決めておいた、廃坑のなかで動きがあるという合図だった。

カリスは全身に固い決意がみなぎるのを感じた。心臓の鼓動が揺るぎない規則的なリズムを刻む。どんな敵が目のまえに立ちふさがろうと、かならずギデオンを助けてみせる。

もうすぐよ、ギデオン。待っていて。

アーカーシャがうしろに手をまわして合図した。かすかな音がして、男たちがまえに這いでてくる。カリスは背後の動きに気づきながらも、目は廃坑の入口を見据えていた。

ヒューバートが二頭の馬を連れて、廃坑から朝日のあたる場所に出てきた。連れている一頭は、馬車を引かせるためにギデオンが借りた地味な馬だった。

ヒューバートがあくびをして、伸びをした。無防備な態度が、見張られているとは露とも考えていないのを示している。そんな継兄を見ていると、カリスは無性に腹が立った。ヒューバートとの距離は十ヤードもなく、昨日よりさらにひどい姿なのが見て取れた。この国の格式ある称号を有する貴族だとは、とうてい思えない。汚れて破れた服に、伸ばし放題の脂ぎった髪。物乞いと言っても、誰も疑わないだろう。

コーンウォールの屈強でしなやかな男のひとりが、シダの茂みのなかで音もなく立ちあがった。丈の高いシダの茂みは廃坑の入口まで続いていた。さらにもうひとりの男が立ちあがる。茂みに身を隠しながら、ふたりの男は、雨上がりの陽のあたる場所に出てきたヒューバートのうしろにまわった。足音もなく何歩か歩いたかと思うと、ひとりがヒューバートの口を押さえた。叫ぶ間も与えなかった。すかさず、もうひとりが体を押さえつける。

数秒もみ合っただけで決着がついた。ヒューバートは猿轡をかまされ、縛りあげられて、地面に倒された。ふたりの男に引きずられて、廃坑の入口からどかされると、身をくねらせて抵抗したが、わき腹を蹴られただけで、抵抗のくぐもった声はあっけなく途絶えた。

フェリクスの気配はなく、重い静寂がその場に垂れこめた。カリスは手袋をはめた手で、関節が痛くなるほど拳銃を握りしめた。傍らにいるアーカーシャが肩に力をこめたかと思うと、手にした二挺の銃をかまえた。

「ヒューバート？　何を手間取ってるんだ？」

フェリクスの苛立たしげな声が、廃坑のなかで不気味にこだました。小型馬の一頭が不安げに鼻を鳴らして、端綱をたどってシダの茂みに向かった。

「油を売ってる場合じゃないぞ」フェリクスが廃坑から出てきたかと思うと、すぐさま引きかえして姿を消した。

落胆にカリスは胃がずしりと重くなった。これではもう奇襲攻撃はできない。それなのに、まだギデオンの姿をちらりとも目にしていないなんて。心のなかで必死の祈りを何度もくり返した。お願い、ギデオンが無事でいますように。

「出てこい。お遊びは終わりだ」アーカーシャが立ちあがった。その声が廃坑のまえの開けた場所に響きわたる。「おまえたちはもう逃げられない」

タリヴァーが廃坑の入口の上に突きでた岩から飛びおりて、フェリクスからは見えない場所に身を隠した。いかにも恐ろしげな短剣をベルトに差して、手には銃を持っている。大柄なのに、タリヴァーの身のこなしは驚くほどすばやかった。

廃坑のなかからフェリクスが叫んだ。「忘れているようだな。こっちにはトレヴィシックがいる」

これまでにもいやというほど聞かされてきた継兄のふてぶてしい声を、いままた耳にして、カリスは吐き気を覚えた。束の間、ときを越えて、継兄とはじめて会った日に逆戻りした気がした。たったいま耳にした口調そのままに、その日、フェリクスは新たな継妹に侮蔑のことばを投げつけたのだ。そして、屈強な父に頰を平手で叩かれた。といっても、カリスとふたりきりになると、仕返しとばかりに、さもうれしそうに継妹を平手で打ったのだった。

そう、昔からフェリクスは卑劣で残酷だった。ギデオンの置かれている状況を思うと、口に苦味が広がった。ギデオンが縛られて、フェリクスの言いなりになっているなんて……。

アーカーシャが銃を構えたまま、廃坑の入口へ向かった。背筋を伸ばした長身の体には自信がみなぎっていた。「こっちにはおまえの兄がいる」

「おまえはヒューバートを傷つけられない。だが、あいにく、こっちは人質に何をしようと良心が痛むことはない」

カリスはじっとしていられずに、震える脚で立ちあがった。希望と恐怖が入り乱れて、心臓が激しい鼓動を刻んでいる。「ギデオン、無事なのよね?」

その場がしんと静まりかえった。胸のなかで希望がクルミのようにしわくちゃにしぼんでいく。心臓が止まりそうだ。

手遅れなの? たまらずまえに駆けだして、アーカーシャのとなりに立った。

「カリス?」ギデオンのかすれた声が聞こえた。その声を耳にしただけで、シャンパンの栓を抜いたように、喜びに血が沸きたった。軽いめまいを覚えて、目を閉じる。圧倒的な安堵感が全身に押しよせた。

奇跡。そうとしか言いようがなかった。ギデオンは生きていた。意識もはっきりしている。

ふいに怒声が響いた。「こんなところで、いったい何をしている?」

危険な場所にいて、おまけに、ギデオンをまちがいなく怒らせてしまったのに、声をひそめて笑わずにいられなかった。震える手を目もとに持っていって、喜びの熱い涙を拭った。

「あなたを助けようとしているのよ」

「家へ帰れ。いますぐに」

「言わんことじゃない」アーカーシャがつぶやいた。

「取引だ」フェリクスが怒鳴った。「トレヴィシックを解放する代わりに、ぼくの自由を保障しろ」

「ふざけたことを」アーカーシャがぴしゃりと言って、廃坑に一歩近づいた。「おまえは包囲されている。何をしたところで逃げられない」

「ならば、トレヴィシックを生かしておく意味はない」

新たな恐怖にカリスの息が詰まった。安心するのは早すぎた。フェリクスが脅威であることに変わりはないのだから。

「これ以上追いつめたら、フェリクスはギデオンを殺すわ」不安でたまらなかった。「フェリクスの脅しは口先だけじゃない」

アーカーシャが眉をひそめて見つめてきた。「そんなことをしたら、殺人罪に問われることになる」

「フェリクスは馬鹿じゃない、今回の件で罪を逃れられないのはわかっているはずよ」カリスはぐいと顎を上げて、アーカーシャの深遠な茶色の目をまっすぐ見た。「フェリクスのことなどどうでもいいわ。殺そうが、逃がそうが、あなたの思うとおりにしてかまわない。でも、ギデオンだけはかならず救いだして」

フェリクスが無数の罪からまんまと逃れるのが、カリスにとってどれほど苦痛かに気づいて、アーカーシャーの目が翳った。アーカーシャはうなずくと、銃の撃鉄を起こしながら、廃坑に目を向けた。「いいだろう、フェリクス卿。わたしがなかにはいる」

「いっしょに行くわ」カリスはすぐさま言った。

アーカーシャに一瞥された。その目には驚きと否定の気持ちが浮かんでいた。「ここにいてもらう」

カリスは口を引き結んだ。「できるものなら、そうしてごらんなさい」

ペンリンから連れてきた男のひとりに、やかましい女を押さえつけさせておくべきかどうか、アーカーシャが迷っているのが、カリスにも手に取るようにわかった。けれど、アーカーシャは思い直したようだった。あるいは、夫に会いたくて半狂乱になっている妻に同情したのか。次に口を開いたときには、その声は低く決然としていた。「わたしが許可するまでは、何も話さず、何もしない。守れるか？」

「約束するわ」感謝のあまり声が震えていた。「ありがとう」

「こんなことをして、一生後悔することにならないといいんだが」アーカーシャが陰鬱に言ってから、大きな声で怒鳴った。「おかしな真似はするな、フェリクス卿」

「まずは銃を捨てろ。忘れるな、これが罠《わな》だったら、トレヴィシックは死ぬんだぞ」

アーカーシャの視線を受けて、カリスはうなずいた。ふたりで銃をその場に置いて、廃坑の入口へと歩きだした。

一歩足を踏みだすたびに、心臓の鼓動が速くなっていく。恐ろしくて、息苦しくて、全身がひりひりした。もしいまフェリクスが引鉄を引いたら、身を守るすべはひとつもなかった。けれど、フェリクスはそんなことをするほど愚かではないはず。ここにいる男たちをひとり残らず殺すなど、とうてい無理なのだから。けれど、フェリクスの虚栄心と無謀さはいやというほど知っていた。

「見張っててくれよ」太い材木で支えられた入口をくぐる寸前に、アーカーシャがひそめた声でタリヴァーに言った。タリヴァーがうなずくと同時に、アーカーシャとカリスは廃坑に足を踏みいれた。

廃坑は真っ暗で、カリスは一瞬何も見えなくなった。暗い穴のなかはぞっとするほど冷え冷えして、コウモリと淀んだ空気と腐敗のにおいが鼻をついた。それでも、慎重に歩を進めていく。となりで静かに歩むアーカーシャの存在が、それまで以上に頼もしかった。

「カリス、何をしている」廃坑の奥のほうでギデオンの声がした。「いますぐ出ていくんだ」

「いや、カリスにはここにいてもらう」フェリクスがさらりと言った。「なんとも愚かで、気高い行為だ、なあ、愛する妹よ。自らすすんで、人質をひとり増やしてくれるとは。おまえには心から感謝するよ」

闇に目が慣れると、ひとつきりのランプに照らされたその場所で、フェリクスの銃口が自分の胸にまっすぐ向けられているのが、カリスにもわかった。それは、昨日も目にした無骨な馬上拳銃だった。フェリクスの顔に目をやると、追いつめられた獣そのものの表情が見て取れた。すぐさまフェリクスの背後に、ギデオンの姿を捜す。間に合わせの野営場の中央に立つフェリクスの数歩向こうに、ギデオンがうしろ手に縛られて立っていた。

ギデオンに睨みつけられた。その目には、妻の死を望んでいるかのような激しい感情が浮かんでいた。青白い顔のなかで黒い目だけがぎらついて、口もとは不快そうに引き結ばれている。人質になっているのだから、無力感に肩をがっくり落としていても不思議はないのに、ギデオンは不屈で堂々として、見るからに豪胆だった。

けれど、口もとには血がこびりつき、破れたシャツから痣が覗いていた。ギデオンが受けた拷問の証拠を目の当たりにして、カリスは心臓が止まりそうになった。

「ギデオン……」震える脚でギデオンのほうへ一歩踏みだした。けれど、ギデオンの目が怒りに細くなったのに気づいて、ぎこちなく足を止めた。

よく考えてみれば、監禁にギデオンが堪えられるだろうかと、気をもむ必要などなかったのだ。ギデオンは荒れくるう大嵐を平然とやり過ごすに決まっている。痣やかすり傷さえ、不屈の精神の証だった。

大きな安堵感が胸に満ちて、肺から空気が抜けて、手が震えた。まばたきをして、またもやこみあげてきた涙を押しもどす。安心するのはまだ早い。警戒心を緩めるわけにはいかなかった。

「なんて卑劣な真似を」カリスはフェリクスを見ながら、吐き捨てた。「縛りあげた相手を殴るなんて、よくもそんな卑怯なことができたものね」

「カリス、ぼくは大丈夫だ」ギデオンが唸るように言った。「だが、この手が自由になったら、きみは無事ではいられない。アーカーシャ、いったいどういうことだ？　カリスを連れてくるなんて、何を考えてる？」

「おっと、気が早すぎるんじゃないか、自由になったら何をするか考えるのは」フェリクスが悪意を剝きだしにして言った。そうして、壁まであとずさったが、銃口は相変わらずカリスに向けたままだった。「考えてみれば、ほんとうに三人も人質が必要だろうか。もしかしたら、ひとりはここで始末したほうがいいかもしれない」

「早まった真似をしたら、何もかも終わりだぞ。それぐらいはわかっているはずだ」ギデオンの威厳に満ちた声が響いた。「おとなしく負けを認めるんだ。いまなら、司法の手にゆだねられても軽い罪で済むかもしれない」

フェリクスの顔が険しくなった。罠にかかったネズミを思わせるその顔に、カリスは身震いした。どう考えても、そのネズミは人畜無害ではなかった。フェリクスは負けを悟っている。いざとなったら全員を道連れにするつもりなのだ。

「これまでしたことだけでも、吊るし首はまぬがれない」フェリクスがきっぱり言った。「それぐらいはわかっている。それに、羊のようにおとなしく処刑されるなんてごめんだ。あいにく、闘う気は満々なんでね」

「馬鹿なことを」アーカーシャが明らかに脅すように一歩踏みだした。「おまえにどれほどの勝ち目がある?」

「ちくしょう、下がれ!」フェリクスが銃口をすばやくアーカーシャに向けた。

フェリクスの注意がそれた一瞬を逃さずに、カリスはごつごつした石だらけの地面を駆けぬけて、ギデオンのもとへ走った。かすれた涙声をあげながら、ギデオンに抱きついて、その胸に顔を埋める。懐かしい香りを吸いこんで、胸に伝わってくるギデオンの規則正しい鼓動を感じると、安堵感が一気に押しよせてきた。

ギデオンは生きていた。そう、生きている。この危機もかならず乗りきれる。

ギデオンの体は冷えていた。破れたシャツは昨日の土砂降りの雨のせいで冷たく濡れたままだった。抱きついても、ギデオンは身を固くして、じっと立っているだけだ。もしかして、心の病がぶり返したの？　そんな思いが頭をよぎって、ぞっとした。

けれどすぐに、具合が悪いのではなく、怒っているのだと気づいた。いまにも火を噴きそうなほど、ギデオンは怒っていた。

「なぜ、自分から危険に飛びこむような真似をする？」ギデオンが唸るように言って、体にしがみつく手を振りはらおうとした。

「ナイフを持っているわ」カリスは囁きながら、ギデオンを見あげた。

ついにギデオンが視線を合わせて、怒りを抑えようと歯を食いしばった。ギデオンの顔には、妻の身を案じる気持ちと怒りがあふれている。それ以上に、黒い目にはカリスが感じている切望と同じものが浮かんでいた。

「冗談じゃない、カリス」ギデオンがつぶやいて、不愉快そうに口をゆがめた。けれど、すぐに頭を下げて、キスしてきた。一瞬の激しいキス。それは妻を罰するためのキスだった。それでいて、非難の奥に燃える愛が隠れていた。「いますぐ出ていくんだ」ギデオンが穏やかに、けれど、きっぱりと言った。

「いいえ、まだよ」カリスはポケットに手を入れて、小さなナイフを取りだした。ペンリン邸に飾られていた数ある武器のなかから拝借したナイフだ。おそらく、ブラック・ジャックの時代に使われていた代物だろうが、刃が鋭いことはすでに試していた。

すばやくフェリクスに目をやって、フェリクスの注意がアーカーシャに向いているのを見て取ると、すかさずギデオンのうしろにまわった。継兄を視界の隅に置きながら、ギデオンの手首を縛っている縄にナイフをあてる。暗い穴のなかでも、粗い縄にこすれて手首が傷ついているのがわかった。継兄への怒りがさらに強くなった。

「ああ、カリスはどこにも行かない」フェリクスがアーカーシャに銃口を向けたまま、ギデオンに近寄った。「カリスを人質にして、ここを出るんだからな」

「外には一ダースの銃がある。民兵が到着すれば、さらに銃の数が増える」アーカーシャがそっけないほどさらりと言った。アーカーシャはわたしがしていることに気づいているの？ だから、フェリクスの注意を引きつけておこうとしているのかもしれない。カリスは唇を噛んで、縄を切ることに集中した。「たとえ、ここでわたしたちを殺しても、おまえはけっして逃げられない」

フェリクスが不快そうに鼻を鳴らして、逃げ道を探して廃坑のなかを見まわした。「いいや、逃げられる。カリスが傷つくとわかっていながら、強硬手段に出る者はいないだろうからな」

「バーケット卿はどうするつもりだ？　兄を見殺しにするのか？」ギデオンのことばには侮

蔑がにじみでていた。

フェリクスがアーカーシャから目を離さずに、肩をすくめた。「あいつは自力でどうにかするさ。忌々しい貴族院で申し開きをすればいい。だが、こっちは捕まれば、巷《ちまた》にあふれる罪人と同じ扱いを受ける」

「ああ、おまえは巷にあふれる罪人そのものだからな」アーカーシャが冷ややかに言った。

フェリクスが脅すようにアーカーシャに一歩近づいた。「黙れ」

「観念しろ、ファレル」ギデオンの口調はあくまでも冷静だった。「おとなしく投降すれば、罪が軽くなるようにできるだけのことをしてやる。流刑で済めば、少なくとも命だけは助かる」

フェリクスがぞっとしたように顔をしかめた。「ボタニー湾の薄汚れた土牢で生きるのか？　それなら死んだほうがまだましだ」フェリクスはさきほどよりずいぶんカリスとギデオンに近づいていた。カリスはさらに力をこめてナイフを動かした。いましていることを闇が隠してくれるのを祈るしかなかった。

「このままでは、ほんとうに死ぬことになるぞ」アーカーシャが険しい口調で言った。

「まるで、すでに勝負がついているような言い草だな」

「そのとおり」ギデオンが腕に力をこめて、手首をぐいと動かすと、ついに縄が切れた。

「カリスがいれば、そうはならない」フェリクスがカリスに飛びかかった。けれど、ギデオンの動きは、獲物に襲いかかるコブラよりすばやかった。フェリクスの手がカリスに届くまえに、その手をつかんだ。

「あばずれが縄を解いたのか？」フェリクスが悔しげに言って、自分より長身のギデオンを押さえこもうとした。

血も凍るその一瞬、つかみあうふたりの男の影が廃坑の壁に映しだされた。不気味なダンスを踊るかのような影が。次の瞬間には、骨にまで響く鈍い音を響かせて、ふたりは地面に倒れた。石が弾けて、四方に飛び散った。

「トレヴィシック、覚悟しろ！」フェリクスが唸るように言ったものの、ギデオンの痛烈なパンチを腹に受けて、息を詰まらせた。おぞましい殴打の音に、カリスは身をすくめてあとずさった。

それでいて、くんずほぐれつをくり返すふたりから目が離せなかった。非情な真剣勝負に容赦はなかった。とっくみあっては、相手を殴りつけながら、地面を転げまわっている。どちらが優勢なのかと、カリスは必死に目を凝らした。けれど、廃坑は薄暗く、つねに体勢が変化していては、勝負の行方は見当もつかなかった。

殴打の嵐とうめき声が、闘いの激しさを物語っていた。恐怖のあまり胃がぎゅっと縮んで、カリスはよろよろあとずさると、冷たい岩に背をつけた。

フェリクスの闘いかたは狡猾だった。物憂い伊達男を気取っているくせに、実は力もあって、体も頑丈なのだ。ギデオンは上背では勝っているが、縛られて、拷問を受けたばかりだ。ひと夜のあいだに、ふたりの継兄がギデオンをどれほど痛めつけたかわかったものではなかった。

銃声が響いた。耳をつんざくその音が岩に跳ねかえってこだました。

「ギデオン!」カリスは叫ぶと、飛びだした。あばら骨を打つほど心臓が大きく脈打って、目がくらんだ。

アーカーシャの手にウエストを押さえられて、止められた。「カリス、大丈夫だ」

大きな耳鳴りがしていて、アーカーシャのことばもほとんど聞こえなかった。もしギデオンが死んだら、生きていても意味はない。ギデオンがいなくては、この世には夢も希望も何もないのだから。

アーカーシャがさらに語気を強めて言った。「カリス、ふたりとも生きている」

ようやくそのことばが聞こえて、その意味を理解した。そのときはじめて、アーカーシャに抱きしめられていることに気づいた。自分の手が、痣ができそうなほどアーカーシャの腕に食いこんでいることにも。

銃弾は的を大きくはずしたらしい。

視界がはっきりすると、ぞっとしながらもフェリクスとギデオンに目が吸いよせられた。ふたりとも動いていた。相手を負かそうと相変わらずとっくみあっている。疼く胸のなかで心臓がまた鼓動を刻みはじめるのを感じた。不快なにおいがたちこめているのもかまわずに、大きく息を吸ってからっぽの肺を満たした。

よかった、神さま、ありがとう。ほんとうにありがとう。

アーカーシャに抱かれていても、体ががたがたと震えはじめた。背後に立つ長身のアーカーシャは、無言の警戒心を全身にみなぎらせ、それが何よりも心強かった。カリスはひとりではとても立っていられそうになかった。綿でも詰まっているように口のなかはからからで、心臓は正気を失った男が振りおろす槌のように激しい鼓動を刻んでいた。

ギデオンを応援しようと、口から出かかったことばをあわてて呑みこんだ。ギデオンはいま、フェリクスを打ちのめすことだけに気持ちを集中しなければならない。役立たずになった銃が落ちたかと思うと、激しく蹴りだされた足にぶつかって地面を滑った。ギデオンが体を翻して、さらに明確な意図を持って銃を蹴り、手の届かないところへ飛ばした。

カリスは臆病な自分を恥じて、背筋をしゃんと伸ばした。アーカーシャもそれに気づいたのか、ウエストを押さえていた手を離すと、激しく殴りあっているふたりを避けながら向こうにまわって、銃を拾いあげた。

とっくみあっているふたりは、唸り、喘いで、相手を打ち負かそうと必死だった。でこぼこの地面の上でのたくっている。フェリクスの蹴りだした足が錫のやかんにあたると、やかんが石ころだらけの地面を大きな音をたてて転がった。甲高い金属音に、カリスはびっくりして飛びあがった。思わず悲鳴をあげそうになって、震える手で口を押さえた。

反対の手に握った、小さなナイフの骨製の握りが汗でぬめっていた。チャンスさえあれば、ギデオンに加勢するつもりだ。けれど、実際には、激しい乱闘をまえに、ぞっとして立ち尽くしているしかなかった。

体を転がしてフェリクスがギデオンにまたがると、首を絞めにかかった。その一瞬、ときが永遠に止まったかに思えた。けれど、すぐさまギデオンが超人的な力で身をくねらせて、フェリクスを押しのけた。

闘いは終わらなかった。カリスは口を押さえていた手をいつのまにか体のわきに下ろして、スカートを握りしめていた。殴打の鈍い音、かすれた唸り声と喘ぎ声がまた響いた。さらには、苦しげなうめきが。ギデオンが膝立ちになったかと思うとフェリクスにのしかかり、首を押さえつけた。

「死ね、ろくでなしが！」フェリクスが怒鳴って、渾身の力でギデオンを突きとばす。岩に骨がぶつかる音が響いた。カリスはまたもや喉もとまでせりあがってきた悲鳴を呑みこんだ。全身が痛むほど体をこわばらせて、見つめるしかなかった。フェリクスはすぐさますっくと立ちあがって、最後の一撃を見舞うのだろう。ところが、ほんの数フィートさきで、フェリクスは仰向けのまま苦しげに息をしているだけで、動こうとしなかった。

「お願い、ギデオンを助けて」となりに戻ってきたアーカーシャに、カリスはひそめた声で懇願した。

「いや、ギデオンが自分でけりをつけるんだ」アーカーシャの口調は穏やかだった。

実際には数秒のことだとわかっていても、ギデオンの意識がはっきりして動きだすまでに何時間もかかったかのようだった。ギデオンが起きあがりながら、頭を振って、霞む目をはっきりさせた。よろよろと立ちあがるのとほぼ同時に、フェリクスも立ちあがった。

疲労と痛みでどちらもぼろぼろだった。ふたりは苦しげに喘ぎながら、拳を構えて、間合いをはかってその場をまわりはじめた。フェリクスの左目が腫れあがり、唇が切れて血が流れている。そのときカリスは気づいた。フェリクスの足取りはぎこちなく、どう見ても左脚をかばっていた。

ぎこちなく息を吸って、ギデオンを見つめた。服は泥にまみれて、髪は乱れ、体は痣だらけだけれど、大きな怪我はなさそうで、光る目には油断なく警戒心が浮かんでいる。勝利を確信したその目は、フェリクスに据えられていた。闘いの風向きが変わったようで、それはギデオンの追い風となっていた。

「観念しろ、ファレル。もう逃げられないぞ」その口調は冷ややかで、自信にあふれ、まさにカリスの命を救った英雄そのものだった。ギデオンは手袋をはめた手をあらためて握りしめると、肩をまわした。

「なんとしても逃げてやる」フェリクスがでこぼこの地面につまずいたが、転びはしなかった。「逃げられないなんて、そんなことがあってたまるか」

フェリクスが足を引きずりながら廃坑の奥へと向かった。そうしながらも、その目は、一歩あとを追ってくるギデオンに据えられていた。

「そっちに逃げ道はないぞ。潜伏場所をまえもって調べなかったのか？　奥で坑道は行き止まりになっている」

「フェリクス、ギデオンはこのあたりで育ったのよ」カリスは大きな声で言った。このおぞましい一幕を終わらせたくてたまらなかった。「領地のことは隅々まで知っているわ。そっちに行っても、袋小路にはまるだけよ」

「黙れ、小生意気なあばずれが」フェリクスは怒りにまかせて吐き捨てると、よろよろと奥へ向かっていった。坑道が狭まるにつれて、声がますます不気味に反響した。「袋小路かどうか、行ってみればわかるさ」

「気をつけろ。そのあたりに縦穴があるぞ」ギデオンがフェリクスのあとを追った。固い地面を踏むブーツの音が鋭く響く。カリスはアーカーシャを振りはらうと、手にしたナイフを握りしめてギデオンのあとを追った。フェリクスの体力が尽きかけているのはまちがいなかったけれど、それでも油断はできなかった。

「子どもじみた手を使いやがって、そうだろう、トレヴィシック？」フェリクスが耳障りな笑い声をあげると、カリスの背筋に寒気が走った。フェリクスはすでに光の届かないところにいた。

「信じられないなら、自分の目で見てみるといい」ギデオンの声は切羽詰まってかすれていた。「嘘じゃない。うしろを見ろ！」

「そうやって、おまえから目を離すのか？　見くびってくれるじゃないか、かつごうたってそうはいかない」

「ファレル……」

フェリクスがなおも横歩きでじりじりと進んだかと思うと、ふいによろめいた。倒れまいと、両腕を大きくまわす。ギデオンの忠告が嘘ではなかったと、絶体絶命の状況になってようやく理解したのだ。身も凍るその一瞬、カリスの胃がぎゅっと縮まった。

ギデオンがまえに飛びだした。けれど、どれほどギデオンが俊敏でも、まにあわなかった。フェリクスに飛びつくには距離がありすぎた。

フェリクスがぐらりと揺れたかと思うと、耳をつんざく悲鳴とともに深い穴へと落ちていった。

24

遠くのほうで鈍い音が響いた。それだけで、あたりはおぞましい静寂に包まれた。あまりにも衝撃的で、ギデオンはたったいま目のまえで起きたことが信じられなかった。縦穴の縁に立ち尽くす。穴のなかは真っ暗で何も見えなかった。それほど深い穴だった。

「ファレル？」大声で呼んでみる。子どものころに、この縦穴に鉱夫が落ちて、命を落としたのは知っていた。廃坑になった理由のひとつがそれだった。

もう一度呼んでみた。そんなことをしても無駄だとわかっていたけれど。

フェリクスのことはもちろん軽蔑していた。カリスにあれほどひどい仕打ちをしたからには、その報いとして、血を流させて、苦しめてやりたいと思っていた。それでもやはり、こんな死にかたをするとは哀れでならなかった。たとえ、この世でいちばん卑劣な男であっても。

ふいにめまいを覚えて、体がふらついた。殴られて、闘って、全身が痛んでいた。耳鳴りの向こうで、カリスのかすれた悲鳴が聞こえたかと思うと、次の瞬間には、走ってきたカリスに抱きしめられた。

めまいは消えず、ふらつきながら、ギデオンはカリスのほうを向いて、固く抱きしめた。闇が支配する深い穴をカリスに見せたくなかった。震える腕でほっそりしたやわらかな体を包む。ようやく、どれほど自分がカリスを求めていたかに気づいた。

カリスはここにいる。怪我もない。そう思うと、神にも、あまたいる天使にも感謝せずにいられなかった。

眠れずにじっとして過ごした冷たい一夜は過酷だった。カリスに二度と会えないかもしれないと思うと、胸が張り裂けそうになった。その思いは、ヒューバートがくりだす拳より、フェリクスの子どもじみた嘲弄より苦痛だった。そればかりか、地獄の闇から現われる悪魔——自分にとり憑いて正気を呑みこもうとする悪魔——よりも、はるかに大きな苦悩だった。生々しいその苦悩によって、カリスと距離を置くという自身の計画がいかに本心とかけ離れているかに気づかされた。カリスのためにはそうしたほうがいいとわかっていても。

「ああ、カリス。愛する妻」つぶやいて、豊かで艶やかな髪に顔を埋めた。その香りをぎこちなく、けれど、深々と吸いこむ。カリスのぬくもりと活力に胸が満たされた。背中に触れるカリスの手はもう二度と放さないというように力がこもり、夫の抱擁に包まれたその体は震えていた。

カリスを胸に抱いている幸せなこのひとときに、あらためて、ふたりの身に降りかかった災難に思いを馳せた。それを乗りこえて、いま、いっしょにいる喜びを味わう。カリスが自ら危険に飛びこんできたことへの怒りは、めまいがするほどの安堵感の奥に葬り去られた。

考えてみれば、カリスが夫の救出を人任せにするはずがない。わが妻、勇敢なカリスがそんなことをするはずがなかった。

「無事だったのね」苦しげに囁くカリスの息を肌に感じた。「無事で、それに……具合も悪くなさそう。ああ、ギデオン、心配でたまらなかったわ」カリスがすすり泣くのをやめて、裸の胸に熱い頬を押しあてた。激しい鼓動を刻む心臓のほんの少し上に。

ギデオンは強いて抱擁を緩めた。まだ靄が晴れない頭のなかに、現実感が徐々に染みこんでくる。危機は去ったという現実が。カリスの顔が見たくて、少し体を離した。明かりは廃坑の入口から射しこむかすかな陽光だけだったけれど、カリスが不安な一夜を明かしたのがわかった。うつろな茶色の目と、目の下のくまがその証拠だ。それでも、カリスの顔は安堵と幸福に輝いていた。そして、愛に。

「ダーリン……」ことばが続かなかったのは、ペンリンの入江を満たす潮のように愛が心を満たしたからだった。「フェリクスのために泣いているのかい？」

「いいえ」カリスはそう言うと、さらに強い口調で続けた。「ちがうわ。フェリクスに起きたことは悲惨だった。でも、泣いているのは……やっとわたしたちが自由の身になったからよ」

ギデオンは笑みを浮かべてカリスを見たが、切れた唇が痛んで顔をしかめた。「ならば、それは幸福の涙だね？」

カリスがぎこちなくうなずいた。「そう、幸福の涙よ」その目が翳って、唇にカリスの指がそっと触れた。「ふたりの継兄はあなたにひどいことをしたのね。ごめんなさい」

「どうということはない」ほんとうに、そんなことは気にならなかった。殴られて、その結果、カリスを胸に抱く喜びが得られるなら、どれほど殴られてもかまわなかった。カリスの震える手を取って、自分の頬に押しあてる。さきほどよりはるかに楽に息が吸えるようになっていた。そうだ、危機は去ったのだ。心のなかでそうつぶやきながらも、ギデオンはまだ信じられずにいた。

近づいてくる足音が聞こえて、顔を上げると、火のついた松明を持って坑道を歩いてくるアーカーシャが見えた。となりには、ファレル兄弟の野営地にあったランプを手にしたタリヴァーがいた。その場が明るくなるのはうれしかった。といっても、その明かりも縦穴の底を照らすほど強くはなさそうだ。縦穴のなかの不吉な静寂が、直感が正しかったことを物語っていた。深い穴に落ちてフェリクスは絶命したのだ。

「ここで何があったかわかっているか？」ギデオンは尋ねた。

「ああ。やつが生きている可能性は？」ギデオンのようすを確かめようと、アーカーシャが松明を突きだした。

「それはまずない。だが、いずれにしても穴から引きあげなければならない。タリヴァー、縦穴を下りられる男たちを集められるか？　綱を持ってきている者がいるだろう。いなくても、ファレル兄弟の縄がある」そう言うと、カリスの肩を抱く手に力をこめた。危うくカリスを失うところだったのだ。それを思うと、まだ離れる気にはなれなかった。さきほど起きた出来事に、カリスが震えているとなればなおさらだ。

「わかりました、だんな」タリヴァーはギデオンとカリスをちらりと見てから、その場をあとにした。

ギデオンはカリスの乱れた髪越しに、指示を待っているアーカーシャを見た。とたんに、感謝の念が胸にあふれてきた。アーカーシャには、どれほど感謝してもし足りない。何年にも及ぶインドでの危険な日々では大きな力になってくれて、ランガピンディーから救出もしてくれた。以来、何かにつけて気遣って、忠義を尽くしてくれている。どれほどことばを尽くしても、その恩に報いることなどできなかった。それでも、できるのは感謝の気持ちをことばにすることだけだった。

「ありがとう」しわがれた声で言った。もっと何か言いたかったけれど、それだけでやめておいた。「また、おまえに救われたな」

「どういたしまして。あなたなしの人生など、おもしろみに欠けるのでね」かすかな笑みを浮かべながら、アーカーシャがお辞儀の代わりに黒い頭を傾げた。「とはいえ、真の勇者はレディ・カリスだ。豪雨のなかを馬を駆って、何が起きたのか知らせてくれたのだから」

ギデオンはカリスを見ながら微笑んだ。最愛の人がどれほどすばらしいかは、アーカーシャに言われるまでもなかった。類《たぐい》まれな妻であることはもうわかっている。夫のためなら何にも屈しない強さを秘めていることは。「カリスが最後までやり抜くのはわかっていた。継兄を打ち負かすのは」

「あなたはいままでそんなことは言わなかったわ」カリスが息を詰まらせながら言った。

「言う必要がなかったからね」

カリスが顔を曇らせて、不気味なほど静かな縦穴を見やった。「悲しいと言えるほど、わたしは偽善的ではないわ」

「それでも……」

カリスはそのことばに同意する笑みを浮かべて、ちらりとギデオンを見た。「ええ、それでもね」暗く冷たい坑道に目をやって、体を震わせた。四人の村人が敬意を表して小さくお辞儀しながら傍らを通りぬけ、フェリクスを引きあげる作業に取りかかった。「もう出ましょう」

「そうしよう」ギデオンとカリスをさきに行かせようと、アーカーシャが一歩下がった。傍らを通りすぎようとするギデオンに、アーカーシャが手を伸ばして、束の間、親愛の情をこめて肩に手を置いた。

一夜を過ごした廃坑から出たとたんに、ギデオンは陽光に目がくらんだ。くらりとして、カリスの腕に手を置いた。空は晴れわたり、水溜まりや濡れた葉が陽光を反射している。雨上がりの空気は澄みきっていた。深々と息を吸って、鼻を刺激する潮の香りを楽しんだ。

それこそがペンリンの香り。故郷の香りだった。

廃坑の外に集まった男たちを見て、頭に靄がたちこめるあの不快な感覚に襲われるのを覚悟した。カリスの腕が腰にまわされると、妻の気遣いを痛いほど感じた。

領主を祝福するいくつもの顔を眺めたが、大きな空と澄んだ空気と、肌を撫でる風が心地いいと感じるだけだった。それに、体に触れるカリスの魅惑的なぬくもりも。

妻は確信もないまま、まぎれもない真実を語っていたのか？　ついに、頭に巣くっていた悪魔から自由になれたのか？

それはこれまでにない衝撃だった。

足もとがふらついた。視界が狭まって、ひと筋の光しか見えなくなる。

「ギデオン、どうしたの？」腰にまわされたカリスの手に力がはいった。いつものように、カリスだけが支えだった。震える腕を細い肩に置きながらも、カリスに寄りかかってしまわないように気をつけた。脚から力が抜けて、へたりこんでしまいそうだった。

めまいの波がおさまって、あとには困惑と驚きだけが残った。いまのはなんなんだ？　ランガピンディーから帰還してからというもの、大勢の人がいる場所に堪えられなかった。ゆえに、身を守るためにいくつも手段を講じるのが、第二の本能になっていた。

けれど、今日はどんな手段も講じる必要はなかった。

いったいどういうことなのか、必死に考えた。そうして、ようやく気づいた。もっとまえから、心に巣くう悪魔に苦しめられていても不思議はなかったのだ。それなのに、悪魔はずっとなりをひそめていた。フェリクスとヒューバートに拘束されても、発作は起きなかった。さらに驚くことに、真っ暗な坑道に監禁されても。

とはいえ、拘束されたときは、怒髪天を衝くほど怒っていた。妻を危険な目にあわせたあのふたりに対して、いや、それ以上に自分自身に腹が立ってしかたがなかった。

だが、怒りが鎮まっても、頭のなかで悲鳴をあげる亡霊は現われない。ギデオンは村人を見つめた。それから、治安判事のジョン・ホランドと手枷《てかせ》をつけたヒューバート、そして、その両わきを固めている民兵を見る。さらに、視線をさまよわせて、つねに傍らに寄りそってくれているふたりの男を見つけた。タリヴァーが無表情でこちらを見つめている。そのとなりでアーカーシャも、揺るぎなく、あくまでも穏やかな眼差しでこちらを見ていた。

自分が患っている心の病については、誰よりもアーカーシャがよく知っていた。アーカーシャの深い知識がなければ、ひどい発作をやり過ごすことなどできなかったにちがいない。この唐突な変化を、アーカーシャはどう考えるのだろう？

そのとき、廃坑のなかでアーカーシャがためらいもなく肩に触れてきたのを思いだして、またもや驚いた。

「どうやら、ぼくは大丈夫らしい」輝く目で見つめてくるカリスに向かって、おずおずと言った。何が起きているのか、カリスは気づいていたのか？

胸に抱いている願いはどこまでも慎《つつ》ましく、それでいて、いままではけっして手の届かないものだった。山ほどの苦悩に堪えて、ついに天は重荷を下ろすことを許したのか？　そんな夢のようなことが起きるとは……。

「ヒューバートと話をしなければならないわ」カリスが小さな声で言った。「見知らぬ人から、フェリクスの死を知らされるなんて不憫だもの」

「あんなろくでなしには不釣り合いな思いやりだ」ギデオンは苦々しげに言った。カリスはどこまでも強かった。そうでなければ、数週間まえに夫を見放していたはずだ。

「でも、やはりそうしなくては」

ギデオンは渋々とカリスから手を離した。とたんに、そのぬくもりが恋しくなった。民兵に見張られて、鎖につながれているヒューバートのもとへ向かうカリスを見つめる。ヒューバートは仏頂面で、不穏な沈黙を守っていた。ヒューバートは手枷と足枷をつけられている。それでも、カリスを危険のない腕のなかに連れもどしたいという非論理的な衝動に駆られた。カリスを守るという本能が消えることはあるのか？　この世に生きて、息をしているかぎり消えないのだろう。

開けた場所の向こう側で、ヒューバートが苦しげなうめき声をあげた。いまのいままで抵抗心をあらわにしていた巨体の悪漢が、見るからにがっくりとうなだれた。その顔を涙がとめどなく流れていく。カリスが何やら声をかけて、ヒューバートの肩に手を置いた。慰められる資格などない男がカリスに慰められていた。ギデオンはまたもや尊敬の念が胸にこみあげてきた。わが妻はなんと寛大なのか。もし自分に決定権があるなら、あんな男はいくらでも悶え苦しませてやるところなのに。

治安判事が笑顔で、手を差しだしながら歩みよってきた。キツネにつままれたような気分で、ギデオンは握手に応じた。易々と握手できるとは……。これが昨日であれば、地獄の苦しみになったはずなのに。

「サー・ギデオン、なんともはや、こんなことが起きるとは。ご無事でよかった。ことばでは言い表わせないほど安心しましたよ」

「ありがとう、サー・ジョン」驚きと疑念がまだ心を占めていた。唐突に訪れた変化が信じられない。それでも、ときを追うごとに奇跡が真実味を増していた。

「もうひとりの悪党は廃坑のなかで倒れている、そういうことですね？」

ギデオンはいますべきことに気持ちを向けようとした。不慣れな幸福感が湧き水のように勢いよくあふれていては、気持ちをなかなか集中できなかった。それでも、治安判事にウィンチェスターでカリスと出会ったことから、今日のこの出来事までを手短に伝えた。

アーカーシャがやってきた。ギデオンが朋友を正式に紹介すると、束の間、治安判事は戸惑った顔をした。

「これからどうなるのかな？」ギデオンはカリスとおいおい泣いているヒューバートから目を離さずに、治安判事に尋ねた。

「バーケット卿をロンドンに連行して、裁判にかけます。裁判にはあなたも呼ばれるでしょう」治安判事がさもくたびれた悩ましげな顔をした。「バーケット卿は絞首刑をまぬがれないでしょうな。あなたがこれからわたしといっしょにロンドンに行ってくだされば、ことがすんなりと――」

アーカーシャがさりげなく話に割ってはいった。「手続きはわたしが代わりにしましょう。サー・ギデオンはひと晩監禁されていた。奥さまは嵐のなかで馬を走らせて、以降、一睡もなさっていない。トレヴィシック夫妻は屋敷で体を休めなければなりません」

当惑顔の治安判事が咳払いをして、うなずいた。「もちろんですとも。いや、なに、わたしもそう思わなかったわけではありません。いそぐこともありませんからな。ご協力感謝します」

ペンリンの男たちが廃坑から現われた。黒い布でおおわれてぴくりとも動かないフェリクスを運んでいる。ギデオンはひと目でフェリクスが死んでいるのを見て取った。開けた場所越しにカリスと目が合うと、首を振って見せた。カリスはうなずいただけで、その目は乾いたままだった。村人たちがぐったりしたフェリクスを運びながら、ヒューバートのまえを通る。ヒューバートの哀れで苦しげな泣き声が一段と大きくなった。

時間が経つごとに、ギデオンはますます自然にふるまえるようになっていた。村の男たちひとりひとりに礼を言ってまわった。その男たちが嵐を押して自分を捜してくれたのは、誰に教えられなくてもわかっていた。自分とこの土地、そして、ここに暮らす人々との揺るぎない絆に気づくのに、二十五年もかかったとは……。

タリヴァーがカーンを引いてやってきた。一頭の馬にカリスとふたりで乗るように仕向けるつもりなのだ。礼を言いながら、手綱を受けとって、挨拶代わりに馬の鼻面を撫でる。この数週間、そのサラブレッドに会いたくてたまらなかった。

いつもどおりの平然とした顔で、タリヴァーがわきの下にはさんで持ってきた外套を差しだした。「どうぞ、だんな。体をおおうものが必要でしょう」

ギデオンは感謝しながら、破れたシャツの上に外套をはおった。いまの自分がどこぞのならず者とまちがえられても文句を言えないのはわかっていた。早く風呂にはいって、着替えたかった。ひげをそって、温かいものを食べたい。それより何より、早く妻とふたりきりになりたかった。カリスがヒューバートから離れて治安判事に歩みよるのが見えると、ほっと胸を撫でおろした。

タリヴァーに目をやった。どれほど感謝してもし足りないのは、アーカーシャに対してだけではなかった。「外套をありがとう。それに、今日、助けにきてくれて、ほんとうに感謝している」

「あなたにお仕えできて光栄です」タリヴァーの目はいつもとちがうかすかな笑みを湛えていた。「これまでだってずっとそうでした。わたしだってあなたに感謝してるんですよ。憶えてらっしゃらないでしょうが、わたしはランガピンディーの洞穴から瀕死のあなたを引っぱりだした兵士のひとりなんです」

はじめて聞かされたその事実に、ギデオンは愕然とした。「そうだったのか？　いまのいままで知らなかった」

「わたしにとって、あれが東インド会社での最後の任務でした。救出作戦が成功してあの野蛮人どもを牢屋に放りこんだんですが、連中はあなたのことを神のようだと言ってました。あれほど肝の据わった人間を見たことがない。何をしても、頑として口を割らなかったと」

感情がこみあげてきたのか、タリヴァーの声が深みを増した。「あなたが口を閉じていてくれたおかげで、わたしと仲間は皆殺しにされずに済みました。だから、あなたと同じ船で祖国に戻ると知ると、即座にあなたに仕えようと決意したんです」

ギデオンはタリヴァーに従者になってほしいと言ったときのことを思いだそうとした。けれど、よく憶えていなかった。船の上で熱にうなされているときに、タリヴァーが現われて世話をしてくれたのだ。それ以来、タリヴァーはずっとそばにいた。有能で機知に富む、この寡黙な男は。実のところ、これほど長くタリヴァーが話をするのを聞いたのは、これがはじめてだった。

「こんな主人に仕えるのは、容易《たやす》いことではなかっただろうな」ギデオンはどうにか言った。

「まあ、ときには。でも、あなたが病を克服するのはわかってましたからね。時間をかけて、刺激を与えれば。黄金はいつだって、ほんものの音がするもんですよ」

ギデオンはこみあげてくる感情に喉が詰まった。いま目のまえにいる男には、何をしても報えないほどの借りがある。「このペンリンでいつまでも暮らしてくれ」無私の献身に対して、取るに足りない返礼なのはわかっていた。

タリヴァーがにやりとした。「ええ、だんな。もうすっかりその気になってます。海辺の村で静かな余生が送れるとは、願ってもないことですからね。といっても、いまのところ静かとはとても言えませんが」

ギデオンは声をあげて笑った。これほど明るい気分になったのはいつ以来か記憶にないほどだった。タリヴァーの背中を軽く叩いた。それもまた、昨日までは想像すらできなかった自然な仕草だった。

　期待と不安に胸が高鳴るのを感じながら、ギデオンはカーンを引いて、カリスのもとへ向かった。臆病な少年に戻った気分だ。カリスとともにさまざまなことを乗りこえてきたのに、そんな気分になるとは愚かとしか言いようがない。けれど、この数日間でふたりの関係は劇的に変化して、それにどう対処すればいいのかわからなかった。

「きみをペンリン邸へ連れて帰る」反論する間を与えずに、細い腰をつかむと、カリスをカーンの背に乗せた。

　カリスが息を切らせて笑いながら、生まれながらの騎手のごとく、馬上にしっかり腰を下ろした。「この件ではわたしに拒む権利はなさそうね」

「もちろんだ」驚いて目を丸くするカリスを尻目に、ギデオンは治安判事のほうを向いて、もう一度握手した。「明日、屋敷でお待ちしています。そのときにすべてを処理しましょう」

「よい一日を、サー・ギデオン、レディ・カリス」おもしろがっているのか、治安判事の目が光っていた。どうやら、治安判事は若い新婚夫婦がどんなものか忘れていないようだ。

　ギデオンはブーツを履いた足をあぶみに載せると、体を引きあげて、鞍にまたがった。神経質な馬が重みが倍以上になったことに異を唱えて、足踏みする。ギデオンは馬を即座に御した。

　鞍の前部に座っているカリスの背中に、腕が触れた。スカートがカーンのわき腹をおおっている。ギデオンは甘いぬくもりを味わった。帽子をかぶっていないカリスの濃いブロンドのやわらかな髪が、顎をくすぐった。

うっすらと笑みを浮かべてこちらを見ているアーカーシャに片手を上げると、ギデオンはカーンを走らせて、ペンリン邸へ向かった。

「さっきのは横暴だわ」誰もいないところまで来ると、カリスが穏やかに言った。カリスは身をくねらせていやがっているわけではなかった。実のところ、いやがっているようすは微塵もなかった。

ギデオンは高らかに笑って、カリスの体を包む腕に力をこめた。「ぼくの体にはブラック・ジャックの血が流れているんだよ、忘れたのかい?」

カーンの歩を緩めて、並足にさせた。屋敷に戻って、カリスが自分のものであることをもっとも単純な方法で確信したい——そんな思いが体を駆けめぐっていた。けれど、この自分もそこまで粗野な男ではない。このときばかりは、まさにそれこそが真の自分だと思えなくもなかったけれど。いずれにしても、カリスをベッドに押したおすまえに、話をしなければならなかった。

カリスが振りむいて、見つめてきた。意外にも、その表情は暗かった。「それはつまり、わたしをどこかへやるつもりはないということ?」

そわそわして、うなじを熱が這いあがった。「きみをどこかにやりたいと本気で願ったことは一度もないよ」

「でも、そうするのがあなたの計画だった……いいえ、計画なのよね？」

カリスはこの話題を避けるのを許さないだろう。専制的な女王に貢ぎ物を捧げるように、心をそっくりそのままカリスに差しださなければならないのだ。たしかに、そうするだけの恩義を自分がカリスに負っているのはわかっている。いままで、身勝手で愚かなことばかりしてきたのだから。

「それについて、話をしなければならないと思っていたんだよ」

カリスがふいに貴婦人に戻ったように眉を上げた。「そうなの？」

「ぼくは……もしかしたら……いや、たぶん……」

ギデオンは口をつぐんだ。くそっ、こんなことではだめだ。きちんと話せるように深呼吸した。「どうやら、克服したようなんだ、これまで抱えていた……問題を」ことばに詰まりはしたものの、どうにか最後まで言った。

ランガピンディーの亡霊が叫びはじめたときの息も詰まるほどの恐怖をどう説明すればいいのか、わかったためしがなかった。内心では、その苦悩を悪魔と呼んでいたけれど、明るい日差しの下では、そんなことばを口にするのは大げさな気がした。

カリスの眼差しは揺るがなかった。「ええ、それはわかっていたわ」

喉の奥のほうから苛立たしげな声がこみあげてきた。「だけど、きみはちっともうれしそうじゃないな」

「もちろん、うれしいわ」

「さもなければ、驚いている？」カリスの返事に重ねて言った。

「忘れないで、わたしは廃坑のなかにいるあなたを見たのよ。あんな状況に陥った人も、あれほど自制心を失わずにいた人も、いままで見たことがないわ。あんなふうに縛られていたのに」カリスの声が穏やかになった。「何があったの、ギデオン？」

「うまく説明できない」ギデオンは口をつぐんで、ことばを探した。「きっかけは、きみに触れられるようになったことだ。あれで世界が一変した」

「それからもさまざまなことがあったわ。あなたが自らすすんで継兄の人質になったせいで、わたしはもう少しであなたを失いかけたのよ」カリスの口調ににじむ苛立ちや、その目に浮かぶ怒りの金色の光は、ギデオンにも見逃しようがなかった。

「きみさえ無事なら、ぼくは死んでもかまわない」心の奥底から湧いてきたことばを、そのまま口にした。「きみだってそれはわかっているだろう」

「それなのに、あなたはまだ自分は英雄ではないと言うんでしょう？」カリスが苦々しげに言った。

「ぼくはごく普通の男だよ、カリス。でも、きみを守ることが、ぼくの使命のひとつだ。そんなことはやめてくれときみが言おうが、それだけは変わらない。たとえ、ぼくがやめたいと望んでも、それだけは変わらない」確信に満ちたことばに、いつのまにか声が低くなっていた。「さあ、愛するカリス、仲直りしよう」

「きっとわたしはあなたを許してしまうんでしょうね」こちらを見るカリスの目が潤んで光

っていた。「結局は」

いよいよそのときが来た。これからの数分に運命がかかっていると思うと、胃が縮まった。カリスがこの世の何よりも恐ろしい出来事――息もできなくなるほどおぞましい出来事――を知ったら、夫のことを英雄とは呼べなくなるだろう。ギデオンは自分のすべてを、自分の持てるものすべてを差しだすつもりだった。その結果、カリスに拒まれたら、永遠の闇に放りこまれるのはわかっていた。

「歩こう。屋敷はもうすぐだ」あとひとつ丘を越えれば、海とペンリン邸が見えるはずだ。故郷が。

手綱を引いてカーンを止めた。馬から降りると、カリスも降ろした。細い腰から手を離す気になれず、またもや口づけたくなる。けれど、まずはすべてをはっきりさせなければならない。そうして、何もかもうまくいけば、これから一週間、カリスはベッドで裸で過ごすことになる。

いや、これからひと月のあいだ。

ふたりで冬枯れの斜面を歩きだした。頭に暖かな陽光を感じた。明るい陽の光が春の訪れを約束していた。

穏やかなカーンを引いて、しばらくふたり並んで歩いた。手袋をはずして、カリスの手を握る。カリスに触れたくなるのを我慢していたが、もう限界だった。カリスの記憶――声、顔、やさしさ――だけに支えられて、監禁された長い夜の闇に堪えたのだ。カリスがそばにいてくれるなら、息ができなくてもかまわなかった。

傷だらけの手をカリスが慈しむように握ってくると、愛おしくて心臓が止まりそうになった。カリスを求めてやまないのに、甘く穏やかなこのひとときに永遠に浸っていたかった。ふたりが抱えていた無数のもめごとや苦悩を思えば、これほど穏やかなひとときは天の恵みにほかならなかった。

とはいえ、もちろんカリスは、語られずにそのままになっている問題すべてに片をつけずにはいられない性質だった。「ギデオン、廃坑で何があったの？」

「自分を取りもどしたんだ」ことばにするとしたら、それが真実にいちばん近かった。「きみはぼくを変えた。きみと過ごした日々を思いだして、ぼくは心を失わずにいられた。そして、夜が更けるにつれて、闇はただの闇でしかない、人はただの人でしかないと気づいたんだ。つねに頭を離れなかったおぞましい妄想は……消えた」つかみどころのない感覚を強いてことばにする。心震える輝かしい変化を精いっぱい表現した。「奇跡が起きたんだ」

「ちがうわ」カリスの声がかすれていた。激しい感情がこみあげてくると、かならず声はそうなった。「奇跡なんかじゃない。あなたの勇気が嵐を消し去ったのよ。わたしの代わりに継兄の人質になって、恐怖と真正面から立ちむかうことで」

そうなのか？　自分はそれに気づいていなかったのか？　けれど、なぜ変わったかはどうでもよかった。大切なのは、変わったという事実なのだから。「それに、廃坑に監禁されたことで、考える時間がたっぷりできた」

　カリスが苦々しげに声をあげて笑った。「それではまるで、短い監禁は人のためになると言っているみたいだわ」

　ギデオンはむっとして鼻を鳴らした。「そうとは言ってないよ」すぐにまじめな顔に戻って、なんとかして説明しようと必死に考えた。けれど、簡単にはいかなかった。自分でもどういうことなのかわからずにいるのだから。「ぼくはランガピンディーでの出来事を一生背負って生きなければならない。仲間が死んだのはぼくのせいではないとはいえ……」

「でも、仲間を救えなかったことに良心の呵責を覚えて、苦しむことになった。それもまた、過度に発達した保護本能のなせる業ね」

「仲間が死んだのに、ひとりで生き残った自分が許せなかった」

　そのことばがあまりにも鮮明に宙に漂った。つないでいる手にカリスが力をこめる。無言の励ましが、心のなかにひそんでいた自己憎悪の種を押しつぶした。カリスが胸の奥からあふれだす思いを、震える声でことばにした。「ギデオン、もしあなたがランガピンディーで命を落としていたら、わたしを救えなかったのよ。運命って、ほんとうに不思議だわ」

　カリスのそのことばは、昨夜、一瞬、頭をよぎった思いと同じだった。自分自身を客観的に見つめようと努力していたときに。同志のパーソンズとジェラードが死んだ洞穴を髣髴とさせる漆黒の闇のなかで、そのふたりの影を不気味なほどすぐ近くに感じていたときに。

　パーソンズとジェラードが苦しみながら屈辱にまみれた非業の死を遂げたのに、自分ひとりが生き残ったからには、そのふたりに呪われているにちがいない、これまでそう思ってきた。ところが、真っ暗な廃坑のなかで長い夜を過ごしながら、すぐ近くに感じた彼らの魂は穏やかだった。怒りは微塵も感じられなかった。ランガピンディーでの惨劇以降、ふたりの姿は身の毛もよだつ亡霊として脳裏に刻まれていた。けれど、ゆうべは生身の人間の姿で現われた。任務のためならすべてを捧げる、快活で勇敢な男として。

そのとき、命を落とした仲間に背中を押された気がした。恐ろしくて尻込みしていた一歩を踏みだせと。

ギデオンはペンリンでカリスとともに、そして、願わくば子どもたちとともに生きることをじっくり考えた。トレヴィシック家のツタの絡まる古びたあの屋敷を、笑い声と無秩序と愛で満たすのだ。その希望を胸に、闇と暴力と監禁に堪えたのだった。すでに芽生えているカリスとの愛をさらに育んで、自分の人生を永遠に照らす大きな炎にしたかった。

もし、カリスもそれを望むなら……。

ギデオンはカリスの手を強く握りしめた。「それに、きみのことを考えていた」

「そうじゃないかと思っていたわ」カリスがか細い声で言うと、顔を上げて見つめてくる。ハシバミ色の目に涙が光っていた。

「きみのことをどれほど愛しているか考えた。それに、自分がどれほど傲慢だったかを」いったん口をつぐんだ。気持ちをことばにするのはむずかしかった。「ゆうべ、もう無私ではいられないと気づいた。廃坑のなかでひとり座って、きみのいない人生を想像した。でも、想像することさえ堪えられなかった」

カリスがつないでいないほうの手を上げて、顔に触れてきた。その仕草が痛む心の真ん中に突き刺さった。「そうよ、あなたはわたしなしで生きられるはずがないわ」

ギデオンは胸がいっぱいでことばに詰まった。「心の病がほんとうに治ったかどうかはわからない。永遠の愛のほかには、何も約束できない。だが、きみにわかっておいてもらいたい。ぼくはけっしてきみを手放したりしない。きみは死ぬまでぼくのものだ」

カリスの輝く目に浮かぶ確信に、ギデオンは体の芯まで温かくなった。「ギデオン、愛しているわ。あなたもわたしを愛している。大切なのはそれだけよ」カリスの笑みにかすかな誘惑の気配を感じて、血が沸きたった。「さあ、わたしをペンリンに連れていって。そして、何もわからなくなるほど恍惚とさせて」

カリスが屈託のない澄んだ目で見つめてきた。自分がカリスと歩む未来を受けいれたように、カリスも自分を受けいれてくれた。いや、ただ受けいれただけではない。両腕を広げて、迎えいれてくれたのだ。胸にくすぶっていた不安が、陽光を浴びた雪のように溶けていった。説明して、謝るのはあとまわしだ。いや、もしかしたら、説明も謝罪も、このさき永遠に必要ないのかもしれない。

ギデオンはカーンの手綱を離した。「おいで、カリス。すぐにでもきみにキスしなければ、頭がどうかしてしまう」

笑いながら、カリスが胸に飛びこんできた。唇も舌も歯もひとつになるほどの激しいキスは、ふたりで困難を乗りこえた熱い喜びの表われだった。魂に触れるほどの愛を体で表現した。この世に生きているかぎり続く愛を表わした。ようやく唇を離したときには、ふたりとも息が切れて、体が震えていた。

ギデオンはカリスを抱きあげて、カーンの背中に乗せると、そのうしろに飛びのった。「しっかりつかまっているんだぞ!」大きな声で言うと、屋敷へと馬を全速力で走らせた。


ペンリン邸の前庭の敷石にカーンが蹄の音を響かせて、前肢が跳ねあがるほどの勢いで止まった。カリスにとって、カーンに乗ってたったいま駆けぬけてきた道は歓喜にぼやけて、風と色だけしか感じられなかった。ギデオンに背中を抱かれて、波打つ感情に呑みこまれていた。すばらしい口づけのせいで、体がほてって、胸が激しく高鳴っていた。

駆けつけた厩番が暴れる馬を鎮めているあいだに、ギデオンが馬から飛びおりて、カリスもすぐさま降ろされた。足が一瞬地面をかすめただけで、カリスはもうギデオンに抱きかかえられていた。

「ギデオン!」カリスは息を呑んだ。ギデオンは擦りへった石の階段を上がって、玄関の扉へと向かった。魔法のように玄関の扉が開かれる。カリスは心臓がふわりと浮いて、一瞬止まったかに感じた。これではまるで誘拐だ。といっても、意外なほど刺激的だった。「驚いて、息が止まりそう」

「すべてが終わるころには、ほんとうにそうなるかもしれないよ」ギデオンが低い声でやけにきっぱり応じながら、家にはいった。

そう、そうなってほしい。

カリスはたくましい首に腕をまわした。扉を開いてお辞儀をしているメイドのまえを通りすぎた。薄暗い洞穴まがいの廊下があっというまにうしろに消え去って、階段をのぼっていく。踊り場を折れたかと思うと、もうギデオンの寝室にはいっていた。

カリスはその部屋にはいるのははじめてだった。一瞬、まばゆい光に目がくらんだ。開いた窓の向こうに、輝く海が広がっている。凝った彫刻がほどこされた古びた調度品。潮の香りを運んでくるやわらかな風。

ふいにキスされた。とたんに、ここがどこかなどどうでもよくなった。ギデオンに抱かれているかぎり、どこにいようとかまわない。目を閉じて、激しい口づけに身をゆだねた。

「愛しているわ」ギデオンの顔、首、破れたシャツから覗く肌にキスしながら、幾度となく言った。そのことばを躊躇なく口にできるなんて、すっかり解き放たれた気分だった。

ギデオンが足で扉を蹴ると、背後で大きな音をたてて扉が閉まった。そのままベッドへと運ばれる。ギデオンがのしかかってきたかと思うと、貪るようにキスされた。麝香に似た欲望のにおいが五感を満たす。ギデオンが乱暴に外套を脱いで、床に放った。

ギデオンに求められているのは、ずいぶんまえからわかっていた。ジャージー島での日々は性の探求に費やされたのだから。それでも、いま、ギデオンの触れかたから伝わってくる抑制のない欲望は、これまでにないものだった。ギデオンがつねに心に築いていた防壁は、いまや跡形もなかった。

これまで、自分がほんとうにギデオンのものになったと思えたことはなかった。けれど、いまは、真にギデオンのものなのだと実感できた。

そして、そのことに果てしない喜びを感じた。なぜなら、体に触れるギデオンの手に、口づけのすべてに、二度と放さないというひたむきな思いがこもっていたから。

カリスは震えながらもギデオンのシャツを引っぱった。そのあいだも、熱い手が体を這うのを感じた。触れられて乳房が張って、痛んだ。滑らかなギデオンの体を肌で感じたくてたまらなかった。ギデオンを体のなかに感じて、この世の何よりも親密な方法で触れてほしくてじりじりした。

じれったくて、手も思うように動かない。結局、破れたシャツをさらに引き裂いて、呼吸するたびに上下しているたくましい肩からシャツを剝ぎとった。

ギデオンに引きあげられて体を起こされた。ギデオンがドレスを脱がすのに手間取っているあいだも、雄々しい胸にキスの雨を降らせた。傷跡だらけの肌に、新たな痣や擦り傷ができている。それは、妻のためにギデオンが苦痛に堪えた証拠だった。薄茶色の乳首にそっと歯を立てる。反応してギデオンが大きく身を震わせた。もう一度、歯を立てる。今度は少しだけ強く。

「やめてくれ、カリス。ぼくは垢《あか》だらけだ。ひげも剃《そ》っていない」ギデオンの力強い手が頭に触れたかと思うと、たくましい胸から引き離された。ギデオンの顔にはまぎれもない欲望が浮かんでいた。頰は赤く、目は黒い炎の輝きを放っていた。「それでも、いますぐにぼくがほしいのか？」

カリスはくぐもった笑い声をあげると、ギデオンのズボンを思い切り引っぱった。今日、ギデオンが強欲な恋人に生まれ変わったなら、わたしだって淫らな愛人にならなければ。

「そうよ」

「そういうことなら……」

ギデオンの顔に決意が浮かび、乗馬服の上着を荒々しく開かれた。ボタンが弾けて宙を飛び、床に転がる。上着の下の白いシャツも引き裂かれた。スカート、コルセット、シュミーズがあっというまに絨毯の上に横たわった。

ギデオンの伸びかけたひげが肌を刺すと、快感に叫びそうになった。背中をそらして、触れてほしいと言わんばかりに乳房を突きだした。髪を探って、ピンをはずす。乱れた髪が肩へとこぼれおちた。

「愛してる」ギデオンが唸るように言いながら、髪に両手を差しいれてきた。体を引きあげ、激しくキスをする。「どうしようもなく愛しているんだ」

「もう一度言って」カリスは震える声で応じた。

ギデオンがそのとおりにした。何度もくり返されるそのことばを聞きながら、絹の上掛けの上に押したおされた。乳房に、下腹に唇を感じる。ブーツ、ズロース、ストッキングが剥ぎとられて、気づくと、裸で横たわっていた。ギデオンに体を開いて、準備はすっかり整っていた。

ギデオンもすべてを脱ぎ捨てると、すぐさまはいってきた。前置きなどなくてもかまわなかった。深くつながるのを、ギデオンと同じぐらい切望していたのだから。

ギデオンが激しく突いてくる。そうすることでギデオンは、妻は自分のものだと宣言しているかのようだった。

顔を上げたギデオンに心からの敬意に満ちた眼差しで見つめられると、胸の鼓動が速くなった。ギデオンを引きよせて、熱く深いキスをする。舌を差しいれると同時に、ギデオンが体のなかで動きだした。

そのリズム、重み、刺激的な香り、熱い肌。すべてが体に馴染んでいた。それでいてどこまでも新鮮だった。

ふたりいっしょに恍惚の螺旋《らせん》に呑みこまれた。魂がふくらんで、宙に浮いていく。その感覚はいままで経験したどんなものともちがっていた。セント・ヘリアでの激情的な交わりあいのどれともちがっている。それはまるで、ギデオンが門を開けはなち、はいっておいでと誘っているかのようだった。そうして、カリスは鳴り響くファンファーレと翻る無数の旗に送られて、堂々とその門をくぐったのだった。

鳴り響くファンファーレが、目もくらむほどのクライマックスに達した。カリスは背中をそらして叫んだ。世界がまばゆい光に呑みこまれていく。輝く天使の歌声に包まれた。心地いい調べに合わせて、同じことばが幾度となくくり返され、肌まで沸きたった。

愛してる、ギデオン。愛してる、ギデオン……。

このうえない至福に体を震わせながら、光り輝く世界を漂った。ギデオンがいっしょにいるのはわかっていた。永遠にいっしょにいるのはわかっていた。

目を開けると、ギデオンが両手をついて体を起こしていた。じっと見つめられていた。その黒い目はすべてを手に入れた自信で輝いていた。

「こんなことって……」カリスはそれだけ言うのが精いっぱいだった。

ギデオンの顔は世界を征服した男の顔だった。あともどりできない、深い恋に落ちた男の顔だった。

「わかっているよ」

震える手で、ギデオンの頬に触れた。ギデオンの真剣な眼差しが、熱い炎のなかで生まれ変わったことを物語っていた。そして、それはカリスも同じだった。

これほど澄んで、無防備で、愛に満ちたギデオンの目を見るのははじめてだ。胸いっぱいの幸福感がこみあげてくる。一生得られないとあきらめていた、何よりも尊い幸福感だった。

「亡霊は消えたのね」ギデオンの顔の変化に気づいて、カリスはつぶやいた。

「亡霊は消えたんだ」同じことばをつぶやくと、ギデオンがそっと顔を近づけて唇を重ねてきた。そのキスこそが、光り輝くふたりの未来を約束していた。

訳者あとがき

「何をしてでもきみを守る」――ナイトの称号を持つハンサムな男性にそう言われたら、どうしますか？　若い女性なら、それだけでとろけてしまうのでは？　いいえ、若い女性だけでなく、そんなふうに言ってもらうのは、すべての女性の夢と言えるのではないでしょうか。本書『その心にふれたくて』には、そのことばを真剣に口にするヒーローが登場します。

ギデオンは窮地に陥ったカリスに向かって、「何をしてでもきみを守る」と宣言します。しかも、カリスとは偶然知りあった見ず知らずの他人で、素性も何もわからないというのに。となれば、カリスが恋に落ちるのもしごく当然のなりゆきというもの。もちろん、ギデオンも気高く美しいカリスに惹かれないはずがありません。けれど、ふたりには心に抱えた傷と素直になれない事情があるのです。

若くしてインドに渡ったギデオンは、かの地での活躍によって英雄として祖国に戻ってきました。国王陛下からナイトの称号を授けられるほどの、正真正銘の英雄です。けれど、当の本人は〝自分は英雄ではない〟と言い放ち、行く先々で注目され、称賛されるのが不快でなりません。不快どころか、大勢の人に取り囲まれるとほんとうに具合が悪くなってしまうのです。それは、インドでの最後の一年に起きた悲惨な出来事のせいでした。その国でスパイ活動を行なっていたギデオンは、英国と反目するインドの太守に仲間とともに捕らえられ、真っ暗な穴倉に監禁されたのです。そこでは、拷問はもちろんのこと、想像を絶する恥辱、屈辱を舐めさせられ、動物以下の扱いを受けました。仲間は早々に絶命してしまいますが、ギデオンは鎖につながれて一年を過ごすことを余儀なくされました。暑いインドの穴倉で仲間の亡骸《なきがら》を目の当たりにし、闇に満ちる臭気を吸って、かろうじて生きのびたのですから、それが心に深い傷を残さないわけがありません。祖国に戻っても、ギデオンは頭のなかでこだまする仲間の悲鳴に悩まされ、人にさわられると、その手が朽ちた死者の手に見えて、発作を起こしてしまうのです。

カリスは三週間後に迫った誕生日を迎えれば、晴れて成人し、伯爵だった亡父が遺した莫大な財産を相続することになっていました。ところが、すんなりと財産を手にすることはできそうにありません。財産を狙って策略をめぐらせる強欲なふたりの継兄がいるのです。カリスは継兄に監禁されて、激しい暴行を受けます。いよいよ堪えられなくなって逃走したもののの、行くあてもなく疲れ果てて、宿屋の馬小屋に身を隠しました。そこで出会ったのがギデオンでした。哀れな身なりの若い女性に同情したギデオンは、力になると言ってくれますが、カリスはそのことばに甘えるわけにはいきません。さらに、自身の素性は何があっても隠しつづけるつもりでいました。〝わたしが英国一の女相続人だと知ったとたんに、どんな男性も莫大な財産に目がくらんでしまう〟——これまでの経験から身をもってそれを思い知らされ、男性を信用しまいと胸に誓っていたのです。

そんなカリスがギデオンを信頼して、すべてを打ち明けるまでの心の葛藤が、本書には丁寧に描かれています。そして何よりも、人の体に触れられないギデオンが、カリスとの愛によって、その障害を克服していくさまは、いちばんの読みどころと言えるでしょう。

愛する両親を早くに亡くしたカリスと、母を知らず、暴力的な父のもとで育ったギデオンは、どちらも家族の愛を知りません。また、ギデオンは幼い頃を過ごした領地ペンリンにいい思い出はありません。けれど、領主としてペンリンに戻ると、憎んでいたはずの故郷に意外にも愛着を感じます。カリスのほうも、その地にとけこんだ古めかしくも歴史を感じさせる館に強く惹かれます。さらには、ときに荒々しく、ときに穏やかな顔を見せる自然にも。そんな美しいペンリンを舞台に、過酷な運命に立ち向かい、深い愛を育んでいくカリスとギデオンの物語を、どうぞじっくりとご堪能ください。

濃厚なヒストリカル・ロマンスを次々に発表している著者アナ・キャンベルは、ロマンス作家としてますます脂が乗ってきたようです。二十八歳の未亡人ダイアナと三十二歳の放蕩者アッシュクロフト伯爵の物語『*My Reckless Surrender*』は、愛と策略の狭間で葛藤するヒロインにはらはらさせられるロマンスです。『*Tempt the Devil*』は、若くして愛妻を亡くした絶望感から、逃げるように外国に渡ったエリス伯爵ジュリアンと、身勝手な家族や男性に運命を翻弄されて愛人の道を歩まされたオリヴィアのロマンス。また、最新作の『*Midnight's Wild Passion*』は、かつて家族を破滅に追いやった仇に復讐を誓う侯爵と、仇の娘の付き添いを務める謎めいた女性の、愛と憎しみの物語です。三作ともオーストラリアとアメリカで好評を博しています。いずれ、日本のみなさまにもお届けできればと心から願っています。

二〇一一年八月

ザ・ミステリ・コレクション

その心《こころ》にふれたくて

著者　アナ・キャンベル

訳者　森嶋《もりしま》マリ

発行所　株式会社 二見書房
東京都千代田区三崎町2-18-11
電話 03(3515)2311 [営業]
03(3515)2313 [編集]
振替 00170-4-2639

印刷　株式会社 堀内印刷所
製本　合資会社 村上製本所

落丁・乱丁本はお取り替えいたします。
定価は、カバーに表示してあります。

ISBN978-4-576-11120-9
http://www.futami.co.jp/

罪深き愛のゆくえ
アナ・キャンベル
森嶋マリ［訳］

高級娼婦をやめてまっとうな人生を送りたいと願う美女ソレイヤ。ある日、公爵のもとから忽然と姿をくらますが…。若く孤独な公爵との壮絶な愛の物語！

囚われの愛ゆえに
アナ・キャンベル
森嶋マリ［訳］

何者かに突然拉致された美しき未亡人グレース。非情な叔父によって不当に監禁されている若き侯爵の愛人として連れてこられたと知り、必死で抵抗するのだが……

待ちきれなくて
リンゼイ・サンズ
上條ひろみ［訳］

唯一の肉親の兄を亡くした令嬢マギーは、残された屋敷を維持するべく秘密の仕事――刺激的な記事が売りの覆面作家――をはじめるが、取材中何者かに攫われて⁉

ハイランドで眠る夜は
リンゼイ・サンズ
上條ひろみ［訳］

両親を亡くした令嬢イヴリンドは、意地悪な継母によって〝ドノカイの悪魔〟と恐れられる領主のもとに嫁がされることに…。全米大ヒットのハイランドシリーズ第一弾！

その夢からさめても
トレイシー・アン・ウォレン
久野郁子［訳］

大叔母のもとに向かう途中、メグは吹雪に見舞われ近くの屋敷を訪ねる。そこで彼女は戦争で心身ともに傷ついたケイド卿と出会い思わぬ約束をすることに……⁉

英国レディの恋の作法
キャンディス・キャンプ
山田香里［訳］

一八二四年、ロンドン。両親を亡くし、祖父を訪ねてアメリカからやってきたマリーは泥棒に襲われるも、ある紳士に助けられる。お礼を申し出るマリーに彼が求めたのは彼女の唇で…

夜風にゆれる想い
ラヴィル・スペンサー
芹澤 恵［訳］

一八七九年米国。ある日、鉄道で事件が発生し、町に負傷した男ふたりが運びこまれる。父を看取り、仕事を探していたアビーはその看病をすることになるが…

運命の夜に抱かれて
ペネロペ・ウィリアムソン
木下淳子［訳］

花嫁募集広告に応募したデリアは、広告主の医師タイに惹かれる。だが、実際に妻を求めていたのはタイの隣人だった。恋心は胸にしまい、結婚を決めたデリアだったが…

はじまりはいつもキス
ジャッキー・ダレサンドロ
酒井裕美［訳］

破産寸前の伯爵家の令嬢エミリーは借金返済のために出席した夜会で、ファーストキスの相手と思わぬ再会をするが、資産家の彼に父が借金をしていることがわかって…

誘惑のタロット占い
ジャッキー・ダレサンドロ
嵯峨静江［訳］

花嫁を求めてロンドンにやってきたサットン子爵。夜会で占い師のマダム・ラーチモントに心惹かれ、かりそめの関係から愛しあうように。しかしふたりの背後に不吉な影が…！

灼けつく愛のめざめ
シェリー・トマス
高橋佳奈子［訳］

短い結婚生活のあと、別々の道を歩んでいた女医のブライオニーと伯爵家の末弟レオ。だが、遠く離れたインドの地で再会を果たし…。二〇一〇年RITA賞受賞作！

きらめく菫色の瞳
マデリン・ハンター
宋 美沙［訳］

破産宣告人として屋敷を奪った侯爵家の次男ヘイデン。その憎むべき男からの思わぬ申し出にアレクシアの心は動揺するが…。RITA賞受賞作を含む新シリーズ開幕

ほほえみを待ちわびて
スーザン・イーノック
阿尾正子［訳］

家庭教師のアレクサンドラはある事情から悪名高き伯爵ルシアンの屋敷に雇われる。つれないアレクサンドラに伯爵は本気で恋に落ちてゆくが…。リング・トリロジー第一弾

信じることができたなら
スーザン・イーノック
井野上悦子［訳］

類い稀な美貌をもちながら、生涯独身を宣言しているヴィクトリア。だが、稀代の放蕩者とキスしているところを父親に見られて…!? リング・トリロジー第二弾！

はじめての愛を知るとき
ジェニファー・アシュリー
村山美雪［訳］

〝変わり者〟と渾名される公爵家の四男イアンが殺人事件の容疑者に。イアンは執拗な警部の追跡をかわしつつ、歌劇場で出会ったベスとともに事件の真相を探っていく…

哀しみの果てにあなたと
ジュディス・マクノート
古草秀子［訳］

十九世紀米国。突然の事故で両親を亡くしたヴィクトリアは、妹とともに英国貴族の親戚に引き取られるが、彼女の知らぬ間にある侯爵との婚約が決まっていて…!?

罪深き夜の館で
シャロン・ペイジ
鈴木美朋［訳］

失踪した親友デルの行方を探るため、秘密クラブに潜入した若き未亡人ジェインは、そこで思いがけずデルの兄に再会するが…。全米絶賛のセンシュアル・ロマンス！

月夜に輝く涙
リズ・カーライル
川副智子［訳］

婚約寸前の恋人に裏切られ自信をなくしていたフレデリカ。そんな折、幼なじみの放蕩者ベントリーに偶然出くわし、衝動的にふたりは一夜をともにしてしまうが……!?

二見文庫　ザ・ミステリ・コレクション